BESTSELLER

Kate Stewart es una autora best seller cuyos libros se han traducido a más de doce idiomas y han aparecido en las listas de más vendidos de Amazon, *USA Today*, *BuzzFeed*, *The New York Daily News* y el *Huffington Post*. Nativa de Texas, vive con su marido Nick en Carolina del Norte, donde escribe romance contemporáneo, comedias románticas y suspense erótico. Kate es una amante de todo lo que tenga que ver con los ochenta y los noventa, especialmente las películas de John Hughes y el rap. Le gusta la fotografía, puede tejer una bufanda muy simple si surge la necesidad y se le da genial beber whiskey.

Biblioteca

KATE STEWART

Fin del reino
Trilogía Ravenhood 3

Traducción de
Eva Carballeira Díaz

DEBOLS!LLO

Papel certificado por el Forest Stewardship Council®

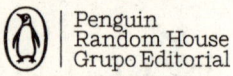

Título original: *The Finish Line*

Primera edición en Debolsillo: julio de 2024

© 2020, Kate Stewart
© 2023, 2024, Penguin Random House Grupo Editorial, S. A. U.
Travessera de Gràcia, 47-49. 08021 Barcelona
© 2023, Eva Carballeira Díaz, por la traducción
Publicado primero en inglés por Pan, un sello de Pan Macmillan,
división de Macmillan Publishers International Limited
Edición en español publicada mediante acuerdo con Casanovas & Lynch Literary Agency
Diseño de la cubierta: Adaptación de la cubierta original de Moesha
Parirenyatwa / Penguin Random House Grupo Editorial
Imagen de la cubierta: © Shutterstock

Printed in Spain – Impreso en España

ISBN: 978-84-663-7232-9
Depósito legal: B-10.276-2024

Compuesto en Compuesto en Comptex & Ass., S. L.
Impreso en Black Print CPI Ibérica
Sant Andreu de la Barca (Barcelona)

P 372329

Para mon trésor, *Maïwenn,*
y para mis lectores,
por acompañarme en este viaje.
Merci

Prólogo

Tobias

—*Viens ici, Ezekiel* —«Ven aquí, Ezekiel».

Me acerco a donde él me espera con el brazo extendido hacia abajo, sosteniendo una concha redonda de color marrón y base plana en la palma de la mano. Pero, cuando voy a cogerla, la pone fuera de mi alcance.

—*Qu'est-ce que c'est?* —«¿Qué es eso?».

—*Un clypéastre, un dollar de sable. Lorsque tu en trouveras un, garde-le. Et lorsque tu seras prêt, alors tu le casseras. Mais tu dois le faire bien au milieu pour pouvoir en récupérer son trésor.*
—«Una galleta de mar. Si encuentras una, tienes que guardarla. Y cuando estés preparado, romperla. Pero hay que hacerlo justo por el medio para conseguir el tesoro».

—*Quand serai-je prêt?* —«¿Y cuándo estaré preparado?».

Él me revuelve el pelo.

—*Tu le sauras.*

«Lo sabrás».

9

Esquivo las piedras de la orilla mientras las olas de espuma bañan mis pies. Nunca había recordado toda la conversación del día que mi padre me trajo aquí; solo recordaba el aspecto del mar, un atisbo de arena, el brillo del sol del amanecer a sus espaldas y aquella concha extraña en la palma de su mano. Hasta que, en mi última visita al psiquiátrico, él reprodujo el diálogo palabra por palabra durante uno de sus escasos momentos de lucidez. Me contó la historia de su hijo, Ezekiel, y repitió con una claridad asombrosa la conversación que mantuvimos aquel día, antes de pedirme que lo buscara.

No sé si fue una señal, el destino o cualquier otra cosa, pero encontré una galleta de mar en la playa en perfecto estado el día que puse la primera piedra de la casa. Aunque él no me refrescó la memoria hasta años después, la razón que me llevó a guardarla cuando la encontré me resultó evidente. De algún modo, aunque no recordara los detalles, sabía que era importante.

El funcionamiento de la mente es irónico y cruel, sobre todo el de la mía. Hay recuerdos que revivo con frecuencia pero que daría cualquier cosa por olvidar. Los detalles son tan claros y están tan arraigados, que puede ser una tortura. Mientras que otros, los recuerdos más queridos, a veces se me escapan. Pero mi caprichosa memoria plantó una semilla aquel día y el instinto me hizo esconder esa concha, lo cual le da todavía más sentido. Sin embargo, hasta que no descubrí el significado del «tesoro», no comprendí cuál era su estado de ánimo aquel día, un estado muy parecido al mío ahora.

Nunca estuvimos muy unidos, porque su mal genio y su enfermedad mental —una esquizofrenia diagnosticada— hicieron que mi madre huyera de su lado, pero ahora siento cierta conexión con él. Aun así, el miedo me ha perseguido desde el día que lo encontré, décadas más tarde, rebozado en su propia mierda y despotricando como un loco en francés con cualquier extraño que se cruzara con él en aquella calle de París. Verlo en ese estado dio paso al miedo de poder sufrir algún día el mismo destino, de que todos los que decían preocuparse por mí acabaran abandonándome por una enfermedad mental y por mi falta de control. Un miedo que me atenazó durante años y me impidió involucrarme y confiar plenamente en las personas.

Para mí, el amor siempre fue algo sujeto a condiciones… hasta que llegó ella.

Mi madre nunca llegó a comprender el alcance de la enfermedad de mi padre. Ahora creo que supuso que se había vuelto loco. Aunque en parte es cierto, no fue una decisión. No fue él quien decidió permitir que su lado oscuro tomara las riendas, pero eso es algo que creo que ella pensó hasta el día de su muerte. Fue la enfermedad la que se apoderó de él y el miedo a heredar esa misma enfermedad me ha atormentado durante muchísimo tiempo.

Pero, a estas alturas del partido, las probabilidades y la edad juegan a mi favor y seguramente nunca acabaré sufriendo su mismo destino.

Saco la concha blanqueada por el sol del lugar donde la escondí hace toda una vida y voy hacia la sinuosa escalera del acantilado que me lleva a la meta. Ahora es más evidente que nunca que no era la casa lo que estaba esperando. Era el día de hoy, este momento de lucidez, el día en el que mi cabeza y mi corazón dejaran de estar enfrentados.

Si tuviera que resumir mi vida y mi viaje en una sola palabra, sería «hoy». Todo lo que he hecho ha sido para llegar a este momento. Lo irónico es que, entre tantas conspiraciones e intrigas, nunca imaginé que podría llegar un día como este para mí. El destino repartió sus cartas y el karma hizo de las suyas conmigo. Aunque la suerte es algo que nunca se tiene en cuenta, en la vida de este oportunista tuvo el suficiente peso como para que resultara obvio que a veces había estado de su lado y otras lo había abandonado por completo.

«Mensaje recibido, suerte. Y, por cierto, que te den».

Pero si me viera obligado a evaluar mi vida en función de las fuerzas incontrolables del azar, en cualquier momento, a favor o en contra de mí, tendría que rechazarlas de lleno. Tendría que elegir otra vara de medir, una entidad totalmente diferente, una fuerza cósmica que sobrepasa a todas las demás. Ella.

Sin ella, mi propósito carecería de sentido, al igual que este día.

Porque tenía razón. Nosotros, lo que tenemos y lo que hemos encontrado el uno en el otro es lo único que importa. El camino que he recorrido para llegar hasta aquí no significaría nada si no tuviera a alguien con quien reflexionar sobre él. Y no hay mejor narradora ni mejor reflejo de mi valía que los ojos de la mujer que ha compartido mi viaje y me ha ayudado a atravesar los momentos más duros.

Ella es mi espejo, mi jueza y ha acabado convirtiéndose en mi única razón de ser. Ella corrigió la trayectoria de mi alma magullada cuando perdí el rumbo y sigue siendo mi guía. Es una estrella demasiado brillante como para perderla de vista, por mucho que me desvíe.

No hay nada que aporte más fuerza en la vida que una razón de ser. Durante muchos años, creí que la mía era otra totalmente distinta, hasta que ella me hizo abrir los ojos. Siempre me había considerado un lobo solitario, hasta que ella se cruzó en mi camino y se convirtió en mi oponente, mi amante, mi maestra, mi confidente y mi mejor amiga.

Cualquier suma significativa de cada uno de los días que he pasado en este mundo la tendrá a ella como resultado.

Si hubiera renunciado a mi razón de ser, si hubiera tenido éxito en mi autosabotaje, nunca habría conocido esta plenitud. Nunca habría encontrado tanta paz interior. El pánico se habría apoderado de mí hace tiempo y habría acabado conmigo.

En cuanto cruce la puerta de esta casa, no volveré a mirar atrás para recordar la crueldad del camino, ni la cantidad de pasos que he dado solo. Me limitaré a disfrutar de cada una de las curvas del viaje, exceptuando ese puto golpe tan cruel que nunca podré olvidar. Nunca jamás. Una pérdida tan devastadora que nunca dejará de doler.

Mi hermano.

Su salvador.

Una cicatriz imborrable que nunca se curará del todo y la prueba de mis fatigosas andanzas. Estoy subiendo por el acantilado cuando me suena el teléfono en el bolsillo: La pajarita está en el nido.

En realidad, ya había sentido su presencia. La oigo llamarme desde arriba, mientras corre por la casa. Puedo apreciar claramente el pánico y la emoción en su voz, al tiempo que empiezo a subir las escaleras de dos en dos, con el corazón desbocado.

—Te estoy oyendo, *mon trésor* —respondo, acelerando el paso, con el corazón desbocado y sujetando con fuerza la delicada ofrenda en la mano.

«Siempre lo haré».

Con un nudo de emoción en la garganta, saludo con la cabeza a los dos cuervos que montan guardia en la parte trasera de la propiedad, mientras sigo adelante para entrar por la puerta de atrás. Beau me saluda con su habitual golpecito en los huevos antes de permitirme acariciarle las orejas. Con el tiempo he aprendido a tolerarlo, a pesar de que sigue siendo tremendamente territorial con nuestra chica.

—*Bonjour*, cabrón egoísta.

De todos los planes que he hecho en mi vida, este es el que más ganas tengo de llevar a cabo. Pero si Beau está aquí con ella, significa que no solo ha recibido mi mensaje, sino que obviamente ha captado la indirecta: «Reúnete conmigo en la meta».

Aunque nunca había puesto un pie en esta casa y me he negado a hacerlo ahora sin ella, apenas me fijo en nada mientras paso junto a la barandilla de hierro forjado de la escalera, sabiendo exactamente dónde la encontraré. He soñado con esto miles de veces a lo largo de los años y tanto mi corazón como mi cabeza conocen el camino.

Una brisa suave me guía por el largo pasillo de azulejos, más allá de las paredes de color caramelo con textura arenosa. A la casa le faltan unas cuantas habitaciones para ser una mansión, pero es perfectamente adecuada para una reina.

Los detalles que captan mi atención por el camino son escasos, porque mi objetivo es mucho más atractivo. El fuego y el deseo inundan mi corazón enloquecido, que late tan fuerte como la última vez que me presenté ante ella con una petición. Entonces estaba igual de acojonado que ahora. Estaba aterrorizado por si se negaba a aceptarme de nuevo. Por si se había creído mis mentiras. Porque yo me las había creído durante tanto tiempo que me había autoconvencido de que eran ciertas.

Hace doce años, la eché de mi vida. Y, al hacerlo, me perdí a mí mismo, perdí el sentido vital, mi razón de ser y la puta cabeza.

Más de la mitad de esos años que pasé sin ella fueron fruto del miedo, la culpa y el autodesprecio.

Hoy me presento ante ella como un hombre transformado por los años que perdimos y por los años que nos han traído hasta aquí. Puede que Cecelia no creyera mis mentiras, pero yo siempre he creído en sus verdades, en su amor y en la determinación de su corazón. Porque ella me salvó.

Ganarme a esa mujer y su corazón ha sido mi mayor logro, y eso la ha convertido en mi bien más preciado. En un tesoro que cualquier ladrón que se precie intentará robar. Un tesoro que muchos trataron de arrebatarme sin éxito, porque yo me aseguré de que así fuera. Antes nunca se me habría ocurrido alardear de la hazaña de haberla conquistado, teniendo en cuenta lo caro que me había salido. Antes, la culpa me hacía imposible decir estas cosas. Antes… era demasiado doloroso.

Fui un egoísta entonces, como sigo siéndolo ahora con ella, sin demasiadas contemplaciones, básicamente porque la necesidad pesa más que la culpa.

Después de cuarenta y cuatro años de vida, estoy seguro de

que ella es lo único sin lo que no puedo vivir. Y durante los próximos cuarenta y tres, nunca amaré a ninguna otra.

Ella ha amado a muchos hombres. Es su naturaleza. Eso forjó su carácter, pero yo he sido codicioso con mi corazón y este solo ha tenido una única dueña. Nada ha sido comparable, ni podría compararse jamás con lo que ella despierta en mí.

Mi egoísmo, mis ambiciones, mis celos y mi codicia estuvieron a punto de costarme el futuro, de hacerme perderla.

Desde que me volvió a aceptar, cada minuto que hemos pasado juntos he estado haciendo penitencia, mientras esperaba este día.

Y he cumplido mi sentencia.

Mi condena ha finalizado y ahora soy oficialmente un hombre libre.

Y precisamente por eso tengo que encontrarla. Ahora mismo. De una puta vez.

Un deseo ardiente como el napalm y el anhelo que siento en el pecho me hacen ir a su encuentro corriendo, mientras Beau trota con suficiencia a mi lado, decidido a ser el primero en reclamar su cariño.

—Vete a la mierda, chucho, el resto de la noche será solo mía. —Beau sigue haciendo cabriolas a mi lado, ignorando mi orden. Ha tardado más de un mes en llegar hasta aquí y ha tenido que pasar seis semanas en cuarentena antes de poder venir a casa. Pero parece que ya se ha autoproclamado jefe del lugar—. Lárgate ahora mismo o nunca volveré a hacerte otro filete.

Él levanta las orejas, como si fuera consciente de lo que implica esa amenaza, y se detiene al mismo tiempo que yo, dando vueltas a mis pies. Chasqueo los dedos y él me mira, imperturbable, antes de largarse.

Cabrón.

Cuando llego a mi destino, me la encuentro exactamente donde me la imaginaba: allá arriba, en el balcón, con la larga melena azotada por la brisa enredándose alrededor de su cara.

Tiene las manos apoyadas en el ancho pasamanos de arcilla y está contemplando el mar resplandeciente. Va vestida de blanco y el sedoso tejido le cae sobre la espalda formando una uve pronunciada, dejando al descubierto cada centímetro de su columna vertebral. Su piel está dorada por el sol, pero son las delicadas alas que tiene sobre los hombros lo que me excita. Mis ojos hambrientos la devoran con una mezcla de deseo y alivio.

Traerla aquí ha sido el último de innumerables pasos.

Espero a que perciba mi presencia y no llevo ni un segundo en la puerta cuando noto que se pone tensa, en estado de alerta. Sus feroces ojos azules, oscuros y húmedos, se encuentran con los míos, mientras la observo con un nudo de emoción en la garganta.

Qué lejos hemos llegado desde aquel día en el aparcamiento de Virginia, en el que lo único que yo tenía, literalmente, era la camiseta que llevaba puesta, una disculpa que nunca sería suficiente y la fuerza que ella había avivado dentro de mí para conquistarla, para hacerla mía, para reclamar lo que le había robado hacía tantos años.

Qué lejos hemos llegado.

Lejos de cojones.

Desde entonces hasta ahora parece que haya pasado toda una vida.

En cierto modo, yo estaba en estado de espera. Sin embargo, a partir de ahora, eso se ha acabado. En unos segundos, habré logrado todo lo que me había propuesto. Pero es el primer día de mi condena lo que me viene a la mente mientras cruzo el umbral de la puerta y voy corriendo hacia ella. En los escasos segundos que tardo en alcanzarla, lo revivo todo.

Nunca he estado realmente loco,
salvo en aquellas ocasiones
en las que mi corazón se conmovió.

EDGAR ALLAN POE

1

Tobias

Primer día en el infierno. Un peso repentino sobre el pecho me hace recobrar el conocimiento un instante antes de que un aliento caliente y pútrido me azote la cara. Al abrir los ojos, me encuentro con la sombra inconfundible de un puto demonio de cuatro patas.

El perro rabioso se yergue altivo sobre mi pecho, mientras la saliva inducida por su gruñido me cae sobre la barbilla y su ladrido flemoso retumba en mis oídos.

—*Psychopathe* —«Psicópata», refunfuño, apartando de un manotazo al bulldog francés enloquecido, pero su gruñido no hace más que aumentar a medida que me desperezo y me enfrento a él. No pesa mucho, pero su ladrido indica que tiene una autoestima increíble.

El muy cabrón no ha dejado de enseñarme los dientes desde que entré ayer por la puerta, cosa que a Cecelia le ha hecho mucha gracia. Pero a mí no.

Me incorporo para sentarme en medio de la habitación a oscuras y palpo el hueco vacío que hay a mi lado en la cama. Beau, un nombre que me habría encantado que ella no hubiera desperdiciado con un perro, chasquea las mandíbulas en el sitio donde Cecelia dormía junto a mí unas horas antes y ladra sin parar, sentado sobre los cuartos traseros, para asegurarse de que lo odie con toda mi puñetera alma. Y solo unas cuantas horas después de que nos presentaran, decido que así es.

Tenso por la ausencia de Cecelia, miro por la ventana y veo que aún está oscuro, como si fuera medianoche.

Me paso una mano por la cara mientras la inquietud se apodera de mí. Me he presentado aquí después de ocho meses y le he prometido el cielo, darle explicaciones y hacerle el desayuno, además de comprometerme a ganármela. Pero, en lugar de ello, después de que ella me enseñara rápidamente la casa, me he dado una ducha y me he quedado frito. Apenas recuerdo nada más, aparte del alivio que sentí al cruzar la puerta y que, mezclado con el vapor caliente, hizo que me relajara como no lo había estado en años.

Y, después de haberle hecho todas esas promesas, el agotamiento me impidió cumplir mi palabra siquiera durante una hora. Cuando la adrenalina desapareció, me quedé dormido como un tronco.

«Joder, Tobias».

Aparto las sábanas, me pongo la ropa con la que llegué y me calzo las botas. Busco un reloj por la habitación. Veo uno pequeño que parece antiguo, dorado con campanillas en la parte superior, en una de las estanterías. Lo miro. Las cuatro de la mañana. El registro de la hora marca mi primer día en el infierno. Pero eso no es lo peor. Seguro que Cecelia estará cabreadísima.

Merde. «Mierda».

Esperaba que durmiera toda la noche, pero sabía que no sería así. Con el jet lag de un viaje de treinta y seis horas, he caído rendido antes de tener con ella una conversación de verdad, me he quedado prácticamente comatoso antes de poder empezar a explicarle siquiera por qué había estado guardando las distancias. Tengo un vago recuerdo de ella enfundándose un pijama de franela que le cubría de la cabeza a los pies mientras yo me secaba con la toalla. Recuerdo ese detalle porque me hizo gracia que se tomara tantas molestias para asegurarse de que yo supiera que no iba a recompensarme con su cuerpo por haber vuelto. Aunque eso no le había impedido en absoluto devorarme con la mirada cuando creía que no la veía.

Seguramente se levantará temprano para abrir la cafetería, pero aún es demasiado pronto para que pueda haber descansado lo suficiente. Aunque yo he dormido como un lirón durante estas horas, mucho mejor que en años, porque estaba en su cama. La misma razón por la que sé que ella no ha pegado ojo.

Por mí y por la entrada triunfal que he vuelto a hacer en su vida.

Puede que haya conseguido meter la cabeza, pero ella aún tiene la mano en el pomo de la puerta y está dispuesta a cerrarla conmigo al otro lado si la cago. Y me he cubierto de gloria nada más empezar.

Gimo, frustrado, mientras Beau sigue ladrándome como si se tratara de una declaración canina de guerra territorial hasta que, finalmente, le respondo en el mismo tono.

—*Putain, tais-toi!* —«¡Cállate de una puta vez!». Inmediatamente, Beau cierra la boca y ladea la cabeza, cuestionando la autoridad de mi tono con sus ojos negros y brillantes—. *Couché.* —«Abajo». Beau obedece sin problemas. Tiene las órdenes sencillas controladas. Unas órdenes que entiende claramente en francés.

El perro de orejas puntiagudas brinca entre mis talones, mientras mis ojos se adaptan a la oscuridad. Aunque estoy deseando reunirme con ella, esté donde esté, no puedo evitar echar un vistazo a su dormitorio, por curiosidad. Esta habitación es muy diferente a aquella en la que nos conocimos. El dormitorio de la casa de su padre en el que la manipulé, la follé y la destrocé antes de empezar a adorarla y a amarla.

Aunque Cecelia había dicho que su casa no era gran cosa, lo cierto es que cada rincón de la vivienda tiene un toque de color, de inspiración, o alberga algún tipo de comodidad para los animales.

Es como si Cecelia hubiera diseñado cuidadosamente cada una de las habitaciones de esta casa para convertirla en un santuario y en una muestra de su evolución. Puedo apreciar su toque sutil en ella: en las obras de arte y en sus elecciones.

Enciendo una colorida lámpara de lectura de estilo Tiffany que hay sobre el escritorio restaurado, echo un vistazo a algunos libros de tapa dura que aún no ha colocado en las estanterías y reviso algunas notas manuscritas que hay al lado de un montón de facturas. Una de ellas es una lista de tareas pendientes.

Organizar una recogida de alimentos para Acción de Gracias. (Entrega en Meggie's).
Apuntarme a la Cámara de Comercio.
¿Clases de cocina?
¿Hacer hot yoga?
¿Noche de chicas con Marissa?
¿Club de lectura?
¿Quedar con don Perfecto?

Reprimo el arrebato de ira que me invade y decido no empezar nuestra conversación matutina preguntándole quién coño es ese «don Perfecto».

La amenaza de acabar durmiendo en la caseta del perro me obliga a contener mi instinto natural de dominar para poder hacer las paces con ella antes de iniciar cualquier tipo de guerra territorial. Y, cuando digo «guerra», me refiero a una batalla en toda regla para garantizar que hacemos todo lo posible por recuperar aquello que tuvimos de entre las ruinas de la última contienda.

Preocupado por lo que acabo de descubrir, voy hacia la cocina en su busca. Al comprobar que no hay nadie, mi inquietud aumenta, pero no puedo evitar sonreír al ver unos periódicos franceses sobre la encimera.

Entonces empieza a dolerme el pecho por culpa del arma de doble filo que supone esta situación. Porque puede que esté aquí, con ella, pero no de la forma en la que me gustaría estar. La paciencia es crucial para recuperarla, pero también es mi talón de Aquiles.

Hace demasiado tiempo que no estamos juntos de verdad. Han pasado demasiados años desde aquel día en el que nos enredamos por última vez el uno en el otro, mientras nos confesábamos nuestro amor en el jardín trasero de Roman, antes de que las peores circunstancias imaginables nos destruyeran. Algunas de ellas creadas por mí mismo.

Pero todos los obstáculos que he tenido que superar en los últimos ocho meses, desde ese momento, hace años, hasta ahora, han merecido la pena. Al igual que los impedimentos a los que he tenido que enfrentarme para poder estar aquí, para poder cruzar su puerta.

Sin embargo, aunque la tenga cerca, no está conmigo. Todavía no.

La duda me atenaza mientras echo un vistazo por la cocina en busca de algún lugar obvio para una nota, pero no encuentro nada. Sé por puro instinto que no está dentro de casa. Le abro la puerta de atrás a Beau y una fría ráfaga de viento me golpea en la cara, al tiempo que empiezo a entrar en pánico.

¿Se habrá marchado?

El sudor perla mi frente mientras miro fijamente a su chucho con complejo de Napoleón, que hace sus necesidades mañaneras sin dejar de gruñirme. Está claro que vamos a tener problemas, pero es el más importante de todos el que me hace palpitar la sangre en las sienes.

¿Acaso podría reprocharle que se escapara?

Lo de ayer fue un gran paso, pero cuando el subidón de mi aparición repentina desapareció y la realidad se impuso, pude sentir cómo se replegaba para protegerse.

Vigilo a Beau desde el porche, calentándome las manos con el aliento. Tras un fugaz veranillo de San Miguel, una ola de frío parece haber llegado de la noche a la mañana, prácticamente como yo, sin previo aviso.

El frío otoñal me cala hasta los huesos mientras salgo del porche y me adentro en el jardín, sintiéndome aliviado al verla inclinada sobre las plantas. Una lámpara de taller portátil ilumina el lugar donde trabaja, vestida únicamente con el pijama de franela y unas Ugg negras. El ansia de acariciarla, de saborearla, de follármela, de hacerla mía, inunda todo mi ser, una necesidad de fondo que me niego a satisfacer aunque la desee con todas mis fuerzas y sepa que ella siente lo mismo.

Porque así somos.

Para nosotros, mirar es amar, pelearnos es amar, follar es amar, e incluso ahora, mientras nos enfrentamos a nuestros miedos compartidos pero claramente diferentes, estamos amándonos.

Es una certeza de la que ella me impidió renegar. Una certeza que he acabado aceptando. El combustible que necesito para la batalla que me espera. «Da igual cómo empezara lo nuestro, el caso es que sucedió y que sigue estando ahí. Me robaste el corazón, dejaste que te amara, dejaste claro que el único hogar que iba a conocer sería contigo».

Necesito creerlo. Tengo que creerlo. Sus palabras son mi fuerza motriz. Puede que solo hayan pasado ocho meses, pero el viaje para volver a ella me ha parecido una eternidad.

Lo nuestro siempre ha sido una cuestión de amor, como ella señaló con tanta valentía, hasta que no tuve más remedio que asumirlo del todo y rendirme a la evidencia.

Lo cierto es que la amo tan apasionadamente que no puedo soportar la idea de permitir que esto se alargue un día más. Qué coño, ni siquiera otra hora. Pero lo haré. Me armaré de paciencia por ella. Sin exigir prácticamente nada.

De camino a casa, Cecelia me miraba con cautela, como si fuera un desconocido al que no acababa de entender. Con la misma rigidez que muestra ahora mientras hunde una palita en la tierra. Está a la defensiva.

Mientras me acerco, sé que es cuestión de tiempo que vuelva a conectar conmigo. Siempre lo ha hecho, como yo con ella.

Beau, ese puto acaparador, es el primero en llegar.

—Hola, pequeño —le susurra Cecelia, con voz ronca, mientras se quita un guante de jardinería sucio para acariciarle el lomo—. ¿Te ha despertado? —me pregunta, sin molestarse siquiera en mirarme.

—Da igual. Aquí fuera hace mucho frío. Te traeré un abrigo.

—No hace falta. —Se vuelve a poner el guante y reanuda su trabajo, echando un trozo de tierra a un lado antes de coger un recipiente con crisantemos variados.

—¿Has tenido alguna pesadilla? —le pregunto, consciente de que es algo que suele preocuparle.

—Para variar —me responde en tono mordaz.

Me arrodillo a su lado mientras ella sigue apuñalando la tierra.

—¿Te ayudo?

—No. Ya puedo yo.

—Habla conmigo —le pido, estudiando su perfil bajo la luz amarillenta. Cecelia sigue escarbando y apuñalando, al igual que su silencio, sin que yo haga nada para impedírselo. Está nerviosa, dolida, o ambas cosas, y eso es lo último que quiero. «Día uno, Tobias»—. Habla conmigo, Cecelia.

—A lo mejor no me apetece —susurra, en voz tan baja que no tengo claro si quiere que la oiga.

No me molesto en defenderme. Ella ya ha ganado. Hoy no es un día para pelear. Es un día para rendirse. Joder, cuánto la he echado de menos. A lo largo de los años y mientras los meses iban pasando, a veces me preguntaba si parte de mi deseo y de mi cariño hacia ella era producto de mi imaginación. Esa teoría se vino abajo en cuanto entré en aquella sala de juntas para enfrentarme a ella, tras años de separación. No fue más que otra mentira que me conté a mí mismo durante días y meses, después de rechazarla. Intentar razonar con el amor no tiene sentido. A él se la soplan tus argumentos, sean estos correctos o incorrectos. Al amor le importa una mierda en qué estado dejarte y no tiene en cuenta tus circunstancias. Es una emoción implacable y despiadada que nunca permitirá que te mientas a ti mismo.

Mientras observo fijamente su perfil, desesperado por una dosis de mirada azul oscuro, me siento sobre los talones de las botas, preparándome para la primera batalla de muchas.

—¿Por qué ahora? —me pregunta mientras saca un crisantemo del recipiente y lo coloca en la tierra que está a la espera—. Has aparecido cuando ya me había acostumbrado a una nueva vida. Una nueva vida que no te incluye. Que no encaja contigo para nada. ¿Por qué?

—Tenía que… —empiezo a decir antes de suspirar, agotado. Cecelia me mira de reojo—. Te diga lo que te diga en este momento, te va a sonar a excusa, pero tengo mis razones. Muchas. Pienso explicártelas todas.

Cecelia deja de apretar la tierra con los dedos alrededor de la planta por un momento.

—Soy toda oídos.

—Siento haberme quedado dormido. Era lo último que debería haber hecho. Tengo jet lag. —No se molesta en preguntarme de dónde vengo. Está demasiado acostumbrada a no estar al tanto de las cosas. O, peor aún, le da igual—. He tenido que ir a Dubai por asuntos de Éxodo. Acabamos de absorber una empresa. Ha sido mi última misión como director ejecutivo en funciones antes de que Shelly asuma el cargo. Llevo días sin dormir. Después de dejar todo bien atado he venido directamente a verte y…

—¿Directamente a verme? —se burla—. ¿Sabes? Tienes razón, Tobias, cualquier cosa que digas en este momento me va a sonar a excusa. A lo mejor deberías seguir durmiendo.

—Déjame explicarme.

—No sé si quiero oír tus explicaciones ahora mismo.

—Pues te las mereces y aquí fuera hace un frío que te cagas. Vamos adentro, a hablar. —Cecelia ignora mi petición y sigue a lo suyo, como si no me hubiera oído—. No pienso irme —susurro con suavidad, sabiendo que no me va a servir de nada.

Ahora mismo no quiere escucharme. Me levanto y hago lo contrario de lo que acabo de decir, antes de entrar en casa y volver de nuevo a su dormitorio. Cojo una sudadera de capucha de la cómoda y salgo justo cuando Cecelia está empezando a vaciar otro recipiente. Levanta la vista hacia mí mientras le tiendo la gruesa prenda.

—No me hace falta.

—Cecelia, hace muchísimo frío.

Ella se levanta, se quita los guantes y me arranca la sudadera de las manos antes de metérsela por la cabeza. El logotipo de la universidad es un recuerdo flagrante de cuánto la eché de menos durante los cuatro años de estudios, los veranos que pasó en Francia entremedias y los años posteriores. Un doloroso recordatorio de que ha vivido mucho sin mí. Aun con el informe diario sobre su estado y con lo que era capaz de digerir sobre su vida personal, ignoro la mayoría de los detalles íntimos. No soportaba conocerlos, aunque más de una vez me pudo la curiosidad y bebí hasta emborracharme, deshaciendo lo andado.

Ahora está delante mí, mirándome con cautela, y aun así siento un relámpago en las venas al estar tan cerca de ella. Nuestra atracción es tangible, un impulso constante entre ambos, desde el día que nos conocimos. Incluso bajo esa tenue luz amarillenta puedo ver las sutiles pecas de su nariz. Todo en ella es de una simetría perfecta, desde la forma de su cara hasta la pequeña hendidura de su barbilla. Me acerco, pero se aparta. Está en pie de guerra y empiezo a acusar los golpes. Me meto las manos en los vaqueros y le doy un puntapié a una piedra suelta que hay al lado del jardín.

—¿De qué iba el sueño?

Ella se muerde el labio y levanta su mirada distante.

—Si tuviera que analizarlo en plan Freud, imagino que la interpretación sería que en realidad no te conozco —dice, acomodándose sobre las rodillas—. Ni siquiera sé qué pasta de dientes usas.

—Eso tiene fácil solución. ¿Qué más pasaba?

—No me acuerdo.

—Mentira. Apostaría la cabeza a que estás aquí por culpa de ese sueño, porque yo sí te conozco.

Cecelia exhala un suspiro entrecortado.

—Tengo que acabar de hacer esto.

—Hay una cosa llamada «multitarea».

Vuelvo a arrodillarme y la echo hacia un lado para compartir el espacio de trabajo. Saco otra pala de la vieja caja de herramientas de madera que hay sobre el paseo de piedra, detrás de nosotros.

—Es temprano, estás cansado y no necesito tu ayuda.

—Vamos a estar juntos. Hoy, mañana y pasado, Cecelia.

—Déjalo, Tobias. —El temblor de su voz me dice todo lo que necesito saber mientras se levanta, camina hacia el saco de sustrato universal y lo arrastra hacia mí. Decido no ayudarla porque estoy convencido de que me apuñalará con la palita si intento acercarme a ella.

Está enfadada. Ya me lo esperaba, pero me duele igualmente. Ayer invadí su espacio, como hice cuando nos conocimos, y no quiero seguir haciéndolo, por mucho que me muera de ganas.

Cecelia agacha la cabeza, como si fuera consciente del conflicto que se libra en mi interior, aunque yo ni siquiera parpadeo.

—No quiero discutir, Tobias.

—¿Desde cuándo tienes tanto miedo a la confrontación?

—No tengo miedo —replica, rasgando el grueso plástico como si nada. Esta jardinera está muy, pero que muy cabreada—. Simplemente no tengo nada que decirte ahora mismo.

—¿Con cuántas mentiras vamos a empezar?

Sus ojos azul oscuro se congelan.

—He construido una vida aquí. Por muy temporal que sea, no voy a dejarla por ti. No pienso volver a hacerlo.

—No me extraña lo más mínimo. Es una vida de lo más emocionante. ¿Hot yoga? ¿La Cámara de Comercio? —Aprieto los puños a los costados. Es una discusión para otro momento.

—Cómo no, has estado husmeando. Típico de ti, presentarte aquí e invadir mi intimidad, después de tantos años desaparecido.

—Sabías de quién te estabas enamorando.

—Eso no significa que quisiera hacerlo.

—Entre nosotros, el tiempo y la distancia no importan. Ahora lo veo claro.

—Sí importan. Por supuesto que importan. Me importan a mí. Sé que he accedido a intentarlo, pero ¿qué es lo que esperas, exactamente? ¿Que vuelva a ocupar mi sitio, sin hacer preguntas, con las piernas y el corazón abiertos? Ya no soy esa niña, Tobias, y tampoco soy esa mujer.

—Estamos hablando de ti, así que sé perfectamente que eso no es verdad. Si ya no fueras capaz de ser esa mujer, la que perdona y ama como solo tú puedes hacerlo, no habría dormido en tu cama esta noche. En cuanto a mis planes, no tengo ni idea porque todavía no hemos hablado como es debido, ni hemos hecho un puñetero plan juntos. Ahora mismo estamos en fase de negociación. ¿Quieres decirme de qué coño iba el puto sueño?

—¿De qué iba a ir?

—No pienso abandonarte. Ni hoy, ni mañana ni pasado. Hasta que las ranas críen pelo. Antes me comería una hamburguesa del McDonald's.

Error.

—¿Esto te parece divertido? —Cecelia me mira fijamente, cubierta de tierra, con los ojos brillando de desaprobación y rabia residual.

—Creo que un poco de sentido del humor podría hacer que esto fuera mucho menos jodido, pero está claro por tu cara que no compartes mi opinión.

—Vivías con ella —declara, casi en un susurro.

—¿Has soñado con Alicia?

—Ella te conocía. Le habías dejado conocerte. Sabía qué pasta de dientes usabas. Seguro que te elegía las putas corbatas por las mañanas. Le habías permitido saber esas cosas.

—No, no hagas eso —digo, negando con la cabeza. No me gusta nada el camino que está tomando esto.

—A mí me rechazaste, pero te fuiste a vivir con ella. Yo ni siquiera llegué a ver dónde vivías.

—Sí lo viste. Viste el único lugar que alguna vez he considerado mi casa. La pocilga que mi tía tenía a las afueras del pueblo. Ese fue el único hogar que conocí en Triple Falls. Los demás solo eran sitios en los que echar una cabezada entre un viaje de trabajo y otro. No he tenido un verdadero hogar desde que mis padres murieron. Y no vivía con ella.

—Pues por su actitud, parecía que sí.

—Yo dejé que lo pensaras.

—Cómo no. —Cecelia suelta una carcajada, exasperada.

No soy capaz de disimular la amargura de mi voz.

—Mira quién habla, Cecelia. ¿Tengo que recordarte que llevabas un puto pedrusco de compromiso de dos quilates cuando volviste a Triple Falls después de dejar al prometido con el que vivías? ¿O sigue siendo tan irrelevante que no te acuerdas?

«Joder, Tobias, para el carro».

Cierro los ojos, negándome a ver las consecuencias de ese comentario tan hiriente.

—¿Cómo te atreves? —murmura Cecelia, con un hilo de

voz—. ¿Así que es culpa mía? Tuve que pasar página. No me dejaste más opción.

—Lo sé. —Trago saliva—. Perdona. Han sido los celos. Pregúntame lo que quieras —digo, pero ella desvía la mirada y su silencio no hace más que aumentar mi dolor—. Tenemos que hablar de una puta vez. Ya hemos perdido bastante tiempo.

—¿Hemos?

—Vale, yo lo he perdido. *Merde!* —Aprieto los puños—. Si quieres jugar al juego de la culpa, la asumo toda, absolutamente toda, ¿vale? En cuanto a lo de la casa, tengo…, tenemos un adosado en Charlotte, un palacete en París, un apartamento en España y una cabaña en Alemania.

—¿Alicia y tú?

—¿Me estás tomando el pelo? Tú y yo. Ella nunca formó parte de mi futuro, Cecelia.

Parece sopesar lo que acabo de decir.

—¿Y qué hay de tu línea de meta?

Asiento con la cabeza.

—Sigue ahí. Nunca he puesto un pie en ella. Y, por cierto, tú y yo prácticamente vivíamos juntos en casa de Roman.

—No es lo mismo. De todos modos eso fue solo una ilusión, ¿no?

—No, no lo fue. Y esto solamente ha sido un sueño. Sé que te parecen reales, pero no ha sido más que una pesadilla.

—O una advertencia que debería tomarme en serio.

Lo siento como una puñalada. Me duele en el alma, pero le concedería esta pelea y mil más.

—No salimos juntos mucho tiempo —alego, avergonzándome al ver que no sirve de nada.

—Si nos ponemos así, nosotros tampoco. Si es que a eso se le puede llamar «salir».

—Lo que hicimos no fue salir, no le restes importancia a lo que nos ha hecho llegar hasta aquí. Nos enamoramos y eso nos destrozó a nosotros y a todos los que nos rodeaban hasta tal punto que arruinamos varias vidas, incluidas las nuestras. Y yo tengo la culpa. Pero aquí estamos y seguimos queriéndonos, si cabe más todavía, porque ahora somos lo suficientemente sensatos como para saber lo que hemos perdido. Olvidar las cosas que he dicho y hecho, las mentiras que he contado y todas las movidas que vamos a tener que superar no es algo que se haga en un día. Pero estoy asumiendo mi parte, tal y como me pediste, tal y como tú necesitas que haga, tal y como yo necesito hacerlo. Y estoy deseando que me preguntes todo lo que quieras para poder contártelo y dejar de perder el tiempo.

Cecelia se sienta sobre los talones y baja la mirada.

—Vale. Pues empieza por lo que me has prometido. Por la verdad. ¿Por qué has vuelto ahora?

—En gran parte tiene que ver con los planes que puse en marcha hace más de veinte años, sobre todo con lo del puesto de Tyler en la Casa Blanca. No esperaba tardar tantísimo tiempo y, cuanto más tardaba, más claro tenía que debía desentenderme de todo para hacer esto bien. Tuve que investigar a fondo a las pocas personas en las que confiaba para que asumieran el mando con Sean, de manera que tú y yo pudiéramos... —Gimo de frustración—. Lo último que quería era venir a buscarte y tener que marcharme cuando estuviéramos solucionando las cosas... —La rabia me invade al recordar el infierno por el que pasé después de que ella se fuera—. Y estuviste ilocalizable durante siete putas semanas.

—Tenía mis razones.

—Me volví loco durante siete semanas porque desapareciste sin dejar rastro. —Aprieto los puños sobre los muslos para tratar de controlar mi ira—. Te esforzaste a conciencia.

—Dinero en efectivo —dice ella—. Te permite llegar muy lejos, como bien sabes. Por eso esta casa y la cafetería pertenecen legalmente a mi madre —añade mientras deja de cavar—. A lo mejor no quería que me encontraras.

—Estaba preocupadísimo, joder.

—Pues no tenías por qué, porque había dejado de ser tuya. Te aseguraste de que así fuera.

—Siempre has sido mía. He estado velando por ti desde que tenías once años, Cecelia, independientemente de mis sentimientos. Puede que me mereciera el infierno que me hiciste pasar durante esas semanas en las que no supe nada de ti, pero no habrá un solo momento de tu vida en el que deje de protegerte. Te fallé una vez y pienso hacer todo lo que esté en mi puñetera mano para no volver a hacerlo. Créeme, cuando llegué aquí ayer, ya había hecho todo lo necesario para asegurarme de que nadie salvo yo viniera a por ti.

2

Tobias

Cecelia se pone pálida.

—¿Qué quieres decir con eso?

—Exactamente lo que estás pensando. Esa es otra de las razones por las que he tardado en venir a buscarte. Además de poner en marcha un millón de cosas para poder estar aquí, tenía cuerpos que buscar y enterrar.

Mi único objetivo era el antiguo socio de Roman, el hijo de puta que envió a Miami, convirtiendo el enfrentamiento en un baño de sangre.

Cecelia se queda boquiabierta y abre los ojos, incrédula.

—¿Jerry? ¿Fuiste a por él? —pregunta. Asiento con la cabeza y ella da un respingo—. Tobias, ¿qué hiciste?

—Asegurarme de que no volviera a ser una amenaza para ti.

—Dijiste que confiabas en mí.

—En ti sí. En quien no confiaba era en él. Era un puto corrupto. Ya se estaba preparando para tomar represalias. Lo vi con mis propios ojos. Estuve siguiendo de cerca su correspondencia y sus llamadas. Siempre fue una amenaza para ti. Si hubiera controlado la situación cuando debía… —Me aclaro la garganta para contenerme—. Tendría que haberme ocupado de él mucho antes.

Ella me mira, implorante.

—¿Qué quieres decir?

«Todavía no. Aún no es el momento, Tobias. Cada cosa a su tiempo».

—Conseguí que confesara antes de enterrarlo. Fue él quien envió a Miami. ¿Quieres que te cuente los detalles?

Ella traga saliva y desvía la mirada.

—No.

—Se acabó lo de desaparecer. —Su mirada está a un millón de kilómetros de distancia. Cuando vuelve a centrarse en mí, lo hace con el peso de esta, mi primera confesión, en los ojos. Controlo el tono de voz para que me escuche, a pesar de su enfado. Quiero que sepa lo que le espera si se da el caso—. Pienso cargarme a cualquiera que te amenace. A cualquiera. Acabaré con todos sin pensármelo dos veces, Cecelia. Y no voy a perder el sueño por ello. —Ella se muerde el labio y me mira de arriba abajo antes de volver a concentrarse en el parterre. Me agacho a su lado mientras el viento le levanta algunos mechones del hombro. Le aparto el resto de la cara—. ¿Eso te asusta?

—No.

—Porque sabes perfectamente cómo soy. No somos dos desconocidos, Cecelia. Ni muchísimo menos.

Ella no me lo discute.

—Aun así, a estas alturas ya deberías saber que no me gusta que me den órdenes.

—En este caso, eso me importa una mierda. Castígame, pero no vuelvas a hacerlo así. No huyas de mi protección. Algún día te haré prometerlo y me lo guardaré para otra discusión, que tendrá lugar tarde o temprano. No puedo arriesgarme a...

Me resisto al impulso de levantarla del suelo, de hacerla entrar en razón y exigirle que haga esa promesa ahora mismo, pero sé que no puedo. Son mi necesidad egoísta y mis propias emociones las que lo exigen. Al margen de eso, nunca se dejará domar. En parte es lo que me atrae de ella, aunque haga que me cague de miedo.

Se hace el silencio.

—¿Cómo me has encontrado?

—Sean. Él siempre supo dónde estabas. Después de agotar todos los recursos, finalmente fui a pedirle ayuda. Me estaba esperando.

La veo caer en la cuenta.

—Hay un dispositivo de rastreo en el Camaro.

—Lo instaló antes de regalártelo. Hizo que te siguieran y te puso dos pájaros permanentes en cuanto llegaste aquí. Sabía que me estaba volviendo loco, pero quería obligarme a ponerme las pilas. Descubrí el pastel en cuanto le pedí ayuda, pero ese cabrón engreído no se apiadó de mí hasta que le conté el plan.

—¿Y cuál era?

—Tú. —Cecelia se estremece bajo la sudadera de capucha—. Mejor hablamos dentro. Se te están poniendo los labios azules.

—Estoy bien —gruñe ella, sacudiéndose la tierra de los guantes—. Qué hijos de puta. Cumplí vuestras órdenes y guardé vuestros secretos, y aun así no confiabais en que fuera capaz de cuidar de mí misma.

—Te regaló el coche de corazón, Cecelia. Dom habría querido que lo tuvieras tú, pero siempre vamos a protegerte, independientemente de si esto funciona o no. Siempre. Eso no es discutible.

—Ah, ¿sí? ¿Y quién va a protegerme de ti?

Gancho de derecha.

Trago saliva.

—No te hace falta. Estoy a tu merced.

—¿Hasta cuándo?

Todavía agachado a su lado, le pongo un pulgar bajo la barbilla y giro su cabeza hacia mí.

—Estoy comprometido con esto, Cecelia. Daría cualquier cosa por volver atrás, por cambiar lo que hice. Por ser el hombre que necesitabas que fuera, pero no era tan sencillo como sucumbir a lo sentía por ti. Y ahora no es más fácil. Después de todo lo que sucedió, de lo mal que lo pasaste, tenía que darte la oportunidad de tener una vida normal, de escapar de esta —digo. Ella frunce el ceño mientras le levanto la barbilla—. Y, al cabo de unos cuantos años, empezaste una vida diferente. Te mantuviste alejada. A propósito. Ni siquiera aprovechaste la excusa de la muerte de tu padre para volver a Triple Falls. Fuiste a la universidad, te graduaste y te comprometiste para casarte con otro hombre. Te pusieron un anillo en el dedo. Cuando volviste, era para vender la empresa. Decidiste romper todos los lazos con Triple Falls y conmigo, y tuve que respetar tu decisión. Te estaba yendo bien. O al menos eso fue lo que pensé, al principio.

—¿Y después?

—Ya te lo he explicado. Fue un cúmulo de circunstancias. Bueno, sobre todo se trataba de una en particular, y te lo contaré todo, pero necesito tiempo —declaro, negando con la cabeza—. No mucho, pero te juro que te lo contaré.

—¿No crees que pueda con ello?

—Creo que puedes con todo —digo con sinceridad—. Solo que ahora mismo es demasiado como para asimilarlo. No has dormido nada. Y dudo que hayas comido algo.

Cecelia se levanta y se sacude la tierra del pijama. Intento acercarme, pero ella retrocede y niega con la cabeza.

—No.

—¿Por qué? ¿Porque sabes perfectamente cómo acabará la cosa si dejas que te toque?

—El amor y el sexo no solucionan nada, ¿recuerdas? —dice. Me paso la mano por el pelo y ella se cruza de brazos con una mirada de satisfacción obvia. Está convencida de que acabaré tirando la toalla. Más que avanzar, he retrocedido y ella verbaliza mis pensamientos—. ¿Ya te has rendido?

—Para ya —le pido—. Solo ha sido un sueño. ¿Es que lo que te confesé ayer no ha servido de nada?

—Sí y no, es que… no encajas aquí —dice, frotándose la nariz enrojecida con la mano.

—¿Y dónde me imaginas?

—¡Ni siquiera has traído una triste maleta! —exclama, poniendo los brazos en jarras—. ¿Dónde vives ahora? ¿Dónde están todas tus cosas, Tobias?

—Guardadas en un camión. El conductor está esperando órdenes mías. Más de la mitad de mi ropa son putos trajes que no pienso ponerme en un futuro próximo. Vivo aquí. Mi casa es donde tú estés. Lo dejé claro ayer. Sé que no podemos retomarlo donde lo dejamos… —Doy un paso adelante, ella retrocede y empieza el tango. Me mira con los ojos de un animal herido—. Aquí estás sola, Cecelia. Y yo tengo la culpa. Te he vuelto a hacer sentir sola. ¿Crees que no lo sé? Renunciaste a tu puñetera vida por mí, así que yo he hecho lo mismo. He hecho lo único que podía hacer porque quería que me tomaras en serio al verme aparecer solamente con la ropa que llevaba puesta. —Ella se muerde el labio inferior, mirándome de arriba abajo—. He renunciado a la única vida que he conocido en más de veinte años y a casi todo lo que tiene que ver con ella para venir aquí y tener la oportunidad de volver a estar contigo.

—Has renunciado a tu ropa.

—He renunciado al control, que es lo más jodido para un hombre como yo —replico. Avanzo hacia ella y esta vez no retrocede. Estrecho sus mejillas heladas entre mis manos—. Porque esto es lo que más deseo en el mundo. Esto es lo que deseo: a ti, lo nuestro.

—Es que… —dice Cecelia, levantando las manos para agarrarme por las muñecas y apartarme—. Vuelve a la cama. Necesito pensar.

—No.

—Tobias…

—Que no, joder. No pienso darte la oportunidad de pensar

en más razones para guardarme rencor. —Me inclino hacia ella—. Si a ti te duele, a mí también. Aún no está todo dicho.

—Por hoy sí. —Cecelia baja la vista y niega con la cabeza antes de empujarme hacia la casa. En ese momento me abalanzo sobre ella y la cojo en brazos—. ¡Bájame!

—No —susurro, acariciándole el cuello con la nariz e inhalando su aroma, un aroma tan reconfortante que me hace sentir como en casa. Pero la sensación dura poco, porque noto cómo Cecelia se tensa entre mis brazos. Me inclino para besarla y ella gira la cabeza—. Mírame, por favor —le imploro.

—Te odio con todas mis fuerzas —susurra.

—Lo sé. —Levanta los ojos hacia los míos antes de posarlos sobre mis labios—. *Plus rien ne nous séparera. Jamais.* —«Nada se interpondrá entre nosotros. Jamás».

Agotada, sin duda por mi culpa, Cecelia apoya la cabeza en mi hombro mientras la llevo adentro con Beau pisándome los talones, hasta que le cierro la puerta del dormitorio en las narices.

—No pagues tu frustración con mi pequeño —me regaña mientras entro en el cuarto de baño y la deposito suavemente en el suelo, delante de la ducha.

—¿Has dormido algo? —le pregunto, abriendo el grifo. Ella permanece inerte, sin abrir la boca—. Siento haber tardado tanto.

Le quito lentamente la sudadera por la cabeza y la parte de arriba del pijama antes de despojarla con cuidado de la goma del pelo. La melena le cae pesadamente sobre los hombros y, al verla, se me pone dura. No ha pegado ojo, está conmocionada y parece derrotada, y no lo soporto. Quiero que luche, pero ya no puede más. Y la culpa es mía.

—Tenía que llegar a ti preparado, Cecelia. Tenía que hacerlo. Hay demasiada gente que depende de mí. Tenía demasiados frentes abiertos. Tenía que planear mi estrategia de salida y aclararme las ideas. Encontraré la forma de que lo entiendas, te lo prometo.

—Lo dudo.

—Las mentiras que te dije cuando luchabas contra mí con tantas ganas fueron las últimas —susurro, dándole un beso en la sien mientras le desabrocho el sujetador.

No puedo evitar inclinarme para meterme uno de sus pezones en la boca. De inmediato, sus dedos se enredan en mi pelo para apartarme, conteniendo la respiración mientras tira de mí, resistiéndose. Yo me niego a alejarme. Llevo los labios a su otro pecho y lamo su piel sedosa, antes de levantar los ojos hacia los suyos. Su respiración se acelera y su pecho se agita mientras me observa, extasiada pero furiosa.

—Te necesito —susurro antes de volver a llenarme la boca con su pecho y arrancarle un grito ahogado. Su piel brilla cuando lo suelto y ella se queda sin fuerzas mientras la sujeto con firmeza—. Te necesito, Cecelia. Necesito que te corras. Necesito sentir cómo te abres alrededor de mí. Necesito oír mi nombre en tus labios. Pero, sobre todo, te necesito a ti.

Me arrodillo, le bajo el pantalón del pijama y arrastro lentamente sus bragas para que se unan a él en el suelo. Con la cara a la altura de su coño, poso los labios sobre su monte de Venus e inhalo su aroma con mi miembro latiendo, suplicando que lo liberen.

Incapaz de resistirme al deseo de probarla, paso la lengua por su hendidura mientras ella me clava las uñas en la cabeza y emite un gemido entrecortado. Disfruto del dolor agudo que me inflige, porque está luchando, pero no lo suficiente. Me aparto y la miro. Ella me devuelve una mirada llena de fuego azul.

Ninguno de los dos puede resistirse a nuestra atracción mutua, nunca hemos podido hacerlo, por muy enfadados que estuviéramos. Pero necesito algo más que la sumisión de su cuerpo para actuar.

Me pongo de pie y le paso los pulgares por la mandíbula antes de darle un beso fugaz. Ella tiembla de deseo. Sus ojos me imploran mientras sus labios se niegan a moverse, a pedir lo que necesita, y alejarme es una puta agonía.

—Dúchate. Voy a preparar el desayuno. Luego seguiremos hablando. —Ella asiente, con la mirada perdida en otra época. Una época en la que sin duda la herí, porque era lo único que sabía hacer—. Nadie me odia más que yo por lo que te he hecho —admito antes de soltarla definitivamente y dejarla en la habitación llena de vapor.

Cecelia lleva con el piloto automático desde que ha salido de la ducha, tomándose el café mecánicamente mientras le da trozos de beicon a Beau. No es el desayuno que imaginé que tendríamos. Pero suelo apuntar alto.

—Pregúntame lo que quieras —le pido, sentado en su pequeña cocina de cuatro sillas.

Ella muerde la tostada francesa y se toma el café antes de que yo me meta el primer bocado en la boca. Nuestras miradas se cruzan cuando la escupo tosiendo y una leve sonrisa se dibuja en sus labios.

—*Putain*. —«Joder». Cojo su plato y el mío y me los llevo al fregadero mientras me aclaro la garganta una y otra vez.

—Buen intento —dice ella con retintín, detrás de mí.

—Nunca había cocinado con canela. —Meto el pan crujiente en el triturador de basura y lo activo. El sonido de su silla arrastrándose me alerta de lo que ya sabía que se avecinaba. Apago el triturador, me doy la vuelta y me apoyo en la encimera—. ¿No puedes tomarte el día libre? —Ella niega lentamente con la cabeza y yo acepto la mentira—. Vale, pues dame cinco minutos.

—¿Qué? —Cecelia frunce el ceño. En sus labios carnosos se dibuja una mueca de desagrado y es como si me clavara un cuchillo en el pecho.

—Voy contigo.

—¿A la cafetería?

—Necesito que me prestes el Camaro.

—¿A dónde vas?

—Tengo que comprar unas cuantas cosas.

Ella señala las llaves que hay sobre la encimera y coge el bolso.

—Te espero fuera. Cierra con llave.

Cecelia se agacha para acariciar a Beau y le da un beso exagerado que hace que me ponga celoso automáticamente.

3

Tobias

Once años

Miro el reloj al oír el portazo y, al cabo de un segundo, Delphine apaga la música. El tintineo de una botella contra un vaso en la cocina me hace saber que no nos llevará al colegio dentro de unas horas, lo que significa que dependerá de mí que lleguemos. Faltar a clase nos pondría en el punto de mira y lo último que necesitamos es que los servicios sociales se presenten aquí, tal y como está la casa. Una vez más, tendré que ser yo quien la limpie. Solo han pasado unos cuantos meses desde que murieron nuestros padres, pero han sido los peores de mi vida. Dom no mejora. El niño feliz que era casi ha desaparecido debido a la indiferencia y la crueldad de nuestra tía. Ella no tiene instinto maternal y nos deja claro a diario que somos una obligación no deseada. Pero si alguien sospechara que no está capacitada para criarnos —que no lo está— nos sacarían de aquí y no pienso permitirlo. No me separarán de mi hermano.

Decido dormir un poco. Pongo la alarma del despertador barato esperando que no se le acaben las pilas y estoy acurrucándome de nuevo en el colchón cuando oigo el sonido inconfundible de los sollozos ahogados de mi hermano al otro lado del pasillo. Aparto la sábana fina que pica y, al entrar en la habitación de Dominic, me lo encuentro tumbado boca abajo. Tiene la cabeza enterrada en la almohada para amortiguar el llanto y le tiemblan los hombros. Enciendo la lamparita de plástico, me siento en el borde de su cama individual y él se queda inmóvil, aterrorizado, hasta que ve que soy yo.

—Tranquilo, Dom. Ya se han ido. La fiesta ha terminado. Vuelve a dormir.

Poso la mano sobre su hombro y noto su piel ardiendo a través de la fina camiseta del pijama. Le doy la vuelta, le levanto la camiseta y veo que está cubierto de granos de varicela. Él se mira el pecho y la barriga, asustado.

—Yo no he hecho nada.

—No es culpa tuya. Tienes varicela.

—¿Me voy a morir, como mamá y papá?

El dolor que siento en el pecho me hace apretar los dientes.

—No. Te picarán un poco, pero solo salen una vez.

—¿Tú también los tuviste?

—Sí y me hicieron más fuerte. Te traeré una medicina para el picor por la mañana.

La puerta se abre de golpe y Delphine se nos queda mirando a ambos.

—¿Qué hacéis despiertos?

Pongo los ojos en blanco.

—¿Cómo íbamos a dormir con todo ese ruido?

—Eso son cosas de mayores. Vuelve a la cama.

—Tiene fiebre y varicela —le explico. Delphine mira a Dominic con recelo mientras le levanto la camiseta para que lo vea—. No puede ir al colegio. Lo mandarán a casa.

—Pues yo no puedo faltar al trabajo —dice, resoplando—. No podemos permitírnoslo.

—Entonces me quedaré en casa —respondo—. Está enfermo, no voy a dejarlo solo.

—No puedes faltar a clase.

—No pienso dejarlo aquí. ¡Fin de la historia! —Eso era lo que papá decía cuando se ponía serio y espero que resulte igual de eficaz.

Ella nos fulmina con la mirada antes de dar media vuelta y cerrar la puerta.

—La odio —susurra Dominic, temiendo que pueda oírlo.

—No viviremos aquí para siempre.

—Me tiró los coches porque pisó uno.

—Te dije que los recogieras. Te conseguiré más.

—No tienes dinero.

—Tú déjamelo a mí.

Le robaré otros veinte pavos del bolso a Delphine. La mitad de las veces no tiene ni idea de lo que lleva en la cartera y está demasiado borracha para darse cuenta cuando la pierde.

Vuelvo a ponerle la mano en el cuello antes de levantarme. Está ardiendo.

—¿A dónde vas?

—A buscar algo para bajarte la fiebre.

—¿Vas a volver?

—Antes de que te des cuenta.

Cruzo el pasillo y paso frente a la habitación de Delphine, pero un resoplido familiar me hace detenerme en la puerta. Me asomo y la veo mirando unas fotos sobre la cama con los ojos enrojecidos. Son fotos de ella y de su marido, que la abandonó unos meses antes de que murieran mamá y papá. Las acaricia con los dedos hasta que se da cuenta de que estoy allí y levanta los ojos hostiles hacia los míos.

—No quiero ser madre.

—Pues no lo seas. Yo le daré de comer. Lo bañaré. Lo llevaré al colegio. Pero no lo toques, ni le grites. Lo haré yo todo.

—Si solo eres un niño —se burla.

—*Plus adulte que toi.* —«Soy más adulto que tú».

—*Surveille ton langage, petit con.* —«Cuidado con lo que dices, mocoso impertinente».

Decidiendo renunciar a otra discusión inútil, cambio de tercio.

—Necesito Tylenol para bajarle la fiebre.

Ella abre el cajón de la mesilla de noche y coge uno de los sobres de polvos que se pone en la lengua cada mañana para la resaca. Yo lo miro, preocupado.

—¿Qué lleva?

—Lo mismo que el Tylenol. Funciona más rápido. Échaselo en un vaso de zumo.

—No tenemos zumo.

Delphine suspira y recoge las fotos del colchón antes de guardarlas con cariño en una vieja caja de puros que tiene sobre la mesilla de noche. Me acerco a la cómoda, le cojo la cartera del bolso y saco un billete de veinte.

—¿Qué leches estás haciendo?

—Voy a comprarle las medicinas que necesita y un coche nuevo para que juegue mientras está enfermo —digo, en tono desafiante. Esta es una batalla que sí estoy dispuesto a librar.

Ella abre la boca para protestar, pero en lugar de ello vuelve a hundirse en el colchón.

—Tú mismo.

—Nosotros tampoco queremos que seas nuestra madre. —Estrujo el billete que tengo en la mano y vuelvo a guardar la cartera en el bolso—. No te acerques a él. Yo lo cuidaré.

—Tú mismo, niño. Cierra la puerta.

Delphine pone los ojos en blanco y apaga la luz, dejándonos a los dos a oscuras. En unos instantes, habrá caído redonda. Salgo a trompicones de su dormitorio y, bajo la tenue luz de la lámpara de Dominic, voy hacia la cocina para coger agua. Vacío la mitad del sobre que ella me ha dado en el vaso y lo remuevo mirando la luna llena por la ventana mientras una cucaracha se escabulle por el cristal. Con el medicamento en la mano, vuelvo con Dominic, que se ha quedado en calzoncillos y se está rascando los brazos con fuerza.

—Vuelve a ponerte la ropa para no rascarte.

—Tengo que hacerlo.

—No puedes. Empeorará y te quedarán marcas.

Él se queda inmóvil y gime mientras vuelve a ponerse el pijama. Un pijama que ya se le ha quedado pequeño. Aún recuerdo el día que mamá y yo se lo compramos después de hacer los recados juntos. Lo había elegido yo. No hace tanto, estaban aquí, vivos.

Dominic frunce el ceño al ver el vaso.

—¿Eso me hará más fuerte?

—Sí. Cada vez que enfermes, tu cuerpo averiguará cómo hacerte más fuerte para que la próxima vez no estés tan enfermo. Identificará al culpable y creará anticuerpos para luchar contra él.

—¿Qué es un culpable?

—El que te ha hecho estar enfermo.

—¿Qué son los «anticuervos»?

—Anticuerpos. Viven dentro de ti. Forman un ejército para ayudarte a luchar contra la enfermedad.

—¿Cómo lo sabes? — pregunta Dominic, ladeando la cabeza como hacía papá.

—Porque leo libros. Y los libros te hacen más listo.

—Pues entonces voy a leer libros —declara—. Muchos libros. Y me haré más fuerte y listo, y así nadie podrá ser malo conmigo nunca más.

—Muy bien. Bébete esto.

Él le da un buen trago y hace una mueca.

—No lo quiero.

—Es un medicamento. Lo necesitas.

—Puaj.

—Bébetelo, Dom. Mañana iré a la tienda a por uno que sepa mejor.

Poco después de acabar de beberlo, se queda dormido y yo me duermo a su lado, tras comprobar que su piel ha bajado de temperatura.

Cuando la puerta principal se cierra de golpe unas horas más tarde, me despierto entre la pared y el colchón y sacudo suavemente a Dom para despertarlo.

—Voy a la tienda. No salgas de la cama hasta que vuelva.

—Estoy durmiendo —se queja.

—Si te despiertas, haz pis y vuelve directamente a la cama. Si no, no salgas de la habitación hasta que vuelva y no le abras la puerta a nadie.

—Que estoy durmiendo.

—Prométemelo.

—Jolines, te lo prometo —responde antes de resoplar y taparse la cabeza con la sábana.

Con el corazón encogido, cierro la puerta tras de mí. Ya estoy casi en la calle cuando doy media vuelta, subo al porche y vuelvo a echar la llave. Una, dos, tres.

Satisfecho después de contarlas, salgo corriendo a toda velocidad del camino de entrada para ir hacia la farmacia. No estoy lejos de casa cuando me doy cuenta de que el sedán que estaba aparcado enfrente se me acerca sigilosamente. Me quedo parado y me giro al tiempo que el coche se detiene. Estoy dispuesto a enfrentarme a cualquiera, pero me sorprende ver a una mujer en el asiento del conductor. Se me queda mirando antes de bajar la ventanilla, con los ojos hinchados y enrojecidos.

—Hola. Siento haberte asustado. ¿Quieres que te lleve a algún sitio?

—No —me limito a responder antes de dar media vuelta y seguir corriendo.

Ella me sigue en silencio durante unos segundos y entonces vuelve a hablar.

—No voy a hacerte daño.

—No necesito que nadie me lleve, pero gracias.

Mantengo la mirada al frente mientras el sudor me nubla la vista. He ganado resistencia gracias a las carreras nocturnas, desde que empecé a ir al lugar que descubrí la noche en la que murieron mis padres. Pero hoy hace un calor de mil demonios y ya tengo la camiseta empapada.

—Voy a la ciudad, si es ahí a donde te diriges, y me vendría bien la compañía.

Molesto, dejo de correr y la miro. Es guapa y no parece mucho mayor que yo. Cuando por fin me acerco al coche, veo su enorme barriga detrás del volante. Está embarazada, muy embarazada, y algo en mi interior me dice que es inofensiva.

—Eres un poco joven para andar por ahí solo, ¿no crees?

—Cumplo doce dentro de unos meses. ¿Y usted qué hace persiguiendo niños y ofreciéndose a llevarlos en coche?

Ella esboza una débil sonrisa.

—Supongo que te he asustado, aunque no era mi intención. Pasaba por aquí cuando te he visto y se me ha ocurrido ofrecerme a llevarte. Hoy hace mucho calor.

—¿Conoce a los Perkins?

—¿A los Perkins?

—La casa delante de la que estaba parada. —Cruzo los brazos sobre el pecho.

—¿Qué? No. Estaba dando una vuelta por el barrio. ¿Tú a dónde vas?

—Mi hermano está enfermo. Necesita medicinas.

Le tiembla la barbilla al hablar.

—¿Es grave?

—No. Solo tiene la varicela.

—Sube. Yo te llevo. Te prometo que no soy ninguna amenaza para ti.

Agarro la manilla del coche y, vacilando, miro la larga carretera que me separa de la casa. La he cerrado tres veces. Él está dormido, pero ¿por cuánto tiempo? Hace unas noches, cuando iba de camino hacia mi lugar secreto, no tenía claro si había cerrado la puerta. Volví corriendo hasta casa, con el corazón a mil, más por el miedo que por la carrera, porque no estaba seguro. Tres chasquidos de cerradura, tres vueltas de manilla. Tres vistazos a mi hermano antes de salir. Es la única forma de estar seguro.

—Tengo que volver con él.

—Seremos rápidos —promete.

Vuelvo a mirar hacia la casa, con el sudor cayéndome por la sien. Esta mujer no tiene ninguna pinta de querer hacerme daño.

A la mierda.

Me subo y me abrocho el cinturón. El coche es viejo y está un poco destartalado, pero el aire acondicionado funciona, algo que agradezco. Dirige la rejilla del aire hacia mí y el sudor empieza a enfriarse sobre mi piel.

—¿Puede dejarme en la farmacia, por favor?

—Claro.

Cuanto más conduce, más cómodo estoy en el asiento. Ella está enorme y apenas queda un centímetro de distancia entre su barriga y el volante.

—¿Aquella era tu casa?

—Es la casa de mi tía. Nos estamos quedando con ella un tiempo.

—¿Te gusta vivir allí? —pregunta. Me encojo de hombros para hacerle creer que no está mal, pero la verdad es que odio la casa con todas mis fuerzas y estoy casi a punto de empezar a odiar a Delphine—. ¿Ella es…? ¿Tú eres…? —A la mujer le tiembla la voz al hablar y eso me pone nervioso. Miro por el retrovisor del copiloto. «Tres veces. La has cerrado tres veces»—. Y tu hermano…

—Dominic.

—Dominic —repite, tragando saliva—. ¿Lo está pasando muy mal?

Me quedo mirándola y ella me mira como si me tuviera miedo, como si temiera lo que voy a decir.

—Se pondrá bien. Yo también la tuve a su edad. Todo el mundo la pasa, ¿no?

—No, yo no la he tenido. Seguramente la pasaré cuando mi

bebé la tenga. Aunque es mejor pasarla de pequeño. Lo he leído en uno de mis libros para bebés.

—¿Qué va a ser? —Esta es la conversación más rara que he tenido nunca. No tengo ni idea de quién es esta mujer ni de por qué me está llevando en coche, pero su aire acondicionado me está poniendo difícil que me importe.

—Una niña. Estaba pensando en llamarla Leann.

Yo arrugo la nariz, un gesto que a ella no le pasa desapercibido. Suelta una pequeña carcajada.

—No te gusta, ¿eh? Pues es el nombre de mi madre.

—Lo siento. —Vuelvo a mirar en dirección a la casa, rezando para que Dominic siga dormido.

—Tranquilo. Tampoco es que me encante. Puede que lo use como segundo nombre.

Cuando, al cabo de unos minutos, llegamos a la farmacia, me giro hacia ella con la mano sobre la manilla de la puerta.

—Gracias por traerme.

—¿Te importa si te acompaño? Puedo ayudarte a encontrar lo que necesitas. —Yo frunzo el ceño—. Es que tengo que hacer tiempo —añade en voz baja.

—Bueno… Si quiere…

Ella asiente con la cabeza, sale del coche detrás de mí y cruza la puerta contoneándose mientras yo la mantengo abierta.

—Gracias —dice distraídamente.

Tiene la cara sucia, como Delphine después de una de sus lloreras nocturnas. Recorremos juntos varios pasillos, hasta encontrar lo que buscamos. Ella coge un bote de crema para el picor que cuesta ocho dólares y me doy cuenta de que estoy jodido.

—Gracias —le digo mientras coge un bote de Tylenol infantil y veo el precio en la estantería de donde lo ha sacado.

Once dólares. No tendré suficiente después de que le sumen los impuestos.

—¿Qué más necesitas?

—Nada. —Me muerdo el labio, mirando el Tylenol de marca blanca, y lo cojo del estante—. Mejor este.

Con la cara encendida por la vergüenza, la mujer agarra otro bote de Tylenol y lo mete en el carrito de la compra que ha cogido al entrar.

—Deja que pague yo.

—¿Qué? —Somos casi de la misma altura. Puede que incluso la supere en un par de centímetros—. ¿Por qué?

—Me gustaría mucho hacerlo, si te parece bien.

—Bueno... Es que no...

—Será nuestro secreto —dice, dedicándome una pequeña sonrisa.

Yo asiento con la cabeza, porque en realidad no tengo elección. Si ella no se hubiera ofrecido, a lo mejor no me llegaría el dinero y tendría que robarlo. Últimamente tengo que hacerlo bastante y no me gusta nada, aunque solo sea en casos como este, en días como hoy, en los que estoy entre la espada y la pared. Como tengo que esperar a los dieciséis para recibir el dinero de la indemnización por la muerte de mis padres, dependo de lo que vaya consiguiendo hasta que pueda ganarlo yo mismo. Pero, de momento, no me queda más remedio que buscarme la vida y tengo la sensación de que robar será una parte importante del camino. Aunque la línea es muy fina. Si me pillan robando, atraeré la atención sobre Delphine y Dom. Tengo que hacerlo todo perfecto, ser el doble de rápido y el doble de listo que otro ladrón cualquiera. Mi vida y la de Dom dependen de ello. Una vergüenza que conozco muy bien me asfixia y me prometo a mí mismo ganar suficiente dinero algún día, para no tener que volver a sentirme así.

—¿Se te ocurre algo más que pueda necesitar? —me pregunta ella, como si me leyera la mente.

—Voy a llevarle un coche de juguete y un libro.

—Vale —dice ella, animándose—. Te ayudaré.

—En serio, no tiene por qué...

—Por favor, déjame hacerlo —me pide, de nuevo con voz suplicante y temblorosa—. Hoy tengo un mal día —dice—. ¿Tú tienes días así?

—Todo el rato. —Eso parece afectarle y me da la espalda, limpiándose la cara con la mano—. Perdone. No se disguste. Claro que puede ayudarme.

Lo único que quiero es librarme de esta señora tan rara y volver con mi hermano, pero entonces ella me mira de una forma que hace que se me encoja el corazón.

—Ni se te ocurra pedirme perdón. Soy yo la que tiene que disculparse. Últimamente estoy muy sensible, por el embarazo. No quiero hacerte sentir incómodo.

—Es por el exceso de hormonas —digo, repitiendo las palabras del señor Belin durante una de nuestras clases de ciencias—. En este momento está creando a otra persona. Es normal.

Ella me sonríe.

—Eres de los listos, ¿eh? —Empuja el carro hacia delante y yo la sigo.

—Tengo muy buena memoria.

—Eso está bien. Ojalá yo no la tuviera —dice, con una risilla. Pasamos a la sección de juguetes y valoro el precio de unos cuantos coches, teniendo en cuenta el dinero que llevo en el bolsillo, cuando ella coge un set de la estantería—. Esto es un set. Así tendría todos estos.

—No puedo... —Una vez más, me arde la cara. Desvío la mirada—. No tengo dinero para un set.

—Invito yo. Por favor, me encantaría.

Bajo la vista hacia su vientre abultado y no me parece adecuado permitírselo. Ella tampoco debe de tener mucho dinero, a juzgar por el coche que conduce y la ropa que lleva. Tiro del cuello de la camiseta mientras mi piel se calienta.

—No hace falta.

—Quiero hacerlo, de verdad. Por favor, déjame.

—Vale. —Cedo porque no me queda más remedio.

Tengo que volver con mi hermano. La sensación de angustia regresa y me hace tamborilear con los dedos sobre el muslo. «La has cerrado tres veces. Tres».

La mujer acaricia con los dedos el paquete como si fuera una especie de respuesta y añade una mantita con estampado de coches al carro, que se está llenando rápidamente.

—Le va a encantar. Adora los coches.

Eso parece animarla.

—¿Qué más necesita?

De todo. Ropa y zapatos nuevos. A sus padres. Aparto la vista, con un nudo en la garganta.

—Solo un libro. Cada vez lee mejor. —No sé por qué he sentido la necesidad de contarle eso, pero tengo la sensación de que a ella le interesa y yo quiero que a alguien, a cualquiera, además de a mí, le interese. Ya casi no viene nadie de las reuniones. Al parecer, el plazo de tiempo para que la gente se preocupe por tu bienestar después de una muerte se limita a unos cuantos meses.

—Un libro, vale —dice ella sonriendo, aunque los ojos se le vuelven a humedecer y me aclaro la garganta, incómodo por lo sensible que está.

Esta señora tiene demasiadas hormonas. Le sigo la corriente, sin tener muy claro por qué quiere ayudarme, y me pregunto si ella misma podrá permitirse todo lo que está echando en el carro. Pasamos por la sección de libros y elijo dos. Ella me los quita de las manos antes de añadir siete más. Luego, en la sección de alimentación, vacía un estante de sopa y la echa en el carrito junto con unos cuantos Gatorades, caramelos y chocolatinas.

—No come chocolate —le digo.

—¿Y tú?

—Sí, me encanta.

—Pues para ti.

—No tiene por qué hacer esto —le digo, mirando con aprensión el carrito lleno hasta los topes.

—Te aseguro que sí.

—¿Vive en Triple Falls?

Necesito distraerme para olvidarme del tiempo. Ya está despierto. Lo presiento. «Tres veces. Está cerrado, está cerrado». No puedo evitar echar un vistazo al reloj de plástico que está encima del mostrador de la farmacia. Las siete y media. Sean ya estará de camino, para ir juntos al colegio. Si está dormido, no tardará en despertarlo. Solo tengo unos cuantos minutos.

—No, vivía aquí, pero me mudé hace poco. Hoy he vuelto para ver a alguien, pero... —Niega con la cabeza—. Da igual.

Vuelvo a mirar el reloj, escuchándola solo a medias, mientras se me empieza a acelerar el corazón. Si tiene hambre, podría intentar hacer alguna tontería, como freír un huevo. Eso si hubiera algún puto huevo en casa. Me pican las palmas de las manos y me giro hacia ella.

—Tengo que volver con mi hermano. Tengo que irme ya.

Ella abre los ojos de par en par.

—¿Está solo?

Asiento con la cabeza. Parece que eso vuelve a activarla.

—Estaba durmiendo cuando me fui. No quería traerlo conmigo con este calor. Mi tía no podía faltar al trabajo. Yo me voy a quedar en casa con él. Ya soy mayor —digo con rabia. Mierda, ya he hablado demasiado.

—No se lo diré a nadie, si es eso lo que estás pensando. No es culpa tuya —me asegura—. Eres un buen hermano.

Vamos apresuradamente hacia la caja y yo me quedo mirando el mar de bolsas, preguntándome cómo voy a llevármelo todo a casa, pero emocionado al imaginarme la cara de Dom cuando vea todo lo que hay dentro.

—Venga, vamos a meter esto en el coche y te llevo a casa.

La miro aliviado.

—¿Seguro?

—Claro. No creerías que te iba a hacer cargar con todo esto cinco kilómetros, ¿no?

La cajera le dice el total y yo me quedo mirando la pantalla, con los ojos como platos. Doscientos doce dólares. Ella ni siquiera parpadea mientras le entrega tres billetes de cien dólares y guarda el cambio en una de mis bolsas. Yo la miro, alucinado.

—Por si necesita más medicinas —dice, pero sé que lo hace por pena. Y no lo soporto.

Trago saliva y asiento con la cabeza porque me cuesta hablar. Recojo las bolsas y las llevo al coche mientras ella gira la llave en el contacto y enciende el aire acondicionado. El camino a casa transcurre en silencio y yo miro el asiento trasero lleno de bolsas antes de volver a mirar a la mujer, que se aferra con tal fuerza al volante que se le están poniendo los dedos blancos. Siento lástima por ella, por esta triste mujer embarazada que está tan sola que necesita ir de compras conmigo para animarse.

Cuando aparca delante de la casa, le impido que me ayude. A pesar de lo amable que ha sido, no pienso invitarla a pasar. Rara vez dejo que un adulto se acerque a Dominic. No confío en ellos. No confío en nadie de por aquí. Dejo las bolsas en el porche, vuelvo al coche y cierro la puerta de atrás. Ella baja la ventanilla del lado del acompañante.

—Gracias.

—En serio, por favor, no me des las gracias, ha sido un placer. —La señora sacude la cabeza y parece a punto de echarse a llorar de nuevo.

—Me llamo Tobias —le digo, como si importara.

—Gracias por hacerme compañía, Tobias.

—Espero que su día mejore.

Ella se muerde el labio inferior como si fuera a explotar antes de hablar.

—Tú lo has hecho mucho mejor. Gracias por complacerme. Debes de pensar que estoy loca —dice, negando con la cabeza.

—Usted misma lo ha dicho, solo tiene un mal día. Yo también lo tenía. Usted también ha hecho que el mío sea mucho mejor.

—Eres un buen chico. Te mereces… —Sus ojos se desvían hacia la casa—. Te mereces mucho más que días malos.

Me encojo de hombros.

—Todos los tenemos.

—Gracias, Tobias.

Descolocado por la última media hora y la despedida, doy media vuelta para subir corriendo las escaleras y arrastrar las bolsas dentro antes de echar tres veces el pestillo.

Una vez dentro, miro a través de las persianas subidas y la veo todavía parada delante de la puerta, con la cabeza inclinada sobre el volante y el cuerpo agitándose.

Está llorando. Por una parte, siento la necesidad de ir a junto de ella. Mamá siempre decía que nunca había que dejar que una mujer se secara sola las lágrimas y que nunca había que ser el causante de ellas, pero no sabría qué decirle. Así que me limito a observarla durante varios minutos, hasta que se limpia la cara y se va. La angustia que siento en el pecho me acompaña mientras vacío las bolsas. Dom seguía dormido cuando he asomado la cabeza en su dormitorio. Alineo las latas en la estrecha despensa vacía y me siento aliviado al ver tal cantidad de comida. Se acabó el pasar hambre hasta que Delphine decida que es la hora de cenar. Ella rara vez come, así que el alijo nos alimentará durante varias semanas. Cuando oigo a Dominic hablar detrás de mí, mi entusiasmo aumenta.

—¿Todo eso es mío?

Minutos después, los paquetes yacen desparramados por el suelo de su cuarto y yo intento embadurnarlo de crema rosa, mientras él me golpea el muslo con los coches nuevos. Con la tripa llena, pienso en la mujer que me ha ayudado y en que me gustaría habérselo agradecido mejor de lo que lo he hecho. Después de pelearme con Dominic para untarlo en crema, lo arrastro de nuevo a la cama y llevo la pequeña televisión de mi habitación a la suya. Ya está casi dormido cuando la ventana se abre y aparece una maraña de pelo rubio similar a un nido de ratas. Sean levanta la cabeza y sonríe al ver que hemos acampado en la cama de Dom. Trepa por la ventana vestido con su camiseta favorita de Batman y unos vaqueros, lleno ya de tierra por la caminata entre los árboles del barrio.

—¿No vais al colegio? —nos pregunta a los dos.

—No. Dominic está enfermo.

—Pues no lo parece. —Sean nos mira fijamente a ambos, pasándose las uñas por los brazos, y entonces me fijo en los puntitos abultados que tiene en los brazos, la cara y el cuello. Abro la boca para hablar cuando Dom sale disparado de la cama, señalándolo.

—¡Sean! ¡Tú eres el culpable!

***

—¿Señor? —Una voz desconocida me hace aterrizar—. Tiene siete bolsas.

El tintineo de los productos me trae lentamente de regreso al presente, mientras cojo el cambio y el tique que la mujer me tiende. Con el corazón destrozado por el recuerdo, cojo las bolsas por las asas y salgo del supermercado en dirección al Camaro de Dom. «Los dos sabíamos que no llegaría a los treinta, hermano. Cuida de ella».

4

Cecelia

Mientras observo con la mirada perdida el aparcamiento por uno de los grandes ventanales, me niego a reconocer que estoy esperando a que aparezca el Camaro... o él. Vuelvo a mirar el reloj, molesta por las mentiras que me cuento a mí misma. Hace tres horas que me ha dejado aquí. Sé que no ha cambiado de opinión. Sé que va a volver.

Ha vuelto por mí.

Ha dejado su vida por mí.

Ha vuelto a matar por mí.

—Pero, chica, ¿dónde tienes hoy la cabeza? —me pregunta Marissa, acercándose a mí en la barra.

—Solo estoy un poco... distraída.

Sé que estaría bien avisarla de lo que se avecina o, mejor dicho, de quién, pero no tengo ni idea de si él tiene intención de colonizar mi lugar de trabajo, como ha hecho con mi casa y mi nueva vida. No tengo ni idea de si pretende quedarse aquí en secreto, como hacía antes. Por ahora es una incógnita para cualquiera, sobre todo para mí.

Marissa es lo más parecido a una amiga que tengo aquí y le he contado lo suficiente sobre Tobias como para que sepa por qué paso de los hombres, por ahora. Me abstengo de informarla de nada más por el momento porque, ahora mismo, dar cualquier cosa por hecho sería demasiado prematuro. Él podría desaparecer tan rápido como ha llegado.

Aunque no creo que lo haga, a pesar de mi necesidad de aferrarme a mi escepticismo.

Básicamente, detesto confiar en él y en la sinceridad que ha demostrado hasta ahora con sus palabras y actos.

Pero, si lo hago, si me tomo al pie de la letra sus palabras, ¿seguiré siendo una tonta?

Por ahora, es posible que lo esté siendo. No puedo permitirle que lo haga. Tiene que ganarse mi confianza de nuevo, independientemente del lugar que ocupe en mi corazón.

—¿Distraída? Ya te digo, llevas diez minutos sacándole brillo al servilletero.

—¿Qué...? Ah. —Echo un vistazo a la cafetería, que está muerta después de los últimos coletazos del ajetreo mañanero—. ¿Querías algo?

—No, solo estoy preocupada. Desde el discurso presidencial de ayer, estás rarísima. ¿Quieres hablar del tema?

—Estoy bien, te lo prometo. —Me giro hacia Marissa con una sonrisa forzada y ella levanta una ceja.

—Hemos sido uña y carne desde que me contrataste. ¿Crees que no sé cuándo estás fingiendo?

—Perdona, tienes razón. Está pasando algo y, a decir verdad, todavía estoy intentando asimilarlo. Luego te lo explico.

—Por supuesto que lo harás, pero tendrá que esperar, porque él ha vuelto —dice, con un guiño de complicidad.

—¿Qué? —Empalideciendo, giro la cabeza para seguir su mirada y veo entrar a don Perfecto.

Siento cierto alivio al darme cuenta de que ese era el hombre al que se refería, pero esa sensación es sustituida rápidamente por una oleada de ansiedad.

—Todo tuyo, chica. Y, por si se te ha pasado por la cabeza, nuestras tortillas no son tan buenas.

El tipo, que va vestido para matar, coge un taburete y me mira mientras cojo la cafetera, saco una taza limpia de debajo de la barra, le doy la vuelta y la lleno, negándome a enfrentarme a su mirada inquisitiva.

—Buenos días. Tortilla paisana, sin pimientos ni queso, ¿verdad?

—Casi todos me llaman Greg —bromea—. Pero sí, por favor.

Le respondo con una sonrisa mientras le tomo la comanda y voy hacia la cocina, evitando cualquier posibilidad de entablar conversación. En lo que va de día, he rellenado unos cuantos saleros con azúcar, se me han caído tres platos y, con las prisas, he chocado contra la puerta del despacho.

«Cabrón».

El cansancio ha acabado apoderándose de mí debido a la falta de sueño pero, sobre todo, a que me he pasado la noche mirando al puto adonis francés que ocupaba más de la mitad de mi cama de matrimonio, vestido únicamente con unos calzoncillos negros. Su cara y su figura —con tantas líneas bruscas y curvas musculosas— son peligrosamente tentadoras y resultan fascinantes a media luz. Su cuerpo sigue siendo tan increíble como cuando estábamos juntos, o puede que incluso más. Su físico prodigioso me distrae tanto como antes, amenazando con sustituir el resentimiento por el deseo. Y en cuanto desperté de aquel sueño que me dejó hecha polvo y en carne viva, mi primer impulso fue atraerlo hacia mí, abrazarlo y no volver a soltarlo nunca más. Cuánto deseaba acariciarlo. Tanto que tuve que abandonar mi propia cama para alejarme de él. De su olor a cítricos y a especias. De cualquier tipo de intimidad que pudiera reconfortarme.

A la mierda, me niego a ponérselo fácil. Quiere otra oportunidad, pero ha tenido años llenos de oportunidades para recuperarme. Me rechazó una y otra vez en Triple Falls, me obligó a renunciar a él. Me permitió salir por la puerta de su despacho y de su vida, deliberadamente.

Y está en lo cierto. Da igual las razones que tuviera, da igual lo justificadas que estas fueran: para mí todas sonarán a excusa en este momento. Me merezco algo más, y estoy decidida a obtenerlo, por muy bueno que esté. No importa cuántas veces a lo largo de los años haya soñado con que volviera a por mí, diciendo las cosas que me ha dicho. Me vienen a la mente sus palabras de ayer.

«No era capaz de apartar la mirada».

Por mucho significado que tengan esas palabras, ya no soy una adolescente, ni una veinteañera que ha tenido su primer orgasmo devastador a causa de hombre guapísimo y de lo más persuasivo. Ya he pasado por eso y tengo las fundas de almohada empapadas de lágrimas y la ropa manchada de sangre que lo demuestran.

—¡Cecelia! —grita Travis, el cocinero, por la ventana de acero de la cocina, haciéndome dar un respingo. Lo fulmino con la mirada y él hace una mueca, avergonzado—. Perdona, es que no me oías. La comanda.

—Calma. —Marissa coge el plato de la barra caliente y se lo acerca a Greg. Después de entregárselo, me lanza una mirada curiosa, igual que él.

Molesta por la atención y negándome a volver a mirar hacia el aparcamiento, desaparezco por las puertas dobles de la cocina para ir a mi despacho y tomarme un descanso, deseando por primera vez en meses fumarme un porro.

Minutos más tarde, cuando ya estoy a salvo detrás del escritorio, Marissa irrumpe por la puerta de la oficina con una expresión de asombro que indica que no me libraré tan fácilmente. Recorre la habitación con la mirada, presa del pánico, antes de abalanzarse sobre su bolso.

—Madre del amor hermoso —dice, echándose el brillo de

toda una semana en los labios, de pie en la puerta de mi despacho—. Por favor, dime que el hombre que acaba de bajarse de tu Camaro es tu hermano adoptivo.

Detestando el alivio que siento, retiro la silla hacia atrás, nuevamente llena de determinación, mientras ella me mira esperanzada con los ojos como platos y Travis gruñe algo ininteligible detrás de ella.

—Es complicado.

—Eso no me aclara nada —replica, pisándome los talones, mientras echo los hombros hacia atrás y salgo por las puertas dobles.

5

Tobias

Cojo las pocas bolsas que necesito para montar el chiringuito antes de entrar. Una vez dentro, lo que veo no es en absoluto lo que me esperaba. Aunque Meggie's se encuentra en un local destartalado de un centro comercial anticuado, el interior es nuevo, pintura y mobiliario incluidos y, de algún modo, tiene el carácter de Cecelia. Lo de dentro no tiene nada que ver con el aparcamiento lleno de baches y la pintura desconchada y descolorida del edificio. Resulta acogedor. Las paredes están pintadas de color caldera y azul. Hay fotografías en blanco y negro colgadas por todas partes, con placas de precios suspendidos junto a ellas; sin duda, la contribución de Cecelia para apoyar a los artistas locales. Las paredes del fondo están cubiertas por grandes estanterías y, al lado de estas, unos sillones voluminosos crean un rincón de lectura. También hay una barra para conectarse a internet delante de los ventanales, que van del suelo al techo. En el centro de la cafetería hay varios reservados y unas cuantas mesas acogedoras que delimitan la zona de comedor.

«A Dominic le habría encantado».

Eso mismo pensé ayer al entrar en su casa. La culpa me ciega por un instante e intento cambiar el chip al verla en el centro de la barra sirviendo café mientras levanta los ojos hacia los míos.

La flecha me atraviesa donde más duele, dejando un agujero considerable.

Joder, cuánto la he echado de menos.

Cecelia deja de mirarme y recorre el mostrador rellenando las tazas, antes de detenerse precisamente delante del hombre junto al que me he sentado. Saco el portátil nuevo de la caja y, mientras lo enciendo, ella me pone en frente una taza de café y una carta.

—Creía que estabas de vacaciones —murmura antes de dejar un tique encima el mostrador, delante del tío trajeado que tengo al lado.

—Es el portátil de vacaciones —declaro, abriendo la carta para leer el menú.

—Ya —responde ella con frialdad antes de marcharse.

La miro fijamente, hasta que me doy cuenta de que no soy el único que lo está haciendo. Me pongo tenso mientras observo al tío de traje y veo hacia dónde está mirando. El plástico del menú cruje entre mis dedos mientras un fuego blanco me inunda por dentro. Me fijo en él. Es bastante guapo, debe de tener más o menos mi edad y no ha venido por el puto café.

«El puñetero don Perfecto».

Nunca he matado a un hombre a sangre fría, ni tampoco por celos. Pero algo me dice que hoy no es el día adecuado para tacharlo de mi lista de asuntos pendientes.

—Es guapísima, ¿verdad? —le pregunto, conectando el portátil a uno de los enchufes que hay bajo el mostrador.

—¿Tanto se me nota? Esta semana he venido todos los días.

—Ah, ¿sí?

Él asiente antes de levantar la taza a modo de saludo.

—Greg.

—Tobias.

—¿Ese acento es francés? Estás muy lejos de casa.

Cecelia nos echa un vistazo, observando nuestra interacción antes de volver a mirarme, quedarse parada un momento y largarse.

—En realidad, estoy exactamente donde tengo que estar. Acabo de mudarme aquí.

Me vuelvo hacia él vestido con la sudadera de capucha y los vaqueros que me he comprado en la tienda de saldos. Voy vestido como un puto adolescente, por la falta de opciones. Casanova lleva traje.

—Tiene algo especial —comenta, con una sonrisa cegadora—. Me siento como un pringado viniendo una y otra vez, pero es que es tan... —Percibo la curiosidad en su voz. Cada palabra que pronuncia es como si me rociara con líquido inflamable—. Me voy a lanzar.

Cecelia aprovecha el momento para acercarse y le dedica a ese cabrón una sonrisa de las de verdad antes de dirigirse a mí.

—¿Tienes hambre?

—Muchísima —digo, apretando los dientes—. El desayuno era una mierda.

«Es el primer día, Tobias. El primer día. Nada de cadáveres el primer día».

No tiene ni idea de que está siendo el centro de atención. ¿O sí? Su lista de cosas por hacer invalida esa teoría, pero no pienso permitir que tache de ella a Greg. En la puta vida.

—Avísame cuando te decidas.

—Cecelia —dice el capullo trajeado, sonriendo con exceso de confianza, mientras se levanta y saca un billete de veinte para pagar la cuenta. Qué cutre. Consciente de lo que se avecina, veo el pánico en los ojos de Cecelia un milisegundo antes de que elija su expresión. Ahora se le da mejor fingir, pero yo soy el puto amo detectando mentiras. No quiere saber nada de Greg, ni de lo que le va a proponer, pero eso no disminuye mis ganas de grabarle a ese tío en el cráneo el logotipo de Apple de mi Mac recién comprado—. ¿Puedo invitarte a cenar?

Entro en mi nueva cuenta de correo electrónico y hago clic para empezar a redactar mientras hablo en tono pausado.

—La primera vez que la vi tenía once años. —Ambos se giran hacia mí, pero yo sigo escribiendo, sin mirarlos a ninguno de los dos—. No era más que una niña, pero decidí que era mía. Que iba a protegerla de este mundo de mierda. Decidí ocuparme de ella. Decidí cuidar de ella.

—Tobias —susurra Cecelia, a modo de advertencia.

—Después llegó como una puta bola de demolición y borró la imagen de la niña que yo recordaba. Entonces decidí que solo yo podría tenerla, que solo yo podría tocarla, que solo yo podría poseerla, que sería solo mía —continúo. Cecelia cierra los ojos y apoya las manos en el mostrador. Levanto la vista hacia Greg, que parece a punto de cagarse en sus calzoncillos de seda—. Así que te agradecería mucho que dejaras de mirar a mi futura esposa de una puta vez como si pudiera ser tuya. La respuesta es no, Greg. No va a ir a cenar contigo.

Greg asiente.

—Perdona, no tenía ni idea. No lleva anillo.

Golpeo el trackpad del ordenador para abrir un nuevo correo electrónico.

—Dinos dónde vives y te enviaremos una invitación.

—Tobias, basta —me regaña Cecelia—. Greg, lo siento.

—No pasa nada —responde él mientras coge acojonado la chaqueta de tweed del taburete de al lado—. Eres un hombre afortunado, Tobias. Hasta luego, Cecelia.

—Hasta luego, Greg —lo alienta ella, mirándolo fijamente durante diez putos segundos de más mientras va hacia la puerta cagando leches.

Cecelia cierra el portátil sobre mis atareadas manos y me topo frente a frente con unas aguas enfurecidas de color azul oscuro.

«Eso es, cariño, pelea conmigo».

—Si vas a ponerte en plan cavernícola, ya te puedes ir largando. Es algo que aquí no pienso tolerar.

—Dos cositas —susurro, levantando la pantalla para teclear la última parte del correo electrónico—. Un sándwich club con patatas fritas y tu número de teléfono.

—Eres un cabrón.

—Tu cabrón —le recuerdo, desbloqueando el móvil y empujándolo sobre el mostrador—. Y ese puede venir aquí a tomarse todos los putos huevos y el café que quiera, pero no puede mirarte así.

Cecelia desaparece por la puerta doble de la cocina. Segundos después, una mujer rubia y menuda con la cabeza llena de rizos desordenados se acerca a mí. Me doy cuenta de que Cecelia se ha atrincherado allá atrás.

—¿Cecelia ya te ha cogido la comanda? —me pregunta, con una voz asquerosamente dulce.

—Lo que me ha cogido son las pelotas —murmuro, enviando el correo electrónico.

—¿Perdona?

—Ya he pedido, gracias. Pero, por favor… —le digo, acercándome a ella para captar su atención—. Asegúrate de que no está ahí atrás con una caja de veneno para ratas. —Ella se ríe como si fuera graciosísimo y se inclina hacia mí, dejándome ver un escote que no me interesa.

—¿Por qué iba a hacer algo así?

—Soy su ex. —Arrugo la nariz—. No es mi mayor fan.

Ella se queda boquiabierta.

—¿Tú eres el cabrón?

—En carne y hueso. ¿Te ha hablado de mí?

Bien.

Ella entrecierra los ojos. Parece que le ha contado demasiadas cosas.

Mal.

—Tranquilo, yo me aseguraré de que te traten como es debido.

Ni de puta coña pienso comer aquí.

—¿Eres de fuera?

Encaramado en el taburete, tecleo en el Mac junto al sándwich intacto. La pregunta la ha formulado un viejo que prácticamente no ha dejado de mirarme desde que ha llegado. Cecelia me ha estado evitando desde la última conversación. Cuando se ha dado cuenta de que no iba a marcharme, no le ha quedado más remedio que seguir trabajando. Mientras limpia la barra por decimoquinta vez con tres pasadas circulares, sin duda solo para joderme, se detiene para escuchar mi respuesta.

—Me acabo de mudar aquí —respondo, mirándolo por encima de la pantalla. Aunque es mucho mayor que yo, su postura es casi perfecta, tiene una densa melena plateada y su aspecto es pulcro y cuidado. Un exmilitar.

—¿Desde dónde?

—Desde aquí cerca.

—¿Para qué?

—Podría decirse que acabo de cambiar de trabajo.

—¿Qué hacías antes? —me pregunta el hombre, en un tono un poco más alto de lo socialmente aceptado, seguramente por algún problema de audición.

—De todo un poco. He estado mucho tiempo de servicio.

Cecelia resopla.

—¿Eres militar? —grita el hombre, desde el otro lado de la barra—. Ah, vale. Yo estuve en Vietnam. Entonces, ¿es tu primera semana de vuelta a la vida civil?

Cecelia me mira y sonrío.

—Exacto.

—Es duro, al principio, pero te acostumbrarás. Ser veterano tiene sus ventajas.

La miro de arriba abajo, de una forma que a ella no le pasa desapercibida.

—Eso espero. —Mi polla cobra vida cuando Cecelia entreabre ligeramente los labios. Todavía tengo en la lengua su sabor de esta mañana—. Va a ser un gran cambio ser un ciudadano de verdad —añado, por si acaso. Conseguir que ella escuche y crea mis verdades va a ser mi nuevo pasatiempo. Me muero por tocarla, pero me resisto y cierro unas cuantas pantallas.

—¿Y qué te trae a esta parte de Virginia?

—Algo sin lo que no puedo vivir —admito tranquilamente y noto que Cecelia se pone tensa justo antes de que el cocinero la llame para recoger una comanda.

—No tienes pinta de ser de un pueblo pequeño.

—En realidad me crié en un pueblo como este, a unas diez horas de aquí.

—Bueno, Washington D. C. no está lejos, si alguna vez necesitas un poco de vida urbana.

—Gracias por el consejo.

—Me llamo Billy.

—Encantado de conocerte, Billy. Yo soy Tobias, el novio de Cecelia.

Cecelia tose y Billy sonríe, con unos dientes inmaculados a pesar de la edad. La mayoría de los clientes de Cecelia llevan dentadura postiza. Este no es el típico pueblo hípster lleno de microempresas cerveceras que proliferan con el aumento de la población. De hecho, probablemente sea uno de los últimos puebluchos estadounidenses perdidos de la mano de Dios. Y un buen lugar para esconderse.

—No sabía que tenías novio —le dice Billy a Cecelia.

—Soy su secreto mejor guardado —comento, guiñándole un ojo.

Billy hace rodar un palillo entre los labios.

—No te equivoques, chaval, todos los hombres que vienen por aquí se creen sus novios. —Su sonrisa se vuelve más amplia—. Si yo tuviera treinta años menos…

—Más bien cuarenta. Y, Billy, será mejor que no acabes esa

frase —le advierto, mientras Cecelia sonríe por fin y se acerca a mí para cogerme el sándwich y darle un buen mordisco.

Es un acto de amabilidad, una rareza desde que me presenté aquí, y relajo los hombros un poco. Ella mastica lentamente mientras nos miramos a los ojos. Tanto la niña que conocí como la mujer que amo están ahí escondidas, igual que ayer. Puede que ya se le haya pasado el enfado por lo del sueño.

—¿Has acabado? —me pregunta, retirando el plato justo cuando voy a coger la otra mitad del sándwich.

O puede que no.

—Es verdad, Billy. Es un antiguo amor —dice Cecelia, en un tono que augura problemas—. Ha venido para intentar reconquistarme. Pero creo que voy a pasar.

Billy levanta las cejas.

—¿Qué tiene de malo, aparte de su forma de vestir?

«Billy, 1; Tobias, 0».

Ella se cruza de brazos, sonriendo.

—Un montón de cosas.

—¿Siempre va con esas pintas? Parece salido de uno de esos vídeos de rap con esa ropa.

«Billy, 2; Tobias, 0».

—Solo es parte de su disfraz. Es un mentiroso profesional.

Joder, allá vamos. Y está claro que piensa hacerlo públicamente, para que sea más doloroso.

«Dale, cariño».

—Eso nunca es bueno —dice Billy, evaluándome, mientras Cecelia empieza a enumerar mis delitos con los dedos.

—Es un ladrón, un mentiroso y la primera vez que me besó ni siquiera me pidió permiso, así que definitivamente no es un caballero.

—Qué vergüenza —dice Billy, mirándome con el ceño fruncido—. A las mujeres siempre hay que pedirles permiso.

—Y me traicionó —añade Cecelia, sin una pizca de humor en la voz. Ese golpe me duele tanto que gruño.

«Si a ti te duele, a mí también. Mírame». Pero no lo hace y tengo que controlarme para no saltar por encima de la barra.

—¿Has hecho todo eso? —pregunta Billy, con el ceño fruncido.

Asiento con la cabeza.

—Sí.

—¿Ni siquiera piensas defenderte?

—No —respondo, mientras ella levanta los ojos hacia los míos—. Es todo verdad.

—Bueno, entonces, ¿por qué debería darte otra oportunidad?

Marissa está justo detrás de mí y noto cómo los otros cuatro gatos que hay en la cafetería aguzan el oído y contienen la respiración.

Putos pleblunchos de los cojones.

Cecelia está recogiendo una bandeja llena de platos sucios cuando por fin abro la boca para exponer mi defensa cutre.

—Dejé de mentir ayer.

Ella desaparece por las puertas dobles apenas he acabado de hablar.

6

Tobias

Poco después de que Billy se marche, Cecelia vuelve a enfrascarse en la limpieza y en la cháchara con los clientes. Intento pasar desapercibido, esperando que el resto del turno transcurra sin incidentes y sin más interrogatorios públicos. Cuanto más intento concentrarme en la tarea de atar algunos cabos sueltos para Éxodo, más me distrae su presencia a escasos metros de mí.

Me muero de deseo. Necesito eliminar esa distancia, no solo la física, sino también la emocional. Aunque, en el aspecto físico, estoy conteniendo una sed que ha sido constante desde la primera vez que entré en ella.

Cecelia siempre ha sido preciosa. Su cara es una mezcla de inocencia y belleza natural incomparable. En eso está por encima de la media. Sin embargo, su atractivo también reside en la seguridad con la que se comporta, en cómo sonríe, en las palabras que salen de su boca y que expresan su amabilidad, empatía e inteligencia. Todavía pueden apreciarse a simple vista algunos rastros de su juventud, de su curiosidad por el mundo que la rodea. Es una eterna estudiante y eso me atrae. Mientras algunas mujeres parecen creer que lo saben todo a partir de cierta edad, ella siempre está buscando formas diferentes de entender el mundo que la rodea, de aprender y de crecer.

Solo llevo aquí unas cuantas horas y ya me ha quedado claro que cuenta con el respeto y la admiración de sus empleados y de sus clientes habituales. Es imposible no quererla. Y, cuanto más madura, más se convierte en esa mujer, en la mujer inevitable e irresistible que merece toda la admiración que recibe.

Los hombres han caído rendidos a sus pies desde mucho antes de que la conociera. Nunca ha usado su atractivo sexual como arma, ni ha ejercido plenamente su poder. Si alguna vez le sacara partido, se convertiría en una viuda negra absolutamente letal. Y yo sería hombre muerto.

Hoy apenas he podido apartar los ojos de ella, después de prohibirme a mí mismo hacerlo durante tanto tiempo. Nunca he conocido el cuerpo de otra persona tan íntimamente, ni lo he cartografiado con tanto detalle como el suyo. Instintivamente, todavía lo conozco.

Pero ella no se ve a sí misma como la ven los hombres, como la ven los depredadores. Sobre todo porque durante la mayor parte de su vida sintió que no merecía ser amada. Me alimenté de esa idea absurda en mis momentos más bajos para evitar que nos devoráramos vivos el uno al otro, pero la cagué estrepitosamente al hacerlo.

Rechacé su corazón cuando ella me estaba suplicando que lo resucitara, que lo reviviera.

Los celos no son algo a lo que esté acostumbrado. Conmigo, las mujeres siempre han estado de paso; mi misión siempre ha sido prioritaria. Pero esta mujer ha hecho que me resulte imposible ignorar que dentro de mí se esconde un corazón que necesita algo que solo ella puede darle.

Hasta el día que vi cómo la querían Sean y Dom, nunca había sentido unos celos tan intensos. Y, al sentirlos, perdí el control.

Cierro los ojos unos instantes y apago el portátil.

Sabía que esto iba a ser difícil. Sabía que iba a ser duro, que tendría que afrontar cosas imposibles y lidiar con ellas, pero es la culpa lo que lo empeora. Es la tensión lo que me está matando, ahora mismo. El hecho de que le cueste tanto trabajo mirarme siquiera.

Recuerdo parte de la conversación del día anterior en el aparcamiento. Eso de que me parecerá bien cómo acabe lo nuestro es una puta patraña. Eso no me basta. Quiero verla feliz. Quiero que tengamos un final feliz. Y así lo decido mientras la veo interactuar con la gente en la cafetería. Quiero que sonría pensando en nosotros antes de saludar a cualquier extraño.

Haré lo que sea, cualquier cosa, para que tengamos un final feliz.

No basta con que estemos juntos. No vamos a conformarnos.

Mientras ella siga desencantada, yo seré ambicioso por los dos.

Durante la temporada que pasamos en casa de su padre, fuimos felices y estábamos a gusto, a pesar de nuestras circunstancias y de las amenazas subyacentes a ese estado de paz. A pesar de que yo sabía que lo nuestro era una bomba de relojería. A pesar de mí.

Nuestro placer fluía de forma natural. Entonces, ella era capaz de mirarme. Ahora lo evita.

Me levanto bruscamente de la barra para estirar las piernas, inquieto por el exceso de energía, y mientras me entretengo picoteando algo sobre una servilleta, envío un mensaje desde mi móvil nuevo.

Yo
Soy yo.

Sean
¿Qué «yo»?

Yo
Muy gracioso.

Sean
Le paso el número al equipo.

Aparecen los tres puntitos que indican que está escribiendo, pero de pronto desaparecen. Su mensaje me desconcierta cuando al fin llega.

> *Sean*
> ¿Cómo te va?

> *Yo*
> Como si te importara una mierda.

> *Sean*
> Me importa mucho más que una mierda. Infórmame.

> *Yo*
> Ella está bien. Se encuentra bien. Muy bien.
> Ha comprado una cafetería.
> Es bonita. Su casa también.
> Está entregada a su rutina diaria.

> *Sean*
> Eso ya lo sabía. ¿Y tú qué?

Vuelvo a leer el mensaje. Esa pregunta no me la esperaba. Cuando él, perdón, cuando Tessa me invitó a su boda, pensé que a lo mejor era el momento de arreglar las cosas entre nosotros, pero ni así se solucionaron. El día que enterramos a Dom, me miró como si me odiara. Y sé que lo hacía. Esta rama de olivo que me está tendiendo me resulta tan extraña como mi situación en mi nueva vida. Estoy a merced de la gente a la que he herido.

Y quiero estar aquí.

Pero joder, esto es una mierda.

Cuando acudí a Sean para que me ayudara a encontrarla, sentí que cedía un poco. Lo he echado muchísimo de menos todos estos años. Estaba convencido de que nuestra causa era la única razón por la que seguíamos formando parte el uno de la vida del otro, a pesar de nuestra historia. Pero un brillo de esperanza se enciende en mi interior. Quizás ya no sea así.

Yo
¿En serio quieres saberlo?

                                              Sean

        Si no, no preguntaría. ¿Tan mal va la cosa?

Yo
Prioridades de Cecelia:
El perro
La cafetería

.

.

.

.

.

YO. Y que te jodan por reírte,
porque sé que lo estás haciendo.

Más puntitos. He decidido que odio tanto los puntitos como los guisantes.

                                              Sean

        No creerías que iba a ser fácil, ¿no?

Yo
Claro que no.

                                              Sean

        Ya te tiene pillado por las pelotas, ¿eh?

Yo
Más que eso.

                                              Sean

        Si no doliera, no valdría la pena.
Estás demasiado acostumbrado a salirte con la tuya.
        Deja que escueza. Valdrá la pena.

Molesto por necesitar consuelo tan pronto, y más de él, cambio de tema.

Yo
¿Todo bien?

Sean
No puedes aguantar ni un día, ¿eh, tío?

Yo
Échame un cable. Aquí parezco un puto inútil.

Sean
No llevas ni veinticuatro horas. Date tiempo.

Yo
Lo haré. Lo estoy haciendo. No me estoy quejando.

Percibo la vacilación a ambos lados de la línea telefónica. Pasa un minuto hasta que recibo otro mensaje.

Sean
Es raro, ¿eh?

Yo
Ni te lo imaginas.

Sean
Un poco sí.
Verás cuando dejes de ser Maverick
y estés casado y con tres hijos.

Yo
Con dos hijos.

Sean
Tres. Me he enterado esta mañana.

Yo
Enhorabuena, tío.

Sean
¿Vosotros no pensáis tener ninguno?

Yo
Llevo medio día muerto de hambre
por si me había envenenado el sándwich.
Creo que dejaré esa conversación para más tarde.

Los puntitos aparecen y desaparecen.

Yo
Deja de reírte, capullo.

Sean
No tienes ni idea de lo que estás haciendo, ¿verdad?

Yo
Quiero estar aquí. Eso lo sé.

Sean
Pues sigue tu instinto.

Yo
Ese consejo me suena.

Sean
Acabará funcionando. Día uno.

Yo
Día uno.

Medito sobre qué palabras utilizar y simplemente decido escribir la verdad.

Yo
Gracias, tío.

Sean
Cuando quieras.

Yo
¿Lo dices en serio?

Los puntitos aparecen y desaparecen y, al cabo de un rato, Sean responde.

Sean
Sí.

Una emoción inesperada me obstruye la garganta y mis hombros se relajan un poco más. Levanto la vista y veo que Cecelia me observa atentamente antes de cruzar la puerta con las manos llenas de platos sucios.

Vuelvo a sentarme mientras ella sale de nuevo y suena el timbre para recoger una comanda. En unos segundos, tengo delante un plato nuevo.

—Come antes de que se enfríe —susurra.

La agarro de la mano para evitar que se vaya y le doy un beso en el dorso. Ella baja la mirada hacia el punto en el que mis labios están en contacto con su piel antes de apartarse.

—Gracias.

7

Cecelia

Tobias ha insistido en llevarme a casa y se lo agradezco, porque veo borroso por la falta de sueño y mi cuerpo está dolorido tras un día de emociones dignas de una montaña rusa. Tengo muchas preguntas, pero todavía no me atrevo a hacerlas porque cualquier cosa que pregunte en este momento me volverá más vulnerable y susceptible.

Le he oído decir claramente que ha dejado de mentir y ese comentario ha aterrizado donde pretendía. Depende de mí creerlo. Hace apenas unos meses, estaba dispuesta a aceptar cualquier verdad, cualquier explicación que estuviera dispuesto a darme y, cuando me fui, asumí que nunca obtendría algunas de las respuestas que anhelaba. Hasta ahora, todo lo que ha confesado tiene sentido, algo que me incomoda y que hace más difícil que siga guardándole rencor. Todavía me estoy recuperando de esta irrupción en mi vida y quiero que le quede claro que no se saldrá con la suya volviendo a hacerse con el poder de forma hostil.

—Deja de darle tantas vueltas —me dice en voz baja, con la mano sobre el volante, mientras conduce tranquilamente de vuelta a casa, con el perfil iluminado por el sol.

Va vestido de forma muy distinta a como estoy acostumbrada a verlo. Sudadera con capucha, vaqueros, zapatillas baratas y el pelo revuelto, sin fijador, con un remolino en la frente. Es el mismo hombre…, pero con algo diferente que no logro identificar. Tal vez sea su franqueza, su afán por revelar sus secretos y las partes de su vida que ha mantenido ocultas. Pero, al mismo tiempo, sigo teniendo la sensación de que se guarda algo, algo que se me está escapando. Todavía sigo en estado de shock porque esté aquí en Virginia, conduciendo el Camaro de Dom y con intención no solo de volver a dormir en mi cama, sino de fusionar nuestras vidas. Cosas que, hace unos días, yo consideraba imposibles. Tengo muchísimas ganas de ser feliz, de aceptarlo aquí y de creer que esto es algo permanente, pero los recuerdos del pasado me persiguen. Mi experiencia me dice que, cada vez que acepto el amor y la felicidad, estos me son arrebatados de una forma que pone mi vida patas arriba. Lo he acusado de ser un cobarde, pero ahora son mis miedos lo que están eclipsando todo lo demás.

—Pregúntame lo que quieras —dice Tobias, mirándome por un momento.

En vez de hacerlo, me recuesto en el asiento, con los ojos secos y los huesos doloridos. La desconfianza me está atormentando. Hoy hay algo que no me cuadra y no consigo dar con ello, pero decido dejarlo a un lado por el momento.

Nunca había estado tan cansada, pero no puedo dejar de mirarlo. Su presencia aquí es surrealista. Ni una sola vez me había permitido pensar en ninguna versión de una vida en este lugar que lo incluyera, porque estaba más que decidida a olvidarme de él. Lo que ha dicho esta mañana ha cambiado algunas de mis percepciones y tal vez sea ahí donde radica la duda. Cuanto más sentido tenga todo, menos enfadada estaré. Cuando se detiene al llegar a casa, me cuesta abrir la pesada puerta del Camaro mientras él coge unas bolsas de plástico del asiento trasero, junto con una bolsa de papel con una sopa de verduras casera que ha pedido justo antes de salir del café.

Se encuentra conmigo delante del capó y posa la mano que tiene libre sobre la parte baja de mi espalda para hacerme avanzar hacia la puerta principal. Rebusca entre mis llaves, encuentra la correcta y la introduce en la cerradura. De pie a su derecha, veo que deja caer los hombros hacia delante antes de suspirar con fuerza. Desconcertada, observo cómo deja las bolsas en el suelo y se vuelve hacia mí. Me pone la palma de la mano en el estómago con una mirada familiar y lasciva en los ojos y me hace retroceder hacia la pared de ladrillos que hay a un lado del porche, pegándome a la casa.

Levanto la vista y él me mira fijamente por una fracción de segundo antes de enredar los dedos en mi pelo, sujetarlo con la mano cerrada y pegar su boca a la mía. Jadeo y él se aprovecha de mi sorpresa y me separa más los labios antes de recorrer mi boca apasionadamente con la lengua, pegando nuestros cuerpos y eliminando la distancia que nos separa. Su erección roza mi vientre mientras me seduce a fondo con un beso y, en ese momento, me olvido de mí misma, olvido mi resentimiento hacia él y le correspondo. Me agarro a sus hombros y me fundo con su enorme cuerpo, envolviéndolo. En algún rincón de mi cabeza, una voz protesta y me recuerda que estoy participando libremente. Pero esto no es un intercambio de poder. Es un beso de amante, un recordatorio.

Con el corazón desbocado y las bragas humedeciéndose, me aferro al tejido de su sudadera para acercarlo más a mí. Él me lo consiente, me levanta una pierna y se frota conmigo mientras los dos nos perdemos, creando un nuevo recuerdo, un beso abrasador que tardaré mucho en olvidar. Se aleja con un gemido de dolor y me mira. En su mirada veo anhelo, deseo, lujuria y esperanza.

—Llevo todo el día queriendo hacer esto y, si lo hiciera dentro de casa, no sé si podría parar. No me importa que me tachen de no ser un caballero, porque no lo soy y tampoco lo es la persona de la que te enamoraste. Pero ¿pedir permiso para besarte? Eso es algo que no va a pasar en la puta vida.

Estudio sus acciones y su resolución mientras se aleja y coge las bolsas, antes de abrir la puerta. Lo está intentando. Intenta ser respetuoso con los límites que le he marcado, intenta seguir mi ritmo, a pesar de su impaciencia.

Una vez dentro, mira al infinito, como si le doliera mirarme.

—Ve a ducharte. Yo pasearé a Beau y te calentaré la sopa.

—No tienes por qué hacerlo.

Él se detiene en la entrada del salón, con los hombros tensos, de espaldas a mí.

—Deja que te cuide por esta noche. Mañana podrás fulminarme con la mirada, gritarme, ponerme en mi sitio o cualquier otra cosa que creas necesaria para sentirte mejor por haberme abierto la puerta. Pero no has comido ni dormido nada desde que he llegado y no quiero que la cosa empiece así.

Sin esperar una respuesta, va hacia la cocina y lo veo retirarse con los hombros caídos, mientras me acaricio los labios hinchados con el dedo. Deseo con todas mis fuerzas ir tras él, buscar de nuevo su beso, sentir su peso sobre mí, claudicar, pero mi mente gana y me dirijo a la ducha.

Con el pijama de franela recién puesto, entro en la cocina y veo un cuenco humeante de sopa, con una nota al lado: «He salido a correr».

Su ausencia no me alivia. Jamás habría pensado que me resultaría tan difícil comunicarme con Tobias, después de tanto tiempo. A estas alturas, por mucho que congeniáramos antes, nos sentimos como dos desconocidos íntimos. Nuestra dinámica ha cambiado por completo. Por primera vez en la vida, no se está colando en mi habitación esquivando a Roman y tenemos la posibilidad de ser sinceros el uno con el otro, de hablar abiertamente de nuestra relación sin las repercusiones que antes nos amenazaban. Me siento a la mesa con una extraña sensación de culpa por la distancia que estoy poniendo entre nosotros, porque no tengo ni idea de cómo va a acabar esto. O, peor aún, con la corazonada de que volverá a acabar, de que es solo cuestión de tiempo descubrir el cómo y el cuándo.

¿Se marchará a la primera de cambio, en cuanto la hermandad se enfrente a una amenaza seria? ¿Se aburrirá de este pueblecito, de esta vida más sencilla, y acabará pensando que venir aquí ha sido un error? Detesto que mi temor se deba al hecho de haber vuelto a apostar por él para que acabe marchándose. No soporto que me dé tanto miedo aceptar la idea de estar con él para siempre. Pero él me obligó a olvidarlo. Me obligó a imaginar una vida sin esa posibilidad. Aunque sobre todo detesto que, una vez más, todo dependa de él. Anestesiada, así es como estoy por el momento. Anestesiada, por mi propio bien.

Tras comerme la mitad del cuenco de sopa, decido retirarme pronto, irritada porque me siento un poco incómoda en mi propia casa al pensar en él y en lo que podría esperar de mí. Solo consigo hojear un capítulo de un libro nuevo antes de que mis divagaciones empiecen a disiparse y el agotamiento me haga caer rendida.

8

Tobias

Dieciséis años

F uera! —oigo gritar a Victoria mientras me seco con la toalla.
Asomo la cabeza por la puerta del baño y veo a Dominic de
pie en la entrada del dormitorio, mirando a mi novia, que está
desnuda. Él ignora sus protestas, con una sonrisa de satisfacción en los labios—. ¡Largo de aquí, enano pervertido! —chilla
ella, apretando con fuerza la sábana que se ha subido hasta el
cuello.

—¡Lárgate, Dominic! —le grito. Pero él sigue en la puerta y
una mata de pelo rubio revuelto aparece por detrás de su hombro. Parece que Sean también se está poniendo las botas—. Largo de aquí. —Me sujeto la toalla a la cintura, cruzo la habitación
y los echo con un fuerte empujón antes de cerrarles la puerta en
las narices. Me vuelvo hacia Victoria—. Lo siento, son unos ni-
ñatos estúpidos y entrometidos.

—Pues ponle una puñetera cerradura a la puerta —me espeta ella antes de soltar la sábana y recoger el sujetador del suelo.

—No hace falta. Me voy en una semana.

—¿Qué? —Victoria me mira con los ojos abiertos de par en
par—. ¿A dónde?

Apoyado en la puerta, me preparo para una conversación que hace tiempo que temo.

—A Francia. Al instituto. Te dije que lo había solicitado.

—¿Te vas en una semana y me lo dices ahora? —Me preparo, consciente de que me lo he ganado a pulso. No debería haberme echado novia durante el verano—. Creía que lo de Francia era una posibilidad remota.

Y sin duda lo era, pero mis raíces francesas habían ayudado mucho a que me admitieran, aunque no se me escapa la ironía de que mis raíces francesas son precisamente la razón por la que me he fijado ese objetivo, en realidad. Pero esa no es la razón por la que ella creía que no tenía ninguna posibilidad.

—Ya, supongo que lo era, para un tío como yo, que vive así —digo con voz cortante.

—No me refería a eso.

—Sí lo hacías.

—Lo siento —susurra.

Permito que la rabia se evapore al darme cuenta de que quería herirme porque está dolida.

—No pretendía hacerte daño.

—Ya, ningún buen tío lo pretende.

—No me acuses de eso.

—Ahora ya no puedo hacerlo. Ya me lo habían advertido.

—Voy a ocuparme de esos dos. —Saco un pantalón de chándal de la cómoda medio destartalada—. Ahora vuelvo.

—Vale —dice ella, poniéndose el vestido—. Tengo que volver pronto a casa porque anoche llegué más tarde de lo debido por tu culpa. —El temblor de su voz no me gusta nada.

—Victoria. —Ella me mira mientras la primera lágrima rueda por su cara—. Te dije cuando empezamos que esto no podía ser nada serio porque cabía la posibilidad de que me fuera.

—Ya. —Su decepción proviene de la esperanza de que ella fuera una especie de excepción. Pero nuestra relación era superficial, porque yo no tenía nada en común con ella. Era la chica perfecta para pasar el verano. A pesar de toda la pasta que tiene y de que a veces es un poco dependiente de más, tiene buen corazón. Se abrocha las sandalias, indignada—. Creía que tenía suerte por estar contigo. Ahora desearía no haberlo estado nunca.

—Luego te llamo. —Ella no responde—. En serio.

—¿Para qué? No tiene sentido —dice, negando con la cabeza—. Suerte en Francia. —Se pone de puntillas para besarme y yo le devuelvo el beso, tras lo cual la suelto para dejarla marchar. Ella vacila antes de abrir la puerta—. Me alegro de que te vayas de aquí. Estás muy por encima de este lugar.

La observo mientras se aleja por el pasillo. Poco después, oigo cerrarse la puerta principal. La culpa me atenaza y la reprimo mientras me visto. A partir de ese momento, cualquier cosa que se parezca a una relación no hará más que entorpecer mi evolución. Otra cosa a la que tendré que renunciar si quiero llevar a cabo mis planes. Me he dado el gusto de estar con Victoria porque va a ser la última chica con la que esté en una buena temporada. Después de vestirme, cruzo cabreado el pasillo y abro de un manotazo la puerta de la habitación de Dom. Sean está sentado en la cama minúscula y echa un poco del vodka de Delphine en una petaca antes de rellenar la botella con agua. Al ver que lo he pillado con las manos en la masa, me sonríe con picardia y levanta un hombro

—¿Qué? Llevo meses haciéndolo. Así está menos borracha y más hidratada.

—Os advertí que no os acercarais a mi habitación cuando ella estuviera aquí.

—Siempre está aquí —replica Dom, pulsando los botones del mando de la consola desde un puf demasiado pequeño para él, absorto en el juego—. Pero no me extraña que te guste, menudas tetas.

Le arranco el mando de un manotazo y él levanta la barbilla, preparándose para la bronca.

—Pero ¿qué coño te pasa? Tú no eres así —gruño.

—Yo también tengo polla, hermano. Y ojos en la cara —replica con sarcasmo, sobre todo para hacerse el gallito delante de Sean, que recoge el mando de la consola—. ¿Piensas pasarte el resto de la semana encerrado con ella en la habitación? ¿Voy a tener que pedir cita para llamar a la puerta? —La ha tomado conmigo y sé perfectamente por qué.

—Pensaba llevarte de acampada esta noche, pero ya puedes ir olvidándote.

Dom apenas se inmuta, pero sé que le ha dolido. Sean reacciona, tira el mando y deja de jugar.

—¡Yo me apunto!

—¿Con ese comportamiento? Ni de coña —digo, enfrentándome a mi hermano—. Y no le faltes al respeto.

—¿Es que estás enamorado de ella, o algo así? —me pregunta Dom, más por curiosidad que por otra cosa, pero no hay necesidad de tener esa discusión.

Él ha sido muy precoz en ese aspecto, como en la mayoría. Aunque estoy seguro de que sigue siendo virgen, algo que está empeñado en cambiar. Y a juzgar por el interés que despierta, no tardará mucho en conseguirlo.

—¿Qué te he dicho que decía papá?

—Que cuando estás enamorado de alguien, no necesitas preguntarte si lo estás.

Asiento con la cabeza.

—Pero, aunque no lo estés, debes tratarlas bien. No es necesario portarse como un capullo, por mucho que pienses con él.

—Un gran consejo. Gracias, hermano. Será un alivio despedirme de tus sermones dentro de una semana —dice—. Para los dos —añade, mirando a Sean.

—¿Quieres un buen ejemplo de lo que un mal tío puede hacerle a una mujer? —Señalo con la barbilla el cuarto de Delphine—. Échale un puto vistazo a tu tía.

Los miro fijamente y advierto que eso los calma un poco.

Dominic pone los ojos en blanco.

—¿Quieres que sienta lástima por ella?

—No, quiero que entiendas por qué es como es.

—Porque le da la gana.

—Igual que a ti te está dando la gana de ser un capullo ignorante ahora mismo. —Con once años, es el doble de listo que yo y tres veces más difícil de manejar. Y, en parte, yo tengo la culpa. He compartido con él casi todo lo que sé—. No se falta al respeto a las mujeres. Fin de la historia. Están el doble de evolucionadas de lo que jamás llegarán a estar la mayoría de los hombres. Y tampoco se desahoga uno con ellas. Es un signo de debilidad y no son sacos de boxeo. Son sagradas y más te vale darte cuenta cuanto antes.

—¿Con cuántas has estado últimamente? —interviene Sean.

—Escuchad lo que os estoy diciendo.

—¿Acaso tenemos elección? —grita Dom.

Lo siento de un empujón en la cama, que se le ha quedado pequeña. Estas últimas semanas ha estado especialmente agresivo y está claro por qué.

—Yo me voy a marchar, hermano, y siento dejarte con ella, pero es lo mejor para los dos. Tienes que confiar en mí.

—Sí, claro, estar a miles de kilómetros el uno del otro es lo mejor para los dos —replica fríamente.

Me llevo una mano a la nuca. Está empezando a dolerme el pecho.

—Pronto entenderás el porqué.

—No tengo que entender una mierda.

Le doy un manotazo para que me mire y Sean se pone en pie de inmediato. Rara vez le pego a mi hermano, pero la reacción de Sean me hace darme cuenta de cómo están las cosas en ese aspecto. Y me siento aliviado cuando Sean saca pecho, dispuesto a defenderlo sin pensárselo dos veces. Eso me llena de orgullo, pero mantengo el tono agresivo mientras miro fijamente a Dominic.

—¿Crees que no te llevaría conmigo, si pudiera?

—No, solo te vas los próximos seis o siete años porque es lo mejor para los dos.

—Y no pienso pasar más de seis puñeteras semanas sin verte. Ya te lo he dicho.

—Eso ya lo veremos —murmura Dom, con los ojos brillando claramente de dolor.

Está tan asustado como yo por nuestra separación inminente. Sean también lleva unos días igual de inquieto, haciéndose el gracioso y portándose un poco peor para ocultar su aprensión por mi marcha. Lo único que me consuela es que se tendrán el uno al otro.

—¿Por qué a París? ¿Por qué tan lejos? —me pregunta Sean mientras los miro a los dos. Está claro que la cuenta atrás de los últimos días les está pasando factura, algo que me está destrozando por dentro.

—Deja las botellas en su sitio y haz la mochila ahora mismo... Ya va siendo hora de que te enteres.

—¿De que me entere de qué? —pregunta Dom.

—De que todo lo que hago es por ti.

—No te entiendo, hermano.

—Pues cuando lo hagas, haré que te comas tus puñeteras palabras. —Me vuelvo hacia Sean—. Avisa a Tyler, coged las mochilas y estad aquí antes de media hora.

Sean abre la ventana.

—Vale.

—Sean —lo llamo. Él se detiene con una pierna ya fuera—. ¿Por qué no pruebas a usar la puerta principal?

Él me dedica una de sus sonrisas características.

—¿Y dónde estaría la gracia?

Negando con la cabeza, vuelvo a mirar a mi hermano, que me observa con curiosidad.

—¿A dónde vamos?

—A mi sitio favorito.

Eso hace que se calle. Lleva años suplicándome que lo lleve

conmigo, pero nunca he querido hacerlo, hasta esta noche. Una vez me siguió, lo pillé a medio camino y lo mandé de vuelta a casa. Mi lugar favorito siempre ha sido el único sitio donde encuentro algo de consuelo, donde mis pensamientos caóticos y el pánico se transforman en algo más definido. Donde puedo dar sentido a más cosas de las que me cuestiono. Y nunca he querido compartirlo hasta ahora.

El terror me invade cuando pienso en dejarlo en este agujero infecto a merced de Delphine, pero es lo bastante duro como para soportarlo y su confianza compensa con creces cualquiera de sus otras carencias, yo mismo me aseguré de ello. Aunque puede que me pasara un poco en ese sentido, porque de actitud va sobrado.

Estoy al otro lado del pasillo, metiendo ropa para unos cuantos días en la mochila, cuando Delphine llega de trabajar y nos mira a ambos desde el corredor antes de decidirse por mi dormitorio.

—¿A dónde vais?

—De acampada. Volveremos en unos días. ¿Qué necesitas?

—Nada. —Ella se cruza de brazos en el umbral de la puerta y observa cómo hago la bolsa—. Gracias por pagar la factura de la luz.

Con la indemnización por la muerte de mis padres, he podido adelantar el pago de algunas facturas del primer año que esté en Francia, pero me niego a decírselo. Para alguien como Delphine, eso sería carta blanca para irse de juerga y últimamente ha estado intentando beber menos, o al menos hacerlo de una forma más funcional y menos destructiva.

—¿Tienes para el resto del mes? —le pregunto, doblando la camiseta por tercera vez. «Él estará bien. Estará bien». Frustrado, vuelvo a desdoblarla para empezar de cero, mientras siento su mirada clavada en mí—. ¿Qué?

—Aunque no tuviera, no quiero ni un centavo del dinero de ese cabrón. Antes prefiero morirme de hambre.

—Ya, bueno, pues a mí me hace falta. No hagas sufrir a mi

hermano por tus prejuicios —le advierto—. Ya lo ha pasado bastante mal.

—¿Por qué os vais de acampada?

—Tenemos mucho de qué hablar.

Ella se muerde el labio, entra y cierra la puerta.

—¿Estás seguro de que es lo que quieres hacer?

—Ya hemos hablado de eso.

—¿Y se lo vas a decir ahora? ¿Crees que lo entenderán?

—Han estado presentes en algunas de las reuniones. Es un riesgo que tengo que correr. Tienen que empezar a involucrarse. En algún momento tendrán que decidir si siguen jugando o dan un paso adelante, pero yo apostaría por lo segundo. Por muy listo que sea, no deja de ser un crío.

Delphine se ríe.

—Como tú.

Se niega a moverse de donde está y eso me molesta. Vuelvo a doblar la misma camiseta, incapaz de llevar la cuenta con público. Mis sienes se perlan de sudor y me jode que siga ahí de pie, observando cada uno de mis movimientos, al tiempo que ese pálpito y esa inquietud tan familiares se apoderan de mí.

—¿Qué?

—Tus padres estarían orgullosos. —Levanto la vista y veo que Delphine tiene los ojos llenos de lágrimas. Se ha ablandado con los años y ahora es una borracha más sentimental que cruel—. Se avergonzarían de la forma en la que he llevado esto. —Una confesión rara, viniendo de ella. Algo pasa.

Me acerco a ella. Mi tía es una de las mujeres más guapas que he visto nunca, pero la vida la ha desgastado y le ha robado casi todo lo bueno que le quedaba. A nivel emocional, nunca caminará en línea recta y nunca podré confiar plenamente en ella en lo que se refiere a mi hermano, por la forma en la que se trata a sí misma. Por eso tengo intención de volver a casa cada seis semanas y pasar todas las vacaciones y el verano en Triple Falls. Me niego a que sea ella la que acabe de educarlo.

—¿Quieres solucionarlo?

—Lo mío ya no tiene remedio, sobrino —reconoce, evitando mirarme a los ojos.

—Tal vez —admito—. Pero al menos eres sincera. *Traite-le bien* —digo en voz baja. «Trátalo bien».

—He intentado hablar con él. —Hay esperanza en su voz y eso ayuda a disminuir el pánico que siento.

—No necesita una amiga. Necesita que le pongan límites, ahora más que nunca. Pero tienes que ganarte su respeto para que te escuche. Cuéntale tus historias. Cuéntale lo que me has contado a mí. Háblale de tu pasado. Es una buena manera de ganártelo. *Sois ferme. Mais traite-le bien. Il te résiste maintenant. Les choses ne changeront pas du jour au lendemain, mais si tu restes ferme, il s'y fera. Fais cela et tu auras gagné ma confiance.* —«Sé firme. Pero trátalo bien. Ahora mismo es inmune a ti. Las cosas no cambiarán de la noche a la mañana, pero si sigues así, te obedecerá. Hazlo y te ganarás mi confianza».

—Tu francés ha mejorado mucho —comenta.

—Lo sé. —Estuvo oxidado durante un tiempo y no fui capaz de inculcarle a Dominic su lengua materna.

—Cabroncete engreído —murmura antes de levantar la vista hacia mí con preocupación. Hace años que la superé en estatura—. ¿Estás seguro de esto? ¿Sabes con quién ponerte en contacto cuando llegues?

—Sí, lo tengo claro desde hace mucho tiempo.

—Vale. —Me quita la camiseta de la mano y la enrolla, en lugar de doblarla, antes de meterla tranquilamente en la bolsa—. Así no se arruga. Ya sé que da igual, pero… —dice, encogiéndose de hombros.

Bajo la vista hacia la camiseta y vuelvo a mirarla a ella antes de sacarlas todas y enrollarlas de la misma forma.

—Parece que a don Sabelotodo todavía le quedan cosas por aprender —comenta, riéndose—. Esto honrará a tu padre. Siempre estaba hablando de…

—Palabras. —Niego con la cabeza, irritado—. Basta de palabras. Estoy harto de ellas y si ellos se convierten en parte de esto, tienen que saber lo que está pasando —digo, señalando con la cabeza hacia la habitación de Dominic—. Cree que me voy para alejarme de este lugar y de él —digo, dolido.

—Yo creía que te marchabas para alejarte de mí. —Su risa autocrítica lo dice todo. Eso es lo más parecido a una disculpa que obtendré jamás.

—Hasta ahora hemos sobrevivido. —Es lo más bonito que puedo decir acerca de la situación. Se le habían bajado bastante los humos tras una discusión fortísima que habíamos tenido y había empezado a organizar las reuniones. Por mucho que me desagrade parte de su comportamiento, siento cierta admiración por la forma en la que se comporta, por sus convicciones inquebrantables y su actitud implacable.

—¿No piensas contárselo a los demás? —Se refiere al resto de los miembros del núcleo duro que acuden a las reuniones.

—Aún no.

—¿Crees que es prudente?

—Sí. Si esta vez la cago, no me vendrá bien que se enteren.

—Tú ten cuidado. La gente a la que buscas es peligrosa, Ezekiel. Como decía tu padre…

—Cuidado, Delphine, ya casi hablas como una madre.

—Dios no lo quiera —bromea, pero su voz y su expresión revelan verdadera preocupación. Delphine siempre ha sido bastante parca en palabras, sobre todo en lo que se refiere a los sentimientos, así que se marcha. Pero asoma de nuevo la cabeza justo antes de cerrar la puerta—. Lo vas a conseguir, Tobias. Lo sé.

—Por supuesto. Y ellos también —digo, señalando con la cabeza la habitación de Dominic—. Hazme caso: han nacido para esto.

***

Sentado en el sillón orejero frente a un fuego crepitante, con los dedos suspendidos sobre el teclado del portátil, me pierdo en el recuerdo de aquella noche alrededor de la hoguera, la noche en la que desvelé mis planes. Menos de una semana después, abrazaba con fuerza a mi hermano pequeño, esforzándome por contener las lágrimas, mientras él intentaba zafarse de mi abrazo. Lo estaba avergonzando públicamente con mis emociones. Al recordarlo, me aferro a los brazos de terciopelo de la silla. Vuelvo al presente cuando Beau resucita a mis pies, levantando las orejas, antes de volver a apoyar la mandíbula sobre las patas. Cuando vuelve a levantarse, oigo un débil gemido de dolor procedente del dormitorio. Con el corazón acelerado, cierro los ojos y maldigo. El lamento agónico de Cecelia se vuelve más intenso mientras cierro el portátil y me levanto rápidamente. Beau se pone en guardia a mi lado y vamos corriendo hacia el dormitorio. Una vez dentro, enciendo la lamparita y, cuando miro a Cecelia, veo que tiene la cara desencajada, la frente perlada de sudor y que uno de sus brazos se agita de forma espasmódica. ¿Estará teniendo un sueño o una pesadilla? En cualquier caso, no soporto verla así. Antes, cuando estábamos juntos, solía despertarme con movimientos sutiles o alguna risilla y yo la observaba, preguntándome qué estaría soñando, deseando que me lo contara por la mañana. Era una situación muy diferente a la de ahora y estos sueños también son muy diferentes.

Cuando empieza a sollozar, aprieto los puños y decido aliviar su carga.

Esto es culpa mía. Y yo lo solucionaré.

Me tumbo en el borde de la cama, me acerco a ella y le doy un beso en la sien. Apenas se despierta antes de que el sueño se la vuelva a llevar.

—*Dis-moi contre qui me battre, et je me battrai jusqu'à ce qu'ils disparaissent.* —«Dime con quién tengo que luchar. Pelearé hasta que todos desaparezcan». Cuando las lágrimas empiezan a rodarle por las mejillas, la atraigo suavemente hacia mi pecho, con los brazos caídos a los lados—. *Dis-moi comment ré-parer cela. Dis-moi, mon amour. Je ferai n'importe quoi.* —«Dime cómo arreglar esto. Dímelo, mi amor. Haré lo que sea». Se le escapa otro sollozo mientras vuelve en sí y la estrecho contra mí para mantenerla en contacto con la realidad—. *Ce n'est qu'un rêve, trésor. Je suis là. Je suis là.* —«Solo ha sido un sueño, teso-ro. Estoy aquí. Estoy aquí».

Mi nombre brota de sus labios en un grito gutural, al tiempo que mi pecho se hunde y ella rompe a llorar. Su cuerpo se agita, mientras las lágrimas ruedan por sus mejillas. La beso para se-cárselas una a una y ella intenta hablar, pero solo puede llorar, aferrándose a mí.

—No pasa nada, Cecelia. Tranquila. —Un llanto silencioso sacude su cuerpo mientras me araña la espalda y yo le beso la cara, los labios, la nariz y la sien antes de bajar la boca hasta su oreja—. Estoy aquí.

No puedo prometerle que no pasará nada malo o que no hay monstruos acechando entre las sombras, porque los hay. Solo puedo intentar protegerla de ellos y del daño que puede causarle el monstruo que yo llevo dentro. Cuando por fin se despierta, se pone tensa y se sorbe la nariz, recomponiéndose, mientras la suelto. Me mira con los ojos hinchados.

—Cuéntamelo.

—Ahora no —replica ella, bajando la mirada—. ¿Te he des-pertado?

—No, estaba en el salón, con el portátil.

—¿No puedes dormir?

—Todavía tengo un poco de jet lag. ¿Seguro que no quieres contármelo?

—Solo ha sido un sueño. —Esa frase y su actitud eliminan la intimidad del momento. Vuelve a ponerse a la defensiva. Intento acercarla más a mí para mantenerla a mi lado, con la esperanza de una confesión, pero la suelto cuando se aparta, me esquiva y se levanta—. Estoy bien.

La agarro de la mano antes de que se vaya.

—No me mientas.

Cecelia se tensa y gira la cabeza hacia mí, que estoy sentado al borde de la cama. Resentimiento. Puedo verlo claramente.

—Pedirme eso es no tener vergüenza —dice con frialdad.

—Lo sé.

—¿Quieres honestidad? —me pregunta, apartando la mano—. Llevo años superando estos sueños sin ti.

Esa declaración, junto con el firme eco de la puerta del baño cerrándose tras ella, me hace saber exactamente a qué atenerme.

No me necesita, aunque eso yo ya lo sabía. Se ha convertido en una mujer autosuficiente, independiente hasta límites insospechados y muchísimo más fuerte. No me necesita y eso es algo que tendré que asumir y por lo que tendré que respetarla.

Solo necesito hacer que vuelva a desearme.

Cuando reaparece al cabo de unos minutos, tiene la cara limpia y me mira con actitud estoica.

Me está desafiando.

Esa es mi guerrera.

Me está retando a que la presione, pero esta noche no pienso hacerlo. Me quito la camiseta por la cabeza y la tiro al suelo. Cecelia baja la mirada mientras hago lo mismo con el pantalón del chándal. Llevamos meses sin intimar, en realidad años, si no contamos la última vez que la tomé con aquella rabia inducida por la ginebra, algo que nunca podré perdonarme. No hay nada que desee más que borrar esa última vez que la poseí, que sustituir ese recuerdo, que reemplazar el eco de sus gemidos angustiados por gemidos de placer. Pero aunque no estuviera cubierta por ese puto pijama de franela de la cabeza a los pies, nunca la tomaría mientras existiera esa duda cautelosa en sus ojos, ese miedo. Sin embargo, eso no impide que la desee, ni que se me ponga dura al ver que se ha convertido en mi igual, bellamente estructurada. Se estremece mientras me acerco al punto en el que permanece de pie, enfadada, confundida por las emociones, atormentada por un pasado que yo no puedo cambiar y por unos errores que no puedo borrar.

—Yo tampoco sé cómo hacer esto —susurro—. No sé cuánto me va a costar, ni qué palabras decir, ni qué cosas hacer. No tengo ningún plan, Cecelia, absolutamente ninguno.

La cojo de la mano y la llevo de vuelta a la cama. Ella se tumba de espaldas, sin mediar palabra, y yo la atraigo hacia mí, rodeándola con los brazos. Su olor y el consuelo de saber que está a salvo alivian un poco el impacto de su llanto. Permanezco inmóvil, esperando que me dé una explicación, esperando no haber sido yo la causa de sus lágrimas, pero no dice nada.

El tiempo. Mi maldito enemigo. Una fuerza invisible a la que nunca he sido capaz de vencer. Me faltaron unos segundos para salvar a mi hermano y ahora varios años se interponen entre la mujer que amo y yo, todo por culpa de mis juicios y de mis errores. Y ahora el tiempo vuelve a asomar su fea cabeza, burlándose de mí y convirtiéndose en la principal barrera que nos separa.

Cecelia ha vivido mucha vida sin mí.

Lo irónico es que no me queda más remedio que hacer las paces con mi némesis, porque él es el único que puede sanarnos.

—*Ce rêve dans lequel nous sommes tous les deux. Emmène-moi avec toi.* —«En este sueño, nos adentraremos juntos. Llévame contigo».

Ella aprieta la mano que he puesto sobre su abdomen y, poco después, se aleja, llevándome consigo.

Cuando me despierto, estoy solo.

9

Tobias

Dieciocho años

Un fuerte golpe en mi puerta seguido de un «Vamos, King, sé que estás ahí», me hace cerrar el libro a regañadientes. Solo hay una persona que sabe dónde está el hostal en el que me alojo.

Abro la puerta un milímetro y me encuentro con una sonrisa de un megavatio. Como de costumbre, él va vestido de forma impecable, como si estuviera recién salido de una revista masculina y acabara de entrar en el mundo real. Sin embargo, nada en él parece de este mundo, algo que le envidio.

—Pues sí, justo lo que me temía. Es nuestra última noche y tú piensas desperdiciarla…, déjame adivinar…, ¿leyendo? Pasaría de ti si no fuera porque todas las chicas de la facultad se mueren por hincarte el diente. Y resulta que esta noche necesito a mi acompañante.

Es mentira. Es tristemente célebre por su reputación con las alumnas y porque su personalidad y sus payasadas lo convierten en el centro de atención. Hasta yo le cogí cariño de inmediato, a pesar de que me esforcé muchísimo por mantenerme al margen. Es todo lo contrario a mí: a él le encanta ser el centro de todas las miradas. Saca una botellita de ginebra de debajo de la gabardina de aspecto caro y me la pone delante de las narices.

—Por una vez, me encantaría hacer que dejaras de fruncir el ceño. Vístete y a ver si lo consigo.

—Estoy ocupado.

—No digas gilipolleces, estás tan aburrido como yo. Tienes un minuto antes de que me ponga a cantar villancicos con voz de soprano. Y si eso no funciona, haré algo muchísimo peor.

Molesto, pero sabiendo que cumplirá su amenaza, me aparto de la puerta e ignoro su sonrisa victoriosa de suficiencia cuando la cierra tras él. Voy hacia el perchero que hay en medio de la habitación, rebusco entre la ropa y saco mi mejor camisa. Dado que el hecho de haber optado por una habitación individual ha reducido mi presupuesto a la mínima expresión, ahora mismo prácticamente vivo del aire. La ropa nueva es un lujo que de momento no puedo permitirme y la última vez que le cambié la etiqueta a un jersey de precio normal que quería y le puse una de rebajas, casi me pillan. París es una ciudad llena de ladrones profesionales y, desde ese día, he observado detenidamente a aquellos con los que me he cruzado. Mi formación superior ha ido más allá de los estudios, convirtiéndome en un experto en los juegos de manos.

Preston echa un vistazo a la habitación antes de volver a mirarme y agradezco no ver ni una pizca de lástima en sus ojos. Lo despreciaría por ello.

—Qué lúgubre. —Eso es honestidad. Es una de las cosas que más valoro en él y estoy de acuerdo. En mi habitación no hay más que una cama individual, el perchero que me han proporcionado y un pequeño escritorio con un flexo que compré en un rastrillo y con el que cargué durante diez manzanas—. Un hombre austero. Me gusta.

Me abrocho la camisa y saco los zapatos de vestir desgastados de debajo de la cama, mientras Preston deja la ginebra en mi escritorio y se acerca a mí para rebuscar entre mi ropa algo más adecuado. Obviamente, no encuentra nada y se gira hacia mí para mirarme de arriba abajo mientras me ato los zapatos.

—Hace un frío que pela, tío. Coge el abrigo. No, espera, tengo uno de sobra en el coche. Ponte el mío.

Se lo quita y me lo ofrece. En lugar de discutir con él, algo que la mayoría de las veces es completamente inútil, me lo pongo con su ayuda. Me queda perfecto.

—Admítelo. Me vas a echar de menos, King.

—¿Por qué iba a hacerlo? Eres un tío ruidoso, insufrible, prepotente y ridículo.

—Yo también te quiero, colega.

Sonriendo, coge la ginebra de la mesa, abre la botella y bebe un trago antes de ofrecérmela. Yo la acepto y bebo un poco de licor helado, tras lo cual formulo la temida pregunta.

—¿A dónde vamos?

—A quemar la ciudad.

—No me apetece el plan.

—Nunca te apetece nada. Tómate otro trago.

Bebo otro sorbo y le devuelvo la botella antes de hacerlo salir de la habitación.

—¿Se te ha roto la cerradura o algo? —Preston mira fijamente mis dedos, que se mueven a toda velocidad. Entonces me doy cuenta de que voy por la tercera vuelta y siento una necesidad imperiosa de empezar a contar de nuevo. En lugar de hacerlo, saco las llaves y las guardo en su abrigo. No puedo evitar acariciar el lujoso forro con los dedos.

—Es una vieja costumbre —digo, encogiéndome de hombros—. Era la cerradura de mi casa la que estaba estropeada.

Dando por buena mi excusa, echamos a andar por el pasillo para salir del hostal. Una vez fuera, me lleva más allá de la entrada hasta una limusina con los cristales tintados que espera con el motor en marcha mientras el chófer se baja para abrirnos la puerta.

—¿Por qué bebes ginebra? —le pregunto, sentándome en el asiento de cuero.

—Los licores tostados sacan lo peor de los hombres —responde, sentándose frente a mí—. Eso dice mi padre. Bueno, decía.

Preston es huérfano, como yo. Su padre era congresista y murió de un infarto siendo relativamente joven. Su madre le siguió poco después de que una doble mastectomía no lograra salvarla. La diferencia entre nosotros es que él se crio entre algodones y es el beneficiario no solo de la fortuna de sus difuntos padres, sino de la de las generaciones anteriores. Dinero heredado en abundancia. No tendrá necesidad de trabajar ni un solo día de su vida, lo que lo convierte en un hombre sin rumbo y, por lo que he deducido, un tanto temerario. Con diecinueve años recién cumplidos, es la personificación del sueño americano. Aun así, el hecho de que sea como es me impide odiarlo. No me trata como si le diera pena, pero percibo su empatía en pequeños gestos y experiencias compartidas, algo que a veces me molesta. Hasta cuando haces todo lo posible para disimular la pobreza, esta puede resultar penosamente evidente.

—Me enviaron a Francia por consejo de mi tutor y planificador educativo para que ampliara horizontes y viera un poco de mundo. Y el semestre ha terminado, tío. Mañana vuelvo a casa completamente insatisfecho con el tamaño de mis horizontes. —Su sonrisa revela su intención antes siquiera de que la verbalice—. Pero esta noche vamos a solucionarlo.

—¿Qué podría salir mal? —Preston da unos golpecitos con el dedo sobre el asiento de cuero que tiene al lado. Los míos se quedan inmóviles, mientras él me honra con otra sonrisa de suficiencia—. Vete a la mierda —gruño.

—Voy a hacer que te relajes. —Coge la gabardina de sobra que hay en el asiento de al lado, dejando claro que la que llevo puesta la había traído para mí. Saca un estuche plateado de uno de los bolsillos interiores, lo abre, coge un porro y lo enciende—. Empezaremos por la cena —dice, exhalando, mientras arrancamos—. Mínimo cinco platos. Será una noche digna de dos caballeros. —Saca una corbata de otro bolsillo y me la pone en el regazo—. Hay que ir elegante.

Acaricio la seda y asiento con la cabeza, mirándola, mientras el calor me sube por el cuello.

—Es que...

—No digas más, amigo mío.

En cuestión de segundos, Preston manipula la corbata con manos expertas para hacer un nudo corredizo antes de lanzármela de nuevo. Me la pongo al cuello, apretándola bien, y lo miro. Él me hace un gesto de aprobación. Resulta a la vez aleccionador y humillante que presuma de saber tanto y que me recuerden a diario lo mucho que me queda por aprender. Estar con tipos como Preston lo pone claramente de manifiesto, algo que a veces puede ser exasperante. El conocimiento es poder y resulta fundamental, pero también la experiencia.

Preston cuenta con esa ventaja. Tuvo a su padre como mentor hasta los dieciséis años. Yo no tuve tanta suerte. La idea de que Roman Horner ande por ahí tan tranquilo, disfrutando de una posición igualmente privilegiada, mientras yo me angustio por una corbata, hace que me hierva la sangre. Cuando llegue el momento, no quiero que tenga ningún tipo de superioridad. Por ahora, mientras mi resentimiento aumenta, soy un mero observador, pero un día dejaré de serlo. Ese día es lo que me mantiene alerta, con ganas de aprender todo lo que pueda. Roman tiene la ventaja del conocimiento, de la edad y de la experiencia, y hay muchas cosas que no se aprenden en los libros. Pero, sobre todo, al igual que Roman, Preston parece saber ya quién es.

—Por una vez, King, quiero que me dejes llevar a mí la batuta. No permitiré que desperdicies ni un segundo más de nuestra juventud.

Lo que está diciendo es una gilipollez y ambos lo sabemos.

Preston llegó como un maremoto con su personalidad arrolladora, me tomó de la mano y me hizo acompañarlo durante la mayor parte del camino de este semestre en el instituto. A lo largo de estos últimos meses no hemos pasado desapercibidos, precisamente. Sobre todo entre nuestras compañeras, algo que nos ha hecho llamar todavía más la atención y nos ha metido en unas cuantas peleas, la mayoría por culpa de Preston, al que le encantan los desafíos.

No sé por qué, pero confío en él, y también en mí mismo cuando estoy con él. No es el típico provocador, hace esas cosas simplemente para pasar el rato, no para autodestruirse, y eso me atrae. No hay nada que me guste más que sobrepasar mis propios límites.

Las pocas veces que he rechazado sus invitaciones ha sido porque tenía que estudiar para mantener la nota media o porque tenía que volar a casa. Pero compensamos con creces el tiempo perdido con idénticas resacas. La relación que tengo con él es la más fácil y de menor mantenimiento que he tenido nunca. Con él, me he permitido disfrutar de una libertad que nunca tendré allá en casa. Y sé perfectamente que, cuando se vaya, retomaré la vida monacal.

—Última noche, King —dice, cogiendo dos vasos con hielo del mueble bar bien surtido y repartiendo el resto de la ginebra entre ambos—. Hagamos que sea memorable.

Me ofrece un vaso y brindamos.

Durante las últimas semanas, he estado… fuera de juego. Aunque mis notas son buenísimas, tener una media alta no es ninguna garantía y voy a tener que esforzarme para estar preparado para el examen de acceso de la Escuela de Estudios Superiores de Comercio el curso que viene. Ahora mismo, todo está en el aire, dado que mis esfuerzos por encontrar antiguos contactos de mis padres para que me proporcionaran ayuda y orientación han resultado infructuosos. Al parecer, mi padre biológico acabó con mis posibilidades a causa de su comportamiento.

Nadie quiere tener nada que ver con el hijo de Abijah Baran. En estos momentos, ya casi he agotado la lista. Cuantas más puertas me cierran en las narices, más empiezo a pensar que mi presencia aquí es un error. Un error muy caro. No estoy consiguiendo nada y, entre el estrés de preocuparme por mi hermano y por su seguridad y nuestro presupuesto cada vez menor, mientras no haga ningún progreso por aquí todo desahogo es poco.

—Me apunto.

Luniz rapea «I Got 5 On It» mientras los graves retumban bajo mis pies. Una melena de color rubio angelical me tapa la vista, haciéndome cosquillas en la nariz, antes de que un trasero en forma de corazón invada el resto de mi campo de visión.

—*Tu me vexes.* —«Me estás ofendiendo». Vuelvo a centrar mi atención en el lugar pretendido y recibo como recompensa la sonrisa de unos labios carnosos pintados de rosa fucsia—. *Te voilà.* —«Eso es».

—*Pardonne-moi.* —«Perdóname». Admiro sus movimientos y meto uno de los billetes en el hilo de su tanga.

—*On ne touche pas.* —«No se toca».

—Perdón.

Levanto las manos mientras el gorila que está montando guardia junto a nuestra cabina da un paso adelante, con una mirada de advertencia. En mi defensa he de decir que la barra y el escenario se encuentran apenas a medio metro de nuestra mesa, lo que la convierte en un enclave privilegiado y, para mí, en una buena excusa para echar un vistazo más de cerca.

—*Est-ce ta première fois dans un endroit comme celui-ci?* —«¿Es la primera vez que estás en un sitio así?».

Su franqueza hace que me ruborice y decido que no tiene sentido mentir.

—*Oui.*

—*Ah, mais un homme comme toi ne devrait pas avoir besoin d'être ici.* —«Bueno, pero un hombre como tú no debería necesitar venir a un lugar como este».

Su voz es puro sexo y su cuerpo una ofrenda, pero hago todo lo posible por mantener la cordura, a pesar de la mezcla de vino y ginebra que corre por mis venas. Sin embargo, ha dado en el clavo. Nunca he estado en un sitio así, aunque incluso yo sé que este club es de los más exclusivos. Y, desde que hemos entrado, justo después de medianoche, con el estómago lleno de la mejor cocina francesa y de vino caro —al que le he cogido el gusto de inmediato—, hemos sido el centro de atención de la mayoría de las bailarinas, sobre todo porque a Preston le sobra el dinero y está siendo muy generoso. La mujer que intenta desconcentrarme menea suavemente las caderas, provocándome deliberadamente, mientras yo observo al hombre que está sentado en la zona VIP. Resulta obvio que no es la primera vez que viene. El sitio en el que se encuentra está justo enfrente de nuestra mesa, elevado unos cuantos escalones por encima del suelo para que nos quede claro cuál es nuestro lugar en la cadena alimenticia.

Solo nos separan de él un cordón de terciopelo y una cantidad ingente de influencia y dinero. Aunque estoy seguro de que, si Preston exhibiera su cuenta bancaria, sería un contrincante digno del mayor pez gordo que hubiera aquí.

Yo no estoy obsesionado con el dinero. Conozco sus peligros. Pero esta noche he visto claramente más de una vez cuál es mi verdadera posición por carecer de él. Pienso en Dom, que sigue durmiendo en la misma puta cama individual que ha tenido desde los cinco años, en la gotera que hay en la esquina del techo de su dormitorio y en el moho negro que crece en su armario por culpa de ella. Mi triste habitación del hostal es un palacio comparada con su cuarto.

—*Je pourrais te permettre de me toucher. Mais pas si tu continues à m'insulter en détournant ton regard.* —«Puede que te permita tocarme. Aunque no si sigues insultándome apartando la mirada».

Unos ojos de color castaño claro me regañan mientras la mujer arquea la espalda contra la barra, intentando de nuevo ganarse mi interés. Es una oferta tentadora, pero estoy demasiado distraído porque mis razones para quedarme en París se están reduciendo a marchas forzadas. Podría dejarlo ahora mismo y renunciar a algunas de mis aspiraciones. Podría volver a casa, matricularme en alguna universidad de prestigio y buscar la forma de costeármela. Y, dentro de cuatro o cinco años, conseguir un trabajo con un sueldo de seis cifras, suficiente para sacar a Dom de la pocilga de Delphine y asegurar su futuro.

Pero una sensación visceral y el vello erizado de la nuca me hacen volver a cambiar de idea. Desde que esos tres hombres trajeados han entrado hace media hora, la tensión se palpa en el ambiente. Los empleados se han dispersado como ratas. Por lo que he visto, se debe a una mezcla de miedo y respeto, lo que me hace pensar que son personas importantes o que trabajan para alguien que lo es, algo que estoy decidido a averiguar.

—*Dis-moi sur quelle chanson danser. Tu vas voir, ça en vaudra la peine.* —«Dime qué canción quieres que baile. Verás como vale la pena».

Es el tipo que está en la cabina de la esquina el que más curiosidad me despierta. No ha prestado ni la más mínima atención a las bailarinas. Por su actitud, resulta evidente que pertenece a alguna organización. Es un hombre de mediana edad y le pagan muy, pero que muy bien, a juzgar por su forma de vestir, las botellas caras que le llevan a la mesa cada dos por tres y el puro que tiene en la boca. Es el típico gánster de libro, demasiado obvio y repulsivo. Seguramente les pone más el efecto que causan, el hecho de ser el centro de atención, que el alcohol que se están echando al buche.

—*Arrête de regarder, si tu ne veux pas qu'il te remarque.* —«Deja de mirar si no quieres que se fije en ti».

—*Qui est-il?* —«¿Quién es?».

—*Un homme qui n'aime pas qu'on pose des questions à son sujet.* —«Un hombre al que no le gusta que pregunten por él».

Cojo uno de los billetes más grandes y lo pongo a la altura de sus tacones. Ella baja la vista y vuelve a mirarme antes de negar sutilmente con la cabeza.

—*Je ne sais rien. Personne ne sait rien ici. Et personne ne te dira quoi que ce soit. Mais tout ce que je sais, c'est que si tu poses trop de questions, si tu suscites le moindre soupçon, tu disparaitras, ou tu le souhaiteras fortement.* —«Yo no sé nada. Aquí nadie lo sabe. Y, aunque lo supieran, no te lo dirían. Lo que sí sé es que, si haces demasiadas preguntas, si sospechan lo más mínimo de ti, desaparecerás o desearás haberlo hecho».

Miro el fajo de billetes que Preston me ha puesto en la mano en el coche antes de llegar y sé que, si me guardo una parte, me hará la vida un poco más fácil. Molesto y avergonzado por la idea, lo dejo todo a sus pies.

—*Quelqu'un sait quelque chose. Et si ce quelqu'un c'est toi, je serai très reconnaissant.* —«Alguien tiene que saber algo. Y si ese alguien eres tú, te estaría muy agradecido».

Justo en ese momento, los ojos del hombre se clavan en los míos, pero ella me impide verlo, rozándome los labios con los pezones. Su atractivo y la ginebra se apoderan de mí y hago todo lo posible por no empalmarme. Este no es el lugar y, aunque es guapa, no es la chica adecuada para darse un capricho.

Ella me agarra por los hombros y me gira para que mire a Preston, que está sentado en el reservado con dos botellas abiertas y sudando a mares. Una belleza morena se contonea sobre su regazo. A estas alturas, ya está medio inconsciente; solo sé que sigue vivo por su sonrisa de tonto mientras ella se frota contra él. Mi bailarina me pasa las manos por los hombros y las baja hasta el pecho, envolviéndome por detrás. Su aliento me roza la oreja instantes antes de que clave las uñas en la tela. Mi polla ya no es capaz de aceptar un no por respuesta. Inhalo entre dientes y doy gracias por tener el abrigo encima.

—*Si tu ne croyais pas aux fantômes avant de venir ici ce soir, il en est la preuve. Il a un intérêt dans ce club. Une danseuse. Elle ne parle à personne ici. Jamais. Elle est escortée partout où elle va. Un des videurs les a suivis une fois et a disparu. Ce ne sont pas les hommes avec qui plaisanter.* —«Si no creías en los fantasmas antes de venir aquí esta noche, él es la prueba de que existen. Le interesa alguien del club. Una bailarina. Nunca habla con nadie. Jamás. Va con escolta a todas partes. Uno de los gorilas los siguió una vez y desapareció. Es mejor no meterse con ellos».

—*Merci.*

Inmediatamente después de nuestra conversación, dejo de beber y, tras rechazar con educación varias insinuaciones tentadoras de mi bailarina, separo a Preston de la morena. Este me rodea el cuello con el brazo, y me dispongo a sacarlo del club mientras forcejea conmigo y farfulla declarándole su amor a la bailarina que ha dejado abandonada y que se encuentra a escasos metros de distancia.

—*Je te retrouverai, mon amour* —«Volveré a buscarte, mi amor», le dice sonriendo, con una mano en el pecho—. Por fin he encontrado el verdadero amor en la ciudad de los amantes. Y ahora tengo que irme. *Au revoir, ma chérie.* —«Adiós, cariño».

—Seguro que lo supera pronto —resoplo, mientras él sigue resistiéndose y balbuceando su sentimental despedida.

Preston se vuelve hacia mí, contrariado por que haya acortado esta parte de la noche.

—¿Qué sabrás tú del amor?

—Que te está enredando los pies. Hazme un favor e intenta recordar para qué sirven.

—Esa rubia estaba colada por ti. ¿Por qué no has aprovechado?

—No es mi tipo.

—¿Y cuál es tu tipo? Te ponen los látigos y las cuerdas, ¿eh? Siempre sois los más reservados. Dime, King, ¿tengo razón o no?

—Mueve los pies —gruño, prácticamente arrastrándolo por la sala.

—Seguro que te gustan las chicas malas —dice, haciendo que nos detengamos en medio del club—. Tengo que mear.

Después de esperar una eternidad fuera del baño, llegamos a la entrada, que ahora está desierta por lo tarde que es y por la rápida bajada de las temperaturas.

—¿Dónde está el coche?

—Lo he llamado mientras meaba. Está aquí cerca.

Se recuesta en el lateral del edificio, con los ojos cerrados.

—No debería haberme tomado esa última copa. El aire me está viniendo bien. Me recuperaré en un momentito. Solo necesito recobrar energías. La noche todavía es joven, King.

—Se ha acabado.

—Sí, ¿no? —dice Preston, abriendo lentamente los ojos, sin rastro de humor en su tono de voz—. En todos los sentidos.

—¿Qué quieres decir?

—Que aunque mis padres estén criando malvas, tengo muchas expectativas que cumplir. Una familia llena de triunfadores a los que impresionar allá en casa. En cuanto me baje del avión, me tendrán controlado durante el resto de mi vida —dice. Preston suspira y las luces de neón del club iluminan su aliento y lo hacen brillar—. Para ti, esto solo ha sido un viernes por la noche, pero para mí… es el último adiós.

—Aún te queda la universidad.

—No —replica, señalando el club con la cabeza—. No quiero ofender a las empleadas, pero no me interesan las strippers, tío. Solo era algo que quería tachar de la lista. Otra experiencia que puedo decir que no me he perdido. No hay clubes de striptease en mi futuro. Qué coño, en mi futuro no hay ningún tipo de diversión.

—¿Qué hay, entonces?

—Aburrimiento. Una puñetera tonelada de él y luego más aburrimiento. Problemas de niño rico, lo sé. —Se lleva una mano a la nuca. Tiene el cabello castaño engominado despeinado por los dedos de la bailarina—. El dinero es mío, pero viene acompañado de presión. Tengo que conseguir ser algo más que un niño mimado con un fondo fiduciario. ¿Y sabes qué es lo peor? Que el camino que me espera no me disgusta tanto. Soy un tipo bastante simple.

—Eso no te lo crees ni tú.

—En serio, esto es diferente. Voy a ser sincero contigo, tío, nunca había hecho ni la mitad de las burradas que hemos hecho este semestre.

Me río entre dientes.

—Ni yo.

Preston esboza una sonrisa.

—Lo sospechaba. Y admito que lo he disfrutado. Creo que mi problema es que me gustaría tener libertad para decidir, ¿entiendes?

Mi respuesta se ve interrumpida, así como mi visión de él, cuando un hombre aparece de repente e inmoviliza contra la pared de ladrillo a Preston, que abre los ojos de par en par.

—*Vide tes poches. Maintenant.* —«Vacíate los bolsillos. Ahora mismo».

No lo he visto venir. En absoluto. Era el típico ruido de fondo, un peatón más caminando por la típica calle parisina concurrida. No me he parado a pensar en el hombre que se nos acercaba porque estaba totalmente inmerso en nuestra conversación. Preston parece tan sorprendido como yo. El hombre nos mira y de repente saca un cuchillo para intentar clavármelo. Esquivo la punta por los pelos, retrocediendo de un salto sobre la acera.

Satisfecho por el espacio que le ha proporcionado el movimiento, el hombre agarra a Preston por el pescuezo y le pone la punta del cuchillo en la base del cuello. Yo estoy a un metro, como mucho, y sé que si hace un poco más de presión o un movimiento rápido de muñeca, Preston morirá.

Algo dentro de mí hace clic al ver su expresión y me lanzo hacia delante, agarro del pelo al hombre para tirarle de la cabeza hacia atrás y le estampo la cara contra el ladrillo, justo al lado del hombro de Preston. La adrenalina se apodera de mí y le golpeo la cabeza una y otra vez hasta que se queda inerte y el cuchillo cae sobre la acera, a mis pies. Una vez en el suelo, pateo al atracador con el duro tacón del zapato hasta que deja de levantar los brazos para defenderse.

Echo un vistazo rápido a mi alrededor, veo que seguimos solos y lo cojo por debajo de los brazos antes de mirar a Preston. Este sigue pegado a la pared, con los ojos muy abiertos. Miro hacia la cámara de la entrada y agradezco que estemos fuera de su alcance.

—Agárralo por las piernas —le ordeno, entrando en pánico, mientras me viene a la cabeza la cara de Dom. Esto no puede acabar aquí. Este no puede ser el error que me deje fuera de juego—. Preston, no puedo ir a la cárcel. —No verbalizo mi mayor temor: que ignoro si el hombre está muerto o no. Nunca le había pegado a nadie tan fuerte en mi vida.

Preston reacciona, llevamos al hombre inconsciente a un callejón cercano y lo tiramos detrás de un contenedor. Me agacho y le pongo los dedos en el cuello para comprobar si tiene pulso.

—¿Está vivo?

Asiento y me pongo de pie.

—Vamos.

Preston me detiene, agarrándome por el hombro.

—Quédate con su dinero.

—¿Qué?

Él señala con la barbilla al ladrón inconsciente y vuelve a mirarme con dureza.

—Es lo más justo. Quédate con su puto dinero. —Me giro, me inclino sobre el hombre y analizo los daños que le he causa-

do. Tiene la cara destrozada y le sangra un oído—. Venga, King.
—Le abro la chaqueta, reviso los bolsillos y saco un fajo de billetes, algunos gastados, otros más nuevos, y sé que no son suyos. Él no ha ganado ni un céntimo—. Bingo. Lleva haciendo esto toda la noche.

Me guardo el dinero y vuelvo con Preston. Salimos del callejón sin mediar palabra, apresurándonos al ver que la limusina nos espera a la entrada del club. Después de abrirnos la puerta, el chófer se sienta al volante.

—¿A dónde vamos, señor Monroe?

Nos miramos el uno al otro.

—Tengo hambre, ¿y tú? —me pregunta Preston.

Asiento con la cabeza.

—Llévanos a algún sitio a desayunar. Tú eliges.

El conductor arranca a toda velocidad.

—Sí, señor.

Preston me hace un gesto con la barbilla.

—Vas a tener que deshacerte de la chaqueta.

La inspecciono bajo la luz de las farolas que se suceden una tras otra y veo que está salpicada de sangre. Se nota demasiado. Me la quito y me acerco a él.

—Nunca había hecho algo así.

—¿Y cómo te has sentido?

Levanto un hombro.

—No voy a fustigarme por ello.

—Yo tampoco. —Preston se inclina hacia delante con las manos entre las piernas y baja la voz—. Y no dudes nunca de lo que acabas de hacer. Ese hombre iba a acabar conmigo, tuviera lo que tuviera en los bolsillos. Lo he visto en sus ojos. Estaba colocadísimo. —Vuelve a recostarse en el asiento, pensativo—. No solo me parezco físicamente a mi padre, también he heredado su buen ojo. Sé cuándo la gente es de fiar y cuándo no. Normalmente nada más conocerla. —Preston saca el estuche del bolsillo, enciende la otra mitad del porro que se había fumado horas antes y se quita un poco de hierba de la lengua antes de seguir hablando—. Tal y como yo lo veo, hay malas personas que hacen cosas malas y buenas personas que hacen cosas malas por buenas razones. Tú eres de los segundos —declara, mirándome fijamente.

—¿Y tú?

—Yo sería incapaz de ser cualquiera de los dos. Al final, acabaré siendo de los que necesitan a tíos como tú.

Preston me deja en el hostal cuando la luz del amanecer empieza a iluminar las calles. Tras unas cuantas horas de sueño, voy hacia la puerta con la maleta en la mano para coger el vuelo de vuelta a casa y, al abrirla, veo que está bloqueada por seis cajas enormes. En la parte superior de la primera hay una nota: «Gracias por ahorrarme hacer el equipaje, compañero. P».

***

Esa noche algo cambió entre nosotros. Ambos fuimos conscientes de ello. Solo que no sabíamos exactamente qué. Nunca me había dado cuenta hasta qué punto aquella noche había sido decisiva para mi futuro, pero ahora, echando la vista atrás, sé que ahí empezó todo.

Con ese recuerdo revoloteando fresco en mi mente, entro en el vestidor de Cecelia con el sudor corriéndome por la espalda tras otra larga carrera con Beau. Echo un vistazo a su ropa, con curiosidad. No es una chica de marcas. No hay ni una sola prenda de diseño en su armario. Tan parecidos en algunas cosas y tan diferentes en otras. Es de gustos sencillos, aun siendo millonaria. Siempre le ha importado una mierda el dinero, algo que dejó bien claro cuando me entregó la empresa que había heredado, que salía en la lista Fortune 500, junto con lo que había ganado con nuestro acuerdo, devolviéndoselo íntegramente a Éxodo.

Ella nunca había anhelado el dinero de su padre. Solo su amor.

Eso es lo único que les ha pedido a todos los hombres de su vida.

Acaricio el tejido de uno de sus vestidos.

—Te lo compensaré, *mon trésor*.

Nunca he vivido con una mujer. La verdad es que, como adulto, nunca he compartido mi vida con ninguna otra persona y me resulta extrañamente satisfactorio pensar que la primera será la última. Eso si la vida y el tiempo nos lo permiten. El puñetero tiempo es tan implacable como el amor: no tiene límites ni ofrece treguas. Es el enemigo. Y, desde que he vuelto, no hemos retomado nada de nada.

Sin embargo, ella necesita tiempo —tiempo y límites— y eso es lo que tendré que darle. Pero ¿dejarle espacio es lo correcto? ¿La estoy tratando con demasiado tacto?

Cecelia no está acostumbrada a que sea así con ella. Nosotros no somos así.

Cojo algo de ropa, la tiro sobre la cama y voy hacia su librería, donde rebusco hasta encontrar un ejemplar nuevo de *El pájaro espino*, parecido al que perdió en el restaurante hace meses.

«Supongo que siempre seré la chica que se empeña en conseguir la luna».

Abro el librito, hojeo algunas páginas y me doy una palmada en la cabeza al ver el nombre de la protagonista.

«¿Y por qué se llama Meggie's?».

«Es una larga historia».

«¿La conozco?».

«Tanto desde dentro como desde fuera».

—King, puto gilipollas —murmuro. Había hojeado el libro un par de veces por curiosidad, pero no me había quedado con los nombres de los personajes. Estaba demasiado concentrado en Cecelia como para captar el significado global del libro y, todos estos años después, sigo igual de despistado.

Le ha puesto a la cafetería el nombre de la protagonista de *El pájaro espino*, la novela que más le apasiona. El hecho de que robara ese libro de la biblioteca de Triple Falls es una de las razones por las que existe lo nuestro. Es obvio que se siente identificada con Meggie y compara nuestra propia historia con la que se narra en estas páginas. Memorizaré el puñetero libro, si tanto significa para ella. Pero, por ahora, no tengo ni idea de cómo actuar.

Esta es la primera vez que estoy sobre el tablero sin ninguna estrategia y ahora mismo ella está rehaciendo su vida como si yo fuera un obstáculo que tiene que evitar. Me ha dejado aquí solo por la mañana aposta, así que está claro que la molesto, y mucho.

Frustrado, voy al baño y abro el botiquín, satisfecho al ver sus anticonceptivos. Ese es un tema para otro día. Cojo el bote de crema hidratante que hay al lado, lo abro y lo huelo. Inmediatamente me siento abrumado por su familiaridad y por una de las cosas que me hacen ser adicto a ella: su olor. Al leer la etiqueta, me doy cuenta del porqué.

Bayas de enebro.

No me extraña que sea adicto a su olor. Me lo bebo cada noche con mi puñetera copa de ginebra.

—Bien jugado, mi reina —murmuro, poniéndole el tapón a la crema antes de cerrar el armario.

Mientras rebusco en sus cajones, me doy cuenta de que he entrado completamente en modo acosador sin tener ni idea de lo que busco. ¿Una revelación? ¿Algo que me ayude a reconquistarla? Frustrado, los cierro de golpe, consciente de que no voy a encontrar lo que necesito contando sus putos bastoncillos de los oídos. Me llega un mensaje al teléfono que tengo guardado en el bolsillo y agradezco la distracción: Llamada. Es de Tyler.

El teléfono suena en mi mano de inmediato y contesto al segundo tono.

—Hola.

—Tenías que esperar dos tonos antes de contestar para bajarme los humos, ¿no?

—Buenas tardes, señor presidente. ¿Cómo lo tratan en la majestuosa Casa Blanca?

—La cama es muy cómoda, señor King —me responde él, en el mismo tono jovial—. Te llamo para agradecerte tu ayuda y tus contribuciones a la campaña.

—Lo considero un dinero bien invertido. Parece que estamos de acuerdo en muchas políticas y cambios.

—Esa es otra de las razones de mi llamada. Quería que supieras que trabajaré sin descanso y velaré por los intereses del país.

—No me cabe la menor duda, señor.

Él va al grano.

—Ha pasado mucho tiempo desde el instituto, ¿verdad, King?

—Demasiado. Me sorprende que se acuerde de mí. Solo estudió allí un semestre.

Es mentira. No el tiempo que estuvo en el instituto, sino la parte de la conversación que hace referencia a nuestra relación. Siempre hay alguien escuchando y no vamos a correr ningún riesgo. Desde el momento en el que entramos en aquella cafetería para desayunar hace veinte años, ambos con un poco de resaca y deseando llenarnos la panza de fritanga, nos convertimos en amigos íntimos gracias a la confianza y al respeto mutuos.

Por primera vez, le conté los planes que tenía en relación con Roman a alguien ajeno y él también compartió sus aspiraciones conmigo. Juntos diseñamos nuestra propia estrategia y la llevamos a cabo al puñetero pie de la letra.

Nunca imaginé que acabaríamos convirtiéndonos en grandes aliados. Pero, al escuchar sus aspiraciones, me di cuenta de que era el candidato ideal para presidente que cae en gracia. Huérfano, pero de buena cuna, tremendamente rico y guapo, pero capaz de controlar su polla y tratar a las chicas con respeto, incluso a puerta cerrada. Fue uno de mis primeros reclutas importantes y una muy buena decisión por mi parte. Mi apoyo financiero a su campaña resultó irónico y nos hizo cerrar el círculo.

Lleva tatuaje —aunque no se vea—, es uno de los padres fundadores de la hermandad y ahora ocupa el sillón más poderoso del mundo.

—Molly quería que te invitara a cenar.

—Un día de estos le tomaré la palabra.

Desde el principio, acordamos que nuestra relación debía seguir siendo formal hasta que nos hubiéramos quitado de encima la mayor parte del trabajo, a menos que hubiera alguna emergencia. Mis aportaciones a su campaña y el semestre que pasamos en el mismo instituto son nuestros únicos lazos aparentes. Es uno de los pocos hombres decentes que están en el poder y tenemos que conseguir demasiadas cosas en los próximos siete años como para que se viera perjudicado por nuestra relación si alguna vez me juzgaran por mis delitos.

Preston Monroe no necesita que nadie lo controle y Tyler lleva preparándose para esto desde que se alistó en los marines.

—¿Qué es de tu vida, Tobias?

—Últimamente me interesa bastante Virginia, señor.

—Ah. Me alegra saber que andas cerca. ¿Alguien que conozca?

—Algún día la conocerá.

—Qué intriga. Entonces ¿te has retirado de la política?

—Es algo temporal —aseguro—. No me gusta el golf.

—Bueno, pues te deseo suerte. Estaremos en contacto.

—Gracias por su llamada, señor presidente.

—Espero verte en la Casa Blanca.

—Merece estar ahí —digo sinceramente.

—No lo habría logrado sin ti, amigo mío.

Cuelgo y miro por la ventana de la habitación de Cecelia antes de enviar un mensaje de texto.

Yo
¿Hora de llegada?

Russell
Un pajarito acaba de aparcar el Audi en la entrada,
las llaves están en el parasol.
Y hay dos pájaros recién salidos del cascarón en camino.
¿Te envío más?

Yo
Mándame cuatro más. No conozco el barrio. Y cambia a los
viejos. Están cansados y aburridos, ya no me sirven. Y que
tengan vista de lince. ¿Entendido?

Russell
Entendido. Estarán ahí mañana.
¿Qué tal Cee?

Yo
Bien.

Russell
Qué escueto.
Es un pelín rencorosa, ¿verdad? 😑

Como no respondo, el teléfono vuelve a sonar.

Russell
Te está jodiendo vivo, ¿no?
Adoro a esa chica.
Cuida de ella.

Yo
Vuelve al puto curro.

Russell
¿No te habías retirado?

Yo
Estoy de vacaciones.
Hay una gran diferencia.

Russell
Recibido. Venga, tío.
Seguro que estás ocupado. 😑

10

Cecelia

Al llegar a casa, veo el Audi aparcado en la entrada y me sobresalto. Forma parte de lo que dejé atrás. Al parecer, no importa cuánta distancia ponga entre mi persona y la vida que llevaba hace un año: nunca podré escapar de ella.

Hoy he estado sirviendo más de lo habitual y hablando por los codos con todos los clientes de la cafetería, dispuesta a recuperar mi rutina. En los momentos de menos trasiego, me he entretenido fregando hasta el último rincón del restaurante para evitar a Marissa y sus preguntas. Esta mañana prácticamente he huido dejando a Tobias solo, sin coche y abandonado a su suerte, para tratar de ordenar mis pensamientos.

Salgo del Camaro e inspecciono el Audi antes de echar un vistazo a la casa sin vida, con curiosidad por saber qué estará haciendo él dentro.

—No pareces muy contenta de verlo. —A punto de morirme del susto, me giro y veo a Tobias a poco más de un metro de mí, con una camiseta negra pegada a su cuerpo colosal y el sudor corriéndole por las sienes—. O puede que no quisieras entrar en casa porque pensabas que yo estaba dentro. —Ladea la cabeza con una mirada escéptica, atrayéndome con su encanto—. ¿Cuál de las dos, Cecelia? —La dureza de su voz amenaza con abrir las cicatrices reforzadas de mi pecho—. Deja de comerme con los ojos y dime cuál es el problema. ¿Estás molesta por lo del coche o porque ibas a tener que enfrentarte a mí en casa?

—¿Qué?

—Me has oído.

En dos zancadas se planta delante de mis narices, invadiendo mi espacio con su presencia. Nunca he sido inmune a él y hacerme la indiferente ante la atracción que me causa es ridículo a estas alturas. No solo eso, sino que él sabe perfectamente lo que hay.

—Esta es la segunda vez que salgo a correr hoy. No eres la única que siente lo que siente. —Tobias se queda mirando el coche—. Podemos deshacernos de él, pero dado que fui yo quien te lo quitó, pensé que me correspondía a mí devolvértelo.

—Me ha sorprendido, eso es todo. No esperaba volver a verlo.

—Ya —murmura él, abatido.

Lo agarro del antebrazo mientras pasa a mi lado esquivándome. Se detiene, tensando los hombros, al tiempo que levanta los ojos color ámbar hacia los míos.

—Me encanta ese coche —digo con sinceridad, aunque ambos sabemos que no estoy hablando de él—. Es que… —La rabia me invade y Tobias percibe la agitación que se apodera de mí.

—¿Estás preparada para hablar? —Se gira y se acerca, haciéndome dar un paso atrás—. ¿Para pelear? —Otro paso. No parece en absoluto cansado, aunque acaba de correr varios kilómetros. Se acerca a mí como un auténtico lobo y las ligeras notas de cítricos y especias invaden mis sentidos—. ¿Para follar?

Al ver que sigo muda, deja caer los hombros y me da un beso en la sien antes de acercarse más a mí.

—Pues nada, más tiempo. Eso es lo único que nos sobra, Cecelia —me recuerda en un susurro, y después entra en casa.

11

Cecelia

Queda genial —dice Marissa, detrás de mí, mientras cojo otro trozo de telaraña falsa y la pego a un lado de la ventana.

Retrocedo para contemplar el efecto y echo un vistazo a la cafetería, satisfecha con el resultado. Después de la hora punta de la mañana, Marissa y yo hemos conseguido transformar el restaurante con esos adornos terroríficos. Es un poco prematuro, dado que todavía faltan varias semanas para Halloween, pero necesitaba distraerme.

—Está bien —declaro.

Nunca había soñado con ser propietaria de un local, pero admito que ser dueña de un sitio como este resulta satisfactorio en muchísimos sentidos, sobre todo porque es un lugar que yo misma frecuentaría como clienta. Hay un grupito de personas reunidas alrededor de la acogedora chimenea del rincón de lectura. El aire es cada vez más fresco y las hojas de los robles centenarios que hay frente al aparcamiento se van tiñendo rápidamente de llamativos tonos anaranjados, rojos y amarillos, celebrando la llegada del otoño. Una estación que antes aborrecía por culpa de unos veranos que me habían cambiado la vida y que no quería que acabaran nunca.

—Vale —dice Marissa de repente—. Voy a preparar unos cafés con leche y me vas a contar qué demonios está pasando. Ya he tenido bastante paciencia.

Justo mientras habla, llega un autobús escolar y varias decenas de niños empiezan a desfilar hacia la cafetería.

—Mierda —se lamenta Marissa—. ¿Tú sabías que iban a venir?

—No tenía ni idea —respondo, igual de sorprendida que ella, mientras Tobias entra en el aparcamiento y divide su atención entre el autobús escolar de niños que se amontona en el restaurante y yo.

Cuando llega a la puerta, ya se está remangando. Le guiña un ojo a Marissa a modo de saludo antes de acercarse y darme un beso fugaz en los labios.

—Dime dónde me necesitas.

La hora siguiente es un caos total y absoluto. Un montón de escolares se apelotonan en las mesas y en los reservados con la única vigilancia de un puñado de profesores que parecen desbordados. Aunque había mandado a casa a la tercera camarera después del ajetreo de la mañana, Marissa y yo, junto con la inesperada ayuda de Tobias, conseguimos arreglárnoslas bastante bien para servir los pedidos de comida y bebida, pero el ruido es ensordecedor. Tobias va corriendo de aquí para allá con un cubo, recogiendo platos como si hubiera nacido para ello, limpiando lo que se derrama y tomando las comandas de unos cuantos rezagados que vienen a comer.

—¡Esos puñeteros paletos siempre haciéndonos quedar mal al resto! —vocifera Billy desde la barra por algo que ha visto en la televisión, sobresaltándome justo cuando estoy empezando a sumar los tiques para echar de la cafetería al autobús lleno de estudiantes de secundaria.

—Billy, esto está lleno de críos —le regaño—. Por favor, ten cuidado con lo que dices.

—Lo siento —se excusa, antes de mirar a la mujer que está en el reservado de al lado, escandalizada—. Perdón, señora. —Ella resopla ante sus disculpas y él se ofende automáticamente—. Señora, cuando tenga setenta años, usted también podrá decir lo que le salga de las narices.

Ella me mira con cara de «No me lo puedo creer», como si el comportamiento de Billy fuera culpa mía.

—La cuenta, por favor.

La mujer coge el bolso y arrastra a su hijo fuera del reservado.

—Lo siento mucho, señora —digo mientras se la entrego—. Apenas han comido, invita la casa.

—No espere que volvamos —me espeta la mujer, devolviéndome la cuenta, expectante.

Tobias se acerca a su mesa y percibo de inmediato el cambio de actitud de la mujer mientras lo mira de arriba abajo.

—¿Quiere que se lo ponga para llevar?

Ella se lo come descaradamente con la mirada antes de contestar.

—Pues… Vale, gracias…

—Soy Tobias. *Avec plaisir, salope.* —«Un placer, zorra».

Estoy a punto de soltar una carcajada.

—Qué bien suena. ¿Es francés?

—Sí. Lo siento, a veces se me olvida el inglés —responde, arrastrando las palabras, mientras se hace el extranjero ingenuo. Por unos instantes, me pierdo en la imagen de él vestido con ropa informal, en medio de la cafetería. Tobias señala con la barbilla por encima de mi hombro con una sonrisa cómplice, mientras Travis toca el timbre detrás de mí—. El pedido está listo, jefa.

Entrecierro los ojos.

—Ya lo sé, Francés. Cuando acabes aquí, puedes limpiar las mesas tres y seis.

—Tus deseos son órdenes —replica Tobias mientras me vuelvo para recoger el pedido—. Por cierto, Cecelia.

Me detengo al escuchar su voz ardiente. Miro hacia atrás y

veo el fuego en su mirada, entre las risas molestas y los ruidos de cafetería.

—¿Sí?

—*Je n'aime pas me réveiller sans toi. Je préférerais de loin me réveiller en toi.* —«No me gusta amanecer sin ti. Prefiero amanecer dentro de ti».

—Otra vez hablando en francés —lo regaña la mujer—. ¿No sabe que es de mala educación decir cosas que los demás no pueden entender?

Tobias ignora a la zorra engreída y sigue centrándose en mí.

—*Tu as l'air un peu stressée. Je peux t'aider à te détendre. Avec ma langue, et ta chatte.* —«Pareces un poco estresada. Puedo ayudarte a relajarte. Yo pongo la lengua y tú el coño».

Entreabro la boca e intento por todos los medios disimular mi estupefacción.

—*As-tu perdu la tête?* —«¿Te has vuelto loco?».

—*Pas ce que tu avais en tête? Après tu décideras où ira ma langue.* —«¿Tienes otra cosa en mente? Decide tú dónde quieres que ponga la lengua».

—Ya hablaremos de eso en ca...

—¿Puede ponerme eso en una bolsa, por favor? —interrumpe la mujer, molesta porque le he robado el protagonismo.

Su hijo pequeño, que debe de tener unos siete u ocho años, sale del reservado y observa nuestra conversación con curiosidad. Tobias se agacha para susurrarle algo y él suelta una risita antes repetirlo a la perfección.

—*Le pleck, le spit.*

Yo me río, echando la cabeza hacia atrás. ¿Tanto tiempo ha pasado desde que me burlaba de él así, al lado de la piscina, en casa de mi padre? Entonces estábamos enfrentados, luchando contra nuestra atracción, negando nuestra química, pero la tensión era la misma. Cuando estábamos separados, parecía que había pasado una eternidad, pero ahora que está tan cerca, ya no me lo parece.

—*Tu m'as manqué, mon trésor.* —«Te he echado de menos, tesoro».

La sinceridad de su voz, junto con su mirada, me ponen el corazón a mil y hacen que me vengan a la mente los días en los que me lanzaba a sus brazos para besarlo en cuanto se bajaba del Jaguar, delante de la casa de mi padre. Una sucesión de los días y semanas de la época en la que nos robaron nuestra oportunidad, un tiempo en el que nos liberamos para amarnos abiertamente sin necesidad de palabras.

Un plato se hace pedazos detrás de mí, rompiendo el hechizo.

—¿Acaba de enseñarle a mi hijo una palabrota en francés?

Con la paciencia al límite, Tobias recoge el plato lleno de la mesa sin molestarse en responder.

—Me ocuparé de esto.

La mujer me mira con suspicacia mientras él se aleja.

—Parece que su inglés viene y va cuando le conviene.

—Es curioso cómo funcionan esas cosas —comento antes de marcharme y cruzar las puertas dobles detrás de Tobias, mirándole el culo y fijándome en la marca de sus vaqueros—. ¿Wranglers? —No puedo evitar reírme—. ¿Es que vas a un rodeo?

—Eran los únicos que tenían de mi talla —se justifica él, entrando en la cocina—. No hay mucho donde elegir por aquí.

—No puedes hacer eso —digo, cambiando de tema.

—¿Por qué desperdiciar todo el francés que has aprendido?

—No tiene gracia.

—No estoy de acuerdo —replica Tobias con frialdad, volcando el contenido del plato de la mujer en una caja.

—No hacía falta que ayudaras.

Él ladea la cabeza.

—Sabes perfectamente que no estoy cabreado por estar ayudando. Lo he hecho porque he querido.

—Pues no es necesario que juegues sucio para hablar conmigo.

—¿Tú crees? Porque no hemos tenido una conversación de verdad desde que he llegado.

—Ahora no es el momento.

—¿Y cuándo sería un buen momento?

Mi silencio lo enfurece todavía más y coge una bolsa de plástico para meter la caja dentro.

—Me estoy adaptando, Tobias, y agradezco tu ayuda, pero debería recordarte que eres multimillonario, no ayudante de camarero.

—Y tú eres rica, no camarera. ¿Eso qué coño importa? Seré lo que necesites que sea. —Me mira fijamente por un segundo antes de cerrar los ojos y apoyar las manos en la encimera de metal, armándose de paciencia. Cuando por fin habla, lo hace con una voz grave, rebosante de decepción—. Me iré para no seguir molestándote en cuanto acabe con las mesas. —Dicho lo cual, coge la bolsa y, sin mediar palabra, sale por las puertas dobles.

—¿Condón o cuchillo? —Marissa se acerca a la barra y me da un codazo, mientras miro fijamente a Tobias, que está dibujando con una niña en el rincón de lectura, al tiempo que charla con su abuela.

Hemos tenido un segundo aluvión de clientes después de que los niños se marcharan, toda una rareza. A pesar de nuestra conversación, Tobias se ha quedado para ayudarnos y atiende las mesas sin mediar palabra mientras nos esquiva a Marissa y a mí.

—¿Qué?

—Condón o cuchillo. El típico dilema del ex. La primera vez que vuelve, no sabes si follártelo o matarlo, ¿verdad?

—Has dado en el clavo —reconozco, riéndome entre dientes, mientras retiro algunos platos de la barra—. Si tú supieras…
—Pero no lo sabe y, definitivamente, nunca lo sabrá. Ese es el quid de estar en una relación con un hombre como Tobias.

Inquieta, me pasé la noche de ayer en el jardín plantando bulbos de primavera, mientras él tecleaba en el ordenador sentado en una de las sillas del porche. De vez en cuando, lo sorprendía mirándome fijamente y le devolvía la mirada. Después de ducharme y vestirme para meterme en la cama, me lo he encontrado esperándome allí. Cuando he apagado la luz, me ha estrechado contra su pecho sin mediar palabra. He sabido que contaba con él para ayudarme a combatir cualquier sueño que mi imaginación pudiera invocar. Desde que él ha llegado, no he dejado de soñar.

—Nunca había visto a un hombre tan guapo en persona. No parece de este mundo.

—Pues es de carne y hueso, créeme. —Soy una de las pocas personas que saben dónde están sus cicatrices.

—Entonces, ¿te alegras de que haya vuelto?

—Me gustaría alegrarme, pero lo nuestro es demasiado complicado.

—¿Temes que vuelva a hacerte daño?

Tobias no hace daño. Lo que él hace asesinaría al dolor; hace que el dolor parezca un paseo en carrusel y yo me bajé de él hace ocho meses.

Cierro el servilletero que acabo de llenar y, cuando lo miro, veo que está intercambiando unas palabras rápidas con la mujer mayor.

—Hace casi un año que le di un ultimátum y ha tardado todo este tiempo en entrar en razón.

—Siempre hacen lo mismo, ¿verdad? —Marissa abre la caja, cambia algunas de las propinas por billetes más grandes y se guarda el dinero en el delantal. Ese simple gesto me hace retroceder a un momento y un lugar diferentes. Triple Falls, la sonriente Selma y sus tortillas. Hace toda una vida.

—¿A qué te refieres?

—A que cuando por fin te has recuperado lo suficiente como para poder vivir sin ellos, ¡zasca!, van y se presentan en tu puerta esperando que tú estés en el mismo punto que ellos. Mi madre siempre decía: «No esperes que un hombre se percate de sus errores a tu mismo ritmo emocional, porque los hombres siempre tardan más en darse cuenta de las cosas y en aceptar sus sentimientos. Están emocionalmente atrofiados».

—Y tenía más razón que un santo.

A mi Francés atrofiado le ha llevado demasiados años entrar en razón como para perdonárselo. Eso es lo que más me está costando. Aunque, por otra parte, no sé si mi corazón podría soportar dar otra vuelta en su carrusel.

—Bueno, más vale tarde que nunca, ¿no? Te juro que no había visto unos ojos así en toda mi vida. No sé cómo puedes resistirte.

—Deja de mirarlo o se dará cuenta de que estamos hablando de él.

No ha pasado siquiera un segundo cuando Tobias levanta la mirada y sonríe.

Cabrón.

Las dos volvemos a ponernos en movimiento de inmediato, lo que nos deja aún más en evidencia.

—¿Así que estás jugando al gato y el ratón contra ese león? No te ofendas, pero tiene pinta de ser capaz de tragarte de un bocado —dice Marissa. Yo frunzo el ceño—. Perdona, pero es la verdad. Se palpa la tensión entre vosotros. Tú pareces un géiser a punto de estallar y él… Bueno, si algún hombre me mirara así, seguramente me quedaría en pelotas sin darme cuenta. —Me da un codazo y yo se lo devuelvo con fuerza—. Caray, qué mala leche. Definitivamente, te estás haciendo la dura. No tienes pinta de que te hayan echado un buen polvo. Más bien parece que te han echado a los leones —comenta, riéndose. Yo la fulmino con la mirada para dar por zanjada la conversación y le doy con el trapo—. ¡Ay!

—¿Podrías recordarme por qué te contraté?

—¿Por mi ingenio y mi sinceridad?

—Ya, claro. Hablando de sinceridad: ¿cuándo piensas dejar de hacer sufrir a nuestro cocinero?

Marissa se gira para mirar a Travis y arruga la nariz.

—Es terreno prohibido. Salí con su hermano en el instituto. —Hago una mueca y ella la malinterpreta—. Exacto. No vas a salir con el hermano de un tío y luego…

—¡Marissa, el pedido está listo! —grita Travis. Agradezco la interferencia.

Miro a Tobias y él analiza mi expresión. Cuando me retiro a mi despacho, aparece detrás de mí antes siquiera de que pueda cerrar la puerta.

—¿Qué pasa?

—Nada. Oye, nuestro… «culebrón» está distrayendo al personal.

—Nuestro culebrón te está distrayendo a ti —me corrige Tobias, acorralándome contra la puerta del despacho y obligándome a levantar la vista hacia él.

—Tobias, estás haciendo que me resulte difícil trabajar. —Y dormir. Y pensar.

Él asiente con la cabeza.

—Sí, ya me lo has dicho. Estaba a punto de largarme. Solo quería que lo supieras.

—Lo siento. Es que… ahora mismo no sé cómo me siento.

—Como si te hubieran tendido una emboscada. Tenemos muchas cosas que solucionar pero, hasta entonces, estaré aquí si me necesitas. Y también —dice, acercándose a mí para abrazarme y acariciar las alas de mi espalda, antes de rozar mis labios con los suyos— tenemos muchas cosas por delante. Nos vemos en casa.

En «casa».

—Vale. Gracias otra vez por ayudarnos hoy.

Él me responde con un beso rápido en los labios. Luego me suelta, se mete la mano en los vaqueros, saca un fajo de billetes del bolsillo y me lo pone en la mano.

—Para Marissa.

Esa tarde, al volver a casa, me encuentro una nota de Tobias en la que dice que ha salido a correr. Después de darme una ducha de agua hirviendo, me pongo delante del espejo para secarme. Me sobresalto cuando Tobias aparece detrás de mí, recorriendo mi cuerpo desnudo con la mirada, antes de posar los ojos sobre los míos. Con el pelo empapado y despeinado y la camisa chorreando, baja la cabeza para darme un beso en el hombro antes de rodearme la cintura con un brazo y acercarme hacia él. Apoya la barbilla en mi hombro y me acaricia el abdomen con las yemas de los dedos.

—Hablar por hablar es una tontería, ¿no crees? Sobre todo cuando hay conversaciones importantes pendientes.

Me coloca gran parte del pelo empapado sobre el hombro contrario y acerca los labios a mi cuello desnudo para lamer las gotas de agua con la lengua. Ese gesto me resulta tan familiar, tan íntimo, que me tiemblan las rodillas.

Rememoro la primera vez que lo hizo, la primera vez que me besó así. Fue la primera noche que nos acostamos. Me muerdo el labio al recordar el momento en el que lo vi introducirse en mí, la dilatación, el acoplamiento, la intensidad de aquel momento y la fascinación en su mirada.

Pero lo impactante no fue solo la sensación, sino las emociones que la acompañaron y que ninguno de los dos quiso reconocer.

—Aunque sé por qué no hemos hablado aún, Cecelia. Y puedo esperar —murmura mientras nuestras miradas se cruzan en el espejo—. Pero no pienso quedarme por aquí hablando del puto tiempo. Y tampoco de la cafetería, un negocio que eres capaz de llevar con los ojos cerrados. Ni tampoco de lo que estás plantando en el jardín, porque la verdad es que me importa una mierda mientras te haga feliz. Puedo seguir esperando eternamente —asegura, alejando su boca de mí—, pero no pienso permitir durante mucho más tiempo que sigas negándote a reconocer que estoy aquí. —Aprieta su erección contra mi espalda, acercándose de nuevo a mí para morderme la nuca, antes de utilizar los labios y la lengua como bálsamo. Húmeda y excitada, lucho por no frotarme los muslos el uno contra el otro—. Hablaré contigo de lo que quieras, siempre y cuando se trate de una conversación real. Pero que sepas que también estoy escuchando todo lo que no dices. Siempre te escucharé.

Se me queda mirando, observando mi expresión y mi reacción ante él. Mientras mi cuerpo florece completamente bajo sus dedos, él cierra los ojos y maldice. Con expresión de dolor, como si acabara de ver algo que es incapaz de soportar, me suelta y cierra la puerta tras de sí.

Mi corazón desbocado se muere por seguirlo, pero mi mente me impide moverme. Por primera vez desde que ha llegado, se me pasa una idea por la cabeza…

¿Y si soy incapaz de perdonarlo?

12

Tobias

Veinte años

Los tonos graves de una discoteca retumban con fuerza a mi derecha mientras camino envuelto en la nube de humo de un cigarro. Paso de largo y me fijo en un tipo que le está comiendo la boca a una morena que ha pegado contra la pared lateral del edificio mientras le mete mano bajo la falda. La envidia me corroe cuando ella echa la cabeza hacia atrás y le muerde el hombro a su captor. Luego abre los ojos y separa los labios al fijarse en mí. Veo en su mirada un desafío que es pura tentación.

«Ven a por mí».

Ignoro su provocación descarada y dejo atrás la discoteca, cabreado por no poder darme el gusto. No recuerdo la última vez que me enrollé con una chica o que hice algo considerado normal. ¿Acaso me haría daño, por una vez, pasar un sábado por la noche en un club y regalarme un buen polvo, largo e intenso, para relajarme?

Entonces veo a uno de mis compañeros de clase. Bajo la mirada para evitar que me pare, aunque seguramente no vaya a hacerlo. Desde que empecé en la HEC, he dejado claro con mi conducta que nadie debería intentarlo. Aparte del vago de Claude, mi nuevo compañero de piso, con el que me veo obligado a vivir por razones económicas, no me he relacionado con nadie en la universidad. Y me aseguro de que Claude no coja demasiada confianza mediante la comunicación no verbal y el lenguaje corporal. Como la mayoría de los estudiantes, suele marcharse los fines de semana, lo que me da privacidad para hincar bien los codos.

Aunque todavía faltan años para que me gradúe, no tengo intención de cambiar en absoluto mi comportamiento. Nadie debe conocerme personalmente. Aunque en el fondo me encantaría tener solo la presión de aprobar los exámenes y tomar decisiones sencillas como a qué fiesta asistir y qué coño comerme, como es el caso de la mayoría de los estudiantes. Desde el instituto, me he propuesto vivir de incógnito y, hasta ahora, solo unas cuantas compañeras han sido lo bastante valientes como para desafiarme en ese aspecto. A cambio, se han ganado una grosera llamada de atención, necesaria para garantizar que siga siendo otro estudiante sin rostro del que nadie se acuerde. Pero cuando llevas años en el extranjero, aunque sea en una ciudad tan grande como París, el mundo te parece cada vez más pequeño.

Llamo a Dominic con el móvil nuevo que me ha enviado por correo urgente mientras esquivo a otro grupo de personas que se agolpan en la acera. Contesta al segundo tono.

—Se supone que deberías estar en un avión.

—Tengo exámenes —miento.

—No es verdad —replica Dominic—. ¿Cómo quieres que te ayude si no me cuentas lo que pasa?

No hace tanto tiempo, los casi seis años que hay de diferencia entre nosotros parecían eones, en términos de madurez. Aunque, después de mi última visita a Triple Falls, me quedó claro que había subestimado considerablemente tanto a Sean como a Dom. Sobre todo a este último, al que prácticamente es imposible que se le escape nada. Hace seis semanas, a la luz de la hoguera, descubrí hasta qué punto estaba preparado.

—¿Qué estás haciendo en Francia? —me pregunta Sean, sentado en la silla de camping.

—Nada, estudiar en la universidad —respondo de forma cortante.

—Eso no es del todo cierto, ¿verdad, hermano? —dice Dom, mirando alternativamente a Tyler y a Sean—. Ha ido a buscar ayuda. Todos los de las reuniones se asustaron cuando mataron a mis padres y ahora lo único que hacen es quejarse. —Dom se recuesta en la silla—. Mis padres eran unos revolucionarios extremistas y mi hermano quiere reclutar a gente que sepa qué coño se hace —dice, mirándome—. ¿No es cierto, hermano?

Sabe mucho más de lo que me gustaría. La idea de que se haya hecho el desentendido durante tanto tiempo me pone los pelos de punta. Es bueno engañando a la gente. Demasiado bueno.

—¿Por qué te has hecho el tonto durante todo este puto tiempo?

Él permanece impasible, con el rostro iluminado por el fuego.

—Me parece útil enterarme de qué va el rollo sin que nadie se dé cuenta.

Una estrategia brillante. Una treta con la que incluso me ha engañado a mí, haciéndose el desinteresado y el despistado.

—No me estoy enterando de nada —dice Tyler, observándonos a ambos.

—Creo que la versión corta es que Dominic ha dejado de hacerse el longuis —le explica Sean, mirándonos a Dom y a mí.

Miro a mi hermano y luego a Sean.

—Esto no funcionará si tenemos secretos entre nosotros.

—Le dice la sartén al cazo —dice Dom, con rencor.

Mientras he estado fuera, Dom ha estado investigando. Mi secretismo ha despertado su curiosidad y acaba de dejar claro que no piensa permitir que me salga con la mía durante más tiempo sin hacerme saber que está ojo avizor.

—Ahora mismo, no hay nada que contar. Y tampoco es algo que vaya a pasar de la noche a la mañana.

—Pero esto ya no es solo una conversación y lo sabes muy bien —declara Dominic, categóricamente—. No podemos ayudarte si no nos dices qué está pasando por allá.

—¿Y qué crees que puedes hacer? —El silencio es su única respuesta—. Exacto, mantente al margen hasta que llegue el momento.

—Estás viviendo solo en Francia, joder. ¿Eso te parece inteligente?

—¿Y qué quieres que haga?

Él no lo duda.

—Llévame contigo.

—Ni de puta coña. Sabes por qué estoy allí, así que no tiene sentido discutirlo. Tenemos que centrarnos en lo importante y, ahora mismo, es el dinero.

Dom desvía la mirada y sus ojos vuelven a posarse en la hoguera.

—Tengo una idea, pero no te va a gustar.

No me gustó y sigue sin gustarme, por eso me he negado a que se ponga en peligro de ninguna forma antes de tiempo. Quiero mantenerlo lo más alejado posible de lo que intento conseguir aquí en Francia.

—Estoy liado con algo de lo que no quiero hablar ahora. —Sujeto la mochila con fuerza y estiro el cuello con el móvil pegado a la oreja mientras abro una puerta y se oye una música—. ¿Podemos hablar de eso más tarde? Tengo que ir a un sitio. Solo quería saber cómo estabas.

—Da igual.

Hay abatimiento en su tono y sé que no es solo porque haya

perdido el vuelo. Hasta ahora, había cumplido la promesa de volver a casa cada seis semanas, pero las cosas están empezando a moverse en la dirección que necesito y no puedo permitirme perder más tiempo, literalmente. Además, los viajes son cada vez más caros.

—¿Qué pasa?

—Nada. Ya nos veremos un año de estos.

—Dom, no tengo tiempo para tirarte de la lengua, así que suéltalo de una vez.

—No tenemos un puto duro. —Me detengo y me paso una mano por la cara. La última vez que estuve en Triple Falls, les enseñé a «tomar prestado» lo que necesitaran de quienes se habían ganado su posición apostando y robando a otros menos afortunados. Fue un código que inventé poco después de mi encontronazo con el ladrón del cuchillo el año anterior. Ellos lo siguieron y a Dom, cómo no, se le ocurrieron unas cuantas ideas más para aumentar nuestras ganancias—. Es hora de hacer algunos cambios.

Cuando dice «cambios», se refiere a que es el momento de involucrarse de una forma que resultaría obvia si lo trincaran. Mi lección sobre el hurto se había convertido en una lección de mi hermano pequeño sobre formas más eficaces de conseguir dinero rápido. Había sido a la vez asombroso y espeluznante descubrir lo mucho que sabía, y eso que ni siquiera tenía aún quince años.

—Ya se me ocurrirá algo —replico.

—Tampoco hay tiempo para eso. —Su tono es grave, pero todavía es joven y cada día se está volviendo más arrogante, sobre todo en lo que se refiere a su habilidad innata con todo tipo de avances tecnológicos.

—Como la cagues…

—Ten un poco de fe, hermano.

La emoción de su voz me resulta alarmante. Pero el hecho de que haya estado esperando a que yo le dé luz verde debería bastarme. Tengo que confiar en él. Tengo que confiar en que ellos podrán llevar las riendas hasta que logre lo que me he propuesto hacer aquí.

—Hazlo. Y Dom, no creas que no te quitaré el juguete de las manos si haces el tonto con él.

—Como si pudieras. Te estoy adelantando.

—Puede —digo con orgullo—, pero no olvidemos las reglas.

—Te avisaré cuando esté hecho.

—Vale, pero no te metas en líos.

—Confía en mí, hermano.

—Ya lo hago.

Cuelgo y doblo la esquina, esquivando a un tipo que está parado a un lado del callejón.

—*Auriez-vous une cigarette?* —«¿Tiene usted un cigarro?».

—*Non* —respondo, sin molestarme en mirarlo.

—¿Seguro?

—Lo siento.

—¿Estadounidense?

—*Non*.

—No mientas, Ezekiel.

Echo a correr a toda velocidad, pero ya es demasiado tarde. En cuestión de segundos, me cubren la cabeza con una capucha y me suben a la parte de atrás de una furgoneta. Permanezco completamente mudo mientras me fríen a preguntas en inglés, intercalando alguna en francés de vez en cuando. Me arrancan la mochila del brazo y abren la cremallera, pero sé que en ese aspecto estoy a salvo. Me he librado de cualquier indicio que pueda revelar que soy algo más que un estudiante universitario, pero estos tíos saben que no es así. He metido las narices donde no me llaman y esta noche moriré por ello, o me darán un escarmiento que probablemente no me gustará un pelo.

—Deberías haberte quedado en Estados Unidos —gruñe uno de ellos mientras yo sigo contando y dándome golpecitos en el muslo con el dedo.

—¿Qué tal los coños americanos? —Suelta otro a mi izquierda. Mi silencio me hace ganarme un labio roto, pero yo sigo intentando abstraerme de ellos para seguir contando.

Deben de ser dos, además del conductor. Ignorando el ruido, tamborileo con los dedos en el cuero que hay detrás de mí. Toc. Toc. Toc.

Al cabo de un rato, aminoramos la marcha y oigo el ruido de unas obras a nuestra izquierda, a pesar de que ya es de noche. Escucho el claro tintineo de una verja, después de que uno de ellos salga de la furgoneta, y la cruzamos. De repente me sacan a empujones y me arrastran por un aparcamiento de grava, me meten en un portal y me hacen bajar unas escaleras empinadas. Una puerta se cierra tras de mí y percibo un pestazo a orina mientras me arrancan la capucha de la cabeza. Parpadeo para adaptarme a la luz y veo a un hombre mayor, de unos cincuenta años, a medio metro de distancia. Tiene el pelo muy canoso y perfectamente cortado, rostro impasible y ojos inexpresivos. Justo detrás de él está Palo, el hombre por el que pregunté en el club de striptease el invierno pasado, que no parece haberme reconocido. Vuelvo a centrar mi atención en el tipo que tengo delante, que me observa atentamente.

—Eres más guapo que tu padre.

Supongo que se referirá a Abijah. Beau era mucho menos radical y no me lo imagino relacionándose con ese tío.

—Habla.

—No recuerdo a Abijah.

—Era un buen soldado. Lástima que la mente lo traicionara.

—Mi madre lo odiaba. Y yo estoy de su parte.

—Sentí mucho la muerte de Celine. Fue una tragedia. Era una preciosidad.

—La asesinaron.

Él ni se inmuta, pero percibo un cambio en su mirada.

Viste con elegancia y se nota que tiene gustos caros. Yo nunca he tenido un traje pero, si todo va bien —y esta no es la última noche de mi vida—, tengo intención de comprarme uno. Pienso por un momento en Dominic y en que esa llamada puede haber sido nuestra última conversación. Junto los dedos índice y pulgar.

Toc. Toc. Toc.

—*Pourquoi es-tu en France?* —«¿Por qué estás en Francia?».

—Estoy en la universidad. Solo soy un estudiante.

—¿Y qué necesidad tendría un estudiante de reclutar a mis hombres?

Toc. Toc. Toc.

—No sabía que eran sus hombres.

—La ignorancia no es una excusa.

—*Je ne fais pas la même erreur deux fois.* —«No soy de los que tropiezan dos veces con la misma piedra».

Él se queda pensativo, como si estuviera decidiendo cómo quiere que le cocinen el filete, aunque es mi vida la que está en juego. Pero son cosas como esa las que me mantienen completamente absorto: su lenguaje corporal, la fuerza que irradia solo con su presencia, el hecho de que sopese sus palabras antes de hablar y el tono uniforme con el que las pronuncia. Eso y su puñetero traje de doble botonadura y confección impecable.

No me ha dado prácticamente ningún dato, aparte de que conocía a mis padres, y apostaría la cabeza a que es igual de contenido en cualquier circunstancia, con amenaza o sin ella.

—No. No eres solo un estudiante. Y por lo que me han dicho, tus planes…

—No lo incluyen a usted. —El dolor en la sien causado por el golpe brutal de la pistola me hace saber que interrumpirlo no es un error que deba cometer dos veces. La sangre me corre a raudales por el lado de la cara mientras miro fijamente a mi captor, guardándome la rabia por el hijo de puta que tengo detrás para más adelante.

—Así que crees que hay sitio para todos, ¿no?

—No soy demasiado ambicioso.

—Creo que ambos sabemos que eso es mentira.

—*La France n'est pas le pays où mes projets se réaliseront.* —«Francia no es el país donde pienso llevar a cabo mis planes». Pienso en lo que voy a decir a continuación y decido que no pierdo nada por contar la verdad—. El hombre que los asesinó es dueño de todo el pueblo, incluso de la policía. Por eso estoy en Francia, para pedir ayuda a mi familia.

—No te queda familia aquí.

—Ahora ya lo sé.

Saca un paquete de cigarrillos del bolsillo forrado de seda de la chaqueta, enciende uno y me echa el humo en la cara. La sangre me resbala por el cuello mientras mantengo el contacto visual.

—Aún no me has preguntado quién soy —dice, ladeando la cabeza—. Tengo la sensación de que eres más hijo de Abijah que de Celine.

No me molesto en responder, aunque me pregunto por un instante si será cierto.

—Tendrás que contarme tus planes si quieres mi ayuda.

—No quiero su ayuda. Este es un asunto familiar.

—Todo el mundo quiere mi ayuda —murmura, antes de mirar al hombre que está a mi espalda como si hubiera tomado una decisión sobre mí, aunque no logro interpretarla.

Toc. Toc. Toc.

Pienso en Dom y en que lo primero que hará será venir a buscarme a París para descubrir por qué he desaparecido, lo que lo hará acabar en esta misma situación. ¿Moriremos todos de esta manera? ¿A manos de hombres poderosos que deciden nuestros destinos? ¿O podremos convertirnos en hombres como ellos y cambiar nuestra suerte, dándole la vuelta a la tortilla?

—Como ya le he dicho, no me interesa su ayuda, pero me encantaría saber el nombre de su sastre.

—Más despacio —insiste Claude, pero yo agito una mano en el aire para hacerlo callar.

Después de la conversación y tras una seria advertencia, me han dejado marchar únicamente porque era hijo de Celine. Cuando el hombre se cansó de mí, volvieron a ponerme la capucha y me soltaron a un par de manzanas de la Torre Eiffel. Mientras empezaba a amanecer, recorrí corriendo los diez kilómetros que me separaban de mi apartamento para despertar a mi compañero Claude y pedirle el coche. Él insistió en acompañarme y, en lugar de perder el tiempo, le permití ejercer de copiloto para volver al callejón donde me habían secuestrado unas horas antes. Una vez allí, le hago ponerse al volante y cierro los ojos, pidiéndole que se calle, para empezar a tamborilear lentamente con los dedos mientras él pisa el acelerador.

—*Droite. Deux lampadaires. Gauche.* —«Derecha. Dos farolas. Izquierda».

—*Où allons-nous? Que s'est-il passé?* —«¿Adónde vamos? ¿Qué ha pasado?».

Ignoro la batería de preguntas y me concentro en mi tarea. Toc. Toc. Toc.

—*Droite.* —«Derecha».

Toc. Toc. Toc.

—*Tourne à droite ici!* —«¡Gira aquí a la derecha!».

Él circula a toda velocidad por la estrecha carretera, mientras yo abro los ojos y busco cualquier señal, esperando no haberme saltado ningún desvío. Con los comentarios de Claude de fondo, repaso a conciencia el camino que hemos hecho para llegar hasta aquí.

—*Tu es complètement taré. Tu le sais?* —«Estás como una puta cabra, ¿lo sabías?».

—*Tais-toi! Arrête-toi ici.* —«¡Cállate! Para aquí».

Me entusiasmo al ver una obra con una verja a unos cuantos metros de distancia, salgo del coche de Claude y señalo la carretera.

—Lárgate.

Él echa un vistazo a la calle desierta.

—*Nous sommes au milieu de nulle part!* —«¡Si estamos en medio de la nada!».

«Si no creías en los fantasmas antes de venir aquí esta noche, él es la prueba de que existen».

Y, por un momento, veo lo que Claude está viendo. Una calle abandonada, dejada de la mano de Dios, sin un solo edificio a la vista.

—Lárgate ahora mismo. —Él me mira, asustado, fijándose en mi camisa ensangrentada y el violento golpe de mi sien—. *Moins tu poseras de questions et plus tôt tu partiras, plus tu seras en sécurité.* —«Cuantas menos preguntas hagas y cuanto antes te vayas, más seguro estarás». A los tipos como Claude no hay que insistirles demasiado cuando se trata de salvar su propio culo y él es tan egoísta como el que más.

—*Je déménage.* —«Me abro».

Cierro de un portazo antes de que él se aleje a toda velocidad y llamo a Dominic, que contesta al primer tono.

—¿Qué pasa?

Le doy rápidamente la dirección.

—Necesito saber ahora mismo qué es esto y quién es esta peña. Dom, busca debajo de las piedras.

—Ahora mismo. Te envío un mensaje.

—¿Que me envías qué?

—Joder. —Dominic cuelga y echo a andar lentamente hacia la puerta, deseando que suene el teléfono. Si me descubren antes de que él vuelva a ponerse en contacto conmigo, puede que sea demasiado tarde.

Cuanto más tiempo tarda Dom en dar señales de vida, más se me eriza el vello de la nuca. Miro atacado el móvil que me envió hace unas horas y empiezo a retroceder, consciente de que soy un blanco fácil sin la información que necesito. En lugar de sonar, el teléfono vibra en mi mano. Pulso la tecla para acceder al mensaje que aparece en la pantalla.

Me siento aliviado cuando miro hacia la puerta que tengo

delante, armado con la información necesaria. Cuando llego a la entrada, alzo la barbilla hacia la cámara situada justo debajo de la parte superior de la verja y levanto las manos. El primer mensaje de texto que he recibido jamás podría salvarme la vida… o mandarme al hoyo. El tiempo lo dirá y no dispongo de mucho porque, al cabo de unos segundos, los rostros enfurecidos de los dos hombres que me secuestraron aparecen al otro lado de la verja, gritando a medida que se acercan.

—*C'est quoi ce bordel?* —«Pero ¿qué coño es esto?».

—*Tu viens de signer ton arrêt de mort, imbécile!* —«¡Acabas de cavar tu propia tumba, imbécil!».

Cuando me escoltan al otro lado de la verja, me doy cuenta de que las apariencias engañan y veo que se trata más bien de un complejo de edificios de ladrillo rojo de una sola planta que vivieron tiempos mejores. La idea me parece inteligente, como la del juego del trilero ambulante que cambia de sitio los cubiletes para que busques la bola roja. Esa táctica le proporciona tiempo de sobra para escapar si es necesario, pero también tiene sus fallos. Los escenarios revolotean por mi cabeza mientras me conducen a uno de los tres edificios situados a cincuenta metros de la puerta y, esta vez, me llevan escaleras arriba antes de meterme en un despacho y ponerme de rodillas.

Detrás de un escritorio de roble, está sentado el hombre del traje elegante. Me observa atentamente, igual que yo a él. Es evidente que está cansado después de una noche larga y hago todo lo posible para no celebrar la leve sorpresa que veo en sus ojos. Acaba de darse cuenta de que anoche quería que me capturaran. He tardado casi un año en llamar la atención de este tipo y esa ha sido la parte fácil, si lo comparamos con lo que me ha costado averiguar quién era, algo que no había conseguido hasta hace unos instantes. Un hombre conocido por ser desconocido, pero de reputación tan notoria que nadie se atreve a buscarlo. Son habilidades como esa las que necesito para ejecutar el plan de convertirme en un oponente digno. Lo único que se sabe sobre él y su organización son palabras a media voz, pero en realidad nadie sabe quién la dirige y, si alguien ve su cara, eso es lo último que hace en la vida.

La presión de la pistola que amartillan sobre mi sien me hace caer en la cuenta de ello.

«Madre, recíbeme. Padre, vela por mí».

Tras evaluarme durante un minuto, el hombre enciende un cigarrillo, inhala profundamente y me echa el humo en la cara antes de hablar.

—Vale, Ezekiel. Me has encontrado. ¿Cómo?

—El primer error fue que me sentaron en el asiento mirando hacia delante. A partir de ahí, todo fue cuestión de desconectar y centrarme en los desvíos, en el número de farolas, en la distancia que había entre ellas y en la velocidad.

—Al igual que tú, yo tampoco soy de los que tropiezan dos veces con la misma piedra —declara él, fulminando con la mirada a los dos hombres que están a ambos lados de mí, y sé que puede que esto les haya salido caro. El hombre echa los hombros hacia atrás, pero veo en sus ojos el resquemor y parte del desprecio que me he ganado con mi hazaña—. El ego puede ser peligroso. Tal vez debería haberte preguntado quién eras.

Él levanta la barbilla y los hombres que están a mi lado me ponen de pie antes de salir y cerrar la puerta.

Una vez solos, nos miramos fijamente durante varios segundos y sé que dispongo de un tiempo limitado.

—Ha sido su reputación lo que me ha hecho venir a buscarlo. No trafico con personas, drogas, ni armas, y nunca lo haré. ¿Que quién soy? De momento, un ladrón huérfano sin blanca y mis ambiciones no encajan con las suyas. Aun así, creo que es posible que podamos ayudarnos el uno al otro, Antoine.

***

Pisando el acelerador, voy a todo gas por las carreteras desiertas que hay cerca de la casa de Cecelia, ordenando los detalles de aquel día y las decisiones de los años posteriores. ¿Acaso trastoqué el futuro de todos nosotros aquella noche? Aquel fue mi primer movimiento en un tablero nuevo y me proporcionó el primer contacto real con el juego.

¿Fue el principio o el final?

Entonces estaba lo suficientemente desesperado como para asociarme con aliados peligrosos, pero no tenía ni idea de lo que acabaría costándome. De cuál sería el precio que pagaría.

Aquellos que en su día confiaban en mí, que compartían mi punto de vista, acabaron negándome su fidelidad y la razón no es ningún misterio. No puedo reprochar a ninguno de ellos su falta de lealtad, ni a Cecelia su desconfianza. Lo único que puedo hacer es intentar confiar en la mujer que volvió a buscarme, que una vez creyó en mí. Una mujer que, no hace mucho, se encaró conmigo y me desafió a ser el hombre que era. Pero ese hombre era falso, destructivo y peligrosísimo para las personas a las que amaba. Y cuando las perdió, se dio permiso para arrasar con todo. Ahora que la posibilidad de una vida diferente me ha hecho volver a salirme del camino, me estoy viendo obligado a enfrentarme a los demonios de ese hombre.

Cambio de marcha y la aguja del cuentakilómetros del Camaro supera los cien mientras intento escapar del dolor, del calvario causado por mis errores. De las caras iluminadas por el fuego de Sean, Dom y Tyler la noche que les hablé de Roman, de la verdad sobre lo que les ocurrió a nuestros padres y de mis planes para acabar con él. A medida que sus rostros confiados se van haciendo más nítidos, me doy cuenta de que, por mucho que corra, jamás podré borrar ese recuerdo.

13

Cecelia

Cuando llego a casa al salir del trabajo, me encuentro a Tobias lavando el Camaro de Dom en la entrada. Me quedo embobada al verlo sin camiseta, con ese cuerpo tan fuerte y marcado. Levanta la cabeza cuando me oye acercarme y una leve sonrisa se dibuja en sus labios carnosos mientras sigue en cuclillas, fregando el barro del lateral del coche. Al parecer, ha dado rienda suelta a todos los caballos que hay bajo el capó. Pero su paseo en coche queda relegado a un segundo plano cuando se levanta bajo el sol de la tarde. Su piel brilla, seductora, mientras los pantalones le caen peligrosamente sobre las caderas, dejando a la vista unos oblicuos claramente definidos que desaparecen bajo los vaqueros oscuros lavados. Salgo del coche y voy hacia donde está trabajando, concentrado en su tarea.

—Hola —me saluda con voz ronca, como si llevara gritando todo el día.

—Hola —respondo, mirando el coche—. Veo que has ido a dar una vuelta.

—Sí, hacía tiempo que no me daba un respiro.

Algo va mal. Las leves arrugas de sus ojos y sus hombros caídos lo delatan.

—¿Va todo bien?

—Sí. —Tobias deja la esponja en un cubo y me da un beso en la sien. Luego coge la manguera del suelo, cierra el grifo y niega con la cabeza, pensándoselo mejor—. Bueno, no, no demasiado. Hoy no. Pero ¿podemos dejar esa conversación para más tarde?

—Claro —respondo tranquilamente, disponiéndome a dejarlo en paz, pero él me agarra de la muñeca y tira de mí.

Sus ojos se clavan en los míos mientras me empuja contra el coche. Se acerca para besarme y yo se lo permito, con el corazón desbocado. Mi cuerpo me ruega que ponga fin a este suplicio, pero mi mente sigue prohibiéndome lanzarme al vacío, algo que ya me he permitido demasiadas veces con anterioridad. A estas alturas, el problema no es la caída, sino tener claro cómo aterrizar. Negarme a aceptar que lo quiero, que sigo enamorada de él, no tiene sentido. Negarme a aceptar que está aquí y que de verdad quiere que esto funcione me está costando que te cagas. Pero lo que está impidiendo que avancemos es que aún no lo he perdonado. Todavía es demasiado pronto para asumirlo, para aceptarlo plenamente. Sin embargo, durante esos breves instantes en los que separa mis labios con la lengua para saborearme a conciencia, no puedo evitar saciar mi gula. Me besa durante un buen rato y yo dejo caer el bolso. Mi apetito me pide más, pero Tobias se separa y apoya la frente en la mía.

—Prometí no volver a ocultarte nada y no pienso hacerlo. A veces tengo días malos.

—¿Por qué son malos?

Él aparta la mano con la que le estoy rodeando el cuello y besa su dorso antes de llevarse mis dedos a la sien.

—Por esto.

—¿Tiene que ver con Dominic?

—La mayoría de las veces, sí. Al conducir su coche…, no sé, me he perdido un poco en mis pensamientos.

—Lo siento. Pensé que preferirías ese, en lugar del Audi.

Él niega con la cabeza.

—Tranquila. Puede que me haya venido bien.

—Pues no lo parece.

Solo soy capaz de centrarme en su dolor y en la necesidad instintiva de consolarlo.

—A veces me gustaría... —Tobias suspira—. A veces me gustaría soñar como lo haces tú, para poder exorcizar mis pensamientos. Puede que así no tuviera estos días.

—No te lo deseo, Tobias. De verdad que no. —Desvío la mirada—. Tengo que sacar a Beau. Y necesito una ducha.

Él asiente y me suelta. Cierro la puerta principal y exhalo un largo suspiro. Al volver a estar en el mismo espacio que él, no puedo negar la fuerza de su presencia. Todavía sigo turbada por su beso, con las entrañas palpitando por el deseo que fluye entre nosotros, pero su dolor eclipsa todo eso. En cierto modo, me encantaría sucumbir, hacer caso a sus palabras, tomármelas en serio y renunciar de verdad a todo el rencor para que pudiéramos empezar a recuperarnos juntos y acercarnos más.

Tengo que intentarlo. Tengo que ceder, encontrarme con él en algún punto a mitad de camino.

Está claro que estamos viviendo todo lo contrario a lo que imaginamos tras nuestro reencuentro en el aparcamiento y siento perfectamente la decepción de ambos cada vez que nos miramos a los ojos.

Apenas he dejado que me toque ni le he dado la oportunidad de explicarse. Pero no puedo entregarme a él otra vez, al menos completamente. Los polvos con Tobias no son simplemente sexo. Son casi una experiencia religiosa. No estoy tan ciega como para no darme cuenta de que soy yo la que nos está impidiendo avanzar.

Voy a la nevera a coger una botella de agua y me decido por algo más fuerte. Quizás un trago me ayude a relajarme para iniciar una conversación. Cojo el vaso de whisky, abro el congelador en busca de hielo y veo que Tobias ha hecho la compra. Y no solo eso, sino que ha envasado para mí uvas rojas y las ha congelado. Me vienen a la mente recuerdos de los días en los que me quedaba en la piscina de la mansión de mi padre, chupándolas mientras él nadaba. Aunque nuestra historia fue breve, estuvimos juntos veinticuatro horas al día durante semanas, estudiando los hábitos el uno del otro, conociendo nuestros cuerpos, enamorándonos locamente. Entonces, él usaba mi pasta de dientes. Y a pesar de mi comentario malintencionado, lo conozco, conozco sus hábitos, sus estados de ánimo, y fueron los celos causados por mi sueño los que me hicieron creer lo contrario.

El diablo está en los detalles, y yo conozo muy bien al mío. Son pormenores como este los que me devuelven a aquella época en la que Tobias me mimaba hasta el infinito. Las comidas que me hacía, los baños que preparaba para que disfrutáramos juntos y nuestras largas charlas durante ellos. Las partidas interminables de ajedrez, los momentos en el claro bebiendo Louis Latour mientras mirábamos las estrellas. Las horas que pasábamos haciendo el amor, cubiertos de sudor, con los ojos entrecerrados y el cuerpo vibrando, antes de quedarnos dormidos, exhaustos, para volver a empezar de nuevo al despertarnos.

Cierro los ojos y lucho contra el impulso de reunirme con él y acercar posiciones. Cada noche firmamos una tregua y él me abraza, arrastrándome hacia su cuerpo, esperando que le haga preguntas, que inicie una conversación, pero hasta ahora no lo he hecho. Sigo intentando darme permiso para alegrarme por esto, para bajar la guardia, para aceptarlo aquí de forma permanente.

—Solo una, ¿vale?

Yo me sobresalto.

—¿Quieres dejar de acercarte a mí a hurtadillas por la espalda?

—No me he accrcado a hurtadillas. Llevas mirando la nevera desde que he entrado.

Cierro la puerta. Él mira las uvas congeladas que he sacado de la bolsa sin darme cuenta.

—Me volvías loco cuando las chupabas mientras leías.

Echo unas cuantas en el vaso junto con un poco de hielo y me giro hacia la encimera para servirme la copa.

—¿Por qué solo una?

—Esta noche tenemos planes y necesito que estés despejada. —Abre la puerta de atrás para dejar salir a Beau—. Tengo que llevarte a un sitio.

—¿A dónde?

—A una reunión —se limita a responder.

Giro en redondo para mirarlo.

—¿Me estás tomando el pelo?

—Es solo para presentarte a los que nos cuidan aquí, en Virginia.

Me bebo el whisky de un trago, cabreadísima.

—Creía que habías dicho que nadie me estaba buscando.

—No te están buscando a ti —responde y sus ojos dicen el resto. El hecho de que necesite protección debería asustarme, pero no lo hace—. Iba a darme una ducha rápida.

—Entonces yo me daré un baño rápido.

Para cuando me he acabado la copa, él ya está en la ducha, sin duda para dejarme espacio. Me desvisto y veo cómo me mira en el espejo mientras se enjabona el cuerpo. Clavo los ojos en los suyos y me quito la camiseta y el sujetador, con la piel sonrosada por el rubor que me sube por el cuello. Tobias sonríe y yo levanto la barbilla, tomándome mi tiempo para agacharme y bajarme los vaqueros y las bragas. No me molesto en mirar hacia atrás porque sé lo cruel que ha sido ese acto. No puedo evitar morderme los labios al escuchar una palabrota pasada por agua. Me meto en la bañera de patas de garra y lo admiro a través de la mampara de la ducha mientras se pasa una esponja por el cuerpo. El baño es la única estancia que remodelé por completo al comprar la casa porque era del tamaño de una caja de cerillas y, aunque ahora es el doble de grande, sigue pareciéndome pequeño con él dentro.

Ezekiel Tobias King es diabólicamente perfecto, sobre todo cuando está mojado.

Y dice que es mío. Mío para siempre.

Me hundo en la bañera y lo miro descaradamente mientras él deja la esponja y se echa un puñado de champú en la mata de cabello negro antes de levantar unos ojos ardientes hacia los míos.

Las pestañas mojadas acentúan el color surrealista de sus ojos. A través del chorro de agua, puedo verlo con claridad. Vuelvo a tener veinte años y estoy extendiendo la mano hacia él, que se reúne conmigo en la ducha para besarme hasta dejarme sin sentido mientras me embiste con la polla. Una que ahora cobra vida a medida que pasan los segundos y seguimos mirándonos fijamente, ambos sumidos en los recuerdos y presas de la excitación. Ahora mismo la tiene hinchada, gruesa y venosa, y se me hace la boca agua al ver su punta. En un acto de crueldad, me da la espalda y deja que el agua bañe las alas que tiene nítidamente tatuadas sobre los hombros. Es entonces cuando veo la distorsión, la clara interrupción del dibujo que tantas veces he trazado con mis labios. Orificios de bala.

Uno justo debajo del omóplato derecho y otro sobre la cadera, en el mismo lado.

Se me llenan los ojos de lágrimas al verlos y reconocer lo que significan. Que lo hirieron de gravedad mientras estábamos separados. Me vienen a la cabeza las imágenes borrosas de la noche en la que me tomó de forma tan despiadada en la mansión de mi padre y no recuerdo en absoluto haberlos visto, aunque no me extrañaría haberlos pasado por alto.

—Tobias —susurro con voz ronca, empalideciendo, pero él no me oye.

Tengo que contenerme para no ir hacia él, para exigirle respuestas, pero hay un muro mucho más grueso que el cristal y la porcelana entre nosotros. Él no quiere presionarme y yo no quiero que me presione. Y, ahora mismo, parece igual de reacio a tener relaciones conmigo por alguna razón que no puedo precisar y no sé muy bien cómo sentirme al respecto. Como si me leyera la mente, Tobias se gira hacia mí y analiza mi expresión; después, aparta la mirada, volviendo a maldecir mientras cierra la ducha, coge una toalla y sale del baño empapado.

14

Tobias

Miedo. Eso fue lo único que vi a través de la mampara de la ducha.

Si a eso le sumamos que no se fía un pelo de mí, no me queda más remedio que cuestionarme la decisión de haber vuelto a entrar en su vida. Ese es el segundo filo de la espada, el que más me molesta. Esa realidad enfermiza que se va extendiendo de forma lenta y continua, como el ácido, y que bulle constantemente en mi pecho, en mis entrañas. El temor de su mirada no se debe a que me tenga miedo a mí. Lo que teme es aquello que nuestra relación pueda hacerle y ya le ha hecho. Aun así, mantiene la cabeza regiamente erguida sobre su esbelto cuello en el asiento del copiloto mientras nos dirigimos a la cita prevista. Tiene el pelo todavía húmedo y, después de ponerse brillo de labios, se lo alisa para recogérselo en una coleta. Mientras mira fijamente por la ventanilla, en silencio, le agarro la mano y me la llevo a la boca para besarle el dorso.

—Debemos que hacer esto, Cecelia. Aunque espero que no interfiera demasiado en nuestra vida aquí.

—Ya.

—No es negociable.

—Ya.

—Te prometí mantenerte al corriente de todo.

—Y eso es lo que quiero.

La miro, apartando por un instante los ojos de la carretera.

—¿Estás segura?

—Sí —responde con frialdad—. Estar informada es un lujo por el que pagué hace mucho tiempo.

—Y lo estarás, pero no obtendrás lo que quieres, al menos al principio.

Ella vuelve a mirar por la ventanilla y yo me detengo en el arcén porque quiero que me escuche. Está atrapada en el coche y no puede rehuir la conversación, así que es el momento ideal para esta confesión. Quiero estar preparado para cualquier reacción que pueda tener. Cecelia frunce el ceño cuando saco el móvil y escribo un mensaje para retrasar la reunión. Me mira expectante mientras lo envío y le devuelvo la mirada.

—No nos queda más remedio que tener una de esas conversaciones ahora mismo.

—Tobias… —Cecelia niega con la cabeza—. Entiendo por qué necesitamos escoltas.

—Hay algo más.

Ella se molesta.

—Para variar. Como siempre.

—Sí. A eso me refiero. Siempre lo habrá. Siempre. Pase lo que pase, siempre habrá algo más y tienes que decidir si merece la pena soportar esas molestias constantes para estar conmigo y, lo que es más importante, renunciar a tu vida. A tu vida, Cecelia, porque una vez que la decisión esté tomada, no habrá vuelta atrás.

—Tomé esa decisión hace años, hasta que tú tomaste otra por mí, ¿recuerdas?

—Deja de frivolizar con esto, joder —le suelto—. Y, ahora que lo pienso, puede que para ti siga siendo una decisión precisamente porque no sientes lo que sentías entonces.

—No me lo estoy tomando a la ligera. Me estoy adaptando. ¿Qué es lo que no me has contado?

—¡Nada de lo que necesito, porque no me has dado una puta oportunidad! —Aprieto los puños, haciendo lo posible por tranquilizarme—. Y lo entiendo, ¿vale? De verdad, pero esto es muy serio.

Cecelia se pasa la lengua por el labio inferior, con mirada triste.

—Lo estoy intentando.

—Lo sé. Ni siquiera habíamos enterrado a Dom cuando Miami tomó represalias.

Ella abre los ojos de par en par.

—¿Qué?

—Llegaron de Florida armados hasta los dientes y declararon una guerra sin cuartel justo cuando estábamos acabando de limpiar el desastre de la casa de Roman. Nos pillaron completamente desprevenidos.

—Joder.

Me giro en el asiento para mirarla de frente.

—En una semana, atacaron todas las putas secciones del sureste de la hermandad y consiguieron cargarse a algún cuervo en todas, entre ellos al hermano de Alicia. Fue así como nos conocimos, en su funeral. Yo estaba presente el día que lo enterraron. —Cecelia asiente con solemnidad—. Aunque no empezamos nuestra relación entonces. Ese funeral fue solo uno más de los muchos a los que asistí durante el mes posterior a tu marcha, incluido el de Dominic. —La mirada de Cecelia rebosa empatía y reacciona como una verdadera reina, no como una exnovia celosa, mientras intenta asimilar lo que le estoy diciendo—. Vinieron hordas de ellos, Cecelia, todos reclamando mi puta cabeza. Recordarás que solo unos cuantos miembros fundadores sabían de mi existencia. Cuando Miami me descubrió, me convertí en el enemigo público número uno. Sean y yo dividimos las secciones y aumentamos la seguridad, aunque no nos hablábamos. En realidad, en ese momento nuestra relación era inexistente, pero nuestra dedicación era inquebrantable y trabajamos codo con codo, dando ambos la cara. Aquella guerra duró seis meses enteros antes de empezar a extinguirse, finalmente. Y solo consiguió reafirmar mi decisión de mantenerte lo más alejada posible.

—Pero… creía que esa noche habíais acabado con todos los desertores de Miami.

—Algunos se escaparon y después se rearmaron y volvieron clamando venganza. Miami era una de las mejores secciones por algo. Era la más numerosa y la que tenía mejores contactos. Algunos de sus miembros tenían conexión con la mafia y no se andaban con gilipolleces. Fueron directos a por la cabeza, es decir, a por mí, y la cosa se puso fea. Cuando corrió la noticia después de la cagada en casa de tu padre, la hermandad puso en tela de juicio mi autoridad y mi capacidad de control. Algunos pensaron que les había dado la espalda por razones personales. Las cosas se tergiversaron y se corrió la voz rápidamente. Y tampoco ayudó que estuviéramos perdiendo hermanos por todas partes. Las familias se cabrearon y todas me echaron la culpa a mí. Fue una puta pesadilla. Estaba convencido de que iban a descubrirnos y, cada vez que sobrevivía a una nueva amenaza, daba por hecho que todo estaba a punto de acabar. Cuanto más duraba la cosa, a más funerales asistía y más me esforzaba por compensar a las familias que habían quedado destruidas, antes de que el Gobierno interviniera y me dejara fuera de juego. Durante el primer año, estaba convencido de que todo había terminado.

—Pero ¿nunca salió nada a la luz? ¿Las autoridades no se enteraron?

—La guerra se extendió por varios estados. Afortunadamente, teníamos suficientes federales alados en nómina como para eliminar el dato de los tatuajes en los medios de comunicación, pero en cuanto a lo de dejar rastro, no las tenía todas conmigo, por muy cuidadosos que fuéramos, porque a esas alturas la cosa se había convertido en una guerra callejera sin cuartel.

Cecelia traga saliva.

—¿Cuántos murieron?

—Demasiados. —Le acaricio la mejilla con el pulgar—. Demasiados en ambos bandos.

—Las cicatrices de la espalda. ¿Son de disparos? —pregunta. Asiento con la cabeza—. ¿Cuándo?

—Un año después del día que te desterré, del día que Dom murió. No fue una coincidencia. Estaba volviendo de correr, a una manzana de mi oficina de Charlotte, cuando me dispararon en la puta calle en plena ciudad. Una prueba más de que no había terminado, algo que me convenció más todavía de que era idiota si esperaba venir algún día a por ti.

—¿Estuviste...? —Su voz se entrecorta—. ¿Estuviste...?

—¿A punto de morir? Sí. Estuve al borde de la muerte durante una semana, por lo que me contó Tyler. Y, sinceramente, en ese momento me importaba una mierda irme al otro barrio. Habría sido un alivio para mí.

Se le llenan los ojos de lágrimas. Extiende la mano con indecisión y la posa sobre mi mandíbula. Yo la cubro con la mía.

—Las consecuencias de aquella noche nos sobrepasaron. No quería involucrarte en ese caos, por mucho que quisiera volver contigo. Hacía que te vigilaran constantemente. Al igual que tu padre, hasta el día de su muerte. Había una colaboración tácita entre mis pájaros y su servicio de seguridad. —Cecelia hace una mueca de dolor—. No te lo estoy contando para culparte. Solo quiero que sepas que, aunque puedan parecer excusas, para mí son buenas razones, unas razones por las que no podía ponerme en contacto contigo, por las que no podía venir a buscarte. Los primeros años fueron demasiado peligrosos, joder. A los que todavía llevaban las alas y seguían entregados a la causa los investigaron a fondo durante esa época. A otros, en los que no confiábamos del todo, les hicimos creer que la hermandad se había disuelto, que era cosa del pasado. Cuando se desató el infierno, redujimos nuestro tamaño y, al final, Sean y yo decidimos que había sido lo mejor. Sabíamos lo que estábamos haciendo en lo que a ti se refería. Era más seguro para nosotros herirte emocionalmente y que nos odiaras por ello. Cuanto más resentida estuvieras con nosotros y más alejada te mantuvieras, mejor para ti.

Cecelia se pasa la lengua por el labio inferior y sus ojos buscan los míos antes de que aparte la mano.

—Después de tanto tiempo, ¿Sean y tú no habéis llegado nunca… a hablar de verdad?

—Lo he intentado —aseguro—. Claro que lo he intentado. Traté de meterlo en la empresa cuando nació su hijo para mantenerlo a salvo, y también a Tessa. Pero no, mi relación con Sean no ha vuelto a ser la misma desde el día que volvieron de Francia y nos vieron juntos.

—Siempre había pensado que al menos vosotros os teníais el uno al otro —comenta Cecelia con voz ausente.

Niego con la cabeza.

—Yo tenía mi maravilloso y puñetero club. Eso era lo único que me quedaba y se estaba desmoronando día tras día. Todo mi trabajo saltó por los aires la noche que Dominic murió. Y en ese momento no me importó, pero la gente que dependía de mí, de nosotros, me hizo seguir adelante. Cuando la niebla de la guerra finalmente se disipó, me perdí. Me perdí en mi cabeza. Y supongo que, en cierto modo, podría decirse que me volví un poco loco.

—Lo si…

—¿Lo sientes? Pues no lo hagas. Simplemente fue la primera vez que recogí de verdad lo que había sembrado. Ya te dije hace tiempo que sabía que esto me pasaría factura en algún momento. Solo que no esperaba que sucediera tan pronto. Hay más cosas que ya te contaré, pero ahora nos están esperando. —Ella asiente mientras enciendo el motor y echo un vistazo al collar que cuelga del retrovisor. Extiendo la mano y sostengo las alas metálicas entre los dedos—. Cuando llegué aquí, Sean me envió un mensaje para saber de ti y, por primera vez desde que Dom murió, me preguntó cómo estaba. Creo que por fin está intentando perdonarme. —Suelto el collar, que se balancea adelante y atrás, mientras pongo el coche en marcha—. Nuestra relación nunca volverá a ser la misma, pero eso ya lo sabía cuando te elegí a ti en vez de a él, y eso fue antes. —Exhalo y el miedo me atenaza mientras le cuento el resto—. Cecelia, ellos siempre irán a por mí. Y digo «ellos», en plural, porque el sujeto es indefinido. ¿Recuerdas la noche que fui a verte con una herida en la cabeza? Fue el resultado de otro ataque que no me esperaba ni de coña. Le hice más agujeros de los necesarios a aquel tío para asegurarme de acabar con la amenaza, pero, en lugar de hacer lo que debía y poner fin a cualquier otra amenaza potencial, aquella noche me escabullí y fui directamente a tu casa.

—¿Quién fue?

—Una visita a domicilio de un enemigo que me creé en Francia en los inicios, por un socio. Y es muy posible que no sea la última represalia. En este juego, la gente tiene muy buena memoria. —Cecelia reflexiona sobre mis palabras—. Contigo, rompía constantemente mi regla número uno. Contigo, no pensaba como era debido. Dejé de hacerlo en cuanto empezamos a estar juntos, pero no quería renunciar a ti. —Miro fijamente la carretera que se extiende ante nosotros—. Si hacemos esto, si de verdad lo hacemos, quiero que sepas que, si alguna vez te hacen algo, a lo más valioso de mi puñetera vida, para mí se acabaría el juego, Cecelia. Sería el fin. No puedo ni soportar la idea de perderte. Desde que Dominic se fue, simplemente he estado sobreviviendo, y cuando os perdí a Sean y a ti, cuando perdí mi respeto, mi propósito, simplemente dejé de preocuparme por todo lo que me importaba personalmente. Me convertí en alguien que no reconocía y no había nadie que me impidiera… —Me vienen a la memoria algunas imágenes fugaces de las noches en las que permitía que la depravación me consumiera, convirtiendo el resto de la luz del día en oscuridad. Recurro a esos recuerdos para intentar describir mi estado de ánimo—. Me sentía mejor si todo me importaba una mierda. Me sentía más libre que nunca, porque no tenía nada que perder. Ya no tenía a nadie cercano por quien preocuparme y era un alivio. No les daba tantas vueltas a las cosas y no estaba... —Niego con la cabeza—. Si te hacen algo, me lo arrebatarán todo —digo, entre dientes—. Así que esta reunión es más que necesaria. Pero todo esto puede acabar aquí y ahora. No puedo volver a alejarme de ti, no puedo volver a apartarte y nunca lo haré, pero tú sí puedes obligarme a que me vaya. Si esa es tu decisión, la respetaré. Porque, Cecelia, hay una posibilidad muy real de que amarme acabe matándote, y lo único que puedo prometerte es que intentaré mantenerte a salvo.

Ella solo tarda un segundo en asentir, antes de enderezarse en el asiento.

—Como te he dicho, tomé esa decisión hace mucho tiempo, Tobias. Vamos.

15

Tobias

Paseo tranquilamente al amparo de la copa de los árboles en la entrada del parque, con las manos en los bolsillos de los vaqueros. Un pájaro solitario cae en picado desde lo alto y me llama la atención cuando sobrevuela mi cabeza, antes de posarse sobre una de las ramas bajas. Lo miro fijamente, con la sensación de que me observa con atención al pasar. Mi mente se pregunta qué significará su aparición, mientras mi instinto intenta descifrar si se trata de una advertencia o de una señal de ánimo. Me decido por lo segundo y sigo caminando por la periferia de la arboleda. No tardo mucho en divisar a varios hombres reunidos por parejas en un grupo de mesas, la mayoría de ellos mayores, de entre sesenta y cinco y setenta años. Todos están situados frente a frente, con un tablero de ajedrez en medio. Únicamente hay un hombre sentado solo, con las piezas desparramadas por el tablero, como si estuviera jugando, y la silla de enfrente vacía. Con el corazón desbocado, recorro los últimos pasos que me separan de ellos y me siento en la silla libre. Los tipos que nos rodean ni siquiera me miran. Están demasiado inmersos en sus propias partidas.

El hombre que está sentado frente a mí ignora por completo mi presencia. Su rostro, marcado por el paso de los años, está surcado por profundas arrugas en la zona de la frente y alrededor de los labios. Tiene el cabello más bien largo, abundante y canoso, y lleva la ropa ligeramente arrugada, como si acabara de levantarse de la cama y le trajera sin cuidado su aspecto. Coloca las piezas en el tablero con delicadeza, acariciándolas con las yemas de los dedos antes de soltarlas y dejarlas de nuevo en la posición inicial sobre la tabla desgastada.

Una vez satisfecho con el ritual, levanta por fin los ojos —del color de los míos— para inspeccionarme con el mismo detenimiento. Sonríe divertido al ver la cara que pongo cuando me doy cuenta de nuestro parecido. El parentesco es evidente.

Desde que estoy en Francia y debido a los rumores sobre mi padre biológico, siento cada vez más curiosidad por el hombre que era antes de que la enfermedad se apoderara de él. He descubierto algún que otro dato gracias a Antoine, que, por lo que he deducido, fue su socio en algún momento, cuando mis padres todavía estaban juntos. Mi padre era, básicamente, el que ejecutaba las órdenes del jefazo. Muchos temían a Abijah. Algunos lo respetaban. Se me agolpan en la lengua mil preguntas que no me atrevo a plantear. Estoy aquí porque me han invitado y no pienso permitir que mi curiosidad me haga cagarla antes de averiguar por qué lo ha hecho.

Él no figuraba en la exhaustiva lista de contactos que Delphine elaboró con tanto esmero para mí, compuesta en su mayoría por familiares de mi madre —todos ellos antiguos activistas—, pero con muy pocos por parte de mi padre biológico. En realidad, se trata de un aliado improbable. Y, aunque soy escéptico en relación a sus motivaciones, no me cabe la menor duda de que estoy ante el padre de Abijah, mi abuelo. Alguien a quien jamás se me habría ocurrido pedir ayuda, por el temor hacia él que me inculcaron de niño. Por la idea que me había transmitido mi madre de que Abijah era un hombre por el que nunca debía sentir curiosidad o al que nunca debía buscar. Por eso raras veces había pensado en su familia, si es que alguna vez lo había hecho.

Mientras nos estudiamos mutuamente, me planteo la posibilidad de que la huida de mi madre de Francia —abandonando a Abijah por otro hombre y llevándose a su único hijo— pueda haber causado cierto rencor indirecto hacia el resto de los implicados, yo entre ellos.

Analizo atentamente su expresión en busca de algún rastro de odio o resentimiento. Lejos de eso, descubro una especie de alegría en ellos, como si llevara años deseando conocerme.

Aunque puede que no sea a mí a quien ve mientras me mira fijamente, sino al fantasma de mi padre biológico, un hijo al que perdió hace mucho tiempo a causa de una enfermedad mental. Ahora puedo sentir un atisbo de ese vínculo mientras le devuelvo la mirada. Un vínculo que tuve en su día con el hombre que me crió y que ahora tengo con mi hermano.

El sol primaveral comienza a azotar nuestras cabezas mientras las nubes matinales se disipan, iluminando el tablero.

—*Se voir accorder le premier déplacement est perçu par certains comme un avantage. Je considère que c'est mon avantage. Avec ce seul coup, je peux souvent dire si mon adversaire est agressif ou non. Fais le premier pas, Ezekiel, je suis assez curieux de voir.* —«Algunos consideran que ser el primero en mover es una ventaja. Para mí, es al contrario. A menudo, ese único movimiento me permite saber si mi oponente es agresivo o no. Haz el primer movimiento, Ezekiel. Tengo curiosidad por verlo».

—*Je n'ai jamais joué.* —«No he jugado nunca».

Él vuelve a sonreír y en su mirada percibo un claro destello de orgullo.

—*La plupart répondraient «Je ne peux pas jouer». Je préfère ta réponse.* —«La mayoría respondería: "No sé jugar". Pero me gusta mucho más tu respuesta». Coge un peón y lo mueve dos casillas en diagonal antes de volver a colocarlo en su posición inicial en el tablero—. *Tu ne peux avancer ton pion de deux cases que la première fois, une fois qu'il est en jeu, le pion ne peut se déplacer qu'une fois par tour. Lorsque tu retires tes doigts du pion, c'est joué, tu ne peux plus revenir en arrière.* —«El peón solamente avanza dos casillas la primera vez. En cuanto empieza la partida, ya solo puedes moverlo de una en una. Cuando despegas los dedos de él, ya está, no hay vuelta atrás».

Frunce el entrecejo para preguntarme si lo he entendido y yo asiento lentamente con la barbilla. Las siguientes palabras las pronuncia claramente en mi idioma.

—Me disgusté mucho cuando me enteré de tu primer movimiento.

Antoine. Es la única conclusión que puedo sacar. Apenas he tenido tiempo de asimilar las implicaciones de lo que acaba de decir cuando vuelve a señalar el tablero.

—Presta mucha atención, Ezekiel.

Avanza por la hilera, enseñándome cómo se mueve cada pieza en horizontal y en vertical, hasta que más o menos empiezo a pillarlo. Continúa haciendo lo mismo en silencio durante varios minutos, mientras yo lo observo embelesado, muy atento a cómo trata cada pieza.

—*Vous considérez le pion comme le plus important?* —«¿Se supone que el peón es lo más importante?».

—*Cela dépend de la connaissance du pion et de sa position. Et puis, l'union fait la force, n'est-ce pas?* —«Eso depende de lo que sepa el peón y de su posición. Y la unión hace la fuerza, ¿no?».

La pregunta hace clara referencia a la razón por la que estoy buscando ayuda en Francia, lo que me permite saber desde cuándo está al tanto de mi presencia aquí y de mi búsqueda, así como hasta dónde llega su red de contactos. Dejando a un lado el orgullo, reconozco la verdad que he ido asimilando durante todos estos años de aislamiento aquí y asiento con la cabeza. Cuando más en paz me siento es en casa, rodeado de mis hermanos.

—*Mais tu vois, s'il est correctement positionné, le pion seul peut devenir l'une des pièces les plus puissantes du plateau, et a la capacité de mettre le Roi en échec.* —«Pero si se sitúa correctamente, el peón puede convertirse en una de las piezas más poderosas del tablero y tiene la capacidad de poner en jaque al rey».

Levanta la pieza y la gira en la mano con sumo cuidado. Yo lo observo, concentrado en sus movimientos, antes de que la vuelva a dejar sobre el tablero.

Una clase de ajedrez es lo último que me esperaba esta mañana. Lo irónico es que, aunque muchas veces he comparado mis movimientos durante mi estancia en Francia con ese juego, solo conozca lo básico, su esencia, el objetivo principal.

Una intensa sensación de toma de conciencia me abruma y la acepto de buen grado, agradeciendo haber confiado en mi instinto hace un rato, de camino aquí. En mi vida ha habido algunas ocasiones en las que he tenido claro cuál era el camino gracias a una especie de descarga eléctrica que me recorría y me indicaba que estaba justo donde debía estar en un momento determinado. La primera vez fue en el claro, la noche que murieron mis padres. La segunda vez fue la última noche que estuve con Preston en aquella cafetería. Y ahora siento esa misma energía al levantar la vista hacia el hombre que está sentado frente a mí.

—*Tu m'as dévoilé ton handicap avec tes premiers mots, ce qui n'est pas une sage décision dans un jeu de tactique. Je sais déjà que je peux et que je vais te battre, mais ton avantage est maintenant le premier coup.* —«Has puesto de manifiesto tu desventaja con lo primero que me has dicho, una decisión poco inteligente en un juego de estrategia. Ahora sé que puedo ganarte y que lo haré, pero ahora tú cuentas con la ventaja del primer movimiento».

Me hace un gesto para que empiece y, por instinto, pongo en juego la primera pieza. Él levanta las cejas, un tanto sorprendido, y asiente lentamente.

—¿Juegas a menudo? —le pregunto.

Él se recuesta en la silla y las patas metálicas chirrían ligeramente sobre el pavimento. Ambos sabemos que mi pregunta no tiene nada que ver con el ajedrez.

—Me retiré hace tiempo, pero hago mis pinitos de vez en cuando, si tengo un buen motivo. —Se establece una comunicación silenciosa entre ambos, hasta que él baja la vista y hace el primer movimiento.

16

Cecelia

Meto en casa una bolsa de la compra y la dejo sobre la mesa de la cocina, preguntándome por qué Beau no me habrá recibido con su torpe saludo habitual. Miro por la ventana el jardín trasero y, al no hallar ni rastro de mis dos franceses, empiezo a recorrer la casa. Los encuentro a los dos ocupados en el estudio. Beau tiene las patas delanteras apoyadas en los muslos de Tobias y le está abriendo la mano ahuecada para comer patatas fritas, mientras este duerme, prácticamente en estado de coma, en mi enorme sillón redondo. Solo lleva puestos unos pantalones de chándal negros y unos calcetines de lana, y un suave ronquido sale de su boca abierta. Está rodeado de bolsas de aperitivos y dulces, y descubro una tarrina de Ben and Jerry's a medio comer sobre la mesita auxiliar. La televisión retumba a mi lado, amortiguando mi risa, mientras Beau registra a Tobias en busca de más restos de aperitivos grasientos.

Resulta divertido y triste a la vez, y está claro que mi ausencia constante, junto con la distancia que estoy poniendo entre nosotros, lo está convirtiendo en un francés adicto a la tele. A juzgar por cómo duerme, está claro que se ha puesto hasta las cejas de carbohidratos, algo que en su día solía prohibirme.

Tiene una mano abierta sobre el pecho y las piernas colgando sobre el lateral de la silla. Beau se afana en lamerle la otra mano.

Es evidente que no esperaba que volviera a casa tan pronto. Deseando acercarme a él, quitarle las migas de la cara y lamerle los restos de chocolate que tiene bajo la boca, lo observo mientras duerme. Cuando compré esta casa, nunca me lo imaginé aquí. En realidad, nunca me lo imaginé en ningún tipo de ambiente doméstico. Es cierto que viví con él en la mansión de mi padre, pero entonces todo eran comidas refinadas, catas de vino, noches jugando al ajedrez junto al fuego y sesiones de sexo que nos dejaban empapados en sudor y sin aliento.

Esta dinámica es completamente desconocida.

Me inquieta que ya esté tan aburrido como para pasarse el día comiendo porquerías y viendo la tele.

Ese sentimiento de culpa y el hecho de que esté matando así el tiempo aquí no hacen más que reforzar mi idea de que no encaja, de que la vida en un pueblo pequeño lo aburrirá soberanamente.

Aun con esa pinta de vagabundo, sigue siendo el hombre más guapo que he visto en mi puñetera vida. Y, si quisiera, podría acercarme a él ahora mismo, quitarle la roña y perderme en él. Odio estar siendo tan obstinada, pero mi conciencia me lo exige y su comportamiento en el pasado me obliga a actuar así. Hace poco más de una semana que se presentó aquí y estoy decidida a aguantar por mi propio bien. Quiero que le quede claro que si él se siente frustrado por la distancia que estoy poniendo entre nosotros, yo me sentí mil veces más frustrada..., qué coño, un millón de veces más frustrada, cuando me rechazó, me exilió y menospreció nuestra relación. Y todo ello mientras le suplicaba que reconociera de una puta vez lo nuestro. Por muy inmaduro que sea guardarle tanto rencor, he sufrido demasiado por su culpa como para rendirme sin más. No pienso hacerlo. Al menos hasta que esté segura de que ha comprendido que no volveré a tolerarlo.

No solo por los pecados que cometió y por las mentiras que me contó cuando estábamos juntos y por los que nunca ha tenido que responder, sino por su cruel rechazo de hace unos meses, cuando me dejó en evidencia. En cualquier caso, todas esas razones son más que suficientes.

Pero, cuanto más lo miro, más me atrae y más indefensa me siento ante ese magnetismo, ante el deseo constante de él y solo de él.

Los recuerdos del pasado me provocan mientras lo observo. Me viene a la mente una imagen de mí arrodillada, en bragas, mientras él me agarra del pelo y me mete la polla en la boca, ordenándome que se la chupe. Yo lo hago y obtengo la recompensa: el fuego de sus ojos se aviva y la satisfacción por haberme hecho renunciar al control se hace evidente en su mirada, así como en los gruñidos y los murmullos que salen de su boca, antes de follarme a lo bestia. Podría entregarme a las llamas del infierno y obtener esa misma satisfacción en cualquier momento, pero la frustración sexual no será lo que acabe doblegándome. No será lo que me haga ceder.

Sinceramente, no sé lo que hará falta para eso, pero confío en mí misma para reconocerlo cuando lo sienta.

Siempre lo desearé. Eso es un hecho. Mi cuerpo, mi corazón, mi alma, todo lo que me convierte en lo que soy, lo desearán siempre, esté cerca o lejos. Mi corazón llegó a esa conclusión inevitable hace ya mucho tiempo. Pero es a ese mismo corazón de adicta al que me niego a sucumbir. De momento, mi corazón puede irse a la mierda. Necesito tranquilidad.

Beau termina por fin de comer y deja a Tobias limpio como una patena antes de saltar del sillón para saludarme. Me agacho y le acaricio las orejas, mientras él se agita delante de mí con entusiasmo, contándome cómo le ha ido el día.

Cuando en la televisión anuncian un nuevo episodio de *Quién da más*, Tobias se despierta sobresaltado, con los ojos desorbitados y en estado de alerta, sentándose de un salto. Mira a su alrededor y, al verme de pie en el umbral de la puerta, abre los ojos sorprendido. Una sonrisa soñolienta y tremendamente sexy adorna su mandíbula sin afeitar, hasta que se da cuenta de que lo he pillado dándose un atracón de las cosas que en su día me prohibía comer. Coge rápidamente algunas de las bolsas antes de bajar la cabeza, esbozando una sonrisa tímida.

—Me estás juzgando.

—Por supuestísimo que sí —replico, asintiendo con la cabeza para enfatizar.

—Hoy has llegado antes.

—Solo media hora. —Beau lloriquea a mis pies—. Supongo que debería darte las gracias por darle de comer al perro.

Arqueo una ceja y él sonríe con un lado de la boca.

—Estoy profundamente avergonzado.

—Ya. —Dejo a un lado la comicidad de la situación y me acerco para intentar saber cómo está—. ¿Otro día malo?

—No, en absoluto. —Tobias rebusca entre sus pensamientos hasta que, finalmente, se le ilumina la cara—. ¿Sabías que hay un programa de cazadores de tesoros que pujan por trasteros de desconocidos? ¡Es alucinante lo que encuentran! —Se da una palmada en el muslo, abriendo los ojos encantado—. Podríamos hacer una maratón de ese programa juntos. —Está emocionadísimo con la idea y tengo que esforzarme para no echarme a reír a carcajadas.

—Está claro que ha estado usted viviendo en otro planeta, señor King.

Él me tiende la mano y yo la acepto. Luego me atrae hacia él y me sienta a horcajadas sobre su regazo.

—Demasiado lejos de ti —murmura en voz baja, quitándome el gorro para pasarme los dedos por el pelo—. Estás helada.

Me estrecha la cara entre las manos antes de frotarme los brazos para hacerme entrar en calor. Luego se inclina hacia mí, me da un beso fugaz en los labios y hunde la cara en mi cuello.

Me dejo caer sobre él, perdiéndome en el tacto de su piel aceitunada y en los músculos firmes y profundamente definidos de sus hombros.

—Acabarás con una barriga cervecera y me echarás la culpa a mí.

—No me importaría lo más mínimo —asegura Tobias, estrechándome la mano, mientras se la paso por el vientre hinchado de carbohidratos.

—Y dentro de nada te empezarán a salir canas —añado, acercándome a él con una sonrisa para posar mi nariz fría sobre la suya—. Te estás haciendo viejo.

—Todavía me quedan muchos años de esplendor —bromea, subiéndome sobre su regazo para que pueda sentir su erección, que va en aumento—. Y, cuando lleguen las canas, dejaré de cuidarme. Comeré pollo frito y beberé leche entera.

—Vaya, ¿y mi opinión no cuenta? ¿Tendré que apechugar con un francés barrigón adicto a la fritanga?

—Tú me querrás de todos modos —dice, con su acento meloso, antes de volver a hundirse en mi cuello—. Aunque esté gordo y canoso.

Le tiro del cabello de ónice despeinado para que vuelva a mirarme con sus ojos de ámbar, incapaz de dejar de mover ligeramente las caderas sobre su polla cada vez más gruesa, y mis palabras entran en conflicto con mi necesidad de más.

—Prefiero que esperemos un poco más para que el pelo de las orejas se convierta en un problema.

Él me empuja sobre su regazo.

—Venga, vamos a cenar pollo frito.

Entornando los ojos, miro hacia la mesa auxiliar y arqueo una ceja al ver mi cajita antigua.

—Has asaltado mi alijo de maría de emergencia.

—Puede —dice, mirándome con culpabilidad. Y aunque esté bromeando, sé que el peso de su nueva realidad está empezando a lastrarlo, eliminando parte de su energía sexual, siempre presente.

—Aquí te aburres.

Su breve titubeo no hace más que confirmarlo. Mis dedos se relajan y él me estrecha con más fuerza.

—No.

—Tobias, no tienes por qué dejarlo. Te lo dije cuando llegaste. No pienso permitir que lo hagas. El trabajo que estás haciendo es crucial para la gente que confía en ti y es algo que te importa.

—Tú me importas más y estoy de vacaciones —declara, acariciándome la zona de la espalda donde tengo las alas.

Cuando su mirada se enciende y sus manos se lanzan a explorar, le empujo hacia atrás los hombros.

—Tengo que guardar la compra.

Es una excusa barata para romper ese momento de intimidad, pero la utilizo de todos modos y noto la vacilación de sus brazos antes de soltarme. Me levanto y empiezo a recoger parte de la basura, pero él me agarra por la muñeca mientras sostengo una tarrina de helado de chocolate y cereza.

—Yo limpiaré lo que he ensuciado, *trésor*. Y no ha sido un mal día —insiste antes de soltarme y ponerse en pie para recoger los desperdicios.

—Pero tampoco bueno. ¿Qué será lo siguiente, una Xbox y unos auriculares? ¿Te vas a convertir en uno de esos tíos?

—¿Y por qué coño no iba a hacerlo? Me lo he ganado. —Me sigue hasta la cocina con la basura en mano y la tira a la papelera.

—No digo que no te lo merezcas.

Tobias cruza los brazos sobre su pecho firme, con el oscuro cabello lacio y ligeramente enroscado alrededor de las orejas.

—¿Por qué no dices lo que quieres decir?

—Este no eres tú.

—No me digas. ¿Y cómo te gustaría que fuera?

—No se trata de lo que a mí me gustaría.

—Ah, ¿no? Pues da la impresión de que tenías una idea preconcebida de mí y de mi vida aquí contigo. E imagino que no estoy cumpliendo tus expectativas.

—No lo sé. Ese es el tema.

—Te estoy diciendo que estoy donde quiero estar, joder.

—Pues perdona que no te crea, porque te conozco.

—No, perdóname tú, porque yo pienso exactamente lo mismo de ti.

Me quedo inmóvil con una caja de muesli a medio sacar de la bolsa.

—¿Qué quieres decir?

Tobias me arrincona contra la mesa de la cocina. Sus ojos brillan de resentimiento.

—Que esta tampoco eres tú. Esta es la vida de la Cecelia Horner que podrías haber sido antes de saber lo que era vivir de verdad. No es que estés viviendo precisamente como aquella mujer que presidió una reunión del consejo de administración con unos putos tacones de aguja hace ocho meses y que dedicaba su tiempo libre a cargarse a todos los adversarios que le daba la gana.

—¿Me estás llamando hipócrita?

Él sigue presionándome.

—Sí. Yo te vi. Vi la victoria en tus ojos cuando acorralaste a tu presa. No te estoy echando en cara el tipo de vida que has elegido vivir, pero no es que encaje exactamente con la persona que eres en realidad, ¿no te parece?

—Sé perfectamente quién soy.

—¿Sí? Porque la mujer que me dejó hace ocho meses era muchísimo más temeraria que la que abrazo ahora por las noches.

Poso de golpe una caja de fideos de cabello de ángel sobre la mesa y él suspira, desesperado. Hace ademán de marcharse, pero se lo piensa mejor y da media vuelta para venir rápidamente hacia mí.

—No voy a fingir que no las estoy pasando putas por haber renunciado al control y a estar al tanto de todo, pero lo mínimo que podrías hacer es admitir que tú tampoco esperas seguir viviendo así eternamente. Te estás escondiendo porque te hice daño. Tu confianza se resintió porque te rompí el corazón, una vez más.

—No te atribuyas el mérito de la vida que elegí vivir en cuanto salí de tu despacho. Ya no tienes ese poder sobre mí, eso es agua pasada. Has perdido ese derecho —le suelto.

Aprieto los dientes mientras veo en sus ojos el dolor que le he causado con mis palabras, antes de apartar la vista y seguir vaciando el resto de la compra. Él me mira fijamente mientras continúo con mi tarea sin mediar palabra, negándole el enfrentamiento que desea. Percibo su decepción al ver que no respondo a su desafío y el silencio se instala entre nosotros. Tobias da media vuelta y sale de la cocina. Al cabo de un rato, oigo un portazo y sé que se ha ido otra vez a correr.

Por la noche, siento cómo el colchón se hunde antes de que él me atraiga hacia sí y me acurruque contra su pecho. Entre sus brazos, con cada latido de su vigoroso corazón contra mi espalda, siento su necesidad de disculparse y de arreglar las cosas, pero el dolor causado por la veracidad de sus palabras me hace guardar silencio. Si las conclusiones que yo he sacado también son ciertas —y su zarpazo indica que así es—, ahora mismo ambos nos encontramos a la deriva.

17

Tobias

Veintiún años

Qué te pasa hoy, tío? —me pregunta Tyler, sentándose en una silla, mientras echo otro tronco al fuego. Sean y Dominic acaban de montar el campamento, al tiempo que el sol empieza a ocultarse por detrás de los árboles.

Sigo con jet lag por culpa del vuelo, continúo en el horario de París y las realidades que estoy viviendo en ambos mundos se desdibujan mientras echo un vistazo al claro. La carga de mantener mis roles en cada uno de ellos está empezando a hacer mella en mí, pero me niego a abandonar. Y mucho menos después de hoy. Hace diez años, en este mismo lugar, emprendí un camino para vengar el asesinato de mis padres y estar aquí me hace tomar tierra, recordándome hasta dónde debo llegar para hacer justicia. Pero mi presencia en este enclave que considero sagrado también me ayuda a ver lo lejos que he llegado y lo cerca que estoy.

—Nada importante —respondo, mirando a Dominic, que me observa pensativo mientras se sienta en una silla. Aplasto el mosquito que me está picando en el antebrazo y Sean abre una cerveza. La estrella en ciernes y capitán del equipo de Triple Falls acaba de llegar de su primer espectáculo de animadoras del instituto y todavía lleva puesta la camiseta—. Os dije que nada de alcohol esta noche. —Le quito la botella de la mano justo cuando se la está llevando a la boca.

Sean me fulmina con la mirada.

—Haz doble sesión de entrenamiento de fútbol americano todos los días y luego cuéntame si te mereces o no una cerveza. Y, por si no lo sabías, tengo padres. Viven cerca de tu casa y me han enseñado lo que está bien y lo que está mal.

—Para lo que te ha servido… —bromea Tyler.

—Esto es importante —digo con aspereza.

Sean mira la cerveza confiscada que tengo en la mano antes de que la arroje a las llamas. Se suponía que este último verano iba a aprovechar para reconectar con mis hermanos, pero he estado prácticamente ausente porque he tenido que volar a menudo a Francia, sobre todo por exigencias de Antoine. Sin embargo, de momento sigo necesitándolo, así que me veo obligado a ser su chico de los recados hasta que encuentre la forma de ser menos dependiente. Ha sido de tanta utilidad como pensé que sería y me ha proporcionado prácticamente todo lo que necesitaba sin dejar de ser avaricioso con su riqueza, así que es el único apoyo que tengo. Es muy inteligente por su parte atarme en corto y hacer que dependa de él, pero está frenando mi progreso de tal forma que necesito ponerme las pilas para poder barrerlo del tablero, si es necesario.

—¿Podemos acabar de una vez? —me pregunta Tyler, haciendo que desvíe mi atención del fuego.

—¿Tienes que ir a algún sitio?

—Pues la verdad es que sí —dice, mirando hacia otro lado.

—Últimamente no se le ve el pelo —comenta Sean—. Pero no nos quiere decir con quién está.

—Porque no estoy con nadie —le suelta Tyler.

Sean sonríe.

—En mi humilde opinión, esa damisela es demasiado exigente.

—En mi humilde opinión, vas a acabar perdiendo algunos dientes de leche como no cierres la puta boca.

Miro fijamente a Tyler, ignorando la conversación.

—¿Algo que necesite saber? —Él niega con la cabeza. Está claro que oculta algo y, a juzgar por su reacción, se trata de algo personal. Definitivamente, está con alguien y esa es una de las razones por las que he convocado la reunión.

Sean se recuesta en la silla de camping y, de repente, Dom salta de la suya, le da un empujón en el pecho y lo tira al suelo. Dom y Tyler se ríen mientras Sean maldice y se levanta sacudiéndose la mugre de los pantalones antes de sacar un paquete de cigarrillos de los vaqueros.

—Me has roto los putos cigarrillos, imbécil.

—De todas formas, no deberías fumar —dice Dom, sacando un porro de la mochila.

Levanto una ceja.

—¿Estás de coña?

—En absoluto, hermano —murmura Dom, sujetando el porro entre los labios mientras Sean enciende el Zippo.

—Deja eso para más tarde —le ordeno.

Al verme la cara, Dom asiente y se pone el porro en la oreja.

—¿Qué novedades hay con lo del taller? —les pregunto a los tres—. ¿Cómo de cerca estamos?

—Está hecho. En cuanto reciba el dinero de la compensación —dice Dom—. No hay más ofertas sobre la mesa porque nadie más de por aquí tiene dinero para comprarlo.

Tyler interviene, frunciendo el ceño.

—¿Qué sentido tiene lo del taller, con todo lo que tenemos entre manos? ¿Va a ser solo una tapadera?

—No —respondo, volviendo a mirar hacia el fuego—. Será un negocio legítimo. Arreglaremos coches y cobraremos por ello. La edad legal para ser mecánico en este estado es de dieciséis. Pero pasarán algunos años hasta que obtengamos unos beneficios decentes y podamos hacer frente a los gastos fijos.

—Yo conozco a alguien —comenta Tyler—. Se llama Russell y nos ha estado enseñando a arreglar los clásicos que nos dejó el tío de Sean. Tiene edad suficiente. Y es buenísimo.

—¿Confías en él?

—Sí —asegura—. Es buena gente y no lo han fichado nunca.

Tenemos la norma estricta de rechazar a cualquiera que haya sido fichado cuando buscamos a nuevos pájaros, por razones obvias. No queremos que nadie relacionado con nosotros forme parte de ninguna base de datos, aunque le tomaran las huellas siendo menor de edad, y eso hace que sea más difícil encontrar al tipo de reclutas que queremos. Necesitamos ladrones listos y hombres buenos, pero por estos lares y con el aumento del consumo de anfetas, es difícil encontrarlos.

—Tráelo. Quiero conocerlo.

Tyler asiente.

—Le preguntaré si sabe de alguien más.

Vuelvo a posar la vista sobre las llamas y pienso en mis padres encerrados en una habitación, pidiendo ayuda a gritos, rodeados por unas llamas similares a estas. No es de extrañar que esa imagen no se me vaya de la cabeza.

Cojo unas cuantas ramas y las tiro al fuego.

—Hoy he visto a Roman de cerca por primera vez.

—¿Dónde? —me pregunta Sean.

—En la biblioteca, cuando vino a recogerme —responde Dominic.

Miro a mi hermano, un tanto sorprendido. Él estaba en el rincón más alejado de la biblioteca, absorto en su libro, cuando Roman entró tranquilamente, como si no le hubiera arruinado la vida a nadie. Aunque imagino que no se sentirá culpable. Los hombres como él consideran que mis padres son sus «sirvientes», meras cargas cuya muerte seguramente le causó más molestias que otra cosa. Nunca sabrá que mi madre era la única mujer capaz de animarme, de aplacar mi mal genio con unas cuantas palabras, de hacerme sonreír no solo con la cara, sino con todo mi ser. Nunca entenderá la idea del sueño americano de mi padrastro. Ni que mis padres eligieron el pueblo que él monopolizó para darnos una vida mejor…, una vida mejor para la mujer que mi padre rescató de su marido loco y para su hijo bastardo. Y, aunque lo supiera, dudo que le importara. La forma en la que ha tratado a su propia hija hoy ha dejado claro que él no tiene puntos débiles.

Dom me mira con atención, irritado.

—¿Pensabas que no iba a fijarme en el hombre que se cargó a mis padres? —se burla—. ¿Creías que seguía demasiado ocupado jugando a la consola y pajeándome?

Su mirada es la de un alma vieja, no la de un niño que no llega a los dieciséis.

—No estamos seguros de que fuera premeditado. Y, antes de hacer nada, quiero tener pruebas concluyentes.

—¿No te llega con las dos putas lápidas del cementerio? —me suelta Dom, con rabia. Aunque no lo diga, está enfadado, lo que significa que ha sacado sus propias conclusiones sobre el tema. En ese momento, miro hacia el fondo del claro y me doy cuenta de que han desmontado parte del terreno.

—¿Qué están haciendo ahí?

—Hablando del rey de Roma… —Dom señala con la cabeza el nuevo solar—. Roman ha decidido mudarse a nuestro barrio. Va a construir una puta mansión donde están esos camiones.

Aprieto los puños, furioso porque vaya a estar tan cerca de mi casa. O, mejor dicho, de nuestra casa.

—Joder. No me lo puedo creer.

—Pues créetelo. He visto los planos.

Miro a mi hermano.

—¿Puedo preguntar cómo has conseguido esa información?

—Urbanismo. Le concedieron el permiso de obras la semana pasada. Ahora es dueño de todo, hasta ese poste de ahí.

La rabia se apodera de mí por haber estado tan centrado en mí mismo, o más bien en Antoine. He estado tan ocupado cumpliendo sus órdenes que he dejado de lado mis propios planes. Ahora, el tiempo que paso en París me impide avanzar en casa. Percibo cierto resentimiento por parte de Dom mientras caigo en la cuenta de ello. Mis prioridades están en Triple Falls y aquí es donde debo estar, no haciendo de chico de los recados para un gánster francés. Pero aun con la necesidad de borrar a Roman del mapa, la imagen que sigue estando en primer plano en mi mente es la de su hija pequeña siguiéndolo hasta el aparcamiento. La forma desafiante en la que lo miraba estuvo a punto de arrancarme una sonrisa. Eso y la clara rebeldía de sus palabras y actos, antes de que echara a andar detrás de él y yo la siguiera. Hacía años que sabía de la existencia de la hija de Roman, pero esta nunca había formado parte de la ecuación hasta hoy.

En ninguno de mis planes para acabar con él había tenido en cuenta los daños colaterales. He visto las carnicerías que conllevan este tipo de guerras, sobre todo las territoriales, y me niego a que esa niña inocente sufra por los errores de su padre. En este juego repleto de delincuentes que rozan la psicopatía, la mayoría no tiene ningún respeto por los inocentes, principalmente en tiempos de guerra. Pero dado que yo mismo soy uno de esos daños colaterales, no pienso actuar así.

No sabía si Dominic se había fijado en Roman o si lo había investigado tan a fondo como yo, pero está claro que sabe mucho más de lo que dice.

A pesar de la edad que tienen, de los chistes sobre pollas y de sus comportamientos inmaduros, parece que comprenden la importancia de los detalles. Tras un largo silencio, finalmente sigo hablando.

—Iremos a lo básico.

—¿Qué significa eso? —pregunta Tyler.

—Tenemos que jugar bien nuestras cartas. La única forma de derrotar a un hombre como Roman es haciéndonos el gigante dormido.

—Como Helena de Troya —dice Dom, pillando la idea y mirando a Sean y a Tyler—. Aunque a mí me parece demasiado lío, cuando simplemente podemos eliminar el problema de raíz.

Siento un escalofrío de alarma al oír sus palabras.

—Espero que no estés sugiriendo que nos lo carguemos a sangre fría...

—Ojo por ojo —replica Dom, encogiéndose de hombros—. A nuestros padres los quemaron vivos. ¿No crees que eso exige medidas contundentes? Tú mismo le dijiste a Delphine que estabas harto de tanta palabrería. Las reuniones son de coña, están llenas de acojonados que no paran de lloriquear mientras ella les sirve café. Para lo que hacen, bien podrían ser un puto club de lectura —añade, mirándome a los ojos—. Si hervimos una buena cantidad de tabaco y ponemos la cantidad adecuada de concentrado en la manilla de su puto coche, en cuanto se filtre en su piel, se acabó la historia. Y en la autopsia saldrá que ha sido un ataque al corazón. Si lo hacemos en el momento adecuado, será cien por cien imposible de rastrear.

Me pongo pálido.

—Roman no es fumador, así que ahí tienes la primera fisura de ese plan estúpido. Además, nosotros no somos así —exclamo, aterrorizado por que se le estén pasando esas cosas por la cabeza—. Y nunca lo seremos, Dom. Eso no es lo que mamá y papá querían. Hay una forma mejor y más diplomática de hacer las cosas, menos piadosa que la muerte. —Niego con la cabeza obstinadamente—. No, lo que vamos a hacer es cambiar las cosas para mejor. —Pienso en Antoine y en cómo representa todo lo que odio. Él, como Roman, se cree indestructible. Pero he aprendido mucho en el último año. Es más, he aprendido qué es lo que no debo hacer—. Cuando acabemos con Roman, habrá cien como él a la espera de ocupar su lugar. Explotan a gente como nuestros padres y se deshacen de ellos cuando se convierten en un estorbo. —Los miro a los tres—. ¿Qué vamos a hacer con ellos?

Sean se encoge de hombros.

—Eso no es problema nuestro.

—Pues haremos que lo sea. Ese es el objetivo de todo esto. Ya no se trata solo de nuestra familia, ni de este pueblo. —Me meto las manos en los bolsillos—. Lo haremos de una manera que los honre.

Sean coge otra cerveza y le quita el tapón.

—Eso suena muy ambicioso. Venga ya, tío. Si estamos en el puto culo del mundo.

—Por eso mismo —dice Dominic—. ¿Quieres acabar siendo otro puto cocinero del restaurante de papá? ¿Qué va a pasar cuando haya que pagar el préstamo del banco? ¿Y tú, vas a ser soldado profesional? —le pregunta a Tyler.

—Precisamente por eso estamos aquí —digo, interrumpiéndolo—. Para aclarar nuestro orden de prioridades.

—Mis prioridades son perfectas —dice Sean, levantando las manos y empezando a contar con los dedos—. Coños, coños, coños, coños y después… —Se lo piensa, acercando otro dedo al pulgar—. Más coños.

Tyler y Dom se ríen, y yo los llamo al orden a los tres.

—Esa es otra de las razones por las que he convocado esta reunión. ¿Queréis echaros novia? Adelante, pero mantened siempre este puto club al margen de vuestras confidencias de pareja. Lo que hagan los otros cuervos no es asunto mío, pero por lo que a nosotros respecta, todavía no hay sitio para las mujeres en esta hoguera. Al menos hasta que yo las investigue personalmente. Fin de la historia.

—Creía que habías dicho que las mujeres eran sagradas —dice Sean, que me pone a prueba cogiendo otra cerveza con una sonrisa de satisfacción.

—Y lo son. Pero no tienen nada que ver con los negocios. Los vínculos personales son nuestro mayor lastre. Y el primero que la cague en ese aspecto lo pagará muy caro —les advierto, mirando fijamente a cada uno de ellos—. Sin excepciones. —Vuelvo a quitarle la cerveza a Sean justo cuando la está levantando—. No pienso cargar con otro puto alcohólico.

La sonrisa de Sean desaparece.

—¿Desde cuándo el sentido del humor es un delito? Yo lo considero una necesidad. ¿Y quién coño crees que ha estado limpiando el vómito de la puta cara de tu tía durante los últimos cinco años?

Tyler se da por aludido y fulmina con la mirada a Sean.

—Tú no eres el único que cuida de ella.

—No, todos lo hacemos. Menos él, claro —dice Sean, señalándome con la cabeza.

Encajo la puñalada y los miro a los tres, devanándome los sesos en busca de las palabras adecuadas, pero todas suenan a excusa. En este momento, no tengo ningunas lo bastante buenas. No puedo compensar lo que me he perdido y lo que seguiré perdiéndome. En un abrir y cerrar de ojos, han pasado de ser unos niños a unos adolescentes a punto de convertirse en adultos. Pero si logro estar presente para todos ellos, puede que haya una oportunidad de redención. Una oportunidad de que vean que mi sacrificio vale la pena. Ese es el único objetivo de mi trabajo. Mientras tanto, lo único que ellos sienten es mi ausencia y un resentimiento que va en aumento cada vez que aparezco y les exijo algo.

Necesitan reírse, necesitan disfrutar de la vida de vez en cuando y vivir su juventud como yo no pude hacerlo.

—Tienes razón —reconozco, devolviéndole la cerveza a Sean—. Pero no te pases, ¿vale?

Sean asiente mientras me la quita con cautela de la mano, un tanto sorprendido.

Tyler se levanta y coge algunos troncos del suelo, con actitud hostil, para arrojarlos al fuego. Algo raro le pasa y me propongo hacer un aparte con él para intentar averiguar qué es.

—Así que, si no he entendido mal, necesitamos un caballo de madera para reclutar un ejército y esconderlo dentro, para cuando tengamos la oportunidad de colarnos en la ciudad —dice Tyler. Todos contemplamos fijamente las llamas mientras él sigue hablando—. Si hay algo que tengo claro es que voy a ser un marine de tercera generación, y si hay algo que sé hacer es crear un ejército.

Sean es el siguiente en hablar.

—Dom y yo nos ocuparemos del taller y, una vez que esté en marcha, buscaré la forma de cruzar la puerta. Y todos sabemos que este inútil va a ir a Harvard, a Yale o a alguna mierda de esas —añade, revolviéndole el pelo a Dom.

—Supongo que eso te convierte en el caballo —declara Dominic con aspereza, mirándome fijamente. Aunque en realidad esta noche está enfadado por la pelea que hemos tenido antes y porque me he negado a dejar que vuelva a Francia conmigo. Lleva meses suplicándome, insistiendo para que le permita seguir mis pasos en el instituto y reunirse por fin conmigo allí. Me lo llevaría conmigo sin pensarlo dos veces si no fuera por Antoine. No quiero que tenga a mi hermano cerca.

—No, hermanito —respondo mientras me vienen a la mente algunas imágenes de mis planes de acción y revelo la verdadera razón por la que es necesario que se quede aquí—. Tú eres el caballo. Y a partir de este momento, yo ya no existo —declaro, mirándolos fijamente. Los tres me miran sorprendidos. Eso no se lo esperaban. Pero más allá del resentimiento y de cierta confusión, lo único que puedo ver es su confianza ciega—. A partir de ahora, ningún nuevo recluta sabrá quiénes son los actores principales. Podéis darles a entender algo, pero nuestro objetivo es confundirlos.

—¿Vamos a confundir a los hombres que colaboran con nosotros? —pregunta Sean, sin entender nada.

—No hay otra forma de hacerlo —insisto antes de volver a mirar hacia la obra mientras el cielo se va oscureciendo—. Dejadme a mí lo de Roman. En lo que a él se refiere, tendremos que esperar al momento adecuado y tendréis que confiar en mí.

—¿Y Helena? —me pregunta Dom, acercándose a mí. Nos miramos durante unos segundos.

—Vamos a dejar a Helena al margen de esto.

***

Pero no la dejamos al margen y la cosa acabó tal y como me esperaba después de que la involucraran. Todo fue un puto desastre. A pesar de que lo único que yo quería era protegerla, Helena no deja de castigarme por ello.

Once días. Once putos días de pijamas de franela.

Y encima, para torturar más todavía a mi pobre polla, deja la puerta abierta cuando se ducha, cuando se viste y cuando embadurna su cuerpo increíblemente tonificado con ese aroma tan seductor que hace que se me ponga dura cuando pasa a mi lado.

Bien jugado, mi reina.

La mayoría de los días me despierto solo y casi siempre me quedo colgado sin saber qué hacer, sin ningún indicio de cómo se desarrollarán las cosas entre nosotros. Desde que he llegado aquí, me encuentro inmerso en un estado de reflexión que antes lograba evitar gracias a las incesantes consecuencias que se sucedían a lo largo de los años.

Ahora, en esta casa silenciosa, sin ningún plan que hacer y sin ninguna orden que cumplir, me siento indefenso ante la constante salida a la superficie de todo lo que me he ido guardando. Sobre todo en los últimos años, en esos años angustiosos en los que me obligué a sobrevivir sin ella.

Cecelia no se equivocaba, aunque yo no usaría la palabra «aburrimiento» para describir mi estado actual. Lo que siento es más bien una especie de inquietud que roza la paranoia cada día que renuncio voluntariamente a tener el control para arreglar las cosas con ella. Y, aunque ha insinuado que no le importa que vuelva a involucrarme, sé que no puedo hacerlo a medias.

Soy un hombre de todo o nada, no sé ser de otra manera.

Sigo esperando que sus emociones tomen el mando y nos ayuden a salvar la distancia que nos separa, pero parece que su raciocinio le está ganando el pulso a sus sentimientos. Yo le enseñé que, para ser objetivo, un jugador debía dejar a un lado sus emociones, una lección que se ha tomado muy en serio y se ha vuelto contra mí. Hay en ella una dureza que antes no existía, en su mirada, en su voz, en todo su ser, que la hace aún más seductora, pero mucho más difícil de alcanzar.

Cuando consigo pillarla antes de que huya a la cafetería y la inmovilizo con mis labios, se muestra receptiva, incluso a veces traviesa, pero esa mirada de miedo que tanto odio sigue estando ahí. Esa mirada que indica que sigue esperando lo peor. Por lo visto, asegurarle que vamos a tener que estar cuidándonos las espaldas durante el resto de nuestras vidas no es suficiente para ella. Y yo la admiro y respeto muchísimo por ello, teniendo en cuenta la carnicería de la que fue testigo, tras haber vivido protegida la mayor parte de su vida.

Durante años, mientras yo me resucitaba a mí mismo y a lo que quedaba de mi ejército, ella se reinventó convirtiéndose en un escuadrón unipersonal… armado hasta los dientes. Aunque no quiero ver su arma humeante cerca de mí. Lo que necesito es un buen chute de su fuerza, de su amor y un poco de sumisión.

Pero ya puedo seguir soñando.

Como quien no quiere la cosa, ha estado poniéndome la miel en los labios desde que llegué. Han pasado ocho meses infernales desde la última vez que la poseí y unos cuantos años desde la penúltima, y nunca en mi vida he estado tan hambriento.

No quiero recordar la última vez que estuvimos juntos como la última vez que fue mía.

La menosprecié por amarme. Esa noche la avergoncé por ser la soldado que yo ya no era. Hice todo lo posible para despojarla de su orgullo, para salvarla de este tipo de vida, para ahorrarme egoístamente la preocupación, pero ella se negó a permitírmelo. Me dejó impresionado con su actitud, por la persona en la que se había convertido sin mí, y me sentí culpable por no ser capaz de dar la cara.

Entonces ella me dijo que el amor hacía que el peligro mereciera la pena.

Y pienso seguir creyéndola. Por mucho que me acojone que todo vuelva a empezar y que, esta vez, ella sea la víctima del sacrificio.

Solo es cuestión de tiempo que volvamos a enfrentarnos, pero tiene que ser en el momento adecuado. No quiero ver el miedo en los ojos de mi reina cuando la haga mía para siempre. Quiero que contraataque. Es más, quiero que confíe plenamente en mí, como lo hizo en su día. Que confíe plenamente en que mi lugar está en su corazón, a su lado.

Y parece que ya ha elegido su armadura particular, en forma de puñetero pijama de franela.

Cojo las mancuernas que me acaban de traer y hago otra serie de repeticiones para intentar desahogarme y tranquilizarme. Miro por la ventana de su habitación y reparo en el esmero con el que ha reproducido el jardín de su padre. Entre varios setos e hileras de vides desnudas, hay un rincón de lectura. De la pérgola de madera cuelgan las ramas tupidas de las glicinias.

La imagen me transporta a aquella mañana en el jardín de Roman en la que estuve a punto de confesarle mi amor. Dejo las pesas, me acerco a la ventana y me pierdo en nuestro pasado en común. No era la primera vez que la tomaba de una forma que transmitía físicamente lo que sentía, pero aquella mañana en particular fue cuando más lo sentí, cuando supe que estaba perdidamente enamorado de la hija de mi enemigo. Mirándola a los ojos y con una confesión salida de lo más profundo de mi alma, rompí mi propio credo y sucumbí a la parte más recóndita de mi ser, a la apremiante necesidad de conectar con ella. A los pocos segundos de recordar aquellos instantes, me abandono al calor que inunda mis entrañas. Con el brazo apoyado en la ventana, me meto la mano en el pantalón de deporte y me agarro la polla.

Caricia.

Su cuello desnudo.

Caricia.

Sus gemidos entrecortados.

Caricia.

El amor imprudente en sus ojos.

Caricia.

Sus muslos bronceados y perfectos abiertos para mí, ofreciéndome su centro brillante, rosado y terso.

Caricia.

Su calor húmedo en las yemas de los dedos.

Caricia.

Sus suaves pezones, duros como piedras.

Caricia.

La primera embestida desesperada dentro de ella.

Aprieto los dientes y un hormigueo me recorre la espalda mientras cada poro de mi cuerpo irradia calor. Estoy a punto de gritar su nombre cuando se abre la puerta de la habitación y Beau entra a toda velocidad con Cecelia a la zaga, que abre los ojos de par en par al verme.

—Uy —susurra, desviando la mirada antes de poner la mano en el picaporte para cerrar.

—Ni se te ocurra —murmuro, obligándola a detenerse en seco. Avanzo rápidamente hacia ella, soltándome la polla y dejándola fuera de los pantalones cortos de deporte baratos. Cecelia abre cada vez más los ojos a medida que me acerco. Cuando la alcanzo, la acorralo contra la puerta, le quito la mano del pomo y la poso sobre mi miembro enfurecido—. En ti. —Pongo sus dedos alrededor de mi erección y le guío la mano para que me acaricie—. En eso estaba pensando. En ti. —Me inclino para ponerme a su altura y ella da un respingo, al tiempo que sus ojos azul oscuro se humedecen—. He visto la glicinia de tu jardín y me he acordado de aquel día. ¿Tú lo recuerdas, Cecelia? —Lato en su agarre. Recorro mi verga con sus dedos curvados y movemos juntos la mano, mientras ella entreabre sus labios carnosos. Le lamo el labio inferior—. En ti.

—Tobias... —Cecelia intenta soltarme, pero yo niego con la barbilla, apretándola con más fuerza alrededor de mí.

—No he venido aquí para ser tu puto compañero de piso.

Inhalo su aroma y sigo guiando su mano a lo largo de mi erección, colocando la palma sobre la punta antes de volver a bajarla.

—Ya lo sé —dice con voz ronca.

—¿Te acuerdas de ese día?

—Claro que me acuerdo.

—¿Te has corrido alguna vez pensando en él?

—Sí —responde ella, excitada.

—Entonces recuerdas lo bien que te sentiste cuando entré en ti.

—Tobias —susurra.

Atrapo sus labios entre los míos y consigo que me devuelva el beso. Ella me agarra todavía con más fuerza y yo dejo escapar un gruñido gutural mientras nos perdemos en el pasado, evocando aquella mañana en su habitación. Mis venas laten con la necesidad de reclamarla, de poseerla y de acabar con su vacilación. Me alejo de ella para observar cómo su pecho sube y baja antes de echar un vistazo al resto de su cuerpo.

—Me gusta esa ropa —murmuro mientras ella me acaricia sin prisas, con el bolso todavía colgado del hombro. Yo lo cojo con dos dedos y se lo quito, haciendo todo lo posible por contener a la bestia que ruge dentro de mí—. Estás guapísima.

—Gracias.

Siento la tentación de reírme ante su respuesta, pero la tengo demasiado dura, estoy demasiado cachondo y tengo miedo de hacer el ridículo. Tantos años de apetito, de pasión, de lujuria, de devoción y de amor reprimidos amenazan con sobrepasarme. La deseo demasiado, siempre lo he hecho, y, en este momento, me muero por castigarla como ella me ha castigado a mí, aunque no sería justo. Pero cuando Cecelia extiende el líquido preseminal por mi capullo con el pulgar, llego al límite.

—Lo siento, creo que estoy a punto de estropearlo.

Antes de que le dé tiempo a reaccionar a mi aviso, la levanto y la cojo en brazos. Ella me acaricia los hombros, resbaladizos por el sudor del entrenamiento, y apoya la frente en mi bíceps mientras me la llevo a la cama.

—¿Te parece demasiado pedir que nos tomemos las cosas con calma?

Poso los labios sobre su cuello y le doy un mordisco.

—En este momento, sí.

En cuanto la tumbo en la cama y su pelo se abre en abanico detrás de ella, mi polla se sacude en señal de advertencia. Cecelia me mira, expectante, sin volver a protestar.

Le levanto la falda hasta las caderas y gruño al ver que lleva leggins. Más capas. Molesto, le subo el jersey para ver sus pechos cubiertos de encaje y bajo el tejido de color carne hasta ponerlo bajo sus tetas perfectas, que se juntan a modo de ofrenda. Me vuelvo a agarrar el pene y vuelvo a sacudírmelo mientras ella me mira extasiada.

Aumento el ritmo al ver que se le endurecen los pezones y, tras unas cuantas fricciones de frustración más, jadeo al liberarme sobre sus pechos, su vientre desnudo y sus leggins.

La decepción se dibuja en su rostro y cierra sus ojos azul marino.

Bien.

—Estás jugando con una debilidad que ambos tenemos, *trésor*.

Le levanto los pies, le quito las Ugg una a una y las tiro por encima de mi hombro. Con la bestia parcialmente saciada, de momento, me arrodillo al lado de la cama y le bajo las bragas y los leggins. Ella me observa, hipnotizada, mientras recorro con las manos su piel, ahora desnuda, y se relaja más sobre el colchón. El sonido de mi voz hace que vuelva a mirarme.

—¿Quieres ir despacio? —Le paso un dedo por los labios empapados y ella me recompensa con un movimiento de caderas—. Vale, pues iremos despacio, aunque no creo que tenga puto sentido porque no soy el único al que estás castigando. Pero ya que hablamos de reglas... —Le presiono el clítoris con el pulgar, masajeándolo brevemente antes de retirarlo. Cecelia coge aire entre dientes, con los ojos brillando de impaciencia—. Tu amante. Tu novio.

Sin prisas, recorro su abertura con la yema del dedo antes de introducirlo lentamente hasta el nudillo. Esa imagen, junto con la de su pubis perfectamente recortado, amenaza con echar por tierra mi moderación. Mi polla vuelve a endurecerse, celosa ante el espectáculo, mientras Cecelia se tensa, húmeda y excitada. Arqueo el dedo para tocar su punto G y ella cierra los ojos.

—Tobias.

—Eso también me vale —digo mientras palpo su interior y aumento la velocidad, usando la yema del dedo para estimularla por completo—. Pero no soy tu puto compañero de piso. —La recorro con la lengua del centro hacia arriba, succionándole brevemente el clítoris para ganarme su primera súplica—. El hombre de tu vida, tu compañero, tu alma gemela, tu media naranja. —Vuelvo a bajar la cabeza y le doy unos toques con la punta de la lengua donde más me necesita. Cuando me aparto, gime en señal de protesta.

—Tobias. —Su voz está impregnada de años de dolor y puedo sentir cada uno de los días que hemos estado separados.

Con el corazón acelerado y suplicante, y completamente erecto de nuevo simplemente por su sabor, reprimo mi propia necesidad porque hay algo que deseo más todavía.

—Creía que nunca más volvería a oírte decir eso. *Dis mon nom.* —«Di mi nombre».

Me agacho para rozarle el clítoris con la nariz y ella se arquea sobre la cama. Necesita esto tanto como yo. Con la lengua plana, vuelvo a lamerla suavemente antes de apartarme.

Cecelia echa la cabeza hacia atrás, agitada, y cierra los ojos con fuerza cuando le meto un segundo dedo, llenándola, antes de pellizcarle el clítoris.

—¿Cómo me llamo?

Ella levanta las caderas, intentando aumentar la presión. En respuesta, me echo sus piernas sobre los hombros, ignorando a mi miembro codicioso, que reclama el lugar que le corresponde. Pero alejo esa codicia porque necesito darme un festín.

—¿Quién te quiere, Cecelia?

Pronuncio cada una de esas palabras claramente, sabiendo que le recordarán la primera noche que la besé con violencia en aquel claro, un lugar que desde entonces se ha convertido en sagrado para los dos. Quiero que sepa que ya entonces la quería para mí. Y que la sigo queriendo ahora. La deseo con todas mis fuerzas, pero debo cumplir mi penitencia por lo que pasó entonces para que pueda haber un ahora.

Mis necesidades no importan.

Todavía no.

—¡Por favor! —grita mientras sigo recorriendo su punto G con el dedo y noto la hinchazón que la delata.

Ella me tira del pelo para apretar mi cabeza contra sus muslos temblorosos. La recompenso succionándole el clítoris con fuerza. Me aparto y la miro mientras me clava las uñas en el cuero cabelludo como castigo.

—Despacio —le recuerdo—. Soy capaz de ir despacio. Requiere paciencia. ¿Crees que no aprendí la lección de la paciencia mientras esperaba el momento adecuado para volver contigo? ¿Todos estos meses esperando el día en el que por fin pudiera entregarme plenamente a lo que siento por ti? Pero si algo me sobra ahora es tiempo.

Disfruto de la rabia que flota en sus ojos, de sus pezones endurecidos, del rubor de su piel y de su cuerpo desesperado.

Me levanto y le quito la parte de arriba mientras ella me golpea el pecho en señal de protesta para intentar que retome la tarea que tenía entre manos. Parece que toda su paciencia ha desaparecido y el deseo ha tomado las riendas. Me inclino sobre ella mientras me mira fijamente, todavía cubierta por mi eyaculación.

—¿No querías tomarte las cosas con calma, *trésor*? ¿No era eso lo que querías? ¿Los años que hemos pasado separados no han sido suficientes? Si parezco ansioso… —digo, de manera que perciba los celos en mi voz, mientras extiendo con la mano mi semen sobre su pecho, antes de deslizar la palma por su vientre—. Si parezco ansioso, es porque quiero borrar cada caricia que no haya sido mía.

Deslizo la mano por su cuerpo y esparzo mi esencia entre sus muslos. De momento, estoy a su merced en todos los aspectos, incluso en el dormitorio. Pero es hora de recordarle que sigo siendo el malo, que siempre seré el villano al que se tiró y del que se enamoró… y que en este campo de juego somos iguales. Sin embargo, su indulgencia a la hora de dejarme tener el control es un regalo que me niego a que me arrebate. La vulnerabilidad que irradian sus ojos, las emociones que está sintiendo y ese atisbo de impotencia es lo único que necesito para hacerle saber, de esta forma tan física, que puede seguir confiando en mí como ha hecho tantas otras veces. Su placer es el mío y, sin él, no soy el mismo hombre. Sin dejar de penetrarla con los dedos, me pongo sobre ella, pego mi cuerpo al suyo y la contemplo con toda la nostalgia que he sentido reflejada en la mirada, con la esperanza de que pueda verla.

—Te quiero —susurro. Su mirada se ablanda al instante—. Joder, cuánto te he echado de menos. —Me emociono al pensar en los segundos, horas, minutos, días y años que me obligué a creer que nunca volvería a ser mía. En que hubo un momento en el que supe que la poseía, que me pertenecía, y perderla no solo me rompió el corazón. También se llevó por delante mi cordura, mi alma—. No tengo ningún problema en ir despacio, pero no me niegues el puto lugar que me corresponde.

Cecelia me agarra por la nuca y me atrae hacia ella, haciendo una confesión tácita al besarme. Luego ancla las piernas a mi espalda y se abre completamente para mí. Nuestros labios se acoplan, nuestras lenguas se entrelazan y nos besamos durante un buen rato mientras me froto contra su abertura. Me detengo cuando Cecelia levanta las caderas para dejarme entrar. Me aparto y niego con la cabeza.

—Pienso esperarte todo el tiempo que haga falta, *trésor*.

Vuelvo a arrodillarme ante ella, le meto los dedos y le succiono el clítoris con fervor. Poco después, ella jadea mi nombre, aferrándose a las sábanas. Luego se queda completamente callada y su cuerpo estalla, su espalda se arquea sobre la cama y su clítoris palpita contra mi lengua con cada oleada liberadora, al tiempo que mis dedos se vuelven más y más resbaladizos mientras ella inunda mi boca. Cuando la asalta una nueva sacudida, grita mi nombre con fuerza y la contundencia de su exclamación hace que me emocione.

Su respiración se acelera mientras exprimo su orgasmo, disfrutando de su sabor y de la emoción que inunda mi pecho. Mi acto se vuelve egoísta y busco más, alimentando la euforia que me envuelve. Solo ella es capaz de proporcionarme este subidón. Solo ella es capaz de hacerme sentir así. Solo ella es capaz de apagar el incendio que ella misma provoca.

La amo con todo mi ser, porque ella me amó a pesar de todo lo que la obligué a soportar. Me amó aunque hice que lo nuestro fuera imposible. Fui yo el que hizo que nuestros destinos se cruzaran. Fui yo el que, con su ira, hizo que el camino que tomamos nos perjudicara a ambos. Y ella me amó y sigue amándome, a pesar de todo.

Pero aun con la solidaridad de ese amor, es su confianza y su perdón lo que necesito.

Cecelia se queda sin fuerzas y me dispongo a iniciar el segundo asalto, pero ella aprieta los muslos contra mis orejas para tratar de impedírmelo. Cuando al fin los separa, veo en sus ojos azul oscuro el brillo fugaz de la rendición mientras me inclino para seguir venerándola.

Después de unos cuantos asaltos certeros con mi lengua más, Cecelia vuelve a convulsionar. Solo entonces cedo, sacando los dedos empapados de su interior y lamiéndome los labios para saborear sus restos agridulces. Con la polla latiéndome dolorosamente, la observo mientras se desploma, con los ojos vidriosos. Jadeando ruborizada, me observa mientras me acerco para besar su monte de Venus y la sensible piel de sus muslos antes de sacar la lengua e introducirla una vez más en su interior, simplemente para satisfacer mi propia gula saboreándola una vez más.

Cuando me incorporo para contemplarla, lo que veo me deja sin palabras. Es la personificación de la belleza y sigue resplandeciente mientras le doy la vuelta para acariciar con los dedos las alas que tiene en la espalda. Por primera vez desde que la marqué soy capaz de apreciar plenamente lo que estas representan. Poso una mano sobre su cuello y coloco mi miembro palpitante en su entrada, acaciriándola, acercando la boca para recorrer los trazos de tinta con los labios y la lengua.

—*Faite pour moi.* —«Estás hecha para mí».

Le aprieto el cuello, besando cada centímetro de piel tatuada antes de desplomarme a su lado, negándome la oportunidad de convertir mis palabras en una mentira.

Despacio.

Los astros han vuelto a allanarnos el camino y no pienso joder otra oportunidad de encontrarme con ella.

He tardado años en admitir que aquello a lo que más me he resistido es lo que más paz me proporciona. Toda la paz que un hombre como yo puede tener, claro.

Cecelia gira la cabeza para mirarme con un cariño excesivamente cauto y sé que he hecho bien en parar.

—No voy a fingir que sé hasta qué punto te herí, ni qué sentiste cuando lo hice, Cecelia. Pero sí sé cuánto me dolió a mí y eso me basta para comprender que merezco tu ira y tu desconfianza. Sin embargo, ahora mismo te deseo demasiado como para dar media vuelta cuando estás delante de mis putas narices. Y menos siendo quien eres… Mi otra puñetera mitad, por si no lo tenías claro. Sabes que lamento todo lo que he hecho, pero ya va siendo hora de que me dejes demostrarte cuánto. —Ella asiente lentamente con la cabeza y una lágrima solitaria resbala por su mejilla. Está enfadada consigo misma por haber sucumbido y tomo la firme decisión de no presionarla más físicamente, por mucho que me duela la distancia. Iré despacio. Nos quedamos tumbados durante un buen rato antes de que yo vuelva a hablar—. Pregúntame lo que quieras —susurro mientras ella me mira atentamente, pensativa, antes de decidirse por fin.

—¿El camión con tus cosas… sigue esperando?

Asiento con la cabeza.

—Pues que las traigan aquí.

Me incorporo para ponerme sobre ella y agarrarle la cara con la mano, queriendo cerciorarme de la sinceridad de sus palabras.

—¿Estás segura?

—Segurísima.

—¿Sabes lo que estás diciendo?

—Estoy cagada de miedo, Tobias, y no pretendo hacerme la dura, pero creo que hace mucho tiempo que he dejado de ser una ingenua. Ahora sé quién soy. Créeme, la próxima vez no vacilaré —asegura con dureza, dolida por el pasado, mientras en sus ojos brilla la rabia residual de aquella noche en la que le robaron realmente su inocencia. Por fin está en guardia, tal y como la necesito, lo cual me alivia un poco. Me inclino hacia ella y atraigo sus labios hacia los míos para besarla. Al cabo de un instante, Cecelia se aparta para hacerme una advertencia con voz gélida—. Espero que mi inversión me reporte unos dividendos considerables, señor King. Y que me permita obtener una jugosa recompensa. Si vuelves a traicionar mi confianza, a romperme el puto corazón, yo misma te pegaré un tiro. Aún estoy furiosa. Aún estoy tratando de acostumbrarme al hecho de que estés aquí. Lo nuestro todavía no está solucionado del todo, pero la realidad es la realidad y la cuestión es que estamos juntos en esto, pase lo que pase. Hay muchas cosas que no han cambiado y nunca lo harán. Y, por desgracia, yo también te quiero.

No puedo evitar reírme antes de volver a besarla, esta vez de forma más apasionada. Ella se aferra a mí para devolverme el beso, porque ambos sabemos que el tiempo no está de nuestra parte. Nunca lo ha estado. Son unos segundos maravillosos en los que Cecelia me permite recrearme todo lo que quiero, porque también es consciente de ello. Siempre estaremos de prestado, desconocemos a nuestros adversarios y ahora el tablero es completamente nuevo, pero esta vez haremos todos los movimientos juntos.

Cecelia finalmente se aparta, cada vez más cerca del borde del abismo al que solía lanzarse cuando nos dejábamos llevar por nuestras emociones, pero yo no le corto la retirada. Cuando se detiene en la puerta del baño y me mira durante unos segundos con el mismo anhelo con el que yo la he mirado, percibo un cambio entre nosotros. Es pequeño, pero está ahí. Y eso me basta.

Por fin, un avance.

18

Tobias

Todo o nada.

Una vez leí en algún sitio que hacían falta tres fuentes sólidas de ingresos para hacerse rico y seis para mantener la riqueza a largo plazo. Estos últimos años he sido el corredor de apuestas del campus de la HEC de forma anónima, por internet —con la ayuda de Dom—. Si a eso le sumamos las migajas que saco de los negocios legítimos de Antoine, la parte que me corresponde de los robos de guante blanco perpetrados por mi hermano y los ingresos irregulares del taller, ya suman cuatro.

Desde luego, no soy rico, y llegar a serlo de forma sostenida todavía no es más que un objetivo.

Últimamente, damos casi tanto como cogemos para tener la conciencia tranquila y asegurarnos lealtad a espuertas. Estamos ganando fuerza en número, pero todavía no es suficiente. El del dinero y el del prestigio son los últimos obstáculos que debo superar para estar en condiciones de derrotar a Roman.

Con un máster obtenido en una de las mejores escuelas de negocios del mundo, en cuanto tenga el capital necesario para crear mi empresa podré declarar la guerra a mi incauta némesis.

Así que todo o nada.

Hasta aquí hemos llegado. Llevo en este tablero demasiado tiempo.

Todo se reduce a una apuesta arriesgadísima. Una apuesta que puede liberarme o convertirme en esclavo o víctima de los caprichos de cualquier otro hombre.

Ahora mismo, tanto puedo perder como ganar, después de haber pagado tanto por la información como lo que tengo para apostar, pero así soy yo. El dinero siempre ha sido un obstáculo para mí, un medio necesario para llegar del punto A al punto B. Y mientras algunos hombres se dejan llevar por él y permiten que el exceso o la falta de él los corrompa o los destruya, yo me niego a convertirme en su esclavo. Me limitaré a conseguir el suficiente para que este ejerza su poder y su influencia, para que nos abra puertas y equilibre la balanza para personas como mis hermanos y yo, como nuestros padres y como cualquier otro individuo cuyo destino esté en manos de hombres como Roman Horner.

Le quitan la etiqueta del precio a la americana y me la ponen, dando la última pincelada al cuadro que pretendo pintar. Me echo un vistazo rápido en el espejo de cuerpo entero y me contengo para ocultar mi satisfacción mientras el sastre me observa y me cepilla los hombros de la chaqueta.

—No está mal para un pobre mestizo criado en una pocilga asquerosa de un pueblucho de Carolina del Norte.

El sastre, que apenas habla inglés, frunce el ceño y me queda claro que no ha entendido nada, pero asiente para complacerme.

—*Cela vous va très bien*. —«Le sienta muy bien».

Saco los billetes que llevo en el bolsillo, le doy una propina y me dispongo a bajar del pedestal. Él me detiene, se arrodilla y me pasa un paño un tanto mugriento por la parte superior de los zapatos. Cuando saco otro billete en señal de agradecimiento, lo aparta con la mano y yo asiento para darle las gracias.

—*Merci*.

Voy hacia el coche que me está esperando, enciendo un cigarrillo e inhalo profundamente antes de exhalar parte de la tensión que me ronda esta mañana. Observo el cielo del amanecer y veo una bandada de pájaros volando bajo entre las nubes lechosas, todos a una, con las alas extendidas en una formación perfecta y comunicándose en silencio a través del viento. La imagen me da envidia.

Eso. Eso es justo lo que nos falta en la orden, allá en casa.

Frères du Corbeau («Hermanos del Cuervo») era la quimera de mi padrastro. Un sueño que consistía en liderar la revuelta contra los codiciosos líderes de la América corporativa —en concreto, contra Roman Horner— para luchar por el bien de los ciudadanos de a pie.

La idea era buena, pero había demasiada falta de comunicación entre ellos, además de demasiadas opiniones y propuestas opuestas sobre qué hacer para acabar con él. Y ninguno de ellos, ni siquiera mi padre, había tenido el coraje suficiente para avanzar en ninguna dirección. Nunca habían logrado unirse lo suficiente como para lograr ningún cambio real o tomar medidas contra aquellos que no dejaban de joderlos, sobre todo contra Roman. La única persona de aquel grupo que tenía las agallas necesarias para hacer algo era Delphine, pero con el tiempo la bebida la había ido amansando.

Todo depende de mis hermanos y de mí.

Y yo paso de disfrutar de cualquier tipo de veneno que pueda amansarme.

Nada de alcohol, mujeres o cualquier otro vicio peligroso; estoy decidido a abstenerme. Me niego a permitir que cualquier necesidad personal o frívola me debilite. Cuando intento tener una visión más amplia, me resulta mucho más fácil perseverar.

Puedo hacer realidad el sueño de mi padre buscando justicia y acabando con Roman, o puedo acabar igual que el resto de los miembros originales, convertido en un inútil, en otra voz en el vacío.

Durante los años que llevo en Francia, en más de una ocasión se me ha pasado por la cabeza la posibilidad de fracasar. De que esto no tenga sentido. Pero la duda engendra inseguridad y la inseguridad mina la confianza, así que no hay sitio para ella en mi puñetera vida. Es hora de actuar con valentía. Es hora de pasar a la acción.

Con esa lucidez tan necesaria, me subo al asiento de atrás después de que el chófer prestado me abra la puerta, y me sorprende ver que su jefe me está esperando. El conductor, Luis, se disculpa con la mirada antes de dejarme con Antoine, que no se molesta en disimular la presuntuosa satisfacción que se refleja en su rostro.

Debería haberlo visto venir.

—*Allais-tu m'informer de tes projets aujourd'hui, Ezekiel?*
—«¿No pensabas informarme de los planes que tienes hoy, Ezekiel?».

Tiro del puño de la camisa.

—Los planes que tengo hoy no tienen nada que ver contigo.

—Podría haberte ayudado.

—Como te he dicho en más de una ocasión, no necesito tu ayuda.

—Pero ¿tomas prestado mi coche y mi chófer?

—Me lo ofreciste para cuando lo necesitara. Y, por favor, no me insultes actuando como si no me mereciera algún detalle por todos los años que llevo trabajando contigo.

Prácticamente he reconstruido su ejército de matones desde cero, utilizando el sentido común del que ellos carecían desesperadamente y aplicando tácticas que llevo años estudiando. Sin que Antoine lo supiera, he estado utilizando su organización como conejillo de indias para resolver cualquier problema que pudiera surgir en un futuro.

—*Un tel manque de respect. Tu pensais qu'un costume cher ferait de toi un homme digne?* —«Qué impertinencia. ¿Crees que un traje caro te convierte en un hombre respetable?».

Yo miro fijamente su traje.

—Definitivamente, no.

Antes de que él pueda reaccionar a ese insulto tan descarado, señalo con la barbilla a Luis, que espera en el asiento del conductor.

—A Longchamp. *Merci.*

Antoine se queda con el cigarrillo a medio camino de la boca mientras arrancamos.

—¿Para qué vas a las carreras de caballos?

Me encojo de hombros, disfrutando del tacto del tejido caro de la camisa sobre mi piel.

—Puede que me interese el deporte. —Él entrecierra sus ojos negros sin alma—. La razón no te concierne y no tiene nada que ver con nuestro acuerdo.

Antoine me señala con el dedo índice, con el cigarrillo encendido entre los dedos.

—Estás poniendo a prueba mi paciencia, Ezekiel.

—No tengo por qué responder ante ti.

—*Tu le feras si cela affecte mon business.* —«Tendrás que hacerlo si afecta a mi negocio».

—Dime qué parte de nuestro acuerdo he incumplido y estaré encantado de darte explicaciones.

Llevo años trabajando de pastor para él, utilizando su dudosa reputación tanto para conseguirle un ejército como para entrenarlo, reuniendo su rebaño mientras conseguía información para mí y desviaba a menos de una cuarta parte de los reclutas.

Lo que Antoine ignora a él no le ha perjudicado lo más mínimo y, sin embargo, a mí me ha ayudado enormemente a ascender hacia la posición en la que quiero estar. Pero, cuanto más hago por él, menos satisfecho parece. Ahora que mi estancia en Francia va a llegar a su fin, está buscando cualquier excusa para engancharme. Quiere que sea su mano derecha, algo que nunca sucederá.

—Yo he cuidado de ti, Ezekiel, ¿no es así?

—Nos hemos cuidado mutuamente.

—¿Por qué sientes la necesidad de excluirme de algo ventajoso?

—¿Quién ha dicho que lo sea?

—¿Me consideras un puto idiota?

—Te considero un socio.

Extiendo la mano hacia el minibar y me sirvo un poco de ginebra. Estoy empezando a sudar y necesito tranquilizarme. No me esperaba este puto contratiempo a primera hora de la mañana.

Antoine me mira atentamente. Tiene una amante en Pigalle, cerca de donde está su sastre, y sé que acaba de venir de allí. Apesta a perfume de rosas barato. Por otro lado, su esposa es una de las mujeres más guapas que he visto nunca. Resulta obvio que ella es sumamente infeliz con él. A pesar de sus esfuerzos por llamar mi atención, nunca le he puesto un dedo encima, ni pienso hacerlo.

A menudo, sobre todo cuando voy a su casa de Montmartre, la sorprendo mirándome. La atracción es mutua, pero no me compensa hacer nada al respecto. Tiene veintitantos años y está desesperada por encontrar un hombre que la aleje del que está sentado frente a mí. Por desgracia, yo no voy a ser ese hombre, pero sí he pillado a Palo, el lugarteniente de confianza de Antoine, mirándola de la misma forma. Algún día, tal vez pueda usarlo contra él.

Las emociones, en concreto el amor, pueden debilitar incluso al hombre más fuerte, dando ventaja a los oponentes. Una ventaja que nunca permitiré que otro tenga sobre mí.

—Los socios comparten la información.

—Ya. Contrataré a un chófer propio cuanto antes para ahorrarte cualquier molestia en el futuro.

—Vaya, ¿por qué eres tan avaricioso?

—La avaricia es lo que está haciendo que me acoses.

—Yo he compartido contigo.

—Me has dado las sobras. Las migajas.

—Porque te niegas a participar en ningún negocio real. —Por muy cabreado que esté, nunca levanta la voz, una costumbre que yo también he adoptado.

—Porque tu negocio real es destructivo. También te lo he explicado en varias ocasiones. Pronto dejaré de vivir permanentemente en Francia.

Él se ríe.

—¿Y qué vas a hacer, trabajar en la fábrica de Roman?

Haciendo todo lo posible por disimular mi creciente odio hacia él y el hecho de que he revelado demasiado pronto mis intenciones, ignoro esa emoción peligrosa y me bebo el resto de la copa antes de hablar.

—No te preocupes por eso. Encontraré mi propio camino.

El coche se detiene y me dispongo a salir. Cuando la puerta se abre, Antoine me agarra por la muñeca. Lo fulmino con la mirada y dejo que mis ojos desafiantes hablen por sí solos.

En una hora, seré económicamente independiente, algo que hará, en esencia, que deje de serle útil. No permitiré que me arrebate esto. Ladeo la cabeza y bajo la vista hacia la pistola que lleva enfundada.

Me he convertido en una persona imprescindible para él. Le he demostrado mi valía una y otra vez a lo largo de los años. Quiere ser mi dueño y no lo va a conseguir, pero la amenaza de abandonarlo podría ser suficiente para que acabara con mi vida. Por ahora, él sigue teniendo la sartén por el mango. Juega conmigo, meditando su decisión y sopesando los pros y los contras de deshacerse de mí, como ha hecho con tantos de sus hombres, antes de apartar la mano.

—Estás empezando a aburrirme con tu ridícula nobleza —murmura, desviando la mirada, antes de recostarse en el asiento y colocarse la chaqueta—. No eres mejor que yo.

—Siempre es un placer hablar contigo, Antoine.

Toc, toc, toc. Toc, toc, toc.

Al otro lado de la reja del mostrador, el hombre deja lo que está haciendo para fijarse en el movimiento nervioso de mis dedos. Aparto la vista y miro hacia otro lado mientras me entrega el papel que cambiará mi vida. Lo cojo y me alejo, con el cuello ardiendo.

Me acerco a la barra y pido una copa. Cuando me la traen, me quedo mirando fijamente la ginebra mientras una sensación familiar de inquietud empieza a invadirme. Esta es una apuesta que estoy haciendo completamente por mi cuenta y riesgo.

Uno. Dos. Tres. Uno. Dos. Tres.

Bebo un buen trago, me miro en el espejo que hay detrás de la barra y admiro fugazmente mi traje antes de levantar la vista hacia el reloj que hay en lo alto. Cinco minutos. Una mujer que está sentada sola me llama la atención en el último momento y, cuando miro hacia la derecha, me topo con su sonrisa. Pelo oscuro, maliciosos ojos marrones y, bajo el vestido ceñido, un cuerpo hecho para castigarlo. Sus labios pintados se curvan más todavía mientras me la como con la mirada y ella hace lo mismo conmigo, bajando la vista de mis labios a mis zapatos italianos de piel. Por un instante, me imagino imponiéndole ese castigo, pero finalmente cojo la copa de la barra y veo que sus ojos se apagan al adivinar mis intenciones.

—*Vous allez laisser une femme boire seule?* —«¿Va a dejar que una mujer beba sola?».

—*Veuillez acccepter mes excuses, je vous assure que si c'était un autre jour...* —«Le ruego que me perdone. Le aseguro que si fuera cualquier otro día...».

Ella me mira con determinación.

—*Je garderai la dernière gorgée pour la fin de cette course. Peut être qu'alors vous vous joindrez à moi.* —«Reservaré el último sorbo para después de la carrera. Quizás entonces se una a mí».

Saco un billete del bolsillo y le hago un gesto al camarero para que le sirva otra copa.

En sus labios carnosos se dibuja una sonrisa y veo en sus ojos la promesa de que estará esperándome.

Me alejo de la distracción para concentrarme en el papel que llevo guardado en el bolsillo interior de la chaqueta y salgo de allí. Huyo de la multitud y me siento en un sitio libre, echando un vistazo al hipódromo con el pulso acelerado y la mente desbocada.

«Tranquilo, Tobias».

Una sensación abrumadora y familiar me invade mientras hago todo lo posible por mantener la calma.

Dos minutos.

Observo a la multitud, por completo consciente de la ventaja que me confiere saber qué pura sangre será el primero en cruzar la línea de meta. Miro fijamente al frente, intentando no pensar en el resto de las personas que puede que hayan apostado por el caballo equivocado encontrándose en una situación tan desesperada como la mía, e intento no sentirme culpable.

Uno. Dos. Tres.

Unas gotas de sudor me ruedan por la sien mientras examino el hipódromo, buscando con desesperación algo que me distraiga, cualquier cosa que me obligue a dejar de darle vueltas a la cabeza. Como es obvio, no encuentro nada, pero sé perfectamente lo que necesito. Incapaz de seguir luchando contra el impulso, saco el móvil y pulso el botón, al borde del colapso. Él me contesta al segundo tono.

—Hola, hermano.

—Dom —susurro, emocionado. Me aclaro la garganta, pero sigo siendo incapaz de hablar.

Estoy acojonado.

—¿Qué pasa?

—Solo necesitaba... —«Hablar contigo. Te necesito. Necesito recordarme por qué estoy haciendo esto. Por mamá y papá, por nosotros, por nuestro futuro»—. Cuéntame algo, hermano.

—Gilipolleces aparte, él ha estado conmigo, para bien o para mal, en cada paso del camino, confiando en mí, creyendo en mí. Al asumir este riesgo, podría cargármelo todo. Aunque he pagado por la garantía, hay demasiadas variables. Son demasiadas, joder.

El pánico se apodera por completo de mí y dejo de mover los dedos antes de beberme la copa de dos tragos.

Quizás debería haber compartido este secreto con él. Quizás debería haberle hablado de mi relación con Antoine y del miedo que me da que nuestros lazos no puedan romperse sin que haya consecuencias graves.

Quizás me haya equivocado con esto y haya hecho demasiados movimientos arriesgados, cuando la partida simplemente acaba de empezar. Pero no quiero compartir ese miedo con él. Asumiré en soledad esta carga y las consecuencias que pueda tener.

—Solo quiero hablar. —Se produce un revuelo delante de mí cuando el locutor avisa a la gente de que la carrera va a empezar.

—Mentira. Dime qué pasa.

Por el sonido metálico de las herramientas, sé que está trabajando en King's. La mecánica es un oficio que le encanta y me alegro de ello, aunque de momento solo sea una forma más de ir tirando. Con su capacidad intelectual, le espera un futuro brillante, conmigo o sin mí. Llegará lejos, aunque yo no esté ahí para guiarlo. Lo respeto enormemente por el hombre en el que se está convirtiendo, y eso que apenas está empezando a abrirse camino, apenas ha desarrollado todavía su potencial.

—Dom... —Cierro los ojos—. Tú quédate al teléfono conmigo.

—¿Qué has hecho? —En cuanto se abren las puertas, siento de inmediato la punzada de mil agujas en el pecho. Es doloroso, pero la ginebra lo hace más o menos llevadero. Dom guarda silencio y sé que es porque está escuchando atentamente el alboroto que me rodea, en busca de pistas. Al cabo de unos segundos, vuelve a hablar—. ¿Cuál es nuestro número? —me pregunta en voz baja.

—El siete —respondo.

El número de años que llevo alejado de aquello que más me importa. El número de años que llevo viviendo una doble vida. Unos años de hambre y austeridad, unos años de metamorfosis que transformaron a este huérfano con sed de venganza en un vulgar ladrón y luego en un chanchullero, en un hermano, en un mentor, en un alumno, en un maestro y ahora... ¿quién sabe?

—¿Qué has apostado?

—Nuestro futuro.

Su silencio me da escalofríos. No suelta ni un solo taco, ni siquiera suspira enfadado. Su confianza es absoluta y me siento abrumado por ella, por una sensación inimaginable y por una culpabilidad terrible. Estoy a punto de susurrar una disculpa por haber abusado de esa confianza cuando veo que nuestro caballo se queda un poco rezagado. Las emociones que siento son tan intensas que apenas soy capaz de respirar.

—Tob...

—Solo por esta vez, por favor, necesito que seas mi puñetero hermano —susurro, apretando el teléfono.

—Estoy aquí —responde él con voz ronca, con un miedo poco común en él. Pero no teme por su propio bienestar y eso hace que se me encoja todavía más el corazón.

Trago saliva, cagándome en mis emociones, mientras siento cada vez más remordimientos por haberle hecho daño. Por haberlo dejado en esa puta casa infestada de cucarachas con una cuidadora nefasta, haciendo que se valiera por sí mismo y que madurara antes de tiempo. Por una vez, quiero que ese sacrificio haya valido la pena. Quiero que él sienta que el sacrificio ha valido la pena.

Nuestro caballo toma la delantera en los últimos cuatrocientos metros y noto que se me eriza el vello de los brazos.

—Hermanos ante todo —susurro.

—Hermanos para siempre —responde él en voz baja, un segundo antes de que nuestro caballo cruce la línea de meta.

El estupor y la adrenalina me invaden por completo y suspiro con fuerza.

—¿Qué hemos ganado? —me pregunta Dom.

El pánico tarda unos segundos en dar paso a la euforia. La sensación de alivio imprime cierta ligereza a mis pasos mientras vuelvo a entrar, renunciando a mi cita en el bar para recoger las ganancias.

—Éxodo.

***

—Y mírate ahora, King, haciendo cosas normales como un tío cualquiera —murmuro mientras meto dos alargadores en el carrito y lo empujo por el pasillo—. Sin malos a los que dar caza y ningún traje a la vista con el que negociar tratos multimillonarios.

Aunque en más de una ocasión haya planeado cómo hacerme rico y haya logrado librarme de la muerte con argucias, puede que ganarme la confianza plena de la hija de mi antiguo enemigo sea la mayor de mis hazañas.

Sin duda, nuestra progresión es lenta y cada puto día es como si me estuviera matando a plazos.

Veintiún días resistiéndose a aceptarme. Veintiún días negándome plenamente la entrada en su corazón. Veintiún días matándome a pajas. Veintiún días de sufrimiento, abrazándola mientras duerme enfundada en un pijama de franela que le cubre desde el cuello hasta el tobillo. Veintiún putos días.

Y, como soy un hombre de tácticas, he decidido que ya va siendo hora de idear un plan.

El plan de un tipo normal. Un plan de lo más inocente.

Vino, cena, seducción, conexión.

Se pasa el día parándome los pies constantemente. Pero, de

alguna manera, de alguna forma, acabaré consiguiendo que se rinda, aunque sea un poco.

Reprimiendo las ganas de darle un puñetazo al hijoputa que pasa a mi lado sonriendo como un capullo, meto bruscamente un paquete doble de papel higiénico en el carro.

Lo único que necesitamos es la escenografía adecuada para compartir una noche perfecta y, para ello, pienso sacar toda la artillería.

No soporto la distancia que ella pone tan tranquilamente entre nosotros. Necesitamos algo, cualquier cosa que nos haga volver al punto en el que estábamos. El problema es saber qué. El teléfono suena en mi bolsillo y me apresuro a contestar con la esperanza de que sea algún tipo de señal, algo que me ayude a salir de esta encrucijada.

—Dime —respondo resoplando mientras miro a otro marido feliz que, al verme la cara, se vuelve por donde ha venido.

Sean me saluda con una carcajada.

—Solo era para saber cómo te iba. ¿Qué tal, tío?

—¿Que qué tal? —replico, cabreado—. ¿Quieres saber qué tal? —Aprieto los dientes—. Pues ahora mismo estoy haciendo la lista de recados que me ha dejado mi mujercita y comprando papel higiénico. Y, esta noche, después de hartarme a recoger cagadas de perro, puede que me recompense con un beso antes de irse a dormir, después de otro puto día de mierda.

Oigo varias risas al otro lado de la línea y pego el teléfono a la oreja.

—¿Tienes puesto el manos libres? —masculo entre dientes.

—Lo siento, tío, no he podido resistirme.

—¡Que os den por culo a todos! —les grito mientras se descojonan a mi costa.

—No cuelgues. Nosotros estamos contigo, tío —dice Russell, sofocando una risita—. Y no compres esa mierda de papel barato, las tías lo odian.

Miro la marca, dudando de mi elección.

—Es Charmin.

—Ese está bien —dice Sean, mientras oigo cerrarse la puerta del garaje—. Vale, cuéntame.

—Está acabando conmigo, Sean. Con mi aguante, con mi paciencia, con todo.

—Solo han pasado unas semanas. No te rindas.

—No tengo ni idea de qué hacer aquí. No tengo ni idea de cómo ser... un tío normal.

—Sabes perfectamente que los tíos normales no existen.

—Ya te digo yo que sí. —Echo un vistazo rápido al supermercado y bajo la voz—. Y estoy viviendo entre ellos. Pero no te preocupes. —Cojo una caja y la analizo antes de meter otras seis en el carrito—. Volveré a entrar aunque tenga que echar la puta puerta abajo. —Sean vuelve a reírse—. Me alegra que te divierta.

—Ahora mismo, los dos me dais miedo. Haceos un favor y evitad los lugares públicos. En beneficio de todos. Le llevará un tiempo adaptarse.

—«Adaptarse» —digo con sarcasmo—. No sabes la de veces que ha usado esa palabra.

La cajera se me queda mirando mientras me cobra y yo pongo dos chocolatinas sobre el mostrador antes de meterme la mitad de una en la boca y masticarla lentamente, desafiándola a juzgarme.

—¿Se lo has contado absolutamente todo?

Giro la cara para que la cajera no me vea y bajo la voz.

—Ni siquiera me ha dejado pasar de lo que sucedió desde que se fue de Triple Falls. Es implacable.

—Dale más tiempo e intenta no pensar en lo que está pasando aquí. Hazte un favor y deja de pensar en los negocios. Nosotros lo tenemos todo controlado. Céntrate en ella.

Suelto un gemido de dolor.

—Si me centro más...

—Ya, tío, te entiendo. Cuando Tessa se cabrea conmigo,

también tarda una eternidad en ceder. Tú haz lo que puedas. Ya te llamaré.

—¿Cuándo?

—¿Cuándo, qué?

—¿Cuándo me llamarás? —le suelto, antes de tragarme otro pedazo de chocolate.

—¿Necesitas saber cuándo? —pregunta, riéndose.

Vuelvo a apartar la mirada de la cajera, que no se molesta en disimular una sonrisita burlona.

—Sí, Sean, necesito saber cuándo, joder.

—Mañana te pego un toque.

Cuelgo y me giro para pagarle a la empleada.

—¿Flores? —me sugiere, señalando con la cabeza unos cubos llenos de ramos que tiene al lado.

Aunque se trata de un detalle bastante típico, no es mala idea. A Cecelia le encantan los jardines y se tira horas cuidando del suyo. Cojo todas las flores que hay en uno de los cubos y ella asiente con la cabeza mientras le entrego la tarjeta.

—Gracias.

—Si cuatro docenas de rosas no funcionan, cariño, quizás tengas que plantearte algo un poco más brillante.

—Tomo nota.

Las ruedas del carrito de la compra chirrían sobre el pavimento irregular mientras lo cruzo para llevar el alijo de provisiones hasta el Camaro. Una vez descargado, cierro el maletero y me quedo inmóvil al ver un coche que me resulta familiar aparcado unas filas más allá. Es el mismo coche de alquiler que vi en la gasolinera.

No es una coincidencia.

Vuelvo a mirar hacia la tienda y veo a un hombre de pie, esperando al lado de la entrada, con la mirada perdida.

Me suena el móvil en el bolsillo y, al cogerlo, veo un aviso que llega con retraso: Vamos a por él.

Escribo una respuesta rápida: Ya me ocupo yo.

Vuelvo con el carrito hacia la tienda mientras llamo a Cecelia.

—Hola.

—¿Qué tal el día?

—Bueno, teniendo en cuenta que he llegado hace solo una hora, de momento bien. ¿Qué pasa?

—Te estoy llamando por una buena razón. —La irritación de su comentario combinada con la llegada de un nuevo acosador afecta a mi tono de voz y me paso la mano por el pelo, molesto, antes de relajarme un poco—. Por una muy buena razón.

—Ah, ¿sí?

El hombre se aleja como quien no quiere la cosa hacia la esquina de la tienda, mientras yo me tomo mi tiempo, avanzando con paso lento y discreto. Hablar por teléfono me ayuda a disimular. Cuando empujo el carrito para estrellarlo contra los demás y cambio de dirección para ir directamente hacia él, me doy cuenta de que no puede estar más verde. Es un puto insulto que hayan mandado a ese tío a por mí, dadas sus habilidades.

—Una cena romántica —digo, acelerando el paso.

—¿Una cena romántica?

—Sí. Una cena romántica —murmuro entre dientes—. Es un ritual semanal de las parejas para mantener encendida la llama. Ahora es lo más.

Noto en su voz que está sonriendo.

—Estoy al tanto.

—A mí no me importaría tener una cena romántica con él —dice Marissa de fondo.

—Entonces, ¿te parece bien?

—¿En qué habías pensado?

—Yo me ocupo de los detalles.

El puto inútil dobla la esquina y su cuerpo se tensa como si estuviera a punto de despegar. Si no estuviera tan cabreado, me echaría a reír.

—*Ne me fais pas te courir après. Tu ne vas pas aimer quand je te rattraperai.* —«No me obligues a perseguirte, o lo lamentarás cuando te alcance».

Él se detiene. Me ha hecho caso. Y me ha hecho caso porque me entiende.

Es francés.

Mierda.

—Tobias, ¿a quién estás persiguiendo?

—A un imbécil que me ha robado el carrito de la compra.

—Este es un pueblo pequeño, Francés, la primera impresión es importante. Acabas de llegar, no te conviertas en un proscrito.

—Lo tendré en cuenta.

Estoy pisándole los talones cuando el hombre echa a correr y yo entro en acción.

—La cena romántica será en casa. Hasta luego, *trésor*.

Después de colgar, lo alcanzo rápidamente. Mis largas carreras han dado sus frutos. Agarro al inútil por la capucha de la chaqueta y, de un tirón, lo hago salir volando en el lateral del edificio. Él grita y cae de espaldas con un ruido sordo sobre el cemento. Después de desarmarlo, lo arrastro detrás de mí. El tejido de su chándal me ayuda en la tarea mientras compruebo que no pasan coches.

Me complace comprobar que, al tratarse de una población de menos de dos mil habitantes, no viene ni un solo vehículo en ninguna dirección. Las ventajas de vivir en un pueblo pequeño. Mis pájaros ya están esperando detrás de la tienda en un sedán, con el motor encendido, cuando aparezco arrastrando al idiota detrás de mí, que gruñe mientras cruzamos un tramo de pavimento irregular.

—*Je t'ai dit de ne pas courir.* —«Te advertí que no corrieras».

Cuando ya nadie puede vernos, me arrodillo en busca de su carné de identidad y le reconozco el mérito de haber tenido el sentido común de dejarlo en el cuchitril en el que se esté alojando. La suerte me sonríe y encuentro un teléfono móvil en sus vaqueros.

—Ahora vamos a hablar en inglés. —Silencio—. Sé quién te ha enviado. Ya tengo todo lo que necesito de ti. Dime por qué no debería matarte ahora mismo. —No hay respuesta. Amartillo su propia pistola y se la pongo en la sien—. Tienes otra oportunidad para contestar.

—Tengo un mensaje de Palo.

—No mientas.

Entonces me doy cuenta de cómo me ha encontrado. Y de que lo más probable es que Palo esté muerto.

Joder.

El pavor se filtra desde el centro de mi pecho y fluye por mis venas, mientras yo sigo con la máscara puesta, aunque las consecuencias de lo que se avecina me estén matando por dentro.

Tiro del hombre para levantarlo y me apoyo sobre él, aplastándolo con todo mi peso. Un gemido de dolor sale de sus labios.

—¿Cómo tienes el valor de intentar seguirme a plena luz del día? ¿Es que no sabías a quién perseguías? —Chasqueo la lengua.

—Se suponía que no ibas darte cuenta de que estaba aquí.

—*Passons au français parce que tu ne peux pas être aussi stupide. Tu devrais travailler ton anglais.* —«Mejor seguimos en francés, porque no puedes ser tan estúpido. Deberías mejorar tu inglés».

—*Je déteste l'Amérique. Je ne reviendrai pas.* —«Odio Estados Unidos. No pienso volver».

—*Tu seras enterré ici si tu ne coopères pas.* —«Acabarás enterrado aquí si no cooperas».

—*Je devais signaler où tu étais et avec qui.* —«Debía informar de dónde estabas y con quién».

—*Et tu l'as fait?* —«¿Y lo has hecho?».

Los ojos de mi incompetente agresor brillan de miedo. Ya es demasiado tarde.

Y ese es el quid de la cuestión, para variar. Si hubiera seguido solo, no habría nada de qué informar. Este habría sido un día cualquiera de trabajo en mi antigua vida, pero ahora mis circunstancias han cambiado y está en juego algo mucho más importante. Esta mañana, tenía tiempo de sobra. Tiempo para intentar ayudar a Cecelia a entender el porqué de las decisiones que me han llevado al punto en el que estoy. Y, durante las últimas tres semanas, subestimé la libertad de seguir siendo un tipo cualquiera.

—¿Les has mandado fotos?

Él vuelve a asentir con la cabeza y hago todo lo posible para no partirle el cuello mientras lo mantengo inmovilizado y levanto su teléfono.

—*Quel est le mot de passe?* —«¿Cuál es la clave?».

Él me da un código de cuatro dígitos y, al abrir sus mensajes, veo un chat activo con un prefijo que me resulta familiar. Lleva dos días informando, ha enviado el último mensaje hace unos minutos y aún no le han contestado. Tomo nota de la frecuencia de estos y me guardo el teléfono. La rabia se apodera de mí al ver una fotografía de Cecelia en la puerta de la cafetería.

Lo dejo fuera de juego de un codazo para evitar que me quede cualquier marca en los nudillos que ella pueda ver. Una vez inconsciente, los dos pájaros a los que había confiado las labores de vigilancia, Oz y David, lo arrastran rápidamente hasta el asiento de atrás. Los observo atentamente mientras ellos lo meten el coche con nerviosismo, mirándome de vez en cuando. Los dos están bastante mazados y van vestidos con ropa normal, pero Oz lleva una puta cresta, algo demasiado llamativo y característico para este pueblo o para cualquier otro.

«¿Y esos son los reclutas más preciados de Russell?».

Ya le vale.

En cuanto cierran la puerta con el pasajero inconsciente dentro, me acerco a ambos, furioso.

—¿Por qué habéis tardado tanto en enviarme el mensaje?

Oz es el primero en hablar.

—No estábamos seguros...

—¿No estabais seguros? —Aprieto los puños para no estallar—. Don Descarado lleva aquí dos putos días —digo, mirándolos a ambos—. Yo no doy segundas oportunidades. No en este puesto. Identificadlo y sacadle información hasta que sepáis con seguridad si ha venido solo. Llamad a Russell y que mande a seis pájaros más, dos de ellos para reemplazaros a vosotros. Los quiero aquí hoy. Me importa una mierda cómo lo haga. Este imbécil seguirá bajo vuestra custodia y será vuestra responsabilidad hasta que yo lo diga. Como me falléis en esto, ¡os vais a la puta calle! —bramo.

No suelo amenazar a menudo con cortarle las alas a nadie, sobre todo si se las ha ganado, pero esta es una cagada muy grave que un tatuado nunca debería cometer.

Ambos asienten con la cabeza sin rechistar, sin duda por mi mirada asesina. Mientras vuelven al sedán, compruebo si hay alguien que pueda haber visto el espectáculo antes de regresar al Camaro. Una vez al volante, empiezan los pinchazos en el pecho y me paso la mano por la mandíbula.

El sol brilla a través de un nubarrón mientras un recién llegado coge un carrito en la entrada de la tienda. Lo más probable es que haya venido simplemente a por alguna herramienta eléctrica antes de continuar con la rutina diaria. Un tipo corriente.

La envidia me corroe mientras lo veo entrar con los hombros caídos.

Por primera vez en mi vida, he disfrutado de cierta sensación de normalidad y he perdido el tiempo autocompadeciéndome. He tenido la libertad de vivir como un hombre normal y corriente, aunque fuera de forma temporal, y no me he dado cuenta de lo valiosa que era para mí hasta que me la han arrebatado hace unos minutos. Sería facilísimo ignorar la distracción, la amenaza inminente, seguir ignorando el peligro un poco más para poder recuperar del todo a Cecelia. Pero, a partir de este momento, empieza a agotarse el tiempo.

Hago todo lo posible por dejar de comerme la cabeza e intento concentrarme en la tarea que tengo entre manos.

La cena romántica.

Cecelia se merece el esfuerzo. No solo se lo he prometido, sino que lo necesito para hacer algún avance con ella. Tenemos que volver a ser lo que éramos antes de seguir adelante. No pienso permitir que nada nos impida seguir avanzando. Guardaré este último secreto para que me dé tiempo a ganármela antes de que tengamos que capear otro temporal. Medio preocupado, medio enfadado, cojo el teléfono justo cuando me llega un mensaje de Russell: Sé que no es suficiente, pero lo siento mucho, tío. Te mando a dos directos de Tyler.

No respondo porque las disculpas no sirven de nada. Estos son errores que ya no podemos permitirnos cometer. No a estas alturas del juego.

Una vez más, las circunstancias incontrolables han decidido por mí. Enciendo el motor, apoyo la cabeza sobre el volante y respiro hondo.

Iré analizando las amenazas a medida que se presenten. Dispongo de un día o dos, como máximo, para aclarar las cosas, y pienso aprovechar cada segundo para hacerlo como es debido.

—*Putain de fils de pute!* —«¡Hijo de la gran puta!».

Doy un puñetazo en el salpicadero, pero me arrepiento de inmediato y me acaricio el punto en el que me he golpeado, aliviado porque no haya quedado ninguna prueba.

Exhalo lentamente, con el pecho agarrotado.

Tengo un libro que leer y una cena que preparar. Puedo hacerlo por ella. La tensión que siento en el pecho amenaza con apoderarse de mí mientras arranco y piso el acelerador para salir del aparcamiento.

Solo necesito un trago de ginebra.

19

Cecelia

Mientras sumo sobre el escritorio todos los tiques del día, saco el teléfono del delantal sucio y me encuentro con varios mensajes de Tobias: Odio este puto libro y mi pantorrilla se ha quedado preñada. Deberías castrar a Beau. Y: No hay Dios en el mundo capaz de hacerme renunciar a ti, ¿te enteras?

Nunca se había expresado de forma tan emotiva en un mensaje de texto y, definitivamente, demostrar así sus sentimientos no es propio de él. Algo va mal, y las carreras excesivas junto con el incremento del consumo de alcohol en la última semana demuestran que el aislamiento está empezando a afectarle. Recorre armado el perímetro de la casa por las noches antes de cerrar la puerta, se asoma constantemente por las ventanas cuando cree que no estoy mirando y su expresión solo se relaja considerablemente cuando recibe algún mensaje de los cuervos que tenemos asignados. Está claro que, ahora mismo, tiene miedo de algo. No sé si es la necesidad de protegernos o la paranoia lo que le hace comportarse como un león enjaulado, aunque supongo que será una mezcla de ambas cosas. Es evidente que se preocupa más de lo que duerme. Hace dos noches, me estrechó entre sus brazos y me susurró «Vuelve conmigo», apestando a ginebra. Yo fingí que no lo había oído y todavía me remuerde la conciencia. Y, en estos momentos, está solo en casa leyendo una historia que en su día consideré una profecía y en la que se machaca a un personaje con el que lo identifico, sin duda sintiéndose dolido e insultado. La culpa me atenaza mientras sigo leyendo sus mensajes: Esta no es nuestra historia, Cecelia. ¡Esta no es nuestra puta historia!

Le envío un mensaje, con la esperanza de minimizar los daños: Llegaré pronto a casa. Estoy haciendo las cuentas. Solo es un libro, Tobias.

¿Tobias?

¿Tobias?

Al no obtener respuesta, marco su número, pero salta el buzón de voz. Presa del pánico, dejo las cuentas y corro hacia el Audi, temiendo lo que me espera. Le he dado demasiada importancia a ese libro que lo pinta claramente como un villano egoísta y egocéntrico, que es como lo he visto durante muchísimo tiempo. Desde que ha llegado, ha estado casi todo el tiempo luchando contra alguna cosa, contra algo latente que todavía no ha verbalizado porque yo no he estado dispuesta a hablar con él. Parece tener más días «malos» que buenos y estoy segura de que es debido al aislamiento. A eso y al hecho de que prácticamente ha abandonado la hermandad, su razón de ser, lo que ha definido su identidad como persona durante más de dos décadas, para jugar a las casitas conmigo. Ahora solo vive para mí y yo no le he dado prácticamente nada a cambio. Por muy fuerte que sea, esta transición está acabando con él. Le dije que quería un rey, no un cobarde, pero ¿y si esa exigencia le ha impedido abrirse conmigo?

No hay nada que me afecte más que verlo así de vulnerable, a ese hombre antes inexpugnable con el que tuve que pelearme para conseguir arrancarle frases completas, para que me demostrara algo más que una cruel indiferencia. Lo que más me gusta de él no es su físico, ni la atracción sexual que sentimos el uno por el otro —aunque su potencia no ha disminuido lo más mínimo—, sino lo que me dejó entrever en su día, el hombre romántico que descubrí en el claro y la relación que forjamos a partir de entonces. Es su amor por sus hermanos y su compromiso con la causa lo que mina mi voluntad de hierro día tras día. Su humanidad, su empatía, sus defectos y el hecho de que me haya elegido a mí, que yo sea la única mujer en la que confía lo suficiente como para revelar esa faceta suya, algo que hace que mi sentimiento de culpa aumente todavía más.

Le he exigido que sea el hombre que conocí cuando, en muchos aspectos, yo no soy la misma mujer. ¿Es una hipocresía por mi parte pensar que los últimos años no lo han cambiado? Porque, a estas alturas, desde luego yo no puedo decir lo mismo. Me dijo que se había encerrado en sí mismo tras la muerte de Dominic y que se había convertido en una especie de autómata. Pero su sinceridad actual, el hecho de que me esté dando tanto en tan poco tiempo, me hace saber que en su interior está pasando algo mucho más inquietante de lo que me ha contado.

Voy a toda velocidad hacia casa, ansiosa y con el corazón desbocado. Tomo la última curva de la carretera y de repente lo veo, corriendo en vaqueros y..., ay, Dios.

—Pero ¿qué coño hace? —Reduzco la velocidad para ponerme a su lado y bajo la ventanilla, mientras Tobias corre como si tuviera un petardo en el culo, con las cintas rosa fucsia de mi delantal atadas a la cintura. Está cubierto de sudor y tiene media cara y el pelo cubiertos de algo que parece... harina—. ¿Qué leches estás haciendo? —Tobias solo deja de correr cuando vuelvo a llamarlo por su nombre, como si estuviera en una especie de trance, superconcentrado en algo que no forma parte del presente. Me hago a un lado, salgo del coche y una ráfaga de viento me azota la cara. Cuando me acerco a él, me doy cuenta de que se está congelando, tiene la piel aceitunada enrojecida a causa del frío y apesta a ginebra—. ¿Estás borracho? Creía que teníamos una cena romántica.

—Estoy… *Trésor*… —Tobias agacha la cabeza y me abraza, enterrando la cara en mi cuello—. No podía seguir allí.

—¿En mi casa? ¿Por qué estás borracho?

—No estoy borracho…, bueno…, solo un poco. Da igual.

—Sube al coche, Francés, tienes la piel congelada.

Él ignora mis órdenes y se aleja de mí.

—Me estás comparando con este tal Ralph —murmura entre dientes, asqueado.

—Tobias, solo es un libro.

—Nosotros no somos así.

—Ya lo sé.

—*J'ai été égoïste, mais j'avais mes raisons. Il y a une raison à tout ce que je fais. Et si c'est notre histoire, sache que je suis ici pour te donner, pour nous donner, une meilleure fin.* —«He sido un egoísta, pero tenía mis razones. Siempre hago las cosas por alguna razón. Y si esa es nuestra historia, que sepas que estoy aquí para darte un final mejor. Para dárnoslo a los dos».

Enfurruñado, va hacia la puerta del copiloto del Audi y se deja caer en el asiento, antes de cerrar de un portazo. Aprieto los labios para disimular la gracia que me hace su extraña rabieta, me acomodo en el asiento del conductor y pongo la calefacción a tope, orientando hacia él las rejillas de ventilación. Tobias se queda allí sentado y rabioso, como un niño al que acaban de regañar, rechinando los dientes y mirando hacia otro lado. Apretando los labios, pongo el coche en marcha, mientras él sigue hablando.

—Nunca he metido a ninguna mujer en esto por una puñetera razón, además de que era pedirles demasiado a largo plazo. Fin de la historia. Pero lo que nos está pasando ahora, el rencor que me guardas es el porqué. Esa es una de las razones por las que los castigué tan duramente por haberte metido en esto.

—Estás exagerando y tomándotelo como algo personal.

—No me queda más remedio —replica. Luego permanece en silencio mientras recorro los escasos kilómetros que nos separan de casa, pero puedo sentir el fragor de la batalla que se está librando en su interior, la tensión que se masca en el habitáculo y que emana por cada poro de su piel impregnada en ginebra. Cuando llegamos, me pone una mano en el muslo para impedirme salir del coche mientras me mira a los ojos, atormentado—. La única razón por la que creo que Dios existe es porque tú también lo crees. No te imaginas cuántas veces he querido volver contigo…

—¡No quiero escuchar eso! —Exploto, sorprendida por mi propia rabia.

—¡Ya te dije por qué no podía!

—¡Eso no cambia nada!

Tobias cambia de tema, como si tuviera demasiadas cosas en la cabeza.

—¿Collin era tu Luke? En el libro, Meggie se casa con un hombre al que no ama. Alicia era mi Luke. Yo no la amaba. No podía hacerlo.

—En cierto modo, sí, pero no se puede generalizar de ese modo con las relaciones.

—¿Qué sabré yo de relaciones? —dice él, pronunciando esa última palabra con desagrado—. ¿Que me he pasado la mayor parte de mi puta vida evitándolas? Sé cómo tratar a una mujer, eso es… de sentido común. Sé cómo follármelas, pero nunca me había permitido tener nada real con ninguna mujer… hasta que llegaste tú. —Tobias traga saliva y sacude la cabeza con ironía—. Instintivamente, siempre supe que si perdía la cabeza por alguna mujer sería una putada para todas las partes implicadas. Y tenía razón. Tenía toda la puta razón. —Me aprieta el muslo con más fuerza—. Y entonces te perdí.

El dolor y el alivio causados por su confesión hacen aflorar mis propios sentimientos encontrados sobre lo nuestro. El dolor empieza a ganar terreno mientras lucho contra el impulso de arremeter contra él, pero está diciendo la verdad. Esa es nuestra naturaleza, la forma en la que empezamos y toda la resistencia que vino después, mientras luchábamos contra el deseo y contra una necesidad cada vez mayor. Pero el resentimiento gana.

—No me perdiste. Me rechazaste cruelmente, a conciencia —le recuerdo—. Me obligaste a marcharme.

—¡No tuve más remedio! ¡Ni siquiera podía protegerme a mí mismo! —Maldice en inglés y en francés mientras interpreta mi expresión—. ¿He llegado demasiado tarde? —Me mira durante unos segundos antes de darle un puñetazo al salpicadero con los ojos enrojecidos y la mirada perdida.

—¿Cuánto has bebido?

—¡No lo suficiente! —Me encojo y él niega con la cabeza—. Joder. Lo siento. No te asustes. ¡Por el amor de Dios, deja de tenerme miedo! —Tobias se baja del coche y lo rodea para tirar de mí y sacarme del asiento del conductor mientras cojo el bolso. Me mira esperanzado, acariciándome—. Tengo una sorpresa para ti.

«Y yo un puto esguince cervical».

Puedo sentir perfectamente la angustia que hay en su interior, su desesperación por cambiar las cosas ahora mismo, sin esperar más. Está borracho como una cuba, pero todos esos sentimientos le están saliendo de dentro. Siento su dolor, su culpa, su malestar por nuestra situación y mi resistencia a abrirle las puertas de par en par.

Y, precisamente por eso, mi rey recién retornado se está viniendo abajo.

Me lleva hacia la casa y, una vez dentro, me inmoviliza contra la puerta y cierra el pestillo detrás de mí.

Uno, dos, tres.

Baja la mirada, avergonzado, al ver que me he fijado en lo que acaba de hacer.

—Todo empezó cuando murieron mis padres y tenía que dejar solo a Dominic en casa. Tenía que asegurarme de que estaba a salvo. Racionalmente, sé que es una falsa sensación de seguridad, pero da igual. En cierto modo, contar me ayuda.

Cuando contar no es suficiente, correr me permite calmar la mente. Y, a veces, fumar me viene bien, entre las carreras y el primer trago de ginebra. —Cuando levanta sus ojos volátiles hacia los míos, mi corazón está a punto de estallar—. ¿Lo entiendes?

Asiento con la cabeza, sin parpadear.

—Es un trastorno nervioso y no hay por qué avergonzarse de ello. Lo siento si alguna vez te he hecho sentir incómodo al sacar el tema.

—Es… —Tobias suspira con resignación—. A veces se apodera de mí.

Le acaricio la mandíbula y él posa una mano sobre la mía, como si necesitara desesperadamente tocarme. El dolor de mi pecho se agudiza.

—Es ansiedad derivada de una época muy dura y traumática de tu vida. Cuando estoy más estresada es cuando tengo los peores sueños.

—Empeoró muchísimo cuando te rechacé —reconoce, cerrando los ojos—. Correr, fumar, beber ginebra…, ya nada me ayuda. Ven.

Me agarra de la mano que está sosteniendo y me arrastra hacia la cocina, que está hecha un desastre. Sobre la encimera hay unas chuletas de ternera quemadas, una botella de ginebra vacía y dos más de Louis Latour. Todas las superficies están llenas de recipientes y cubiertos sucios, y es como si Tobias se hubiera peleado con un saco de harina y hubiera perdido. Arrugo la nariz, evaluando los daños.

—¿Has fumado en mi cocina?

—Solo un cigarro —responde, levantando dos dedos.

—No quiero que fumes en mi casa.

—En «tu» casa —repite como un loro y me doy cuenta de que eso le ha dolido. Tobias mira hacia los fogones—. Te he hecho la cena —dice, frunciendo el ceño—. Bueno, la cena se me ha quemado, ¡pero tengo esto! —exclama, cogiendo una botella vacía de Louis Latour de la encimera, antes de echar tres gotas en una copa y ofrecérmela—. Te he guardado un poco.

Lo miro y me muerdo los labios para contener la risa, mientras él agacha la cabeza, desolado.

—No era así como se suponía que debía ser. Nada debía ser así. Perdóname.

Echo un vistazo al libro que acaba de destrozar, que está tirado justo debajo de un arañazo nuevo en la pared. Él sigue mi mirada.

—Otro que pasa a mejor vida —digo, suspirando.

—No es igual —dice él, negando con la cabeza—. Lo nuestro no es igual. Nunca lo será. No me gusta nada tu punto de vista.

—Lo único que veo ahora mismo es a un francés borrachísimo, cansadísimo y estresadísimo que ha tenido un mal día y necesita dormir la mona. —Entonces me doy cuenta de que falta el otro francés de mi vida—. ¿Has dejado a Beau dentro antes de huir?

Él abre los ojos asustado y sale corriendo de la habitación. Al cabo de un instante, oigo las protestas de Beau por haber sido abordado. Acto seguido, Tobias entra con el perro en la cocina y me lo entrega sosteniéndolo en las palmas de las manos, como si fuera un trofeo.

—Está aquí. —Cojo a Beau en brazos y el perro, confuso, me lame la boca. Lo saludo con un susurro mientras Tobias nos mira a los dos, chasqueando la lengua—. Tengo celos de un puto perro.

Niego con la cabeza, incapaz de disimular una sonrisa, y echo un vistazo a la cocina.

—Parece que has tenido un día muy productivo. Te agradezco el detalle.

—No es que me aburra —dice en voz baja—. Es que me estoy... adaptando. —Se pone delante de mí y me acaricia la mandíbula con los nudillos—. No creía que fuera posible echarte más de menos que antes de llegar aquí, pero es así. Y me muero por follar contigo. —La desesperación de su declaración y el tono que usa resultan cómicos, pero su contenido me duele en el alma.

—Caray. Vale. Un punto por tu sinceridad.

Tobias me agarra de la mano y Beau gruñe a nuestros pies. Tobias le responde con otro gruñido.

—Yo la vi primero, cabrón.

Le levanto la barbilla con el dedo, mientras él se enzarza en una pelea de gallos con mi perro.

—¿No crees que es mejor que te vayas a dormir la mona y ya hablaremos por la mañana?

Tobias entrelaza los dedos con los míos.

—No quiero ser tu espina, Cecelia.

—Lo sé.

—Soy todo tuyo.

—Ya —susurro, mientras seguimos de pie en medio de la cocina arrasada—. En todo tu esplendor.

Él frunce el ceño.

—La he cagado. Pensaba seducirte con una copa de vino, una buena cena y un orgasmo —murmura Tobias con sus labios carnosos, que resultan tentadores incluso en ese estado—. Quería que recordaras el buen equipo que hacemos. Quiero complacerte, como hacía antes. Antes me lo permitías.

—Yo diría que ya has hecho suficiente por hoy.

—Esto tiene que acabar. Tienes que enfrentarte a mí.

—Te estoy mirando a los ojos.

Él pone la palma de la mano sobre el lugar donde está su corazón y me mira fijamente.

—Lo siento —dice, angustiado.

—Lo sé. —Bajo la mirada hacia la mano que acaba de posar sobre su pecho musculoso, parcialmente cubierto por mi delantal rosa fucsia manchado de carmín, y lo levanto para inspeccionar una quemadura de aceite con muy mala pinta—. ¿Te duele?

—Deja eso y mírame. —Cuando lo hago, me topo con unos ojos anhelantes—. Quiero vivir contigo.

—Ya vives aquí.

—Existo aquí, pero podemos construir aquí juntos nuestra vida, si es lo que deseas. Haré lo que quieras. Vuelve a soñar conmigo, Cecelia. Sueña mil sueños más conmigo y haré que todos se hagan realidad. Ahora sí puedo hacerte promesas. Unas que antes eran imposibles.

—Tobias…

—¡No quiero ser tu puñetera espina, ni la luna por la que lloras!

Su arrebato me hace dar otro respingo y él cierra los ojos antes de pasarse las uñas llenas de harina por el pelo, tiñendo de blanco algunos de sus mechones de ónice.

Entorno los ojos sopesando sus palabras, sus actos, su desesperación.

—Esto no es solo por el libro. ¿Qué es lo que no me estás contando?

Parece atormentado. Incluso bajo las intensas luces de la cocina, puedo ver las tortuosas sombras del pasado cerniéndose sobre él.

—Dime que aún es posible, Cecelia. Dime que no es demasiado tarde.

—Vete a dormir la mona. Ya hablaremos cuando estés sobrio.

—Me resulta difícil contarte mi vida de forma que lo entiendas.

—Lo entiendo perfectamente.

Él niega con la cabeza, como si no me comprendiera. Luego me suelta la mano y se recuesta contra la alacena, antes de sentarse en el suelo.

—Quiero contarte tantas cosas…

—Soy toda oídos.

—No me estás dejando entrar en tu corazón y, hasta que no

lo hagas, no podrás escucharme de verdad. —Tobias cierra los ojos y se queda callado un buen rato. Por un momento me da la sensación de que se ha desmayado, hasta que vuelve a hablar con los ojos entornados—. Aquella mañana en la casa de Roman, el día que te confesé mis sentimientos, dijiste que Dom había dicho algo sobre nosotros..., sobre ti y sobre mí. —Tobias clava sus ojos brillantes en los míos.

Asiento con la cabeza, con los ojos llenos de lágrimas.

—Te lo diré mañana, para que puedas recordarlo.

—Yo nunca olvido nada. ¿Es que no lo entiendes? —Se tira del pelo, con el rostro desencajado por la agonía—. Mi mente no me deja hacerlo —dice, con un nudo en la garganta—. Mañana no me atreveré a pedírtelo —susurra con voz ronca—. Por favor, entiende que no puedo pedírtelo otra vez.

—De acuerdo. —Me agacho para arrodillarme frente a él y mirarlo a la cara. Es el rostro de un hombre atormentado, no el del hombre confiado que conocí—. Entonces te lo diré sin que me lo preguntes. Pero deberías saber que él quería que fueras feliz.

—¿Crees que eso es posible?

—Creo que ahora estás alterado y que no es un buen momento para que hablemos —le respondo. Vuelvo a agarrarle la mano y le beso las ampollas de la piel quemada.

—Todavía me amas —susurra, observándome con atención—. Pero no quieres seguir haciéndolo —añade, afligido, antes de acariciarme los labios con el pulgar—. *Tu es si belle.* —«Eres preciosa»—. Nunca pensé que te encontraría y, cuando lo hice, no eras mía.

Niego con la cabeza.

—No me gusta nada admitirlo y ojalá dejaras de obligarme a hacerlo, pero siempre he sido tuya.

—Pero tú los amabas de verdad.

Asiento con la cabeza.

—Dime todo lo que tengas que decirme, Tobias.

—¿Quieres que te diga todo lo que pienso? Créeme, es mejor que no lo sepas.

—Me lo prometiste —le recuerdo, en tono de advertencia.

—¿Qué quieres que te confiese? —Sus cejas dibujan una profunda uve—. ¿Que tengo miedo de que cada día que me despierte a tu lado, cada vez que follemos o hagamos el amor, me sienta culpable? ¿De que cada día que viva esta vida contigo, me odie un poco más?

—No puedes...

—Cuanto más intento olvidar, más se niega mi cabeza a permitírmelo. Hay muchas cosas que desconoces. La mayor parte de la vida que he vivido sin ti. Viví sin ti treinta y un años de mi vida y mi hermano estaba ahí, mi hermano... —Tobias traga saliva—. Él estuvo conmigo casi todo ese tiempo... No puedo superarlo. Dom... —Es incapaz de seguir hablando al pronunciar su nombre y se me parte el corazón. Sigue llorándolo como si acabara de perderlo—. No hay escapatoria.

—¿Qué quieres decir?

—Todo esto habría sido muy diferente si les hubiera hecho caso, joder —declara, con voz quebrada—. Es imposible que no pienses en eso. Sé que lo haces. En el futuro que podrías haber tenido con alguno de ellos, o con los dos, si yo no me hubiera interpuesto. Me mata que tal vez aún pienses en eso. Que sueñes con ello. No puedo... Esta sensación... Dios, estos celos que todavía siento de vez en cuando están acabando conmigo. Vi cuánto los querías y, aun así, lo hice. Lo hice. Seguí adelante y me impuse a la fuerza como el hombre de tu vida por lo mucho que te deseaba. Jodí a mis hermanos, jodí a todo el mundo. ¿Y sabes lo que conseguí? Jodernos a todos, incluso a nosotros. —Levanta la barbilla desafiante y sé que puede ver a su némesis reflejada en mis ojos—. A lo mejor no debería desear tu perdón. A lo mejor lo que necesito es que sigas castigándome. Porque no merezco que me perdones, Cecelia. No está bien que yo esté contigo, mientras mi hermano se pudre bajo tierra, maldita sea

—Tobias recoge algunas de las páginas que están esparcidas por el suelo con la mano que le queda libre y las levanta entre ambos—. Puede que odie esto porque es la verdad —declara, estrujando las páginas en la mano.

—¿Lo has terminado?

—Sí —dice, negando con la cabeza—. Quiero ofrecerte una historia mejor. Ojalá pudiera ofrecerte un hombre mejor. Mi hermano era el mejor de todos.

—Tobias...

—Simplemente dime si he llegado demasiado tarde, dime la verdad.

—¿La verdad? Ni que me hubiera servido de algo contigo en el pasado —le suelto.

—¡Me trajo hasta aquí! —ruge—. Me trajo hasta aquí. Pero quiero que me cuentes la parte desagradable, Cecelia. Lo necesito. Cuéntamela, joder, así al menos sabré a qué atenerme contigo.

—Nunca has llevado bien la honestidad, Tobias.

—¡Lo necesito!

—Estás borracho.

—¡Estoy destrozado! Y tú me acusas de ser un cobarde. Pues mira quién habla, Cecelia. Deja de darle la espalda a esto.

—¡Tu egoísmo es imperdonable! ¿Es eso lo que quieres oír? Y tal vez no quiera perdonarte por los años que pasé llorando por ti, soñando contigo, o por el infierno que soporté hace ocho meses, rogándote que vieras lo que estaba tan claro para los dos. Me alejaste para aliviar tu propia culpa, tu dolor y tus miedos, sin tener en cuenta para nada lo mucho que sufrí sola. O, si lo hiciste, eso no bastó para evitar que volvieras a hacerme daño. Si me cuesta tanto perdonarte, es por eso. Y lo que estás haciendo ahora es igual de egoísta.

—Lo sé, Cecelia, pero no existen las palabras mágicas. No hay gestos lo suficientemente grandiosos, ni actos lo bastante buenos para compensar lo que os hice a ti, a él y a Sean. En su día no fui capaz de superarlo para volver contigo y tampoco soy capaz de hacerlo ahora. Así que puede que necesite que sigas castigándome —dice, con un nudo en la garganta—. Quizás sea la única forma de aceptarme a mí mismo. Soportaré que me castigues cada puto día durante el resto de mi vida, con tal de estar contigo. Haré lo que sea. —La emoción vuelve a abrumarlo—. Y por mucho que bromeemos sobre esta situación, para mí está siendo un verdadero infierno. Te quiero, Cecelia, pero duele de cojones. —Tobias baja la mirada y suspira, derrotado. Rebuscar entre todo lo que acaba de confesar resulta inútil. Como siempre, acabo con las manos vacías, mientras él baja la vista para contemplar el dorso de mi mano y acariciarme la piel con el pulgar antes de besarla—. ¿Cerrarás la puerta tres veces si me voy a dormir?

—Sí.

Tobias deja caer los hombros, aliviado, mientras se recuesta contra el armario y suelta las hojas, que se desparraman por el suelo.

—Gracias.

Empieza a desvanecerse, con la cabeza ladeada, mientras se desliza por la puerta.

—Tobias. —Le doy un empujoncito y él abre los ojos por unos instantes antes de volver a desenfocar la mirada—. No me jodas. Por el amor de Dios, Francés. Cabrón tarado. Al menos colabora un poco para que pueda llevarte a la cama.

Tras muchos esfuerzos, entre pasos comatosos, un francés ininteligible y varios sustos en forma de arcadas, consigo tumbarlo boca abajo en la cama y ponerme a limpiar la cocina.

Al salir de la habitación, me fijo en el tablero nuevo de ajedrez que ha dejado en el salón, junto a la chimenea. Hay docenas de rosas de colores por todas partes, metidas en jarrones y tarros de cristal. Está claro lo que pretendía esta noche. Quiere que recuperemos lo que teníamos. Esa realidad hace que se me ponga un nudo en la garganta, lo cual indica que el sentimiento es mutuo. Pero, después de tantos años separados —en cierto modo, toda una vida—, sigo sin atreverme a abrirme del todo, por lo fácil que le resultó dejarme marchar la última vez que nos separamos. Me detengo al lado del tablero y estudio las piezas nuevas, casi idénticas a las de mi padre. Con el corazón encogido, vuelvo a dejar el rey en su sitio y voy hacia la cocina.

Estoy en plena faena cuando Beau empieza a gemir para que lo suelte. Cuando abro la puerta de atrás, me quedo boquiabierta y el corazón me da un vuelco. Colgadas sobre el jardín, hay varias hileras de lucecitas que se entrelazan de forma intrincada, sujetas por varios postes de madera. Y no son unas luces cualquiera. Se encienden y se apagan, emitiendo un destello inconfundible de color verde amarillento pálido.

Luciérnagas.

Ha intentado recrear nuestro santuario.

En algún momento, entre sus pensamientos acelerados, el último trago de ginebra, una cantidad excesiva de Louis Latour y la lectura de *El pájaro espino*, los planes de su cena romántica se habían ido al traste. Yo había dado demasiada importancia a ese libro y creía que reflejaba la historia de mi vida y de nuestra relación. Pero Tobias tiene razón, esa no es nuestra historia. Y, por primera vez desde que él ha regresado, abro mi pobre corazón a la posibilidad de que podamos escribir una mejor.

La imagen de esas luces parpadeantes bajo el cielo estrellado me llena de esperanza. Aunque apenas hemos empezado a solucionar nuestros problemas, lo cierto es que nos interrumpieron, nos arrebataron las páginas que aún no habíamos escrito incluso antes de que tuviéramos la oportunidad de vivirlas.

A pesar de todo lo que hemos perdido, él sigue creyendo en nosotros, en nuestra relación, en la magia, porque yo se lo he pedido.

Mientras el resto de sus sentimientos se hacen evidentes, se me llenan los ojos de lágrimas. Me adentro en la gélida noche y visualizo mi primer sueño. Un sueño que hace tiempo le prohibí a mi corazón imaginar. El chapoteo de las olas del mar a nuestros pies mientras caminamos por la playa, a salvo, en un lugar lejano que puedo imaginar claramente porque lo he visto. Y entonces respondo en voz alta a su pregunta.

—Es posible, Tobias. Es posible.

Después de hacer entrar a Beau y tras echar un último vistazo a las luces, cierro la puerta y giro tres veces el cerrojo.

20

Tobias

Veinticuatro años

El molesto rugido de un motor suena acompañado por un ofensivo toque de claxon mientras Dom entra a toda velocidad en la terminal. Consigo sofocar una sonrisa incipiente frunciendo el ceño justo cuando el reluciente deportivo entra en mi campo de visión. Le ha llevado casi dos años restaurarlo desde cero. Se detiene derrapando a medio metro de distancia, con los cristales tintados bajados y una sonrisa agresiva y segura. El mero hecho de verlo hace que mi agitación desaparezca y recojo el equipaje del suelo mientras él me hace un gesto con la mano para que espere un momento y saca una cartulina en la que pone: «Giorgio Armani».

—Muy gracioso —digo—. Y llegas veinte minutos tarde.

—Me bajo de la acera, abro la puerta del copiloto y dejo el equipaje entre los dos antes de subirme al coche y echar un vistazo al interior, sin poder disimular lo impresionado que estoy—. Esto es una puta pasada.

Sus ojos brillan de orgullo ante mi reacción.

—Acabo de recogerlo del taller de chapa y pintura, por eso he llegado tarde. Eres mi primer pasajero. Lo he hecho aposta.

Le acaricio la nuca, lo atraigo hacia mí y aprieto mi frente contra la suya.

—El MIT. Estoy muy orgulloso de ti, hermanito. —Una amplia sonrisa poco común se dibuja en su rostro y se abandona fugazmente a nuestro contacto, antes de apartarse.

—He leído muchos libros y me he vuelto inteligente.

Le devuelvo la sonrisa.

—¿Recuerdas esa conversación?

—Yo lo recuerdo todo.

—Aún sigo cabreado por haberme enterado por Sean de que te habían admitido.

Al igual que yo, Dom esconde bien sus cartas y solo las enseña cuando no le queda más remedio. Algo por lo que nos hemos enfrentado más de una vez, aunque estamos cortados por el mismo patrón.

—Tampoco es para tanto.

—Porque tú lo digas.

Dom se acomoda en el asiento y arranca, cortándole el paso a un taxi. Niego con la cabeza mientras él se ríe.

—En una semana te habrán quitado este puto trasto.

—Sean dice que no tardarán ni dos días.

—Apuesto por él.

Dom me mira, con el oscuro cabello alborotado por la brisa veraniega.

—Por cierto, ¿a quién coño intentas impresionar con esos trajecitos tan caros?

—Se llama ser adulto. Deberías probar alguna vez.

—Tus reglas no nos permiten llevar traje.

Y así es, porque vestir a los matones de traje es una tradición pasada de moda que, aunque puede imponer respeto, también llama la atención. Es un uniforme para hombres de una calaña diferente, con unos objetivos completamente distintos. Nosotros no somos unos putos matones, ni nada que se le parezca, aunque a menudo tengamos que actuar como tales. Nuestras motivaciones son completamente diferentes. Mis negocios me proporcionan una excusa para vestirme como quiera y eso forma parte de mi ilusión.

—¿Qué ibas a hacer tú sin tus botitas negras? —me burlo—. Además, tengo algo mejor en mente.

Dom levanta una ceja, metiéndose delante de otro coche mientras cambia de marcha y pisa el acelerador.

—¿Qué se te ha ocurrido?

—Pronto lo sabrás.

—¿Piensas pasar aquí todo el verano? —Su tono esperanzado me llega al corazón.

—Por supuesto.

—Bien, porque en tres meses yo también me iré al extranjero —murmura.

—Boston no está en el extranjero.

—Para mí, sí —responde, pensativo—. Nunca he salido de Triple Falls.

Esa verdad me escuece, pero necesitaba que se quedara aquí y creo que su resentimiento está empezando a desaparecer porque sabe que es verdad. Sin él, no habríamos llegado tan lejos en tan poco tiempo. Es como si me leyera el pensamiento.

—Puedo pasar de ir —dice tranquilamente. Demasiado tranquilamente—. No hay problema, ya lo sabes. La matrícula es cara y...

—No. Cuanto más tiempo te quedes en Triple Falls, más seguirás pensando como un pueblerino. La universidad será un punto de inflexión para ti. Al principio te sentirás incómodo, pero te vendrá bien y, en el fondo, estás deseando ir. Sean sobrevivirá sin ti unos cuantos años. Y no te preocupes por la matrícula, eso déjamelo a mí.

Dom asiente discretamente.

—Mírame, Dom. —Él desvía la mirada un momento para hacerlo—. Ahora te toca a ti. —Un breve destello de emoción ilumina sus ojos antes de que vuelva a posarlos sobre la carretera—. Y, mientras estés allí, afloja con el otro curro. Es una puta orden.

—Estoy siendo prudente. Y tengo que admitir que me gusta lo que estamos haciendo —dice, esbozando una sonrisa ladeada—. Es un subidón.

—Ya te digo —comento, también sonriendo—. Pero córtate un poco para poder concentrarte.

—A sus órdenes, capitán —se burla, haciendo un saludo militar—. ¿Qué tal por París?

—Como siempre.

Dom pisa a fondo el acelerador del Camaro en cuanto entramos en la autopista, dando rienda suelta a todos los caballos que tiene bajo el capó. Me guardo la reprimenda paternal que tengo en la punta de la lengua y le permito darse el gusto mientras disfruto del viaje, como hermano suyo que soy. Durante este último año, como he pasado más tiempo en Triple Falls que fuera, hemos estrechado lazos y fortalecido el club, al tiempo que poníamos en marcha nuestra estrategia.

Al igual que Sean y Tyler, Dom se ha convertido en un hombre con carácter propio, quizás con más que los otros dos, un hombre al que respeto y admiro. El hecho de que todavía tenga que volver a Francia cada seis semanas para satisfacer a Antoine y mantenerlo a raya me molesta bastante, pero también tengo mis propios motivos para estar allí. Nuestra primera sección internacional sigue creciendo con la incorporación de algunos parientes que he conseguido encontrar y que han demostrado su valía.

Y Éxodo, la empresa, lo está petando.

Contemplo el perfil de mi hermano, asombrado por el cambio que ha experimentado. Ya no queda ni rastro de aquel niño asustado por la varicela. Se ha vuelto todavía más atrevido, intrépido, astuto y arrogante, tanto que esto último ha acabado convirtiéndose en un rasgo de su carácter. Sabe perfectamente quién es, algo que me llena de orgullo porque, a su edad, yo tenía una pequeña crisis de identidad. Dom se da cuenta de que lo estoy observando y me mira. Su siguiente pregunta es más bien una exigencia.

—Háblame de Francia.

—No hay nada que contar. No seas curioso. Y no pierdas el tiempo.

—¿Qué tiene contra ti? —Es un tema que él ha abordado en más de una ocasión y del que me niego a hablar. Pero tengo que darle algún dato, o seguirá insistiendo.

—Que soy joven. Solo es un recurso que podríamos necesitar más adelante. Lo tengo controlado, pero que quede claro: mis asuntos con él no tienen nada que ver con lo nuestro. Nada de nada. Soy yo el que debe ocuparse de esta mierda, no tú. Como se te ocurra meterte en medio alguna vez, tendremos un problemón. Así que déjalo de una puta vez.

Las fosas nasales de Dom se dilatan conforme pasan los segundos y me molesta que ya nos hayamos enfadado. Pero entiendo por qué no piensa olvidar el tema y yo sería igual de inflexible si pensara que podría suponer una amenaza para él. Quiere cubrirme las espaldas, pero me niego a que lo haga. Me recuesto en el asiento y cambio de tema porque no quiero que sepa lo mucho que me pesa esta apuesta en particular. Aunque Antoine se está volviendo cada vez más predecible, lo que hace que su presencia en mi vida sea menos preocupante.

—¿Qué planes hay para esta noche? —le pregunto. Dom hace una mueca y me mira . ¿Qué?

—Sean y yo hemos quedado.

—¿Con quién?

—Con una chica con la que salimos…

—¿Los dos?

La tratamos bien.

—¿De verdad te pone esa mierda? —Dom aprieta los dientes y sé que nunca nos entenderemos en eso. Él es muy diferente en lo que respecta a las mujeres. Para mí, son una vía de escape, un refugio a corto plazo. Para él, no lo tengo muy claro. Pero me da la impresión de que, por el momento, son meros juguetes y yo no lo crié para que pensara así—. Tú sabrás, hermano, pero recuerda lo que te voy a decir: probablemente llegue un día en el que te arrepientas. ¿Y qué pasa con Tyler?

—El soldadito viene esta noche para salir. Es una suerte que lo hayan destinado tan cerca.

—Pues sí, pero no necesito ninguna niñera mientras vosotros pilláis cacho.

Él sonríe.

—¿Y qué vas a hacer?

—He quedado con Eddie en un bar del centro. Vamos a informarnos del precio.

—¿Una nueva sede para el club?

—Algo así.

Dom niega con la cabeza.

—Demasiado trabajo y poca diversión. Eres un puto coñazo. A lo mejor va siendo hora de que te busques una Helena.

Nos miramos durante un buen rato.

—No hay ninguna Helena para mí.

Él se encoge de hombros.

—Si tú lo dices. Bueno, ¿cuál es el siguiente paso?

—Compraremos Boardwalk, Park Place y cualquier otra propiedad a la que Roman no le haya echado ya el guante. Es hora de invertir en ladrillo.

—Lo estamos consiguiendo de verdad —dice Dom, quitándose por un momento la máscara, incapaz de disimular su entusiasmo. En los últimos años ha adoptado cierto aire intimidatorio y reservado, algo que, por otro lado, es necesario para nuestra causa.

—Lo estamos consiguiendo —afirmo, con el pecho hinchado de satisfacción—. Pero necesito que tú, Tyler y Sean estéis libres a medianoche.

—¿Qué pasa a medianoche?

Vuelve a escucharse el zumbido de la pistola de tatuar mientras Tyler se quita la camiseta con una mano y se acomoda en la silla que está al lado de Sean. Dom se acerca al sitio en el que yo estoy sentado, con un poco de ungüento en el brazo. Las plumas de tinta oscura se ven a través del plástico transparente, junto con algunas manchas de sangre. Tanto él como Sean y Tyler han pedido más tinta. En sus labios se dibuja una sonrisa mientras se mira el brazo con evidente orgullo.

—Tú puedes quedarte con las corbatas de seda, hermano, ir a currar con esto mola muchísimo más —dice, sonriendo y mirando mi traje nuevo—. Es una pena que tú no puedas…

—Tobias, te toca, tío —dice Jimmy, el dueño de la tienda, haciéndome señas para que me acerque a la camilla vacía que acaba de desinfectar. Dom me sigue mientras me quito la americana y me aflojo la corbata.

—¿No están mal vistos los tatuajes en el club de campo? —me pregunta mientras me saco la camisa del pantalón y empiezo a desabrocharla. Jimmy pone el boceto delante de ambos, bajo la luz de un flexo, y yo lo examino detenidamente antes de asentir con la cabeza y responder a Dom.

—Solo si pueden verlos. Y odio el puto golf.

Mi hermano estudia con detenimiento el pájaro con las alas extendidas, mientras su emoción disminuye considerablemente al ver ese tatuaje tan diferente. Cualquier otro cuervo lo habría malinterpretado como una demostración de superioridad, como un indicativo de mi posición en la jerarquía, pero Dom es demasiado listo y sabe que no es una cuestión de ego. Esperaba poder ocultarle esta parte hasta que todos hubiéramos acabado de tatuarnos.

Temiendo lo inevitable, maldigo en voz baja. Sean y Tyler perciben el cambio de ambiente y dejan de charlar para prestarnos atención, mientras Dom empieza a temblar de rabia.

—No empieces —le advierto cuando se pone a ir de aquí para allá delante de mí.

—¿Este va a ser tu tatuaje, tío? —me pregunta Tyler, mirando el boceto—. Es una puta pasada.

—Es una puta prueba incriminatoria, eso es lo que es —dice Dom, negándose a dar el brazo a torcer. Tyler y Sean me miran con el ceño fruncido, mientras me dirijo a mi hermano.

—Esto no es negociable.

Dom sacude la cabeza obstinadamente.

—De ninguna manera, hermano, estamos juntos en esto.

Suspirando, levanto la barbilla hacia los dos tipos que están tatuando a Sean y a Tyler, y el zumbido se detiene antes de que abandonen la sala para salir a la calle. Cuando ambos están ya al otro lado de la puerta con sendos cigarros encendidos, Sean se levanta de la silla y se enciende uno propio, preparándose para interponerse entre nosotros, de ser necesario.

—Vale, ¿qué coño está pasando aquí?

Dom me mira enfadado, con los ojos entornados, señalándome con la barbilla.

—Creo que nuestro hermano intenta engañarnos con esta movida.

—Esto no es ningún engaño —digo, arrebatándole a Tyler la botella que hemos abierto hace una hora, cuando anuncié nuestros planes—. Es una celebración, hermanito —declaro, inclinando la boca de la botella hacia él—. Y tú te la estás cargando.

—Y una mierda —me suelta, rabioso—. Es tu forma de asegurarte de pagar los platos rotos.

—Ya está hecho —digo, haciendo un gesto con la mano—. Fin de la historia.

—Ni fin de la historia ni leches —dice Dom, negando con la cabeza, mientras Tyler vuelve a mirar el borrador de mi tatuaje para intentar descifrarlo. No tarda demasiado en hacerlo.

—De eso nada, tío, esto no mola nada. Si cae uno, caemos todos.

Cuando Sean también se da cuenta de lo que está pasando, se acerca a mí y me dirige una mirada igualmente acusadora.

—Pero ¿qué mierda es esta?

—Lo has diseñado tú así —gruñe Dom—. Todo es intencionado —dice. Yo le doy otro trago a la botella, sin mediar palabra—. ¿A nombre de quién has puesto hoy el bar? —me pregunta, negándose a claudicar.

—Al mío —dice Sean, en un tono tan acusador como el suyo—. Me llamó para firmar el papeleo. Y Tyler es ahora el dueño de los terrenos para nuestra guarida.

—Recibí por correo electrónico las escrituras la semana pasada —comenta Tyler.

Dom ata cabos en cuestión de segundos.

—Estás usando Éxodo como tapadera y estás poniendo todos los negocios legales a nuestro nombre, por si te pillan.

—Todas ellas son buenas decisiones empresariales —argumento—. Si me pasara algo a mí…

—Ni de puta coña —dice Dom, arrancando el boceto de mi tatuaje del lugar en el que está colgado—. Es como si te tatuaras una puñetera diana en la espalda. Si alguna vez hay una investigación, todas las flechas apuntarán hacia ti.

—Lo que te convierte en una presa fácil si metemos la pata y la pasma se nos echa encima —añade Tyler.

—E implica que te caigan más años a ti por pertenencia a organización criminal —concluye Sean, claramente indignado—. Por eso no nos has dejado participar en Éxodo.

Tyler es el siguiente en hablar.

—De eso nada, hermano. Ni de puta coña, Tobias. Aquí se toman todas las decisiones en común.

—Excepto esta, para la que no nos ha consultado porque sabía que nunca estaríamos de acuerdo —añade Sean, cabreadísimo.

—Ya está hecho —digo—. Así que no tiene sentido discutir.

—Y una mierda. No tienes por qué hacerte el mártir —replica Dom, con frialdad. Le molesta que no se lo contara, pero sobre todo le molesta no haberse dado cuenta antes—. Si la cagamos, caeremos juntos —declara tajantemente.

—Así no es como diseñamos esto y lo sabes perfectamente —le recuerdo—. Y no olvides que el sustento de otros depende de nosotros. —Miro a mi hermano—. Yo no he olvidado lo que es pasar hambre, ¿y tú? —Mi argumento lo deja mudo y yo sigo insistiendo, decidido a dejar claro mi punto de vista—. Tenemos que ser inteligentes. Esto va a ponerse muy feo y debemos estar preparados para cualquier cosa.

—¡Hijo de puta! —explota Dom, volcando una bandeja de tinta mientras me fulmina con la mirada.

No puedo evitar sonreír.

—Vas a tener que esforzarte más para adelantarme, hermano. Todavía no lo has conseguido. —Los miro a los tres, deteniéndome unos segundos en cada uno de ellos—. Y esto no son más que especulaciones. Haced vuestro trabajo, estad atentos al juego y no la caguéis. —La ginebra empieza a hacerme efecto y sonrío, un poco mareado, mientras ellos se miran unos a otros—. Bebed un puto trago y dejad de hacer pucheritos como si acabara de deciros que Papá Noel no existe.

—¿No existe? —bromea Sean, pero lo dice sin ninguna gracia y nadie se ríe.

Decido no tratarlos con condescendencia. Esa época ya ha pasado.

—Confío en vosotros —digo con rotundidad y los tres me miran abatidos. Sé que esa afirmación es tan importante para ellos como para mí—. Así que no me defraudéis.

Levanto la barbilla hacia los dos tatuadores, que apagan rápidamente sus cigarrillos y vuelven a entrar. No miro ni una sola vez a ninguno de los tres mientras me tumbo en la camilla. Esta es una noche de celebración y no pienso permitir que su miedo arruine la fe que tengo en ellos. La euforia me invade cuando la pistola se enciende con un zumbido y siento el primer pinchazo de las agujas sobre la piel.

Al cabo de unos minutos, suben el volumen de la música y empiezan a animarse, pasándose la botella y reanudando la celebración.

Nos la acabamos acurrucados alrededor del fuego, borrachos como cubas, con el futuro sobrevolándonos pesadamente. Los miro a los tres, volviendo a sentir esa sensación tan familiar. Esta vez me asalta con fuerza, erizándome el vello de la nuca a pesar de mi estado de embriaguez, y con su aparición llega la certeza de que estamos exactamente donde debemos estar. Es hora de dar el primer paso.

Hemos tardado una puta eternidad.

Pero, por primera vez en años, rodeado de mis hermanos, abrazo el presente. Cuando la conversación empieza a apagarse y van cayendo rendidos uno a uno, levanto la mirada hacia el cielo nocturno y me viene a la mente la imagen de la bandada de pájaros que me inspiró. A pesar de la oscuridad total, puedo verlos con claridad, mientras las piezas empiezan a encajar por sí solas. Al girarme hacia la mansión recién construida, veo una única luz encendida en la casa y me pregunto fugazmente qué clase de pensamientos mantendrán despierto por la noche a un tipo como Roman Horner. Pronto no tendré que preguntármelo. Pedazo a pedazo, le iré robando su reino hasta que empiece a desmoronarse a su alrededor. Y entonces, solo entonces, me presentaré como el ladrón responsable de ello.

—Voy a por ti, hijo de puta —susurro con vehemencia, arrojando otro tronco al fuego, justo cuando la luz solitaria se apaga.

***

El recuerdo de aquella noche empieza a desvanecerse y siento que me estalla la cabeza, mientras se instala el doloroso latido de este nuevo infierno. Al abrir un ojo, veo a Cecelia durmiendo profundamente a mi lado y hago una mueca ante la invasión de la luz de la mañana. Beau repiquetea con las uñas sobre la madera anunciando su entrada en el dormitorio antes de darme con el morro en la mano que tengo colgando de la cama para indicarle a su nuevo esclavo que lo acompañe a hacer sus necesidades matutinas. Me levanto demasiado rápido y mi cuerpo se queja, mientras mi cabeza se caga en todo. Saco al perro de la habitación y salgo con él por la puerta de atrás para que haga sus cosas. Mientras tiemblo de frío, me asalta un pensamiento.

«Un paso por delante, Tobias».

Una sensación de alarma recorre mi columna vertebral y entro rápidamente para coger los dos teléfonos, antes de meterme en el baño y comprobar si me ha llegado algún mensaje. Tengo uno de Russell: Los pájaros nuevos están en el nido.

Es de ayer a las ocho de la tarde. Siento cierto alivio al saber que nos están protegiendo unos pájaros que Tyler ha adiestrado, sobre todo porque yo no estaba en mis cabales. Para mí, la confianza ciega es algo muy difícil de conseguir, pero, a lo largo de los años, he hecho todo lo posible por corresponderla. Aun así, ahora que tengo tanto que perder y que estoy dando palos de ciego, me encuentro en la peor situación posible. Ya no tengo la sartén por el mango, no llevo las riendas, ni estoy al tanto de todos los movimientos que se hacen a diario. Y me cuesta un riñón asumirlo, día tras día. Pero debo seguir confiando plenamente para poder solucionar las cosas con Cecelia. Aunque en este momento no sé si soy capaz. Sobre todo si Antoine planea hacer algún movimiento. No estoy seguro de cuáles podrían ser sus motivos ni de cuáles son sus intenciones, aparte de controlarme. Pero si se ha tomado la molestia de enviar a alguien, en lugar de hacer una puta llamada, lo más probable es que esté tramando algo.

Abro otro chat en el teléfono de prepago y veo un mensaje de uno de los dos pájaros que mandé a la mierda después de la carrerita de ayer.

Oz

Está solo. Ha venido como informador.

Yo

¿Seguro?

Oz

Seguro. Nos ha enseñado el billete de avión y lo
hemos comprobado con el del resto de pasajeros
del vuelo y con el de todos los que llegaron en los días
siguientes. De momento, todo cuadra.
Ahora estamos peinando las calles.

Yo

Esperad órdenes mías.

Oz

Ok.

Furioso conmigo mismo por haberme dejado llevar ayer por las emociones y los nervios hasta el punto de beber hasta desmayarme, cambio de teléfono y me encuentro un mensaje pidiendo información en el móvil del inútil. Me alivia ver que lo han enviado hace solo unos minutos. Es una pregunta breve y directa: ¿Cómo va?

Imito el mensaje anterior: Pas de changement. «Nada nuevo».

La ansiedad se apodera de mí mientras espero que llegue una respuesta al puto móvil. Una respuesta que me dé más tiempo para solucionar las cosas con Cecelia.

Con la adrenalina por las nubes, sigo a la espera, aguantando la puta respiración, cuando me fijo en que Antoine suele tardar entre una y cinco horas en responder. Todavía es pronto para saber si me ha descubierto, así que le envío un mensaje a Tyler: Quiero dos pájaros en el aire ahora mismo.

Él contesta de inmediato: Hecho. ¿Necesitas hablar?

Ya te avisaré, le respondo.

Cagándome en la situación y en el puto desastre en el que convertí la cena romántica, vuelvo a meter a Beau en casa antes de entrar sigilosamente en el dormitorio y cerrar suavemente la puerta del baño. Tras una breve inspección con mirada soñolienta, me lavo la cara, me cepillo los dientes, me enjuago la boca y me tomo un par de paracetamoles del botiquín. La realidad de la noche anterior me da en las narices al mirarme una última vez en el espejo.

—Sálvese quien pueda, *trésor*.

Abro la puerta con cuidado, con los dos teléfonos en la mano, y los guardo en la maleta, antes de volver a la cama. Cecelia se mueve un poco al notar mi peso y exhalo lentamente un suspiro de alivio cuando consigo volver a meterme en la cama sin despertarla.

Hoy se ha quedado en casa a propósito. Me siento en parte aliviado y en parte aterrorizado porque no recuerdo gran cosa, más allá de haber terminado el libro y haberme bebido la primera botella que había encontrado.

Me vienen a la mente algunas imágenes fugaces de lo ocurrido tras esa borrachera fatal y recuerdo algunas de las lindezas que solté. Estoy seguro de que, como mínimo, le debo una disculpa.

¿Habrá visto las luces? Con don Meón en casa, lo más probable es que sí.

Con suerte, compensarían un poco el puñetero ridículo que hice. Pero conozco a Cecelia y sé cómo es su corazón. Lo que no sé es si ese corazón albergará más perdón para mí, llegados a este punto. Y mucho menos ahora. Le prometí una cena romántica y cuando llegó a casa se encontró con un puto estropicio. Avergonzado, bajo la vista hacia ella y le aparto suavemente el pelo de la cara para verla mejor. No hay ningún rastro evidente de lágrimas, ni tiene los ojos hinchados, afortunadamente. Estoy seguro de que todavía apesto a ginebra y desesperación, pero quiero ver cómo reacciona al verme, cuando por fin se despierte. Eso me dirá todo lo que necesito saber. Y no tengo que esperar mucho porque, cuando llevo un minuto acariciándola, Cecelia sonríe y abre los ojos.

«Menos mal».

—¿Cómo te encuentras?

Frunzo el ceño.

—Como si hubiera corrido una maratón mientras me metían ginebra y vino en vena.

Su sonrisa se vuelve más amplia y borra un poco más mi ansiedad.

—Más o menos fue lo que pasó.

—Lo siento. Solo pretendía…

Cecelia me tapa la boca con la mano.

—Te disculpaste un montón. Gritaste un montón. Me contaste un montón de cosas. Y soltaste un montón de lastre. Por desgracia, no se te da muy bien —dice, haciendo un mohín con los labios hinchados por el sueño. Luego frunce el ceño, preocupada, y posa una mano sobre mi cabeza, que está a punto de estallar, antes de peinarme tiernamente con los dedos—. ¿Recuerdas algo?

—Poca cosa.

—Bueno, para empezar, tu crítica del libro no fue muy positiva —comenta mientras su risilla resuena en la habitación.

Hago una mueca, principalmente por el dolor de cabeza, pero también por la humillación.

—Tenía un plan, pero parece que últimamente no se me da muy bien ejecutarlos.

—Bueno, estás de vacaciones. —Cecelia apoya la barbilla en la almohada, acercándose a mí, y doy gracias por haberme lavado los dientes. Unas gotas de sudor infusionadas en ginebra perlan mis sienes mientras me esfuerzo en rellenar las lagunas mentales.

—Perdóname, *trésor*. No recuer…

Su amplia sonrisa me deja sin palabras.

—¿Recuerdas que tu pantorrilla se lo montó con Beau y que saldrás de cuentas en cuatro o seis semanas? —Me dejo caer de bruces sobre la almohada antes de girarme hacia Cecelia y sonreír abriendo un ojo. Esta me pasa los dedos por el pelo enmarañado y lleno de harina. Disfruto de su caricia, mientras en mi interior se enciende una anheladísima llama de esperanza. Luego recorre lentamente mi rostro con la mirada antes de seguir hablando, esta vez con un tono de preocupación—. Fuiste brutalmente sincero.

—No sé hacer las cosas bien.

—Vi cuánto te esforzaste mientras limpiaba la que liaste en la cocina —declara, abriendo los ojos de par en par—. Se acabó eso de cocinar borracho, ¿de acuerdo?

—Deberías haber dejado que lo limpiara yo. ¿Me perdonas?

—¿Por lo de anoche? Me lo pensaré. —Cecelia me acaricia el bíceps y el antebrazo antes de apretarme la mano y entrelazar sus dedos con los míos—. Las luces son preciosas, Tobias.

—No quería que las vieras sola.

—Creo que lo necesitaba.

—¿Qué significa eso?

—Significa que necesitaba ver con mis ojos lo que no me has dicho en todos estos años que hemos estado separados. A veces me resulta demasiado difícil estar contigo en la misma habitación. No lo digo en el mal sentido, pero me distraes. Y el sentimiento de culpa está acabando contigo. Ya han pasado años, Tobias. ¿Todavía no lo has superado?

—Lo de Roman y todo eso sí, pero… lo demás, no. —Cierro los ojos—. No sé cómo solucionarlo.

—Lo superaremos juntos. —Cecelia apoya su torso sobre mí y, si no fuera porque la cabeza me va a estallar, me moriría de ganas de hacerle el amor hasta que se olvidara de lo capullo que fui anoche y recordara al hombre contenido que conoció. A ese hombre capaz de comportarse.

—*Je suis un putain d'idiot* —«Soy un puto idiota», susurro, mordiéndome el labio.

—Mi idiota. —Cecelia me agarra por la mandíbula y me libera el labio con el pulgar.

Por primera vez desde que he vuelto con ella, toma la iniciativa para besarme. Con el corazón desbocado, la agarro de la nuca para pegarla más a mí y le devuelvo el beso, a pesar de las protestas de mi dolorida cabeza.

—Tobias… —Cecelia gime sobre mis labios y tengo una visión de franela rasgada, más gemidos y mi polla en su interior.

Me pongo sobre ella y veo en sus ojos lo único que necesito desesperadamente: su permiso. A la mierda el dolor de cabeza.

Con el corazón desgarrado, me adueño de sus labios y la sujeto por el pelo para inclinarle la cabeza y hundir profundamente mi lengua en su boca. El beso nos hace entrar en combustión y nos ponemos en marcha. De repente, sucumbo por completo, con una libertad que no he sentido en años, mientras empiezo a tocarla, a saborear su cuello, a inhalar su aroma, a complacerla y a perderme en ella, mientras arranco gemidos y respiraciones aceleradas de sus labios.

—Joder, cuánto te he echado de menos —murmuro, levantándole la parte de abajo de la blusa de franela con mano ansiosa, justo cuando Beau empieza a ladrar.

Su advertencia hace que nos separemos y nos quedamos inmóviles mientras oímos el sonido de un motor que se aproxima. Cecelia me mira, frunciendo el ceño.

—¿Esperas a alguien? —le pregunto, dispuesto a asesinar a quien quiera que nos haya interrumpido, mientras mi polla se lamenta dentro de mis calzoncillos.

Es imposible que nadie se acerque tanto a nuestra puerta sin que mis pájaros se den cuenta. Sea quien sea, si ha llegado hasta la entrada, es porque ya lo han investigado e identificado. Seguro que tengo un mensaje de texto anunciando su llegada.

Suspendido sobre ella, con el pulso acelerado y sin dejar de mover las caderas, le hago una pregunta, esperanzado, mientras ella jadea a causa de la fricción.

—¿Será el cartero?

Cecelia niega con la cabeza.

—Viene por las tardes.

Gruñendo de frustración, me alejo de ella y voy a por mi Glock. Para cuando la cojo, ella ya tiene su Beretta en la mano y evita mi movimiento de brazo para cortarle el paso. La sigo a trompicones, poniéndome los pantalones del chándal.

—¡Joder, Cecelia!

—Tranquilo, Francés —dice ella, yendo hacia el salón.

Aún no he llegado a la puerta, cuando se gira desde la ventana y viene rápidamente hacia donde yo estoy, empalideciendo. Alarmado, tiro de ella para ponerla detrás de mí, pero se detiene a un palmo de distancia y me da la pistola. Yo la cojo y, con la certeza de que conoce a la persona que está delante de su casa, la observo mientras su expresión de alarma desaparece y la preocupación toma el relevo.

—¿Qué ocurre?

—Ve a ducharte. Me desharé de ellos y luego desayunaremos.

—¿Deshacerte de quién?

—Tobias, por favor, déjamelo a mí.

La esquivo mientras se oye el ruido de una puerta que se abre y se cierra, y el pánico se dibuja en su rostro.

—¡Por favor! —me suplica, cortándome el paso y poniéndome una mano en el pecho—. Tobias, deja que yo me ocupe. Por favor.

Los celos se apoderan de mí y entrecierro los ojos.

—¿Quién coño es, Cecelia?

Ella se retuerce las manos delante del cuerpo, como una adolescente.

—Tobias, cuando apareciste aquí, se me olvidó por completo. Lo planeamos hace muchísimo tiempo. Lo había olvidado.

—Tengo un puto mensaje esperando que me dirá exactamente de quién coño se trata y no pienso moverme de aquí hasta que lo sepa, así que ya lo estás soltando.

Ella me mira, aterrorizada.

—Es mi madre.

21

Tobias

Un poco aturdida por sus propias palabras, Cecelia entra en acción y yo reacciono justo a tiempo para impedir que pierda los papeles. En cuestión de segundos, se escabulle por la puerta principal mientras yo me apresuro a deshacerme de las armas y a vestirme. Corro al dormitorio, las guardo en la maleta y no me molesto en mirar el móvil, un descuido que no volveré a cometer. Ha sido tanto imprudente como negligente ignorar cualquier posible advertencia. Después de ponerme una sudadera con capucha, me calzo las zapatillas y salgo corriendo hacia donde ha huido Cecelia. En cuanto llego al porche delantero con Beau lloriqueando detrás de mí, oigo el áspero intercambio de palabras de una conversación en voz baja en la parte de atrás de una enorme caravana.

—Mamá, por favor, vete, ¿vale? Luego te llamo y te lo explico.

—No digas tonterías. Acabamos de llegar y hace meses que sabes que íbamos a venir. ¿Qué ha cambiado?

—Todo, mamá. Por favor, vete, ya te llamaré. —Se lo está suplicando por mí, para protegerme, algo que no hace más que incrementar mi amor por ella.

—No hace falta —digo, entrando en escena y mirándolas a ambas, mientras las dos se giran hacia mí con la boca abierta.

—Tobias —dice Cecelia, cerrando los ojos agobiada, mientras que su madre los abre de par en par.

A juzgar por su reacción, está claro que nunca le había hablado de lo nuestro, porque se pone pálida al instante y nos mira a los dos una y otra vez.

Siempre di por hecho que Cecelia mantenía lo nuestro en secreto —incluso en su círculo más cercano— y la prueba está delante de mí, a punto de desmayarse. Le ocultó a su madre su relación conmigo incluso después de haberse enfrentado con ella, hace ocho meses. Nunca le había preguntado los detalles porque estaba demasiado ocupado intentando digerir su despedida.

Cecelia observa, aterrorizada, que me dispongo a saludar a su madre.

—Hola, Diane —le digo, acercándome mientras ella mira fijamente a su hija antes de levantar los ojos hacia mí, muerta de vergüenza.

—¿Esto es lo que has estado ocultando durante tanto tiempo?

Llegados a este punto, se trata más bien de una afirmación que de una pregunta, pero la realidad la ha dejado de piedra. Cecelia intenta impedirme llegar hasta ella, pero yo agarro las manos destinadas a someterme y las aprieto para tranquilizarla.

—Tobias, le he pedido que se vaya.

Timothy, un novio del que solo he oído hablar en correos electrónicos informativos, sale de la autocaravana mirándonos por turnos a los tres antes de posar finalmente los ojos sobre mí. Es extraño haber estado siguiendo tan de cerca a estas personas a lo largo de los años. Me siento como si las conociera y, en cierto modo, así es.

Diane se vuelve hacia Timothy con la voz temblando de miedo.

—Timothy, cariño, ¿puedes coger un cartón de cigarrillos de la maleta? Se me han acabado.

—Antes quiero darle un abrazo a esta señorita. —Se acerca a nosotros y estrecha a Cecelia entre sus brazos; después me mira con curiosidad—. Hola, soy Tim.

—Tobias King —contesto, tendiéndole la mano. Él suelta a Cecelia, la acepta y la estrecha con energía.

—Bueno, imagino que el señor King es lo que te impidió responder a nuestras llamadas anoche, ¿no? —le pregunta a Cecelia, con una sonrisa despistada.

—Tim, por favor, los cigarrillos —le dice con aspereza Diane, mirándome fijamente.

—Ya voy, cariño. —Él me mira, con cara de estar pensando «Mujeres», antes de ejecutar sus órdenes.

—Se me había olvidado —dice Cecelia, volviendo a captar mi atención—. Te lo juro, Tobias, se me había olvidado por completo. Lo siento mucho.

—No pasa nada, *trésor* —le susurro con sinceridad antes de darle un beso en la sien. La esquivo para acercarme a Diane, que está temblando visiblemente.

—Ha pasado mucho tiempo —digo en voz baja, mientras Diane se araña el labio con los dientes, con los ojos brillando de miedo.

—He querido ponerme en contacto contigo muchas veces, desde aquel día.

Asiento con la cabeza mientras Cecelia me intercepta.

—¿La conoces? ¿Conociste a mi madre? ¿Cuándo?

—A los once años. Dom tenía varicela y ella me llevó a la farmacia. —Me giro hacia Cecelia—. Estaba embarazada de ti. Casi te pone Leann. —Levanto la vista hacia Diane—. Supongo que yo tuve algo que ver en eso.

Diane asiente mientras una lágrima de culpabilidad rueda por su cara.

—No me lo habías contado —me recrimina Cecelia. Su voz dolida me lleva a intentar minimizar los daños para ambos.

—No tuve oportunidad, cuando… Aquel día, en mi despacho, antes de que te marcharas —especifico, para indicar a qué día me refiero—. La discusión no llegó tan lejos. —Además, esos detalles y esos datos no importaban una mierda, porque ella se estaba librando de mí para siempre. Entonces nos quedaron muchas cosas por decir, como ahora. Y, por culpa de nuestras movidas, no he conseguido darle muchas más explicaciones.

Cecelia reflexiona sobre la última bomba que le acabo de soltar y se gira hacia su madre, sin entender nada.

—Tú tampoco me dijiste que lo conocías.

Diane me dirige una mirada de lo más perturbadora y percibo su resentimiento. Sus ojos y su cara son tan transparentes como los de su hija.

—Solo fue esa vez y no se me ocurrió mencionártelo porque no tenía ni idea de que estabais... Dios mío. —Diane se pasa una mano por su corto cabello castaño—. Mejor me voy. Nos vamos. Nos marchamos ahora mismo —dice, mirándome por encima del hombro de Cecelia—. Lo siento mucho.

—No, pasad —digo y ambas mujeres giran la cabeza hacia mí. Su parecido es alucinante y las dos se muestran muy incómodas—. Por favor, Diane, entra.

—Aquí están —dice Timothy, saliendo de la caravana con un paquete de cigarrillos en la mano—. Casi no los encuentro en esa trampa mortal a la que llamas «maleta» —bromea, antes de fijarse en sus caras y mirarme desconcertado.

—Me apetecen unas tortitas con beicon, Tim. ¿Y a ti?

Él acepta mi salida fácil y mira a madre e hija antes de esbozar una sonrisa incómoda.

—Eres de los míos.

Miro a Diane, que estira el cuello para analizarme mientras la acompaño hasta la casa.

—¿Desayunamos?

Ella asiente, estupefacta, mientras entramos por la puerta, antes de girar la cabeza hacia atrás para mirar a Cecelia.

—Joder, es la mejor taza de café que he tomado en mi vida —comenta Timothy, observando la cafetera francesa de émbolo que tengo en la mano.

—Tobias es muy pijo con el café y me lo ha pegado —dice Cecelia, con el piloto automático puesto, de pie junto a los fogones. Ha insistido en cocinar, pero lleva en estado de shock desde que empezó, lanzándome miradas recelosas. Hago todo lo posible para transmitirle que me parece bien la situación, pero ella no deja de mirarme como si se estuviera disculpando. Su móvil suena en el delantal que está sobre la encimera, captando su atención. Ella lo coge, lee el mensaje y se queda mirándolo fijamente durante varios segundos antes de empezar a escribir una respuesta.

Lo único que quiero hacer ahora mismo es abrazarla y asegurarle que estoy bien, algo que, sorprendentemente, es cierto. A estas alturas de la vida, ya me había preguntado mil veces cómo me sentiría si alguna vez me encontrara cara a cara con la mujer responsable de habernos dejado huérfanos a mi hermano y a mí. Me sorprende el poco resentimiento que siento hacia ella, aunque hace tiempo que asumí la situación. Ahora, cuando miro a Diane, solo veo a la adolescente atormentada y embarazadísima que conocí. Todavía recuerdo perfectamente su cara de desolación aquel día y las lágrimas que tanto le costó mantener a raya mientras estaba conmigo. Eso y mi amor por su hija me impiden albergar cualquier tipo de sentimiento peligroso. Resulta incómodo, pero solo por esas dos mujeres cargadas de emociones que se retroalimentan entre sí.

Diane prácticamente se ha convertido en piedra en la silla y hago todo lo posible por no posar mi mirada sobre ella, consciente de que está tan desolada ahora como lo estaba entonces. En cierto modo, siento la necesidad de consolarla, pero no tengo ni idea de cómo hacerlo después de cómo ha reaccionado al verme. Timothy no se está enterando de nada, o está haciendo la vista gorda ante el problemón que tiene delante de las narices mientras charla sobre el tiempo y su nueva autocaravana.

Yo asiento de vez en cuando mientras estoy pendiente de Cecelia, que envía mensajes de texto con los hombros tensos. Pronto será hora de que se vaya a trabajar y no ha faltado ni un solo día desde que estoy aquí.

—¿Todo bien en Meggie's? —le pregunto. Ella asiente sutilmente con la cabeza y Tim intenta incluirla de nuevo en la conversación.

—Es increíble lo que has hecho con esta casa desde la última vez que estuvimos aquí, Cecelia.

—Gracias —responde ella inexpresivamente, abandonando las tortitas para teclear a toda velocidad.

Cuando le llega el siguiente mensaje, deja el teléfono de golpe sobre la encimera. Su repentino cambio de actitud me hace levantarme y me acerco a ella, que me observa fijamente durante unos segundos antes de mirar a su madre con el ceño fruncido.

—¿Qué pasa? ¿Es Marissa?

—Nada —responde con frialdad—. Una de las camareras no se ha presentado.

—¿Quieres que vaya a echar una mano?

Ella se muerde los labios y niega con la cabeza.

—Claro que no. Lo tienen todo controlado. Ve a sentarte —dice, señalando la mesa con la barbilla—. Ya hago yo esto.

—¿Seguro?

—Tobias. —Ella suspira mientras le rodeo la cintura por detrás y apoyo la barbilla en su hombro.

—No pasa nada. Estoy bien —le susurro.

—Pues yo no, joder —murmura, tensándose entre mis brazos.

Coge la espátula de la encimera y le da la vuelta a una tortita perfectamente redonda mientras le acaricio el vientre con los dedos.

—Mírame, *trésor*. —Sus ojos hostiles se cruzan con los míos y la confusión se apodera de mí. No soy capaz de saber lo que está pensando en realidad. Poso la frente sobre la suya—. Esto iba a ocurrir tarde o temprano. —Cecelia se muerde el labio, pensativa, y parece centrarse por fin en mí. Su mirada se ablanda.

—Es pedirte demasiado.

—No, en absoluto. Si tú puedes perdonarme, todo es posible, ¿no?

Ella me despacha, zafándose con un movimiento brusco de barbilla. Sigo sus órdenes silenciosas y vuelvo a sentarme a la mesa, confundido por lo que está pasando en su interior. Resulta obvio que la relación con su madre es tensa y el hecho de que estemos todos aquí tampoco ayuda.

Timothy traga saliva y mira a su alrededor mientras empieza a darse cuenta y a inquietarse. Pero, siendo como es, opta por eludirlo. Tras otro triste intento de romper el hielo, Diane toma la palabra.

—¿Y cuánto tiempo lleváis? —me pregunta con un hilillo de voz, haciendo que deje de centrarme en Cecelia—. ¿Cuánto hace que estais juntos?

—Es una pregunta complicada, pero, para abreviar, estuvimos juntos una temporada antes de que ella se fuera a la universidad y acabamos de volver hace tres semanas.

—«Complicada» —gruñe Cecelia, dándole la vuelta a una tortita—. Y tanto. —Parece que la cocinera está muy, pero que muy cabreada. Frunzo el ceño detrás de ella, mientras se gira para dirigirse a mí—. No tiene por qué saberlo.

Posa la espátula de golpe y cruza los brazos sobre el pecho. Parece que ahora está en pie de guerra y ninguno de nosotros está a salvo. Timothy traga saliva, con el café a medio camino de la boca.

—Pues me encantaría —replica Diane, mirándonos a Cecelia y a mí.

—No lo dudo —comenta su hija con sarcasmo, volviendo a meter la leche en la nevera y cerrándola de un portazo.

—Lo que importa ahora es que hemos vuelto definitivamente —digo, haciendo de árbitro.

Cecelia apaga el fogón y pone las últimas tortitas en una bandeja antes de dejarlas junto al beicon que espera en la mesa.

—¿Zumo de naranja? —ruge, como si nos estuviera acusando de algo, y los tres negamos con la cabeza a modo de respuesta.

Timothy empieza a comer, buscando cualquier excusa para mantener la mirada gacha y la boca llena. Diane ignora la comida y nos mira a su hija y a mí, mientras yo me entretengo apilando tortitas en el plato e hincándoles el diente, con la esperanza de aliviar un poco el malestar de estómago. Cecelia no me quita ojo de encima mientras le da un poco de beicon a Beau.

—Ese beicon es para ti —la regaño—. Cómetelo.

—No tengo hambre.

No puedo evitar sonreír al ver un atisbo de la chica testaruda de diecinueve años que me dejó inservible para todas las demás.

—*Trésor...*

—Cómetelo tú —me suelta antes de que sus ojos vuelvan a ablandarse. Luego nos mira alternativamente a su madre y a mí.

—Por favor —le pido, dándole un codazo y aprovechando su preocupación por mí.

Ella entorna los ojos, haciéndome saber que me ha descubierto, pero de todos modos se mete un trozo de comida en la boca.

—Supongo que ahora que tienes compañía no vendrás con nosotros, ¿no? —pregunta Timothy, poniéndose en sintonía con el ambiente de la mesa.

—¿A dónde ibais a ir? —pregunto mientras madre e hija vuelven a mirarse.

—Cecelia iba a pasar con nosotros unas cuantas noches antes de que saliéramos hacia el oeste. Vamos a ir a Colorado, Arizona, Utah y Nuevo México.

—¿Vais a hacer las cuatro esquinas?

Tim me señala con el tenedor.

—Exacto. Vamos a estar en cuatro estados a la vez. Es el sueño de este campista.

Cuando la miro, Cecelia ya está negando con la cabeza. Aunque dos días podrían ser suficientes para solucionar mi problema, el mero hecho de pensar en separarme de ella, sea durante el tiempo que sea, me resulta insoportable. Pero si hay alguna posibilidad y consigo que se vaya, esta interrupción podría venirnos como anillo al dedo.

—Si quieres ir…

Cecelia da una palmada en la mesa y me apunta con los cubiertos.

—Termina esa frase, King, y te apuñalaré con este cuchillo de mantequilla.

No puedo evitar soltar una risita.

—Vale, pues os quedaréis aquí —digo, mirándolos a los dos—. Al menos esta noche. No hay necesidad de acortar la visita. —Me giro hacia Diane, que está mirando fijamente a Cecelia con los ojos brillantes mientras sigue tratando de asimilarlo todo.

—Tobias… —protesta Cecelia.

—Son tus padres —digo tajantemente, haciendo lo posible por ponérselo fácil, algo que me hace ganarme otra mirada mordaz.

La observo con el ceño fruncido mientras ella me mira de arriba abajo antes de levantar primero una muñeca y luego la otra y tirar de los puños del pijama, amenazante. Sonríe satisfecha al verme concluir que sabía perfectamente lo que estaba haciendo al ponerse ese puto pijama.

«No me jodas».

Timothy se aclara la garganta antes de hacer por fin un comentario sobre la situación, cada vez más tensa.

—No queremos molestar. Podemos adelantar la ruta.

—No es ninguna molestia —aseguro, dejando clara mi postura mientras Cecelia se hunde en el asiento.

—¿Estás seguro de que es lo mejor, ahora mismo? —insinúa esta.

Es como si se estuviera preparando para la guerra, cuando lo único que intento es hacer las paces. Siento la tentación de sacarla de allí y ponerle el culo como un tomate antes de lamérselo, o de hacer ambas cosas a la vez.

—Sí —digo, asintiendo con la cabeza para enfatizar mi postura y haciendo un gesto con la mano—. Fin de la historia.

Ella entorna los ojos.

—Ni se te ocurra...

—Cecelia, ¿por qué estás tan...? —pregunta Diane, con voz de madre paciente.

—Ya estoy harta —dice ella bruscamente, levantándose. Lleva el plato al fregadero y lo posa con fuerza antes de volver a mirar a Diane—. Y también estoy harta de fingir. Ni siquiera se lo has contado, ¿verdad, mamá? A tu nuevo marido.

—¿Marido? —pregunto, sorprendido por la noticia y fijándome por primera vez en los anillos de sus dedos. Debieron de comunicármelo en uno de los últimos informes. En mi defensa, he de decir que los últimos ocho meses he estado muy ocupado.

—Sí, marido —me confirma Cecelia, mirando fijamente a su madre. Por la forma en la que se está comportando, no me extrañaría que de repente los ojos se le inyectaran en sangre y le saliera una corona de serpientes. Tomo nota mentalmente para comprobar cuántas píldoras le faltan para empezar con las de placebo—. ¿Es que no has aprendido nada? ¿Cómo esperas empezar una vida con él con secretos como ese?

Timothy posa tranquilamente los cubiertos y me mira.

—¿Alguien puede hacer el favor de decirme qué me estoy perdiendo?

—Desafortunadamente, tu mujer y yo compartimos una trágica historia.

A Diane se le escapa una lágrima mientras Cecelia se hace la dura, aunque sé que la tensión de esa relación le está haciendo tanto daño que se ha enquistado y se ha convertido en una rabia incontrolable.

—Ya lo sabe. —Diane mira a su hija con ojos de culpabilidad—. Se lo conté durante el viaje de vuelta a casa, la última vez que estuvimos aquí. Después de que me hicieras firmar los papeles del restaurante y de la casa sin darme ninguna explicación. —Su mirada revolotea hacia la mía—. Y también después de que te negaras a contarme por qué habías perdido cinco kilos que no podías permitirte perder.

Su insinuación es clara y el dato causa en mí el efecto pretendido. Cecelia contraataca.

—No te las des de madre preocupada. Es un poco tarde para eso, ¿no crees?

—En absoluto. Tú siempre serás mi niña. Y no tenía ni idea de lo mal que lo estabas pasando, porque nunca me lo contaste.

—Todos tenemos nuestros secretos, ¿no? —replica Cecelia.

Ninguno de nosotros está a salvo de esa pulla.

—Mírame, cariño. —Cecelia clava sus ojos iracundos en los míos y veo brillar en ellos tanto dolor que me entran ganas de protegerla con mi propio cuerpo—. Si a ti te duele, a mí también.

Ella se seca una lágrima que tiene debajo del ojo.

—Tobias, esto es demasiado.

—No lo es. Te lo prometo, *trésor*, no lo es.

El ruido de la silla de Diane deslizándose por el suelo hace que todos nos giremos hacia ella. La madre de Cecelia murmura una disculpa apenas audible antes de coger el tabaco de la encimera, abandonar la cocina apresuradamente y salir corriendo por la puerta de atrás.

Timothy se levanta para ir tras ella y yo se lo impido, poniéndole una mano en el hombro. Él me mira, claramente recefoso.

—Así que tú eres…

—Sí. Pero lo más importante es que soy el hombre que está enamorado de tu hija. Por favor, déjame a mí.

Timothy se me queda mirando durante unos instantes antes de asentir lentamente. Sin darle a Cecelia la oportunidad de rechistar, salgo al jardín trasero.

Encuentro a Diane peleándose con el mechero en medio del jardín. Cuando por fin consigue arrancarle una llama, le da una primera calada al cigarro inhalando profundamente con los ojos cerrados y las mejillas llenas de lágrimas. Al sentir mi presencia, abre los ojos y me mira mientras yo me acerco con las manos en los bolsillos del pantalón de chándal.

—¿Me das uno?

Diane asiente con la cabeza, abre la cajetilla y me la ofrece. Saco un cigarrillo y ella me da fuego, mirándome hasta que retrocedo.

—Gracias.

—No puedo ni imaginar cómo ha podido suceder esto.

Le doy una calada al cigarrillo y exhalo una bocanada de humo, agradecido por el ligero alivio que me produce.

—Es una historia muy complicada.

—¿Empezaste con ella para hacerle daño? ¿Por nuestra culpa? ¿Por lo que yo hice?

—No. De hecho, intenté por todos los medios dejarla al margen, pero fracasé.

Su tono de voz se vuelve más frío.

—Puede que no tenga derecho a preguntar, pero, si le afecta a ella, eso me da igual. ¿A qué te refieres exactamente, Tobias? ¿Pensabas hacerle pagar a Roman lo que yo hice?

—Al principio, sí. Roman era mi objetivo, hasta que descubrí lo que había sucedido en realidad. Pero no tenía intención de hacerle daño a Cecelia. Protegerla siempre ha sido una prioridad para mí.

—¿Desde cuándo?

—Desde la primera vez que la vi.

—¿Y cuándo fue eso?

—Cuando tenía once años.

—Por favor. —Diane tiembla ostensiblemente mientras le da otra calada al cigarrillo y me estudia con detenimiento—. La quieres, eso está claro.

—Así es.

—Roman nunca me contó que estuviérais juntos… Dios, qué hombre.

—Se le daba bien guardar secretos. Pero, cuando Cecelia y yo nos separamos, años antes de su muerte, él sabía perfectamente que nuestra relación había terminado. Y colaboramos el uno con el otro para protegerla.

—Supongo que no tengo más remedio que intentar creerte.

—Espero que así sea. Yo nunca le haría daño.

—Pues se lo has hecho.

Asiento con la cabeza porque es la triste realidad.

—Pero principalmente para protegerla.

Ella mira al infinito con el pecho tenso y deja caer los hombros hacia delante antes de hablar.

—A lo largo de estos años, he querido ponerme en contacto con vosotros muchísimas veces para confesaros la verdad y suplicaros que me perdonarais, pero desaparecisteis. Y, al final, él también.

En ese momento, me doy cuenta de que mis suposiciones eran correctas.

—Debió de ser duro mantener a tres niños, mes tras mes.

Ella baja la vista.

—No quería que os quedarais sin nada. Yo os lo quité todo y vi lo infelices que erais en esa casa con Delphine.

Exhalo, sacudiendo la ceniza del cigarrillo.

—Durante años, creí que las cajas sin remitente que aparecían en nuestra puerta eran de amigos y parientes de mis padres. Cajas con cientos y cientos de dólares en ropa, tarjetas regalo, juguetes y zapatos. Pero nadie es tan generoso, ¿verdad, Diane?

Ella se sorbe la nariz antes de limpiársela.

—Delphine me odiaba y sabía que no lo aceptaría, pero no podía dejaros sin nada. Sé que no compensa lo que hice.

—Cometiste un error —le digo mientras se le llenan los ojos de lágrimas—. Esas cajas nos salvaban la vida, a veces durante meses. Tengo claro que ese acto de bondad me inspiró para hacer lo mismo a gran escala.

Diane solloza mientras le doy otra calada al cigarrillo, suficientemente lejos como para que se sienta cómoda, pero lo bastante cerca de ella como para sujetarla si se desploma, algo que me parece muy posible. Desde el momento en el que conocí a esta mujer, lo único que vi fue una culpabilidad angustiosa, y saber que ha vivido con ella todos estos años hace que quiera convencerla aún más de que se libere.

—¿Sabes? Tú y yo tenemos mucho en común —le confieso—. Ambos sufrimos el terrible síndrome del superviviente.

—No te imaginas cuánto siento lo que pasó.

Tiro el cigarrillo y la agarro por los hombros, porque veo muchas cosas de la mujer a la que amo en la mujer que tengo delante. Sin duda, Cecelia ha heredado su corazón.

—Es una trágica ironía que conozca tan bien tu dolor porque quizás, de no ser así, ahora mismo no podría mirarte y decirte que hace mucho tiempo que te he perdonado. Fue un accidente. Me di cuenta de cuánto te arrepentías el día que nos conocimos. Tu error cambió mi vida de forma irreparable, pero también me convirtió en el hombre que soy ahora, para bien o para mal. Un hombre que ama a tu hija. Es increíble que, a pesar de todo lo que me quitasteis Roman y tú, me regalarais a la única persona en el mundo capaz de amarme de una forma que me da tanta paz. Cecelia es mi hogar y la razón por la que intento perdonarme, y también debe ser la tuya. Por lo que deduzco, llevas demasiado tiempo castigándote y eso te ha afectado a ti y a la relación con tu hija. Todavía no es demasiado tarde para ninguno de los dos, Diane. Cecelia está consiguiendo convencerme de ello.

Un sollozo delator que viene del otro lado de la celosía me hace sonreír.

—Sal ya, *mon trésor*, sé que estás escuchando.

Los ojos enrojecidos de Cecelia se cruzan con los míos, y se desvían hacia su madre mientras se pone delante de ella.

—¿Por eso seguíamos pasándolo mal, aunque tuvieras tantos trabajos?

Diane asiente.

—No podía dejarlos sin nada y sé que tú sufriste las consecuencias.

—¿Roman no lo sabía?

Diane niega con la cabeza.

—Qué va, se habría puesto furioso porque parecería que estaba admitiendo mi culpabilidad. Estaba muy paranoico. Pero no me arrepiento de haberlo hecho. Solo me arrepiento de que tú lo sufrieras.

—Mamá —dice Cecelia, alzando la voz, mientras tira de su madre para abrazarla—. No nos fue tan mal. Ojalá me lo hubieras contado.

Cuando empiezan a hablar en voz baja, doy media vuelta y voy hacia la casa para proporcionarles un poco de intimidad.

En realidad, no creo que las palabras tengan tanta capacidad de curar como de hacer daño. Pero sí me encantaría creer que aún no es demasiado tarde para nosotros, que es posible volver a vivir sin ese dolor punzante. Mis esperanzas aumentan cuando, al volver a mirarlas, veo cierto alivio en la cara de Diane un instante antes de cerrar la puerta de atrás.

22

Tobias

Tim está preparando la autocaravana para pasar la noche. Ha insistido en dormir en ella, sin duda debido al drama que ha tenido lugar hoy. Le ayudo a montar el campamento y, mientras Cecelia está ocupada con su madre, me apresuro a comprobar los dos teléfonos.

Oz ha identificado al inútil que nos vigilaba y lo está investigando más a fondo por orden mía.

Tyler ha logrado satisfacer mi petición de cobertura aérea y la ha ejecutado en un plazo de media hora.

Y el jefe del inútil me ha ordenado que siga vigilando e informando. Tras una ducha relajante, el tiempo ganado me ha hecho sentirme satisfecho el resto del día y me he propuesto averiguar las motivaciones y los propósitos de Antoine.

Tendré que aprovechar bien las horas para avanzar más con Cecelia y eso es precisamente lo que pienso hacer en cuanto se vayan nuestros invitados inesperados.

Después de cenar, nos reunimos alrededor de una hoguera improvisada que Tim y yo hemos conseguido encender delante de la caravana.

Cecelia, Diane y yo bebemos vino, mientras que Tim se baja

la cerveza que tiene en la nevera. Llevamos ya unas cuantas copas cuando Diane abre la boca, poniendo fin inevitablemente a un día de progresos.

—No habéis mencionado a Dominic —dice, mirándonos a Cecelia y a mí—. ¿Dónde está ahora? —Me quedo con la copa en el aire y la expresión de Cecelia se ensombrece mientras me dirige una mirada inquisitiva. Nunca nos habíamos enfrentado a esa pregunta juntos y, por más que me esfuerzo, a los dos se nos nota la respuesta en la cara. Diane nos mira, asustada—. Por favor, dime que está bien —me suplica mientras Tim la coge de la mano.

—Murió hace seis años —responde Cecelia.

—Creo que ya va siendo hora de que sepas la verdad —digo yo al mismo tiempo. Cecelia me mira a los ojos mientras acabo la frase—. Toda la verdad.

—Tobias…

—Ya va siendo hora —insisto, en voz baja, antes de quedarme mirando fijamente la hoguera.

—Tobias. —Cecelia insiste para que la mire y así lo hago. El fuego resalta algunas mechas rojizas de su cabello castaño mientras me observa en silencio.

—Ya es hora.

Tras unos momentos de tensión, asiente sombríamente. Durante las siguientes horas, nos vamos turnando para hablar y yo revelo gran parte de mi historia y de los momentos que he revivido desde que estoy en Virginia, aprovechando la oportunidad para sincerarme un poco más con Cecelia.

Omito el tema de Antoine, un secreto que llevo guardando veinte años. Mientras Cecelia y yo recordamos los detalles de nuestro sórdido pasado juntos, Diane nos mira alternativamente a ambos y Timothy participa muy de vez en cuando con alguna pregunta o un «joder» ocasional.

En un momento dado, la sobredosis de realidad hace que Diane se venga abajo y las emociones se apoderen de ella, sobre todo cuando relatamos los acontecimientos de la noche en la que Dom murió y sus consecuencias. Afortunadamente, mantiene la compostura lo suficiente como para escuchar los recuerdos del regreso de Cecelia a Triple Falls y de mi llegada aquí hace tres semanas, en su busca.

—Y ahora… ¿qué vas a hacer? —me pregunta Diane con voz ahogada, mirándome.

—Eso se lo dejo a tu hija —digo con sinceridad—. Le toca a ella decidir.

Un escalofrío de miedo la recorre mientras Cecelia traga saliva y se niega a responder a la pregunta de su madre. Sin duda, está agotada y hecha polvo tras haber estado desmenuzando nuestro pasado y, por primera vez, haber contado toda su historia. Lo triste es que a mí aún me quedan demasiadas cosas que contar.

No me preocupa en absoluto revelar los secretos de la hermandad, ni tampoco los nuestros, de hecho. Prácticamente, Diane ha cuidado de los dos desde que éramos niños. Ser consciente de ello me hace sentir seguro y es mejor que conozca nuestra realidad.

—¿Esta es la vida que quieres tener? —le pregunta a Cecelia—. ¿Aun después de todo lo que ha pasado, por muy peligrosa que sea?

Lo que le gustaría decir es «por muy peligroso que él sea» y no me extraña en absoluto.

—Esa es mi decisión y ya está tomada.

Diane se muerde el labio durante varios segundos antes de levantar los ojos hacia los míos. Timothy se aclara la garganta.

—Estoy alucinando, tío. En serio. Toda esta historia es muy fuerte. —Niega con la cabeza y me mira—. Aún no me puedo creer que fueras al instituto con el presidente y lo planearais todo —declara antes de beber un trago de cerveza—. Es una puta pasada.

—Hemos encontrado bastantes baches por el camino.

—Yo tampoco conocía esa parte —dice Cecelia, molesta y un tanto resentida.

—Hay muchos detalles que desconoces —admito en voz baja, consciente de que me lo he buscado.

—Pues sí —replica ella, claramente enfadada.

—Pregúntame lo que quieras —le digo, recordándole las veces que he tratado de sincerarme con ella en diversos grados durante las últimas semanas. Ella me fulmina con la mirada y aparta la vista.

—Solo que esta no es ninguna historia, ¿verdad, Tobias? —dice Diane, en voz baja.

—No, no lo es. —Me bebo el resto del vino que me queda en la copa.

Diane se gira hacia Cecelia, que observa las llamas con la mirada perdida.

—¿Qué…?

—Mamá, no, ¿vale? —le pide ella, suspirando—. No lo hagas.

—¡No puedo evitarlo!

—Bueno, pues vas a tener que confiar en mí. Ya no puedes seguir protegiéndome.

—No digas tonterías, cielo. Siempre seré tu madre.

—Sabes que no me refiero a eso. —Cecelia se levanta y me mira—. Estoy cansada. Es tarde. —Rodea la hoguera para darle un beso en la mejilla a su madre y una palmada en el hombro a Tim—. Podemos seguir hablando mañana por la mañana.

Diane asiente, como si apenas escuchara su despedida, mientras yo intervengo para intentar tranquilizarla.

—Hay nueve personas protegiéndonos, vigilando esta casa. Dos de ellas escoltan a Cecelia en todo momento y otras peinan las calles del pueblo en busca de cualquier posible amenaza. Y, ahora mismo, hay dos drones en el aire inspeccionando cada metro cuadrado de esta parcela y de las de al lado.

—Dios santo —suspira Diane.

—Aquí estáis a salvo. Pero si os sentís más cómodos marchándoos, lo entenderé. —Me araño el labio superior con los dientes, temeroso de la siguiente confesión—. Y, cuando volváis a casa, haré que por fin conozcáis a los pájaros que llevan años vigilándoos.

Ambos giran bruscamente la cabeza hacia mí y yo me encojo de hombros.

—Lo siento, era necesario.

Los ojos de Diane brillan con una mezcla de sorpresa y asombro.

—¿Has estado protegiéndome todo este tiempo?

—Le prometí a Roman que protegería a su hija y eso te incluye a ti. Además, tengo buenas razones para estar igualmente interesado en tu bienestar.

Diane me mira fijamente.

—Cuando te conocí me di cuenta de que eras especial, pero esto es pasarse de la raya, ¿no crees? —Es la primera vez que bromea en todo el día y se lo agradezco.

—La protegeré con toda mi alma.

—Al parecer, ella piensa hacer lo mismo por ti. Por cierto, el gen de chica dura lo ha heredado de mí. —Otra sonrisa y otra broma. Estoy convencido de que el vino es el responsable.

—No lo dudo.

—Tobias… —vuelve a decir, ahora con una mirada mucho más dulce.

—No más lágrimas, Diane. Y nada de disculpas, ¿entendido?

Ella asiente.

—Lo intentaré.

—Hasta mañana.

Me dan las buenas noches al unísono y entro en la casa, que está totalmente a oscuras, salvo por la luz del dormitorio. No tengo ni idea de lo que me espera, pero aminoro un poco el paso mientras cruzo el salón.

«¿Qué coño haces, King? Échale huevos».

Empiezo a caminar más rápido y, al entrar en el dormitorio, me la encuentro mirando fijamente el edredón, como si le pareciera fascinante. La agarro por la cintura y la acaricio con la nariz desde atrás.

—Sé que ha sido demasiado.

Ella se zafa y se gira para mirarme, lanzándome dagas azules con los ojos.

—¿Qué?

—Conocías a mi madre. Casualmente, esa fue una de las mil cosas que te guardaste. ¿Y qué tal esta otra? «Por cierto, soy el cerebro de una sociedad secreta de justicieros y el puto presidente forma parte de ella».

—Yo no...

—¡Tuviste meses para contarme estos «pequeños detalles» cuando estábamos juntos!

—A ver, durante esos meses, el puto club era lo último de lo que quería hablar durante las pocas horas que conseguía robar para escaparme contigo. Hasta que te conocí, el trabajo era mi vida. Contigo, fui egoísta. Te lo he dicho. Lo he reconocido y me he disculpado por ello. Pero entonces, en aquella época, cuando estaba contigo simplemente era... yo mismo. Yo, Tobias. No era más que un hombre enamorado de una mujer. Y adoraba lo libre que eso me hacía sentir. —Exhalo—. No podía arriesgarme a contarte lo de Preston, Cecelia. Ya había puesto mi vida en tus manos. Y por aquel entonces las cosas aún no estaban claras entre nosotros, hasta el día que todo se vino abajo.

—«Preston» —se burla—. De todos modos, no has aprendido la lección, ¿verdad? Los secretos y las omisiones nos separaron entonces y volverán a hacerlo.

Su cuerpo rezuma rabia e intento atajar la hemorragia antes de que se produzca.

—No pienso permitir que eso ocurra.

—Ah, ¿no?

—Lo estoy intentando, Cecelia, con todas mis fuerzas.

Me quito la sudadera de capucha y me paso una mano por el pelo antes de agarrar por detrás el cuello de la camiseta y quitármela. Ella baja la vista al suelo de inmediato, dando al traste con cualquier esperanza que yo pudiera tener de retomar el momento de intimidad que compartimos por la mañana.

Sintiendo la tentación de atravesar la pared con el puño, lo mantengo pegado al costado mientras mi frustración amenaza con desbordarse.

—Lo que has hecho hoy por mi madre ha sido… indescriptible —dice con dulzura—. Ha sido un acto totalmente desinteresado y uno de los gestos de humanidad más increíbles que he visto en mi vida, lo que hace que te ame más todavía. —Doy un paso adelante y ella levanta su mirada acusadora hacia mí—. ¡Y luego la has cagado! ¡La has cagado comportándote como el mismo capullo de siempre!

—¿Siendo sincero?

Me acerco a ella e invado su espacio, ansioso por tener esta discusión. Porque ahora ella está luchando contra sus emociones y estas están ganando. Y, para mí, eso es más importante que el porqué de las cosas.

—La has cagado al ocultarme información. ¡Si hubiera sabido al menos la mitad de todo eso, te habría entendido mejor, puto gilipollas!

—¡Pero si ya me entiendes! Ves lo que hay en mi interior, has estado en lugares en los que nadie más ha estado.

—Es posible, pero esas cosas que tú consideras «detalles» son de vital importancia para mí, Tobias.

—¿Estás en esos días?

—¿Perdona?

—Nada. Baja la voz. Tus padres están fuera. —Tengo la cabeza a punto de estallar. «Bienvenido a la maravillosa vida de pareja, Tobias». Pero no es mi propia voz la que escucho en mi mente, sino la de Sean—. No me dio tiempo a…

—Muchas excusas y pocas razones —se burla Cecelia, negando con la cabeza—. ¿Es que nunca en tu vida te has ido de la lengua? ¿Nunca?

—Un par de veces, pero solo cuando discuto contigo. Parece mentira, deberías saber que me he entrenado para no hacerlo nunca.

—¡Claro que lo sé! ¡Créeme, lo sé perfectamente, pedazo de burro francés! —Yo me muerdo el labio inferior y desvío la mirada—. ¡No te rías! ¡A mí no me hace puta gracia! Esta es la razón, Tobias. Esta es la causa de la mayoría de nuestros problemas: ¡tu puto secretismo! ¿Quieres entrar aquí? —exclama, golpeándose el pecho en el punto donde tiene el corazón.

—Sí —digo mientras me hierve la sangre.

—¿Quieres volver aquí? —repite.

—¡Que sí, joder, es lo único que quiero!

Cecelia rodea la cama, se acerca a mí y me clava un dedo en la sien.

—¡Pues déjame entrar ahí! —La miro atónito mientras ella se aleja y me lanza un último misil por encima del hombro—. Hasta entonces, estarás perdiendo el puto tiempo aquí.

—¡Esta noche he sido sincero contigo!

Ella me mira como si la hubiera abofeteado antes de volver a darme la espalda.

—Ojalá, aunque solo fuera por una vez, pudiera hacerte sentir lo que es esto —dice mientras va hacia el baño y enciende la luz.

—Como si haber descubierto que te habían metido en mi club y que tenías una relación no con uno, sino con dos de los hombres en los que más confiaba del mundo, no hubiera sido suficiente sorpresa para toda mi puta vida.

Me acerco a la puerta del baño y ella se queda inmóvil, con el cepillo de dientes en la mano, antes de sacárselo de la boca dejando un rastro de espuma en la comisura de sus labios.

—Eso no es lo mismo y prometiste no volver a sacar el tema.

—¡No te lo estoy echando en cara, solo era un comentario!

—¡Un comentario malintencionado!

—Vale, lo siento —gruño, con todo el cuerpo bullendo de rabia y frustración—. Solo quería poner de manifiesto que esa sorpresa fue más que suficiente. Y por si no ha quedado claro, en lo que a ti se refiere he tenido sorpresas para veinte años después de mi muerte.

—¡Esa sorpresa no fue cosa mía!

—Da igual. Ya has cubierto el cupo.

—Además, forma parte del pasado —replica ella—. Yo estoy hablando del presente. De ahora mismo, de este momento en concreto. —Descarto la idea de confesar lo de Antoine, teniendo en cuenta que ya estoy con la mierda hasta el cuello. Ahora mismo, estoy jodido haga lo que haga. Si le hablo claro acerca de esa posible amenaza, ella acabará de cerrarse en banda. «Las batallas una a una, Tobias»—. ¡Me refiero a que me pilles por sorpresa sin una buena razón cuando has tenido tiempo de contarme la verdad!

«Ahora sí que estás bien jodido. Ya puedes ir haciendo las maletas y despidiéndote».

El hombre que hay dentro de mí se niega a dar marcha atrás, ese hombre que desea desesperadamente reparar este puente. Lo que quiere es comerle la boca, hacerla callar a lengüetazos y castigarla duramente con la polla. Esto dista mucho de ser un progreso y, por la forma en la que me está tratando, temo que todo lo que he hecho en las últimas tres semanas haya sido inútil, lo que me cabrea todavía más.

—¿Que he tenido tiempo? ¿Que he tenido tiempo? *Putain.* —«Joder». Cecelia pasa a mi lado empujándome, negándose a mirarme a los ojos, y yo la sigo—. Dime cuándo, entre servir mesas, ir por ahí detrás de ti como otro perrito faldero y todas las veces que me has dado con la puerta en las narices.

—¿Cómo te atreves? ¡Yo no te he dado con la puerta en las narices!

Cecelia se pone en guardia, al otro lado de la cama, mientras yo me desabrocho el reloj para dejarlo sobre la mesilla de noche y me vacío los bolsillos.

—Como si lo hicieras. Y aunque no te lo creas, *trésor*, no es fácil mantener una puta conversación contigo. Si hubiera salido el tema…

Cecelia se quita el jersey y mis ojos se posan sobre sus tetas perfectas.

—Mírame a la cara, *Pierre*. Y perdona si no doy con las preguntas apropiadas para los secretos que guardas en cada momento. ¡Contigo es imposible acertar! —grita, levantando las manos.

—¿Qué esperas exactamente de mí, Cecelia? ¿Esperabas que volviera a buscarte transformado en un hombre completamente nuevo, que tiene todas las respuestas y lo hace todo bien? Sigo siendo el mismo hombre, el malo de la película. Y siempre jugaré sucio para protegerte y mantenerte a salvo. Estoy dispuesto a hacer las concesiones necesarias para intentar que esto funcione, pero si crees que no voy a sacar el lado despiadado, implacable y cruel que todavía hay en mí cuando sea necesario es que no tienes ni puta idea. ¿No querías al hombre del que te enamoraste? Bueno, pues tiene dos caras y ninguna de ellas va a ir a ninguna parte. Fin de la historia —digo, cortando el aire con la mano.

Cecelia prácticamente está echando humo por las fosas nasales y, al verla entrecerrar los ojos, casi espero que empiece a salir fuego de ellas. Se baja los vaqueros de golpe y se desabrocha el sujetador antes de abrir la cómoda.

—¡Ni se te ocurra, joder! —grito—. ¡Prefiero que cojas la puta Beretta del bolso y me pegues un tiro en la polla!

—¡No me tientes, King!

Cecelia da media vuelta y lanza sobre la cama un pijama de franela limpio con el mismo puto estampado, pero de color azul claro. Nunca en mi vida había odiado tanto un objeto inanimado. Como guinda del pastel, añade al conjunto los calcetines peludos, mientras yo me llevo una mano a la nuca y miro hacia el techo.

—Estás empeñada en seguir guardándome rencor —digo, resoplando—. Como esta mañana nos hemos acercado, esta es tu forma de mandarlo a la mierda. Otra vez te estás acojonando.

El silencio avanza como las manecillas del pequeño reloj que ella tiene junto a la cabeza, justo antes de que me lo lance y falle por un centímetro.

Doy un paso adelante mientras Cecelia se mete rápidamente la parte de arriba del pijama por la cabeza, un gesto que para mí es como una puñalada en el pecho. Está claro que no soy el único que juega sucio.

—Acabamos de recordar todas las putas calamidades que han pasado entre nosotros, Tobias. Creo que es mejor que dejemos de hablar.

—Claro, porque hasta ahora nos ha funcionado que te cagas. Y eso hace que tus argumentos dejen de tener sentido. Venga, más silencio, seguro que nos viene bien.

Cuando coge los pantalones del pijama, llego al límite.

—¡Como metas un solo dedo del pie en esos putos pantalones, estarás declarando la guerra y no habrá marcha atrás!

Cecelia mete una pierna dentro de ellos y pierdo la paciencia.

—*Merde. Bon sang, femme. Tu me testes au-delà de mes limites!* —«Joder. Me cago en todo. ¡Me estás sacando de quicio!».

Mete la segunda pierna y ata el cordón de la cintura para echarme más sal en la herida del pecho.

—¡Bienvenido al puto club, Francés! ¡Me alegra ver que por fin estamos en la misma onda!

—Ni de puta coña. Ya ni siquiera estamos en el mismo lugar.

—Por mí, perfecto. Ya sabes dónde está la puerta —dice, señalándola.

Inhala bruscamente y me doy cuenta de que se arrepiente de inmediato. Apenas puedo soportar el dolor que siento en el pecho mientras bajo la vista y cojo una de las almohadas de mi lado de la cama.

—Muy bien, tesoro. Te ahorraré la molestia de señalarla dos veces.

23

Cecelia

He pasado casi toda la noche dando vueltas y más vueltas, sabiendo que podría aliviar ese dolor tan conocido que me causa su ausencia simplemente cogiéndolo de la mano y llevándomelo de vuelta a la cama. Allí, una vez entre sus brazos, podría retirar esas palabras que no quería decir. Aunque muchas otras sí iban en serio.

El hecho de que le contara nuestra historia a mi madre me impresionó y arrojó una luz muy necesaria sobre muchas cosas. Que es precisamente lo que quiero. Pero Tobias tenía razón. He estado impidiéndole constantemente que me aclare por qué hizo lo que hizo. Prácticamente le he impedido confesar nada, evitándolo a él y a sus explicaciones.

Verbalizar nuestra propia historia me ha recordado lo mal que lo hemos pasado, pero también la razón por la que no somos capaces de acabar de solucionar las cosas: su puñetero secretismo.

Tobias no va a cambiar de la noche a la mañana. Todas esas costumbres tan arraigadas —incluidos los malos hábitos— han ido forjando su personalidad a lo largo del tiempo.

Los secretos son su esencia porque él mismo ha sido un secreto durante muchísimos años.

Si quiero que esto funcione, tendré que recordar eso e intentar no enfadarme con él por todo lo que sigue ocultando. Porque sigue haciéndolo, consciente o inconscientemente…, de forma selectiva.

Tras dejar pasar a Beau, entro a hurtadillas en el salón y cojo uno de los cojines que hay en el suelo para arrodillarme delante de donde duerme Tobias. Se encuentra completamente expuesto y respira profundamente, con las espesas pestañas negras desplegadas en abanico sobre sus prominentes pómulos. Está envuelto en una de las colchas de patchwork que compré en una tienda de antigüedades cuando me mudé aquí. Parece totalmente fuera de lugar en ese sofá diminuto que su figura dormida empequeñece todavía más. Mis dedos se mueren por acariciarlo, pero Beau se me adelanta y le lame la mejilla. Tobias gruñe asqueado y se tapa la cabeza con la colcha mientras yo ahogo una risita. Doy por hecho que seguirá durmiendo, pero su voz resuena bajo el grueso edredón.

—*Va te faire voir, connard. Je sais que tu as dormi avec elle.*
—«Vete a la mierda, cabrón. Sé que has dormido con ella».

Reprimiendo otra carcajada, le acaricio el pelo con los dedos. Él aparta el edredón y mira enfadado mi pijama antes de que sus ojos ambarinos llenos de remordimiento se posen sobre los míos.

—Hola.

—Hola —susurra, estirando sus largas piernas más allá del brazo del sofá, antes de girar todo el cuerpo para ponerse totalmente frente a mí—. Por fin estás contraatacando. ¿Significa eso que empiezas a perdonarme?

Peinando con los dedos su denso cabello negro, me acerco a él e inhalo su olor a cítricos y especias, que me inunda de recuerdos.

—¿Por qué no podemos odiarnos?

—Muy fácil —murmura Tobias—. Porque nos queremos demasiado.

—Hemos sobrevivido a nuestra primera pelea chunga. Con mis padres fuera, en la autocaravana, y todo —digo, señalando la puerta con la cabeza.

Él frunce el ceño.

—¿Eso es bueno?

—Creo que sí.

Tobias baja la colcha de patchwork, me agarra por la mandíbula y me aprieta los labios, como hizo hace tantos años en la cocina de Roman.

—Lo único que quiero, *mon trésor...*, es hacer una hoguera del tamaño de Texas y quemar todos esos putos pijamas. Ese es mi único objetivo en la vida. —Yo me río y él me levanta con facilidad de donde estoy arrodillada para ponerme a horcajadas sobre él. Me aparta el pelo de los hombros y me mira con ojos penetrantes—. Tengo muchas cosas que contarte y puede que algunas de ellas te cabreen, pero he vivido tantas realidades diferentes y he ocultado tantas cosas durante tanto tiempo que me resulta difícil discernir cuáles eran los secretos que guardaba y las mentiras que contaba en cada una de mis vidas.

—Pues cuéntamelos todos —digo, cubriéndolo con mi cuerpo y recostando la cabeza sobre su pecho, mientras él me abraza y apoya el mentón en mi coronilla.

—Eso pretendo, Cecelia, pero es...

—Sé que es difícil. Y voy a ser todo lo paciente que pueda, dentro de lo razonable. —Le doy un beso en el pecho—. Quiero que estés aquí, Tobias. De verdad —susurro, acariciándole el pecho en el punto donde lo he besado, para sentir los latidos rítmicos de su corazón—. Si te hace sentir mejor, Beau solo ha llegado hasta la primera base. —Me acurruco más contra él, mientras me frota la espalda con las palmas de las manos, ahuyentando el frío de la mañana.

—No es justo. Él tiene la ventaja de jugar en casa.

—Cierto, pero esta también es tu casa.

Tobias se relaja al oír mis palabras y me levanta, acomodándome para que estemos cara a cara, mientras su polla se hincha contra mi muslo, dando lugar a una oleada de deseo que recorre todo mi cuerpo. Me inclino para besarlo al tiempo que él se levanta para recibirme. Nos besamos de forma sensual y pausada, y Tobias acaricia mi lengua con la suya mientras me rodea con el brazo y me estrecha contra su pecho, pidiéndome perdón con cada lento movimiento de su lengua, y yo hago lo mismo, gimiendo en su boca. El dolor de la noche anterior empieza a desaparecer lentamente mientras nos separamos, mirándonos a los ojos.

—¿Te acuerdas de…?

—Sí —responde él con dulzura, acariciándome el pelo—. Me acuerdo de todo, Cecelia. De todo lo que has dicho, de todas tus miradas. De tus tres tipos de risas, de los detalles de tus sueños, de cómo se dilatan tus fosas nasales cuando empiezas a cabrearte. Del escozor de tus bofetadas, de la sal de tus lágrimas, de la forma en la que encajan tus pechos en mi mano. Del tacto de tu boca, del sabor de tu coño… —susurra, deslizando el pulgar por mi mandíbula—. ¿Qué es lo que quieres que te recuerde?

Le acaricio los brazos y empiezo a perderme en su piel mientras él me atrae de nuevo hacia su boca. Sus cálidas manos me exploran tímidamente y sus labios van bajando por mi mandíbula hasta mi cuello. Se me acelera el pulso cuando, empapada y excitada, deslizo la mano por su pecho y su vientre hasta agarrarle la polla. Su miembro colosal se agita cuando lo aprieto a través de los calzoncillos. Un gemido lastimero vibra en mis labios antes de que susurre su nombre, y estoy a punto de suplicarle cuando llaman a la puerta.

Tobias se incorpora conmigo en brazos, soltando una retahíla de tacos en francés. Yo me aparto, igual de contrariada, aunque no puedo evitar reírme ante su reacción.

—Parece que son madrugadores. —Me levanto, cojo la almohada y la manta del sofá y se las paso mientras él se pone de pie, con una tienda de campaña de tamaño real en los calzoncillos y frunciendo el ceño profundamente mientras señalo con la cabeza su erección—. Haz algo con eso, ¿quieres?

—Dalo por hecho —me amenaza, con una mezcla de lujuria y rabia en la voz.

Luego suspira con fuerza y me mira de arriba abajo antes de marcharse con los brazos cargados, meterse en la habitación y cerrar la puerta de una patada.

Tobias y yo nos despedimos de mis padres después de haberle asegurado a mi madre que le enviaré mensajes y la llamaré todos los días durante el resto de mi vida. Su preocupación está justificada, pero mi trabajo ahora es protegerla de las verdades que puedan surgir. Es el precio de compartir el secreto.

Tobias sigue mirando mucho después de que la autocaravana haya desaparecido, y yo estudio su perfil mientras el sol empieza a teñir el cielo matutino.

—¿En qué estás pensando?

—En Roman.

Se aleja de mí vestido con la ropa de correr (sudadera, una camiseta térmica y unas Nike gastadas) y se agarra el pie por detrás de la espalda para estirar los isquiotibiales. Su corpulenta complexión es cada vez más esbelta y definida debido a sus vigorosas carreras y no puedo evitar valorar minuciosamente el resultado de su esfuerzo.

—¿En Roman?

—En lo tonto que fue y en todo lo que se perdió. —Satisfecho con el calentamiento, viene hacia mí y posa las manos sobre mis alas. Observo sus labios carnosos mientras habla—. Y en cómo me habría gustado que conocieras a mis padres. Aunque, si no hubieran muerto, seguramente no te tendría a ti. —Se acerca a mí y exhala con recelo—. Y en que odio algunas de las cosas que piensas sobre mí, así que voy a cambiarlas.

—Eso es mucho pensar para las siete de la mañana.

Tobias baja la mirada y me siento culpable de inmediato, pero estoy agotada por el torbellino de las últimas veinticuatro horas. Se aleja cabizbajo, saca los auriculares de los bolsillos, se los pone antes de echar un vistazo al teléfono y activa una lista de reproducción. Luego, vuelve a hablar.

—Así es como funciona mi mente —declara, levantando los ojos hacia los míos—. Creía que era lo que querías.

—Y lo era. Lo es. Lo siento.

Me agarra por la nuca y me acerca fugazmente a él para darme un beso breve que me deja con ganas de más. Reconozco a través de los auriculares las primeras notas del *Again* de Archives, un tema que me sé de memoria.

—Nos vemos después del trabajo.

En cuestión de segundos, sale corriendo por la carretera en la dirección en la que se ha ido mi madre, mientras yo me quedo allí, con el corazón encogido.

24

Tobias

Veintiocho años

Las Vegas. El patio de recreo del diablo. Y hablando de demonios, me he traído conmigo a mis favoritos. Y esta noche pienso darles carta blanca.

¿Nuestro objetivo?

Elijah Rosenbaum, un pez gordo de treinta y seis años que pertenece a una red pequeña pero enmarañada de ambiciosos ladrones. Roba a su propia empresa por diversión y dedica el tiempo libre a aterrorizar a las mujeres. A su lado está sentada su nueva víctima, Amelia, una excamarera de veintitrés años experta en cócteles que dejó su trabajo en un bar de Boston creyendo que él sería su príncipe azul. A estas alturas ya sabe perfectamente que lo que necesita es un caballero andante, pero va a tener que conformarse con unos cuantos pájaros corruptos.

Cada vez tiene más claro que abandonar su vida fue un error catastrófico. La nueva presa mira hacia todas partes, asustada, sentada frente a nosotros en los asientos de primera fila que Elijah ya no podrá permitirse cuando le pasemos la factura.

Desde el primer asalto, Dom y yo los hemos estado vigilando de cerca, en busca de algún guardaespaldas que se nos pueda haber pasado por alto. Pero es evidente que Elijah se ha estado saliendo con la suya demasiado tiempo como para tomar medidas de seguridad. Llegado a este punto, se considera intocable. Y su comportamiento deja claro que no se trata solo de una suposición, ya que disfruta atemorizando a su compañera. Cada vez que ella mira más allá de los quince putos centímetros que él considera adecuados, la castiga físicamente. Ya le ha hecho daño dos veces y ella ha empezado a llorar de dolor, pero él la amenaza para que guarde silencio ante su tortura metódica.

—Hijo de puta —gruñe Dom, a mi lado—. Como vuelva a pegarle, me lo cargo.

—Tranquilo —le digo, observando sus hombros tensos y sus puños apretados. Está deseando saltar. Últimamente hemos tenido algunos encontronazos a causa de su temperamento y de su uso de medidas más extremas. Es un renegado despiadado y letal. De un tiempo a esta parte, su carácter se ha endurecido, su paciencia ha disminuido y su mecha se ha acortado. A sus veintidós años, ya casi es tan alto como yo, aunque algo menos fuerte. Pero, cuando ataca, se asegura de que el dolor que inflige sea inolvidable. Se parece mucho a mí, pero nuestras tácticas son muy distintas y eso ha hecho más difíciles los últimos trabajos—. Vamos a hacer un trato, hermano.

—Dime. —Dom está concentrado en Amelia, que busca desesperadamente una forma de escapar de su malvado compañero.

—Contrólate hasta que estemos a solas y dejaré que le des una buena lección de modales sobre cómo tratar a una dama. Esta noche, tú serás el protagonista del espectáculo.

De todos modos, en teoría, este trabajo es un descubrimiento de Dom, un chivatazo de una de las víctimas de Elijah, que se lo estaba contando hecha un mar de lágrimas a una amiga en la biblioteca del MIT. No solo le había hablado de los malos tratos a los que la sometía, sino que había estado un buen rato comentando las imprudentes fanfarronadas de Elijah sobre sus triunfos empresariales y su riqueza, algo que había despertado el interés de Dom. Así que, gracias a esa conversación, este objetivo nos había caído del cielo. Después de investigarlo a fondo, concluimos que la suerte había estado de nuestro lado, así que Sean y yo nos habíamos reunido con Dom en Boston para pasar unos días con él antes de seguir a Elijah a Las Vegas para el combate. Es el lugar perfecto, una ciudad remota en medio del desierto sin vínculos con la vida de Dom en Boston. Elijah nunca sabrá de quién tiene que vengarse, aunque tampoco sería capaz de hacerlo.

Quince minutos en una habitación de hotel y seremos medio millón más ricos. ¿El truco? Si lo pillan, Elijah cargará con la culpa, da igual a dónde vaya a parar el dinero o en qué se gaste. Esa es la ventaja de robar a los ladrones.

Elijah es precisamente el tipo de gilipollas que buscamos. Su avaricia y sus fechorías lo convierten en una fuente de dinero fácil y en un trabajo que a ninguno de nosotros nos quitará el sueño. Además del medio millón, conseguiremos una lista de contactos y de cómplices que nos proporcionarán una nueva serie de objetivos a los que ventilarnos en un futuro.

Dom está sentado a mi lado, inquieto, mirando fijamente al objetivo, mientras a nuestro alrededor suenan gritos esporádicos dirigidos a los dos hombres que están en el ring. El actual campeón es un poco más corpulento que su contrincante, Lance Prescott, una joven promesa sobre la que he estado leyendo y que tiene un historial impresionante, un tipo impredecible con evidente mala baba y que parece estar bailando con el diablo en los ojos. Y, literalmente, apuesto por él. Echo un vistazo al estadio y veo a Sean, que se acerca con una cerveza recién tirada y se sienta a mi derecha.

—Hecho —dice antes de darle un sorbo a la birra, con la llave-tarjeta del hotel de Elijah ya en el bolsillo—. ¿Sigue jodiéndola? —pregunta mientras los mira a ambos desde el otro lado del ring.

Dos mujeres con tacones de aguja nos tapan la vista al pasar junto a nosotros, mirándonos a los tres con un interés evidente.

Yo las ignoro y me centro en el combate, justo cuando Lance golpea a su rival con una combinación demoledora que lo deja aturdido.

—Joder, tío —dice Sean, dándome un codazo—. ¿Es que te has convertido en un puto asexual o qué? No te veo con una chica desde... ¿Cómo se llamaba aquella tía? —pregunta, chasqueando los dedos.

—«Victetoria» —dice Dom, con una sonrisa burlona.

Sean cierra los ojos.

—Ya, tío. Recuerdo perfectamente esas peras.

Pongo los ojos en blanco y Sean me da un codazo, a punto de tirarme la espuma de la cerveza en el traje.

—¿Cuántos años tenías? ¿Dieciséis? —me vacila Sean—. En serio, tío, ya va siendo hora de que eches una canita al aire, como mínimo.

—Hay un par de chicas en Francia con las que queda para calmarse los picores —comenta Dom. Lo fulmino con la mirada mientras él inclina la cabeza para evitarme y poder ver a Sean—. Olvidas que Christian Louboutin es un agente doble. A lo mejor prefiere a las francesas.

—A lo mejor prefiero la intimidad —le espeto—. Fin de la historia —digo antes de volverme hacia Sean—. Y tú estás empezando a cabrearme.

—Es lo que hacen los hermanos pequeños —dice Sean con sarcasmo. Lo ignoro y miro a Elijah, que está concentrado en la pelea. Es un alivio no tener que quitarle a mi hermano de encima, de momento. Por mucho que sea nuestro objetivo, Dom no aguantará mucho más.

Sean suspira exageradamente y se mueve inquieto a mi lado hasta que lo miro.

—¿Qué?

—Que llevamos nueve horas en Las Vegas y todavía no has tomado ni una pizca de ese mejunje patético de chicas al que llamas «alcohol».

—Nunca bebo en el trabajo. Deberías probar alguna vez —digo, mirando su cerveza.

—Vive un poco la vida, hombre. ¿No crees que nos lo merecemos?

—Tengo planes para más tarde.

—Ah, ¿sí? ¿Has programado tu primera sonrisa? —Lo fulmino con la mirada y su sonrisa burlona desaparece dentro del vaso. Luego le da un trago enorme a la cerveza—. Mmmm, buenísima —comenta, haciendo girar el líquido en el vaso—. Te ofrecería una poca, pero probablemente seas alérgico, porque se parece mucho a la diversión.

Dom se ríe a mi lado y niega con la cabeza.

Pasar el rato con Sean y Dom es completamente diferente a tratar con Antoine en su nido de víboras. Y, aunque la mayoría de las veces estoy muy a gusto con ellos, en ocasiones me cuesta cambiar el chip.

En Estados Unidos no estoy constantemente en guardia, como en Francia, pero sigue habiendo muchas cosas en juego.

Sean apoya el codo en la rodilla y la mano en la cara mientras me mira alucinado.

—No entiendo cómo las chicas no caen rendidas a tus pies, con esa personalidad tan arrolladora. Mira, Dom —dice, poniéndome una mano en el pecho y rozándome el pezón con el pulgar—. Me ha parecido verlo sonreír —comenta antes de soltar un suspiro exagerado.

Le quito la cerveza y le doy un trago, sonriendo dentro del vaso, mientras Sean se pone serio.

—¿Nadie más se ha dado cuenta de que siempre hace lo mismo? —pregunta, entornando los ojos, mientras me bebo su birra—. Cada vez que tengo una puta botella en la mano, me la quitas —gruñe mientras le devuelvo el vaso vacío—. ¿Sabes cuánto tiempo he tenido que esperar en la puñetera cola para conseguir eso, gilipollas?

—Pues muchas gracias.

A mi lado, Dom se ríe y lo miro para disfrutar de esa expresión tan inusual en su rostro. A sus veintidós años, tiene un futuro mucho más prometedor que el mío y últimamente tiene menos preocupaciones, lo que hace que cualquier esfuerzo merezca la pena.

Todo ha merecido la pena simplemente por verlo evolucionar. Dom me mira y frunce el ceño.

—¿Qué?

Niego con la cabeza mientras Sean vuelve a ponerme la mano en el pecho.

—Tobias. A la derecha, una morena que parece un puto armario empotrado. Joder, está que arde y solo tiene ojos para ti —dice, girándose hacia mí—. Está pidiendo a gritos que le den lo suyo —declara, riéndose entre dientes—. ¿Ni siquiera piensas mirarla? —pregunta frunciendo el ceño.

—Roberts —dice Dom.

—¿Qué?

—Cierra la puta boca.

Sean se recuesta en el asiento, tan inquieto como de costumbre, como un Tarzán al que hubieran obligado a peinarse y estarse quieto.

—Tengo una idea —le digo—. ¿Por qué no ves el combate de pesos pesados que tienes delante de las narices?

—He tenido cortes de pelo más entretenidos que esto —se queja—. Hasta que en el tercer o cuarto asalto dejan de bailar el vals y empiezan a darse caña de verdad, es un coñazo. De todas formas, no sé qué hacemos aquí. Ya está todo listo. No hacía falta que nos gastáramos la pasta en esta mierda.

—Tenemos que trabajar —gruñe Dom, tan molesto como yo—. Pero si te portas bien, luego te daré una piruleta.

—¿Se la puedes pegar al culo a esa? —pregunta Sean, señalando a una mujer que está pasando por delante de nosotros, despampanante y con unas piernas kilométricas—. Eso ya lo hemos hecho antes un millón de veces. En serio, ¿cómo de a menudo hacemos esto? Nunca. Hemos venido juntos a Las Vegas y estamos viendo un combate de boxeo aburridísimo.

Sean sigue protestando a mi lado y aprieto mi hombro contra el de Dom.

—¿Qué coño le pasa?

Él observa a Sean antes de desviar su mirada hacia la mía.

—Está dolido.

—Te dije que esa mierda iba a acabar mal.

—¿Sabes? Dar cosas por hecho te convierte en un gilipollas —replica—. Solo hemos compartido a unas cuantas y ahora mismo yo vivo en Boston, ¿recuerdas?

—No me ha contado nada.

—¿Por qué iba a hacerlo? —Dom me mira de arriba abajo—. Tú no tienes sentimientos.

Sus palabras me llegan al alma y vuelvo a centrarme en la pelea con más paciencia de la que tenía hace un minuto. A pesar de ser el típico donjuán y estar bromeando constantemente, Sean es muy profundo y se toma la vida mucho más en serio de lo que parece. Ahora que Dom se ha ido a Boston a la universidad y Tyler está en el ejército, siempre que no estoy en Charlotte o en Francia, paso el rato con Sean y el resto de la sección de Triple Falls. En este tiempo, nuestra relación se ha vuelto más estrecha y hablamos de casi todo, a menudo sobre la vida y sobre opiniones filosóficas que compartimos. Y el hecho de que Sean se esté comportando así porque está dolido y no se sintiera cómodo para contármelo me molesta muchísimo. Tampoco es que pueda echárselo en cara, porque yo no soy precisamente de los que van por ahí hablando de las relaciones. Lo más triste es que, la mayoría de las veces, no soy capaz de identificarme con su realidad. Miro a Sean para examinarlo con más atención y, ahora que sé lo que le pasa, puedo ver claramente el resentimiento en sus ojos y el dolor que emana.

Sean me mira y su sonrisa empieza a apagarse.

—¿Qué?

—¿Estás bien?

Él mira a Dom con dureza por encima de mi hombro por haberse chivado antes de volver a posar sus ojos en mí.

—No se puedes sacar a un león de su hábitat y esperar que siga rugiendo igual, ¿no?

Nos miramos fijamente durante varios segundos, hasta que él aparta la vista. Entonces lo entiendo. El club y mis reglas han sido los causantes de esto, junto con mis expectativas de que permanezcan concentrados y sin ataduras.

El sentimiento de culpa me invade y, tras unos segundos mirando cómo pega Lance, hago chocar mi rodilla con la suya.

—Podríamos hablar de las reglas. Y tal vez hacer algunos cambios.

Sean niega con la cabeza.

—No es mala idea para otros, pero ya es demasiado tarde para mí. —Inconscientemente, se pasa la mano por el hombro, donde tiene el tatuaje—. Es mejor así. Todavía no estoy preparado para sentar la cabeza. Aunque ella era... —Sean niega—. No pasa nada. Es lo que hay.

Tal y como predijo Sean, el combate se vuelve más dinámico a medida que Lance empieza a dominar el asalto. Vuelvo a centrar mi atención en Elijah, que tiene la cara pegada a la de Amelia y la regaña mientras ella mira a su alrededor, humillada y aterrorizada. Entonces, su rostro se distorsiona por el dolor.

—Que le den a esta mierda —dice Sean, levantándose de repente . Voy a por otra birra.

Me doy un golpecito en la muñeca para recordarle que esté pendiente de la hora.

—Ya, ya —dice, sonriendo—. Mucho curro y poca diversión, por eso Tobias es un coñazo. —Luego me da un golpecito cariñoso en la barbilla con el puño y, con el vaso vacío en la mano, pasa por delante de nosotros para ir en dirección contraria al bar.

—¿A dónde coño va? —me pregunta Dom mientras ambos

observamos cómo se aleja, caminando cada vez con más torpeza.

—¿Está borracho? —le pregunto.

Dom se encoge de hombros, mirando preocupado a Sean.

—No más de lo normal.

Sin entender nada, lo observo mientras avanza a trompicones entre las filas de gente que rodean el cuadrilátero. Retrocede, levantando las manos para disculparse después de haber empujado a unas cuantas personas, antes de doblar la esquina. Cuando veo que se acerca a Elijah, me doy cuenta de sus intenciones.

Dom maldice, cayendo en la cuenta al mismo tiempo que yo, y saca el móvil del bolsillo para empezar a enviarle como loco mensajes de texto a Sean. Este rodea el cuadrilátero dando tumbos. Es impresionante lo bien que se hace el borracho, sobre todo cuando se toca sutilmente el bolsillo en plena actuación, haciéndonos saber que está ignorando los mensajes de Dom, antes de enseñarnos sutilmente el logotipo de la empresa.

—Dime que esto no está pasando. —Aprieto los puños mientras Sean avanza dando traspiés hacia nuestro objetivo.

—Me temo que sí, hermano.

—Yo me lo cargo —gruño mientras Sean se pone en posición y lanza la caña a escasos metros de Amelia, mirándola fijamente y esperando con su sonrisa característica.

—¡Hijo de puta! —bramo—. Mándale otro mensaje.

—Demasiado tarde. —Justo cuando Dom pronuncia esas palabras, Amelia ve a Sean y, por instinto, se le queda mirando. Elijah se gira hacia ellos. Maldigo mientras Amelia se pone pálida y rompe a llorar.

Dom se levanta, pero lo agarro del brazo y lo obligo a volverse a sentar. Él se gira hacia mí, poniéndose tenso, con los ojos llenos de rabia.

—Acaba de darle un puto codazo en el estómago. ¿Por qué nadie la ayuda, ni dice nada?

Sean se tambalea hacia un lado, como si el suelo se moviera bajo sus pies. Está empezando a llamar la atención, algunos de los que están en primera fila lo miran raro y es solo cuestión de tiempo que el equipo de seguridad local se fije en él.

—Lamentablemente, así es la naturaleza humana, hermano. Tendrás que controlar ese mal genio y esperar al momento adecuado para atacar, o de lo contrario no serás más que otro puto matón idiota al que le echarán el guante —le advierto, mientras Amelia se tapa la cara y sigue llorando.

Sean continúa sin hacer nada, mientras yo mismo tengo que contenerme para no ayudarlo, justo cuando su apuesta da resultado y todo el estadio se pone en pie. En el ring, Lance ha conseguido poner a su oponente contra las cuerdas y lo está castigando con una serie de golpes, dándole candela con sus veloces puños. Aprovechando que todos los ojos están puestos en el cuadrilátero, Sean entra en acción y va dando traspiés directamente hacia ellos, antes de fingir un tropezón y aterrizar con la cabeza sobre la entrepierna de Elijah. Este agarra a Sean por los brazos para intentar apartarlo, pero Sean se levanta y le da un cabezazo tan fuerte que a Elijah se le afloja la mandíbula y se desploma sobre la silla. Con Elijah medio inconsciente, Sean logra recuperarse trastabillando hábilmente con los pies antes de caer de bruces sobre el escote de Amelia. Ella abre los ojos de par en par, sorprendida, mientras Sean la acaricia con la nariz durante una fracción de segundo antes de levantarse, disculparse y marcharse. Amelia sonríe mirando hacia donde Sean ha huido, mientras Elijah vuelve en sí lentamente y busca al tren de mercancías que acaba de golpearlo.

Dom se parte de risa a mi lado mientras pierdo de vista a Sean, que se escabulle entre la multitud que sigue en pie. La carcajada que brota de los labios de mi hermano es tan poco común, que hace que me gire hacia él y, al ver su reacción, mi ira se desvanece y soy incapaz de contener una sonrisa.

—Joder, ha sido divertidísimo. —La risa de Dom empieza a

apagarse mientras me da una palmada en el hombro—. Ese es nuestro chico —declara orgulloso, sonriendo de oreja a oreja—. Solo por eso ya ha valido la pena la pasta que hemos pagado por estos asientos.

Nos suenan los móviles en el bolsillo con un mensaje de texto y, al abrirlo, vemos que es de Sean. Se trata de una foto nuestra hecha ahora mismo, en la que Dom sale partiéndose de risa y yo sonriéndole.

—Qué cabrón —susurra Dom, escribiendo una respuesta, mientras yo analizo la foto para calcular desde dónde la ha sacado. Miro en esa dirección y veo a Sean sentado unas filas por detrás de Elijah y Amelia, con una sonrisa de orgullo en la cara. Levanto la barbilla hacia él, sonriendo, mientras Elijah y Amelia pasan a su lado para ir hacia la salida. Sean endereza la espalda y se levanta para seguirlos.

—Vamos allá —le digo a Dom cuando lo veo levantarse.

Pero él me detiene, poniéndome una mano en el brazo.

—Este es suyo.

***

Media hora más tarde, después de haber salido a pedir chucherías y habernos deshecho de las máscaras de Michael Myers y los guantes de plástico, éramos medio millón más ricos y teníamos una nueva lista de objetivos. Gracias a Sean y a Dom, Elijah se convirtió en un don nadie y Amelia recuperó su libertad para tomar mejores decisiones en la vida. Para cuando salió el sol a la mañana siguiente, Sean ya había olvidado su mal de amores. Pero yo no. Y cuando Dom volvió de la universidad, había nuevas reglas para los pájaros que querían anidar. Una marca específica diseñada para proteger a sus parejas. La marca que ahora lleva Cecelia.

Mientras corto un poco de cebolla, miro la cantidad de cosas que he comprado para esta noche y frunzo el ceño, porque podría parecer excesivo. Me han asegurado que a Cecelia le encantará. Tengo ganas de tomarme otra copa de ginebra, pero renuncio a ella mientras la luz del sol empieza a desvanecerse y consulto la hora en el móvil. La cafetería ha cerrado hace una hora. Ya debería haber llegado a casa. Envío un mensaje a los nuevos pájaros que están vigilando: ¿Ubicación?

Cafetería, responden.

Me trago el dolor que me causa el hecho de que pueda estar evitándome y sigo cortando.

25

Cecelia

Estiro el cuello para aliviar un poco la tensión mientras estoy sentada en uno de los sofás de la cafetería frente al fuego, esperando a que se me cargue el móvil.

En cuanto este se enciende, veo un mensaje de Christy. Es una foto de sus hijos con los disfraces de Halloween hechos a mano en los que lleva trabajando meses. Pongo un corazón sobre la imagen y respondo al mensaje: Qué pasada. Te quiero.

Los tres puntitos aparecen y desaparecen, y sé perfectamente por qué. No la he llamado ni hemos hecho ningún FaceTime desde que apareció Tobias y sé que está enfadada conmigo. Cuando llegué a Virginia, la llamaba a diario y, como la gran amiga que es, me ayudó a empezar una nueva vida con el corazón otra vez recién destrozado.

Para variar.

Últimamente, sus mensajes son cada vez más cortos y secos porque los míos se han vuelto inexistentes. Lleva años aguantando la misma mierda y no se lo merece. Lo que sí se merece es una amiga mejor y yo he abusado tanto de nuestra amistad que debería estar cabreadísima conmigo. La verdad es que estoy harta de mentir.

Llevo haciéndolo demasiado tiempo y eso ha perjudicado nuestra relación.

Ella es mi soporte, mi familia, y se merece algo mejor, pero esto es parte del precio de amar a Tobias. Si le digo que he vuelto con él, sé que perderé su apoyo. Y lo que es peor: si este vuelve a romperme el corazón, no sé si podré soportar el «te lo dije». Así que, por ahora, me estoy escondiendo en lugar de mentir.

Esta mañana estaba dispuesta a sucumbir a lo que siento por él, pero poco después de que nos interrumpieran, me asaltó un miedo atroz a volver a la casilla de salida, a la que ya me han mandado demasiadas veces.

Pero lo amo. Y me muero por él. El deseo es cada vez más difícil de ignorar. Llevamos casi un mes durmiendo en la misma cama y no me he permitido ni una sola vez sucumbir a la tentación.

—Tierra llamando a Cecelia.

Miro a Marissa, que está sacudiendo la cabeza. Solo entonces me doy cuenta de que lleva un buen rato delante de mí, con el dinero de la caja en la mano, y de que he estado pasando de ella mientras intentaba captar mi atención.

—Perdona, ¿qué?

—Que yo puedo ocuparme de la caja si quieres volver ya a casa. —Se echa el bolso al hombro y me sonríe—. Jefa, te voy a decir una cosa pero, por favor, ten en cuenta que lo hago de todo corazón y por tu propio bien.

—Adelante.

—Acaba con el sufrimiento y fóllate a ese tío de una puñetera vez. —Marissa levanta una ceja mientras mis labios se separan—. Para empezar, lo he visto con estos ojitos y ni el propio Mesías te culparía por fornicar pecaminosamente con él día y noche. Puedes darle todas las vueltas que quieras, pero, entre la tensión sexual, las viejas heridas, los sentimientos encontrados y las dudas, vais a ser como un hámster sobre patines durante una buena temporada.

—¿No es un hámster en la rueda?

—¿Qué crees que es más difícil para el hámster?

Me río, negando con la cabeza.

—Estás fatal.

—Sigues castigándolo.

—Créeme, tengo motivos para hacerlo. Aunque... me gustaría pasar página.

—Pues vete a casa y monta a ese puto león, ratón —dice sonriendo mientras me da un codazo.

—No soy ningún ratón, eso es precisamente lo que quiero que entienda.

Ella asiente.

—Pues tendrás que ser persuasiva. Peléate con él, si es necesario, pero hazlo con tu mejor tanga de encaje. —Marissa recoge las tazas de ambas—. Voy a lavar esto y me largo.

Yo me levanto.

—Te acompaño.

Pongo la alarma y empieza a pitar mientras vamos hacia la puerta.

—Tómate un día libre —me propone Marissa—. Podemos apañárnoslas perfectamente.

—Ya me lo tomé ayer. Nos vemos mañana.

Marissa parlotea sobre sus planes para Halloween mientras cierro y veo a los dos cuervos que están aparcados en un sedán, unos cuantos locales más abajo. Levanto la barbilla a modo de saludo y agradecimiento mientras Marissa y yo bajamos de la acera y ella rodea su todoterreno.

—... no pensé que lo volvería a ver después de ese día, pero tiene potencial. No sé, ya veremos. —Abre la puerta del coche y deja de hablar—. Madre mía, chica, es como hablar con una pared.

Hago una mueca, avergonzada, y la miro.

—Lo siento. Es que estoy un poco...

—Distraída. No pasa nada, mujer —responde ella pacientemente, añadiendo un guiño de apoyo—. Hasta mañana, jefa.

Marissa arranca el Jeep y se aleja, mientras una madre con dos críos sale de la tienda de ultramarinos que hay unos portales más abajo, sacando dos cubos de color naranja recién comprados en forma de calabaza de una bolsa de plástico para entregárselos a los pequeños ansiosos, disfrazados de Minions. Me sonríe cuando me ve en la acera y yo la saludo con la mano antes de que se entregue a la tarea de acomodarlos en el asiento trasero del todoterreno. Supongo que su vida será similar a la de Christy, en lo que a dinámica familiar se refiere, y puedo imaginar perfectamente la noche que le espera: una cena rápida antes de salir a pedir chucherías, luego ponerles el pijama a sus hijos, que irán hasta las cejas de azúcar y, finalmente, caer rendidos en la cama y chocar los cinco.

Una vida normal.

Yo podría haber tenido eso. Tuve muchas oportunidades de ser normal. Pero, con Tobias, lo más probable es que la normalidad nunca forme parte de la ecuación. Y la verdad es que me molestaba la normalidad cuando la tenía, la odiaba con todas mis fuerzas. Lo quería a él, anhelaba una vida con él. Y ahora está aquí. Está aquí porque también me quiere y todo lo demás importa una mierda.

Los remordimientos me atenazan al recordar el orificio de bala que vi en su espalda mientras se duchaba.

«¿Qué estás haciendo, Cecelia?», me regaño a mí misma mientras se me llenan los ojos de lágrimas.

Me vengo abajo al darme cuenta del tiempo que he perdido reprochándole unos errores que ya ha pagado más de diez veces. Y él sigue castigándose a diario, con el corazón perpetuamente roto. Y, en lugar de perdonarle e intentar volver a juntar sus pedazos, le estoy negando una segunda oportunidad. Mientras él luchaba por lo que teníamos, yo lo he estado agobiando con mis expectativas.

Cada minuto cuenta, cada segundo que estoy con él es un regalo y lo estoy desperdiciando, joder.

«Me acuerdo de todo, Cecelia. De todo lo que has dicho, de todas tus miradas. De tus tres tipos de risas, de los detalles de tus sueños, de cómo se dilatan tus fosas nasales cuando empiezas a cabrearte. Del escozor de tus bofetadas, de la sal de tus lágrimas, de la forma en la que encajan tus pechos en mi mano. Del tacto de tu boca, del sabor de tu coño... ¿Qué es lo que quieres que te recuerde?».

—Mierda.

Con los ojos llenos de lágrimas y un nudo en la garganta, abro el coche, me pongo al volante, enciendo el motor y meto la marcha antes de salir a toda velocidad del aparcamiento para reunirme con mi rey herido.

Cuando entro en casa, quince minutos más tarde, mi universo se transforma al ver decenas de delicadas velitas centelleando por todas partes. Aguzo el oído para tratar de identificar la música que está sonando: antigua, melódica y lenta.

Beau me saluda con un lametón en la mano y me agacho para rascarle las orejas antes de cruzar corriendo el salón, siguiendo el rastro de un ligero traqueteo procedente de la cocina. Al entrar, veo a Tobias cocinando con los musculosos antebrazos al descubierto. Echa un poco de aceite de oliva en una sartén antes de mirarme con sus ojos del color de la puesta de sol y saludarme con una sonrisa.

—¿Has salido tarde?

Se me humedecen los ojos al recordarlo en la cocina de Roman, hace tantos años.

—Sí, lo siento, me quedé sin batería en el móvil y no me gusta volver a casa por la noche sin cargarlo, por si acaso. Bueno, tengo un cargador en el Audi, pero ya me he acostumbrado a usar el Camaro.

Tobias frunce el ceño mientras suelto mi excusa a trompicones, con el corazón desbocado, al tiempo que la euforia que sentí semanas atrás al verle en aquel aparcamiento vuelve a inundarme. Él me mira, completamente relajado, con una copa intacta sobre la encimera, a su lado. Viene hacia mí, me quita el bolso del hombro y lo deja sobre la repisa, antes de acercarse más y darme la vuelta entre sus brazos para desatarme el delantal.

—Espera —digo, sacando del bolsillo una gran bolsa de caramelos con forma de calabaza. Mis mejillas se sonrojan mientras me giro y se la lanzo—. Feliz Halloween. —Él la mira y sonríe—. Ya sé que es una tontería.

—De eso nada.

Tobias señala hacia atrás con la cabeza, sonriendo con timidez, mientras yo me fijo en la mesa de la cocina, que está llena de…, de todo lo imaginable, aunque lo más destacado son dos calabazas para tallar.

—¿Quieres celebrar Halloween conmigo?

Tobias asiente con firmeza, girándose hacia mí y frunciendo el ceño al ver que se me llenan los ojos de lágrimas.

—¿Qué pasa?

—Te quiero —le digo—. Siento haberte puesto las cosas tan difíciles.

Él me mira a los ojos.

—No, *trésor*, merezco…

—Ser feliz. Los dos lo merecemos.

Él me estrecha la cara entre las manos, mirándome aliviado, mientras lo rodeo con los brazos y lo beso. Gime sorprendido cuando aumento la intensidad, mostrándole lo excitada que estoy, y me inclina la cabeza. Su beso se vuelve más profundo y nos quedamos de pie en medio de la cocina, explorando. Emito un gemido grave cuando se aparta y se aferra a la parte de atrás de mi camiseta para estrecharme con fuerza contra el pecho. Da por finalizado el beso antes de lo que me gustaría y me gira hacia el dormitorio.

—Ve a ducharte. Tenemos mucho que hacer y una partida de ajedrez pendiente. Date prisa.

Me da una palmadita en el culo que me hace levantar los talones y sigo sus indicaciones. Cruzo el salón y me doy cuenta de que ha dejado la casa impecable y la ha aspirado. No hay absolutamente nada fuera de lugar. El fuego me calienta al pasar y, cada vez más relajada por el ambiente, me detengo en la puerta de la habitación y veo que el escritorio está ordenado y los libros organizados en las estanterías. Encima de la mesa hay un diario encuadernado en cuero con una anotación recién escrita y una pluma al lado.

Cher *diario:*

Conocí a mi abuelo, el padre de Abijah, a los veintiún años, en un parque de París. Me envió una invitación por medio de un mensajero para que me reuniera con él en su mesa. Había estado velando por mí todos los años que llevaba allí y me reconfortó mucho saberlo. Antes de conocerlo, me pasé años buscando a los parientes de mi madre para que me ayudaran, pero todos me daban con la puerta en las narices por ser hijo de Abijah. No fue el caso de Abel.

Mi abuelo siempre me trató como a un nieto deseado. Tampoco me reprochó ni una sola vez que mi madre hubiera abandonado a Abijah. Tras nuestro primer encuentro, siguió pasando conmigo todos los sábados durante meses, enseñándome el juego que más apreciaba y transmitiéndome todo lo que sabía sobre la vida y sobre la estrategia del ajedrez. Siempre me he tomado en serio la frase «Escucha a tus mayores» y, aunque él sin duda lo era, también era mucho más sabio que cualquier otro hombre que jamás haya conocido, antes y después de él, con una excepción: mi hermano.

Mi relación con Abel era muy parecida a la que tenía con Beau; quizás un poco más intensa, debido al parentesco.

Siempre me sentí culpable por eso.

Pero, después de años viviendo prácticamente solo en la ciudad, por fin tenía a alguien, a un amigo, que además era de la familia.

Era un hombre raro y a veces se reía de cosas que yo no entendía y que nunca me explicaba. Sobrevivía a base de pan francés, queso, manzanas y el café más fuerte del mundo, y muchas veces me pedía que le llevara todas esas cosas antes de jugar la partida.

Un día, en otoño de ese mismo año, me presenté en el parque con una bolsa de sus cosas favoritas en la mano y descubrí que nuestras piezas seguían allí desde la semana anterior.

Y supe que se había ido.

Pero me dejó una sensación de familiaridad que no había sentido con nadie más que con Dom desde la muerte de mis padres. Valoro mucho el tiempo que pasamos juntos. Muchas veces me daba la impresión de que había sido un jugador importante en algún momento de su vida y él hacía referencia a ello a menudo sin dar demasiados detalles, aunque en realidad nunca me lo confesó. Sin embargo, estaba claro que había muchos aspectos de su vida de los que se avergonzaba profundamente. Lo que más le atormentaba era haber sido un padre autoritario. Puede que yo le ayudara a sobrellevar el dolor por la pérdida de su único hijo, que mi compañía aliviara parte de su pesar. De todos modos, fuera por lo que fuera, para mí mereció la pena conocerlo.

No recuerdo las últimas palabras que me dijo. Ese hecho irónico y cruel me desconcierta hasta el día de hoy, dado que soy un hombre con muy buena memoria. Estoy seguro de que, aquel día, su despedida estuvo llena de afecto y consejos sutiles. Porque, independientemente de cómo se comportase en el pasado, cuando murió era un hombre amable, un hombre al que yo admiraba y al que, sinceramente, empezaba a querer como a un miembro de mi familia.

Cuando asistí a su funeral como único pariente vivo, sentí el peso de esa mentira y decidí que algún día buscaría a mi padre biológico para intentar proporcionarle los cuidados necesarios y honrar así a Abel. No sé si creo en el más allá, pero me gustaría hacerlo porque no me queda ningún familiar cercano con vida y es reconfortante pensar que todos ellos pueden estar reunidos en algún lugar, esperándome.

*Quiero pensar que, si existe una vida después de la muerte,
Abel descansó más tranquilo cuando por fin encontré a Abijah,
sabiendo que estaba bien cuidado y que no murió solo. Y puede
que ahora ambos hayan encontrado la paz.*

*La existencia del más allá es una cuestión que me planteo a
menudo desde que murieron mis padres. Una cuestión a la que
me enfrento a diario, sobre todo por la culpa.*

*Y es que, si de verdad nos están viendo y los que se han ido
son capaces de oírnos, me gustaría confesar algo:*

*No he hablado ni una sola vez con mi hermano desde que
murió.*

A diario me pregunto si estará esperando noticias mías.

*Pero, incluso con el cargo de conciencia que me supone el
hecho de que pueda estar haciéndolo, no encuentro las palabras
adecuadas. Y no sé si alguna vez lo haré.*

Con un nudo en la garganta, me sorbo la nariz mientras percibo un movimiento por el rabillo del ojo. Cuando miro hacia
atrás, veo a Tobias observándome de brazos cruzados, apoyado
en el umbral de la puerta.

—¿Era eso lo que querías?

Para él, esto es lo que le pedí.

Asiento con la cabeza.

—Sí.

—Pues eso sí puedo hacerlo.

—Lo siento mucho.

—Fue hace mucho tiempo.

—Al leerlo no me lo ha parecido. ¿Alguna vez le preguntaste
por Abijah?

—No, nunca me atreví porque creo que era demasiado doloroso para él hablar del tema.

Vuelvo a centrar mi atención en el diario y acaricio la página.

—Gracias.

—Esta será la única vez que te vea leerlo. Tú decides si quieres leer o no mis confesiones. Por cierto: Sensodyne.

—¿Qué?

—La pasta de dientes que me gusta. Tengo las encías sensibles —dice, encogiéndose de hombros.

No puedo evitar reírme mientras me sorbo el resto de las lágrimas.

—Te quiero.

—Lo sé —dice Tobias, metiéndose las manos en los bolsillos—. Siento que sea una tarea tan difícil.

—No es tan difícil. —Me acerco a él y me estrecha la cara entre las manos, con un brillo de cariño en la mirada.

—¿Quieres otra confesión?

Asiento con la cabeza, cautiva entre sus manos.

—Nunca había tenido una novia de verdad hasta que llegaste tú. Eres la primera y la única. —Su mirada es sincera y sus palabras me parten el corazón—. Flirteos, cenas, sexo, pero nunca pasaba de ahí. Y lo de Alicia fue… una distracción. Era buena persona e intentaba cuidarme, por más que yo me resistiera, pero no era una relación de verdad. No compartíamos una vida, ni tallábamos calabazas, ni trinchábamos el pavo, ni elegíamos árbol de Navidad, ni conocía a sus padres —dice, acariciándome la mandíbula con los pulgares—. Nunca pensé que alguna vez querría hacer todas esas cosas, pero quiero hacerlas. Y quiero hacerlas contigo.

—¿Quieres hacer cosas normales conmigo? —le pregunto mientras las lágrimas que no puedo contener acaban brotando y rodando por mis mejillas.

—Sí —susurra, secándomelas—. ¿Por qué estás llorando otra vez, *trésor*?

—Porque a veces no me importa ser un ratón.

Tobias frunce el ceño.

—¿Qué?

—No hace falta que lo entiendas.

—Vale, pues yo también te quiero, ratón. —Se acerca a mí para volver a besarme y siento la pasión de su beso en todo mi cuerpo antes de que se aparte para mirarme con inseguridad—. No sé si seré un buen novio.

—Lo fuiste cuando estuvimos juntos, si no tenemos en cuenta las mentiras y la manipulación, y creo que sigues haciéndolo bastante bien.

—*Trésor*, estoy deseando celebrar Halloweenie, Acción de Gracias y Navidad contigo, pero…

No puedo evitar reírme.

—¿«Halloweenie»?

—Sí, quiero celebrarlo contigo.

—¿Has dicho «Hallow-weenie»?

—Sí —responde él, frunciendo el ceño—. Es lo que he dicho.

—Tobias, «Halloweenie» no existe.

—Claro que sí —insiste él—. Mi madre lo decía siempre.

Resoplo.

—Tobias, se dice «Halloween».

Él me mira como si fuera una ignorante.

—De eso nada —replica, soltándome la cara para hacer un gesto explicativo con la mano—. Están Acción de Gracias, Navidad y «Halloweenie». —Frunce el ceño como si empezara a sonarle raro.

Me río a carcajadas mientras le acaricio la cara.

—Ay, pobre, creo que fue un error de traducción de tu madre. Acababais de llegar de Francia, ¿verdad?

Él asiente lentamente.

—Tienes treinta y ocho años. ¿Cómo es posible que aún creas que se dice así?

—Yo no celebro las fiestas, así que no suelo hablar de eso —dice secamente—. Pues hoy la mujer de la tienda no me ha corregido.

—A lo mejor no se ha atrevido porque eres un extraño con pinta de malote y cara de mala leche. —Me parece ver cierto rubor en su piel aceitunada—. Tobias, mi amor, lo siento, pero «Halloweenie» no existe.

—Como quieras —resopla—. ¿Vas a dejarme hablar?

Asiento con los labios temblorosos, a punto de soltar una carcajada.

—Quiero que firmemos una tregua temporal.

—¿A qué te refieres?

—No quiero seguir hablando del club, solo quiero hablar de ti y de mí. Solo de nosotros, Cecelia. Por eso he venido aquí, por nosotros. Aquí lo importante no es el puto club, ni el papel que juega en nuestra relación. Y parece que eso es lo que no somos capaces de superar.

—¿Durante cuánto tiempo?

—¿Podemos ir día a día?

—¿«Halloweenie» a «Halloweenie»? —Tobias gruñe y yo me echo a reír—. Lo siento, es que me parece divertidísimo.

—Sigue así y puede que te estrangule esta noche.

—Oooh, una recreación de Halloween —digo, moviendo las cejas—. ¿Vamos a jugar a disfrazarnos?

—Sí —responde con apatía—. Tú harás de leñador.

—¿Por qué? —me extraño. Tobias mira el pijama que me espera sobre la cama—. Muy gracioso.

—¿Qué opinas? ¿Acordamos un alto el fuego? —Su expresión cambia y su mirada se vuelve suplicante.

—Lo de la tregua temporal me parece perfecto.

—Bien. Date una ducha. Hay muchas cosas que hacer. Tengo una lista de rituales y estoy preparando chili de pavo. Deanna me ha dicho que es un buen plato para Hallo... —Tobias se queda callado y yo aprieto los labios—. Para Halloween, porque suele ser una noche muy fría.

—¿Quién es Deanna?

—Mi cajera.

—¿Tienes una cajera?

—No, bueno, casi siempre voy a su caja. —Tobias se muerde el labio—. Bueno, siempre.

Levanto una ceja.

—Ah, ¿sí?

Él asiente con la cabeza.

—Confío en ella.

—¿Debería preocuparme?

Él pone los ojos en blanco.

—Es muy joven.

—Ahora sí que estoy preocupada de verdad.

—Su novio, Ricky, trabaja en la licorería y tienen dos hijos.

—Desde luego, sabes mucho sobre ella.

—Suele ayudarme —explica vagamente.

—¿Ayudarte a qué?

—Contigo —dice en voz baja y me quedo de piedra al darme cuenta de que una cajera de supermercado está siendo su consejera sentimental.

—Pues deberías seguir confiando en ella. Lo estás haciendo muy bien. —Me pongo de puntillas y le doy un beso breve en los labios—. Ya has superado todas las primeras citas que he tenido.

Mi sentimentalismo lo conmueve y me da un beso de verdad antes de soltarme prematuramente. Luego me mira de arriba abajo, da media vuelta y va hacia la cocina. Yo me muerdo el labio y lo sigo con la mirada hasta que desaparece con Beau pisándole los talones.

26

Cecelia

Tobias levanta triunfante la manzana con los dientes mientras el agua le corre por la cara. Sus ojos brillan victoriosos cuando le aplaudo, al tiempo que se sacude el agua del pelo como un perro empapado.

—Buen trabajo, King. Pescar manzanas con la boca: hecho —digo, riéndome—. Pero no hacía falta que metieras toda la cabeza.

Tobias se seca la cara con un paño de cocina.

—No le encuentro la gracia a esto.

—Yo tampoco, la verdad. Solo es una chorrada más.

—Creo que el año que viene nos lo saltaremos —dice, pasándose la toalla por el cuello, y yo me derrito al imaginarnos así un año más.

Tobias tira la manzana sobre el periódico que hemos extendido sobre el suelo, justo cuando mi curioso chucho se interpone entre nosotros para meter el hocico en la gran caja de manzanas.

—*Non* —lo regaña Tobias y Beau retrocede bruscamente antes de hacerse con un montoncito de pulpa de calabaza espagueti y llevárselo a rastras.

—¡Venga ya! —grito, al ver que Beau intenta escapar.

Tobias logra atraparlo y le limpia las patas antes de dejarlo salir por la puerta de atrás. Tiro el periódico a la basura y Tobias enciende las velas que hemos puesto dentro de las calabazas, que ya están terminadas. Me acerco y apago la luz de la cocina mientras él vuelve a ponerle la tapa a la mía.

—Bueno, creo que has ganado —declaro, admirando los cuervos iluminados de su calabaza—. Qué pasada.

—La tuya es un desastre —dice él, observando mi calabaza desdentada.

Se me escapa una carcajada al ver lo serio que se ha puesto.

—Muy bien, lección número uno para novios: da igual que sea un desastre o que los vaqueros me hagan gorda, tú miénteme.

—¿Ahora quieres que te mienta?

—Eres un capullo.

—Vamos —me ordena, cogiendo su calabaza—. Tenemos que ponerlas en el porche para ahuyentar a los malos espíritus.

Sonriendo, cojo mi calabaza desastrosa y lo sigo hasta el porche. Las ponemos una al lado de la otra en la gélida noche estrellada. Tobias me abraza y me estrecha contra su pecho mientras observamos el jardín delantero. Los árboles que bordean el camino de entrada están prácticamente desnudos, pero la vista sigue siendo igual de pintoresca gracias al tamaño del jardín y a la luna que brilla allá en lo alto, sobre el prado de enfrente.

—Qué paz se respira aquí, Cecelia.

—¿Pero?

—No hay ningún pero, ya me he acostumbrado. Vamos. Hace frío.

Justo cuando nos giramos para entrar, veo un objeto oscuro que se acerca a toda velocidad y grito cuando se pone delante de nosotros, a la altura de los ojos, y planea casi a nuestro lado.

—No te asustes, es Tyler, que nos está saludando —dice, riéndose, mientras levanta la mano para hacerle una peineta.

—Es un dron.

—Sí.

«Sí, lo típico de un Halloween normal y corriente, Cecelia». Pero no me molesta lo más mínimo.

—¿Desde cuándo tenemos drones?

—Ya te lo había contado.

—De eso nada. Si me hubieras contado que teníamos drones, tengo bastante claro que no lo habría olvidado.

—Ah, vale, se lo conté a tus padres —recuerda.

—Bueno, al menos alguien lo sabía. —Lo miro de nuevo y, por un instante, parece arrepentido.

—Lo siento.

—Este es un buen ejemplo de por qué estás condenado a acabar en la caseta del perro, King. —Me vuelvo hacia el dron y saludo con entusiasmo a Tyler antes de empezar a lanzarle besos.

Tobias refunfuña detrás de mí y me empuja hacia el interior de la casa para inmovilizarme de nuevo contra la parte de atrás de la puerta. Gira tres veces la cerradura y coloca las palmas de las manos junto a mi cabeza, con los ojos entrecerrados.

—Esos no se regalan.

—Ah, ¿no?

Él niega con la barbilla.

—No. No es negociable.

—Qué hombre tan celoso. Menos mal que no quiero besar a nadie más.

—*Non?*

—No —susurro, mordiéndome el labio.

Siento un hormigueo de emoción cuando Tobias levanta el dedo para liberarlo de mis dientes y lo acaricia con el pulgar, mirándome fijamente. Luego se acerca para darme un beso fugaz en los labios y su mirada se desvía hacia mi pijama antes de alejarse.

Yo también estoy empezando a odiar mis pijamas de franela.

—¿Y ahora qué? —le pregunto, siguiéndolo de nuevo a la cocina.

Veinte minutos después, tras haber compartido un porro y unas manzanas de caramelo, nos ponemos a ver *Halloween*, metiéndonos palomitas en la boca el uno al otro por turnos. Asombrada por el giro que ha dado el día, lo observo bajo la luz de las velas y el resplandor de la televisión. Y soy testigo de cómo Tobias ve esa película de terror por primera vez.

Soy su primera novia y su único amor. Lo asimilo mientras le acaricio el pecho a través de la camiseta térmica.

Nunca me cansaré de formar parte de sus primeras experiencias, sean grandes o pequeñas. Es evidente que se ha perdido muchas cosas en la vida y eso hace que todavía conserve cierta ingenuidad, a pesar de su edad y del tipo de existencia que ha llevado hasta ahora. No ha sido algo intencionado. Simplemente, ha sucedido así. Y eso me resulta tan seductor que no puedo evitar acurrucarme más a su lado para sentirlo todavía más cerca.

Se merece estas vacaciones simplemente para poder vivir un poco, dejando a un lado las expectativas del club. Como hizo durante aquel par de meses que estuvimos juntos, aunque entonces seguía trabajando. Ahora es un hombre libre y estoy decidida a ponérselo fácil. Lo que necesita de mí es pan comido. Necesita que le recuerde que está bien vivir para sí mismo, para alcanzar la propia felicidad, porque no sabe lo que es vivir si no es para los demás. Será un hábito difícil de romper y, de hecho, ese es uno de sus rasgos más especiales, pero ya ha sufrido lo suficiente por ello. Aunque me parece dificilísimo conseguirlo, porque es algo que lleva haciendo casi toda la vida.

Pero cualquier pequeña victoria para mí será una dulce pérdida para él. Sin embargo, con el tiempo, le haré tomar decisiones basándose en lo que él quiere, ser un poco más egoísta con sus propias necesidades. Tobias me acaricia las alas de la espalda y le doy un beso en el cuello. Me mira fijamente mientras empieza a sonar la típica musiquita de asesino en serie y me rodea con sus brazos musculosos antes de volver a concentrarse en la pantalla, al tiempo que me acaricia distraídamente con los dedos.

Es el mejor Halloweenie de mi vida.

27

Cecelia

Poco después de medianoche, me asomo desde el cuarto de baño y veo a Tobias con sus calzoncillos negros recostado sobre el cabecero de la cama, donde está trabajando con el portátil desde que hemos vuelto de pasear a Beau. Cierro la puerta, abro el grifo y saco la caja que he escondido debajo del armario del baño. Desato el lazo, cojo lo que necesito y vuelvo a meterla debajo del lavabo antes de desnudarme y aplicarme loción de enebro en la piel. Mis pezones se tensan, ansiosos, mientras vuelvo a vestirme, echo la pasta en el cepillo y me lavo los dientes.

Miles de mariposas se arremolinan en mi estómago mientras me enjuago la boca y me peino con los dedos. Me miro en el espejo una última vez, apago la luz y abro la puerta. Lo observo allí donde está sentado, admirando cada centímetro de su cuerpo musculoso con el pulso acelerado y devorándolo con ojos hambrientos. Su cabello de ónice está despeinado. Mientras él teclea, absorto en su trabajo, la concentración tensa sus elegantes rasgos. Dobla los musculosos antebrazos para levantar la almohada y me permite atisbar unos oblicuos grabados a cincel que le nacen en las caderas. La humedad se acumula entre mis piernas mientras permanezco en la puerta, cada vez más excitada. Solo cuando avanzo hasta los pies de la cama, él deja de teclear y levanta lentamente la vista de la pantalla para mirarme. Un centenar de emociones revolotean en sus ojos ardientes antes de que se quede mirando el picardías que me regaló hace años.

El corazón me da un vuelco cuando cierra lentamente el portátil. Permanezco a la espera con la piel hormigueante y el pulso desbocado, mientras Tobias se recoloca sobre el colchón con los puños y se acerca al borde de la cama. En cuestión de segundos, estoy entre sus piernas abiertas y él posa la frente sobre mi vientre, recorriendo con ella el tejido sedoso.

—Cecelia —dice con voz ahogada, levantando los ojos hacia los míos e incendiando mi piel. Sube la barbilla para apoyarla en mi vientre y me acaricia las pantorrillas con delicadeza antes de empezar a ascender lentamente.

—He estado a punto de deshacerme de él un montón de veces —confieso en un susurro—. De hecho, llegué a hacerlo en un par de ocasiones y el lazo está manchado de kétchup —comento, nerviosa, mientras sus caricias me ponen cachonda y me erizan la piel—. Pero nunca me atreví a desprenderme de él.

—Lo agarro del pelo mientras él me mira, subiendo poco a poco las manos y recorriendo con los dedos la parte posterior de mis muslos—. Me lo ponía para dormir las noches más duras y me decía que, si lo usaba, tal vez vendrías a buscarme —reconozco, sufriendo al recordarlo—. Sé que es una tontería, pero te echaba muchísimo de menos.

—No es ninguna tontería —susurra Tobias emocionado, deslizando las palmas de las manos por la curva de mi culo y dándose cuenta de que no llevo nada más puesto. Maldice en voz baja, acariciándome la piel y propagando el incendio por mi cuerpo tembloroso—. Tan suave —murmura, levantando el tejido para desnudarme ante él—. Tan sexy —añade, inclinándose para pasar la lengua por mi hendidura—. Tan delicada —continúa, repitiendo las palabras con las que me sedujo la primera vez que deslizó ese camisón por mi cuerpo—. Tan hermosa. Bellísima.

Me atrae hacia él con las manos antes de inclinarme las caderas para lamerme con fervor. Sus oscuras pestañas se cierran mientras me separa con su lengua exploradora, susurrando sobre mi clítoris palpitante.

—Tobias —mi gemido de excitación lo estimula y se pone de pie para agarrarme la cara y pegar sus labios a los míos.

Me devora mientras acaricio su musculoso abdomen. Besándolo con idéntica avidez, meto la mano en sus calzoncillos, le agarro su grueso miembro y esparzo el líquido preseminal con el pulgar. Su jadeo reververa en mi boca mientras lo aprieto de la base a la punta. El deseo se apodera de mí, dejo de besarlo y me arrodillo para bajarle los calzoncillos. Estrujándole el culo, lo miro a los ojos antes de lamerme los labios y metérmelo hasta el fondo de la garganta.

—*Putain*. —«Joder». Tobias me agarra del pelo para intentar controlarme mientras yo me vuelvo loca y lo engullo todavía más, ahogándome con su envergadura, mientras la saliva me chorrea por los labios—. Cecelia —susurra, al tiempo que chupo su venoso mástil hasta la gruesa cabeza, antes de volver a bajar de nuevo, sin apartar los ojos de los suyos.

Cuando me pongo a explorar sin prisas, lamiendo el lateral de su enorme pene, él da un respingo y me pone en pie. En un abrir y cerrar de ojos, me retiene sobre la cama con un beso posesivo mientras hunde sus gruesos dedos entre mis muslos, estirándolos para prepararme. De repente, se tumba boca arriba y me levanta con facilidad para colocarme a horcajadas sobre su cara y hundir la lengua en mí con un ahínco meticuloso mientras me agarra por las muñecas y las inmoviliza sobre mis muslos.

La lujuria se apodera de mí mientras me devora, arremetiendo con la lengua hasta dejarme a su merced. Siento cada embestida mientras me come, haciendo vibrar mi entrepierna con sus gemidos, hasta que por fin me suelta las manos.

—Levántate —me ordena, y yo obedezco, inclinándome hacia delante para apoyarme con las palmas en el colchón.

Tobias me coloca exactamente en el punto que desea antes de usar los dedos y la boca para hacerme temblar con su acometida. Me golpea el clítoris con la lengua una y otra vez mientras me penetra con los dedos, estirándome e invadiéndome con ellos. Va acelerando el ritmo hasta que empiezo a suplicarle, jadeando y tartamudeando. Él levanta la cabeza para profundizar todavía más y su cabello negro me hace cosquillas en los muslos mientras me succiona entera entre sus labios, devorándome tan a conciencia como cuando devora mi boca, antes de castigarme con unos lengüetazos lentos y martirizantes.

—*Dois-je te laisser aller?* —«¿Debería liberarte?».

Tobias golpea mi clítoris con su aliento antes de posar la lengua inerte sobre él, deteniéndose justo cuando estoy a punto de correrme.

—Tobias —le suplico, frotándome contra su boca para pegarme más a ella, hasta tal punto que siento las primeras convulsiones del orgasmo.

Él me mira, con el dobladillo del picardías bailando sobre su cara y su cuello, y yo lo levanto para poder verlo mejor debajo de mí. Entrecierra los párpados, acariciándome el clítoris en círculos con el dedo antes de pellizcarlo y apartarse.

—*Dois-je être indulgent?* —«¿Debería apiadarme de ti?». Me da otro lametón torturador mientras acaricia con un dedo hábil mi punto G y grito de frustración cuando me pone al límite—. *Tu n'en as pas fait preuve envers moi.* —«Tú no te apiadaste de mí».

—Deja que me corra —susurro, tirándole del pelo mientras él introduce la lengua dentro de mí en sustitución del dedo y me aprieta el culo para profundizar más—. Por favor —le suplico mientras me acaricia los pechos cubiertos de seda, moldeándolos y apretándolos, haciéndome enloquecer con la boca hasta que la necesidad es tan acuciante que apenas puedo respirar.

Tobias gruñe un instante antes de apretar los labios alrededor de mi clítoris para succionarlo y, con un movimiento de su dedo, por fin me corro. Él me agarra por las caderas mientras convulsiono, recorriéndome de arriba abajo con esa boca maravillosa al tiempo que me resquebrajo, diciendo su nombre casi a gritos. Y continúa lamiéndome, empapada y temblorosa, hasta que el éxtasis se ha disipado parcialmente.

Bruscamente, me tumba boca arriba y jadea sobre mis labios, mirándome excitado. Se cierne sobre mí y me separa los muslos con las palmas de las manos antes de levantarme las piernas y deslizar su gruesa punta por mis pliegues, incitándome con malicia.

—Por favor.

Mi entrepierna se muere de deseo mientras él me provoca masajeándome el clítoris con el extremo de su miembro hasta que me retuerzo debajo de él.

—Mírame —me ordena.

Levanto la mirada hacia sus ardientes ojos abisales y él me penetra con una única y gloriosa embestida. Arqueo la espalda, mirándolo con la boca entreabierta, sin aliento, y él cierra los ojos.

—*Putain. Mon Dieu.* —«Joder. Dios».

Asfixiado por la invasión, mi coño late dolorosamente estirándose alrededor de cada centímetro de su verga, mientras él abre sus ojos llameantes.

—Perdóname.

Tobias me agarra por el cuello, la saca y vuelve a atravesarme sin piedad. Grito mientras empuja con deseo y me tiemblan los muslos cuando se aferra a mis caderas para follarme como si fuera a desaparecer en cualquier momento. Le clavo las uñas en el pecho y él se pone de rodillas, separándome todavía más los muslos, antes de mirar el punto donde estamos conectados y embestirme de nuevo. Yo lo imito y me quedo igual de fascinada al ver nuestra conexión.

—*Ma chatte. Mon corps. Ma femme. Mon cœur. Ma vie.*
—«Mi coño. Mi cuerpo. Mi mujer. Mi corazón. Mi vida».

Sus palabras me hacen precipitarme al vacío mientras otro orgasmo me paraliza, dominándome hasta que el éxtasis me roba el aire. Mientras las réplicas me hacen convulsionar, Tobias inclina la cabeza y me besa intensamente, acariciando con sus gruesos labios cada centímetro de mi piel desnuda a su paso antes de succionar uno de mis pechos cubiertos por el picardías y apartar el tejido para chupar el otro. Empieza a moverse sobre mí y sus besos se vuelven vertiginosos mientras me embiste a toda velocidad, como si se nos acabara el tiempo.

Una fina capa de sudor hace brillar su pecho mientras me devora, implacable, hasta que percibo un cambio y lo siento flaquear. Le soy un beso en la nuez, él ahoga un gruñido y me agarra por debajo de los brazos para abrazarme los hombros, extendiendo las manos sobre mis alas mientras nuestros pechos se rozan.

—Lo siento —murmura, bajando la velocidad y penetrándome lentamente, antes de hacerse con mi boca y seguir el ritmo de su cuerpo con la lengua.

Saboreo la sal de su beso y empiezo a oír sus jadeos de desesperación. Se me llenan los ojos de lágrimas mientras hago todo lo posible por tranquilizarlo.

—Tobias —susurro mientras él baja la boca para besarme el cuello a modo de disculpa.

—*Je t'ai perdue* —«Te perdí», declara, levantando la cabeza.

La crudeza de su mirada se apodera de mí y me oprime el corazón de tal forma que gimo mientras el último de mis preciados escudos protectores se desvanece. Esto no es follar, ni hacer el amor. Es el reencuentro de dos almas que se alejaron en pleno proceso de descubrimiento. Y sé que eso es lo que él está sintiendo ahora, mientras la conciencia fluye entre nosotros y volvemos a ser uno, haciendo desaparecer cualquier distancia que pudiera habernos separado.

Nos movemos al unísono con naturalidad mientras él tiembla sobre mí, aferrándose al borde del colchón y penetrándome con profundas embestidas, llenándome una y otra vez mientras me declara entre susurros su amor y su devoción al tiempo que me pide disculpas. Le acaricio el pecho antes de recorrerle los bíceps con los dedos. Sus ojos ya no buscan, sino que indagan en lo más profundo de mi ser, navegando con facilidad hasta ese lugar de mi interior que solo él es capaz de alcanzar.

Se trata de una conexión a nivel molecular, de un vínculo tan doloroso como sanador. Tengo la certeza de que, si Dios me concediera un solo minuto de vida en esta tierra, elegiría este momento, este instante con él, en el que sé perfectamente por qué estoy viva y para quién.

Mientras contemplo al amor de mi vida, vuelvo a aceptar plenamente el lugar que ocupa en mi corazón, rindiéndome a lo único que nunca he controlado y nunca controlaré mientras el suyo siga latiendo.

Porque es mío.

—Te quiero —musito.

Y con mi susurro y un último empellón, Tobias se corre.

28

Cecelia

Tobias me abraza en la bañera con patas, tras las horas de sexo más intensas de mi vida. Ya la vuelve a tener dura, a pesar de la última sesión agotadora, en la que las únicas palabras que pronunciamos fueron unos suaves «te quiero» entre gemidos y jadeos de placer y respiraciones aceleradas. La codicia nos ha consumido mientras intentábamos sanarnos mutuamente con nuestros cuerpos, nuestros labios y nuestras manos ansiosas. Tobias levanta un trapo caliente empapado y me lo pasa por los hombros mientras yo me inclino hacia delante para facilitarle la tarea, con las manos apoyadas en sus muslos musculosos.

—¿Crees que estamos malditos? —le pregunto. Él se queda inmóvil con el trapo en la mano, valorando mi pregunta, antes de pasármelo por el centro de la espalda.

—Creo que a veces nosotros mismos somos nuestros peores enemigos y que hemos permitido que nos afectaran demasiados factores externos. Sobre todo yo.

—Estamos condenados al fracaso —susurro.

—No digo que no.

—¿Y el resto de los factores externos? ¿Dónde narices estaban nuestras hadas madrinas cuando las necesitábamos?

Tobias gruñe, dándome la razón.

—Pues sí, lo han hecho fatal.

—¿Y Cupido? —pregunto.

—Te disparó demasiadas flechas.

—Pues también a la puta calle. ¿Es que nadie estaba de nuestro lado?

—*Non*.

—¿Y los santos?

—Ni uno —susurra Tobias, acariciándome la barriga, mientras vuelvo a recostarme sobre su pecho—. Ni tampoco la suerte, ni el tiempo.

—Panda de gilipollas —refunfuño—. ¿Quién más se supone que cuida de nosotros?

—Bueno, también está Dios. Pero debió de cabrearse conmigo antes de que naciera.

Su afirmación me parte el corazón.

—No digas eso, Tobias. Piensa que Job era uno de sus favoritos y le quitó todo; sus riquezas, su familia, lo despojó de todo lo que tenía e hizo que enfermara para demostrarle al diablo el poder que tenía. Lo hizo pasar por un calvario, así que puede que no esté tan bien ser el favorito de Dios.

—Entonces puede que yo sea uno de sus favoritos.

Le acaricio las piernas con las uñas.

—Eres el mío y el mejor hombre que he conocido.

Sus manos se detienen.

—Después de todo lo que te he hecho sufrir, ¿todavía me consideras un buen hombre?

Me giro entre sus brazos para ponerme a horcajadas sobre él. Tobias entrelaza los dedos sobre la parte baja de mi espalda, frunciendo el ceño.

—Eres un hombre maravilloso. Me permitiste ver quién eras en realidad la otra vez que estuvimos juntos. Las cosas que has hecho estos últimos años han sido básicamente fruto del dolor y sigues pasándolo mal, amor. No voy a empezar a señalar todos tus defectos porque me importan una mierda, yo también tengo los míos, pero tu interior está hecho de oro puro y nada de lo que digas o hagas me convencerá de lo contrario. —Sin mediar palabra, Tobias me agarra por la nuca y me pasa la palma de la mano por el pelo empapado—. Dices que no te gusta lo que pienso de ti, Francés, pero mi opinión no está sesgada. Adoro todas tus caras, todas tus facetas, las buenas y las malas. Lo que hay entre nosotros todavía es reciente. No vamos a alcanzar la perfección nada más empezar. Pero siempre seré enteramente tuya, mi rey testarudo.

Su mirada se desliza por mi cuerpo, calentándome por dentro.

—Puede que lo nuestro no sea perfecto, pero tú sí lo eres.

—De eso nada. Pero ya he asumido que, contigo, no siempre voy a poder salirme con la mía. Las rabietas tendrán que quedar en segundo plano en algún momento, en favor de lo importante.

Tobias se muerde brevemente el labio.

—¿Es raro que diga que hablas como Sean?

Me encojo de hombros.

—¿Es raro que diga que Sean habla como tú?

Él baja la vista.

—¿Es raro que la gente se ponga a remojo en bañeras llenas de roña, creyendo que se están lavando? Puedo ver la mugre flotando en la superficie del agua.

—No, Francés remilgado. Es más, los baños son buenos para las mujeres a las que acaban de doblar como a un ocho, dándoles caña hasta hacerles perder el sentido. Y no critiques mis aptitudes domésticas.

—Para nada, *trésor* —replica él, frotándose el índice con el pulgar, como si estuviera inspeccionando algo—. Careces de ellas totalmente.

—O puede que tú seas demasiado exigente.

Tobias levanta las caderas, acariciando mi entrepierna con su erección y rozándome el clítoris con la intensidad justa.

—A mí me encantan las labores de mantenimiento.

Sus ojos se encienden y niego con la cabeza, sonriendo, mientras me pasa un dedo por el pezón y hace que se endurezca.

—Cuéntame algo que no sepa, Francés.

—¿Qué quieres saber?

—Cualquiera de las cosas que ignore, que al parecer son muchas.

Tobias me aparta el pelo a un lado del cuello y me da un mordisco en el hombro antes de usar sus exuberantes labios como bálsamo.

—Desembucha, King. Mañana voy a llegar al trabajo con moretones.

—Mañana no vas a ir a trabajar.

—Ya veremos.

—Solo un día. Desde que he llegado, no te has tomado ni un puto día libre por mí.

—¿Y qué quieres que hagamos en ese día? —Él vuelve a atraer mis caderas hacia él y yo gimo—. Tobias, no puedo más.

—Pues déjame a mí. —Incluso dentro del agua, noto que me humedezco mientras me pasa un dedo por el clítoris antes de introducirlo en mi interior.

—No hemos usamos condón —señalo—. Ninguna de las cuatro veces.

Él se queda inmóvil y retira el dedo, apoyando ambas manos en el lateral de la bañera.

—Estás tomando anticonceptivos. Los he visto en el armario. Los tomas religiosamente.

Asiento con la cabeza.

—Entonces, ¿es necesaria esta conversación?

—¿No lo es?

Tobias aprieta los dientes.

—¿Has estado con alguien después de mí? —me pregunta, dolido.

Niego con la cabeza.

—No, Tobias, por supuesto que no.

Le planteo la misma pregunta sin palabras.

—Cecelia —suspira él—. Claro que no, joder. Aquella noche que te tomé tan bruscamente… y las semanas después de que te marcharas, no podía ni mirarme en el espejo.

—Lo suponía, pero…

Él niega con la cabeza, interrumpiéndome.

—Ni siquiera cuando estaba soltero y sin compromiso era un mujeriego —confiesa—. Aunque no me faltaban oportunidades.

—Con modelos de lencería —comento de forma cortante.

—Y también con una actriz francesa —añade, guiñándome el ojo.

—Que te den, King.

Me dispongo a apartarme de su regazo, pero él me retiene con facilidad, riéndose satisfecho.

—Ahí está mi chica celosa.

Arrugo la nariz.

—Eso no es sano para ninguno de los dos.

—Nosotros somos así y eso es lo que sentimos el uno por el otro. Y por eso nos importa una mierda, ¿no?

Agacho la cabeza.

—Vamos a acabar en terapia de pareja. Aunque, con el carácter que tenemos, no nos vendría nada mal.

Tobias me pellizca la barbilla y me la levanta.

—Soy adicto a ti y lo he sido desde la primera vez que te toqué. Antes… A veces pasaba mucho tiempo… sin ningún contacto humano. Estuve tan concentrado durante tanto tiempo que no era una prioridad para mí… hasta que llegaste tú. Fue probarte y me puse como una fiera. Ahora tengo la certeza de que estaba esperando a la mujer adecuada. Es decir, a ti. Y menos mal que he guardado la poca paciencia que tengo para este momento, o sería hombre muerto.

—Muy gracioso. ¿Y crees que tú eres fácil de llevar?

—No. Pero soy el diablo que elegiste.

—¿Y quién soy yo?

—El ángel que no deja de pincharme el culo con mi propio tridente.

—Vale, ya has evitado lo suficiente mi pregunta. Cuéntame —insisto, pasando las palmas de las manos por sus musculosos brazos. Porque puedo. Porque es mío.

—¿Algo que no sepas? —El brillo de sus ojos se atenúa—. Shelly estuvo a punto de hacer que me internaran. En serio. Me volví loco cuando te fuiste. Cuando te dejé marchar.

—Intenté odiarte.

—Y yo hice todo lo posible para asegurarme de que lo hicieras, pero no te tragaste mi farol. No se puede ser más testaruda.

Ninguno de los dos sonríe porque esa verdad duele demasiado.

—Aquella vida era mucho más segura para ti, Cecelia.

—No habría sido feliz. Nunca me habría sentido realizada.

—Ni yo. Destrocé el Jaguar el día que te fuiste de mi oficina, el día que me dejaste y te marchaste de Triple Falls.

—¿Qué?

Me estremezco entre sus brazos, mientras él coge un poco de agua con las manos y me la vierte sobre los hombros.

—Cuando esos putos gilipollas te perdieron el rastro —dice, negando con la cabeza—. Tenía claro que lo habías hecho a propósito y que no querías que te encontraran. No sabía qué hacer. Te deshiciste del móvil, de todo. Incluso dejaste el Audi en el depósito. Me di cuenta de que estaba jodido en cuanto me llamaron y creo que me desmayé, porque no recuerdo los minutos previos al accidente. Me puse como un puto loco.

—¿Siniestro total?

Él asiente con la cabeza.

—Lo siento.

—Me diste todas las oportunidades del mundo para retenerte. —Tobias apoya la cabeza en el borde de la bañera, mirando fijamente hacia el techo—. Dios, Cecelia, nunca en mi vida había estado tan jodido. Cuando pienso en aquella llamada... Prométeme que no volverás a hacerlo —dice, levantando la cabeza y mirándome de forma desafiante a pesar de la súplica.

—Tobias...

—Te lo pido por favor, Cecelia. Aunque nos peleemos, aunque estemos en nuestro peor momento, por mucho que te enfades, eso es lo único que te pido. Sé que nuestras peores discusiones van a ser por temas de seguridad. Pero, por favor, déjame protegerte por mi propia cordura, por mi propia tranquilidad, aunque creas que no lo necesitas. No puedo soportarlo. No puedo aguantarlo, joder.

Parece tremendamente atormentado, con el rostro distorsionado por el dolor y las pestañas oscurecidas por el agua que gotea de ellas. Si esta vida es realmente la mía, si con el tiempo Tobias demuestra que sus intenciones son sinceras, no puedo imaginar mejor forma de vivir.

Aprieto la frente contra la de él.

—Te lo prometo.

Tobias me agarra por la mandíbula y retrocede un centímetro, todavía empeñado en salirse con la suya.

—¿Pase lo que pase?

—Sí, hijo de puta cabezón.

—Esta promesa está por encima de todas las demás —insiste—. Por encima de todo.

—Te lo prometo, Tobias.

—*Merci* —dice, aliviado.

—¿Y qué me dices de que yo también te proteja a ti? —Tobias frunce el ceño y me burlo de él—. Puede que a mí tampoco me guste lo que piensas de mí. A veces veo en tus ojos que sigues creyendo que soy la niñata de diecinueve años que conociste. Está claro que has olvidado por quién has vuelto. —Tobias se araña el labio con los dientes mientras lo agarro con firmeza con la mano, clavando ligeramente las uñas en la sedosa piel de su polla—. Pues ya va siendo hora de que te lo recuerde.

Sus ojos se encienden y me observa mientras levanto las caderas y me hundo lentamente en él.

29

Tobias

Treinta y un años

Qué incompetencia, joder. Si hay algo que no soporto es el hecho de tener dinero y recursos a mi disposición y que ahora mismo no me estén sirviendo de nada.

La búsqueda de Abijah ha resultado infructuosa. La última vez que lo vieron estaba en la calle por la que ahora camino. Pero, al parecer, nunca frecuenta los mismos sitios. Es escurridizo de cojones y el hecho de que nos haya eludido durante tanto tiempo está empezando a hartarme.

Me suena el móvil en el bolsillo mientras cambio de dirección y me dirijo al bar que hay al final de la calle, con intención de tomarme una copa antes de darme una ducha y olvidarme de esta nueva jornada improductiva.

—*Oui?* —bramo, a modo de respuesta. Alguien vacila al otro lado de la línea.

—Tobias, soy Matt, de Virginia.

—Dime.

—Siento ser yo el que te lo diga, tío, pero tenías razón.

—¿En qué?

—La verdad es que trajeron a una chica a una de las reuniones hace poco, pero no le di importancia. —«Cabrones». Durante los últimos meses, Dom y Sean han estado extrañamente ausentes, informándome lo justo, y se han vuelto cada vez más difíciles de localizar. Suponía que se habían embarcado juntos en un nuevo proyecto, que habían vuelto a las andadas, y había dado en el puto clavo—. Mi hermana estuvo con ella esa noche. Dijo que parecía buena gente, pero que no pegaba mucho en el club. —Me paso una mano por el pelo empapado en sudor y echo un último vistazo a la calle, cada vez más molesto. Solo a mis hermanos se les ocurre meter a una pobre inocente en el ajo. Y, total, ¿para qué? Como mucho, será un juguete para pasar el rato. Me prometí tener paciencia al respecto, llegado el momento. Obviamente, no se están tomando en serio lo de sentar la cabeza, lo que me cabrea todavía más, porque al menos esa sería una buena razón para estar distraídos—. Dijo que se llamaba Cecelia. —Me detengo en seco, empalideciendo, mientras Matt sigue hablando—. Pero no le contó mucho más.

Tengo que contenerme para no lanzar el teléfono contra el edificio que tengo al lado.

—¿Podrías repetirlo?

—Dijo que parecía buena…

—No, el nombre. ¿Estás seguro de que era Cecelia?

—Sí. Cecelia, ¿no? —Me doy cuenta de que está hablando con su hermana—. Sí, tío, se llamaba así. Dijo que pasaba de beber y hasta de los porros. Eso no pega mucho en el club.

Ignoro el impulso de dejarle claro que no hace falta ser un porrero alcohólico de moral distraída para pertenecer a mi club y le hago otra pregunta que me está reconcomiendo.

—¿Cuándo fue la reunión?

—Hace como un mes y medio, puede que dos. ¿Cuánto? —Se lleva el teléfono al pecho, sin duda para consultar a su hermana, la informadora—. Mi hermana Alicia dice que dos. Nosotros no hemos vuelto a ninguna reunión desde entonces, pero puedo intentar averiguar si ha ido a alguna otra.

—Pues no deberías ser capaz de hacerlo, ¿no crees, Matt?

—El club se basa en el anonimato, es decir, tienes que haber estado presente para saber lo que ha pasado. No toleramos a los bocazas y su vacilación indica que lo sabe perfectamente—. Tanto este favor como mi interés en esos datos quedan entre tú y yo, ¿está claro?

—Clarísimo.

Dos meses.

Dos, que yo sepa. Dos meses de un verano al que he renunciado para quedarme en París, confiando en Dom y Sean para dirigir el club, mientras me dedico a perseguir a mi padre biológico. Unos meses en los que no he parado de negociar para que ellos nunca tengan que preocuparse por su futuro financiero. Unos meses en los que he asumido todo el riesgo, dando la cara y poniendo mi vida en juego. Unos meses en los que he tenido que regatear para no cometer actos atroces y evitar que Antoine me arrebate la poca humanidad que me queda.

Pero lo peor de todo ha sido que Dom ha desaparecido de la faz de la tierra en más de una ocasión, cuando necesitaba desesperadamente su ayuda, dejándome indefenso y con el culo al aire. Mi hermano jamás me había dejado indefenso y con el culo al aire, por eso había empezado a sospechar y le había pedido ayuda a uno de los miembros originales.

—¿Necesitas que baje?

—No. Ya me ocupo yo. Gracias, Matt.

Cuelgo, llamo al chófer y, en cuestión de segundos, estoy en el asiento de atrás del coche, con el portátil abierto y buscando los informes del cuervo encargado de vigilar a Cecelia Leann Horner.

—*Où allons-nous, monsieur?* —«¿A dónde vamos, señor?».

Niego con la cabeza mientras entro en mi cuenta de correo electrónico.

—*Je ne sais pas encore.* —«Todavía no lo sé».

Ha estado enviándome informes todas las semanas, de forma puntual, sin ningún cambio en la frecuencia. Y yo, negligentemente, no he leído ni uno solo en meses. En realidad, no tenía motivos para hacerlo. La relación entre Cecelia y Roman era inexistente desde la última vez que la había visto, hacía diez putos años.

Cuando abro un correo electrónico de hace un mes, me sobreviene todo el peso del engaño de Sean y Dom. Hace un mes, Cecelia seguía viviendo en Peachtree City.

Dom.

A él no le costaría nada manipular ese dato, como ha hecho en tantas otras ocasiones. Para él, es un juego de niños.

«¿Y Helena?».

«Vamos a dejar a Helena fuera de esto».

La puñetera hija de Roman.

Cualquiera menos ella. Cualquiera menos la puñetera hija de Roman Horner.

Literalmente, cualquier mujer menos ella.

Y lo peor es que la han antepuesto a mí.

Si fuera una maniobra para ganar terreno y acabar con Roman, me lo habrían dicho. Pero Dom… Contaba con su lealtad y su confianza, ¿por qué me lo habrán ocultado?

La traición me atenaza mientras unas punzadas empiezan a desgarrarme el pecho. Abro una botella y me sirvo un trago con manos temblorosas. El chófer me mira mientras me quito la chaqueta y me aflojo la corbata.

¿Por qué? ¿Por qué habrán hecho eso? Estoy a punto de acabar con Roman. Tras años de espera, tras años de movimientos. Ellos lo saben. Saben lo cerca que estamos. Sean ha dejado el taller y ha vuelto a la fábrica para intentar indagar un poco más y averiguar si nos hemos perdido algo antes de dar el paso definitivo.

Como mucho, quedarán unos cuantos meses, después de un montón de años de espera.

No tiene sentido.

Reprimiendo el impulso de llamarlos a cualquiera de los dos para que me sigan contando mentiras, me llevo una mano al pecho, con la espalda chorreando de sudor.

—¿*Tout va bien*, jefe? *Avez-vous besoin d'aller à l'hôpital?*
—«¿Se encuentra bien, jefe? ¿Quiere que lo lleve al hospital?».

Niego con la cabeza antes de beber otro trago de ginebra, dándole vueltas a una única pregunta: ¿por qué?

Solo hay una forma de averiguarlo. Y me aterroriza porque, en el fondo, sé que todo ha acabado. Le envío un mensaje a Palo para que Antoine sepa que me voy: Me largo a Estados Unidos.

Su respuesta es casi inmediata: Díselo tú.

Aunque la dinámica de nuestra relación ha mejorado con los años, Palo es un hijoputa con mala leche y un tanto imprevisible. Pero hasta ahora me ha apoyado más veces de las que me ha dado la espalda. Y no es de extrañar que se haya convertido en un cabrón asqueroso, dadas las compañías que frecuenta. Yo estoy usando a mi favor su odio y su resentimiento hacia Antoine, cada vez mayores. Tras años suspirando por su esposa, está cada vez más cerca de conseguirla, y sé que ese será el paso definitivo para lograr una alianza. Solo tengo que esperar al momento oportuno.

Entre mi padre, que no deja de darme esquinazo, y mis hermanos, que se me escurren entre los dedos, una rabia que nunca había sentido está empezando a acumularse en mi interior. Han aplicado mis propias tácticas contra mí, convirtiéndome en un puto intruso, empujándome fuera del círculo en el que yo nos había afianzado a todos. De ahora en adelante, no sé si podré volver a confiar en mis hermanos como antes, por muchas explicaciones que me den. El dolor que me causa esa idea me hace frotarme el pecho.

Toc. Toc. Toc.

Después de todos los sacrificios que he hecho para castigar a Roman. Después de todas las oportunidades que les he brindado, pidiéndoles únicamente su lealtad y su confianza ¿y ni siquiera han sido capaces de darme eso?

Mi propio hermano me ha traicionado por una puñetera mujer, por la hija de nuestro enemigo.

Y yo no lo he visto venir.

Recuerdo las palabras de Dom: «Dar cosas por hecho te convierte en un gilipollas». Pero ¿qué otra cosa quiere que piense? Me han estado mintiendo, o peor aún, engañándome a propósito, durante al menos dos meses.

¿Acaso Dom quiere hacerse con el control? ¿Está dispuesto a hacerme daño para ello? ¿Es esto una especie de golpe bajo para barrerme del tablero y hacerse con el poder?

Si es así, no pienso enfrentarme a él. Es todo suyo. Mi única razón de ser es lo que hemos construido juntos, la posibilidad de compartir lo que podríamos conseguir en un futuro. Eso me basta. Por muy ambicioso que sea, eso me basta.

¿Es que no he sido lo suficientemente generoso? ¿No lo he apoyado lo suficiente? ¿He sido más un jefe que un hermano? ¿Por eso le ha resultado tan fácil traicionarme así? ¿Traicionar a nuestros padres?

—Joder. —Me arranco la corbata y me desabrocho el cuello de la camisa antes de gritarle las órdenes al chófer—. *À la maison.* —«A casa».

Miro a través de los cristales tintados ese mundo nuevo, en el que me siento más solo que nunca, sin absolutamente nadie de mi lado. Busco desesperadamente en la calle alguna cara amable, alguna señal, algún puñetero pájaro que me diga que estoy siendo irracional. Y entonces lo veo. Su cara me suena. Es uno de nuestros primeros reclutas de Triple Falls, que dobla la esquina bajando la barbilla y levantando el móvil a mi paso.

¿Dom está haciendo que me sigan?

Es el único que conoce mi paradero en todo momento.

Mi hermano. Mi propia sangre.

Tantos años de lucha y de privación, tantos años de sacrificio, dejando a un lado mis necesidades, ignorando mis deseos, tantos años al margen viendo cómo mis hermanos tenían una vida plena mientras yo trabajaba incansablemente para construir este sueño junto a ellos.

¿Y para qué?

¿Para qué?

Mi teléfono suena y lo cojo, maldiciendo.

—No vas a ir a ninguna parte, Ezekiel —susurra él en cuanto contesto.

—No me gusta ese tono, Antoine.

—Me importa un carajo —me suelta—. Tenemos asuntos entre manos.

—Informaré a Palo. Él puede hacerse cargo.

—No pongas a prueba mi paciencia, Ezekiel. Tus planes tendrán que esperar.

He tardado tres semanas en volver a casa. Tres semanas que han sido necesarias para quitarme a Antoine de encima lo justo como para escapar de sus garras y ocuparme de mis mierdas. Tres semanas que he pasado profundizando aún más en las mentiras y engaños con los que me iban alimentando a cuentagotas las manos de los hombres en los que más confiaba.

A estas alturas, ya he deducido lo suficiente como para saber que todo fue intencionado. Incluso llegaron a humillarla públicamente ante varias secciones, para intentar que el acto llegara a mis oídos y tratar de despistarme. Un intento cutre que apesta a desesperación. Pero no soy tonto. Además, eso también indica que saben que lo sé. Desde entonces, he cortado toda comunicación con ellos para intentar acojonarlos. Y por los numerosos mensajes que me han enviado desde entonces, parece que está funcionando.

Los asuntos del corazón siempre acaban hundiendo a los hombres como yo, como Roman o como el puto Antoine. Por eso siempre me he mantenido alejado de ellos.

Los asuntos del corazón siempre son los que convierten a

recias estatuas en peones fáciles de echar del tablero. El amor y las emociones siempre han sido sinónimo de debilidad. Y ellos lo sabían perfectamente cuando se decidieron por ella, cuando la eligieron. Yo me aseguré de que lo supieran. Se lo desaconsejé en todo momento, pero sabía que, con el tiempo, cuando maduraran, acabarían teniendo que hacer concesiones por la pareja que eligieran.

Estaba preparado para ello. Era inevitable.

Pero ¿esto?

No hay preparación posible para esto.

La rabia se ha apoderado de mí, una rabia que no soy capaz de controlar, mientras voy desde el aeropuerto hacia mi despacho. Por primera vez en mi vida adulta quiero pegarle a mi hermano, pero sé que no me lo perdonaré si lo hago.

Menos mal que he dejado el corazón esparcido por todo París porque, si lo tuviera aquí, seguramente haría el puto ridículo. Pero nunca había sentido una rabia semejante. Se trata de una furia sin límites y liberadora que a la vez me empodera y me descarga de cualquier responsabilidad por el daño que pudiera infligir, y me acojona lo bien que sienta.

Antes de enfrentarme a ellos, necesito algo, cualquier cosa, un buen recuerdo en el que pensar para no ser demasiado vengativo. Aunque han pasado semanas desde aquella llamada, sigo estando hecho polvo, herido de forma irreparable.

Mi único hermano.

Mis amigos.

Hasta el puto Tyler ha participado en el engaño.

Todos lo han hecho. Mi club, mis pájaros, mis hermanos.

Todos los miembros originales de Triple Falls. Unos hombres a los que confié mis secretos, mi vida, mi puñetero destino.

Todos me han traicionado.

Todos.

Estoy completamente solo en este mundo.

Cierro con fuerza la puerta del coche y me dirijo hacia el

claro con la rabia corriendo por mis venas. Si yo les he contado alguna vez una mentira, o he hecho alguna omisión, ha sido únicamente para mantenerlos a salvo, para que no vieran mis manos teñidas de sangre.

Atravieso la primera hilera de árboles y el sonido de una guitarra me hace detenerme. Me quedo inmóvil y echo un vistazo al bosque, aguzando el oído para saber de dónde viene, antes de seguir andando hacia el claro. La melodía se adentra en la arboleda y aumenta de volumen a medida que me voy acercando al descampado que hay entre los árboles. Al llegar a ese espacio vacío, la ausencia de vida llama mi atención. Las mesas han desaparecido. Me quedo allí de pie, completamente desconcertado, mientras la canción vuelve a sonar. Irritado por la repetición, empiezo a fijarme en la letra. La música viene de la casa de Roman, de eso no cabe duda. Echo a andar hacia la mansión al amparo de los árboles antes de enviar un mensaje a los cuervos que están de guardia, para saber dónde está el dueño.

Charlotte, responden. Lo cual solo puede significar una cosa.

Cecelia es la responsable y está en casa.

Cruzo el jardín —con la tranquilidad de que mis pájaros controlan las cámaras— y me topo con unos grandes altavoces que apuntan en dirección al claro.

O ellos se lo han contado o ella se lo ha imaginado y mi santuario está en peligro. Mi santuario, mi puto santuario.

Entonces entiendo lo que significa esa música. Es una llamada de atención de Cecelia.

Un reclamo para Sean y Dom.

Y me doy cuenta de que la están ignorando.

Demasiado tarde, joder. Demasiado tarde.

—¡La madre que la parió!

Cabreadísimo, recorro como una exhalación los últimos cincuenta metros del césped resbaladizo y perfectamente cuidado de Roman, con mis zapatos italianos de piel. Nunca había estado tan cerca de su palacio y me prometo no volver a estarlo.

El calor del verano me achicharra el cuero cabelludo, aumentando mi irritación, mientras atravieso el jardín con grandes zancadas, escuchando la letra ensordecedora pero clara.

Esta chica está como una puta cabra.

Entrecierro los ojos para protegerme del sol mientras me abraso dentro del traje. Cuando por fin consigo llegar hasta la terraza, me quedo helado al verla en una tumbona, con los pechos desnudos.

Enfurecido, voy hacia ella, sin reconocer a la niña que vi en la biblioteca hace diez años.

En lugar de a aquella cría torpe, tengo ante mí el cuerpo de una mujer hecha y derecha, vestida únicamente con la parte de abajo de un bikini, la piel bronceada, rostro perfecto y expresión serena. Cuando se percata de mi presencia, sus carnosos labios se curvan en una sonrisa de sirena y desliza una mano sobre sus pechos perfectos para acabar posándola sobre el vientre, cerca de la braguita del bikini. Yo la sigo con la mirada, como ella pretendía, hasta que levanta la otra mano para protegerse los ojos del sol. A pesar del calor, se me eriza el vello de los brazos y entro en pánico de inmediato, al tiempo que me invade esa sensación tan familiar.

«No. No. No. No. No».

Me sobreviene una especie de descarga eléctrica y me doy cuenta de que estoy jodido. La sacudida es tan violenta que me deja indefenso, sin habla y completamente fuera de juego. Me resisto a ella con todas mis fuerzas mientras Cecelia habla.

—¿No tenéis nada que decir?

Al no obtener respuesta, separa lentamente los párpados. Finalmente, abre los ojos de par en par. Es entonces cuando recibo la segunda descarga.

Tantos años de informes sobre su evolución, siguiéndola tan de cerca como a cualquier otro objetivo, hasta hace tan poco tiempo. Tantos años conociendo su historia, viéndola crecer en blanco y negro. Tantos años negándome a ver fotos suyas, al parecer por una puñetera buena razón. Era solo una niña cuando la conocí y es cualquier cosa menos eso ahora que está tumbada a mis pies, completamente en su punto y al alcance de mi mano. Durante años, me he negado a indagar demasiado, pero los detalles que he estado evitando me dan ahora en las narices mientras contemplo mi propia perdición y repito mentalmente un único nombre en bucle, apretando los puños para intentar dejar de hacerlo.

«Helena».

Justo cuando me permito sucumbir a ese pensamiento, ella me identifica, igualmente sorprendida.

—Así que el Francés eres *tú*.

Acabo la botella de ginebra, la tiro y esta se rompe en algún punto sobre el asfalto. Me ha hecho falta todo su contenido para apaciguarme, de manera que la adrenalina es lo único que me mantiene en pie. Me apoyo sobre el capó del Jaguar y veo aparecer los faros de Dom, que entran en el aparcamiento. Bajo la mirada, le doy una calada al cigarrillo y espero a que las puertas del coche se cierren y los dos pares de botas aparezcan en mi campo de visión.

—Antes de que digáis una puta palabra, os diré cómo quiero que me lo contéis.

Todavía no me atrevo a mirarlos a ninguno de los dos, pero puedo sentir su miedo y su tensión, algo que me produce cierto alivio.

Esta nunca fue una jugada para derrocarme o quitarme el puesto. Tras mi encontronazo con Cecelia y el deseo irrefrenable que lo acompañó, he tenido que beber hasta conseguir negarlo, sobre todo después de oírla interceder por ellos. Pero la verdad es que no hay alivio posible. Porque no ha sido solo su devoción por ellos lo que me ha destrozado, sino la mera existencia de esta. Dom y Sean cuentan con el amor de una mujer maravillosa, una mujer que lo arriesgaría todo por ellos. Que siente por ellos la misma devoción que yo creí que sentían por mí. Y la han tratado igual de mal. La han mancillado pasándosela el uno al otro como la botella que acabo de vaciar, al tiempo que la ponían en peligro. Y, al hacerlo, han echado a perder algo sagrado para mí. Hace solo una hora, mientras desenroscaba el tapón de la botella, no me quedaba más remedio que reconocer que ella era el rostro de la inocencia que yo había estado protegiendo.

—Quiero que me digáis exactamente cuándo decidisteis traicionarme y pasaros por el forro de los cojones mi confianza. Los dos. Luego quiero que me contéis detalladamente cómo lo hicisteis, con pelos y señales. Pero antes, quiero saber cuánto tiempo lleváis con esto.

Primero miro a mi hermano, cuyos ojos brillan con un miedo inusitado.

—Tres meses.

Asiento con la cabeza y estoy a punto tropezarme al dar un paso adelante, pero consigo mantenerme en pie.

«Tres meses».

«Tres».

«Exactamente el número de veces que cerraba la puerta para asegurarme de que estuvieras a salvo».

No puedo evitar sonreír ante la ironía.

—Siempre ha sido mi número de la suerte.

—Tob...

—Tres eran mis hermanos de confianza aquí, con sus tres oportunidades para confesar. Tres meses. —Trago saliva y aparto los ojos de Dom para mirar a Sean. Parece tan avergonzado como él, algo que no me reconforta en absoluto—. Muy bien, pues que sepáis desde ya que vuestra condena se multiplicará por tres. Nueve putos meses. O mejor añadimos otro, por si acaso.

—Tob...

Los fulmino a ambos con la mirada, ganándome su silencio.

—Decid otra puta palabra, una puñetera palabra más y acabo con todo. ¡Con todo! Todavía tengo poder para hacerlo, aunque está claro que ambos me consideráis un puto inútil. Disolveré el puto club en cuestión de días. Me mudaré a Francia definitivamente y viviré mi puta vida. Porque, según parece, todo lo que he estado viviendo aquí ha sido una mentira.

—Nunca hemos pretendido...

—¿He escuchado tres palabras? —les pregunto, mirándolos—. ¿O es que tengo alucinaciones? —Me paso una mano por el pelo y trago saliva unas cuantas veces—. No hay excepciones. Esas son las reglas. Vosotros decidís. O lo aceptáis y cumplís la condena, o estáis los dos fuera. Y eso siendo generoso. O lo tomáis o lo dejáis —digo con dureza.

—¿Dónde? —Es Dominic el que hace la pregunta y percibo el remordimiento en su voz. Pero no es suficiente. Ni de coña es suficiente.

—¿Y tú me preguntas dónde, mi querido hermano? ¿Dónde va a ser? En el lugar que me convirtió en lo que soy. Siempre has querido ir a Francia. Pues esta es tu oportunidad.

Dom se recuesta contra el capó del coche, cabizbajo.

—¿Y tú, dónde vas a estar?

—Donde me salga de los cojones.

—¿Lo estás diciendo en serio? —me pregunta Sean. Yo lo miro.

—Habéis puesto en peligro todo mi trabajo, todo por lo que hemos trabajado durante quince años, por mojar el puto churro. Así que dímelo tú, Sean, ¿lo estoy diciendo en serio?

—Eso no es...

—¿Vas a darme una lección sobre el amor, Sean? —En un instante, estamos nariz con nariz y aprieto los puños con fuerza, clavándome las uñas en la piel para no golpear a mi hermano—. Porque si es ahí a donde quieres llegar con tu forma de pensar, no tienes ni puta idea.

—Estamos enamorados de ella —alega Dominic. Sus palabras son como un puñetazo en el estómago.

—Me importa una mierda —replico. Estoy hecho polvo—. Ahora mismo todo me da igual y vais a tener que convencerme para que vuelva a importarme otra vez si queréis conservar lo que hemos construido porque, en este momento, me importa tres pares de cojones. En serio. De verdad que me la pela —digo, con voz quebrada.

—Sé que estás dolido, tío —dice Sean mientras me alejo. Los faros de la camioneta de Tyler iluminan su silueta mientras este llega y se baja de un salto. Nos echa un vistazo a los tres antes de posar su mirada sobre mí.

—¿Tú también? ¿Tú también, Tyler? —pregunto con voz ronca y el corazón destrozado, mirándolos uno por uno—. ¿Después de todo lo que hemos vivido? —Trago saliva una y otra vez y alejo de un manotazo la debilidad que me nubla la vista mientras miro a Dom, que desvía la mirada con los ojos llenos de lágrimas—. ¡Mírame, joder! —Él clava sus ojos en los míos—. Esto era por mamá y por papá, Dom. Estábamos tan cerca, hermano. ¿Por qué? —me lamento, mientras Dom exhala un suspiro de dolor y sus ojos se desbordan. Tyler hace ademán de acercarse a mí y yo niego con la cabeza, impidiéndoselo—. Y ahora contadme, palabra por palabra, cómo me habéis engañado durante tres meses, hermanos. Contadme todo lo que habéis hecho, cada mentira que habéis dicho, cada movimiento que habéis realizado para traicionarme de esta manera, para que no me enterara de nada —digo con aspereza—. Y luego decidme… —Se me vuelve a quebrar la voz mientras desvío la mirada hacia Dom—. Decidme cuánto me queréis. —Tambaleándome, me cubro la cara con las manos y Tyler me agarra del brazo y se lo echa por detrás del cuello para mantenerme en pie. Tiro el cigarrillo y miro a mis hermanos—. Os recomiendo que solucionéis cualquier asunto pendiente del club que tengáis entre manos y que lo hagáis rápido, porque el tiempo no empezará a contar hasta que lleguéis a París. Y no os preocupéis, ya le he comunicado amablemente que no volveréis a llamarla nunca más. Como intentéis poneros en contacto con ella, se acabó.

—Tob...

—¡No quiero ni mirarte! —exclamo.

Dom da un respingo mientras paso a su lado, empujándolo, y doy un traspié. Tyler me sujeta, al tiempo que la máscara se me cae del todo y me desangro ante ellos. Mientras las agujas me atraviesan el pecho, Tyler consigue llevarme hasta la puerta del copiloto de la camioneta y me mete dentro, arrancando justo antes de que me desmaye.

Durante los ocho meses siguientes, me sentí como un extraño en mi propio club, el único lugar en el que antes estaba como en casa. Durante ocho meses, el resto de los hombres en los que confiaba, a los que quería como hermanos, me giraban la cara al pasar, decepcionados conmigo y con mis actos, por haber exiliado a Dom y a Sean, como si fuera yo el que la había cagado.

Y, durante esos ocho meses, entre mantenerme al tanto de cómo estaban, de cómo les iba en Francia y controlarlos de cerca, al tiempo que protegía a la mujer con la que me habían engañado, conseguí resistirme a la tentación de intentar descubrir por mí mismo el misterio de lo que veían en ella. Una auténtica Helena de Troya capaz de destrozar el reino que yo había construido con mis propias manos.

Durante ocho meses, me fui acercando cada vez más a su padre, llevando a cabo los últimos movimientos para asegurarme de que, en el momento en el que mis hermanos bajaran del avión, su último acto para recuperar mi confianza fuera ayudarme a acabar con Roman.

No tenía ninguna intención de volver a verla. Pero cuando ya no soportaba más sentirme marginado en el club que yo mismo había creado, volví al lugar donde todo había comenzado para recordar por qué habíamos empezado, para intentar perdonarlos, asumir su error y volver a hacer mío ese lugar.

Cuando me puse a vagar entre los árboles para tratar de ver las cosas con perspectiva y la oí llamándolos, tuve la certeza de que, si Dios existía, estaba cabreadísimo conmigo por haberme buscado la vida sin haberle consultado mis planes. Verla bañada por la luz de la luna, llamándolos desesperadamente, fue como recibir una patada brutal en los dientes. Entonces me di cuenta de que había sobrepasado con creces el límite para obtener la redención.

La prueba se hizo patente —a través de ella—, en el momento en el que volví a posar mis ojos sobre la tentación. Su inocencia me provocaba, minando cualquier rastro de decencia que quedara en mí, hasta el punto de desear erradicarla y prender fuego a su amor por ellos. Y es que Cecelia no tenía nada de inocente, lo había destruido todo ella solita con su mera existencia y la evidencia brillaba alrededor de su cuello.

En cuanto plantó cara a mi rabia, con tanta furia como yo, con los labios separados y los ojos muy abiertos, supe que estaba obteniendo mi merecido por lo que me había negado a mí mismo al menos una centena de veces. Tras años de resistencia, dejando a un lado mi compulsión por ellos, por nosotros, manteniendo a raya todas las debilidades de las que era susceptible, no pensaba seguir privándome ni un puto minuto más.

Y, nada más probarla, descubrí la libertad.

***

La misma libertad que siento ahora cuando abro los ojos y veo su boca alrededor de mí y sus profundos ojos oceánicos llenos de silenciosas exigencias.

Ella es mi mayor tentación y mi perdición. La única mujer capaz de saciarme. Mi némesis y mi igual, mi tormento y mi amor. Abandonarme a ella nunca había sido tan jodidamente placentero.

Enredo su cabello en mi puño y disfruto al contemplar sus

labios abiertos alrededor de mi polla y del gemido que vibra en su garganta.

Mi *trésor* nunca ha sido fácil de saciar, independientemente de las veces que cumpla con mi deber. Se atraganta con mi envergadura, pero permanece impasible, moviendo la cabeza y abriendo la mandíbula con determinación, hasta arrancarme un gemido. Disfruto de la sensación, de la presión perfecta de su boca húmeda, mientras me pongo una mano debajo de la cabeza para verla mejor. Ella se aparta cuando me incorporo y esboza una sonrisa sensual mientras me aprieta con la mano.

—Buenos días, señor King.

No puedo evitar sonreír.

—Y que lo digas.

Cecelia se aferra a mis muslos para introducirme hasta el fondo de su garganta y yo me dejo caer de nuevo sobre la almohada, negándome a mover las caderas, haciendo todo lo posible por contenerme.

—*Putain.* —«Joder».

Ella se zambulle de nuevo y yo le agarro la cabeza, mirándola. El mero hecho de verla hace que me acerque al orgasmo. Está completamente desnuda, a horcajadas sobre uno de mis muslos, con sus tetas perfectas al aire y los pezones duros como piedras. Paso una mano sobre ellos antes de acariciar sus labios estirados.

—*Tellement sexy.* —«No se puede ser más sexy». Acabamos de recuperar nuestra vida sexual y, si sigue así, no creo que aguante mucho. Cecelia me la chupa hasta la punta antes de apartarse y volver a acariciarme con la mano, mirándome expectante—. ¿En qué estás pensando, *mon trésor?*

—Fóllame —dice ella, con una voz rebosante de deseo.

Paso los dedos por su cabello sedoso, incapaz de ocultar una sonrisa burlona.

—¿Estás reclamando tus dividendos?

—Exacto. Y hoy no estoy de humor para charlas, King.

Riéndome, la subo hacia mi pecho y reclamo su boca hambrienta. Un gruñido se escapa de mi garganta mientras me pierdo en nuestro beso y en la sensación de su lengua al rozar la mía.

Todos los besos que nos damos son perfectos, sea cual sea la emoción que hay detrás. Ella me da exactamente lo que necesito, sin precisar de instrucciones ni de indicaciones. Hemos cartografiado mutuamente nuestros cuerpos como auténticos expertos y estar permitiendo que se reencuentren por completo estos últimos dos días está siendo el puto paraíso. Su mirada me hace saber que la he dejado desatendida durante demasiado tiempo, un deseo que estoy dispuesto a saciar. La pongo encima de mí y le acaricio las alas. Ella frota su hendidura contra el extremo de mi miembro antes de guiarme hacia su interior, hundiéndose lentamente en mí hasta que nos juntamos.

Me invade la necesidad de dominarla, pero le cedo el control mientras mueve las caderas sobre mí con la fricción perfecta, la suficiente como para obtener la mejor de las recompensas si me impulso hacia arriba.

—Tobias —dice Cecelia, lamiéndose los labios y apoyando las manos sobre mi pecho, al tiempo que acelera el ritmo.

Su larga melena me hace cosquillas en los muslos cuando echa la cabeza hacia atrás y se arquea para ofrecerme la mejor vista imaginable. Aferrándome a sus caderas, sucumbo a su calor húmedo y apretado, mientras seguimos colaborando hasta que no puedo aguantar un segundo más.

Entonces la tumbo y veo el brillo de satisfacción en sus ojos por haber logrado sacar lo mejor de mí mientras engancho uno de sus muslos alrededor de mi cintura.

Pero siempre lo ha hecho.

La vida, tal y como la conocía, se acabó en cuanto la vi. Todas las versiones anteriores de mí se borraron cuando cambié el odio por el amor. Habría sido mucho más fácil odiarla. En algún momento lo hice y a veces sigo haciéndolo por cómo es capaz de hacerme sentir. Pero rendirme me cambió la vida, me cambió como hombre, calmó mi mente y colmó mi alma.

Amarla ha sido mi perdición y me ha causado más daño del que puedo imaginar.

Amarla también ha cambiado mi percepción de lo que es importante, de la gravedad, de mi propia realidad personal y, para bien o para mal, ha ayudado a crear el hombre en el que me he convertido.

Fin de la historia.

Lentamente, empiezo a introducirme en su interior. Cecelia me anima con sus gemidos, me venera con sus labios y me contempla con unos ojos desprovistos de cualquier temor mientras su corazón late bajo la piel que estoy cubriendo de besos.

No hay ni un milímetro de separación entre nosotros. No noto ninguna distancia, simplemente me siento afortunado. Afortunado por este orgasmo, por el corazón que late debajo de mí y que me hace más fácil respirar, que alivia mi tensión y me libera de las trampas de la mente. Con el pecho pegado al suyo, la embisto mientras ella jadea gritando mi nombre, enredando los dedos en mi pelo y mirándome a los ojos. Mi corazón late contra el suyo, ambos con la misma fuerza, pero ya no suplica que vuelvan a aceptarlo. Ya le han abierto la puerta. Cuando Cecelia vuelve a pronunciar mi nombre, gruño y me corro dentro de ella, apretando la mandíbula contra su pecho agitado mientras me quedo sin fuerzas. Y entonces me doy cuenta de que estoy en un sitio en el que jamás creí que volvería a estar: en casa.

30

Tobias

Beau gime, tumbado a mis pies, mientras una ráfaga de aire helado me azota la cara. Palpo el hueco vacío que hay a mi lado en el colchón mientras el viento frío silba en el dormitorio, despertándome por completo. Cuando abro los ojos y veo de dónde viene —la ventana de la habitación está abierta de par en par—, me siento en el borde de la cama, poso los pies sobre la madera helada y cojo la Glock. De repente, algo me golpea en la mandíbula. El dolor sigue todavía ahí cuando me doy cuenta de qué se trata.

Nieve.

Aliviado, vuelvo a guardar la pistola en el cajón y entorno los ojos al ver por un segundo unas manoplas en el alféizar. Al cabo de un instante, otra bola atraviesa la ventana y me golpea en el pecho, una maldad a la que sigue la risa perversa de mi *trésor*.

—Gracias, me has dado un susto de muerte. Te vas a cagar.

—¡Lo siento! —grita ella desde el otro lado de la ventana.

—No lo suficiente. —Miro a Beau, que se ha puesto a lamer el hielo del suelo—. Eres un inútil —lo regaño—. ¡Cómetela a ella!

La risa de Cecelia resuena en la habitación y yo me acerco a la ventana justo cuando unos ojos brillantes de color azul oscuro asoman por la parte inferior del marco. Ella me sonríe desde abajo y yo le devuelvo la sonrisa antes de cerrarle la ventana en las narices y echar el pestillo, interrumpiendo su grito de protesta. Me vuelvo a la cama y espero.

Poco después, oigo el chirrido revelador de la puerta de atrás y el sonido ahogado de unas botas cruzando la casa. Beau la delata completamente al reunirse con ella al lado de la puerta del dormitorio, donde se encuentra agazapada, sin duda armada hasta los dientes.

—Perdona, no lo había pensado —dice con sinceridad.

—Pues tienes que pensarlo —la regaño—. Siempre y en todo momento, y lo sabes. Por hoy te perdono, pero te lo advierto, *trésor*, como me lances algo de eso, lo consideraré una declaración de…

Apenas me da tiempo a protegerme de las tres bolas que me lanza rápidamente, una detrás de otra. Me pongo en pie de inmediato mientras ella grita y abandona el resto de su arsenal, da media vuelta y sale corriendo por la puerta con las botas puestas mientras una carcajada histérica brota de sus labios. No puedo evitar reírme al tiempo que la persigo por toda la casa, la alcanzo en el salón y le hago un placaje en el sofá. Cecelia grita y cae de espaldas forcejeando conmigo, con los ojos brillando de malicia.

Lo vas a pagar muy caro —le advierto sin poder evitar sonreír al mirarla.

—Ya te he dejado dormir bastante.

—¿No vas a ir a trabajar?

—Como sureño que eres, deberías saber que, en cuanto cae medio centímetro de esa cosa blanca —dice, señalando con la cabeza hacia la ventana—, las ciudades del sur aprovechan la excusa para hacerse las desentendidas y paralizarse por completo.

—Ah, ¿sí?

—Pues sí —responde Cecelia, asintiendo con la cabeza, con la piel de porcelana enrojecida por el frío.

Su belleza me abruma momentáneamente mientras me pego más a ella, que me araña con las manoplas heladas. Cuando me aparto, molesto, ella suelta una risita.

—Hoy vamos a disfrutar de la nieve como es debido, Francés. Hay suficiente para una buena pelea y un muñeco de tamaño decente. Y, si te portas bien, te haré helado de nieve.

Arrugo la nariz.

—¿Qué es el helado de nieve?

—Es un regalo para los niños buenos. Ya lo verás.

—¿Y qué hay que hacer para ser un niño bueno? —Me agacho y beso la piel que soy capaz de encontrar bajo todas las capas que lleva puestas—. ¿Te conformarías con una lengua hábil? Ya sabes que eso es mucho pedir.

—Tendrás que darlo todo, Francés.

—Mi todo está listo —murmuro sobre su cuello, frotándome con ella todo lo que me lo permiten las prendas gruesas como edredones que lleva puestas.

—Para el carro, vaquero —dice Cecelia, deslizando las manoplas cubiertas de nieve por mis costados, haciéndome estremecer.

—¿Quieres enfrentarte a mí? ¿Es que no has aprendido nada? Ella entorna los ojos ante mi desafío.

—Puedo contigo —se burla.

—¿Tú crees?

—Estoy segura.

Abandonando la búsqueda de un poco más de piel, me levanto de encima de ella y del sofá y alzo la barbilla, aceptando el reto.

—Te doy cinco minutos, *trésor*. Y más te vale esconderte bien.

Mi esbirro de cuatro patas la descubre en el jardín a la primera de cambio y Cecelia empieza a gritar como una loca, lanzándome un arsenal de bolas de nieve mal hechas, antes de rodear la casa corriendo para ir a la parte delantera. Cuando la alcanzo, solo es capaz de dar un par de pasos más sobre el manto de nieve que cubre el jardín delantero antes de perder el equilibrio y caer de bruces.

No puedo evitar reírme al verla allí tumbada, con el cuerpo temblando de risa y agotamiento, mientras la alcanzo y le doy la vuelta para para observar cada centímetro de su cuerpo perfilado por la nieve.

—La guerra más corta de la historia de Estados Unidos duró treinta y ocho minutos, *trésor*. Estoy muy decepcionado contigo.

Le sacudo la nieve mientras ella se ríe debajo de mí.

—Ah, sí, ¿y qué guerra fue esa?

—La anglo-zanzibariana, en 1896.

—Eres un empollón, King —murmura—. Creía que te alegrarías de que la guerra hubiera terminado.

—Si te refieres a nuestra guerra, estoy encantado. De hecho, estoy más que dispuesto a satisfacer todas las condiciones de tu rendición. Pero vamos a tener que mejorar tus tácticas. Ni siquiera has conseguido engañar a mi secuaz —digo, señalando con la cabeza a Beau, que está levantando la pata para salpicar con una línea de color amarillo chillón la nieve recién caída.

—Beau —lo regaña Cecelia mientras él nos mira a los dos como diciendo: «¿Qué?». Ella niega con la cabeza y vuelve a mirarme—. Parece que no le gusta.

—A ningún hombre le gusta tener las pelotas congeladas. Pero a él vamos a tener que cortárselas cuanto antes —digo, tirando de ella para levantarla del suelo—. Se está encariñando demasiado con mi pantorrilla.

—Shhhh, te va a oír.

Juraría que Beau gime, dándole la razón, antes de alejarse

trotando de nosotros para satisfacer su curiosidad. Cecelia gira sobre sí misma después de levantarse y engancha una de mis piernas con la suya para intentar derribarme. Resisto a su triste intento de tirarme al suelo antes de ceder y fingir que me ha hecho caer.

—Me has dejado ganar —dice con un mohín, aterrizando sobre mí y dejándome sin aire, mientras cruza las manos enguantadas sobre mi pecho, sonriendo de oreja a oreja. Le aparto un mechón de pelo mojado y enmarañado del cuello y se lo echo por detrás del hombro.

—A veces prefiero dejarte ganar. Me hace la vida mucho más fácil. Por cierto, necesitas unas lecciones de defensa personal —comento.

Ella arquea una ceja antes de hacer ademán de quitarse una manopla.

—Ah, ¿sí?

—Sí.

De repente, me agarra la polla con fuerza a través de los vaqueros, haciéndome maldecir.

—¿Qué decías?

—Que es mejor no meterse contigo —gruño mientras me la estruja con más fuerza durante unos instantes, antes de soltarme.

—Lástima que los hombres seáis tan vulnerables ahí abajo —dice, batiendo las pestañas—. Y yo soy de las que juegan sucio.

—Como yo —le recuerdo, ayudándola a levantarse, mientras echo un vistazo al paisaje nevado.

—¿A que es precioso?

Asiento con la cabeza.

—No creí que fuera a caer tanta.

—Ha entrado un frente frío, por eso ha caído mucha más de la esperada.

Asiento con la cabeza.

—Nos merecemos un buen día de nieve, después del último que tuvimos —susurra Cecelia, haciéndome recordar el día que se lo confesé todo en el jardín trasero de su padre mientras caía una intensa nevada a nuestro alrededor. Mi sentimiento de culpa resurge al imaginármela helada, hecha un mar de lágrimas, mientras me suplicaba que reconociera lo nuestro, que admitiera lo que ambos sabíamos que era cierto. Y yo la rechacé mientras me rompía en pedazos, sabiendo que no podría sobrevivir a la verdad ni a ese recuerdo—. Lo siento —dice al verme la cara—. Ha sido un golpe bajo.

—Pensaba en ese día todo el rato cuando estábamos separados. —Levanto lentamente el dobladillo de su gorro de punto y le doy un largo beso en la frente antes de volver a bajarlo—. Haremos que este día sea mucho más memorable, para que nunca vuelvas a pensar en el otro.

Ella asiente con la cabeza y las nubes de sus ojos se disipan poco a poco, mientras se agacha con una sonrisa en sus labios carnosos y coge un puñado de nieve.

—La venganza es un plato que se sirve frío, ¿no?

—Ni se te ocurra…

Cecelia me lanza una bola a la mejilla, da media vuelta e intenta huir. Esta vez, consigue dar cinco pasos.

31

Cecelia

Tobias pone cara de asco al verme abrir la tapa de la leche condensada con la punta triangular del abrelatas. Examina la etiqueta, mientras yo reparto la nieve en dos cuencos y echo la leche por encima, antes de coger dos cucharas del cajón de al lado.

—Ya te lo he dicho, *trésor*, no pienso comer nieve —declara, arrugando la nariz con evidente desagrado—. Eso no puede ser... higiénico.

—Los primeros centímetros de arriba están limpios.

—No, gracias. —Hace ademán de marcharse, pero yo lo detengo y le hago dar media vuelta, inmovilizándolo con mi cuerpo contra la encimera.

—Vas a probarlo —le ordeno. Pero él niega con la cabeza.

—No. *Merci*, pero no.

—Esto no es opcional, King —declaro, acercándole una cucharada a la boca.

Él gira la cabeza.

—No pienso comer eso.

Sacudo la cabeza.

—Te juro que acabo de tener una visión del futuro, intentando alimentar a un mocoso francés. A una pequeña réplica de ti.

Tobias posa de inmediato los ojos sobre mi vientre y me levanta poco a poco el jersey para ponerme la mano en la barriga y mirarme inquisitivamente. Hay una tristeza profunda en sus ojos y vuelvo a dejar la cuchara amenazante en el cuenco, preocupada por su reacción.

—¿Qué pasa?

—¿Quieres tener hijos?

Su expresión recelosa dispara una alarma en mi pecho.

—No me he parado a pensar mucho en ello. Reconozco que la idea de tener un bebé tuyo... en cierto modo me resulta seductora y muy atractiva. En cuanto a lo de ser madre... A ver, no me importaría serlo algún día. Aunque tampoco es algo imprescindible para mí. ¿Por qué lo preguntas? —Tobias baja los ojos y observa el movimiento de sus dedos sobre mi piel, en lugar de responder—. ¿Tú quieres tener hijos?

—Nunca creí que quisiera tenerlos..., pero imaginarte embarazada de un bebé mío... Joder. —Tobias se pasa la lengua por los labios, con los ojos ardientes de deseo—. Contigo tal vez. Pero solo contigo.

Su respuesta me enternece, pero mi lado cauto se impone.

—Vale, ¿qué pasa?

—Nada.

—No me mientas descaradamente, Tobias. ¿Es por el peligro?

—En parte, sí.

—Bueno, pues ya lo hablaremos más adelante. No tenemos prisa, ¿no?

—No.

Demasiado fácil. Decido insistir.

—¿Qué es lo que no me estás contando? ¿Tienes algún problema con...? —pregunto, bajando la vista.

Él niega con la barbilla.

—No. Puedo darte hijos, *trésor*.

—Vale —suspiro—. Pero ahora quiero que me des otra cosa.

359

Tobias señala los cuencos con la cabeza.

—El helado de nieve se está derritiendo.

Gruño, frustrada, pero decido que esta discusión puede esperar. No tengo prisa y me cuesta demasiado tirarle de la lengua con algo que está claro que no quiere contarme.

Vuelvo a llenar la cuchara, me la llevo a la boca y gimo al sentir el dulce helado sobre la lengua. En los ojos de Tobias brilla una chispa de curiosidad mientras me observa.

—Venga, prueba un poco. Hazlo por mí.

Él asiente, acariciándome la barriga con los nudillos, antes de bajarme el jersey. Cuando acerco la cuchara a sus labios carnosos, él los separa, prueba un bocado y abre un poco los ojos, sorprendido.

No puedo evitar esbozar una sonrisa victoriosa.

—Te lo dije.

Sin vacilar, coge su propio cuenco y nos vamos al sofá. Los abrigos y los guantes que acabamos de quitarnos están colgados en un perchero, junto al fuego crepitante.

Tobias se zampa el helado de nieve, mientras yo intento no burlarme de él, y dice algo con la boca llena. Sus palabras son ininteligibles.

—¿Qué ha sido eso, King? ¿Acabas de decir: «Mmm, qué rico»?

Él entorna los ojos.

—*Teno* que ir a ver a *Maak* —murmura, zampándose el helado y gesticulando con urgencia para que me coma el mío, como si no hubiera estado a punto de tener que meterle la cuchara en la boca a la fuerza.

—¿Que tienes que ir a ver a Mark?

Tobias asiente con la cabeza.

—¿Quién es Mark?

Él traga saliva y se mete otra cucharada enorme en la boca.

—El de la ferretería. Para equiparnos para el día de nieve. Es mi cajero.

Aprieto los labios mientras él rebaña el cuenco.

—Últimamente andas mucho por ahí, ¿no?

Él asiente con la cabeza.

—Ha dicho que me hará un cinco por ciento de descuento en la compra.

Suelto una carcajada.

—¿Y Deanna no se pondrá celosa?

Él se encoge de hombros.

—Está en otra tienda.

—Chaquetero —digo para picarlo mientras engulle el resto del cuenco y me hace un gesto para que comparta el mío. Abre la boca esperanzado y yo le embadurno los labios con los restos de leche pegajosa de mi cuchara. Frunce el ceño mientras dejo el cuenco, mirando aún con anhelo lo que queda, hasta que lo agarro por los hombros y lo empujo hacia atrás en el sofá para limpiarle bien los labios. En cuestión de segundos, olvida mi helado de nieve abandonado y opta por lamerme a mí en su lugar. Me aparto para mirarlo, húmeda y con los labios hinchados—. Me encanta el Tobias domesticado.

—Ah, ¿sí?

—No me malinterpretes, también adoro al Francés borde, autoritario y trajeado, pero esta versión de ti me gusta tanto como esa. —Le doy un beso en la mandíbula y siento cómo se acomoda debajo de mí, rodeándome con los brazos—. Puede que incluso más.

Horas más tarde, yacemos comatosos en el sofá mirando fijamente el fuego, medio atontados por el vino, tras una larga partida de ajedrez y con la previsión del tiempo de las noticias de la noche de fondo. Tobias está sentado en un extremo, masajeándome los pies enfundados en unos calcetines de lana, y yo estoy tumbada frente a él. Según el parte meteorológico, mañana la nieve habrá desaparecido, lo cual me entristece un poco. Pero es la siguiente noticia lo que capta la atención de mi Francés adormilado y hace que deje de masajearme los pies. Sube el volumen mientras el presentador pone y resume unas imágenes breves pero espeluznantes que nos sacan a ambos de nuestro sopor. Los responsables de ello, un nuevo grupo terrorista, reivindican orgullosos su autoría y, por la forma en la que reacciona Tobias —tensando el cuerpo y apretando la mandíbula—, es como si se tratara de la puta batseñal. Se me eriza el vello de la nuca mientras él se crispa a mi lado, con una reacción muy parecida. Es superempático, aunque no lo reconozca.

Su primera reacción es coger el móvil, algo que hace unos años me habría parecido extraño. Su objetivo siempre había sido la guerra corporativa, pero, desde que nos separamos hace meses, su implicación, su postura, su opinión y cualquier posible movimiento habrán subido de nivel. Una ventaja premeditadamente calculada a la que no sé si habrá podido sacar partido todavía.

Cae en la cuenta de esa realidad mientras tiene el móvil en la mano y se lo piensa mejor, mirándome antes de volver a dejarlo donde estaba.

—Seguro que Tyler y Preston ya están con ello —me explica.

Asiento con la cabeza.

—Seguramente. Pero llámalos si quieres, Tobias. No te lo voy a impedir. Y tampoco te he pedido que renuncies.

Él apaga el televisor y vuelve a mirar fijamente el fuego mientras retoma distraído el masaje de pies. Por más que intento explicarle que me parece bien que se mantenga informado, él sigue negándose, convirtiendo nuestra relación en su prioridad. Y sé que para él es todo o nada. No es una persona de medias tintas. Así que me he resignado a que sea su decisión. Observo por la ventana nuestro muñeco de nieve perfecto, salvo porque le falta la cara, y sonrío. Nos hemos distraído al llegar a esa parte. Este nuevo día de nieve ha superado con creces a cualquier otro que yo recuerde y eso me da esperanzas.

—No entiendo a esos tíos —dice Tobias a mi lado, captando

de nuevo mi atención—. A los que matan a gente inocente por cualquier razón de mierda para demostrar lo crueles que pueden llegar a ser. —Vuelve a hundirse en el sofá—. Aunque no es nada nuevo, cuanto más hablan de ellos, más desesperados están por superar a sus antecesores.

—No tienes por qué entenderlos. Bastante haces con intentar detenerlos.

Él niega con la cabeza.

—Tengo que intentar entenderlos para detenerlos, para poder pillarlos.

Extiendo una mano y le paso los dedos por el pelo enmarañado.

—Alégrate de no entenderlos, Tobias.

—He hecho cosas terribles —reconoce—. Pero siempre para proteger a los que quiero, para proteger nuestra causa. Y la verdad es que eso es algo que no me quita el sueño.

—Ni debería.

—O tal vez sí. Tal vez tengo mucho más de Abijah de lo que... —Tobias sacude la cabeza—. He oído historias sobre el hombre despiadado que me dio la vida. Y no son precisamente buenas, Cecelia.

—¿Cómo estaba cuando lo encontraste?

—Prácticamente en otro mundo. —Tobias mira al infinito mientras habla—. De las pocas veces que fui a visitarlo, solo estuvo lúcido en un par de ocasiones. Curiosamente, era amable, pero cuando se le iba la cabeza, la mayor parte de lo que decía eran chorradas. Y era bastante retorcido.

—Tobias, sabes perfectamente que solo nosotros decidimos quiénes somos. Tú me lo enseñaste.

Él me mira.

—Te vi una vez en París. En tu segundo año de universidad. Acababa de matar a un hombre. —¿Qué? Completamente atónita, me quedo sin palabras mientras él sigue hablando—. Era un hijo de puta repulsivo, iba por ahí acosando niños y maltratando a su familia. Un ser humano asqueroso. Era de los de Ant... —Tobias se queda callado mientras su dolor y su rabia aumentan—. No dudé ni un segundo en apretar el gatillo. Ni uno solo —susurra—. Después de verlo morir, me pasé por un bar al que iba a menudo. Acababa de tomarme la primera copa de ginebra, cuando recibí un mensaje informándome de que ibas hacia allí y me di cuenta de que me ibas a pillar. Solo había conseguido alejarme una manzana cuando te vi doblar la esquina, con el pelo revoloteando alrededor de la cara impidiéndome verte bien, antes de que entraras. —Tobias me mira—. Sabía que estabas en París. Siempre sabía dónde te encontrabas, pero me parecía mucho más íntimo cuando estabas allí. Era consciente de que me echabas de menos porque ibas a todos los lugares de los que hablábamos cuando estábamos juntos. Todos los lugares a los que esperaba llevarte algún día. Sabía que, en cierto modo, me estabas buscando. —Me dedica una sonrisa triste mientras la primera lágrima rueda por mi mejilla—. Y casi me encuentras —susurra, deteniendo la mano sobre mi pie—. Era como si me estuvieras persiguiendo y de repente estuvieras allí. —Cuando ve mi reacción, cierro los ojos—. Por favor, no te enfades.

—¿Cómo no voy a enfadarme? Me viste y ni siquiera... —Niego con la cabeza mientras el dolor se apodera de mí—. ¿Cómo...?

—No podía, Cecelia. No podía. Todavía me estaba recuperando del disparo y el dolor de la cicatriz mientras huía de ti. Me recordó lo peligroso que sería volver a meterte en esto. Ni te imaginas cuánto me dolió. Había sido capaz de matar a un hombre sin pestañear, pero dejarte allí fue mucho peor. Dios, si supieras cuánto deseaba volver a aquel bar, solo para verte a través de la puta ventana. Pero me sentía como un monstruo. Y, por aquel entonces, era mucho más monstruo que hombre —reconoce, negando con la cabeza—. Saber que estabas allí, tan cerca, me hizo preguntarme si sentirías mi presencia. Deseaba tanto reunirme contigo, tocarte, aun con las manos recién manchadas de sangre. Y eso me hizo sentir fatal. Me sentía fatal, no entendía cómo podía estar tan tranquilo después de haberle quitado la vida a alguien, pero tan destrozado por necesitarte. Todo era un caos, mis dos caras luchaban por imponerse y ambas deseaban lo mismo: a ti. Y por eso hui, hui de ti, alejando al monstruo lo máximo posible para que no pudiera tocarte con sus manos ensangrentadas. —Tobias hace una mueca de dolor—. Después de aquello, empecé a odiar París, no lo soportaba. Estar allí me parecía una traición a un futuro que nunca podríamos tener —declara, cerrando los ojos—. Me costó muchísimo alejarme de aquel bar. Toda la energía que me quedaba, que no era mucha en aquellos momentos. Yo era más un vengador que un ser humano, pero aquel día me recordaste que seguía siendo de carne y hueso… Tú me lo recordaste. Fue una de las peores noches de mi vida, porque nunca me había sentido tan solo.

Unas cuantas lágrimas calientes ruedan por mis mejillas ante su confesión. Siento rabia por el tiempo que perdimos, por el consuelo que podríamos haber encontrado el uno en el otro y que nunca obtuvimos por culpa de su puñetera y abrumadora necesidad de protegerme.

—El trabajo fue lo que me hizo renunciar a ti. Esa siempre fue la razón. Tengo que ser un monstruo para atrapar a otros monstruos y, básicamente, me dedico a luchar por una causa perdida. Sobre todo porque nunca dejarán de existir hombres así. —Tobias me mira muy serio, con los ojos brillando de emoción—. He estado solo toda mi puñetera vida. Y no quiero seguir estándolo.

Me abalanzo sobre él y lo abrazo con tal fuerza que apenas le dejo respirar. Inhalo el olor de su piel especiada y lo rodeo con los brazos, envolviéndolo, mientras él me estrecha con la misma intensidad.

—No estás solo, Tobias —le digo en voz baja—. Y no tengo intención de macharme a ninguna parte.

Él me sujeta la cabeza entre las manos y me mira. Una especie de paz ha sustituido a la tristeza que inundaba sus ojos hace apenas unos segundos. Acerca sus labios a los míos y me los separa con la lengua, explorando con dulzura. Yo le correspondo extasiada, sintiendo hasta el último gramo de amor de su beso mientras lo alimento con el mío.

Poco después, nos perdemos el uno en el otro. Tobias se levanta del sofá con mi cuerpo enredado en el suyo para llevarme en silencio al dormitorio. Puedo sentir su determinación con cada paso.

Ellos pueden esperar. Qué coño, que esperen un poco más.

32

Cecelia

Al llegar a casa tras otro día agotador, me encuentro a Tobias en el jardín con Beau. Su sonrisa me reconforta mientras el perro salta a sus pies, ansioso por hacerse con algo que él tiene en la mano. Oigo el final de la conversación mientras me bajo del Audi.

—*Devrions-nous montrer à maman sur quoi nous travaillons?* —«¿Le enseñamos a mamá lo que hemos aprendido?».

—*Oui* —respondo mientras Tobias aparta a Beau, que no para de moverse, para estrecharme entre sus brazos y besarme hasta dejarme sin aliento.

—*Salut, Maman.* —«Hola, mamá».

—*Bonjour*, Francés. ¿Qué estáis haciendo?

Tobias me dedica una sonrisa radiante que ilumina su mirada.

—Tengo una sorpresa —dice. Luego mira a Beau con severidad antes de darle la primera orden.

—*Assis.* —«Siéntate». Beau se sienta inmediatamente sobre las patas de atrás.

—No te atribuyas el mérito, eso se lo enseñé yo —me burlo.

—*Roule.* —«Rueda». Acto seguido, Beau da una vuelta y yo

aplaudo encantada, mientras Tobias lo recompensa con una golosina.

Beau jadea a la espera de la siguiente orden mientras Tobias le pone otra golosina a la altura de los ojos.

—*Pattes en l'air.* —«Patas arriba».

Me río cuando veo que Beau se incorpora sobre las patas traseras y levanta las delanteras, como si se estuviera rindiendo.

—Eh, eh. —Tobias le hace seguir en el aire, mientras convierte la mano en una pistola imaginaria—. Pum, pum.

Beau se tira al suelo, haciéndose el muerto de forma teatral.

—¡Qué pasada! —exclamo antes de besarlos a ambos con fuerza para felicitarlos—. ¿Cuánto tiempo lleváis preparando esto? —le pregunto a Tobias, mientras nos acompaña a los dos dentro de casa.

—Unas semanas.

—Podrías ser adiestrador de perros.

—Si casi no lo soporto —bromea, mirándome de reojo.

—Lo adoras.

—Se apiadó de mí y me echó un polvo cuando tú no querías —dice, encogiéndose de hombros. Le doy una palmada en el pecho. Él sonríe y saca rápidamente unos cuantos ingredientes de la nevera—. ¿Qué tal el día, *trésor*?

—Como todos —respondo, mirando hacia el dormitorio, ansiosa por seguir leyendo el diario.

Durante las últimas semanas, me ha ido contando muchas cosas de su vida, recordando fragmentos de los años que me perdí. A veces, durante la cena, aporta más datos sobre lo que ha escrito y otras se niega a profundizar más. Pero su historia es, con diferencia, una de las más fascinantes que he leído nunca. El día del hipódromo, en el que aposté todo lo que tenía para crear Éxodo, es uno de mis favoritos. En cada párrafo se desvelan retazos de su pasado, del de Sean y del de Dom, eliminando parte del misterio que los rodea y haciéndolos aún más intrigantes.

Saboreo cada detalle, mientras el amor y el cariño que siento no hacen más que aumentar.

—Me voy a dar una ducha.

Tobias cierra la nevera y me agarra de la mano, atrayéndome hacia él.

—¿A qué viene tanta prisa?

—Ya lo sabes, no seas capullo.

Él sonríe.

—¿Te gustan mis historias, *trésor*?

—Las adoro. —Le doy una palmadita en la cara—. Y a ti también.

Él ve la impaciencia en mi rostro y frunce el ceño.

—Me temo que hoy voy a decepcionarte.

—Me da igual.

Tobias me da un beso en los labios.

—*Trésor*, esta vez te va a doler.

Las últimas semanas han sido un sueño, o más bien una especie de luna de miel. Hemos dejado de discutir... tanto. Es como si hubiéramos retomado nuestra vida en Triple Falls. Las breves miradas tristes que compartimos al recordar el pasado son superadas fácilmente por el triunfo de la nueva realidad que estamos creando.

Follamos como animales sedientos de sangre cada mañana y hacemos el amor cada noche. Mis pesadillas son cada vez menos frecuentes y, cuando me despierto, él está conmigo, besándome, dentro de mí, ahuyentando cualquier reminiscencia. Por desgracia, su ansiedad no ha disminuido y sé que se debe a los secretos que guarda. Día tras día, sigue desvelando más retazos de su historia, dejándome temporalmente satisfecha.

Una vez estuve a punto de ganarle al ajedrez y debí de pasarme alardeando, porque esa noche me castigó durante casi media hora antes de dejar que me corriera. Y a medida que nuestros viejos hábitos de mirar las estrellas y beber Louis se fusionan con las nuevas costumbres que hemos adquirido aquí, en Virginia, nos vamos acostumbrando a un ritmo que me parecía imposible alcanzar tan pronto en esta nueva unión. A falta de una semana para Acción de Gracias, parece que el fragor de la batalla ha quedado atrás.

—Sea lo que sea, lo superaremos —digo, plenamente convencida de que así será.

Él asiente con la cabeza y sigue cocinando, algo que le ilusiona enormemente y a lo que dedica todos los días un gran esfuerzo…, mientras que yo recojo los frutos.

Con un último beso tranquilizador, me apresuro a entrar en el dormitorio, tiro el bolso sobre la cama y me siento en el escritorio.

Cher *diario:*

En las últimas semanas nos hemos acercado más, nuestra relación es más estrecha que antes, pero sigue habiendo cierta distancia entre nosotros y ambos sabemos el porqué.

Le estoy ocultando algo y ella lo sabe. Pero es un secreto que llevo guardando años y, cuando por fin se lo cuente, temo que no lo entienda como me gustaría que lo hiciera. Tengo muchas ganas de contárselo, pero, cuanto más tiempo pasa, más fuertes nos hacemos. Compartir esto con ella podría volver a cambiar las cosas entre nosotros de nuevo. Ninguno de los dos quiere que eso suceda, pero necesito que sepa que estoy esperando para contarle esto por una razón. Por una razón egoísta porque, por primera vez, después de años de guerra sin cuartel en mi cabeza y en mi corazón, estoy empezando a sentirme bien. No quiero que mis miedos se conviertan en los suyos. Así que necesito que espere un poco más. Ojalá lo entienda.

Hace mucho más tiempo que sé que me oculta algo y no necesitaba que me lo confirmara mediante su confesión diaria.

La ira aflora mientras vuelvo a leer sus palabras y cierro el diario de un manotazo. Si me queda algo de rencor o resentimiento, es por esto.

Sabiendo que me espera una discusión y completamente incapaz de dejarla pasar, me levanto y renuncio a la ducha para volver a la cocina, donde me encuentro las verduras picadas abandonadas sobre la encimera, sin rastro de Tobias. Abro la puerta de atrás y me quedo inmóvil al oír una conversación en voz baja, mientras Beau ladra en algún lugar del jardín.

—Esto no va a desaparecer así como así. Has ignorado mis dos últimas llamadas.

Es la voz de una mujer.

Están haciendo un FaceTime y me acerco más para verla. Los celos se apoderan de mí en cuanto le pongo los ojos encima. Cómo no, es guapísima. Aparenta treinta y pocos años, tiene el cabello y los ojos oscuros y un melodioso acento francés.

—Soy consciente, Sonia. He estado preocupado.

—No puedo seguir invirtiendo mi energía en ti si no quieres hablar conmigo ni me devuelves las llamadas.

—Lo entiendo. Te llamaré pronto.

—Solo te pido que me consideres una prioridad, como yo a ti.

Tobias asiente con la cabeza.

—Te doy mi palabra.

Los ojos de la mujer se encuentran con los míos detrás de él y ella le hace un gesto a Tobias, que gira la cabeza hacia mí. No sé si ya se había dado cuenta de mi presencia o si ha sido ella quien lo ha alertado de que estoy allí. No sabría decirlo. Dan por finalizada la llamada mientras yo permanezco de pie detrás de él, cabreadísima, esperando una explicación.

—Asuntos de Éxodo —se limita a decir, levantándose y poniéndose frente a mí. La mentira es demasiado fácil de detectar.

—Ya —digo antes de dar media vuelta y abrir de golpe la puerta trasera.

—Cecelia —gruñe Tobias, entrando detrás de mí y maldiciendo en voz baja, al tiempo que yo giro sobre los talones para mirarlo a la cara.

—Creías que estaba en la ducha —digo bruscamente.

—No te estoy ocultando nada.

Yo resoplo.

—Acabas de mentirme a la cara.

—Cecelia. —Tobias me agarra del brazo—. Es una confesión para más adelante.

—¿Te la estás follando? ¿Te la has follado?

—No, joder —dice, soltándome el brazo—. Confía en mí, pronto lo sabrás. Hicimos una tregua, ¿recuerdas?

—A la mierda tu tregua —le espeto mientras mis celos se anteponen a la lógica. Aunque ni siquiera se ha inmutado cuando lo he pillado, eso no me basta—. ¿Ella forma parte de lo que me estás ocultando?

—Sí pero no, *trésor*, no saques conclusiones precipitadas. —El timbre de su voz es más lúgubre que temeroso—. No tiene nada que ver con lo que estás pensando. Te lo explicaré detalladamente. De hecho, ella quiere hablar contigo.

—Bueno, pues vuelve a llamarla, King. Soy toda oídos.

—Todavía no.

—Claro, cuando a ti te convenga, ¿no? Como lo de no contarme por qué no paras de rondar por la casa por las noches en vez de dormir, o por qué hablas con los pájaros que están de guardia más a menudo de lo necesario. O por qué a veces estás tan ensimismado que ni siquiera me ves. Puede que me lo cuentes, quizás, o puede que evites darme las explicaciones que merezco, como hiciste en París. Que confíe en ti, ¿no? Que confíe en ti. ¿Cómo puedes pedirme algo que tú no piensas concederme a mí?

Me voy dando un portazo. Esa noche, Tobias me abraza sin mediar palabra. Su silencio se enquista y me mantiene despierta.

Cher *diario*:

Esta mañana hemos tenido una pelea de las gordas. Ella dice que soy un «cavernícola prepotente y arrogante que juega a ser

Dios y necesita soltar un poco las riendas». Le grité en su idioma y la insulté mentalmente en francés durante dos horas, antes de largarme cabreado de casa y ponerme a correr hasta que me fallaron las piernas. Pero no creo que entienda que es el miedo lo que me hace actuar así. No creo que me entendiera del todo cuando le dije que, si la perdiera, no sería capaz de sobrevivir. Puede que sea un egoísta, pero quiero seguir disfrutando de esta vida que hemos empezado juntos. Tengo demasiado miedo de que un puto movimiento en falso acabe con todo. Necesito que me escuche, porque mi miedo es real. Y no puedo aplacarlo, por más que lo intente.

Ojalá ella pudiera experimentar este miedo durante unos segundos, aunque solo fuera para ayudarla a entenderlo. Que pudiera dejarle ser testigo de la catástrofe que se desata constantemente en mi cabeza y que causa esas punzadas que se convierten en puñaladas y que se me clavan en el pecho hasta asfixiarme. Si ella supiera lo que se siente, puede que yo dejara de ser «ese imbécil que no deja de golpearse el pecho». O tal vez debería comportarme como un hombre y pedirle perdón. Pero, aunque lo haga, sé que volveré a actuar así. Por mucho que quiera confiar en su instinto y por mucho que empiece a temer la Beretta que lleva en el bolso, porque juraría haber visto una mirada asesina en su cara en medio de la discusión.

Así que ahí va mi confesión: nunca dejaré de actuar así, de sentir lo que siento, de insistir a mi manera cuando se trate de protegerla, para evitar que esos sentimientos se apoderen de mí. Para que siga conmigo.

Vuelvo a leer sus palabras y le envío un mensaje.

Yo
Yo también lo siento.
Vuelve a casa.
Te quiero.

Tobias
De camino.

«He salido a correr».

Ahora le da por correr tres veces al día. Durante esta última semana, ha estado cada vez más alerta. Los días buenos, cuando llego a casa del trabajo, me lo encuentro esperándome con una botella de descompresión, normalmente en la cocina, antes de darme un beso que me deja sin aliento. Después de cenar, jugamos al ajedrez, a menudo hasta altas horas de la madrugada, hablando, riendo y explorando el cuerpo el uno del otro hasta caer rendidos. El día de Acción de Gracias cenamos solos, nos atiborramos de comida y partimos el hueso de la suerte —ganó él—, antes de que las prácticas de tiro al blanco acabaran convirtiéndose en prácticas de tiro al pavo.

Aunque lo de su hermetismo no es nada nuevo, me ha estado reconcomiendo sin cesar desde su confesión y he estado esperando pacientemente a que revele por fin las cartas que guarda pegadas al pecho. A menudo lo sorprendo abstraído, con el ceño fruncido y la mirada perdida, completamente inmerso en sus pensamientos. Pero ya le he dado tiempo más que suficiente para que se sincere.

Y sigue fallándome.

Más de una vez lo he visto beber hasta desmayarse, antes de balbucear una disculpa cuando consigo llevármelo a la cama. Y resulta exasperante que ni siquiera la bebida, que antes le soltaba la lengua, le haya ayudado a confesar.

Lo del alcohol me preocuparía más si no cuidara tanto su cuerpo. Por ahora, se lo permito por lo que me ha revelado. Según él, le ayuda a calmar la mente y a tranquilizarse para poder dormir, algo que últimamente hace cada vez menos.

Si confesara ahora, podría aliviar su carga. Cumpliría lo que me prometió, pero no lo ha hecho y lo más probable es que nunca lo haga.

De un tiempo a esta parte, los pájaros que nos custodian se

han vuelto implacables, cenan a menudo en la cafetería y, desde hace unos días, me escoltan cuando hago los recados, acompañándome hasta y desde el coche. Están en alerta máxima y sé perfectamente por qué. Están tan inquietos como su jefe.

Es exasperante conocer la verdad y saber que él sigue escudándose en nuestra tregua para no contármela.

Me cuesta no estar a la defensiva cuando, ahora mismo, su engaño es tan flagrante.

Los secretos nos separaron y no tengo ninguna duda de que volverán a hacerlo si se lo permito.

Pero mientras él ha estado azuzando a su bandada, preparándola, yo he tomado algunas decisiones por mi cuenta.

Tengo que obligarlo a rendirse para que la transparencia entre nosotros sea total.

Solo eso nos permitirá recuperarnos por completo.

Hasta que no lo consiga, no dejaré de exigirle la verdad.

En eso pienso ser implacable. No voy a flaquear, por más que sus besos me rueguen y sus ojos me supliquen.

Así que, de momento, aun con la tregua que hemos firmado, aun cuando nos estamos acercando más que nunca, tácitamente seguimos en punto muerto.

Lo mantendré a un centímetro de donde tan desesperadamente quiere estar para recuperar plenamente mi confianza.

Esto es la guerra. Ya no solo estoy luchando por la verdad, estoy fijando límites para el futuro.

Esta vez, estoy decidida a doblegar a mi rey antes de que él me doblegue a mí.

33

Tobias

Treinta y tres años

Cecelia me mira con sus ojos azules como el mar, cerniéndose sobre mí, mientras las luciérnagas danzan entre las hierbas altas que nos rodean y la luna resplandece entre los árboles. Una agradable sensación inunda mis brazos, volviéndolos pesados, casi imposibles de levantar, mientras la corriente relajante que circula por ellos amenaza con sumirme de nuevo en la oscuridad. Aun así, trato de resistirme porque ella está aquí conmigo, susurrándome, besándome, y su presencia me calma como ningún otro bálsamo que haya probado jamás. Por más que me esfuerzo, no logro oír sus susurros y lucho por permanecer a su lado. La luna brilla ahora con más intensidad a sus espaldas y se eleva por encima de los árboles. Cecelia vuelve a mover los labios mientras me tiende la mano, pero no entiendo lo que dice. La intimidante esfera, más radiante que el sol, se encuentra ahora justo encima de nosotros, amenazando con llevársela con ella.

Pi. Pi. Pi.

—No te vayas —le suplico, luchando contra el sopor, mientras levanto una mano para acariciarle la cara. Ella ladea la cabeza, turbada, desapareciendo por un instante, mientras la luz cegadora vuelve a deslumbrarme.

Pi. Pi. Pi.

A lo lejos, más allá de los árboles, se oye una voz, pero no es la suya.

—Aguanta, tío. Vamos, T.

Aquí estoy a salvo, tumbado debajo de ella, y sus ojos azul oscuro me invitan a quedarme un poco más. Pero la luna acecha y ella empieza a desaparecer, sin dejar de sonreír mientras me susurra. La luna vuelve a moverse mientras la llamo para pedirle que se quede un poco más, y el hombre que hay dentro se burla de mí con su sonrisa, traicionándome al arrebatarme por completo su visión. Lloro la pérdida mientras el astro brilla cada vez más y acaba cegándome, impidiéndome ver nada más.

De repente algo me impulsa hacia la luna, que me quema los ojos, mientras el dolor se apodera de mí. Un dolor abrumador por su pérdida, eso es lo único que soy capaz de sentir.

Cecelia se ha ido.

—Estás ahí. —De pronto aparece una cara. Es el rostro de una mujer joven que tapa la luz de arriba, pero no es el de ella.

—Ce... —balbuceo, pero soy incapaz de hablar. Tengo la garganta en carne viva.

—Ella está bien, tío. —Reconozco la voz mientras una mano masculina agarra la mía—. Te lo prometo. La estamos protegiendo. Está bien. —Tyler. Su rostro ensombrecido se vuelve más nítido cuando se acerca a mí, mirándome con preocupación—. Tranquilo. Tranquilo, tío. Déjales hacer su trabajo —dice, mirando a la mujer, que no es ella. No es Cecelia.

Furioso, forcejeo con él. Necesito volver con ella.

—*Tres...*

Mi lengua se vuelve de cobre y se me atascan las palabras, mientras Tyler maldice y me viene una imagen a la mente: un recuerdo de mis pies corriendo sobre la acera mientras Eddie Vedder canta algo sobre el sol del cielo de otra persona. Yo acabo de perder lo único que importaba del mío. Mi sol, mi luna y todas las putas estrellas relucientes que había entremedias. Quiero que vuelva la luna, aunque se burle de mí. Eso me da igual mientras pueda estar con ella. Pero yo no estaba...

Estaba corriendo. Estaba corriendo, cuando...

La realidad me arrolla como un tren de mercancías y vuelvo bruscamente al presente, donde Tyler sigue a mi lado, sujetándome la mano, mientras la chica me habla para intentar calmarme. Pero no es Cecelia.

Cecelia no estaba aquí.

Nunca ha estado aquí.

Se me llenan los ojos de lágrimas al darme cuenta de la realidad y siento todo su peso mientras me invade una rabia candente. Emito un grito silencioso.

Las balas han fallado.

—Joder, tío —dice Tyler, con un nudo en la garganta—. Por favor, hermano. Por favor, no. —Se cierne sobre mí y sus ojos enrojecidos se llenan de lágrimas al ver la verdad en los míos.

No quiero estar aquí.

Cualquier cosa menos volver aquí. No quiero. No sin Dom. No sin ella.

Cecelia.

Yo estaba en la calle y un grupo de desconocidos me rodeaba. Veía sus caras borrosas mientras observaba aliviado el cielo azul salpicado de nubes que había tras ellos. Porque ya no tenía que seguir fingiendo que vivía, desangrándome sobre aquella acera. Por fin iba a poder descansar. Puede que Dom se reuniera conmigo. Y también mis padres.

Pero esas putas balas fallaron. Me fallaron. Y estoy otra vez aquí, sin ella. Estoy respirando de nuevo sin ninguna razón para hacerlo. No quiero vivir esta vida. No quiero vivir ninguna vida. Mis ojos se llenan de lágrimas de rabia y dejo de forcejear, rindiéndome por completo, mientras él sigue inmovilizándome sobre la cama.

—Joder —dice Tyler con voz llorosa, desviando la mirada hacia el rincón de la habitación en el que sé que Sean está sentado, mirándome con idéntica lástima. Aparto la mirada porque sé que pueden ver la verdad. Ya no soy el mismo hombre. No sé quién soy. Y tampoco me importa.

Esas malditas balas fallaron.

***

Los acordes de *Black*, de Pearl Jam, se atenúan mientras me quito los auriculares y avanzo por el camino de entrada, con el recuerdo del día que me desperté en el hospital fresco en la memoria. Exhalo para intentar serenarme y apoyo las manos en las rodillas, con el sudor cayéndome por la sien. Mi ritmo cardíaco empieza a ralentizarse, tras un nuevo intento de enfrentarme a aquello que tanto me atormenta. Estaba escuchando este tema cuando me dispararon. A veces me obligo a revivirlo todo, con la esperanza de que su efecto acabe disminuyendo. Y, en gran medida, así ha sido. Lo irónico es que el recuerdo de la angustia que sentí cuando recuperé la conciencia en el hospital no lo ha hecho.

Pero ahora la luna sale a mi favor. Ahora puedo extender la mano y tocarla, sin morfina ni delirios de por medio. Cecelia está conmigo, en mis brazos, cada puñetera noche. Ya no es un sueño. Es nuestra realidad.

Esa reflexión se ve interrumpida cuando el teléfono de Julien vibra en mi bolsillo. La inquietud me invade mientras lo cojo y veo el mismo mensaje que llevo recibiendo las últimas tres semanas y media: Quelle est la situation? «¿Cuál es la situación?».

Espero un tiempo prudencial antes de responder: Pas de changement. «Sin cambios».

Añado dos fotos que he hecho, parecidas a las demás que he enviado. Una de Cecelia trabajando, hecha a través de la ventana de la cafetería, y otra que me hizo un pájaro saliendo de la ferretería, esperando que le satisfagan. Joder, no lo soporto.

Él tarda solo unos minutos en contestar. Cuando leo la respuesta, el pavor se apodera de mí: es la hora y el número de un vuelo. Antoine quiere que vuelva a casa.

Cualquier tipo de dominio que pudiera tener hasta el momento se me escabulle entre los dedos. Necesito controlarme para ser funcional, para protegerla, para mantener la cordura.

En cuanto suba a ese tío al avión, estaré dando palos de ciego, sin saber cuáles son sus planes y sin tener ni idea de cómo proceder.

Sea lo que sea lo que él haya decidido, está claro que no piensa permitir que viva hasta el fin de mis días tranquilamente con Cecelia. Ya me sentí así una vez, la noche antes de que Dom muriera, horas después de que él y Sean nos descubrieran a Cecelia y a mí. La noche en la que mis hermanos me rechazaron y me dieron la espalda.

***

La canción *Father Figure*, de George Michael, suena entre los árboles. Obviamente, se trata de un mensaje para mí. Mientras tanto, yo paseo por el claro, sin tener ni idea de qué hacer. Ella ha tenido la canción puesta a todo volumen en el balcón desde que he llegado aquí hace una hora, intentando encontrar las palabras adecuadas para explicarle mi engaño. Sabe que los envié fuera y que le he estado mintiendo, pero no entiende bien por qué llegué a tal extremo. Las emociones derivadas de mis actos le impedirán comprender de verdad el porqué de todo o entender los años de sacrificios que he hecho, algunos de ellos para mantenerla a salvo.

Y, a juzgar por cómo me ha mirado hace un rato, no sé si seré capaz de llegar hasta ella. He perdido todas las oportunidades de ganarme su confianza y lo único que deseo es cogerla y llevármela de aquí. Alejarla de todo lo que amenaza con interponerse entre nosotros. Ella ya está haciendo las maletas, cada vez más cerca de huir de mí y de la situación, autoconvenciéndose de que lo nuestro no era más que otra mentira. Cada minuto que dudo en explicarme es un minuto perdido.

¿La habré perdido ya?

¿Cuál será su reacción cuando se despierte y descubra que está marcada?

Puede que esta mañana se hubiera tatuado voluntariamente, si se lo hubiera pedido. Pero aún es muy joven y la verdad es que todavía puede salir de esta.

Puede pasar página como estaba previsto y vivir como si el tiempo que ha estado conmigo hubiera sido simplemente un pequeño desvío en el camino hacia otra cosa, hacia una vida más segura.

Podría echarla, obligarla a huir. Tal vez con su ausencia logre salvar la relación con mis hermanos y el club pueda recuperarse.

Desde el punto de vista profesional, sería mucho más fácil dejarla marchar. Sin embargo, no soy capaz de imaginarme ni por un segundo la vida sin ella. He tardado demasiado en encontrarla.

Le quito el tapón a la botella y agradezco el ardor de la ginebra en la garganta, esperando que calme mi mente acelerada, que trata de encontrar la solución adecuada.

Podríamos marcharnos, huir juntos hasta que las cosas se calmen, hasta que ellos hayan tenido tiempo de aplacar su rabia, y luego volver y tantear el terreno. Descarto la idea en cuanto se me ocurre. Nunca los he abandonado y no voy a empeorar mi traición haciéndolo ahora, por muy atractivo que me resulte llevármela y quedármela para mí.

Eso sería egoísta y el egoísmo es lo que me ha metido en este lío.

Dom creerá que la he marcado con un solo propósito: el de

protegerla. Para Sean no será más que otro juego posesivo por mi parte.

Y ambos tendrán razón.

Pero ¿es verdaderamente mía?

Esta mañana, su mirada me decía que así era y eso es lo que sigo sintiendo. Ella es mía, está hecha para mí, es la única persona sobre la faz de la Tierra con la que he encajado como pareja, con la que me siento seguro, como en casa. Sus caricias, cuando la tomé hace tan solo unas horas, la voz lujuriosa con la que pronunció mi nombre y su mirada rebosante de amor mientras se ceñía a mi alrededor me convencieron de que nunca nada había sido tan cierto.

Ella es mía. Todavía lo siento con cada fibra de mi ser, a pesar de cómo se le rompió el corazón al volver a verlos y de sentir que los estaba traicionando por corresponderme, por tener claro que es conmigo con quien debe estar.

Esto ha ido demasiado lejos.

Enciendo un cigarrillo, inhalo profundamente el tabaco y exhalo antes de beber otro trago de ginebra.

Tic-tac.

Cada segundo es como un latigazo en el pecho. Ya he dado la orden de tatuarla. En cuanto se duerma, la marcarán para mí.

Llevo tomando decisiones arriesgadas y premeditadas desde que era muy joven, pero nunca me la había jugado hasta este punto. Puede que mi corazón lo tenga claro, pero mi mente está hecha un puto lío. Estoy completamente destrozado y no tengo ni idea de qué camino tomar.

La mirada de Dom, su cara de rabia, el dolor en sus ojos… Y Sean… Cierro los míos y evoco con claridad su cara de desolación y las lágrimas que derramó abiertamente, algo que jamás me habría esperado.

Yo me había negado totalmente a reconocer la profundidad de sus sentimientos debido a la naturaleza de su relación. Y hoy esa verdad se ha hecho evidente. Ella los ama. La mirada en sus ojos cuando nos descubrieron y las emociones que se arremolinaron entre los tres me están matando.

Todas las apuestas que he hecho hasta ahora han merecido la pena. Pero, al igual que todo lo demás, una vez en marcha, esto es algo que no se puede deshacer.

No puedo. No puedo hacerlo.

Saco el móvil, escribo rápidamente un mensaje de texto para que ejecuten la orden y dejo el dedo suspendido sobre el botón de envío.

Necesita ese tatuaje. Cualquiera que la haya visto en la reunión sabe que Cecelia es importante. Se convirtió en una presa para cualquier enemigo del club en cuanto empezó a salir con ellos. Y, al parecer, Sean la exhibió por todo Triple Falls cuando estaban juntos. Sigo sin ser capaz de entender en qué coño estaban pensando ninguno de los dos, pero, en lugar de darles la oportunidad de explicarse, actué como juez y parte y dicté mi sentencia. Ellos la cumplieron sin rechistar y sin oponer demasiada resistencia para aplacar mi rabia.

Y, a cambio..., yo nos destruí.

Por más que quiera arrepentirme, no soy capaz. A pesar de lo que pasó, su amor es lo más puro que he conocido.

Y estoy a punto de castigarla por ello.

Agacho la cabeza mientras la letra de la canción se enreda en mi corazón, alimentándome con una especie de esperanza desesperada. «*Father Figure*», figura paterna. ¿Es así como me ve? La letra me atraviesa a dentelladas el centro del pecho ya hecho jirones mientras me esfuerzo en pensar en una forma de hacerla entrar en razón.

Si me reúno con ella ahora mismo, le explico mis motivaciones y le cuento toda la verdad, ¿me creerá? ¿O estaré totalmente a su merced e ignorará los puntos importantes?

—¡Joder!

Me quito la chaqueta, la tiro al suelo y miro hacia el cielo nocturno. Este es el lugar al que he venido desde niño para buscar respuestas, donde estas me llegaban a través de los danzarines rayos lunares. Pero hoy no hay ni rastro de la luna. Esos rayos se han ausentado cuando más los necesito. Es como si el don que me hubieran concedido supiera que he hecho algo que no debía al enamorarme.

El dolor en el pecho se multiplica por diez cuando intento imaginarme la vida sin ella. Siempre he tomado las decisiones en blanco y negro, sin tener en cuenta las emociones.

Si no hay emociones, no hay errores.

Cuando la canción vuelve a empezar, bajo la vista y miro fijamente el teléfono, con el dedo todavía suspendido sobre la tecla de envío. Este empieza a sonar en mi mano.

—No tengo tiempo para hablar —digo bruscamente.

—¿Cuál era el trato, Tobias? —sisea Antoine, a modo de respuesta.

—He cumplido tu puto encargo. Acabo de dejar París. Me he asegurado de que la transacción estuviera en marcha...

—¿Quieres ser tú el que le diga a mi hermana que su único hijo ha muerto esta noche?

—¡Te dije que no hicieras nada sin mí! —grito cabreado, desesperado por encontrar una salida—. Te dije que no lo mandaras a él. Que no estaba preparado.

—Yo no acepto órdenes tuyas —replica—. Y ahora tengo un sobrino muerto y tú te has largado. Eras tú el que debías ocuparte de este asunto.

—Te dije que volvería en unos...

—Has incumplido nuestro acuerdo.

—¡Te dije que me esperaras! —bramo por el teléfono, con las palmas de las manos sudorosas, mientras las punzadas empiezan a traspasarme el pecho.

—Y ya me has hecho perder demasiado tiempo con tu casita de vacaciones —añade, sin alterarse. Entonces me doy cuenta de que tiene un plan—. Me temo que esta vez el descuido te va a salir mucho más caro, Ezekiel. —Guardo silencio, mientras la música procedente de la casa cesa de repente y sé que solo dispongo de unos minutos para enviar el mensaje y anular la orden, para liberarla de mi marca, para librarla de esta vida, sobre todo porque sé que estar aquí, entregándome a ella, acaba de hacer que me endeude con Antoine—. Tenemos que hablar largo y tendido sobre nuestro futuro.

Su sobrino le importa una mierda. Y no me extrañaría que hubiera saboteado su propia transacción para conseguir lo que quiere de mí: mi lealtad. Me consuela saber que mi club le importa un carajo. Lo que quiere es el control, lo único que puedo darle para mantenerlo a raya.

—Iré a la oficina de Charlotte y te transferiré el dinero. Y me aseguraré personalmente de que tu hermana reciba mi más sincero pésame.

—Me temo que eso no va a ser suficiente.

Agacho la cabeza, consciente de que me ha pillado. No le he fallado ni una sola vez, pero al ausentarme le he dado la oportunidad de tenderme una trampa. Y sus siguientes palabras no hacen más que confirmar mis sospechas.

—Te espero en casa esta misma semana.

—¡Francia no es mi puta casa!

—Entonces tal vez podamos llegar a un acuerdo. Soy un hombre bastante razonable y siempre he sentido curiosidad por el lugar que consideras tu hogar, Tobias.

Tobias. Ni una sola vez me ha llamado así. Solo eso ya es suficiente amenaza. Mi supuesta cagada le ha proporcionado cierta ventaja y no piensa desperdiciarla.

A lo largo de los años, le he ido dando información a cuentagotas sobre el club a través de Palo, para hacerle creer que está al corriente de todo, pero parece que esa táctica está empezando a volverse en mi contra. No puedo permitir que se involucre de ninguna manera en la vida que tengo aquí, sobre todo ahora.

—Te estás pasando de la puta raya. —Siento cómo me late el pulso en la sien.

—A mí también me ofende tu desprecio. Era mi único sobrino.

Echo a andar hacia la casa de Roman solo para ver a Cecelia, para tranquilizarme con su presencia, a pesar de la hostilidad con la que seguramente me recibirá, y apenas he avanzado unos cuantos pasos hacia ella cuando la luz de su habitación se apaga. Me detengo a medio camino entre el claro y la mansión de Roman, sumido en la indecisión, mientras la desesperación empieza a apoderarse de mí. No hay forma de evitar a Antoine y mis prioridades tienen que cambiar ahora mismo si pretendo ir un paso por delante de él y mantenerlo lo más alejado posible de mi bien más preciado.

—Te llamaré en unas horas, cuando vuelva al despacho, para hablar del futuro.

Tengo que ir a ver a mis hermanos para intentar detener la hemorragia antes de que vaya a más. Necesito que estén atentos y concentrados si la amenaza de Antoine se hace realidad. Estoy a menos de cien metros de Cecelia cuando caigo en la cuenta de ello y cambio de rumbo para ir hacia el Jaguar.

Cada segundo que permito que mis emociones decidan por mí es un segundo que no podemos permitirnos perder.

Percibo el tono de satisfacción en la voz de ese puto enfermo cuando se despide.

—No me hagas esperar, Ezekiel.

La llamada se corta y la amenaza se queda suspendida en el aire mientras echo a correr a toda velocidad hasta pasar la arboleda, completamente paralizado por dentro. Repaso cuidadosamente todos los movimientos posibles, sabiendo que estoy jodido, se mire por donde se mire.

Una vez al volante, recupero el mensaje y dejo el dedo suspendido sobre él unos segundos antes de borrarlo lentamente.

Acaban de decidir por mí.

A partir de ahora, Cecelia necesitará la protección del club.

Se despertará tatuada y me odiará por ello. Otra decepción imperdonable que tendré que aceptar.

Horas más tarde, dejo de golpe el teléfono sobre la mesa y me hundo en la silla de mi despacho de Charlotte, donde estoy desde que he dejado el King's, tras intentar limar asperezas con Dom y Sean. Llevo casi todo el día negociando con un puto loco, en la cama que me hice hace años. Le he pagado una buena mordida a ese matón para mantenerlo a raya, lo más lejos posible de mis hermanos, del club y de la mujer a la que amo.

Y, al hacerlo, he suscrito un nuevo acuerdo que me obligará a acatar sus órdenes una temporada más. Pero lo que me está consumiendo no es que me haya obligado a seguir siendo leal a él. Si consigo mantener bajo control a los miembros del club y a mis contactos, podré encontrar la manera de enfrentarme a Antoine, aunque sea declarándole la guerra para acabar con él. Lo que me ha dejado más hecho polvo de lo que jamás creí posible ha sido la pelea que he tenido con mis hermanos en el taller, hace unas horas.

Da igual lo que haga de ahora en adelante, ya me siento como si lo hubiera perdido todo.

Cecelia se habrá despertado hace ya unas cuantas horas, sin duda sintiéndose ultrajada y sin entender nada. Y yo no estaba allí. No estaba allí para intentar justificarme, ni para tratar de explicarle por qué lo hice. Y, llegados a este punto, sé que a ellos les dará igual.

Tragándome la culpa, observo los edificios recortados sobre el cielo de Charlotte, con las manos más atadas que nunca. La impotencia que siento es ineludible, ahora que mi destino y mi futuro están sentenciados. Shelly entra con otra taza de café.

—Chico, tienes un aspecto horrible. Tómate esto —dice, dejando el detalle sobre mi mesa, mientras las palabras acusadoras de Sean y Dom me rondan la mente.

Todavía tengo la mandíbula dolorida por el puñetazo que Sean me propinó mientras sus palabras de despedida me desgarraban las entrañas. Shelly se queda al lado del escritorio y percibo su preocupación y su inseguridad antes de que por fin se decida a hablar.

—Sé que no es el momento, pero tienes una llamada.

—Toma nota del recado.

—Al parecer, es urgente. Algo sobre una tal Cecelia.

Se me eriza hasta el último vello de la nuca mientras voy inmediatamente hacia la luz parpadeante de mi mesa y levanto el auricular.

—¿Ha dicho quién era?

Ella asiente.

—Roman Horner.

***

He rememorado tantas veces esa llamada telefónica y las horas posteriores que, a estas alturas, puedo evocarlo todo con total claridad. Desde el encuentro con Roman que cambió completamente la opinión que tenía de él, hasta las dos horas pavorosas que tardé en volver a toda velocidad a Triple Falls para tratar de reunirme con ella, pasando por el momento en el que Dom yacía moribundo en sus brazos. Incluso el instante en el que nuestras miradas se cruzaron, justo después de que le ordenara que no volviera jamás. En veinticuatro horas, mi vida saltó por los aires y estalló la guerra.

Esa noche lo perdí absolutamente todo. Hasta el último gramo de control, a mi hermano, a Cecelia, el club, las cosas que más me importaban, y todo por haber vacilado a la hora de tomar decisiones por culpa de mis emociones. No puedo volver a cometer ese error. No puedo dudar. No puedo perderla por eso. Tengo que dejar que el soldado insensible, ese monstruo que habita en mi interior, tome las riendas, si quiero ganarle la partida a Antoine.

No puedo permitir que el amor tome ni una sola decisión por mí.

Se acerca una tormenta que no puedo ver, pero sí sentir, como la sentí hace años. Tengo que descubrir sus puñeteras intenciones, sus jugadas. Y sobre todo tengo que ir varios pasos por delante de él.

Sin Palo, soy un blanco fácil. Una llamada con Antoine no me va a aclarar nada. Y dado que hace un mes que no tengo noticias suyas, sé que es solo cuestión de tiempo que venga a por mí. Pero, esta vez, estaré preparado. Me he pasado los últimos seis años satisfaciendo sus exigencias mientras intentaba limpiar mi propia mierda. Mis planes para librarme de él pasaron a un segundo plano en favor del restablecimiento del club. Me había propuesto mantenerlo a raya mientras nos recuperábamos, pero, entre la inesperada reaparición de Cecelia y mi empeño en volver con ella, he esperado demasiado para mover ficha con él.

Yo nunca cometo dos veces el mismo error.

El amor ha convertido esa frase en una patraña.

Soy un hombre enamorado hasta las putas trancas.

Y si ese cabrón quiere guerra, hace tiempo que mis días de pacificador terminaron.

Con la decisión clara, camino rápidamente hacia la casa y, veinte minutos después, salgo a toda leche por el camino de acceso con el Camaro.

34

Cecelia

¡La comanda, Cecelia! —grita Travis mientras le envío un mensaje a Tobias.

Lleva toda la mañana sin dar señales de vida, lo que me tiene un poco preocupada. Esta mañana lo he dejado durmiendo y me he escabullido después de darle un beso rápido, que él me ha devuelto intentando atraerme hacia sí, todavía dormido.

—Ya voy yo, jefa —dice mi nueva empleada, Alena, mientras en el aparcamiento se oye el sonido inconfundible de un motor que conozco bien y que hace que todas las miradas se vuelvan hacia el origen del ruido.

Al cabo de un instante, Tobias frena en seco delante de la puerta, haciendo que se me erice el vello de los brazos y que el pánico se apodere de mí. Demasiado lejos de mi Beretta, escudriño el restaurante en busca de alguien que pueda parecer una amenaza. En un instante, Tobias sale del Camaro con un aspecto entre atormentado y arrebatador, vestido con unos vaqueros oscuros, una camiseta negra y una chaqueta de punto a juego que resalta cada centímetro de músculo de sus fuertes hombros. Pero son la resolución con la que camina y la expresión de su rostro las que me ponen en alerta máxima. Cuando entra por la puerta, todo el mundo se queda callado. Casi me muero del susto cuando Marissa hace un comentario detrás de mí.

—Joder, cariño. ¿Qué has hecho?

Es la intimidación personificada. Sus ojos en llamas se encuentran con los míos al otro lado del mostrador mientras se acerca con los dientes apretados y el fuego incontrolable del infierno en su mirada. Se aproxima rodeando la barra, importándole una mierda el espectáculo que está dando. Yo trago saliva y me preparo para una pelea mientras llega hasta mí, con unas emociones que no logro identificar revoloteando en los ojos. Tiene el pecho agitado y parece a punto de estallar mientras me mira fijamente, exigiendo explicaciones pero sin pedir ninguna. Casi me estremezco cuando me tiende la mano.

—Ven conmigo. —Tiene la voz ronca, como si hubiera estado gritando durante todo el camino.

—Tobias, estoy trabajando.

Él señala a Marissa con la cabeza por encima de mi hombro y sigo su mirada para encontrármela sonriendo como una boba. Traidora.

—Estará fuera el resto del día.

—Tobias. —Intento protestar, pero él me agarra por la nuca y se agacha para mirarme a los ojos. Su mirada tempestuosa mina mi determinación.

No es el mismo hombre al que besé esta mañana para despedirme. Es el tío que me desgarró el alma con un beso la segunda vez que nos vimos.

—No es negociable.

Me coge en brazos y me carga como un saco de patatas, mientras yo sigo poniendo excusas y la gente se ríe en voz baja a nuestro alrededor. Apenas soy capaz de balbucear unas cuantas órdenes rápidas al tiempo que Marissa me asegura que lo tiene todo controlado mientras él me saca del restaurante. Tobias abre la puerta del coche con facilidad, a pesar de mi peso, me mete en el Camaro y, un segundo después, salimos disparados del aparcamiento. Pegada al asiento simplemente por el efecto de la velocidad, no puedo evitar admirar la belleza de su perfil y el poderío que rezuma mientras cambia de marcha con fluidez.

—¿Qué coño está pasando? —Mis palabras son una mezcla confusa de miedo y malestar.

Tobias gira bruscamente la cabeza hacia mí, atajando mi protesta, con los dientes apretados y mirada resuelta. Aunque da la sensación de tenerlo todo controlado, siento cómo se desmorona a mi lado.

Toma una curva a una velocidad de vértigo y gira rápidamente a la derecha en la carretera que lleva a mi casa. Continúa en silencio mientras se me pasan por la cabeza al menos mil razones para que esté así de enfadado, y al poco se detiene delante de casa. Ni siquiera me ha dado tiempo a parpadear cuando me saca del coche y me mete dentro, agarrándome por la muñeca. Balbuceo mientras abre la puerta.

—Tobias... —Una vez en el interior, me inmoviliza contra ella y se me queda mirando—. Explícate ahora mismo, King. ¿Qué ha pasado?

—¿Que qué ha pasado? —me pregunta con frialdad—. Que te perdí. Que te perdí, joder. Y no pienso volver a hacerlo.

Busco en su cara alguna pista sobre el desencadenante de esto antes de fijarme en la bolsa de viaje que hay a escasos metros de él. Tobias la mira y se vuelve de nuevo hacia mí, claramente decidido.

Está más que preparado para esta pelea.

—¡No te atrevas a dejarme! —La voz es mía y también la súplica, pero no es mi corazón el que habla. La que está gritando ahora es mi alma.

—Tengo que hacerlo. Solo serán unos días. Volveré...

—¡No! —exclamo, negando con la cabeza violentamente—. ¡No!

—*Trésor*... —Le tiembla un poco la voz—. Por favor, mírame. —Está totalmente decidido a dejarme. Giro la cabeza y su puñalada se me clava tan profundamente que soy incapaz de respirar. Pero algo dentro de mí se quiebra y me las arreglo para pelear, con el cuerpo enardecido de indignación.

—Prometiste que tomaríamos las decisiones juntos. ¡Prometiste no dejarme nunca!

—Y tú prometiste dejar que te protegiera. Y esa promesa está por encima de todas las demás.

—¡No! Esa promesa está por encima de todas las demás que yo te he hecho, no de las que me has hecho tú a mí. No vas a salirte con la tuya. Como cruces esa puerta, se acabó. Crúzala y nunca más volveré a dejarte entrar. Jamás.

—Tengo que hacerlo. Tengo que hacerlo. Y tú tienes que confiar en mí.

Sacudo la cabeza, incrédula.

—Nunca vas a dejar de romperme el corazón, ¿verdad? ¡Nunca vas a dejar de mentirme! —En ese momento siento que los muros amenazan con volver a levantarse y él también lo siente, a juzgar por el gruñido de dolor que se le escapa mientras me presiona para intentar obtener la respuesta que desea.

—No tengo elección. Escúchame.

Es una orden. Una orden del hombre que se coló a la fuerza en mi corazón hace años. Es mi rey resucitado el que habla. Es él el que ahora me pide que lo escuche, el hombre que planificó y programó toda su vida. El hombre al que me enfrenté hace años, el mismo hombre al que ahora fulmino con la mirada y que me observa con determinación.

—Mientras esa maleta siga estando ahí, no pienso escuchar nada. Que te den, Tobias.

—Basta ya, Cecelia —me regaña. Pero yo no pienso tolerarlo. Ni ahora ni nunca.

—Como te vayas, hemos terminado. Así de simple.

La intensidad y las emociones que desprende son demasiado intensas para apartar la mirada. Solo el golpe de mi mano contra su piel me alivia. El dolor que le inflijo descarga mi rabia. Tengo ganas de descuartizarlo por lo que está haciendo. Se me llenan los ojos de lágrimas amargas mientras él me agarra del pelo y se agacha para ponerse a mi altura.

—Tienes que confiar en mí. Lo hago para que podamos seguir compartiendo esta vida juntos.

—No confío en ti. Aún no te has ganado mi confianza. Ni siquiera estás cerca de hacerlo. Y si sales por esta puerta, nunca la tendrás y nunca me tendrás a mí. ¡Nunca en tu puta vida! —Me obliga a mirarlo a los ojos haciendo fuerza con la mano, pero yo los cierro. Una lágrima rueda por mi mejilla mientras empiezo a cerrarme, poco a poco—. No lo hagas —le advierto—. Si lo haces, será como si nos pegaras un tiro. No es ningún farol, Tobias. Puedo consentirte cualquier cosa menos esto. —Veo en su mirada que acaba de darse cuenta de que lo digo en serio—. Eres tú el que debe aprender a confiar, Tobias. Tienes que confiar en mí. Pero te resulta imposible, ¿verdad? Después de todo lo que hemos pasado, no confías en absoluto en lo nuestro. Te niegas a creer que, pase lo que pase, suceda lo que suceda, sea cual sea el peligro al que nos enfrentemos, podemos afrontarlo juntos. Pero tú estás empeñado en no hacerlo. Pues que sepas que no pienso ceder en esto. Nunca te lo perdonaré. Si te cargas lo nuestro de esta manera, no volveré a mirar atrás.

—Mírame, Cecelia.

—Ahora mismo no te conviene que lo haga, Tobias, porque lo único que veré es a un puto mentiroso que me rompe constantemente el corazón… e incumple sus promesas. Cuando, hasta hace diez minutos, veía a un hombre por el que caminaría eternamente por el infierno. Esto es lo único que puedes hacer que acabará con lo nuestro para siempre. —Le golpeo el pecho con las palmas de las manos—. Estaba tan cerca. Tan condenadamente cerca. Claro que el tres es tu número de la suerte, ¿no?

—Cecelia…

Lo va a hacer de verdad. Me va a dejar.

—Has tomado muchas decisiones, Tobias, pero esta será la

que nos salve o la que nos destruya. Y debes tomarla tú. Yo ya lo he hecho. Lo único que tienes que hacer es confiar en mí. No hay otra forma de hacerlo. No pienso esperar a que llegues a la conclusión adecuada y se te está acabando el tiempo. Me has hecho una puta promesa. Y ya has roto las dos primeras al negarte a decirme qué está pasando. ¿Crees que no me doy cuenta de que estás ocultando algo? ¿Crees que no me entero de lo que te pasa, joder? ¡No puedes esconderte de mí!

—¡No sé lo que está pasando! —explota, finalmente—. ¡Esa es la verdad! ¡No puedo contarte la verdad si no la sé! No sé lo que está pasando y no puedo protegernos si sigo sin tener ni puta idea.

—Pero te has enterado de algo, ¿verdad? De lo suficiente como para saber dónde buscar, ¿no? —digo, contraatacando. Él baja la vista, mientras las lágrimas no dejan de rodar por mis mejillas—. La estás cagando. ¡Acabamos de reencontrarnos y la estás cagando porque te niegas a confiar en mí!

Tobias me mira en silencio, manteniéndome inmovilizada contra la puerta. Ya no tengo claro quién está sitiando a quién, pero mientras mi esperanza se marchita, mi maldito corazón sigue luchando y tengo la certeza de que siento cada palabra que digo. Esto no lo puedo perdonar. Esto me niego a perdonarlo.

Él emite un gruñido de dolor antes de reclamar mi boca con un beso apasionado y yo le muerdo el labio y me aparto con energía, algo que solo consigue hacerle gemir de placer. Lo empujo por el pecho hacia atrás.

—No pienso darte un beso de despedida, puto enfermo. Siempre has disfrutado del sabor de las lágrimas que provocas.

—Sí, soy un puto enfermo, vale. ¡Porque estoy harto de temer algo que no puedo ver! ¡No puedo hacer nada si no sé lo que está pasando! ¡No puedo protegerte si no sé lo que va a ocurrir!

Tobias niega con la cabeza como si yo no tuviera ni puta idea y me da la vuelta, utilizando su peso para mantenerme pegada a la puerta. Grito de frustración, furiosa porque no puedo moverme, furiosa porque está utilizando la fuerza para contenerme. Es demasiado fuerte y me siento impotente ante él.

—Te odio. —Lo digo desde de lo más profundo de mi alma, mientras él descarga todo su peso sobre mí, exudando rabia por todos los poros.

—*Je t'aime* —«Te quiero», contesta él, apretando su pecho contra mi espalda y apoyando la frente en mi hombro—. No me cierres la puerta, Cecelia. Espérame.

—¡No!

—No me cierres la puerta. No lo hagas. Volveré. Solo necesito dos días. Dos días. ¿No puedes concedérmelos?

—No pienso concederte ni dos minutos. Si tardas un segundo más, se acabó, aunque te quedes.

—Cecelia…

—¡No!

Tobias me aplasta bajo su pecho, tratando de imponer su voluntad, y su corazón palpita de forma errática bajo mi omóplato mientras rodea mi abdomen con el brazo y me desabrocha los vaqueros, antes de bajármelos por las piernas.

—¡Para! —grito mientras me quita las zapatillas y los calcetines.

Me retuerzo debajo de él, pero me mantiene pegada a la puerta sin ningún esfuerzo, con una sola mano. Luego agarra mi camisa y yo me cruzo de brazos.

—¡Que pares! ¡No pienso dejar que me desnudes ahora, joder!

Él golpea la puerta con el puño, haciendo temblar el marco.

—¡Me lo prometiste, Cecelia!

—¡Y tú me lo prometiste a mí!

—¿Es que no lo entiendes? Puedo robarte tu tiempo, tu atención e incluso tu cuerpo, ¡pero no he conseguido lo que he venido a buscar!

—Ni lo conseguirás. ¡No si vuelves a hacerme esto! Si sales por esta puerta, no habrá marcha atrás.

Él suelta un rugido gutural y me gira entre sus brazos, arrancándome la camisa mientras yo le araño los hombros para tratar de apartarlo.

—¡Para de una vez, King! ¿Qué coño estás haciendo?

Impasible y perdiendo la paciencia, Tobias sigue desnudándome y me arranca el sujetador y las bragas para dejarme completamente expuesta.

—No pienso dejar que hagas esto y te quedes con una parte de mí.

Intento zafarme, pero él me levanta con facilidad, mientras le araño y le clavo las uñas, para llevarme hasta el sofá. Me agarra por un brazo para ponerme mirando hacia el respaldo, antes de sujetarme los dos brazos por detrás con uno de los suyos. Luchando debajo de él, me revuelvo mientras me tiene como rehén y completamente a su merced.

—¡Eres un puto monstruo!

Él me responde tranquilamente.

—Solo cuando no me queda más remedio. Y solo por ti.

Forcejeo con él, pero es inútil que me resista porque su fuerza me mantiene inmovilizada. Su traición desata en mí una ira sin precedentes.

—¡Si piensas seguir con esta mierda, al menos mírame a la cara, cobarde!

—¿Para qué molestarme? Me odias por lo que soy.

—¡Te odio por lo que escondes!

—Ahora no me estoy escondiendo. —Él se inclina, doblando su cuerpo sobre el mío, y me susurra al oído mientras las lágrimas de rabia me nublan la vista. Su voz rezuma maldad—. Esta rabia que estás sintiendo, la impotencia que sientes ahora mismo, el miedo por no saber lo que te espera, el hecho de sentirte expuesta de una forma que te humilla y te enfurece, dejándote impotente, es exactamente lo que yo siento cada vez que estás en peligro y no sé ni por qué, ni por culpa de quién. Y aun así sigues rechazando mi puta protección —murmura, cada vez más dolido.

Todavía estoy asimilando sus palabras cuando por fin me suelta. Me giro de inmediato y empiezo a golpearle como una loca el pecho, la cara y el cuello. Él encaja cada uno de los golpes sin inmutarse, con los ojos ardiendo de rabia, a medida que me voy quedando sin fuerzas. Ni siquiera escucho lo que está diciendo, pero mi contraataque se va debilitando y la desesperación de su mirada aplaca parte de mi rabia mientras golpeo con las palmas de las manos su pecho agitado. Parece a punto de estallar.

—Solo quería que supieras lo que tu victoria me hace sentir. —Tobias traga saliva. La rabia se apodera de su voz mientras la derrota brilla en sus ojos—. Tú ganas, Cecelia, voy a dejarte ganar, aunque no sé lo que eso supondrá.

—Te odio —murmuro, quedándome sin fuerzas y con los ojos inundados de rabia.

—Todo lo que te he hecho o pueda llegar a hacerte es por alguna razón. Y lo siento si no te parecen lo bastante buenas, pero me importa una mierda mientras tu corazón siga latiendo y exista la posibilidad de que me perdones por asegurarme de que así sea. —Su voz se quiebra con cada palabra—. Pero si me quitas esto, no tengo nada. Me dejas sin nada.

El resto de mi ira se desvanece cuando me doy cuenta de la gravedad de su sacrificio y estrecho su cara entre mis manos. Él se zafa, furioso.

—Me tienes a mí —le aseguro, sosteniéndolo con más fuerza. Él aparta la mirada. Le beso la mandíbula y el cuello mientras traga saliva una y otra vez, temblando de rabia. Lo agarro por la camisa y me pongo de puntillas para lamerle el cuello—. Tendrás mi confianza. Tendrás mi devoción. Te lo daré todo.

—El amor no nos va a salvar —me espeta.

—A lo mejor no. Pero el amor y la confianza son lo único que puede salvar lo nuestro. Tienes que confiar en mí, Tobias.

Él maldice como un toro acorralado, mientras yo hago todo lo posible por aplacar su ira, apretando mi cuerpo contra el suyo y bajando una mano por su pecho para estrechar su erección. Me agarra de la muñeca para impedírmelo y lo miro, dolida, mientras me fulmina con sus ojos abrasadores.

—Tobias, soy toda tuya —susurro, apretando su miembro.

Él sacude la cabeza y se aleja para poner distancia entre nosotros, algo a lo que yo me niego. Doy un paso al frente con obstinación y empiezo a acariciarlo mientras él me mira con desdén, pero siento que la línea que separa el amor del odio se va estrechando a medida que la bordeamos. Sin embargo, conozco ese límite, lo hemos recorrido antes, y sé lo que nos funciona, lo que siempre nos ha funcionado.

Sus ojos recorren mi piel y su respiración se acelera a medida que su ira supura y un deseo familiar e intenso se dispara entre nosotros.

—Maldita seas —gruñe Tobias, furioso.

Me aparta las manos de un manotazo y en sus ojos arde la promesa de un infierno diferente.

Da un paso atrás y se quita la chaqueta de punto. Recorre mi cuerpo de arriba abajo, calentándome con la mirada, antes de tirar la prenda al suelo. Luego se quita la camiseta y el dobladillo se desliza por su torso cincelado y acaba encima de la chaqueta. Con sus ojos ambarinos en llamas, Tobias se quita las botas y se desabrocha los vaqueros. Contemplo extasiada cómo se deshace de ellos, al igual que de los calzoncillos y los calcetines. Su polla se sacude con fuerza entre los dos y se me hace la boca agua al verla. Desvestidos y jadeando, nos miramos con el alma desnuda y el corazón en la mano. De repente me inmoviliza, me niega un beso y vuelve a ponerme de cara al sofá antes de levantarme las rodillas y apoyarlas sobre el grueso borde.

Lenta y dolorosamente me agarra del pelo y desliza la palma de la mano que tiene libre por mi vientre para introducir dos dedos entre mis piernas. Se me escapa un suave gemido. Un gruñido retumba en su pecho sobre mi espalda cuando se da cuenta de lo empapada que estoy, antes de empezar a penetrarme sin piedad con los dedos. Jadeo al sentir el dolor de un mordisco y abro más las piernas mientras la humedad se va acumulando en mi interior.

—¿Me odias? Pues a lo mejor yo también te odio —susurra con veneno.

Me estremezco ante la proximidad de un orgasmo, pero él saca los dedos de mi interior. Pretende castigarme por mi victoria y yo estoy deseando que lo haga.

—Pues ódiame.

Me aprieta el culo con su mano errante, abriéndome mientras su erección me roza las nalgas y la tensión se arremolina en mi vientre. Desde atrás, vuelve a hundir los dedos en el calor húmedo acumulado en mi entrepierna y un gemido entrecortado sale de su garganta mientras me abre todavía más, al tiempo que mi ritmo cardiaco se dispara y mi clítoris late, expectante. Me acaricia la columna con la palma de la mano antes de posarla sobre mi cuello y apretarlo, lo que me hace arquear la espalda. Luego introduce en mi interior la punta de su polla y acerca mi nuca a su pecho hasta que nuestros ojos se encuentran y puede observarme desde arriba. En cuanto estamos en posición, me la mete hasta el fondo y mi cuerpo se tensa con la penetración mientras Tobias cierra los ojos.

—*Putain.* —«Joder».

Ya con las primeras embestidas, me tenso alrededor de él y empiezo a perder el control. Los muslos me tiemblan de forma incontrolable mientras Tobias vuelve a apretarme el cuello y abre los ojos ardientes para mirarme fijamente desde arriba.

Invadiéndome.

Haciéndome suya con ferocidad.

Me aferro a su nuca y me pego a él mientras me folla, castigándome con sus envites. Sus ojos resplandecen cuando me pongo rígida de placer y el inicio de un orgasmo recorre mis extremidades mientras él sigue mirándome fijamente, penetrándome, desgarrándome.

Con la siguiente embestida, exploto y mi cuerpo convulsiona descontroladamente mientras él sigue con su ritmo enloquecedor y resuelto. Nunca me habían follado tan a lo bestia en mi vida y me encanta.

Cada embestida me estimula más y más y arqueo otro poco la espalda, volviendo a correrme una y otra vez mientras él me mira fijamente, poseído, delatado únicamente por el deseo de su mirada, mientras el resto de sus rasgos se retuercen con crueldad, dejando clara su intención: castigarme.

Cuando, tras otra oleada de éxtasis, vuelvo a convertirme en esas cenizas que me resultan ya tan familiares y me quedo sin fuerzas entre sus brazos, Tobias me da un azote en las nalgas. Mi cuerpo al completo se aferra a ese dolor mientras el placer inunda todo mi ser. Él entreabre la boca mientras se abandona por un instante y yo arqueo todavía más la espalda, levantando el culo para recibirlo más profundamente, mientras su mirada destila fuego líquido. En cuestión de segundos, vuelvo a correrme. Las oleadas de placer me sobrevienen con violencia una tras otra mientras él me folla con saña, canalizando toda su rabia en sus movimientos.

—¿Vas a dármelo todo? —dice para provocarme, invadiendo con el dedo el lugar prohibido y presionando. La amenaza queda suspendida en el aire.

—Sí… —susurro, antes de estallar a su alrededor, con los muslos a punto de ceder mientras él acelera el ritmo y me aprieta el cuello con la mano, como si estuviera dudando. Veo un destello de satisfacción cuando me impide respirar durante varios segundos, lo que me lleva a otro orgasmo explosivo, esta vez mucho más potente.

Maldice cuando me quedo sin fuerzas por su intensidad y me levanta del sofá. De repente estoy en el suelo, con la madera magullándome las rodillas, y Tobias me tira del pelo y me mete la polla hinchada entre los dientes hasta ahogarme con ella. Tras un par de movimientos de cadera, gruñe, llenándome la boca, y su descarga me golpea el fondo de la garganta. Me lo trago todo, saboreando hasta la última gota, mientras mi cuerpo vuelve a inflamarse de deseo. Lo lamo desde la base hasta la punta, chupando cada centímetro, hasta dejarlo limpio. Tobias me observa embelesado, con un ligero brillo de sorpresa en la mirada. Cuando por fin aparto la boca para liberarlo, me relamo y le hago una única petición.

—Más.

Él me levanta del suelo con la misma actitud castigadora y me lleva a la cama para darme justamente eso.

35

Tobias

Treinta y un años

Llego al taller justo a tiempo para ver a Sean alejándose a toda leche en el Nova. Pasa zumbando a mi lado sin mirarme siquiera, pero aun así puedo sentir su rabia. Cuando aparco junto al Camaro y la luz del garaje se enciende, agradezco que Dom esté solo. Aunque sé que eso no cambiará las cosas. Estén uno o los dos, el resultado será el mismo. Nunca fue mi intención que se enteraran de esta manera. Con la mente todavía acelerada y el pecho dolorido por la cara que pusieron cuando nos pillaron en el jardín trasero de Roman, las confesiones de amor que brotaron de nuestros labios me hacen atravesar el vestíbulo y caminar directamente hacia el fuego. Dom está de pie en medio del taller, mirando al infinito. Pasan unos segundos largos y tensos en los que me preparo para cualquier cosa. Cuando llego hasta él, se vuelve para mirarme con los ojos de un hombre al que apenas reconozco y no encuentro nuestra conexión por ninguna parte.

—Si esperas que te pegue o que me pelee contigo, es que eres patético —dice, negando con la cabeza, con los ojos llenos de rabia—. Nunca me has visto como un hermano. La única puta

403

vez que necesitaba que me entendieras, que me escucharas como a tal, no fuiste capaz de dejar de hacerte el padre. No fuiste capaz de tomarme en serio. Creíste que estaba haciendo el gilipollas, para variar. «Típico de Dominic». Pero sé cuándo empezaste a creerme y no fue hace diez meses, cuando te lo pedí. Fue allí, cuando te diste cuenta de que era demasiado tarde. Y eso ha sido mejor que cualquier puñetazo que hubiera podido darte. Vete a la mierda. Lárgate. —Guardo silencio porque no se me ocurre ninguna justificación y, después de sus palabras, tampoco quiero tener ninguna. Deseo su rabia porque, por ahora, es mejor que su indiferencia. Mientras se enfrente a mí, tendremos una oportunidad—. Que te largues —repite, apretando los puños.

—No puedo.

—Ya no te necesito —dice, acercándose a la caja de herramientas y abriéndola bruscamente.

—Eso no es nada nuevo. Hace tiempo que eres capaz de tomar tus propias decisiones.

—No, no era eso lo que pensabas de mí. Me necesitabas como excusa para jugar a ser el guardián, para tenerlo todo controlado.

—Yo he sido testigo de todo, Dominic, he estado ahí desde el primer día…

—¡Tú no eres mi puto padre! —Pega su cara a la mía, con los ojos encendidos y los dientes apretados—. Casi ni eres de mi propia sangre. Lárgate. No te lo estoy pidiendo.

—No puedo.

—No pienso perdonarte.

—Lo sé.

—Entonces, ¿qué coño quieres que te diga? Vete con ella. Puede que Cecelia se trague tus putas mentiras esta noche, pero yo no.

—Dom, estoy enamorado de ella.

—Eso me suena.

Por fin me golpea con ambas manos en el pecho y me empuja contra una furgoneta que está subida en la plataforma, a mis espaldas. Decido no enfrentarme a él, mientras que una guerra se desata en su cabeza. La misma guerra que yo libré hace meses antes de expulsarlo, negándome a escuchar, negándome a creer que sus sentimientos por ella fueran reales. Entonces oigo el chirrido de unos frenos derrapando sobre la grava al otro lado de las puertas. «Mierda». Dominic me lanza una mirada asesina, con los ojos llenos de desprecio y odio. Entonces me pregunto si mi hermano volverá a mirarme alguna vez como antes, con respeto y admiración. Percibí el cambio en él en cuanto se dio cuenta de lo que había ocurrido.

—Ni siquiera puedo preguntarte si ella merece tanto la pena, porque sé que sí. Ya tienes lo que querías. Ahora es tuya. Sabías perfectamente cuáles serían las consecuencias, el daño que nos harías a todos, incluidos Sean y Cecelia, así que ¿qué coño quieres de mí?

—La voy a tatuar esta noche. Quería que fueras el primero en saberlo.

Dominic mira a Sean, que está detrás de mí.

—¿Que vas a hacer qué? —gruñe este y, cuando me giro, lo veo abriendo y cerrando los puños en la puerta del taller. Tiene ganas de matarme. Salta a la vista. No me perdonará en mucho tiempo y, cuando les comunique mis intenciones, es probable que no lo haga nunca.

—Voy a marcarla por razones obvias y para protegerla. Ya he dado la orden. No hay marcha atrás.

—¡Y una mierda! —Sean carga contra mí y Dominic se interpone entre nosotros, con la cabeza ladeada, como si no me hubiera oído bien.

—¿Tan lejos piensas llegar? —Su tono es amenazador y siento el segundo golpe de la traición que emana de su cuerpo.

—No tengo elección.

—Claro que tienes elección, joder —explota Sean—. Y ella también debería tenerla.

Dominic interpreta mis gestos y mis intenciones y asiente.

—Adelante, hazlo. Márcala de una puta vez. Atrévete a hacer esa mierda. Y luego apechuga con las consecuencias.

—¡Dom! —grita Sean, incrédulo.

Dom niega con la cabeza y se gira hacia él. Él entiende mi razonamiento, pero Sean está demasiado destrozado para verlo.

Este se acerca a nosotros dos, fuera de sí.

—Estás yendo demasiado lejos para imponerte. ¿No te basta con habernos jodido a todos?

—Yo no lo veo así —replico cuando Dominic se gira hacia mí con una sonrisa tan maquiavélica que me hace saber que me he ganado a pulso parte de su odio. Mi hermano me odia, y con razón.

Yo también odiaré, moleré a palos o me cargaré a cualquiera que intente arrebatármela. A cualquiera menos a mis hermanos, que la aman tanto como yo. Pero lo que los está matando a ambos es que ahora eso no sería jugar limpio.

—No le puse ni un dedo encima hasta unos meses antes de que volvierais —les digo a los dos, porque me parece importante dejarlo claro, aunque sigue sin ser una excusa.

Sean viene a por mí, pero se detiene a medio metro, con los ojos sedientos de sangre. Su desolación es más difícil de ver ahora que está enmascarada por la furia, pero sé que está ahí.

—¡Ya, bueno, tú nos arrebataste la posibilidad de luchar por ella, enviándonos a tu puto zoológico y atándonos de pies y manos! ¡Y estoy seguro de que podríamos haberla recuperado si tú no te hubieras metido en medio!

—Mis órdenes no os impidieron darle un collar —digo, mirándolos a ambos. Ninguno de los dos dice nada, pero tampoco les sorprende que lo sepa—. Me disculparé por amarla cuando vosotros lo hagáis. Pero no espero que me perdonéis por lo que hice —declaro, negando con la cabeza.

—No lo haremos. Y no te la mereces —me espeta Sean.

—¿Y vosotros sí? Solo sois dos idiotas que van por ahí dándoselas de hombres y de soldados, cuando no tenéis ni puta idea de lo que es sacrificarse. ¡Vosotros no sacrificasteis nada por ella! ¡Ni una puta cosa! Hasta que no sepáis lo que es eso, no podréis ser el tipo de hombres que necesita. —Los celos se apoderan de mí mientras les echo en cara su comportamiento—. Y sabéis perfectamente que la perdisteis en cuanto decidisteis compartirla y elegisteis esta vida antes que a ella —añado, mirando a Dominic.

—¿Y tú no nos manipulaste para sacar tajada? —Sean sacude la cabeza, asqueado—. Lo único de lo que me arrepiento es de haberme creído tus gilipolleces —declara antes de escupir en el suelo, a unos centímetros de mi zapato.

—¡Acabé de involucrarla en esto y le conté la puta verdad porque era más seguro para ella, aun sabiendo que así podría acabar conmigo y con todos nosotros! Lo más importante ahora mismo no soy yo, ni vosotros, ni nuestros putos planes. Es Cecelia. —Me acerco a Sean y puedo sentir la tensión y la violencia pura y dura que irradia de su cuerpo. Se está planteando pegarle a su hermano porque me considera su enemigo—. ¿Vas a abandonar, Sean? Si es así, deja las alas en la puerta. Esta noche estoy aquí por negocios.

Sean me mira boquiabierto.

—¿Cómo te atreves a hablarme así?

—Ya ves. Necesito saber hasta dónde piensas llegar con esto.

—Pero ¿tú quién coño eres? —dice, con la voz quebrada por el dolor.

—Soy el hombre que se pondría delante de una bala por cualquiera de vosotros dos, sin pensárselo dos veces, pero también soy el hombre que sostuvo vuestras putas manos antes de darles forma de puño. Soy el mismo hombre que, hasta que la conoció a ella, os antepuso a cualquier otra persona. Pero, ahora mismo, ¿quieres saber quién soy? Soy el hombre que la ama lo suficiente como para no permitir que nadie ni nada se anteponga a ella.

La voz de Sean tiembla de odio mientras me mira.

—¿Estás jugando a «yo la vi primero»?

—Pues sí. Y creo que sabíais perfectamente qué línea estabais cruzando. Si no, no me la habríais ocultado.

Sean retrocede y su derechazo me alcanza en la mandíbula una fracción de segundo antes de que Dominic me empuje hacia atrás y me ahorre la peor parte del golpe. Dominic me ayuda a recuperar el equilibrio y fulmina a Sean con la mirada antes de volverse hacia mí.

—Tú no me creíste, hermano, pero ahora yo sí te creo a ti. Puede que Cecelia sea tuya, pero la sección de Triple Falls es mía y, mientras ella esté aquí, estará bajo mi puta protección. He estado al mando desde que tú te pusiste a dar tumbos por el mundo y ya que vamos a seguir las reglas y los negocios son los negocios, espero que solo la estés marcando por eso. De ahora en adelante, si necesitas algo de nosotros, tendrás que pedírnoslo amablemente. Hasta entonces, ambos hemos terminado contigo. ¿Me has oído, hermano mayor? No queremos saber nada de ti que no tenga que ver con los negocios. Ya puedes irte a tomar por culo.

La firmeza y la crueldad de su tono de voz me desgarran por dentro de forma irreparable. Hace un año, nunca habría puesto en duda la relación con mi hermano. Este era el único lugar en el que tenía paz, solidaridad y apoyo incondicional, y la he cagado con mis actos. Aunque, entre los escombros, he encontrado un lugar diferente, uno que nunca creí que estuviera al alcance de un hombre como yo.

Suspirando, me llevo la mano a la nuca y trato de ponerme a su altura para intentar que me escuche, disputándome su atención con su ira y su odio, algo que nunca imaginé que tendría que hacer con alguien de mi propia sangre. Con el niño que crie y el hombre al que moldeé. Pero percibo el cambio en él y es devastador. Me quedo un rato en silencio, antes de mirarlos a ambos.

—Nunca os he pedido nada y no pretendo que me perdonéis, al menos por ahora, pero creo que os he dado lo suficiente como para exigiros esto. Por ella, no por mí. Por Cecelia. Vosotros la metisteis en esto y yo la voy a dejar dentro por su seguridad y también por egoísmo. La quiero. Y, suceda lo que suceda de ahora en adelante, necesito vuestra palabra de que, llegado el momento, ella será lo primero. Y no os equivoquéis, sé perfectamente cuál ha sido mi papel en todo esto, pero la verdad es que todos lo hemos convertido en algo más que un negocio. —Me vuelvo hacia Dominic, consciente de la realidad de aquel día en la biblioteca, consciente de que él la había visto y de que siempre había estado pendiente de ella—. La metiste en esto cuando te advertí que la mantuvieras al margen. Te dije lo que sucedería. Aunque no imaginaba cómo acabaría la cosa. Todos somos culpables. Todos nosotros.

Dom va disparado hacia la puerta de atrás y la cruza, dando un portazo. Yo lo sigo con la mirada, sintiendo el escozor del agujero que ha dejado en mi interior, mientras me acaricio la mandíbula con la mano. Tengo la sensación de que el mundo que hemos creado se me está escapando de las manos, mientras mi necesidad de volver con Cecelia se multiplica por diez.

¿La perderé también a ella por estas mismas razones? Por mi egoísmo, por mi deseo de poseerla, de tener algo propio. Por primera vez en mi puta vida, con ella, en esas semanas maravillosas que vivimos en las que derribamos por completo nuestros muros, me sentí liberado, como la versión de mí mismo que habría sido de no haber seguido este camino. Lo único que me apetece ahora mismo es renunciar a todo y pasar más tiempo con ella. Al darme cuenta, entiendo perfectamente por qué merezco su ira. Tal vez Cecelia había creado un santuario igual para ellos.

Puede que, con ella, Dom y Sean fueran las versiones más deseadas de sí mismos. Todos nos hemos sacrificado de alguna manera por esta vida. Puede que Cecelia fuera su refugio. Y no soporto que eso pueda ser cierto. Que encontraran el mismo placer, la misma sensación de pertenencia que yo. Menosprecié sus sentimientos porque no podía soportar que compartieran a la mujer por la que yo removí cielo y tierra, simplemente para poder arañar unas cuantas semanas de felicidad con ella. Y ellos se la pasaban el uno al otro y se llevaron unos pedazos de mi tesoro que nunca podré recuperar.

Este es el precio que tengo que pagar, mi penitencia por haberme convertido en un ladrón. Por enamorarme, por robarla. Por vivir la vida, por una vez, pensando en mí mismo.

Pero tengo que enfrentarme a otras consecuencias que complicarán las cosas mucho más de lo que lo están ahora.

Asumiendo que esto es solo el principio, me enfrento al hombre al que he querido como a un hermano desde el momento en el que apareció en nuestras vidas. En cuestión de segundos, mi dolor se transforma y lloro la pérdida del niño que era, del hombre en el que se ha convertido y de lo que significaba para mí. Ya nunca volveremos a ser los mismos. Ninguno de nosotros. Necesito hasta la última gota de energía para no dejar que la ira se apodere de mí, aunque cada fibra de mi ser pide a gritos sangre y carne. Pero contra la sangre no puedo hacer nada, y el hambre que siento por Cecelia no se saciará jamás.

Esa verdad agónica me hace enfurecer mientras Sean se acerca a mí, mirándome con una mezcla de rabia y una desolación similar a la mía.

—¿Por qué?

—Sabes perfectamente por qué. ¡Estabas ahí conmigo! No pienso compartirla. ¡Ni contigo, ni con mi hermano ni con nadie! Ahí es donde la cagaste, Sean, y lo sabes. Su sitio está conmigo. Fin de la historia.

—¿Tú crees? —Su sonrisa condescendiente me hace hervir la sangre—. Yo no estaría tan seguro. Sé lo que he visto hoy. Quizá no pueda luchar contra una causa perdida, y esa sea mi cruz. Pero también sé lo que has visto en ese jardín. Vi el temor en tus ojos: tienes miedo por las partes de ella que nunca serán tuyas. Por la parte que me pertenece a mí y la que le pertenece a tu hermano. Reivindica tus derechos sobre ella todo lo que quieras, márcala, mea a su alrededor, pero jamás será completamente tuya. Nunca, en tu puta vida. Siempre la compartirás con nosotros, hagas lo que hagas. Nunca la poseerás como tu alma de ladrón necesita poseerla. Y tendrás que aprender a vivir con ello. Todos tendremos que aprender a vivir con ello.

Sean pasa a mi lado dándome un empujón y yo golpeo con el puño el capó de la furgoneta.

—¡Sean! —Trago saliva y el nudo que tengo en la garganta ahoga mi voz, volviéndola irreconocible para mí. Es una agonía saber que tiene razón, pero hago de tripas corazón por lo que más me importa—. Por ella. Por ella. No por mí. Es lo único que te pido. Que ella sea la prioridad.

—No me jodas, tío. —Sean resopla—. Es patético que todavía necesites garantías. La excusa de utilizarla como salvoconducto fue algo que se me ocurrió para justificarme ante vosotros a los pocos días de conocerla. Ella siempre ha sido mi prioridad.

Pasan los segundos y el aullido del viento que sopla en el exterior sacude las puertas del muelle de carga.

—¿Por qué no reclamaste tus derechos sobre ella?

Sean entorna los ojos.

—Porque ninguno de nosotros era digno de hacerlo, con todas las mentiras que había entre nosotros. Y esas mentiras existían porque te estábamos cubriendo las espaldas. Porque creíamos en ti y en nuestra causa. Y hasta que no supiera toda la verdad… —Sean niega con la cabeza—. Pero eso ahora importa una mierda, ¿no?

—Ninguno de nosotros la merece —declaro con sinceridad—. Ninguno.

—Y tú menos que nadie, puto egoísta de los cojones.

El portazo que da al salir me parte el corazón.

***

Saco una botella del maletero de Dom, con el sudor cayéndome por la frente después de haber salido a correr en plena noche y, en lugar de entrar en la casa, voy al porche trasero y me dejo caer en la tumbona, con el corazón destrozado por ese recuerdo que revivo a diario.

Miro fijamente la botella, consciente de que el hecho de abrirla no borrará ni una sola de las palabras que intercambiamos aquella noche, ni hará que el dolor sea menos intenso.

Es lo que tiene la locura.

Ni después de un día agotador de discusiones y polvos de reconciliación con Cecelia, ni sabiendo que he recuperado su corazón, ni tras haber logrado la cercanía entre nosotros que he anhelado desde que volví he conseguido llenar parte de ese agujero que lleva ahí más de media década. No soy capaz de deshacerme de esto.

Y sabía que ocurriría.

Sabía que, por muy feliz que fuera aquí con ella, la maldición no me abandonaría. Ese recuerdo tan cruel y persistente es capaz de arrebatarme cualquier tipo de alegría. Los pensamientos sobre la pelea que tuvimos la noche anterior a la muerte de Dom han estado atormentándome sin cesar esta noche, impidiéndome dormir. He estado mirando al techo durante horas, después de que Cecelia se durmiera, tumbada desnuda sobre mi pecho, con el muslo enganchado a mi torso, mientras soñaba. La he dejado descansar, aunque necesitaba desesperadamente la distracción de su cuerpo para intentar alejar el dolor. Pero no le corresponde a ella luchar contra mis demonios.

Esta es una batalla que libro a diario y que no he ganado ni una sola vez.

Aunque todavía siento la tentación de volver con ella ahora mismo para excitarla, follarla y perderme en ella, disfrutando de la seguridad de su amor, de sus brazos, de mi templo. Miro fijamente la botella azul de Bombay, sabiendo que es una alternativa de mierda.

Esta noche estoy más inquieto que nunca.

Quizás sea por la batalla que acabo de perder, pero incluso habiendo perdido, me siento aliviado, en cierto modo. En realidad no quería dejarla sola, pero no se me ocurría otro plan.

Ni siquiera el nuevo plan que he conseguido esbozar después de meterme en la cama con ella, horas más tarde, antes de enviarle un mensaje de texto a Tyler, me trae algo de paz.

El aire de la noche enfría el sudor de mi piel y mi respiración está empezando a calmarse cuando la puerta trasera se abre de golpe y Beau sale corriendo para lamerme la rodilla y alejarse; entonces, los ojos enrojecidos de Cecelia se topan con los míos. En ese momento me doy cuenta de hasta qué punto la he cagado.

—No he dejado ninguna nota. —Una lágrima resbala por su mejilla al tiempo que un sollozo brota de sus labios y el mero hecho de verlo me mata. Extiendo la mano, la agarro y la atraigo hacia mi regazo. El alivio que siente es tan evidente que me parte todavía más el corazón. Hundo la cara en su cuello, inhalando su aroma—. Lo siento, cariño. Joder, lo siento muchísimo. No sé en qué estaba pensando.

Por primera vez desde que he llegado necesita consuelo a causa del miedo, de ese miedo que yo le he infundido, y me corresponde a mí dárselo. Le acaricio la cara mientras se estremece entre mis brazos y las lágrimas siguen resbalando por sus mejillas. Calmo sus labios temblorosos con un largo beso y le limpio las lágrimas con el pulgar. A pesar de lo fuerte que se ha vuelto, le he dado un susto de muerte por estar demasiado absorto en mis propias mierdas. Acaricio el pequeño surco de su barbilla con el pulgar.

—Te he mentido y he roto mis putas promesas demasiadas veces como para que confíes en mí. Pero ojalá puedas creerme cuando te digo que nunca sería capaz de volver a hacerte lo mismo. Por eso has ganado, *trésor*. Me rindo. Saco la bandera blanca.

—T-t-te odio…, K-K-King —dice ella con la respiración entrecortada.

—No me extraña. Lo siento, *trésor*. No voy a marcharme. Te lo prometo por encima de todas las cosas. —Cecelia exhala exasperada y espero a que su cuerpo se relaje contra el mío. Diga lo que diga ahora mismo, no será suficiente. Con el tiempo, se lo demostraré. Hundo la cara en su cuello e inhalo—. Siento no poder acabar con esto. Es una mierda. Pero mejoraré por ti.

Inspiro su aroma a enebro y miro la botella que he dejado sobre la mesa. Quizás ella sea lo único que necesito. Cecelia parece leerme el pensamiento.

—De eso nada. Habla conmigo, para variar —dice mientras sus profundos ojos azules les suplican a los míos.

—No es un problema. Nunca permitiría que lo fuera. No desperdiciaría mi vida así. Eso lo tengo claro.

Cecelia me mira con los ojos llenos de lágrimas.

—Puede que tú no lo necesites, pero yo sí, gracias a tu carrerita nocturna —declara. Coge la botella de la mesa, la abre y bebe un buen trago antes de acercarse para besarme. Saboreo el regusto del alcohol, le chupo la lengua y ella gime para después apartarse—. Por favor, habla conmigo. Dime qué es eso que tanto te duele.

Asiento, arañándome los labios con los dientes.

—Después de dejarte en el jardín, el día que Dom y Sean nos descubrieron, esperé unas cuantas horas para que se calmaran un poco antes de ir a verlos. Muchas horas, en realidad. Volví y me puse a pasear por tu jardín. Te oí poner *Father Figure* para mí. Me dejó hecho polvo. Me hizo ver lo dolida que estabas. Acabé regresando con ellos en vez de volver contigo, algo que, como bien sabes, al final nunca llegué a hacer.

—¿Por qué?

—Por la misma razón por la que ahora me estoy rindiendo. He tomado demasiadas malas decisiones que han puesto en peligro a la gente que quiero. Me he vuelto un paranoico y a veces no sé si mi instinto es correcto o estoy exagerando. Cada vez me resulta más difícil distinguirlo. Necesitaba urgentemente estas puñeteras vacaciones.

Ella asiente y me pasa los dedos por el pelo, esperando pacientemente a que siga hablando. Quiero contárselo y no es la primera vez que arranco varias páginas del diario en las que recordaba aquella noche, pero nunca he sido capaz de llegar hasta el final. Bebo otro largo trago de ginebra y dejo la botella en el suelo, centrándome por completo en Cecelia mientras le cuento todos los detalles que recuerdo de aquella noche, a excepción de la llamada de Antoine. Ella me escucha con atención, acercándose más a mí con cada palabra, agarrándome con más fuerza. Sus ojos brillan de empatía cuando termino.

Tras un rato de silencio, cambia de postura sobre mi regazo para poder mirarme de frente al hablar.

—Sabes que los jueces dictan sentencia por los delitos cometidos en función de la gravedad. ¿Cuántos años quieres que te caigan, Tobias?

—No es tan sencillo.

—No, no lo es, pero ¿crees que él querría que vivieras el resto de tu vida siendo esclavo de tu culpa por actos de los que te arrepientes con todo tu corazón y toda tu alma? Ya sabes la respuesta. Por muy duro que fuera Dominic, su corazón no era así. Él no era así en absoluto. Era un hombre impenetrable que actuaba movido por el amor, exactamente igual que tú. —Me muerdo el labio mientras ella me agarra por la mandíbula, obligándome a mirarla.

—Nunca me he sentido como si hubiera perdido a mi hermano, aunque sé que puede parecer raro. Me siento como…

—Como si hubieras perdido a un hijo —susurra Cecelia—. No tiene nada de raro. Tú asumiste ese papel. Los dos lo hicisteis.

Asiento con la cabeza.

—Conozco ese amor, Cecelia, el amor paternal —confieso—. Básicamente, yo fui el padre de Dominic, aunque nuestro parentesco fuera otro. —Sacudo la cabeza, incapaz de verla ahora a través de mi dolor—. Y, el día antes de morir, le quité lo que más quería en el mundo. Murió enamorado de ti. Te robé y le rompí el corazón, acabando con su confianza. ¿Qué razón tenía para no ponerse delante de esas balas?

Cecelia abre los ojos de par en par y niega con la cabeza impetuosamente.

—No es posible que pienses eso. Sé que no es posible.

—Pues a lo mejor lo hago.

—Te estás mintiendo a ti mismo, Tobias. —Sus ojos azul marino exigen la atención de los míos—. *Frères pour toujours.* —«Hermanos para siempre». Cecelia repite las últimas palabras de Dom y me siento como si me hubiera dado un mazazo en el pecho—. Él encajó esas balas por ti. Nos salvó a los dos al salvarte a ti primero.

—No. —Empiezo a venirme abajo y el dolor que siento en el pecho hace que se me ponga un nudo en la garganta. Cojo la botella, pero ella me la quita—. No me hagas esto —digo, sacudiendo la cabeza—. Por favor.

—«Nunca lo había visto iluminarse así». Eso fue lo que me dijo esa noche. Te dije que te lo contaría cuando estuvieras sobrio. —Desvío la mirada, pero ella me presiona—. Sonrió al decirlo, Tobias. Ojalá hubieras podido ver esa sonrisa, porque si hubieras estado allí, si la hubieras visto, sabrías sin lugar a dudas que él quería que fueras feliz, aunque eso significara perderme. Lo que tuvimos fue precioso, pero estás dando demasiada importancia a la relación equivocada y puedo ver en tus ojos que sabes que es verdad, pero reconocerlo significa admitir que murió por ti. Y lo hizo para salvarte, Tobias.

—Cecelia —le suplico. El nudo de la garganta me está asfixiando.

—Te amaba tan feroz e incondicionalmente como tú a él. Estaba enfadado, pero aun así seguía siendo igual de protector contigo y con tu felicidad, y por eso te salvó.

—¡Maldita sea! —exclamo mientras ella me inmoviliza con firmeza y me presiona todavía más.

—La verdad es que te quitó de en medio aquella noche antes de encajar una bala para protegerme. Dio su vida por la tuya. Te niegas a aceptarlo y eso es lo que más te duele. —Cecelia me atrae hacia su pecho mientras empiezo a temblar y a gruñir. Me abraza, negándose a soltarme mientras me susurra la verdad, una verdad que yo daría cualquier cosa por olvidar—. Ya es hora de que lo afrontes y lo aceptes. Yo no soy la única a la que salvó aquella noche, Tobias. Tienes que aceptar su sacrificio. Aunque te cabree, tienes que aceptar que su amor por ti era igual de fuerte que el tuyo, que te perdonó y que te amaba lo suficiente como para querer que fueras feliz. Tienes que liberarte de esa culpa, o nunca podrás aceptar el resto del regalo que te hizo.

Hundo la cara en el pecho de Cecelia y me estremezco mientras la verdad que he estado evitando desde que todo rastro de vida abandonó los ojos de Dominic me golpea con fuerza. Él siempre fue mío. Desde la primera vez que lo cogí en brazos cuando era un bebé y supe que me pertenecía hasta el día que me miró y se marchó.

—*Je suis désolé. Je suis désolé, je suis vraiment désolé. Je suis vraiment désolé.* —«Lo siento mucho. Lo siento mucho, lo siento muchísimo, muchísimo».

—Tienes que agradecérselo viviendo —murmura Cecelia mientras me rindo y me invade un profundo remordimiento.

No lo siento como un castigo. Es algo más visceral. Como una masacre, una implosión y, al mismo tiempo, una especie de liberación extraña. Algo no demasiado deseable porque, si eso ocurre, si olvido un solo detalle de cualquiera de mis recuerdos, no volveré a recuperarlo.

Me derrumbo entre los brazos de Cecelia mientras esta me susurra, acariciándome la piel y el pelo y pasándome la mano por la espalda. No sé cuánto tiempo nos quedamos en esa silla hasta que por fin empiezo a revivir. Cecelia me susurra constantemente, salpicándome la piel con sus lágrimas, mientras vuelvo en mí, a mi presente, agotado pero lejos de sentirme vacío. No es un alivio desbordante, pero sí la antesala de una pequeña liberación.

Conmocionado por lo que acaba de suceder, entierro la cara en su cuello e inhalo su aroma, que me calma hasta el punto de permitirme respirar hondo. Levanto los ojos hacia los suyos y ella niega con la cabeza mientras yo abro la boca para hablar, tan desgarrado por las emociones que apenas soy capaz de hacerlo.

—No te atrevas a pedirme disculpas —dice ella en voz baja.

—No sé si soy el hombre del que te enamoraste —confieso—. Y tampoco sé si volveré a serlo.

—Ya.

—Nunca he sido un rey, Cecelia.

—En eso no estamos de acuerdo. Tú no ves lo que yo veo. Puede que nunca lo hayas visto. Parece que solo ves tus errores y eso es algo que estoy decidida a cambiar. Pero, para mí, lo eres todo.

La sensación de malestar acecha, pero la ignoro, sabiendo que estoy completamente expuesto. Pero con Cecelia siempre lo he estado, ya sea por el deseo desenfrenado que despierta en mí, por los pensamientos más oscuros y las verdades más sinceras que me arranca o por la insaciable necesidad que siento de ella. Siempre ha conseguido ir quitándome las capas una a una y minar mis cimientos para llegar más hondo de lo que nadie ha llegado jamás.

Desde que era una niña de ojos traviesos hasta que se convirtió en una mujer con el corazón de fuego, ella fue la primera en robarme a mí. Y esa es la verdad más sincera que guarda este ladrón en el corazón.

Nos quedamos allí sentados un rato, simplemente escuchando los ruidos nocturnos, mientras el sudor se seca sobre mi piel. Vuelvo a inhalar su aroma antes de mirarla.

—Enebro —digo sonriendo, con los ojos entrecerrados por el cansancio—. Sabes que la ginebra se hace con bayas de enebro, ¿verdad, *trésor*?

—No te vengas arriba, Francés, es pura coincidencia. Lo uso desde los dieciséis años.

—De coincidencia, nada. —Le acaricio las alas y sus párpados se van cerrando un poco más con cada caricia—. Nada de lo nuestro es una coincidencia. Ya deberías saberlo. Puede que hayamos acabado juntos porque la vida tiene un sentido del humor muy retorcido o puede que todas las fuerzas del universo nos hayan abandonado, pero, si alguna vez ha estado claro que dos puñeteras personas están predestinadas a estar juntas, afortunada o desafortunadamente, esos somos nosotros.

Nos quedamos en silencio durante varios minutos, en el umbral del sueño, hasta que se oye el crujido de la grava del camino de entrada. Cecelia se sobresalta y yo la abrazo con más fuerza para evitar que abandone mi regazo.

—No pasa nada. Esperamos compañía.

—Son casi las tres de la mañana. ¿Quién es?

Le mordisqueo los labios mientras ella empuja mi pecho, impaciente por obtener una respuesta.

—Nuestro chófer.

36

Cecelia

Tobias se pone un traje de Tom Ford recién confeccionado a medida que ha traído un pájaro mensajero poco después de que yo me acostara, sin duda precisamente para esto. Tira del puño de la camisa para abrochárselo mientras me mira a los ojos en el espejo, sonriendo con satisfacción. Yo me estoy planchando el pelo y solo llevo puestos un sujetador negro de encaje y unas bragas, y su mirada me pone cachondísima. Ahora mismo no sé si follármelo o matarlo, aunque estoy bastante segura de que esa será la tónica habitual mientras estemos juntos.

Aunque la razón por la que tengo los nervios de punta en este momento es que me estoy arreglando para viajar a Washington D. C. y conocer al presidente.

Una vez más, Tobias me ha engañado con sus artimañas e intrigas, urdiendo planes a mis espaldas y disfrazándolo de «sorpresa».

—No es ningún engaño —me asegura tranquilamente—. Es mi plan B, mi último recurso.

—Pues a mí me suena a manipulación. Y todavía no me has dicho qué está pasando.

—Me has cerrado la puerta, así que estoy abriendo una ventana —dice cogiendo los gemelos.

—¿Qué quieres decir?

—Pronto lo sabrás. —Observo sus dedos mientras se pone los gemelos y él arquea una ceja—. ¿Es normal que tu pelo eche humo?

Aparto las planchas y me siento aliviada al ver que el pelo no está pegado a ellas.

—Deja de distraerme —le suelto.

Él sonríe.

—*Trésor* se pone de mal humor cuando no duerme sus ocho horas.

—No le eches la culpa a la falta de sueño, Francés, hace semanas que no duermo una sola noche del tirón.

—Son gemidos, no objeciones, los que te mantienen despierta.

—Cabrón engreído.

—*Ton salaud.* —«Tu cabrón».

Tobias viene hacia mí y el corte de su traje me hace salivar. Aunque él lo niega, sigue siendo el rey arrogante del que me enamoré. La excitación que corre ahora por mis venas no es por la ginebra, ni por los orgasmos interminables de hace unas horas.

Es por él.

Esta excitación es solo por él, por lo nuestro.

Se acerca a mí con paso seguro, quita lentamente de la percha el vestido entallado que he elegido y baja la cremallera para que me lo ponga. Cuando lo hago, él vuelve a subirla, levantándome el pelo para darme un beso en la nuca.

—Es solo una visita informal. No te hagas ilusiones. Te lo explicaré por el camino. —Tobias me gira entre sus brazos y me apoya en el tocador, bajando la vista.

—Ni se te ocurra —le advierto.

—Contra la cómoda o en el asiento trasero de la limusina: tú eliges.

—Sigue soñando, amigo. Has vuelto a la caseta del perro.

—Es una sorpresa —me recuerda mientras cojo el bolso.

Me sigue hasta la puerta de la habitación y le hace un gesto con la barbilla al cuervo que se va a quedar cuidando de Beau. Tobias está muy animado y, a decir verdad, yo también, pero me niego a demostrar mi alegría porque, una vez más, no tengo ni idea de cuáles son sus planes.

Cierro la puerta principal y me giro, con Tobias a la zaga, para ir hacia la limusina. Pero él me detiene y me lo impide, mirándome fijamente.

—Has cerrado con llave.

—¿Y? —Levanto la vista, desconcertada.

—Que lo has hecho tres veces —susurra, con con un torbellino de emociones en la mirada—. Has cerrado tres veces, *trésor*. Y ni siquiera te has dado cuenta.

Me empuja hacia la puerta y apoya la frente sobre la mía antes de exhalar y mirarme tragando saliva varias veces.

—Tobias…

Él sacude suavemente la cabeza, acariciándome la nariz con la suya.

—Estoy… Joder, Cecelia. Una vez te pregunté si creías que podría llegar a ser feliz, pero no fue una pregunta justa y no pudiste responderla —susurra—. Aunque yo sí puedo. Ya lo soy. Tú me haces feliz. —La emoción de su voz hace que me eche a llorar de inmediato—. Me pondría de rodillas ahora mismo y te pediría que te casaras conmigo si pudiera. —Me quedo boquiabierta mientras él me estrecha las dos manos entre las suyas—. A veces, desearía poder seguir siendo tan egoísta contigo como lo era antes.

—¿Qué quieres decir?

—Nada —murmura—. Pero lo estoy diciendo de corazón y nunca pensé que lo diría. —Tobias exhala lentamente y baja la vista hacia mí—. Me alegro de que lo amaras y me alegro de que él supiera lo que se siente al ser amado por ti antes de morir, porque al final todo se reduce a tu forma de amar, Cecelia.

—Tobias...

Él se apodera de mis labios y me besa hasta hacerme jadear antes de apartarse.

—No hay nada más importante que tú —me asegura, mirándome unos instantes, antes de cogerme la mano y guiarme a la limusina, aturdida por sus confesiones.

Cuando el chófer abre la puerta, Tyler sale sonriendo de oreja a oreja y se nos queda mirando.

—Venga ya, ¿has estado aquí todo el rato?

—Hola, preciosa —me saluda mientras me lanzo hacia sus brazos abiertos—. ¿Por qué cojones habéis tardado tanto? —Me pregunta, hundiendo la barbilla en mi hombro antes de soltarme—. Estaba empezando a cabrearme demasiado para sorprenderte como es debido.

Señalo hacia atrás con la cabeza.

—Échale la culpa a él. Es el que ha tardado media hora en vestirse.

Tobias me mira.

—Me he pasado quince de esos minutos deletreando mi nombre y mis apellidos con la lengua —declara sin pudor mientras yo me ruborizo.

Tyler suelta una risita y niega con la cabeza mientras yo fulmino con la mirada a Tobias.

—¿Qué eres, un niño de quince años?

—Vaya par de anormales. ¿Podríais subiros a la limusina, por favor? Vamos a llegar tarde.

Tobias me deja pasar primero y oigo lo que dicen entre susurros mientras aún sigo viéndoles las piernas.

—Parece que la cosa va mejorando, ¿no? —comenta Tyler.

—Menos mal. Ya estaba a punto de echar barriga y ponerme a investigar sobre máquinas cortacésped.

—Lo he oído —digo.

Ambos asoman la cabeza por la puerta de la limusina y los miro con los ojos entornados. No puedo evitar reírme al ver sus caras de «Nos han pillado» antes de que suban. Tengo la suerte de ir sentada frente a Tobias, así que puedo disfrutar de su imagen con traje. Y no solo eso, sino que también puedo recrearme con Tyler, que no hace más que mejorar con la edad. Sus cálidos ojos marrones parecen un poco cansados de tanto vivir, pero las patas de gallo que los rodean no le restan ni una pizca de atractivo. Su aspecto juvenil ha desaparecido y ha dado paso a unos rasgos mucho más marcados, pero su hoyuelo sigue asomando cuando sonríe, algo de lo que me alegro. Tiene pinta de estar más fatigado que la última vez que lo vi.

Verlos a los dos juntos me resulta impactante. Y el hecho de saber quiénes son, dónde han estado y lo que han logrado juntos hace que sea aún más alucinante. Si la gente conociera su historia, no se lo creería. A mí todavía me cuesta hacerlo.

—No te pongas nerviosa —dice Tyler al ver que empiezo a inquietarme—. A Preston le vas a encantar. Y a Molly también. Son buena gente. Estás guapísima, Cee.

—Bueno, yo estaba a punto de decirte lo mismo. Estás increíble. ¿Sales con alguien?

Ignoro la mirada celosa con la que me fulmina Tobias y sigo centrándome en Tyler. Él niega apenas con la cabeza y sus ojos se ensombrecen con un destello de dolor.

—Ahora mismo no tengo tiempo.

No está preparado, a pesar de todo el tiempo que ha pasado. Hace años que Delphine murió y sigue negándose a intentar pasar página. Por desgracia, lo entiendo, porque yo sentí lo mismo. Perdió a una mujer a la que consideraba su verdadero amor y no por decisión propia, egoísmo, miedo, ni por cualquiera de esas otras razones estúpidas que se interponen entre las personas. Se hace un largo silencio. Miro a Tobias y sé que estamos pensando lo mismo.

—¿Por fin os habéis dado cuenta de lo idiotas que habéis sido? —nos pregunta Tyler—. Porque no tenéis ni puta idea de la envidia que me dais.

—Sí —responde Tobias, sin dejar de mirarme.

—Siempre y cuando tengamos claro quién es el más idiota de los dos —señalo.

—Me alegra veros tan felices —declara Tyler—. Os lo merecéis —añade antes de lanzarme una mirada mordaz—. Me pidieron que te echara un ojo de vez en cuando. Me cabreó que no volvieras cagando leches mucho antes.

—Deberías haberme dicho que tenía una buena razón para volver.

—No podía. Mi jefe era un chalado.

—¿Qué? ¿Qué se le va a hacer? —Me encojo de hombros mientras compartimos una sonrisa triste—. Pero no somos los únicos que merecemos ser felices.

Tyler me guiña un ojo a modo de respuesta, pero me suplica con la mirada que no siga hablando del tema. No deseo para él un futuro sin amor, eso lo tengo claro. Detesto la idea.

Tras unos minutos de charla casual, Tyler sube la mampara divisoria y mira el reloj.

—Nos quedan unos ochenta minutos para llegar.

—Puedes hablar con total confianza —dice Tobias. Tyler asiente.

—Podría informaros de casi todo, pero prefiero que Preston os lo explique para que no tengáis que oírlo dos veces.

—Por favor, no me hagáis esperar —les pido a ambos, reparando en que Tyler llama al presidente por su nombre de pila.

Lo cierto es que estoy a punto de conocer al líder del mundo libre. Al presidente al que mi maravillosa alma gemela y amante ha ayudado a llegar al poder con un plan que urdieron cuando eran adolescentes. Y me temo que no prestaré suficiente atención a los detalles cuando esté allí. No suelo dejar que los nervios me dominen, pero esto es una puta pasada. Miro a Tobias, a Tyler y luego otra vez a Tobias, y percibo su vacilación.

—Voy a legitimizarnos —se limita a decir este.

—¿Qué? —Es lo último que esperaba oír.

—Hasta cierto punto —añade Tyler.

—¿Qué significa eso?

—Significa que dejaremos de escondernos del Gran Hermano y que ya no estaremos en riesgo de cometer delitos graves, ni de cualquier otro tipo.

Los miro a ambos.

—¿Habláis en serio?

Ellos asienten.

Tobias se inclina hacia delante para estrechar mi mano entre las suyas mientras hablo.

—¿Este es tu plan B, tu ventana?

—No queda más remedio, *trésor*.

—Pero… esto va en contra de vuestros principios. ¿Por qué…? —Niego con la cabeza—. Ah, no, ni de coña, no te atrevas a usarme como excusa para hacer esto.

—Haré lo que sea necesario para mantenerte a salvo.

—Pero esto es… ¡Tobias, esto es conformarse! —chillo—. No —le espeto antes de volverme hacia Tyler con otro «no» rotundo.

—Te dije que no le gustaría —comenta Tobias, con una leve sonrisa en los labios.

—Monroe solo estará en el cargo siete años más, como máximo —le recuerdo—. Y después, ¿qué?

Tobias se encoge de hombros.

—Pues tendremos mucho que hacer en ese tiempo. Esto no puede durar para siempre.

—¿Y qué pasa con los demás? ¿Qué pasa con…?

—Pues tendrán que entrar en razón, o si no, que se vayan a la mierda —dice Tyler—. Esto no es venderse, Cecelia. Esto es pasar al siguiente nivel. No será como una nueva CIA ni nada parecido. No saques conclusiones precipitadas. Pero si tenemos una forma de evolucionar sin correr más riesgos, merece la pena explorarla. Queremos cambiar y trabajar con un Gobierno en el que podamos confiar. Ese es el objetivo de todo esto. Y si es temporal, como la historia garantiza que será, haremos lo que podamos mientras podamos. Si no me pareciera una buena idea, no la habría puesto sobre la mesa. Ahora mismo, estamos en posición de crear nuestras propias reglas.

—No lo entiendo. ¿Por qué ahora? —Pero sé la respuesta. Miro a Tyler boquiabierta, con los ojos como platos—. ¿De qué va todo esto? —Él me devuelve la mirada, impasible.

—Saldrá bien. Confía en mí.

Niego con la cabeza y miro a Tobias.

—No lo hagas. No tienes por qué hacerlo.

—Claro que tenemos que hacerlo, *trésor*.

—¡No soy un puto tesoro, ni una rosa delicada, ni un alma cándida, ni una damisela en apuros ni un puto ratón! ¡Soy tan capaz como cualquiera de vosotros dos y, en cuanto tenga la oportunidad de demostrároslo, os vais a cagar!

Ambos se echan a reír a carcajadas y yo me cruzo de brazos, cabreadísima.

—Hablas como una verdadera reina —comenta Tobias.

—Por favor, no hagáis esto por mí —le suplico. Se me llenan los ojos de lágrimas de rabia—. Ninguno de los dos será mi puto héroe por esto.

—Otra vez. Que soy el malo de la película —dice Tobias, señalándose el pecho.

—Ya, claro, eres chunguísimo. ¿A qué serías capaz de renunciar por mí?

—A todo —responde sin dudar—. Pero no se trata de renunciar.

—Por favor, no me hagas cargar con esto.

—De acuerdo. —Un destello de esperanza brota en mi interior—. Lo haré por Sean. Va a tener otro bebé. —Dejo de protestar. No me ha dado la noticia con intención de hacerme daño, pero la larga mirada que compartimos me dice que teme que así sea.

—Cecelia —dice Tyler, desviando mi atención—. Te lo prometo. Esto es algo bueno.

Trago saliva y los miro fijamente a los dos, sabiendo que ocurrirá con o sin mi apoyo.

—Habéis trabajado toda vuestra vida…

—Para cambiar las reglas —declara Tobias—. Y lo estamos haciendo.

Reflexiono sobre sus palabras y seguimos nuestro camino en medio de un silencio sereno, hasta que Tyler vuelve a hablar.

—Ya eres mayorcita, Cee. —Cuando lo miro, veo que me observa con cariño—. Eres simplemente… —Sacude la cabeza—. Cuando te conocí, bueno, eras… Es increíble cómo cambia la gente.

—Yo podría decir lo mismo de ti.

Tyler se gira hacia Tobias.

—¿Es que no piensas ponerle un anillo en el dedo a esta mujer o qué?

Tobias me mira en silencio, sin intención de responder. En su día me preguntó si quería tener hijos y, no hace ni una hora, me ha dicho que se casaría conmigo si fuera egoísta, algo que me ha confundido todavía más. Aparto la vista para mirar por la ventana.

—A duras penas ha logrado sobrevivir a seis semanas de vida en pareja, Tyler —digo, con una sonrisa burlona—. Vamos a darle un respiro.

37

Cecelia

Abrochándose la chaqueta y con el auricular puesto, Tyler sale de la limusina y nos conduce a una entrada subterránea. Recorremos un largo pasillo desierto y subimos a un ascensor. Minutos después, entramos en el despacho oval. El presidente se encuentra de pie al lado de su esposa, que parece estar echándole la bronca desde el sofá.

—... puto cabezota.

—Cariño, no seas maleducada —dice él, levantando la vista y haciendo gala de su mejor sonrisa de político—. Tenemos compañía.

La primera dama nos mira y su ceño fruncido cede el paso a una sonrisa juguetona mientras se levanta. El presidente se queda mirando a Tobias por un instante antes de que se lancen el uno hacia el otro para darse las típicas palmadas de machote en la espalda y abrazarse durante unos segundos.

—Cuánto tiempo —comenta el presidente mientras se alejan y se observan durante un buen rato el uno al otro, antes de que su mirada recorra a Tobias de arriba abajo con admiración—. Bonito traje. Tienes buen aspecto, hermano.

—Pues tú estás hecho una mierda —bromea Tobias.

—Gajes del oficio. Se prevé que aparente unos cuarenta y cinco al final del primer mandato.

Su mujer toma la palabra.

—Te he dicho mil veces que no hagas caso de esas chorradas.

El presidente me mira con los ojos brillantes y me siento tan turbada al verlo que me ruborizo.

—Ya veo por qué te interesa tanto Virginia.

Tobias se gira con una mirada de orgullo, se acerca a mí y me los presenta a ambos.

—Señor presidente…

—Déjate de gilipolleces, King —dice la primera dama.

—Esta es Cecelia Horner.

—Encantada de conocerle, señor —le digo, dándole la mano, con la voz temblorosa por la situación en la que me encuentro. Hace apenas unas horas estaba en Virginia, peleándome en un vestidor con Tobias, que me exigía que eligiera un vestido mientras me arrancaba las bragas y me comía hasta dejarme sin sentido. Y ahora estoy en el despacho oval.

—Llámame Preston.

—Y yo soy Molly —añade su mujer, mirándome de arriba abajo—. Así que tú eres la que se escapó.

—Al parecer no corrí lo suficiente.

Se le iluminan los ojos al reírse.

—Espero que se las estés haciendo pasar canutas.

—Y tanto —dice Tobias.

—Es un verdadero honor conoceros a los dos —digo, disfrutando del momento.

Molly Monroe ha sido una especie de ídolo para mí desde la campaña electoral. No se anda con tonterías, ni delante, ni detrás de las cámaras, y no para de dar caña a los medios de comunicación. Con ella, lo que ves es lo que hay, y no se corta un pelo. Parece que le importa de verdad el trabajo que hace, tiene un gusto para la moda increíble y le trae sin cuidado lo que opinen los demás.

—Disculpad mi arrebato de hace un momento. Al capullo de mi marido le parece buena idea llevarme la contraria. Se cree que es el jefe.

Preston nos mira con cautela.

—Tenía a debutantes de todos los estados para elegir y he tenido que quedarme con la más impertinente y testaruda de todas para que me fastidie hasta que la muerte nos separe.

—Pues será una muerte prematura, como no cierres la puñetera boca —le regaña Molly sin molestarse en mirarlo. Yo no puedo evitar reírme. Tyler nos hace un gesto para indicarnos que vuelve en un momento y me guiña un ojo antes de cerrar la puerta.

—Para las chicas he organizado un paseo en helicóptero, una pequeña visita aérea a Washington D. C., mientras los chicos hablan de trabajo.

Yo vacilo, porque no quiero estar ausente cuando pase lo que va a pasar, pero esta no es una reunión del club, es el Gobierno de Estados Unidos, y tengo que intentar confiar en que mis chicos me mantendrán informada.

—Suena genial —digo con sinceridad.

—No te la lleves todavía —dice Preston antes de sentarse en el sofá.

—¿Te apetece una mimosa? —me pregunta Molly, cogiendo dos copas de una bandeja—. Sé que Preston os ha despertado temprano, pero tengo un día aburridísimo por delante y me vendría bien estar un poco anestesiada.

—Claro —digo, echándole un vistazo a Tobias, que me mira como si fuera la persona más importante de la sala.

Veo claramente un «te quiero» en sus ojos y me veo obligada a apartar la vista cuando nuestra conexión se vuelve demasiado intensa para la situación.

—Vaya, qué maravilla ver eso, ¿no, Pres? —dice Molly, con un leve acento de Boston, mientras acepto la copa que me ofrece.

—Y tanto, a ver si tomas nota —gruñe este, agarrándola por la muñeca justo cuando ella se está llevando la copa a los labios—. Tú solo uno —le ordena, antes de mirarnos a Tobias y a mí—. Estamos con la in vitro. Por eso últimamente está loca de remate. Dentro de nada irá por ahí retando a pulsos a nuestros chicos.

Ya han hablado abiertamente del viaje que han emprendido para formar una familia en los medios de comunicación, pero el hecho de que saquen el tema con tanta naturalidad me sorprende bastante. Es evidente que están deseando ser padres para encajar con el paradigma de familia presidencial perfecta y espero de todo corazón que lo consigan.

—Si estoy loca de remate es porque me he casado con un hombre capaz de dirigir un país, pero que últimamente me tiene abandonada —bromea.

—Querrás decir «agotada», cariño, cuidado con las palabras. «Que últimamente te tiene agotada» —la corrige con firmeza—. Mantengamos mi hombría intacta por hoy, tigresa. Y ten por seguro que esta noche te haré un bebé —contrataca Preston, con voz sensual—. Y luego cinco más, para que tengas seis réplicas mías a las que aguantar a diario.

Comparten una mirada esperanzada y alcanzo a ver cierta angustia en los ojos de Molly cuando esta se gira hacia mí.

—Es el cuarto intento. Pero esta vez lo conseguiremos —susurra—. Tengo una corazonada.

Coge otra mimosa de la bandeja, desafiando a Preston a que ponga alguna objeción. Este le da un apretoncito rápido en la rodilla para animarla, se recuesta en el sofá y cruza las piernas. No puedo evitar fijarme en lo guapo que es en persona. La cámara no le hace justicia.

—No puedo creer que hayáis ido juntos al instituto.

—Tiempos aquellos —dice Preston—. Seguro que nunca te ha hablado de la noche que me salvó la vida.

—Qué exagerado —dice Tobias.

—Y una mierda —replica Preston.

—Supongo que te debo una, Tobias. O no —dice Molly, encogiéndose de hombros.

—Tú sigue así, cielo. —Preston le sonríe a su mujer, mirándola de arriba abajo con lujuria, permitiéndonos a Tobias y a mí echar algo más que un vistazo a los entresijos de su vida privada. Tobias me coge de la mano y Preston se aclara la garganta al ver entrar a Tyler.

—¿Nos ponemos al lío? —pregunta, levantándose.

—De eso nada, antes de trabajar tenéis que desayunar.

—Molly…

Ella se vuelve hacia él, fulminándolo con la mirada, y Preston se muerde el puño antes de levantarlo hacia ella. Y entonces me enamoro de los dos.

Tobias se ríe a carcajadas, sentado en la mesa frente a Preston, y el sonido me hace interrumpir la conversación con Molly. Hacía años que no lo oía reírse así, si es que lo había oído alguna vez, y los miro a ambos un tanto sorprendida.

—Tenemos suerte, ¿verdad? —me dice Molly antes de beber un poco del zumo de naranja al que se ha pasado después de la segunda copa, observándolos mientras hablan—. Estamos sentadas con los dos hombres más poderosos del mundo, aunque eso no los hace más especiales. En todo caso, hace que sea más difícil amarlos. No respetarlos, sino amarlos, ¿verdad? —Asiento con la cabeza—. Pero sí nos hace especiales a nosotras —continúa—. Esta no es la típica relación de chico conoce a chica, se enamoran y bla, bla, bla. Se trata de un compromiso de por vida con hombres que no se conforman con llevar una existencia normal. A veces parece más una obsesión que una misión. Una obsesión capaz de poner a una mujer completamente al límite —dice sonriendo—. Pero, por él, por ese hombre, estoy dispuesta a hacer lo que sea. Estaré a su lado cuando la cague hasta tal punto que no tenga nada que celebrar; ni lo bueno que es ni lo bien que lo ha hecho. Estaré a su lado cuando dude de sí mismo y cuando nuestra relación sufra a causa de esas dudas. Estaré a su lado con un peinado impecable y los labios pintados, con mis mejores tacones y la cabeza bien alta en sus peores días, porque eso es lo que necesita. Y no quiero que cambie. No quiero que deje de ser quien es nunca; ni por mí ni por ningún bebé que tengamos. —Molly me mira—. Aunque no dudaré en coger estos tacones afilados y clavárselos en las pelotas si alguna vez deja de darme lo que necesito.

Me guiña un ojo y bebe otro trago de zumo que, a juzgar por el brillo de sus ojos, lleva algo más que fruta. Noto una sensación de calor en la cara y sé que Tobias me está observando, intrigado por nuestra conversación en voz baja.

Molly lo mira con una pequeña sonrisa en los labios antes de volver a centrarse en mí.

—¿Tienes un buen par de tacones, Cecelia?

—De hecho, los llevo puestos —respondo, tras lo cual brindo con ella y le doy un trago a la copa.

Dos horas más tarde, de pie en el comedor de Estado de la Casa Blanca, contemplo el retrato de Lincoln hecho por Healy que cuelga sobre la chimenea, fascinada con la visita. Estoy agotada, pero con la adrenalina a tope por todo lo que ha pasado y porque ahora tengo el número de teléfono personal de la primera dama. Levanto la vista hacia Abraham el Honesto, preguntándome si de verdad era tan honesto, o si alguna vez se ensuciaría las manos. Y si tendría algún monstruo parecido, o remotamente similar, a aquel contra el que lucha mi hombre. Me quedo mirándolo, absorta, hasta que un tipo de persona muy diferente, con una forma de hacer justicia mucho más agresiva, me rodea por la cintura y me acaricia con la nariz.

—¿Cómo ha ido?

—Muy bien.

—¿En serio?

—Me sorprende lo satisfecho que estoy.

—Bien. —Trago saliva—. Ya te sonsacaré los detalles.

—Te los contaré todos después de dormir un poco. En la próxima reunión estarás presente. Me he asegurado de que así sea.

Asiento y me vuelvo hacia él.

—Sabes que no es justo —le digo en voz baja.

—¿El qué?

—Mereces tanto reconocimiento por lo que has hecho como cualquiera de estos. Sé que todos se han ensuciado las manos alguna vez. Y puede que también tuvieran sus propios monstruos. Ninguno de ellos es inocente. Tú te mereces... mucho más. Mereces que se te reconozca, Tobias.

—No lo he hecho de forma honrada —replica tranquilamente—. Y aunque sus manos no estuvieran limpias, daban la impresión de estarlo. Muchos de ellos eran buenos hombres lastrados por otros. Y me importa una mierda la notoriedad.

—Sabía que dirías eso.

—Porque es verdad. La única opinión, el único juicio que me importa es el de la persona que está ahora mismo delante de mí. Y mientras siga mirándome así, me sentiré honrado y reconocido.

—Te conozco. No puedes ocultarme nada.

Tobias se queda callado antes de darme un beso fugaz y mirar a Abraham, que está detrás de mí.

—Por muy tentador que sonara llegar a la Casa Blanca, *trésor*, algo que por un momento llegué a plantearme, aquí hay demasiados muertos vigilando.

Me río y lo abrazo mientras él me susurra dulcemente al oído.

—Volvamos a casa.

—Adelante, mi rey.

38

Tobias

Aparco delante del motel y miro a mi alrededor, esperando a que pasen algunos coches antes de acercarme a la puerta. Ni siquiera me da tiempo a levantar la mano cuando esta se abre. Oz me saluda inclinando la cabeza y me fijo en el inútil que está sentado a la mesa. Tiene delante un montón de aperitivos de la máquina expendedora, intactos. Levanta los ojos hacia mí y, aunque no veo ni pizca de miedo en ellos, resulta evidente por su postura y por la forma en la que apoya los brazos sobre la mesa que no tiene claro cuál será su destino. Cojo la silla tapizada y sucia que hay frente a él, dejo la Glock sobre la mesa y les hago un gesto con la cabeza a Oz y Dave para que salgan de la habitación.

—*Quels sont ses projets?* —«¿Cuáles son sus planes?».

Él se encoge de hombros. Su postura sigue siendo tensa, pero en sus ojos se aprecia un claro desdén fruto de las semanas que lleva aquí encerrado. Y es que seguramente preferiría morir a estar prisionero en este hotel de mala muerte.

—Muy bien, Julien, vamos a dejarnos de gilipolleces. Sabes que sé quién eres. Un francés de una familia acomodada de la Costa Azul que se graduó con la mejor nota de su clase antes de pasar una breve temporada en el ejército. Poco después, Antoine te reclutó, lo cual, a decir verdad, puede que fuera culpa mía, porque yo le dije lo que tenía que buscar. Además, hablas perfectamente inglés, italiano y español. Tenías posibilidades de disfrutar de un futuro decente hasta que te uniste a él. Justo hasta ese instante. Pero tengo curiosidad por saber por qué te has hecho el tonto conmigo. —El tipo vuelve a encogerse de hombros—. Tengo entendido que odias Estados Unidos —comento, apoyando las palmas de las manos sobre la mesa. Él asiente con la cabeza—. ¿Qué es exactamente lo que no te gusta? Y, por favor, no digas nuestra arrogancia, porque eso también es típicamente francés. Lo sé perfectamente. Yo me crie en los dos países. —Silencio—. Te diré lo que no me gusta a mí de Estados Unidos: la avaricia. Este país fue invadido y fundado por hombres materialistas. Es una enfermedad que nos ha apestado durante cientos de años, mostrándonos un espejismo de oportunidades y libertad. Y es verdad que las hay, pero solo para aquellos que tienen los huevos de coger lo que no les pertenece. Esos tienen barra libre. ¿Has oído hablar de Al Capone? —Él asiente con la barbilla—. Uno de los gánsteres más importantes de todos los tiempos. La gente se acojonaba solo con oír su nombre durante su reinado. Casi todo el mundo sabe cómo vivía, pero ¿sabes cómo murió? —El inútil niega rápidamente con la cabeza—. Cagándose en un pañal por culpa de la neurosífilis. Sin duda estarás de acuerdo en que es un final indigno. —Sus ojos se abren un poco más—. A mí también me sorprendió. Podría ponerte cien ejemplos más de gilipollas como él, pero ninguno con final feliz. Muy pocas personas así mueren serenamente mientras duermen, con la conciencia tranquila. —Lo miro con desprecio—. ¿Te imaginas lo que sería estar en la cabeza de un cabrón como ese? No quiero ni pensarlo. Pero yo no soy él. Yo aprendí de sus errores y de los de decenas de tipos como él porque, al final, nadie quiere ser ese hijo de puta, ¿verdad? —Saco el billete de avión de vuelta del bolsillo. Él ni siquiera lo mira—.

Pero Estados Unidos no es el único lugar donde existe la codicia. Nuestro planeta está infestado de ella. Francia no es ninguna excepción. Creo que hubo una guerra que duró cien años que hizo que los muchachos acabaran desfigurados por practicar día y noche con el arco y las flechas, preparándose para pelear en una guerra para la que eran demasiado jóvenes. Ciento dieciséis años de lucha. Unos doscientos años más tarde, un cabrón francés demasiado ambicioso declaró otra guerra. ¿Puedes decirme su nombre?

—Napoleón —responde, como si tuviera mal sabor de boca.

—Otro codicioso. Y así sucesivamente. Creo que ya me entiendes. Al final, uno tiene que hacer lo que tiene que hacer, ¿no? Porque aunque yo estuviera dispuesto a compartir lo que gano, no sería suficiente. La codicia no entiende el concepto de «suficiente». Pero todos esos actos atroces en los que participamos son necesarios porque decidimos hasta dónde llegaríamos en el momento en el que decidimos jugar a este juego. Aunque fuera un santo todo el puto día, no podría haber llegado a donde estoy si me hubiera negado a ocuparme de la mierda que hay bajo la superficie. Así son los negocios. —Me agacho para ponerme a la altura de sus ojos—. Pero a ti te han ordenado joder mi vida personal y, al hacerlo, te has quedado sin futuro. Puedes estar seguro de que, te metas en el agujero en el que te metas al volver a Francia, mi «yo» estadounidense irá a por ti. Al menos entonces tendrás una buena razón para odiar Estados Unidos. Eso sí, cuando te encuentre, te dejaré morir a manos de un compatriota francés. —Me encantaría cargármelo ahora mismo, pero si lo hago mi mensaje no será entregado. A estas alturas ya estoy preparado para enfrentarme al ejército de Antoine y que me parta un rayo si dejo que ese puto matón me robe un segundo más de tranquilidad. Esta farsa ya ha durado demasiado. Si quiere guerra, haré lo que tenga que hacer para ganarla. Aunque me aterre la idea, en parte también me apetece volver a la acción—. *Tu veux mourir? Et laisse-moi être clair, si tu haus-*

ses les épaules encore une fois, tu le seras. —«¿Quieres morir? Y te lo advierto, como vuelvas a encogerte de hombros una vez más, lo harás ahora mismo».

—*Je t'ai dit tout ce que je sais.* —«Ya te he contado todo lo que sabía».

Sé que es verdad. Los mensajes son demasiado imprecisos para que este imbécil pertenezca al círculo de confianza de Antoine.

—*Tu n'es rien de plus qu'un putain de chien de garde, et tu n'es même pas bon à ça.* —«No eres más que un puto perro guardián. Y ni siquiera eso se te da bien».

Le brillan los ojos de rabia, pero sigue callado, tragándose la mala leche. Y como soy un cabrón, quiero más.

—En mi opinión, están desperdiciando tus capacidades. Deberías haber exigido algo mejor.

Lo miro de arriba abajo, claramente asqueado, buscando cualquier excusa para atacar.

—*Tu n'es même pas digne d'être français.* —«No eres digno de ser francés».

Su respuesta es apenas audible, pero me proporciona la munición que necesito. Cojo la Glock, vuelco la mesa y me acerco a él para ponerle la pistola en la frente. Lo cierto es que ni se inmuta. Lo agarro por el cuello, le clavo los dedos en la nuez y me agacho para que estemos frente a frente.

—*Dis-lui que le temps ici est parfait.* —«Dile que aquí hace un tiempo cojonudo». Me acerco un poco más y él mira hacia la puerta del motel, intentando coger aire—. *Et que l'eau est prête.* —«Y que el agua está buenísima».

Resistiendo el impulso de aplastarle el cráneo con la Glock, salgo hecho una furia y le hago un gesto con la barbilla a Oz, que está esperando fuera.

—Súbelo al avión.

Veinticuatro horas. Veinticuatro horas para que Tyler envíe a sus mejores hombres y para que los Servicios Secretos se unan a mis pájaros para protegernos. El tiempo justo. Y durante él tendré que confesar hasta el último detalle, empezando por mi historia con Antoine. Tengo diez horas hasta que Julien llegue a Francia y, a partir de entonces, empezará la verdadera cuenta atrás. Tengo claro que esto implicará otra pelea con Cecelia, pero también sé que no acabará con lo nuestro. Aunque los refuerzos estén en camino, no tengo claro lo que sucederá. Tan solo por eso me apresuro a reunirme con ella, para mantenernos lo más cerca posible. No solo mi confesión podría abrir una nueva brecha entre nosotros, sino que el hecho de que le tenga que negar su espacio vital a partir de ahora va a ser una puta pesadilla. Cecelia quiere que confíe en ella, pero cuando se trata de algo impredecible, no puedo hacerlo y en esto no pienso ceder. Sin embargo, cuando llego a la cafetería, el Audi no está. Frunzo el ceño antes de enviarle un mensaje: ¿Dónde estás?

Al no obtener respuesta, intento esforzarme en razonar conmigo mismo mientras trato de calmar mi corazón acelerado.

«Tranquilo, Tobias, seguramente ha ido a ingresar la caja del día».

Suele hacerlo antes de volver a casa, normalmente en una bolsa del banco con un recibo, dentro del bolsillo del delantal. Entro en la cafetería y veo a Marissa en la barra, luciendo escote mientras atiende a un cliente. Me saluda levantando la barbilla y sus ojos brillan en señal de bienvenida. El hombre que está sentado en la barra la imita y sonríe, distraído, hasta que sus ojos se encuentran con los míos.

El puto don Perfecto.

—Hola, Tobias —dice Marissa, nerviosa, haciendo que deje de fijarme en él—. Acaba de irse a ingresar el dinero.

—¿Va a volver?

—No me lo ha dicho.

—Esperaré.

—¿Quieres un café?

—No, gracias.

Bajo la vista hacia el móvil e intento no entrar en pánico al no ver ningún mensaje suyo. Les escribo a mis pájaros y me quedo en la puerta, mientras Greg se levanta y saca unos billetes.

—Ahora te traigo el cambio —dice Marissa, en un tono más adecuado para el dormitorio.

—No hace falta.

—Saldré dentro de unas horas —comenta ella.

Él asiente. Es evidente que hay algo entre ellos. Cecelia comentó que había visto a Greg unas cuantas veces más en la cafetería, pero que había dejado de fijarse en ella. Su nueva presa vuelve a inclinarse sobre el mostrador mientras yo compruebo una vez más el móvil y le envío otro mensaje a Cecelia.

«Seguramente estará conduciendo, Tobias».

Por el rabillo del ojo, veo que don Perfecto se acerca a Marissa sin cortarse un pelo y le susurra algo de forma sugerente. Solo consigo oír el final.

—… la compañía que tienes. —Frunciendo el ceño, levanto la vista mientras él se echa el abrigo sobre el brazo y va hacia la puerta silbando. Se detiene cuando llega a mi lado, me guiña el ojo en plan «Me la he tirado» y me saluda con una inclinación de barbilla—. Adiós, Tobias.

Yo lo ignoro y vuelvo a mirar la pantalla.

—Seguramente se habrá ido a casa —dice Marissa—. Es lo que suele hacer después de ir al banco.

Asiento con la cabeza.

—Venga, pues hasta luego.

—Nos vemos —responde Marissa sonriendo antes de volver a mirar a Greg, que va hacia su BMW. Luego se pone a limpiar la barra y, como miembro más reciente del puto club de fans de ese tío, empieza a silbar su melodía de despedida.

Cabreado y con una mano en la puerta, me quedo paralizado mientras me viene a la cabeza la imagen de una habitación de hotel de París antes de que esta invada por completo mi espacio mental. Tengo un recuerdo clarísimo de mí mismo tirando de un manotazo una botella medio vacía de Bombay de la mesilla de noche mientras busco a tientas el mando a distancia. Una canción me había hecho despertarme, pero solo me había fijado en ella al darme cuenta de que quien la cantaba era Ann-Margret, la protagonista de una película de Elvis que Beau veía cuando éramos niños. Pero el recuerdo se me había quedado grabado por la canción que estaba cantando Ann.

Bye Bye Birdie. Adiós, pajarito.

39

Tobias

Cruzo la puerta de cristal y alcanzo a ver a Greg justo cuando está arrancando, mirándome fijamente con la ventanilla bajada, esta vez con una expresión desafiante en los ojos y una puñetera sonrisa de suficiencia en los labios.

—Nos vemos en casa, pajarito.

Le apunto inmediatamente con el arma, pero él pisa a fondo el acelerador del BMW y maldigo al verme obligado a perseguirlo. Llamo por teléfono, desesperado, mientras pongo el motor en marcha, pero no obtengo respuesta y un pánico sin precedentes se apodera de mí.

Dejo el móvil para concentrarme y, cuando logro ver la parte de atrás del coche de Greg, meto una marcha más corta y acelero a tope. Pero me quedo atascado detrás de un viejo Civic y, al ver que Greg se me escapa, pierdo el control. Me salgo de la carretera tocando el claxon a modo de advertencia antes de abrirme paso a toda velocidad por el arcén para alcanzarlo. Repaso mentalmente las rutas que he tomado en los últimos meses, consciente de que no hay ningún atajo que me haga llegar más rápido. Cuando él empieza a tomar las curvas para ir hacia la casa de Cecelia, el pavor se apodera de mí y me pongo hecho una furia. Don Perfecto morirá esta noche, eso es lo único que sé. Sea cual sea mi destino, él morirá.

¿Cómo no me había dado cuenta?

¿Habrá estado actuando solo? ¿Y cuál será su relación, si es que tiene alguna, con el puto francés que acabo de subir a ese avión?

Reproduzco la conversación que tuvimos el día que nos conocimos.

«Es guapísima, ¿verdad?».

«¿Tanto se me nota? Esta semana he venido todos los días».

«No me digas».

Él asiente, antes de levantar la copa a modo de saludo.

«Greg».

«Tobias».

«¿Ese acento es francés? Estás muy lejos de casa».

—¡Mierda!

Con el corazón a mil y muerto de desesperación, hago todo lo posible para alcanzar a Greg, pero este me lleva demasiada ventaja, en todos los sentidos. Pongo al límite el motor de Dom y vuelo por la carretera, pero no es suficiente. Cuando él llega al camino que va hacia la casa de Cecelia, me lleva seis coches de ventaja.

—Por favor, *trésor*, que no te pase nada. ¡Me cago en la puta!

Levanto el teléfono, pero no he recibido nada, ni un solo mensaje de ningún pájaro y tampoco de ella. Cada vez estoy más acojonado. Lo que tengo claro es que voy a caer de cabeza en la trampa y no tengo otra puñetera opción. Si se la han llevado lejos de aquí para ocuparse de mí, no tengo ni una puta posibilidad de salvarla. Pero pude ver en los ojos de Greg que él es un monstruo de otra calaña, que está hambriento y que quiere que esto duela. Y sabe que ella es el camino.

—Que estés aquí, cariño, por favor, que estés aquí… Dios, por favor, otra vez no, ¡otra vez no!

El sol ya se ha puesto por completo cuando Greg entra a

toda velocidad en el largo camino de acceso y el corazón me da un vuelco al ver que la casa está completamente a oscuras. La farola que hay al final del jardín no basta para ver qué hay delante ni quién, pero siento un ligero alivio al ver el Audi.

Lo más probable es que siga respirando.

«Por favor, Dios mío, esto es lo único que voy a pedirte. Solo esto. Nada más».

Paso del camino de acceso que ese pedazo de mierda ha decidido usar y cruzo entre los árboles para ganar tiempo, destrozando el jardín. Me detengo derrapando a unos metros de la puerta, cortándole el paso justo en la entrada, cuando su primer disparo impacta en el parabrisas del lado del acompañante. El desconcierto ensombrece su expresión al ver que solo ha hecho un agujero poco profundo que no llega a perforar la ventana y sonrío porque mi hermano no era ningún puto idiota.

—Cristales blindados, cabronazo.

Ahora ya sé que Greg no está en esto solo, a juzgar por la oscuridad total de la casa y el silencio sepulcral. No sé cómo, pero se las ha arreglado para ahuyentar a mis pájaros o, como mínimo, para distraerlos. Mi única esperanza es que Tyler esté mirando y pueda ver el puto espectáculo que estoy dando con el coche de Dom. Y por la forma en la que Greg me ha provocado, parece que me quiere para él. Todavía no ha entrado en la casa para ponerse a cubierto, algo que resulta muy revelador. Además, o es un tirador terrible, o me está vacilando.

«Vamos, hijoputa».

Con el motor encendido, abro las dos puertas del Camaro y echo un ojo por encima del salpicadero. Greg las mira alternativamente, para ver por qué lado salgo. Pero, en lugar de bajarme, piso el embrague, meto marcha atrás y acelero a tope. El coche se pone en marcha y la puerta del copiloto se cierra eficazmente, al tiempo que giro por completo para ponerme de frente a él y tener un buen ángulo de tiro. Greg salta por encima del capó mientras vacío todo un cargador para alejarlo de la puerta delantera. No me puedo permitir acabar con él todavía. Le doy caña al acelerador y corrijo la trayectoria, mientras él se escabulle hacia el lateral de la casa. Acelero hacia la puerta, cortándole de nuevo el paso. Él se da la vuelta y dispara por instinto. Yo me echo a reír, pero el tío salta sobre el capó como una especie de puto comando y empieza a descargar una lluvia de balas sobre el parabrisas. Los agujeros que hace me impiden ver bien.

Nuestras miradas se cruzan justo por encima del último orificio mientras él se saca un cargador nuevo de los pantalones y yo bajo la ventanilla.

—Tu sastre es penoso.

Antes de que me dé tiempo a colocar bien la mano para dispararle e inmovilizarlo, él se sube al techo del coche y oigo sus pasos sobre mí. Sin ninguna otra opción y quedándome sin tiempo, me bajo y apunto con la Glock hacia arriba, justo cuando su mocasín con borlas aterriza sobre mi mandíbula.

Y, mientras los puntitos negros se desvanecen, me doy cuenta de que alguien ha enviado a por mí a un puñetero aborto de Jackie Chan con ropa de mercadillo a este pueblucho perdido de Virginia.

Por suerte, mi mente se serena y mi concentración se agudiza. Mientras él salta del maletero haciendo una especie de paso de baile, yo lo miro, evaluándolo. Don Perfecto hace lo mismo conmigo, todavía con una sonrisa de satisfacción en la cara.

Este hijo de puta cree que puede ganarme.

Lanzo una de las Glock a unos metros de distancia y, cuando él me imita, tiro la otra. Sé que he tomado la decisión correcta cuando empieza a sacudir las manos para prepararse.

Justo cuando me estoy planteando seguirle el rollo y hacer un puto saludo a lo Bruce Lee, él se abalanza sobre mí y le meto un codazo en el estómago, dejándolo sin respiración. El golpe lo levanta del suelo y le hace retroceder lo suficiente como para permitirme darle otro codazo en la tripa y otro más por debajo del cinturón que lo deja sin aliento.

Al parecer, se esperaba una pelea limpia, un paseíto con cuatro puñetazos.

Se agarra los huevos con la cara desencajada por el dolor mientras me acerco.

—Has empezado tú, hijo de puta. ¿Dónde está?

Conozco a los de su calaña, que se creen con derecho a todo desde pequeños. Como los putos mocosos que se reían de mi acento cuando llegué al patio de la escuela de Triple Falls: malcriados y con miedo a lo desconocido. De los que prefieren dar una paliza verbal o física antes que tender la mano para ayudar a alguien nuevo. He conocido a muy pocos hombres capaces de hacer eso último. Greg es el típico tío en el que se habría convertido Preston si no hubiera tenido un buen corazón y un alma decente. Aunque supongo que debería estar agradecido a ese tipo de cabrones. Gracias a ellos y a que a menudo me superaban en número, pronto me convertí en un experto en las típicas peleas callejeras, es decir, sin ningún tipo de reglas, despiadadas y sucias de cojones.

Greg se repone demasiado rápido y levanta la barbilla.

—Aquí solo estamos tú y yo, hombre-pájaro. —Cierra los puños y me abalanzo sobre él. Consigue asestarme otro puñetazo antes de que lo agarre por el cuello y le dé un cabezazo tan brutal que está a punto de desplomarse sobre mí mientras la sangre le sale a borbotones de la nariz y las piernas le fallan.

Con un gruñido de frustración, se recupera y baja la vista en busca de un arma que no va a recuperar.

—Esa era tu única oportunidad, hijo de puta, y la has desperdiciado. —Consciente de que está a punto de echar mano de sus reservas, le coso la cara a puñetazos. Cuanto más me entretenga con este cabrón, más tardaré en encontrarla. Cuando su gancho está a punto de alcanzarme, me vuelvo completamente loco y permito que mi rabia se apodere de mí por un momento, hasta que él jadea y gorgotea debajo de mí. Tengo que obligarme a parar porque todavía no sé qué o quién me espera dentro.

El pedazo de mierda que está escupiendo debajo de mí es la única oportunidad que tengo de saber a qué me enfrento. Mientras echo un vistazo al jardín en busca de los putos pájaros que ya deberían estar aquí, me invade un miedo atroz.

¿Dónde coño están? Los refuerzos ya deberían haber llegado.

No hay ni rastro de nadie, ni siquiera de los drones. Me devano los sesos, consciente de que estoy jodido porque me he dejado el móvil en el coche. No tengo forma de avisar, ni de saber quién viene y cuándo.

Greg gime debajo de mí mientras me guardo su pistola en la parte de atrás de los vaqueros, por debajo de la sudadera, y recupero las Glock.

Don Perfecto está a punto de perder el conocimiento y lo miro con desprecio.

—De eso nada. —Le doy una bofetada y, al ver que no se espabila, le aprieto la nariz destrozada con el dedo. Él suelta un grito de dolor y vuelve en sí, gimiendo agónicamente mientras lo arrastro hacia el desagüe, donde tengo otra pistola y algunos cargadores de repuesto. Me los guardo donde puedo, entre los vaqueros y la sudadera—. ¿Quién está dentro, Greg? —Greg tose y balbucea debajo de mí mientras vuelvo a presionarle la nariz, hurgando con el pulgar en el cartílago roto a través del gran tajo. Empieza a gritar y le tapo la boca, sabiendo que los que están dentro lo habrán oído—. Solo te lo voy a preguntar una vez más, gilipollas.

Un rugido de rabia sale de su garganta, algo parecido a una carcajada, justo antes de que sienta el metal en la nuca.

«Mierda».

En cuestión de segundos, dos sombras me agarran, me quitan las Glock de las manos, nos levantan del suelo y nos llevan dentro. El silencio que reina más allá de la puerta principal hace que el corazón se me salga del pecho. Si Cecelia ya se ha ido, no soy capaz de sentirlo. Tiene que estar aquí.

La incertidumbre me está matando y resisto el impulso de gritar su nombre para demostrarle lo que significa para mí, ocultando el miedo en mi voz. Entonces se me empieza a erizar el vello de la nuca y me doy cuenta, o más bien tengo la puta certeza, de que me han pillado.

Algo que se confirma al cabo de un segundo, cuando la voz de Antoine llega desde el salón.

—¿Cuánto tiempo piensas hacerme esperar, Ezekiel?

40

Tobias

Observo a las dos sombras de la entrada que me están metiendo dentro y me fijo en que hay algunas más en la cocina antes de que me suelten en la puerta del salón. Mis ojos se posan inmediatamente sobre Cecelia, que está de pie en el extremo opuesto, delante del dormitorio. Lleva puesto el pijama, todavía tiene el pelo húmedo por la ducha y está empuñando la Beretta. Hay un hombre muerto a sus pies y, por lo que parece, se lo ha cargado ella.

—Ha insistido mucho en quedarse con la pistola —comenta Antoine, que se encuentra sentado frente a Cecelia en el sillón orejero que hay al lado del fuego crepitante, la única luz de la habitación.

Está tan tranquilo, como si Cecelia y su pistola no supusieran ninguna amenaza. Y parece que tiene razón, porque está flanqueado por dos hombres armados a los que conozco bien.

Palo y Julien.

¿Se habrán cargado a David y Oz? ¿Estos habrán podido llegar siquiera al aeropuerto?

Me pongo al lado de Cecelia para poder verlos bien a los tres y me topo con la mirada penetrante y completamente inexpresiva de Palo. No me queda más remedio que concluir que ha vuelto a cambiar de bando. Si tenía alguna esperanza, era que siguiera estando en el mío. Aunque hace semanas que no sé absolutamente nada de él, lo cual ya deja bastante claro en qué punto estamos.

El problema de comprar hombres es que cualquiera puede hacerlo.

Han dejado que Cecelia se quede la puñetera pistola porque les hace gracia. La observo. Su expresión sigue siendo estoica mientras me mira de arriba abajo, aliviada, y yo hago lo mismo.

Está viva. Está bien y va armada. Es más de lo que podría pedir y aun así estamos jodidos.

Es demasiado pronto. Es demasiado pronto para que lo nuestro termine. No hemos tenido tiempo suficiente. Nos lo han estado robando desde el principio. Esa realidad me golpea el pecho mientras empiezo a lamentar la pérdida de lo nuestro y susurro un «Lo siento».

Ella niega sutilmente con la cabeza mientras me giro para encararme con Antoine.

«¿Dónde coño están mis pájaros?».

Esto no puede estar volviendo a pasar. Esto no puede estar volviendo a pasar otra puta vez.

Miro fijamente a Antoine, que lleva un traje impecable y parece más frágil que la última vez que lo vi a causa de la edad. Greg se reúne con él, con una toalla ensangrentada en una mano, mientras con la otra saca un vial del bolsillo y le quita el tapón.

Cocaína.

Ahora lo entiendo. Ese tío no tiene ni puta idea de pelear, pero la farlopa le hace venirse arriba. Sonrío al ver que he arruinado su herramienta de consumo y él me fulmina con la mirada mientras se la echa al fondo de la garganta.

—Te dije que estabas perdiendo el tiempo —dice Antoine, mirando de reojo a Greg.

—Está aquí, ¿no? —replica este, mirándonos a mí y a Cecelia, que lo observa fijamente.

—Es el hijastro de Jerry, con el que no se hablaba —me aclara Cecelia, en voz lo suficientemente alta como para que la oiga toda la sala—. Está aquí porque por mi culpa se quedó sin herencia. Uy.

La miro mientras la furia se apodera de mí: ella lo caló y a mí se me pasó por culpa de los celos. Pero, al pegarle un tiro al antiguo socio de Roman antes de venir aquí, desencadené esta serie de acontecimientos y ayudé a poner todo esto en marcha. Tenía tanta prisa por volver con ella que dejé un cabo suelto.

Y uno importante, al parecer.

Greg interviene.

—Supongo que debería agradecerte que le metieras una bala en la cabeza a ese puto cerdo seboso —me dice antes de mirar a Cecelia—. ¿O debería darte las gracias a ti por haber hecho que ahora mi madre viva en un psiquiátrico? Pero la guinda del pastel es que ahora soy el apoderado de un imperio en bancarrota. —Greg se muerde el labio mientras le dedica a Cecelia una mirada de lo más reveladora—. Tú y yo podríamos habernos divertido. E íbamos a hacerlo hasta que apareció el puto matón de tu novio y me contó vuestra novela de amor. Por suerte para mí, a mi querido padrastro no le preocupaba en absoluto dejar rastro. Una vez que encontré sus contactos y Antoine y yo tuvimos una pequeña charla…, fue mucho más fácil encajar las piezas. —Da un paso amenazador hacia delante y Cecelia lo imita, sosteniendo el arma con firmeza mientras le apunta.

Greg se burla de ella.

—¿Vas a dispararme, cariño?

—Sí —responde Cecelia sin vacilar.

—Y luego ¿qué? —Greg mira a su alrededor, consciente de que nos ha pillado.

Cecelia se encoge de hombros y avanza unos centímetros, claramente decidida y con mano firme.

Hay armas apuntándonos desde todas las habitaciones contiguas, excepto desde el dormitorio, que es de donde ella debe de haber salido, pistola en ristre.

Un puto día, solo necesitábamos un puto día para que llegaran los refuerzos.

«Piensa, Tobias».

—Cecelia —le advierto, pero ella ni siquiera me mira.

Antoine levanta una mano y Greg retrocede, pero Cecelia se queda donde está y yo me uno a ella.

—Enemigos comunes, Tobias. Tú me advertiste sobre ellos —se burla Antoine—. Entre los dos, parece que estáis acumulando una buena retahíla. Al menos hasta que tú empezaste a eliminarlos, antes de venir aquí...

Cecelia lo interrumpe.

—¿Un gilipollas cualquiera con una cara bonita aparece en mi cafetería de la noche a la mañana y viene cuatro días seguidos, interesándose específicamente por mí? Menudo aficionado —dice, chasqueando la lengua, mientras mira a Greg—. Te calé al segundo día y, como es lógico..., no me quedó más remedio que liar a Ryan —dice, proyectando la voz hacia mí.

—¿Llamaste al puto Ryan y no me lo dijiste? —exclamo.

—Ha sido mi cómplice. A él se le da muy bien identificar sanguijuelas, y tú y yo hemos tenido bastantes problemas de comunicación en ese sentido, ¿no crees? Pero no te preocupes, tu antiguo socio ya se ha presentado.

—La tenías bien escondida, Tobias. —Antoine mira de arriba abajo a Cecelia, que permanece estoicamente a mi lado, alerta y preparada, antes de girarse hacia Greg y levantar la barbilla, desafiante. Antoine vuelve a centrarse en mí—. Ahorrémonos tiempo saltándonos las obviedades. Ya sabías que vendría.

—En algún momento, aunque esperaba que me ahorraras el quebradero de cabeza. Sin embargo, tenía claro que sería cuando encontraras la baza adecuada.

—Mi baza es preciosa. —Le dirige a Cecelia una mirada repugnante y tengo que esforzarme para no abalanzarme sobre él.

—Ella nunca ha formado parte del trato.

—Ah, ahí es donde te equivocas. Puede que mi cuerpo se esté volviendo contra mí, pero mi mente no, Tobias. Recuerdo perfectamente nuestra conversación. Rompiste ese trato y perdiste mi confianza hace mucho.

—Nuestros negocios acabaron hace tiempo. No estás aquí por la pérdida de confianza.

—Ah, ¿no? Ilumíname, entonces. ¿Por qué estoy aquí?

—Porque se acerca tu hora. Porque ya no te queda ninguna razón de vivir, salvo tus amargos rencores. Y ha llegado un punto en el que has empezado a inventártelos. —A Antoine le brillan los ojos de rabia y Cecelia se crispa a mi lado mientras mira con hostilidad a Greg, que se limita a sonreír—. Me decepcionas, Antoine. Después de todo lo que he hecho, ¿esto es lo mejor que tienes? —digo, mirando a los hombres que están detrás de él.

—No deberías ser tan engreído. Ha sido facilísimo entrar en tu casa y Cecelia ha resultado ser una gran anfitriona. Exceptuando los primeros minutos, claro —comenta, mirando al hombre que yace muerto a sus pies—. Que te hayas esforzado tanto en ocultármela durante todo este tiempo me dice todo lo que necesito saber. —Antoine chasquea la lengua—. La hija de tu peor enemigo. Has ido en contra de todos tus principios.

—Ha valido la pena. —Trago saliva—. Y podrías acabar conmigo ahora mismo. Podrías hacerlo si te la llevaras. No lo niego.

—El castigo parece adecuado para el delito.

—¿Qué delito? Siempre has sido un puñetero iluso y por eso nunca has contado con mi lealtad. Yo no he roto ningún acuerdo. No tengo ninguna deuda contigo. ¿Por qué lo de Cecelia te parece tan insultante?

—Porque mi sobrino y mis hombres murieron mientras tú retozabas con ella, hace años. Me preguntaba qué te retenía. Ahora lo entiendo todo.

—Un sobrino y unos hombres que no te importaban lo más mínimo. Yo nunca te he traicionado. Has tenido una vida larga y tu seguridad nunca ha sido mi prioridad. Pero aquí estás, vivito y coleando, gracias a mí. Eso debería bastarte.

—Presumes de habernos educado a mí y a mis hombres y, sin embargo, permites que tu polla decida por ti. Algo que, según tú, no puede ser más patético.

—¿Y qué razón tendría para vivir si hubiera seguido mis propios consejos? Me he dado cuenta de mis errores. Y convertirme en un clon tuyo nunca fue mi prioridad. Sin nadie que me recuerde. Sin nadie que tome el testigo de mi legado. Sin ninguna puta razón para vivir más allá del juego y, después, existir únicamente para reflexionar sobre mis malas acciones. He elegido un camino diferente. Vale, quítame esto, y luego ¿qué? ¿A por quién irás? ¿En serio es lo que quieres?

—No me insultes con tu sensiblería, Tobias. Sabes que es imposible persuadirme.

—¿Quieres que te suplique por ella? Porque no me importaría.

—Tobias, no —susurra Cecelia mientras en los labios de Greg se dibuja una puñetera sonrisa felina.

Me saco su pistola de la parte de atrás de los vaqueros —un arma que no se han molestado en buscar después de haberme quitado las Glock—, consciente de que hay al menos otras seis apuntándonos: cuatro en la cocina y las dos con las que me he cruzado al entrar. Aunque consigamos pegar unos cuantos tiros, está claro que vamos a perder esta batalla. La rabia se apodera de mí ante la idea de que todo termine así. Me ha vencido un hombre al que detesto, un hombre indigno, y está a punto de quitarme lo único sin lo que no puedo vivir.

—Te daré hasta el último centavo que he ganado a cambio de

ella. Te lo daré todo. Toma mi dinero, toma mi vida, pero déjala ir.

—Ahí está esa nobleza —de burla Antoine—. Pero me temo que esta vez te va a salir mucho más caro.

Me guardo el insulto para mí, esperando al menos poder negociar la integridad de Cecelia. Si consiguiera sacarla de esta casa, tal vez podría llegar hasta mis pájaros, pero no veo ninguna opción, ninguna posibilidad.

Antoine siempre ha sido despiadado a la hora de imponer sus castigos y eso es algo en lo que siempre estará por encima de mí.

La esperanza desaparece al tiempo que la determinación me invade. No hay ni una puta oportunidad, ni una sola. No hay ningún escenario posible en el que uno o ambos no muramos.

—Te gustaría verme rabioso si te la llevaras, ¿verdad? Una última emoción antes de irte, ¿no, vejestorio? —Me pongo la Glock en la sien y Cecelia pronuncia mi nombre con voz ahogada—. Pues no pienso darte esa puta satisfacción y, como vuelvas a mirarla, me pegaré un tiro y no conseguirás lo que has venido a buscar. ¿Quieres ponerme a prueba?

Sus ojos se iluminan por la sorpresa. Estaba claro que esto iba a acabar sucediendo. Clarísimo. Por más tierra que pusiera de por medio entre mi pasado y mi presente, Antoine siempre había sido el hilo conductor entre ambos.

Dejé de ser útil para él —para el juego— cuando sucumbí a mis propias necesidades por primera vez en mi vida, cuando pasé aquellos meses robados con ella. Entonces supe que había perdido la ventaja sobre cualquier enemigo del pasado, del presente o del futuro.

Siempre había tenido razón al asegurar que los vínculos emocionales eran una perdición. Aunque, solo por esta vez, me gustaría estar equivocado.

En el caso de Antoine, han sido los celos y la codicia lo que lo han traído hasta aquí, junto con la insustancialidad de su vida actual.

Hubo un momento en el que veía su presente como mi propio futuro. Un futuro que me parecía bien cuando empecé con esto, que acepté en más de una ocasión, hasta que ella volvió a entrar en mi vida y me recordó que podía elegir. Sacrifiqué nuestra felicidad una y otra vez para asegurarme de que esta confrontación nunca llegara a producirse. Pero ella y yo siempre hemos estado condenados, marcados por la tragedia de todas las formas imaginables. Al final decidí elegirla, en lugar de sufrir la espera sin ella. La emoción se apodera de mí y la contengo, hirviendo de rabia, mientras aprieto la pistola contra mi sien y Antoine me mira fijamente a los ojos.

—Déjala marchar.

Él se burla.

—Esto parece un puto culebrón. ¿Quién es el patético ahora, Ezekiel?

También pude ver el futuro de Cecelia, mientras me suplicaba que la correspondiera hace ya tantos meses, mientras me rogaba que viera lo que aún podíamos llegar a ser, mientras me imaginaba cómo era su vida a través de los ojos inyectados en sangre de Delphine. Si sacrificaba nuestros corazones, ninguna de nuestras vidas valdría la pena. Yo viviría como un hombre vacío y sin emociones, y ella como una mujer sin amor. Pero, a pesar de todo, sé que ha merecido la pena. Y eso es lo que ella diría ahora, si tuviera la oportunidad.

Con la pistola en la cabeza, me enfrento a Antoine, desafiándolo. Es a mí a quien quiere y sé que, a pesar de su amenaza, yo soy la verdadera moneda de cambio. No me queda más remedio que esperar que intente convencerme de que no le arrebate su premio y acabe dejándola marchar. Es mi única opción.

—Ha valido la pena, *trésor*. Ha valido muchísimo la pena —digo, apretando el gatillo lo suficiente como para hacer que Antoine se agarre con fuerza a los brazos del sillón, mirándome fijamente. Está empezando a creerme.

—Las luciérnagas —dice Cecelia en voz baja. Yo la miro—.

Esa era nuestra fuerza motriz, Tobias. Ellas eran las que nos cuidaban. —Se le humedecen los ojos mientras observa el arma que apunta a mi cabeza—. ¿No crees? —Yo asiento, con los ojos llenos de lágrimas, mientras asimilo sus palabras—. Nunca hemos estado solos, Tobias —susurra con dulzura mientras su voz me envuelve el corazón. Puedo ver la resolución en sus ojos mientras nos acercamos al borde del abismo hacia el que nos hemos precipitado. Incluso ahora, al pie del acantilado, puedo sentir la certeza de esa verdad que hay entre nosotros. Ha merecido la pena—. Pesada es la cabeza que lleva la corona, amor mío —murmura Cecelia, como si estuviéramos solos—. Por una vez, déjame aliviar tu carga.

Vuelve a mirar a don Perfecto y yo la imito. Entonces veo los láseres rojos colándose por todas las ventanas de la casa y me doy cuenta de su intención.

—¡Cecelia, no! —grito, abalanzándome sobre ella mientras aprieta el gatillo.

41

Cecelia

Tobias me inmoviliza en el suelo, detrás del sofá, mientras un montón de disparos hacen añicos los cristales y ambas puertas se abren de golpe. En cuestión de segundos, la casa se llena de movimientos borrosos y Tobias maldice en una mezcla de inglés y francés, revisando desesperadamente todo mi cuerpo con los ojos y las manos, en busca de alguna herida.

—*Trésor* —dice con voz quebrada mientras me palpa por todas partes, sin encontrar nada.

Echo un vistazo y veo a Antoine inmóvil en ese sillón que pienso quemar, con la cabeza y el pecho cubierto de láseres. Alguien enciende las luces de la cocina y de las habitaciones circundantes mientras esposan y obligan a levantarse a los hombres de Antoine. O, mejor dicho, a aquellos que siguen vivos, que miran asustados a su alrededor. Don Perfecto yace a escasos metros de nosotros, con los ojos muy abiertos y sin vida. Cambio de postura para mirar a Tobias y le acaricio la cara mientras él sigue hablándome en voz baja, aterrorizado, recorriendo todo mi cuerpo de arriba abajo con las manos.

Su expresión de miedo y desconcierto me parte el corazón y hace que mi debilidad se multiplique más allá de los límites del amor —o de lo que sea que siento por él—, trascendiéndolo y dando lugar a algo indescriptible, a algo para lo que nunca habrá palabras suficientes. Cuando ve que estoy ilesa, se pone tenso y mira a Palo y a Julien.

—¿Qué coño hacen esos dos sin esposas? —les grita a los hombres que están apresando a los pocos que quedan en la cocina. Le agarro la cara, tumbada en el suelo debajo de él.

—Ya se ha acabado, mi amor —le aseguro al tiempo que él baja brevemente la mirada hacia mí y vuelve a coger la Glock. Estrecho su cara entre mis manos para intentar que me escuche mientras él trata de zafarse—. Tobias, mírame —le ordeno, en un tono que hace que sus ojos vuelvan a centrarse en mí lentamente—. Se acabó. —Él abre la boca y me mira sin entender nada—. Te adoro, Ezekiel Tobias King —susurro—, aunque me obligues a demostrarte mi valía una y otra vez. Cuando te aseguré que no vacilaría, iba en serio. —Tobias frunce el ceño, dibujando una uve profunda con las cejas—. Tú me convertiste en una cuervo. Tú me diste las alas, así que decidí usarlas.

—¿Qué?

Llamo al hombre que está junto a Palo.

—*Julien, s'il te plaît.* —«Julien, por favor».

Julien se acerca y se arrodilla para ponerse a la altura de Tobias antes de dejar la Glock sobre la alfombra. Tobias se pone tenso sobre mí, hasta que Julien se desabrocha la camisa y se la remanga lentamente para dejar a la vista un tatuaje recién hecho. Tobias se queda boquiabierto al encontrarse ante uno de los suyos y darse cuenta de las consecuencias del infierno por el que lo ha hecho pasar.

—Se lo hizo anoche —digo, sonriendo—. Era lo mínimo que podía ofrecerle, después de haber estado a punto de acabar con una lesión cerebral. Julien lleva siendo un cuervo casi seis años.

Antoine maldice y le lanza una mirada asesina a Julien, que esboza una sonrisa. Palo guarda silencio, pero veo en sus ojos que se lo está pasando pipa. Tobias los observa durante unos segundos y luego vuelve a mirarme a mí.

—Gracias, Julien.

Dejo que se retire y, con una inclinación de cabeza, este recoge el arma y vuelve a su sitio. Tobias se dispone a decir algo, pero le sello los labios con los dedos.

—Aunque el hecho de que me desafíes es probablemente una de las razones por las que más te quiero. Conocerte, amarte y comprenderte me ha ayudado a convertirme en la mujer que soy. —Tobias traga saliva, abrumado por mis sentimientos, mientras analiza cuidadosamente cada palabra—. Cuando llevabas aquí un par de semanas, me di cuenta de que te pasaba algo —le explico—. Ya tenía fichado a Greg, y Ryan, mi antiguo socio, lo investigó. Gracias a él llegamos a la conclusión de que era un pringado. Seamos realistas, Greg nunca tuvo una puta oportunidad —declaro antes de bajar la voz y convertirla en un susurro—. Pero tenía que averiguar qué o quién hacía que estuvieras tan alerta. Tenía que saber cuál era esa amenaza silenciosa que tanto te preocupaba, una amenaza de la que te negabas a hablarme una y otra vez, aun después de prometerme que lo harías. Hubo un momento en el que estaba cabreadísima contigo porque me di cuenta de que habías recuperado las viejas costumbres y te negabas a contarme nada, así que llamé a Sean.

—¿Sean también está metido en esto?

—Él ya tenía sus sospechas, pero enviamos a Julien para asegurarnos de que estaba en lo cierto.

Tobias abre los ojos de par en par.

—¿Me has engañado?

Sigo hablando en voz baja, a pesar del caos que nos rodea.

—Sí. Antoine nunca supo de mi existencia. Jamás. Ocultaste tu rastro a la perfección. Nuestro rastro. Nunca nos habría descubierto. Pero en ese momento me daba igual si Antoine era una amenaza o no. Quería eliminarlo igualmente por el estado en el que te encontrabas. Así que, cuando me enteré de lo de

Greg, le fui dejando miguitas para guiarlo hasta Antoine. Pero Antoine vino porque yo lo invité. Me traje la lucha aquí.

Tobias me mira boquiabierto.

—¿Que hiciste qué?

—Para matar dos pájaros de un tiro. Y no va con segundas. —Ladeo la cabeza mientras él lo asimila—. Esto era inevitable. Yo simplemente aceleré el proceso, a mi manera.

—¿Lo atrajiste hasta aquí? —me suelta, con la cara desencajada de furia.

—Sí. Y estuviste a punto de cargarte mis planes al legitimarnos con la condición de que nos protegieran los Servicios Secretos. Ante todo quería que esto fuera una operación interna para demostrarte la fuerza de tu propio club, pero, por suerte, tengo contactos. Así que nos las arreglamos para salirnos con la nuestra.

—¿Lo has sabido todo este puto tiempo? —Cuando cae en la cuenta, Tobias me mira entrecerrando sus ojos ardientes—. Por eso estuviste a punto de cortarme los huevos el día que vino tu madre... Descubriste que te estaba ocultando algo. Y al día siguiente... —Se vuelve hacia Julien y luego otra vez hacia mí.

Asiento con la cabeza.

—Me enfadé mucho cuando me ocultaste el encontronazo con Julien, que me estaba informando constantemente. Por cierto, bonitas fotos. Y al ver que no me contabas nada, me puse furiosa. Así que usé tus secretos del pasado y nuestros problemas como excusa para montarte un pollo. Pero la rabia no era fingida. Y cuanto más tiempo pasabas sin contármelo, más me enfadaba. Porque...

—Te prometí que no habría más secretos —dice él, acabando la frase por mí con la cabeza gacha. Cuando la levanta, sus ojos rebosan arrepentimiento—. Cecelia...

—Cállate, King. Y trata de seguir el hilo —le regaño, pasándole una mano por la mandíbula—. El siguiente paso fue elegir el tamaño de la cuchara.

—¿De qué cuchara?

Le acaricio la cara con la palma de la mano y me levanto antes de darle un beso fugaz en los labios y mirarlo a los ojos.

—Con la que darte un poco de tu propia medicina. Jaque mate, mi amor.

Su cara de incredulidad total y absoluta no tiene precio, lo que hace que este momento merezca el esfuerzo al cien por cien.

—¿Y Palo?

—Sigue vivo —responde este desde unos cuantos metros de distancia.

Yo no puedo evitar soltar una risilla.

—Ya lo veo —le espeta Tobias, mientras gira la cabeza para mirarlo y ve su sonrisa burlona.

—Sean puede ser muy persuasivo —dice, encogiéndose de hombros, con una breve sonrisa.

Tobias mira a Palo con los ojos entornados.

—¿Y tú qué ganas con esto?

—Una esposa. La mujer de Antoine, para ser exactos —digo, respondiendo por él. Antoine se pone rojo como un tomate, conteniéndose sin duda gracias a las armas que lo apuntan.

La casa empieza a quedarse en silencio mientras se llevan al resto de los hombres de Antoine con las muñecas atadas con bridas, maldiciendo en francés y clamando venganza. Tobias me mira, con todo su viejo mundo tambaleándose, mientras el nuevo empieza a cobrar sentido.

—Eres agotador, ¿lo sabías? Entre las reuniones secretas con David, Oz y Julien, colaborar con Sean y Tyler para conseguir que Greg atrajera a Antoine hasta aquí y convencer al resto de los chicos de que se subieran al carro para evitar tu ira, apenas he tenido un momento de descanso para asegurarme de que tú disfrutaras de tus vacaciones.

—Tyler, Russell… ¿Lo sabían todos?

—Llegamos a la conclusión de que era la única forma de que llegaras a confiar plenamente en mí.

—¿Todo esto ha sido una trampa?

—Absolutamente todo, salvo lo de Greg. Hasta nos anticipamos a la posibilidad de que echaras a los dos pájaros el día que Julien te atrajo a propósito y se hizo el incompetente. Tyler tenía pájaros de reserva preparados. Sabía que no dejarías pasar una cagada como esa.

—¿Cómo te enteraste de lo de Antoine?

—Pregúntale a Sean.

Tobias niega con la cabeza, ahora que ve las cosas con perspectiva.

—¿Por eso ibas a currar todos los putos días?

—Tenía un trabajo importante entre manos. Mi papel consistía en distraerte fingiendo ser una exnovia herida, cabreada y harta. Un par de veces pensé que me habías descubierto, sobre todo el día que apareciste en la cafetería después de decidir hacerte el Rambo. Ese era el único lugar donde podía mantener un contacto regular con los chicos sin que te enteraras. Por primera vez en la vida, yo estaba dentro y tú no. Era mi proyecto, mi plan. —No soy capaz de reprimir una sonrisa de orgullo—. Ahora trágate la medicina, King, y espera a que haga efecto.

Al cabo de unos instantes, Tobias apoya los antebrazos en el suelo y me levanta la cabeza, sosteniéndola entre las manos.

—Joder, cariño —dice, negando con asombro—. Ha sido la hostia.

—He aprendido de los mejores. Aunque, como te dije, habías olvidado con quién habías vuelto. Sé perfectamente quién soy, Tobias, y va siendo hora de que tú también recuerdes quién eres: un hombre que construyó un ejército digno, pero que libró demasiadas batallas solo. Nosotros te apoyamos. Siempre te hemos apoyado —susurro—. Es hora de que confíes en mí; de que confíes en todos nosotros. —Mis palabras causan el efecto pretendido y veo que empieza a comprenderlo—. Eres una persona protectora, King. Eres así, naciste para serlo y no puedo enfadarme contigo por eso. Pero yo también lo soy, mi amor, y es hora de que te des cuenta. —Tobias entierra la cara en mi cuello y la tensión abandona sus hombros, al tiempo que su pecho empieza a agitarse. Me doy cuenta de que se está riendo—. ¿No estás enfadado? —le pregunto.

Él levanta la cabeza, con una sonrisa radiante en la cara.

—Estoy cabreado de cojones.

—¡Ezekiel! —gruñe Antoine desde el otro lado de la sala de estar, desesperado.

Tobias ni siquiera lo mira. Me acaricia las mejillas con los pulgares, antes de volver a sonreír.

—Me has hecho pasar por una sesión exprés infernal de terapia de pareja.

—Era necesario —murmuro—. No me arrepiento lo más mínimo.

Sus ojos ambarinos se clavan en los míos y veo la sinceridad de su expresión, rebosante de amor.

—Nunca jamás volveré a ocultarte nada. Nunca más.

Yo resoplo y pongo los ojos en blanco.

—Ya he oído eso antes.

Tobias hace una mueca de dolor.

—Yo solo quería…

—Sé por qué lo hiciste. Y aun así está mal. Me va a costar mucho adiestrarte como novio.

—Nunca más. Nunca —me asegura.

—Sí, ya —digo, frunciendo los labios—. Hasta la próxima vez.

Él sonríe.

—¿Qué voy a tener que hacer para convencerte?

—Un montón de cosas. Menos mal que tengo la paciencia de la que tú careces.

La adrenalina corre por mis venas mientras acaricio la curva de sus bíceps y, curiosamente…, me doy cuenta de que estoy cachondísima. Él me lee la mente y sonríe más todavía, mientras sigue acariciándome la mandíbula con una promesa ardiente en los ojos.

—Me pondré a ello tan pronto como sea posible.

Mientras habla, nos llaman desde la puerta principal.

Unas botas amarillas manchadas de aceite y unos vaqueros desteñidos aparecen en nuestro campo de visión antes de que Sean se ponga en cuclillas a nuestro lado.

—¿Me estáis puteando?

—Siempre —bromea Tobias antes de que ambos centremos nuestra atención en Sean, que se pone coloradísimo y se rasca la mata de pelo dorado con la mano en la que tiene la Glock—. ¿A alguien le importaría decirme qué coño pintan aquí los Servicios Secretos?

—¿Tyler no te ha puesto al día? —le pregunto, abriendo los ojos de par en par.

—No. Y casi me da un puto infarto cuando me han parado, antes de que se identificaran. Creí que no conseguiría llegar a tiempo. ¿Desde cuándo compartimos cama con el Gobierno?

—Desde hace unos diez minutos —dice Tyler, apareciendo de repente en la habitación.

—¿Y tú cuándo has llegado? —gruñe Tobias, poniéndose de pie y tirando de mí para levantarme.

—Mucho antes que las luciérnagas y justo a tiempo para verte tomar un poco de tu propia medicina —responde este, guiñándome un ojo. No soy capaz de contener una sonrisa victoriosa. Tyler nos mete a los cuatro en el dormitorio y cierra la puerta, antes de disculparse con Sean—. Lo siento, hermano, pero era mi papel. Y como había sido mi misión durante tantos putos años, he pensado que debía ser yo el que descorchara el champán.

Sean parece a punto de darle un puñetazo.

—¿Y qué tal un pequeño aviso para que no les dispare a los putos Servicios Secretos la próxima vez?

—Error de principiante, no volverá a ocurrir —asegura—. Menos mal que tienes una puntería malísima.

—Vete a la mierda. Y no puedo permitirme ir a la cárcel: tengo mujer y tres hijos.

—Tú nunca verás el interior de una celda —le asegura Tyler, dándole una palmada en el hombro. Sean abre los ojos de par en par y se gira hacia Tobias, que asiente lentamente.

—¿Qué habéis hecho? —Los mira a ambos e interpreta sus expresiones—. Tobias…

—Amnistía para todos. Para ti y para tu hijo —anuncia Tyler con orgullo—. Por si algún día Dom decide tatuarse.

—Sean baja la mirada y sé que está intentando reprimir sus emociones, pero veo que han podido con él cuando levanta la vista hacia Tobias y ambos se miran fijamente.

—¿Lo ves? Ha valido la pena esperar solo para verle la cara —le susurra Tyler a Tobias, esbozando una pequeña sonrisa.

—Joder —dice Sean, suspirando con fuerza, mientras se pasa la palma de la mano por la mandíbula. Puedo ver cómo la tensión lo abandona, literalmente. Está claro que es algo que lleva años atormentándolo, como padre de familia que es, algo para lo que se ha preparado por si alguna vez ocurría y de lo que ahora no tendrá que volver a preocuparse. Sus ojos castaños vuelven a centrarse en Tobias.

—Ya hablaremos de los detalles más tarde —comenta Tyler.

Sean asiente varias veces con la cabeza, sin apartar los ojos de Tobias.

—Y ahora ¿qué? —pregunto, girándome hacia este.

Él se encoge de hombros, esbozando una pequeña sonrisa.

—A mí no me lo preguntes. Yo ya no estoy al mando.

Tyler sonríe.

—¿Y qué se siente?

Tobias le devuelve la sonrisa.

—Un acojone de la hostia —reconoce, abrazándome con más fuerza y entrelazando nuestros dedos—. Pero… me acostumbraré.

Sean me mira y sus ojos castaños brillan de orgullo.

—Lo has hecho muy bien, pequeña.

Casi me estremezco al oír su apodo cariñoso y miro a To-

bias, que estrecha mis dedos con fuerza entre los suyos. Durante todo este proceso, Sean y yo hemos estado en contacto permanente porque era necesario, pero al mismo tiempo hemos
conseguido forjar otro tipo de relación, una amistad muy parecida a la que teníamos hace años. La naturalidad con la que sur-
gió nos sorprendió a los dos. Era el origen de la amistad lo que
me incomodaba. No porque siguiera sintiendo nada por Sean,
sino por cómo podría afectar a Tobias. Este sigue callado, con
expresión impasible, mientras vuelvo a mirar a Sean.

—No podría haberlo hecho sin ti.

—Ya, bueno, no ha sido fácil. —Sean sonríe y señala a Tobias
con la cabeza—. Tuve que mantenerlo distraído con conversaciones íntimas varias veces por semana. Es un llorica, por cierto,
por si quieres ponerle las pilas.

Tobias frunce el ceño y deja escapar un gruñido grave, mientras todos compartimos una carcajada. Le doy una palmada en
el pecho.

—Veré lo que puedo hacer.

Sean se centra en Tobias y noto un cambio de actitud entre
ellos, como si realmente se entendieran por primera vez en años.
Luego nos mira a ambos y asiente con la cabeza mientras sus
ojos castaños brillan de aceptación.

—Aunque parece que ahora la cosa va bien.

Sin esperar respuesta, Sean se gira hacia Tyler.

—Me alegro de verte, tío —dice, atrayéndolo hacia él en una
especie de abrazo. Se dan unas palmadas en la espalda antes de
separarse.

—Tenemos que ponernos al día —dice Tyler. Sean asiente.

—No hay nada como el presente. Me vendría bien una puta
cerveza.

Me aclaro la garganta cuando empiezan a hablar todos a la
vez, ignorando por completo el hecho de que hay un gánster
francés en mi salón.

—Chicos —les digo mientras charlan—. Chicos —repito,

interponiéndome entre los tres, antes de señalar la puerta con la cabeza.

Salimos del dormitorio y Sean se acerca a Antoine para mirarlo con suficiencia.

—Bueno, me toca sacar la basura —dice, dedicándole una sonrisa macabra.

Tyler se acerca a la ventana, hace un movimiento de muñeca y los láseres desaparecen de la cara y el pecho de Antoine.

Sean se agacha casi hasta rozar la nariz de este con la suya, con una actitud claramente violenta.

—Espero que hayas comido bien esta noche, hijo de puta, porque ha sido tu última cena.

Antoine gira la cabeza para apartarse de Sean y se dirige a Tobias.

—Tengo unos cuantos socios que no estarán nada contentos contigo si desaparezco.

—Yo no estaría tan seguro —dice Sean, volviendo a captar su atención—. Te han vendido por cuatro perras. —Antoine palidece visiblemente cuando Sean revela el as que tenía en la manga—. Todo es cuestión de dinero, capullo, y hemos usado el tuyo para pagarles. Cómete la puta cabeza con eso un rato y ahora volvemos contigo. —Sean le da un golpe en la sien con la Glock para enfatizar sus palabras.

Antoine fulmina con la mirada a Tobias, que le responde con un fuego infernal en los ojos, pero no dice nada. Sean señala la cocina con la cabeza, mientras uno de los hombres que está al mando informa a Tyler.

—Ya nos hemos cargado su plan B, y si tiene un plan C, lo descubriremos y nos ocuparemos de él, aunque Palo no se mueve de su lado desde hace semanas y dudo que tenga ninguno —nos dice Sean a ambos antes de quedarse mirando a Tobias—. Le estamos dando a Palo un juego de llaves, pero se ha comprometido a tomar las alas y a enrolar a sus hombres, así que ahora es todo nuestro. —Tobias se limita a asentir, pero parece ensimismado mientras Sean sigue hablando—. Todavía tendremos muchas cosas que resolver más adelante y lo haremos, pero ya que ahora el Gobierno está de nuestro lado, ¿por qué no os hacéis un viajecito mientras yo limpio este desastre?

Tobias se gira hacia mí sin rechistar y puedo ver en sus ojos que todavía está intentando asimilarlo todo.

—¿Alguna idea?

Entorna los ojos al verme sonreír.

—Se me ocurre el sitio perfecto.

42

Tobias

Meto las últimas maletas en el Audi con el motor en marcha y miro a Cecelia, que está hablando con Ryan por un teléfono desechable mientras le da un paseo a Beau antes de que nos pongamos en marcha.

Puto Ryan. Él le ayudó con todo lo de Greg. Ella lo descubrió antes de que yo llegara siquiera a Virginia.

Todavía estoy alucinando con lo que acaba de pasar. Más que nada estoy impresionado, pero hay otras mil emociones con las que estoy teniendo que lidiar constantemente para mantener la compostura. Lo que Cecelia ha hecho, lo que ha conseguido hacer delante de mis narices me resulta incomprensible. Y aunque me llena de orgullo, sigo tratando de controlar el impulso de darle unos azotes, follármela o ambas cosas. Al mismo tiempo, definitivamente. El problema es que a ella le gusta demasiado que la castigue.

Pero, básicamente, estoy impresionado con ella, con su fuerza, con su talento y con la mujer en la que se ha convertido: fiera, valiente, brillante, poderosa e intrépida.

No puedo evitar la sonrisa de tonto que se me dibuja en la cara al verla regañar brevemente al perro, como si fuera el paseo de todos los días, mientras habla por teléfono como si no acabara de salvarnos la puta vida a los dos y de asegurar nuestro futuro, por no hablar del peso de quinientos kilos que me ha quitado de encima y de la guerra que ha evitado.

Mi reina acaba de darme una lección. No doy crédito. Y me la ha jugado como una profesional.

Sean se reúne conmigo al lado del maletero, observando a la mujer que ha rescatado mi corazón, ha sanado mi alma y me ha salvado la vida mil veces.

Luego posa su mirada atenta sobre mí antes de hablar.

—Todo listo.

Asiento con la cabeza.

—La haré subir al coche.

Se hace un silencio incómodo mientras intento asimilar el hecho de que Sean esté aquí y el porqué de su presencia. Y de que él mismo haya tenido que hacer lo indecible para demostrarme algo similar.

—Te llevará semanas completar el puzle —me dice, leyéndome la mente.

Yo me cruzo de brazos.

—Creo que Cecelia disfrutará demasiado alardeando como para darme la oportunidad de hacerlo por mí mismo.

—Yo diría que se lo ha ganado. —Sean se vuelve hacia ella y Cecelia nos mira a ambos, inquieta, antes de que él siga hablando—. ¿Crees que algún día la situación entre nosotros tres dejará de ser tan incómoda?

—No lo sé —respondo con sinceridad—. ¿O es que tú no te sientes mal cuando la miro?

Contemplo su perfil mientras él se cruza de brazos y se apoya en el maletero, mirando fijamente a Cecelia.

—Estoy enamorado de mi mujer, Tobias. —Se vuelve hacia mí, con expresión sincera—. Sé por experiencia que se puede amar más de una vez en la vida. Y, sinceramente, nunca pensé que volvería a verla después de que dejara Triple.

—Ni yo.

—¿Por qué decidiste volver con ella, finalmente?

—Porque puede que tú seas capaz, pero yo no. Para mí no existe nadie más que ella. No ha habido ninguna antes, ni la habrá después.

—Lo entiendo. —Vuelve a hacerse el silencio—. Pues ya está más que preparada.

—Lo sé, pero voy a dejar que ella decida cuándo. No sé cuánto tiempo pasará hasta entonces y la verdad es que me importa una mierda. Es ella la que tiene que tomar la decisión, tarde lo que tarde. —Sean asiente y yo miro a Cecelia, que todavía sigue alterada por lo difícil que se ha puesto la cosa hace unos minutos. Por muy bien que haya salido todo, nunca seré capaz de sentirme cómodo si ella está en peligro—. Dom te habló de Antoine —le digo a Sean, girándome hacia él.

—Hace muchísimo tiempo. Sigue cuidando de ti, incluso desde la tumba —comenta, sacudiendo la cabeza—. Típico de Dom.

Y tanto.

—Fue lo único bueno que sacamos de nuestro paso por Francia.

No me molesto en ocultar mi sorpresa.

—Venga ya, tío. Obviamente lo investigamos mientras estuvimos allí. Siempre te hemos cubierto las espaldas. Siempre. Y lo habríamos solucionado mucho antes si no hubieras sido tan hermético al respecto. Cuando nos largaste, le seguimos la pista a partir de la información que Dom había ido reuniendo a lo largo de los años. Entre los dos descubrimos cómo funcionaba su organización, por dentro y por fuera, y nos resultó evidente que tú les habías enseñado todo lo que sabían.

—Casi todo.

Sean asiente con la cabeza.

—Tu plan era confundirlos, ¿no? Sabíamos, casi desde el principio, gracias a un vago rastro de mensajes, que ya tenías a

Palo en el bolsillo. Pero queríamos refuerzos. Así que, con el tiempo, fuimos infiltrando a algunos de nuestros hombres sin marcar en sus filas. Tenemos muchos más pájaros en su ejército de los que te imaginas. La pregunta es: ¿por qué no lo hiciste tú?

—No quería a hombres capaces de hacer el trabajo sucio de Antoine trabajando para mí. Son de otra calaña. Pero ahora veo que fue una cagada y que se trataba de un mal necesario. He cometido muchos errores, Sean.

—Ojalá hubieras pedido ayuda.

—No quería que lo supierais. Él es…

—Solo era un adversario digno porque tú lo convertiste en uno.

—Y me arrepiento a diario.

—Pues ya no tienes por qué seguir haciéndolo. Ahora es nuestro —dice, sacándose un cigarrillo de los vaqueros, antes de encender el Zippo.

Lo cierra con un chasquido de la muñeca y exhala una larga bocanada de humo. Volvemos a quedarnos en silencio un buen rato, hasta que me giro hacia él y veo que me mira fijamente.

—El peor día de nuestras vidas fue el que te rompimos el corazón. —Su declaración me llega al alma y me deja sin palabras mientras nos miramos realmente a los ojos por primera vez desde aquella noche que nos separó—. Si creías que nos habíamos ido tranquilamente, que habíamos renunciado a ella gustosamente por la causa, estabas muy equivocado. Claro que nos importaba, y no queríamos perderla, pero nos fuimos. —Vuelve a exhalar mientras se me encoge el corazón de una forma insoportable—. Nos fuimos voluntariamente y la abandonamos de forma temporal por los sacrificios que hiciste por nosotros, Tobias. Por los años que pasaste haciendo de todo por nosotros, arriesgando tu vida. Porque tú nos enseñaste a ser ese tipo de hombres. —Le tiembla la voz al hablar mientras mira fijamente el suelo de gravilla que nos separa—. Y empezamos a echar de menos tu amor y tu lealtad en cuanto los perdimos. —Exhala otra bocanada de humo y levanta los ojos llorosos hacia los míos—. El segundo peor día de nuestras vidas fue el día que tú nos rompiste el corazón a nosotros. —Sean carraspea y se lleva una mano a la nuca, mientras el nudo de mi garganta se hace cada vez más grande—. Qué hijo de puta. —Niega con la cabeza mientras mi corazón se parte por la mitad y siento todos estos años de separación entre nosotros, además del deseo por recuperar nuestra relación y no saber cómo—. Pero el mismo día que nos rompiste el corazón, nos demostraste qué es el amor verdadero y tú te lo ganaste sacrificándolo todo por ella, incluso a nosotros mismos y nuestra causa. —Observa a Cecelia antes de mirarme—. Algo en lo que ambos fracasamos. Y, a cambio, tú te la ganaste. Y por eso te la mereces. —Sean traga saliva de forma audible—. Cuando intentaste defenderte, sabíamos que tenías razón, pero estábamos tan heridos que no quisimos escucharte. Porque perderla del todo era una razón más que suficiente para estar resentidos contigo y nuestras manos no estarían tan sucias si tú eras igual de culpable. —Suspira con fuerza—. Pero sabíamos que tenías razón, y creo que, en el fondo, ambos éramos conscientes de que estábamos de prestado con ella. Joder, y no sabes cuánto te odiaba por ello. —Sean exhala de nuevo, dejando caer los hombros—. Dom se dio cuenta esa misma noche porque siempre lo pillaba todo mucho más rápido. Y lo entendió. Yo no quería hacerlo ni de coña. Pero él siempre veía las cosas como eran, aunque doliera. A mí me llevó mucho más tiempo asumirlo. Y Tessa, la pobre, lo pasó fatal para demostrarme que estaba equivocado, pero mereces saber que te perdoné hace mucho más tiempo del que crees.

Estoy a punto de entrar en erupción. El nudo de mi garganta se hace cada vez más grande y tengo los ojos llenos de lágrimas.

—Pero la verdad es que ahora… lo único que quiero es recuperar a mi puto hermano —reconoce Sean con voz ahogada, levantando sus ojos llorosos hacia los míos.

Rápidamente, le pongo la mano en la nuca y apoyo la frente en la suya.

Se nos escapan sendos gemidos de dolor, mientras él se aferra a mis hombros. La presión se vuelve insoportable, hasta que por fin lo suelto todo y las emociones se apoderan de mí. Trago saliva una y otra vez, intentando hablar. Sean sigue agarrándome por los hombros y nos quedamos allí de pie durante varios segundos.

—Hermanos para siempre —susurro, con la respiración entrecortada, mientras nos abrazamos con fuerza, volviendo a construir el puente que nos ha separado durante años. Pasan varios segundos en los que nos ahogamos en nuestras propias emociones—. Se nos da demasiado bien guardar secretos, incluso entre nosotros —reconozco con firmeza—. Lo siento, hermano.

Sean niega con la cabeza y nos separamos, enjugando años de dolor.

—Todos hemos cometido errores terribles, Tobias, pero mira dónde estamos ahora, y en gran parte es gracias a ti. Créetelo un poco y deja que esos errores se queden por el camino. Es hora de que te perdones. —Sean suspira y se pasa una mano por la cara. Sus ojos vuelven a brillar y su voz se convierte en súplica—. Pero tienes que dejarlo marchar. Él no querría que te castigaras así. Todos merecemos ver cómo evoluciona esto, sobre todo tú. Tienes que dejarlo marchar, tío.

Apenas soy capaz de responder.

—Lo estoy intentando.

—Pues esfuérzate más. —Sean me da un apretón en el hombro mientras yo asiento con la cabeza varias veces—. Te necesitamos.

Cuando me suelta, levanto la vista y veo a Cecelia inmóvil en medio del jardín, mirándonos a ambos. Levanto la barbilla para que sepa que todo va bien y ella viene hacia nosotros.

Después de un minuto, o quizás algo más, Sean enciende

otro cigarrillo y me lo pasa. Inhalo profundamente, sintiéndome más aliviado que en casi toda una década.

—Nunca me dio ninguna razón para sospechar de él, pero ahora todo tiene sentido. Joder, era tan obvio, Sean. Tanto. Antes de pegarle un tiro, conseguí que Jerry confesara que había enviado a Miami, pero no le pregunté quién era su informador. Estaba tan ansioso por volver con Cecelia que no indagué más. Nunca pensé que Antoine estuviera tan bien preparado. Me la jugó bien jugada, distrayéndome con sus movidas. Pero claro, ¿quién más podría estar al tanto del conflicto de lealtades en nuestro club? ¿Quién coño iba a hurgar tanto como para averiguarlo? —La rabia corre por mis venas cuando pienso que el hombre que lanzó la granada y desató el infierno en el que viví durante años ha estado a punto de salirse con la suya.

—Las casualidades no existen, al menos en este juego. Todos lo sabemos. Pero para eso nos tienes a nosotros.

—Menos mal.

—Y lo que has hecho por mí y por los míos…

—Ni se te ocurra, Sean, es lo menos que podía hacer. Te uniste a una cruzada para ayudarme a vengar a mi familia, una en la que no tenías nada que…

—Lo gané todo, hermano, todo. Y volvería a hacerlo sin pensármelo dos veces. Elegir el puto camino menos trillado ha valido la pena, tío. Aunque ojalá él siguiera con nosotros.

Asiento lentamente con la cabeza. Mientras, Cecelia se acerca a nosotros con Beau a la zaga y la expresión serena de su rostro iluminada por la única farola que hay al final del largo camino de entrada.

—Hay que ver lo que ha mejorado —comenta Sean, pensativo—. Me quedé alucinado cuando montó todo esto.

—Confío en ella totalmente, Sean. Totalmente. Espero que te parezca bien que tome algunas decisiones del club en el futuro.

—Me parece de puta madre. Creo que todos nos hemos dado

cuenta de que es la hostia —dice, antes de girarse hacia mí—. Y, cuando estéis preparados, habrá que volver al trabajo. —Tira el cigarrillo y lo aplasta con la bota antes de señalar la casa con la cabeza—. Nos vemos dentro.

Sean se aleja e intercepta a Cecelia a unos metros de donde me encuentro. Me obligo a observar su interacción mientras intercambian unos cuantos susurros. Ella lo rodea brevemente con los brazos y él le devuelve el abrazo antes de alejarse. Su momento de intimidad no me molesta tanto como creía, como tampoco lo hace la sonrisa de ella ni la forma en la que se miran cuando se separan. Cuando los ojos de Cecelia se posan sobre los míos y esta me mira pensativa antes de meter a Beau en el asiento trasero, la tensión de nuestra propia conversación se impone.

La agarro por las caderas y le doy la vuelta mientras cierra la puerta.

—No te sientas culpable.

—No puedo evitarlo.

—¿Por darle coba a don Perfecto? Cómo te gusta ponerme celoso.

Cecelia sonríe porque sabe que todavía no he unido todas las piezas del puzle.

—Dejaste esa hoja de tareas en un lugar muy oportuno, *trésor*. Pero era lo último de la lista.

Ella sonríe.

—Fue para despistarte. Quería acabar con él yo solita. Pero no estaba enterada de que él iba a tenderte una emboscada esta noche. Antoine se lo permitió a última hora, pero sabía que podrías con él.

—Dios, he creado un monstruo.

—Y tanto, mi rey.

Niego con la cabeza.

—Sigo sin ser un rey.

—Lo que tú digas.

—Me parece bien que acabéis siendo amigos, sea del tipo que sea —digo, mirando hacia la dirección en la que se ha ido Sean.

—Eres muy amable, teniendo en cuenta que hemos estado en contacto todos los días a tus espaldas. Pero me preocupa más tu relación con él. Por un momento he creído que os estabais peleando, hasta que he descubierto que ese abrazo era una forma de evitar que vuestros pechos de machotes se rozaran.

Pongo los ojos en blanco mientras Cecelia sonríe antes de que la preocupación se apodere de mí.

—¿Estáis bien… los dos?

—Sí —respondo, asintiendo—. Lo estamos.

—¿De verdad?

—¿Por qué iba a mentirte?

Ella entorna los ojos y no puedo evitar soltar una risita mientras le agarro la cara y separo sus labios fruncidos con la lengua. Mi polla cobra vida y dejo de besarla para intentar concentrarme en mi tarea.

—No creo que lleguemos muy lejos esta noche —digo bruscamente—. Necesito follarte pero ya.

—No seré yo la que te lo impida.

—¿Y los dividendos?

—Pienso cobrármelos, King —asegura Cecelia—. Prepárate para rascarte el bolsillo.

—Todo lo mío es tuyo —declaro—. ¿Seguro que quieres ir allí?

—Segurísimo.

Busco alguna sombra en su rostro fruto de lo que acaba de ocurrir, pero no encuentro ninguna.

—Estoy bien —me asegura, leyéndome la mente.

Acaba de matar a dos hombres. A uno para conservar la pistola y a otro para eliminar la única amenaza real de la sala, pero no veo en ella ningún rastro de arrepentimiento, ni de remordimiento. Sin embargo, conozco su corazón y no sería raro que lo que acaba de hacer le pasara factura. Pero, ahora mismo, lo único que veo es a una mujer que ha hecho lo que tenía que hacer para protegerme.

—He olvidado algo dentro —digo, señalando con la cabeza hacia la casa.

—No es verdad —responde ella con firmeza. Busco cualquier rastro de censura en su rostro, pero no lo encuentro—. Acaba con esto —susurra en voz baja antes de darme un beso en los labios.

—Vuelvo enseguida.

Ella asiente y se agacha para sentarse en el asiento del copiloto. Cierro la puerta del coche apoyando la palma de la mano sobre el marco y Beau me ladra desde el asiento trasero.

Entonces me asalta el pensamiento de que toda mi vida está dentro de ese Audi, una familia pequeña pero prometedora. Y aunque eso sea todo lo que llegue a tener jamás, será más que suficiente.

Reprimo mis emociones, me armo de valor para llevar a cabo la tarea que tengo por delante y saludo con la cabeza a los hombres que montan guardia a escasos metros de distancia antes de volver a entrar.

43

Tobias

El cambio es instantáneo cuando Sean se reúne conmigo en la puerta principal, con una ofrenda cargada en la mano. Cojo lo que necesito del salón antes de entrar en la cocina y ponerme encima del plástico.

—Tobias...

—En serio, Antoine, es patético verte así, con todo lo que te he enseñado estos años —digo, interrumpiéndolo—. Está claro que no estabas prestando atención.

—Qué pronto has olvidado que fuiste tú el que me pidió ayuda a mí.

—Yo nunca he necesitado ayuda. Ya te lo he dicho. Necesitaba recursos, mano de obra, dinero, cosas a las que no era capaz de acceder en el momento en el que me convenía. La impaciencia siempre ha sido mi gran defecto. Y acudir a ti, mi puto gran error. Te advertí que era un ladrón. Y tú lo ignoraste por completo, empeñándote en ser mi puto mentor. Había una manera mejor de hacerlo que a través de ti, pero valió la pena porque empecé a robarte desde el minuto uno. Gracias por el dinero de la universidad.

Los ojos de Antoine brillan de indignación.

—En primer lugar, quiero que admitas que me la has jugado.

Él no vacila, encantado de regodearse.

—Puede que llamara a Jerry y le contara lo de Miami para que se hiciera cargo de tu problema. Te estaba haciendo un favor, Ezekiel. Estabas tardando demasiado en librarte de Roman.

Él no sabía que me había enamorado de la hija de Roman y que había descubierto la verdad sobre la muerte de mis padres, por eso no me había vengado de él. Creía que mi fijación con Roman era lo único que me impedía estar a su lado en Francia.

—¿Así que pensaste que, si borrabas a Roman del mapa, volvería corriendo a Francia para seguir siendo tu chico de los recados?

Él se encoge de hombros.

—Yo no le disparé a tu hermano.

Sean se abalanza sobre él y yo me giro para detenerlo. Forcejea conmigo para llegar a Antoine, casi hasta el punto de hacerme retroceder, pero lo sujeto por los brazos.

—Mírame, hermano —le pido, mientras él me agarra por las muñecas para intentar zafarse—. Sean, mírame. —La mirada colérica de Sean se posa sobre la mía—. Acabemos con esto de una vez. Por nosotros y por Dom.

Sean asiente solemnemente, en un gesto de confianza, y retrocede antes de volver a fulminar con la mirada a Antoine.

La furia se apodera de mí mientras el sudor se me acumula en la sien a causa de este esfuerzo de contención. Tengo que hacer acopio de todas mis fuerzas para volver a ponerme la máscara y mantener la firmeza de la voz, mientras miro fijamente al hombre responsable de los peores años de mi vida.

En lugar de cargarse a Roman para hacerme volver a Francia, manipuló a los miembros de mi puñetero club para intentar darme una lección. Y todo ello sin ensuciarse las manos, para poder seguir utilizándome. Satisfecho por conocer por fin toda la verdad, la acepto. Esto acaba aquí. Esta noche.

—¿Sabes jugar al ajedrez?

—Ahórrate el teatro, Tobias. Estoy dispuesto a negociar.

—Lo tendré en cuenta, pero creo que esto te parecerá interesante. —Sean sonríe mientras Antoine nos mira a ambos. Saco la primera pieza de ajedrez del bolsillo y se la paso por delante de los ojos—. La primera lección que me enseñó mi abuelo fue sobre el peón.

Cuando Antoine baja la vista para seguirlo, le doy una bofetada del revés. Él echa la cabeza hacia atrás y me mira, boquiabierto, mientras le empiezan a sangrar los labios. La satisfacción fluye por mis venas cuando vuelvo a agitar el peón delante de su cara y permito que el monstruo salga a jugar.

—¿Ves el peón? —En cuanto enfoca la vista, vuelvo a golpearle la nariz con el puño y obtengo como recompensa el crujido del cartílago. Los ojos se le humedecen y maldice, antes de escupir una bocanada de sangre sobre el plástico—. ¿Estás prestando atención, Antoine? No quiero que te pierdas esto. —En cuanto se concentra, le doy otro puñetazo en la cara. Antoine suelta un aullido de dolor y murmura algo ininteligible mientras la sangre brota a borbotones—. ¿Qué has dicho? —me burlo.

—Te estoy escuchando —dice, jadeando.

Miro a Sean.

—¿Por dónde iba?

—Por el peón.

—Cierto. Como iba diciendo, el peón puede ser una de las piezas más poderosas una vez que entra en juego. Si se usa bien, hasta puede poner en jaque al rey. —Sostengo la pieza entre los dedos—. El peón puede ser lo que le dé la gana. Yo puse de manifiesto mi propia debilidad demasiado pronto al decirte abiertamente quién era en nuestro primer encuentro. Fue un error de principiante por mi parte, algo que nada tiene que ver con la torre.* —Hundo el puño en su cara y esta vez Antoine grita,

* Juego de palabras entre *rookie* («principiante») y *rookie* («torre de ajedrez») *(N. de la T.).*

antes de atragantarse con la sangre que le obstruye la garganta. Le doy unos segundos para recuperarse, lo sujeto por el pelo y lo atraigo hacia mí—. ¿Sigues escuchando?

—Sí —susurra él, con un miedo poco habitual en la mirada.

—Aunque tú hiciste lo mismo la noche que nos conocimos. Me mostraste tu debilidad porque no me considerabas una amenaza; ni presente, ni futura. Me proporcionaste todo lo que necesitaba saber en unas cuantas palabras. Y entonces me quedó claro que no jugábamos al mismo juego. —Él frunce el ceño—. La ilusión es algo poderoso, Antoine. Puede ocultar muchas cosas. Aunque, en realidad, nunca comprobaste las cartas que tenía en la mano. Ni una sola vez. Porque, si lo hubieras hecho, te habrías ahorrado esta humillación. —Niego con la cabeza y suspiro—. Supongo que debería reconocerte el mérito de haberme recordado quién era y cuál era mi objetivo, pero no deberías haber intentado aprovecharte de mi puñetera debilidad. Nunca has sido importante para mí y nunca formaste parte de la ecuación. Como mucho, fuiste mi primera víctima, no un puto mentor digno de respeto. Nunca te respeté, te escuché ni te presté atención. Quieres ser como yo, pero yo he aprendido que los verdaderos líderes tienen que humillarse para evolucionar. Tienen que reconocer sus debilidades y usarlas para volverse más fuertes. Y tienen que saber cuándo pedir ayuda —añado, volviéndome hacia Sean, todavía con el regusto de mi propia medicina en la lengua.

Miro fijamente a mi hermano, asumiendo esa realidad. Puede que en algún momento todos fuéramos aves fénix, bautizados por nuestros propios fuegos antes de resurgir de las cenizas de nuestros errores. Pero, tras la transformación, nos convertimos en otro tipo de pájaro y conseguimos encontrar el camino para volver a reunirnos. Y esa verdad es más reconfortante que cualquier otra cosa que haya sentido jamás. Nunca he estado solo, ni por un momento, y ahora lo veo con claridad. Cuando alguno de nosotros flaquea, cuando nos fallan las alas y perdemos el rumbo, siempre hay alguien que nos sostiene. Aunque me pasé años a la deriva, tratando de navegar en solitario para salvar a aquellos que me rodeaban de la destrucción de mi camino oculto, ellos se negaron a dejarme volar solo. La sinergia ha vuelto y es poderosa. Puedo sentirla entre nosotros, ahora que la misma brisa impulsa nuestras alas abiertas. Las cicatrices de nuestra separación tienen la misma profundidad, forma y color. Sean asiente con la barbilla, confirmando mis pensamientos, mientras lamentamos la ausencia de alguien a quien jamás olvidaremos. Y es entonces cuando dejo que la rabia se apodere de mí.

—Ahí va el truco de magia, Antoine. ¿Preparado? Fíjate bien. —Me pongo el rey en la palma de la mano y me aseguro de que lo vea antes de intercambiar fácilmente la pieza por otra mediante un juego de manos—. Pero yo soy este. —Sujeto el peón entre los dedos y lo levanto para situarlo a un palmo de su nariz rota—. Siempre lo he sido y lo acepté desde el principio. —Lo agarro de la nuca y le meto la pieza de ajedrez en la herida de la nariz. Antoine grita de dolor y su cuerpo se sacude violentamente en la silla mientras me acerco para susurrarle al oído—. Pero, como te dije al principio, yo nunca cometo dos veces el mismo error. Y por eso morirás como un cobarde, porque me mostraste tu punto débil en nuestro primer encuentro: tu ego. —Miro a Sean y le paso el rey—. ¿Alimentamos su codicia?

Sean asiente y me quita el rey de la mano para meterle la pieza de ajedrez a Antoine hasta el fondo de la garganta, rompiéndole de paso algunos dientes, mientras este se resiste violentamente. Antoine empieza a asfixiarse, le entran arcadas y se pone rojo como un tomate. Sean le deja coger un poco de aire mientras él intenta por todos los medios escupir la pieza, jadeando mientras la sangre le brota de la boca.

—Bueno, vamos a comprobar que esté todo, ¿te parece, Sean?

—Vale —responde este, sujetando con fuerza a Antoine.

—¿Le hemos robado el dinero?

—Sí.

—¿Palo le ha quitado a su mujer?

Sean asiente.

—¿Hemos destrozado su reputación?

—Ha quedado como un puto payaso, aunque, en realidad, eso ha sido por méritos propios.

—¿Le hemos robado el reino, le hemos dado un juego de llaves a su lugarteniente, que se follaba a su mujer, y hemos conseguido que este cambiara de bando?

Sean esboza una sonrisa maligna y asiente.

—Palo va a tener el mejor año de su vida.

—¿Me he dejado algo?

—Su amante acaba de huir de Francia —dice Sean, encogiéndose de hombros—. Algo debe de haberla asustado.

Antoine nos mira a los dos, con el rostro desencajado por la derrota, mientras me acerco a él y le pongo el cañón de la Glock en medio de la frente.

—Y yo no he tenido que mover ni un puto dedo, porque no soy más que un peón que ha conseguido encontrar a una reina y ha hecho que se enamore de él. Pero ¿de qué sirve un peón, por mucho que pueda hacer jaque, sin un colega que le haga el mate?

Presiono la pistola contra su cráneo, inclinándole la cabeza hacia atrás para obligarlo a mirarme, y aprieto el puto gatillo.

44

Cecelia

No, no, no! ¡No me jodas, tío! —exclama Eddie, casi a gritos, cuando entramos en su bar.

No puedo evitar soltar una carcajada mientras Tobias lo mira frunciendo el ceño. La última vez que estuvimos allí, prácticamente se cargó el local por culpa de nuestro enfrentamiento. Por lo que parece, Eddie hizo buen uso del dinero que le di como compensación. Miro a mi alrededor, silbando en voz baja.

—Esto está genial. Lámparas nuevas.

Eddie seca un vaso con un trapo.

—A ver cuánto duran.

—Tranquilo, Eddie, puede que esta noche solo nos colguemos de las lámparas una vez —dice alguien detrás de nosotros. Me giro y veo a Jeremy en la puerta, sonriendo. Corro hacia él y me atrapa en pleno vuelo.

—Joder, chica, cada vez estás más guapa —murmura, dándome un abrazo enorme que me levanta los pies del suelo, antes de posar las manos sobre mis brazos—. ¿Cómo te va la vida? —Señalo hacia atrás con la cabeza y arqueo las cejas—. Te entiendo. Es un puto grano en el culo, ¿verdad?

—Eh, cuidadito —le advierte Tobias. Cuando lo miramos,

vemos que está relajadísimo, con una ginebra en la mano y ataviado con un Armani que le acaban de hacer a medida. Por un momento, me dejo llevar por la atracción, pero Jeremy me rodea los hombros con un brazo.

—¿Te apuntas a una partida de billar?

—Te voy a dar una paliza que te vas a cagar —lo amenazo.

—O puede que te dé en los huevos con el taco. Le gusta jugar sucio. —Suelto a Jeremy al oír la voz de Russell, justo antes de que este me envuelva en un abrazo.

—Idiota, solo lo hice una vez.

—Dos, mis pelotas las contaron.

—Total, para lo que las quieres. No creo que vayas a sentar nunca la cabeza —digo, mientras él mira a Tobias.

—Bueno, si no él está dispuesto a amarrarte a largo plazo…

—Acaba esa frase —dice Tobias, con frialdad—. Por favor, acaba esa frase.

Russell pone los ojos en blanco.

—No me gustaría arrugarte el traje, Hugo.

Tobias deja la ginebra en la barra, se quita la chaqueta y se remanga, deleitándome con una imagen de sus impúdicos brazos. Me vienen a la memoria algunos recuerdos del tiempo que pasé aquí, de una época pasada, y se me hace un nudo en la garganta. Eddie saca una jarra de cerveza mientras Jeremy coloca las bolas de billar. Con el taco en la mano, Tobias me mira y levanta la barbilla, inquisitivo. Yo asiento con la cabeza mientras mis emociones amenazan con apoderarse de mí cuando *Wish You Were Here* empieza a sonar en la gramola.

No es perfecto y tampoco es exactamente el reencuentro que esperaba. Algunos de nosotros no estamos aquí. Pero son otros tiempos. Veo en los ojos de mi amor el mismo brillo de tristeza y nos miramos fijamente hasta que ambos somos lo bastante fuertes como para dejar de hacerlo. Durante la hora siguiente, observo cómo beben y dicen gilipolleces, hablando solo de vez en cuando. Básicamente, lo que más me hace disfrutar es ver la camaradería de esas personas que se conocen casi de toda la vida, que han crecido juntas, unos cimientos construidos mucho antes de que yo llegara. Y, aunque algunas cosas cambian, el amor sigue siendo el mismo. Así que brindamos por ello. Celebramos la nueva normalidad, aunque pasemos de puntillas por la ausencia de algunos cuervos irremplazables, por la de los que ya no están y por la de los que se han mudado a un presente distinto, como haremos todos llegado el momento. Y el nuestro llegará más pronto que tarde.

Pero tenemos esta noche y eso nos basta.

Mareada tras varias horas bebiendo cerveza con los chicos, enciendo una bengala roja mientras la banda desfila tocando villancicos y, desde la orilla de la calle, veo a Tobias escudriñando la multitud por enésima vez. Cuando se acaban las chispas, me acerco a donde está sentado.

—Si esto te pone nervioso, podemos irnos.

—Estamos seguros —afirma, envuelto en una manta de muñecos de nieve, mientras se recuesta con actitud tensa en la silla de jardín que hemos cogido por el camino.

—¿Por eso tienes cara de estreñido?

—Sí —responde, distraído. Yo me echo a reír antes de sentarme con él en la silla y besarlo con la esperanza de borrar la confusión de su cara. Pero él me devuelve el beso ladeando la cabeza, para poder seguir con un ojo puesto en la multitud. Cuando me río en su boca, él se aparta, sonriendo avergonzado.

—No podemos vivir así, Tobias.

—Solo necesito un poco de tiempo para adaptarme —dice.

—¿Cuánto?

—Unos setenta años —responde tranquilamente. Yo niego con la cabeza y sonrío. Él tamborilea con los dedos sobre el brazo de plástico de la silla y yo se los levanto para besárselos e intentar calmar un poco su ansiedad.

—Tenemos ojos por todas partes, ¿qué es lo que te preocupa tanto?

—Cecelia, quiero casarme contigo.

Me giro en su regazo para mirarlo y veo que está muy serio.

—Corrígeme si me equivoco, Francés, pero no pareces muy entusiasmado.

—Voy a poner punto final a esto ahora mismo. No pienso seguir dejando las cosas importantes en segundo plano y ya me he guardado esta confesión demasiado tiempo. Necesitamos tener esta conversación.

—Todo puede esperar, Tobias. Yo no… Quiero decir… Por decirlo de alguna manera, mi reloj biológico de momento está completamente parado.

—La verdad es que mi idea era que esperaras a otro tipo de reloj. Antes de hacer nada permanente. —Tobias traga saliva.

Frunzo el ceño.

—¿Qué?

—Pues que… —Niega con la cabeza, emocionado—. Me casaría contigo ahora mismo, Cecelia. En este puñetero instante. Te regalaría un anillo, una boda, grande o pequeña, te juraría amor eterno, pero no puedo hacerte esas promesas porque tal vez no sea capaz de cumplirlas, quizás no pueda mantenerlas.

—Como estés hablando de fidelidad, te pego un tiro.

—Podría estar enfermo.

Mi cuerpo se estremece mientras una descarga eléctrica me recorre las venas. Apenas soy capaz de hablar.

—¿Cómo que «enfermo»?

—Ya lo sabes. Siempre lo has sabido.

Bastan dos segundos para que me transmita la verdad a través de sus ojos.

«Todo lo que hago es por una razón».

Muchas de las cosas que hizo hace meses se deben a la vergüenza que ensombrece su rostro, a su verdadera debilidad, al miedo que más le atormenta.

Mi amor.

Mi puñetero amor.

Qué ciega he estado. Qué equivocada estaba al suponer que conocía todos sus miedos, sobre todo aquel día en su despacho en el que me expulsó de su vida. Siempre creí que era el peligro lo que le hacía mantenerse alejado, simplemente el peligro que él podía suponer para mí. A lo largo de los años, me vi obligada a aceptar muchos de sus razonamientos debido a sus evasivas, y eso es culpa suya, pero ya estoy harta de jugar a echarnos mutuamente la culpa de algo que ambos gestionamos mal.

A partir de este momento, decido acabar con las suposiciones, porque con este hombre nada ha sido nunca lo que parece. Y, al hacerlo, puedo ver las razones que motivaron algunos de sus actos en el pasado.

—¿Tienes miedo a la esquizofrenia? ¿Tienes miedo a enfermar como tu padre? —Se me caen las lágrimas.

—La mujer con la que he estado hablando, Sonia, era la psicoterapeuta de mi padre en el psiquiátrico —revela, como si el mero hecho de decirlo le aterrorizara—. Mientras lo trataban, ella empezó a hablar conmigo. Se dio cuenta de que yo también me estaba enfrentando al miedo, de que tenía mis propios problemas. Ha estado ayudándome a centrarme, cuando a veces la mente me traiciona. No hay pruebas genéticas para ello..., pero algunos de mis comportamientos podrían indicar que existe la posibilidad de que enferme.

Es ansiedad y TOC. No tiene nada que ver. Él tenía veintiocho años cuando se lo diagnosticaron, Tobias. Tú ya has vivido casi diez más que eso.

—Todavía podría pasar. —Traga saliva—. Me quedan siete años hasta que el reloj del «y si...» se desactive, e incluso después sigue habiendo alguna posibilidad. Hay una posibilidad real de que suceda, Cecelia. Y es verdad que a veces me pierdo. Sobre todo con la paranoia.

—Normal, si tenemos en cuenta a lo que te dedicas.

—Eso dice ella. —Tobias sigue mirando hacia el suelo y eso me destroza: está avergonzadísimo—. Pero es más realista que tú. La posibilidad está ahí, Cecelia. Y necesito que la reconozcas.

—Vale. —Cierro los ojos y me siento fatal por haberle llamado cobarde hace apenas unos meses, porque la batalla que está librando a diario lo hace más valiente a mis ojos de lo que nada podría hacerlo jamás.

Me cambia de posición sobre su regazo y me acaricia la mandíbula con los nudillos.

—Tú conoces mis... hábitos. Me viste perder la cabeza en Virginia. He pasado varias veces por estados dudosos como ese... —Le brillan los ojos de miedo mientras me mira, completamente perdido—. No depende de mí que pueda llegar a pasarme. Y no pienso ponerte en la situación en la que se encontró mi madre, con un niño pequeño al que criar mientras su marido se volvía loco de remate.

—¿Esa fue la razón por la que me rechazaste cuando volví?

—Una de ellas. Eres joven, Cecelia. Ya te he quitado demasiado. ¿Cuánto más podría arrebatarte? No soy tan codicioso. —Esa confesión me parte el corazón en mil pedazos.

—Llévatelo todo, Tobias, porque nunca le serviré a nadie más. Nunca. Soy solo para ti. Sé lo que estás pensando y tienes razón, no voy a hacerlo. No pienso irme nunca de tu puñetero lado. Al menos por esta razón. Jamás. Así que ni se te ocurra pedírmelo. —Tobias guarda silencio y baja la vista mientras vuelvo a obligarlo a mirarme—. No puedes seguir escondiéndote de mí, Francés, ¿te enteras? Dime que me crees, Tobias. Nunca te dejaré intencionadamente por eso. Si a ti te duele, a mí también. Si a ti te asusta, a mí también —susurro mientras él me acaricia la mandíbula con la nariz—. Si fracasamos, fracasaremos juntos —le aseguro—. Nunca más volverás a estar solo. Nunca.

Sus ojos enrojecidos se posan sobre los míos.

—Si alguna vez llega un momento en el que no pueda...

—Para. No quiero que hagamos esto.

—Por favor, déjame ser realista. —Me rindo ante la determinación de su mirada—. Seguiremos juntos a menos que me quede incapacitado, lo que me lleva al siguiente punto. Tú decides.

—¿Decido qué?

—Cuándo volvemos a entrar, si es que entramos.

—¿Y qué pasa con lo que tú quieres? ¿Qué pasa con mi rey? Tobias me acaricia con la nariz.

—Todavía está en el horno. Por ahora, la reina es la que controla el tablero.

45

Tobias

Abro la puerta del hotel y me detengo al oír la melodía familiar de *K*, de Cigarettes After Sex. Mi chica está de buen humor. Sonriendo, cierro la puerta y voy hacia el salón de la suite en su busca. Una copa recién preparada me espera sobre la camarera antigua y la cojo para darle un buen trago.

—¿*Trésor*?

Como era de esperar, no recibo respuesta. Al entrar en el dormitorio, veo que también está vacío, salvo por el portatrajes que hay sobre la cama, acompañado de una nota.

A la medida de un rey.
Feliz Navidad.

Dejo la copa sobre la cómoda, me acerco a la funda y, cuando abro la cremallera, me topo con un Armani clásico con corbata estrecha y un pañuelo de bolsillo blanco recién almidonado.

—*Trésor* —suspiro, pasando los dedos por el tejido para apreciarlo, incapaz de contener una sonrisa.

Es perfecto.

Esta mujer me conoce, conoce mi historia de principio a fin, conoce mis defectos, la historia de mis cicatrices, mis puntos fuertes y mis debilidades. Puede ver perfectamente a través de mi armadura y es la única capaz de ir más allá, de traspasar la carne y el hueso para llegar al corazón palpitante que hay debajo. Yo le he dado ese poder, para que lo coja entre sus manos y haga lo que quiera con él. E incluso poseyéndolo, siendo consciente de lo que podría hacerme, sigue amándome, aceptando plenamente la carga sin dejar de ser leal y fiel.

El alivio que me produce su aceptación es algo que, sin saberlo, estaba buscando y que he encontrado en ella. Durante estos segundos maravillosos, disfruto al comprender que tengo a alguien con quien compartir mi vida, una compañera, una amante, una confidente y una amiga. Su amor es la única validación que jamás necesitaré.

Justo debajo del cuello hay una cajita de cuero. La cojo y, al abrirla, veo un par de gemelos personalizados, grabados minuciosamente con gran detalle. Un cuervo con las alas extendidas. Cualquier duda que tuviera sobre su mensaje desaparece mientras empiezo a desvestirme.

Cecelia

Emocionada, paso la tarjeta por la pantalla y abro la puerta. La canción sigue sonando, como cuando la dejé hace unas horas. Hoy he abusado de mi poder, como ha hecho Tobias tantas veces en el pasado, para llevar a cabo mis planes personales. Durante las últimas horas, he estado utilizando a mis pájaros para seguir sus movimientos y saber cuándo llegaría.

Con paso seguro, entro en el salón y me lo encuentro vacío, pero el persistente aroma a especias me hace cambiar de dirección. El vello de los brazos se me eriza mientras el calor se agolpa en mi interior. Voy hacia el dormitorio y tampoco lo encuentro allí, pero veo la puerta del jardín abierta. Entro y, al descubrirlo al fondo de la terraza, me detengo en seco. Está de espaldas, con una mano apoyada en la barandilla y la otra sosteniendo la copa. Su imagen me deja sin aliento y me provoca una excitación inmediata. Lleva el cabello peinado un poco hacia atrás y, ahora que lo tiene más largo, las puntas se le rizan alrededor de las orejas. Cuando se gira para mirarme de frente, me siento totalmente recompensada.

Madre del amor hermoso.

Atemporal, intimidante, deslumbrante y deliciosamente peligroso. Además de increíblemente inquietante. Las llamas que bailan en sus ojos me fulminan. Es el hombre más atractivo del mundo y el más letal. El calor que se irradia entre nosotros ya es demasiado. Su sobrada capacidad de abrasarme cuando me toca me hace gravitar hacia él, más que dispuesta a lanzarme a su infierno. Me he pasado el día depilándome, acicalándome, tiñéndome y cortándome el pelo, expresamente para obtener la recompensa de su mirada. Tobias levanta sutilmente la barbilla, ordenándome que me acerque, y yo obedezco, avanzando hacia él y deshaciéndome de la chaqueta por el camino, sin dejar de andar. Sus ojos recorren mi cuerpo, se detienen en las botas de cuero con tachuelas y suben por el vestido, que abraza cada una de mis curvas. Hirviendo de expectación, veo recompensados mis esfuerzos cuando me pasa la mano por el pelo y me tira de él para causarme el dolor justo.

Mi rey caído ha vuelto. Aunque las cicatrices lo acompañarán siempre, se ha recuperado y es todo mío.

—¿Es esto lo que quieres?

—Sí. Ya va siendo hora.

—¿Estás segura?

Me suelta el pelo y su cálido aliento me roza los labios mientras se acerca. Sus ojos ardientes, el único signo de emoción en su expresión hierática, se clavan en los míos. Solo este hombre podría hacer que la posibilidad de morir juntos parezca romántica. Pero ahora está buscando cualquier rastro de miedo. Un miedo que ya no existe y que no volverá a existir mientras estemos juntos.

—Segurísima.

Él responde con una lenta inclinación de cabeza antes de bajar la vista, acercar la mano que tiene libre a la abertura del vestido y subir un dedo por mi muslo. Sus fosas nasales se ensanchan cuando se da cuenta de que no llevo nada debajo y recoge pruebas de mi excitación con las yemas de los dedos.

—Espero que no tuvieras pensado salir de la habitación esta noche, *trésor.*

Entonces me abre y me mete los dedos, sujetándome cada vez con más fuerza al sentir mi deseo. Entreabro la boca y él se acerca para lamerme el labio inferior. Con el cuerpo en ebullición, paso la mano sobre el sedoso tejido de la corbata y sigo bajando hasta posarla sobre su polla, que se sacude reaccionando a mi caricia demandante. Con los dedos enredados en mi pelo, Tobias me inclina la cabeza hacia atrás y hunde sus labios carnosos en mi cuello. Mi gemido acelera el movimiento de su dedo y, en unos segundos, estoy gimiendo su nombre.

Sin prisas, recorre cada centímetro de mi nuca desnuda, antes de mirarme con satisfacción y dejarme ver a un hombre en llamas, tan entero como puede estarlo después de todo lo que ha sufrido, mientras susurro las palabras que él estaba esperando.

—Volvamos al trabajo.

46

Tobias

El tictac de un reloj de pie y la mirada intensa de la mujer que está frente a mí me tienen de los nervios. Ha pasado un largo minuto de incómodo silencio desde que nos hemos sentado. Ella levanta la taza de té sin dejar de mirarme mientras me aclaro la garganta. El viaje desde Triple Falls hasta las profundidades del infierno ha sido corto. Forma parte de mi penitencia y es una de las pocas condiciones de Cecelia para volver a entrar. Me ha dejado bien clarito que es mi responsabilidad enmendar los errores del pasado y explicar mi comportamiento a las personas que más significan para ella, fuera de nuestro exclusivo mundo. Una de las cuales me está mirando ahora como si estuviera planeando una muerte lenta y dolorosa para mí.

Cecelia reacciona a mi lado antes de echarse a reír.

—Christy, no te pases con él. Creo que nunca lo había visto sudar tanto.

Miro fijamente a Christy, otro descuido por mi parte y nada menos que la «amiga del alma» de mi futura esposa. Una amiga que ha tenido que ir recogiendo sus pedazos a lo largo de los años debido a la naturaleza de nuestra relación. Ahora me queda claro que, a pesar de las abundantes advertencias de Cecelia, no estaba lo suficientemente preparado cuando Christy abrió la puerta de su casa de estilo colonial de las afueras de Atlanta. Cuando llegamos, Christy envió rápidamente a su marido y a sus dos hijos a Home Depot, que supongo que estará a una distancia prudencial del inevitable hongo que causará la explosión nuclear.

Para mí, esto es una penitencia y el precio que debo pagar por Cecelia; para Christy, es un ajuste de cuentas.

Ahora parece a punto de estallar mientras le da otro sorbo a la taza y nos mira de forma acusadora a Cecelia y a mí.

—Soy toda oídos.

Cecelia me mira.

—Tienes la palabra.

Abro la boca para hablar y vuelvo a cerrarla, preguntándome por qué habré accedido a justificarme ante esa ama de casa de Atlanta diabólica. Bueno, sé perfectamente por qué, pero no me hace ninguna gracia.

—Ahora estamos juntos —digo, sacudiendo una mano en el aire—. Fin de la historia.

—Tobias —susurra Cecelia, en claro tono de advertencia.

A Christy prácticamente le sale humo de las orejas, así que decido relajarme y respirar hondo.

—¿Por qué no me preguntas tú lo que quieres saber?

Ella se lanza directa a la yugular.

—¿Ya has dejado de castigarla por acostarse con tu hermano?

Cecelia da un respingo y yo la miro antes de dirigirme a Christy.

—No hay nada que perdonar.

—Y una mierda, la torturaste durante años.

—Christy, hay muchas cosas que no sabes —interviene Cecelia—. Muchísimas.

—Ah, sí, ¿como qué? ¿Este gilipollas no te dijo que te quería y luego te dejó tirada? ¿No te arrancó el corazón por segunda vez hace un año y luego lo pisoteó, por si acaso? —Se levanta bruscamente, deja el té y el plato sobre la mesa y pone los brazos en jarras—. Entiendo que estuvieras hecho polvo por lo de tu hermano y lo siento muchísimo, pero eso no es excusa para tratar a una mujer como la trataste a ella. Es imperdonable. Y ahora apareces aquí, ¿para qué? ¿Para que te dé mi bendición? Pues ni de coña. Cuando las ranas críen pelo. Ella te amó fielmente durante años. ¿Y tú? ¿Alguna vez le preguntaste sobre su vida o sobre su gente? ¿Te has molestado siquiera en conocer a su madre? —Christy deja de regañar a Tobias para centrarse en Cecelia—. ¿Y lo has traído aquí pensando que esto me parecería bien? ¡Pues no me lo parece!

Cecelia le ha mentido una y otra vez para mantenerme a salvo, ha dañado sus propias relaciones con las personas más cercanas a ella para protegerme, mientras se alienaba a sí misma por el camino. Y durante todo ese tiempo ha estado sola, sola con lo que sabía, sola con la verdad y aislada por ello, igual que yo.

—Christy… —Me dirijo a ella y su atención se desvía lentamente hacia mí—. Por favor, por ella, no por mí, por ella, escucha lo que tengo que decir.

—¿Ahora tienes algo que decir?

—Mucho. Y tienes razón, yo soy el malo de la película y la traté fatal. No la merezco.

—¡No me digas! Pues a lo mejor no quiero oír tus excusas.

Se levanta para ponerse a recoger juguetes de la alfombra y, a juzgar por las miradas fulminantes que me echa mientras lleva a cabo su limpieza hostil, tengo la certeza de que le está costando un gran esfuerzo no lanzármelos. Tras unos segundos observándola inquieto, me levanto y me uno a ella para recoger un mordedor. Me lo quita de las manos y puedo ver el miedo en sus ojos cuando me agacho para intentar ponerme a su altura.

—La amo.

—Pues se te da fatal.

—Intentaré mejorar.

—No es suficiente. ¿De verdad te extraña que pasara página después de que...?

—Su hermano no murió en un accidente de coche —dice Cecelia en voz baja y Christy se estremece con la revelación—. Murió de varias heridas de bala en un tiroteo en la mansión de mi padre para salvarnos a los dos. —Christy se queda boquiabierta con las llaves de plástico en la mano y las piernas temblando, y la acompaño de nuevo hasta la silla.

Mira a Cecelia estupefacta antes de volverse hacia mí y pruebo a soltar un chiste para aliviar un poco la tensión.

—Y sabemos quién mató a Kennedy.

47

Cecelia

Hostia puta —repite Christy por enésima vez, mientras Tobias persigue a su hijo de dos años por la zona de juegos y Josh se encarga de la parrilla.

A mitad de nuestra confesión, ha cambiado el té por el vino. Poco después de acabar la primera botella, Josh ha llegado a casa y ha decidido hacer una barbacoa en pleno invierno, lo que nos ha llevado a acurrucarnos en el porche trasero mientras los dos hombres se ocupan de la parrilla y de uno de los hijos pequeños.

—Es una locura, ya lo sé. Y la verdad es que no creo que debas contárselo a Josh. Al menos no todo.

Christy me mira con la cara de alguien que ha revelado mil secretos.

—¿Cómo no voy a hacerlo? —dice, prácticamente gritando.

—A ver, puedes hacerlo, pero dudo que nos deje volver a entrar aquí. Y no quiero que eso suceda.

—Tú nunca me pondrías en peligro —dice convencida.

—Ahora nos protegen los Servicios Secretos, y tienes razón, nunca lo haría.

—Esto es una locura total. No sé si cabrearme, sorprenderme, emocionarme o… Madre mía, ese hombre me está haciendo desear hacer otro bebé. —Tobias está de pie, con el niño en brazos, mientras el pequeño señala el tobogán—. No me malinterpretes, quiero a Josh —dice, mirando a su marido, que lleva un delantal en el que pone «Cómete mi carne» sobre la sudadera de capucha—, pero la puerta número dos es de lo más interesante.

—La puerta número dos es un egocéntrico rehabilitado y un capullo de campeonato con el que tendré que pelearme durante el resto de mis días.

—Está buenísimo —declara Christy, observando a Tobias y pasando de lo que le estoy diciendo, antes de volver a mirarme—. ¿Sabes? Aunque se lo contara a Josh, no se lo creería.

—¿Tú te lo crees?

Ella asiente con vehemencia.

—Hasta la última palabra. En tus otras historias había demasiadas lagunas e incoherencias. Ahora todo tiene sentido. Hubo un momento en el que creí que te estabas volviendo loca, pero luego sentaste la cabeza con Collin y pensé que había sido algo transitorio.

No había sabido nada más de Collin desde que nos separamos, lo que me había ayudado a aliviar parte de la culpa asociada a él. Sin embargo, siento una punzada de remordimiento repentina al oír su nombre. Hecha polvo como estaba y deseando empezar una nueva vida, había pasado de llorar por uno a llorar por otro, pero todo el peso de mi camino destructivo asoma ahora su fea cabeza. Christy me lee la mente.

—Tranquila, le va bien. Ha conocido a alguien.

—¿Cómo lo sabes?

—Los vi juntos en un restaurante pijo de la ciudad la última vez que salimos por la noche.

—¿En serio? ¿Y parecía feliz?

—Sí.

—¿Por qué no me escribiste?

—Porque desde que te mudaste a ese pueblucho de Virginia tampoco es que hayas enviado muchos mensajes.

—Estaba comiéndome la cabeza otra vez y no quería seguir agobiándote con el tema.

—No digas tonterías —replica Christy—. La amistad y el apoyo de una amiga no tienen límites. No, señor.

—Perdona si mi distanciamiento te ha dolido.

—Pues sí.

—Lo siento. Y no volverá a ocurrir. Te lo juro. Nunca más volveré a mentirte. No quiero que nos distanciemos.

—Yo tampoco, aunque sé por qué lo hiciste. Ahora lo entiendo. Y puedes contar conmigo. Pero, madre mía, Cecelia…, todavía estoy flipando. ¿Todas esas movidas son verdad?

—Al cien por cien. Y principalmente gracias a él. —Tobias nos mira mientras abre una cerveza fría que Josh le ha ofrecido. Tucker corre hacia nosotros, envuelto en un abrigo de invierno.

—¡Mami, tobogán! ¡Porfa, mami!

Josh aparece inmediatamente y lo intercepta para ponérselo sobre los hombros. En sus ojos dulces brilla una disculpa. Es un marido considerado y sabe que tenemos poco tiempo para estar juntas.

—Ya te lleva papá.

Josh se agacha para besar a Christy y puedo verla derretirse por dentro. Es feliz, muy feliz, y por un instante me pregunto si alguna vez mi vida acabará pareciéndose a la suya en algo. Aunque la verdad es que me da igual mientras ambos formen parte de ella. Y mientras tenga a ese hombre que me contempla pensativo con sus ojos llameantes, sin duda preguntándose lo mismo que yo, antes de volver a observar cómo Josh se ocupa de su hijo y mirarme de nuevo a mí.

Intento imaginarnos en su situación, viviendo en un barrio residencial, pero me resulta imposible. Y tengo la certeza de que eso no es para nosotros, al menos de momento.

—¿Y qué vais a hacer ahora?

—Volver a entrar —respondo antes de beber un trago de vino.

—¿En serio?

—Con la protección y la ayuda del Gobierno, iremos tras ellos, tras todos ellos. Acabaremos con los que podamos mientras Monroe siga en el cargo. No vamos a despertar a la fiera. Vamos a darle una puta bofetada.

—Estoy alucinando.

—Ya, yo me metí en medio de todo eso y tardé años en asimilarlo todo.

—Debería haberte ignorado y haber ido a verte de todos modos.

—Christy, tenía que protegerte.

—Lo sé. Intentaré perdonarte, aunque me llevará un tiempo. Pero volveremos a estar unidas. Tú y yo siempre estaremos unidas. Y te apoyo al cien por cien. Aunque... —Christy me mira y su tono se vuelve serio—. ¿Este acuerdo no debería proporcionarnos ciertas ventajas?

—¿Como cuáles?

—¿Crees que podrías librarnos de pagar impuestos?

Ambas nos echamos a reír y dos cabezas masculinas se giran hacia nosotras con curiosidad. Tobias interpreta mi expresión y me dedica una sonrisa breve antes de retomar la conversación con Josh.

—¿De qué narices estarán hablando esos dos? —se pregunta Christy, observando su interacción—. ¿Qué podrían tener en común?

Me quedo mirando a Tobias, que, llegado a este punto, ya se encuentra como pez en el agua en el barrio residencial, charlando con un completo desconocido. Está aquí por mí, porque esta familia y estas personas me importan. Porque me quiere. Y ojalá el tiempo nos depare más reuniones como esta, aunque nuestro futuro no se parezca en nada al de los Baldwin.

—Tú ves a un hombre elegante y prácticamente inescrutable, con un traje caro. Y lo es, pero yo ya no lo veo así. Yo veo a un chico que se quedó huérfano y se empeñó en proteger a su hermano. A un pobre niño que vivía en un mal barrio, intimidado por un mundo que no entendía y decidido a cambiarlo por sí mismo, por su hermano y por nosotros. Veo al hombre en el que se ha convertido, que nunca ha olvidado de dónde viene ni cómo eso lo ha moldeado, por mucho que haya evolucionado.

—Es admirable... Es verdaderamente... Menudo personaje.

Tobias me mira y la electricidad se dispara en el aire entre nosotros.

—Pues sí —replico, dándole la razón. Un verdadero rey. Me vuelvo hacia Christy—. Sé que hoy ya te he pedido muchas cosas, pero necesito un último favor.

Le acaricio las orejas a Beau, conteniendo las lágrimas. Tobias se agacha para imitarme, rozando la hierba helada con la chaqueta del traje.

—No tenemos por qué dejarlo aquí. Podemos...

—No hay lugar más seguro que este. No pasa nada. Estoy bien.

Él me levanta la barbilla y seca con los nudillos las pruebas de mi mentira.

—Si a ti te duele, a mí también.

Esbozo una sonrisa.

—No creo que lo vayas a echar de menos.

Su expresión me dice que tal vez eso ya no sea verdad. Mi chucho estaba empezando a gustarle. Y quizás algún día podamos darle un hogar, pero, de momento, no encaja en nuestro mundo. Tobias le acaricia el lomo.

—¿Estás segura?

—No sabemos dónde vamos a acabar. Necesita un buen hogar hasta que lo averigüemos. —Christy se mantiene a unos metros de distancia, mirándonos, hasta que lo llevo por la correa hacia ella—. Es un buen chico. No debería darte muchos problemas. —El temblor de mi voz me delata y Tobias maldice detrás de mí, sin duda porque se siente culpable. Pero me correspondía a mí tomar la decisión y es lo que he hecho. Sacando fuerzas de flaqueza, se lo entrego a Christy y ella me estrecha entre sus brazos.

—¿Cuándo volveré a verte? —me pregunta mientras la aprieto con fuerza.

—No lo sé, pero te llamaré en cuanto lleguemos a algún sitio.

—Te quiero.

—Y yo a ti.

Nos abrazamos hasta que el Mercedes con cristales tintados se detiene al lado de la acera, marcando el final de la vida tal y como la conozco. Christy me suelta y mira suplicante a Tobias.

—No me des una razón para ir a por ti.

Él asiente con la cabeza antes de acompañarme al interior del todoterreno, que espera con el motor encendido.

Y, con un portazo, nos alejamos de la acera. Tobias me mira y, al cabo de un segundo, le grita al conductor.

—*Arrêtez!* —El chófer frunce el ceño mientras Tobias niega con la cabeza y repite la orden en inglés—. ¡Pare!

Desconcertada por su arrebato, me vuelvo hacia él un instante antes de que salte del todoterreno. El conductor me mira, igual de perplejo, mientras yo busco por las calles alguna amenaza que pueda haber pasado por alto y saco la Glock del bolso. Al cabo de unos segundos, Tobias abre la puerta con mi otro francés en brazos y ambos se suben al coche, jadeando. Abraza con fuerza al perro mientras Beau le lame la mandíbula. Tobias me mira, retándome a discutir con él, antes de esbozar una sonrisa.

—Puedo enseñarle a disparar.

Suelto una carcajada de alivio, mientras Beau se acomoda

sobre nuestros regazos y apoya la cabeza en el muslo de Tobias. Este le acaricia las orejas con cariño.

—Te estás ablandando, King.

—Me importa una mierda.

—Sabía que lo querías —insisto mientras beso sus labios sonrientes.

Entrelazamos los dedos con ilusión en cuanto arrancamos y nos lanzamos hacia lo desconocido, con el corazón desbocado y la emoción fluyendo entre nosotros, mientras avanzamos hacia el futuro.

Nos amábamos con un amor
que era más que amor.

EDGAR ALLAN POE

Epílogo

Tobias

Cuarenta y cuatro años
San Juan de Luz (Francia)

Nos vemos en la meta».

Nos encontramos en medio del balcón y la abrazo, levantándola del suelo.

—¡Vete a la mierda, cabrón! —grita ella sobre mi cuello—. Por favor, dime que esto significa lo que creo que significa.

Con los ojos vidriosos, inhalo su aroma mientras Cecelia se estremece entre mis brazos. Hemos estado cerca, demasiado cerca, y ambos lo sabemos. Durante los últimos siete años, hemos vivido una aventura hecha de mil sueños —la mayoría míos— y no se ha quejado ni una sola vez. Hemos discutido tan a menudo como hemos follado. Nos hemos mudado doce veces, hemos esquivado balas, hemos perdido amigos, hemos continuado con la lucha juntos y casi siempre codo con codo, lo que supuso la mayor batalla de todas. Lo hemos pasado mal, nos hemos sentido derrotados, nos hemos recuperado y hemos vuelto a la carga. Hemos aprovechado nuestras circunstancias de todas las formas imaginables, enfrentándonos a las mayores amenazas, en su mayoría empresas corruptas y conglomerados mediáticos controlados por las cloacas del Estado. Con la ayuda de Cecelia, Molly ha puesto en marcha varios programas y ha aprobado numerosos proyectos de ley para ayudar a los más desfavorecidos.

Hemos peleado duro y ha sido una puta carnicería, pero hemos conseguido un montón de cosas... y prácticamente hemos salido ilesos. Preston ha gobernado durante ambos mandatos con mano de hierro y, con el respaldo del Gobierno y el apoyo del pueblo, hemos conseguido eliminar una buena cantidad de basura. Mi único objetivo durante los últimos siete años ha sido acabar con los terroristas que se hicieron famosos durante el segundo año de mandato de Preston. Unos adversarios que conocí hace años, sentado en el sofá en Virginia, el día de la nevada. Cuando se me erizó el vello de la nuca y ese chispazo tan familiar me golpeó como un rayo, tuve clarísimo que mi misión sería librar al mundo de ellos, aunque tuviera que cazarlos y erradicarlos yo mismo.

Y, hace dos días, con la ayuda del ejército estadounidense, asesinamos a los cinco cabecillas responsables del movimiento, antes de detener y encarcelar al resto de los principales implicados. Una vez finalizada oficialmente esa guerra, con las balas acercándose demasiado como para sentirnos cómodos y tras un largo intercambio de miradas con mis hermanos, mientras todos dejábamos escapar un suspiro de alivio cuando por fin despegamos, llegamos a la conclusión de que la guerra que iniciamos hace años también había terminado para nosotros.

Habíamos cumplido con nuestra parte, arriesgando nuestras vidas y las de nuestros seres queridos durante demasiado tiempo para recuperar el control de un Gobierno corrupto. Hemos ganado demasiadas batallas como para considerar que nuestro empeño ha fracasado. Hemos luchado por las personas que una vez fuimos y que volveremos a ser, ambos ciudadanos del mundo: Cecelia, hija de una madre soltera y luchadora, y yo, huérfano y abandonado a manos de un codicioso emperador de guante blanco que resultó ser un hombre con un corazón muy parecido al mío. Nuestras vidas se cruzaron cuando éramos esas personas y, desde entonces, hemos creado una realidad diferente. Una por la que hemos trabajado toda una vida.

Tenemos suficientes pájaros para continuar con nuestro legado o para dejarlo morir: ellos lo decidirán.

La triste realidad es que ya se cierne sobre nosotros una amenaza nueva e invisible, porque siempre habrá más. Nadie puede dominar el mundo. El bien y el mal siempre existirán, siempre habrá dos bandos opuestos.

—Tobias, ¿esto significa lo que creo que significa? —Sus ojos azules buscan en los míos la respuesta de por qué estamos aquí. Ya lo sabe, pero sé que necesita que se lo diga.

—Significa que estamos en negociaciones —susurro, emocionado—. Perdona, *trésor*. Siento haberte asustado.

Cecelia se aparta y veo claramente la preocupación que le he causado en sus pequeñas ojeras negras.

—¿Y Sean? —me pregunta con voz trémula, temerosa de la respuesta, mientras me acaricia el pecho con las manos.

—Está bien. Aterrizará en Charlotte en unas horas. Se recuperará por completo. Todo el mundo está bien.

Cecelia asiente y se relaja considerablemente, mientras sus manos siguen vagando por mi cuerpo.

—Vale —dice, asintiendo con la cabeza—. Vale.

—Te dije que esto iba a ser...

—¡Eso no lo hace más fácil! Llevamos así siete puñeteros años, ¡me estoy volviendo loca! Tobias, un día de estos se nos acabará la suerte y... Has salido de esta por los pelos. ¿Cuántas veces piensas jugarte el cuello para llevar a cabo esos planes disparatados? —grita Cecelia, examinándome como si me acabara de caer de los columpios en el patio del colegio. Pasa el dedo por el corte que tengo debajo del ojo y yo le agarro la mano antes de besarle el dorso.

—Los tenemos, Cecelia. Los tenemos. Lo hemos conseguido, cariño.

Ella me mira fijamente y entreabre los labios ante mi revelación.

—¿De verdad se ha acabado?

—Sí, se ha acabado. —Ella deja escapar un largo suspiro de alivio—. Perdimos la señal de camino a la pista de aterrizaje. Estábamos corriendo hacia el avión cuando te envié el mensaje. Nos retuvieron en la frontera durante un puto día entero hasta que Tyler lo solucionó. Y para cuando pude contactar contigo, ya estabas volando.

—Si quieres contactar conmigo, Francés, deja de hacerte el puto Rambo. ¡Eres demasiado viejo para correr esos riesgos! —Yo no puedo evitar echar la cabeza hacia atrás y soltar una carcajada, lo que me hace ganarme dos puñetazos furiosos en el pecho. La agarro por los brazos para detener su ataque y ella me sonríe a regañadientes—. Dios, cómo te odio.

—Yo también te quiero. ¿Y cuántas veces voy a tener que demostrarte que no soy un puto viejo?

Cecelia me rodea el cuello con las manos, se pone de puntillas y presiona sus perfectas tetas contra mi pecho.

—Puede que una más.

—¿Solo una?

—O dos —dice. Luego se pone seria y apoya la cabeza en mi pecho para abrazarme con más fuerza—. Dios, qué preocupada estaba.

Inclino su cabeza hacia arriba.

—Lo sé y lo siento. Perdona. Nunca más, *trésor*. Te lo juro.

—Sí, ya he oído eso…

La beso con pasión para interrumpir su respuesta sarcástica y Cecelia me atrae aún más hacia ella mientras se le escapa un gemido. Satisfago brevemente mi deseo y recorro su dulce boca con la lengua antes de hacer que se detenga y centrarme en mi objetivo.

—Mejor lo dejamos para luego.

—Vale —dice, mirando hacia atrás—. Tobias, esta casa es una pasada.

—¿Sí?

—¿Es que no la has visto?

—No. He venido directamente de la playa a reunirme contigo. Te estaba esperando.

Su mirada se vuelve más dulce.

—Ven a verla. Llevas muchísimo tiempo esperando este día. —Me agarra de la mano y consigo apartarla justo a tiempo.

—Eso también puede esperar. Como he dicho, estamos negociando.

Ella me mira con el ceño fruncido.

—Negociando ¿qué?

Siento mariposas en el estómago mientras la estrecho contra mí. En sus ojos puedo verlo todo, incluida mi redención.

—Nuestra vida.

—¿Estamos negociando nuestra vida? —Me acaricia la cara mientras las emociones se arremolinan de tal forma en mi interior que apenas soy capaz de contenerlas. Me atraganto varias veces antes de poder hablar.

—Tobias, ¿qué pasa?

—Te quiero.

—Lo sé. Por favor, dime qué está pasando. Me estás asustando.

—No, no te asustes. Tengo que pedirte un favor.

Cecelia se tranquiliza considerablemente cuando ve mi visible cambio de actitud.

—Vale, dime.

—No quiero seguir asustándote. Eso se ha acabado. Ni tampoco preocupándote. No más conspiraciones. He dejado completamente la directiva.

—¿En serio?

—Bueno, nunca lo dejaremos del todo, ya lo sabes. Pero he dejado el trabajo duro.

Cecelia traga saliva.

—Vale.

Le agarro la mano y le beso el dorso. Sus ojos se quedan mirando el punto en el que mis labios acarician su piel, antes de que extienda su palma y ponga en ella la galleta de mar.

—Estaba guardando esto para ti. Para este día.

—Es preciosa —dice, acariciando la concha con el dedo.

—Mi padre me trajo un recuerdo a la memoria la última vez que lo vi. Fue el día de la playa, el único recuerdo que tengo con él. Rómpela por la mitad. Justo por la mitad. —Pongo las manos debajo para recoger el botín.

Ella parte la galleta por el centro y el contenido cae sobre ellas. Doy gracias a la suerte cuando cinco huesecillos perfectos en forma de paloma aparecen en mi mano. Cecelia analiza los restos y levanta uno de ellos para inspeccionarlo.

—Parecen pajaritos.

—Qué ironía, ¿no? Incluso antes de saber cuál era mi destino, me la entregó un hombre al que nunca llegué a conocer de verdad. Lo que resulta aún más irónico es que estos pájaros nos representan a los cinco —digo, levantándolos uno a uno—. Sean, Tyler, Dom, tú y yo. El principio y el fin. Aunque en teoría son palomas y, en el sentido religioso, representan el sacrificio y la paz.

—No lo sabía —susurra Cecelia, observando los pedacitos—. Es preciso —declara, levantando sus profundos ojos oceánicos hacia los míos.

—Es hora de cambiar de alas, Cecelia.

Empiezan a temblarle los labios y me doy cuenta de que está empatizando con mis emociones. Hemos llegado a un punto de nuestra unión en el que no hay ni un ápice de separación entre nosotros. Hace mucho tiempo que somos uno.

Cojo los pájaros de la galleta de mar y los dejo en el balcón.

—Tú has hecho esto por mí —logro balbucear con un nudo

en la garganta—. Yo te pedí el sacrificio, pero tú, Cecelia, has traído la paz.

Le brillan los ojos mientras una sonrisa sugerente baila en sus labios.

—¿Has bebido?

—Ni una gota.

—Perdona, es que pocas veces te pones tan sentimental, a no ser que...

—Esta vez no. —Cierro los ojos y agacho la cabeza, mientras las emociones siguen abrumándome. Mis sentimientos por ella se arremolinan en mi cabeza y en mi pecho, negándose a quedarse dentro un segundo más—. No necesito alcohol y tampoco necesito ocultarte nada.

—Tobias, ¿qué estás diciendo?

—¿Irás a donde yo vaya?

—Te seguiré a donde sea —me asegura sin dudarlo—. Ya lo sabes.

—Como yo te seguiré a ti. Y, a partir de hoy, no quiero dar ni un puto paso más sin ti a mi lado. Te quiero con locura, Cecelia. —Ella me acaricia la mandíbula y las pruebas de mi sentimentalismo le humedecen la mano.

—Yo también te quiero, Tobias. Pero me sigues asustando.

—No tengas miedo. Yo ya no tengo miedo a nada, gracias a ti. No hay oponente lo suficientemente fuerte para nosotros, Cecelia. A estas alturas, ya deberías saberlo.

Y lo sé.

—Dios, estoy... —Bajo la barbilla hacia el pecho—. Tengo muchísimas cosas que decir, pero no creo que pueda con todo... ¿Podrás perdonarme? —Me arrodillo y ella reconoce mi intención. Es la imagen más hermosa que he visto nunca. Grabo a fuego en mi mente su expresión y el amor de sus ojos—. Yo...

—Agacho la cabeza—. Joder... — Me limpio la cara con la manga de la camisa y veo claramente que ella empieza a emocionarse tanto como yo—. Ningún hombre sobre la faz de la Tierra ha amado nunca a una mujer más de lo que yo te amo a ti. Pienso demostrártelo cada día durante el resto de nuestras vidas. Te quiero más que a cualquier causa, que a cualquier ambición. La imagen de tu rostro está por encima de cualquier otra imagen del mundo. —Me atraganto con cada palabra, frustrado por mi incapacidad para llevar a cabo mi plan, pero demasiado emocionado como para que me importe una mierda. Me humillaría un millón de veces más porque ella me ha mostrado, una y otra vez, la belleza de un corazón abierto y desnudo—. Soy tuyo. Me haces tremendamente feliz. Tú eres mi puñetera prioridad y siempre lo serás.

A Cecelia le brillan los ojos y se echa a llorar, mientras me saco el anillo del meñique y le enseño el diamante. Ella da un respingo, lo mira y vuelve a mirarme mí. Yo levanto los ojos y parpadeo para aclararme la vista. Estoy en una puta nube.

—Este no lo he robado —consigo decir, esbozando una pequeña sonrisa.

Le tiembla el labio antes de responder.

—*Non?*

—No. Este me lo he ganado. —Cecelia asiente lentamente con la barbilla—. ¿Y tu confianza, me la he ganado?

—Sí.

—¿Y tu lealtad?

—Sí.

—¿Me he ganado tu fe?

—Sí.

—¿Y tu corazón?

—Por supuesto.

—¿Tu cuerpo me pertenece?

—Totalmente. Es todo tuyo —me jura.

Le pongo el anillo en el dedo.

—¿Quieres convertirme en un rey?

Cecelia

Un mes después

Cuelgo mi foto favorita del día de la boda y limpio el marco blanco mate con el trapo. La he puesto junto a una cristalera que va del suelo al techo y ofrece una amplia vista del mar. Es una foto espontánea en blanco y negro de Tobias besándome el dedo anular mientras yo lo miro, enamorada hasta las trancas.

Estamos delante de la puerta en arco de la pequeña iglesia donde pronunciamos nuestros votos. Solo asistimos nosotros dos, el cura y los testigos designados por él, y fue perfecto. Pasamos la luna de miel en casa e informamos después a nuestra familia y amigos, la mayoría de los cuales llegarán mañana para una celebración tardía. Me pongo con la última de las cajas que por fin han llegado del otro lado del charco, decidida a rematar la faena. Llevo más o menos un mes anidando en un estado de ensoñación, pellizcándome mentalmente, no solo por el palacio en el que ahora vivimos permanentemente, sino también por el brillo del diamante de tres quilates en forma de lágrima que llevo en el dedo y por lo que este implica: la cura de la enfermedad que he sufrido durante tanto tiempo, un final duradero.

En las últimas semanas, hemos ido acostumbrándonos a una

rutina, dando largos paseos por la playa, visitando nuestra nueva ciudad, comiendo junto al mar, introduciéndonos en nuestra nueva vida. La parte que me parecía más difícil del proceso de adaptación era desconectar realmente de la vida que habíamos llevado desde que abandonamos Virginia. Una vida en la que habíamos estado totalmente inmersos en la hermandad, dando pasos bien calculados y poniendo en marcha decenas de planes de Tobias. Nunca acabaré de entender completamente la manera en la que lo construyó todo, pero eso forma parte del misterio de su genialidad.

Y, tras años de trabajo duro y tomando cierta perspectiva, puedo ver con claridad el plano general, todas las notas que Tobias eligió para componer una sinfonía alucinante. Me he casado con un rey, con una leyenda, aunque lo único que él ve cuando se mira al espejo es un hombre lleno de debilidades.

Cuando llegó a casa, durmió durante días. Fue como si por fin se sintiera lo suficientemente aliviado como para concederles un respiro a su cuerpo y a su mente. Ahora hay paz en su interior, en sus ojos ardientes, algo que, a decir verdad, nunca pensé que llegaría, y mucho menos tan pronto. Y yo también me siento satisfecha porque sé que, en general, le está ganando la batalla a la culpa que le ha atormentado durante años. Esta mañana ha habido otro punto de inflexión. Cuando me desperté frente a él, con la cabeza sobre la almohada, y me lo encontré desnudo, envuelto en algodón blanco, inspeccionando mi cara, un deseo acuciante empezó a recorrer todo mi cuerpo, fruto de la excitación.

—*Puis-je demander une faveur de plus?* —«¿Puedo pedirte un favor más?».

—¿Qué es lo que quiere ahora mi exigente Francés?

—*Un autre trésor.* —«Otro tesoro».

Me río con incredulidad, completamente desconcertada.

—No hace ni cinco minutos que nos hemos casado, ¿y ya quieres un bebé? ¿No quieres probar antes cómo nos va con esto del matrimonio?

—*Non* —responde en voz baja, agarrándome por las muñecas y colocándose entre mis piernas. Baja la vista hacia mis pechos y sigue bajando todavía más antes de volver a mirarme a los ojos.

—Sigo tomando anticonceptivos.

Él se inclina y me besa.

—Pues deja de tomarlos.

—¿Lo dices en serio?

Tobias asiente, con los ojos llenos de esperanza.

—*Tu apprendras à notre bébé à aimer comme toi.* —«Le enseñarás a nuestro bebé a amar como tú».

—Tú amas de una forma igual de intensa, Tobias.

Cuando me incorporé para besar el pliegue de preocupación que se había dibujado entre sus cejas, zanjamos la discusión practicando un poco para hacer bebés. Minutos después de que se corriera dentro de mí, entré en el baño cuando él se estaba duchando y, mirándolo a los ojos, cogí los anticonceptivos y los tiré a la basura. Nunca olvidaré el brillo que vi en ellos, la alegría de su sonrisa, ni la mirada que compartimos durante esos segundos. La verdad es que no creo que nos estemos precipitando. Ya hemos pospuesto nuestra vida en común demasiado tiempo, aunque el tictac del reloj ya no representa ninguna amenaza para nosotros. Hemos conseguido tantas cosas y hemos llegado tan lejos… Es el momento de celebrarlo y eso es precisamente lo que haremos.

Y ahora, mientras desempaqueto nuestras cosas en un palacio en el que nunca imaginé que viviría, en un lugar tan diferente al apartamento de una habitación que compartía con mi madre en Georgia, no puedo evitar dar gracias por el itinerario que nos ha traído hasta aquí, hasta este punto. Un agradecimiento que la naturaleza del camino que hemos recorrido ha hecho más dulce. Cuando Delphine murió, Tobias empaquetó él solo todo lo que había en su casa, guardando cuidadosamente las pertenencias de tres vidas, dos de las cuales se habían truncado prematuramente. No quiero ni imaginármelo, ni tampoco el hecho de que pasara por tantas penurias en soledad, tratando de ser fuerte por aquellos que lo rodeaban, sin tener nunca un apoyo constante para sí mismo. A juzgar por el aspecto y el peso de las cajas, parece que no se atrevió a tirar nada.

Abro una caja de puros, ordeno las fotos y reparo en la imagen de una Delphine más joven y de un hombre, que supongo que sería su marido, en el asiento trasero de un coche. Delphine está sentada en el regazo de él y se miran sonrientes, claramente enamorados.

Es el retrato del amor que acabó con ella y doy gracias por no haber corrido la misma suerte.

He estado muy cerca.

Conozco la mayor parte de su historia, aunque no los detalles, y me entristece que acabara con su futuro y consigo misma cuando él la dejó. Siempre tendré sentimientos encontrados en relación con Delphine, por el papel que desempeñó en mi vida y por la amenaza que supuso en su día para mí. Pero, en cierto modo, también me identifico con ella, por su corazón leal. Si no me hubiera repuesto, yo podría haber acabado igual, dejando que el amor perdido me destrozara hasta un punto de no retorno. Delphine había vivido como una víctima del amor y su trayectoria es la prueba de que incluso las mujeres más fuertes pueden ser víctimas de su destrucción. Agradeciendo el tiempo que pasó con Tyler y lo sanador que resultó para ambos, vuelvo a meter las fotos en la caja para mantenerlas lejos de miradas indiscretas. Luego levanto la tapa de una caja de zapatillas Nike y flaqueo al ver un coche de juguete sobre un montón de dibujos doblados. Cuando cojo el coche para mirarlo, mi corazón empieza a sangrar.

«Soy consciente de lo que tengo entre manos. Sé cuánto vale».

Los latidos que retumban en mi pecho son un eco, un eco de una vida que viví hace mucho tiempo y de un hombre al que amé, con el que pasaba los días de lluvia. Mi amor por él sigue siendo inquebrantable y eso hace que me sienta afortunada. Tobias me dijo hace años, en Virginia, que se alegraba de que hubiera sido yo la mujer que lo había amado y no puedo evitar sentirme privilegiada por ello, por muy egoísta que parezca. Pasando un dedo por el capó, recuerdo las noches estrelladas que pasamos intercambiando susurros y me niego a sentirme culpable por esos recuerdos. No soy capaz de olvidar a mi segundo amor, ni pretendo hacerlo nunca. Él sigue acompañándome a través de los tiempos.

—Era su favorito —susurra Tobias detrás de mí. Me giro y lo veo de pie en el umbral de la puerta, mirando fijamente el coche que tengo en la mano—. Siempre tuvo las cosas claras, desde niño. Era como si pudiera ver el futuro. Y, echando la vista atrás, por lo que recuerdo y aunque parezca un disparate, estoy convencido de que así era.

—Y yo —digo, mirando el coche—. Había algo en él tan... No sé cómo describirlo.

Tobias se reúne conmigo, baja la vista hacia la caja de zapatos y, aunque me doy cuenta de que le resulta doloroso verla, se queda allí.

—Quería ordenar las cosas antes de que lleguen todos. Dejaré esto en otra habitación. —Me dispongo a cerrar la caja, pero él me lo impide.

—No, *trésor*. He pasado mucho tiempo recordando... las cosas equivocadas. —Me quita suavemente el coche de la mano antes de besarme el dedo anular. Me aflige el dolor que desprende, la nostalgia, esa parte de sí mismo que nunca recuperará. Nunca dejará de llorar a su hermano y yo nunca le pediré que lo haga porque, en realidad, no creo que ninguno de nosotros consiga dejar de hacerlo jamás.

—Puedes contármelo, sea lo que sea lo que estés pensando —digo con suavidad.

Tobias coge el coche y asiente con la cabeza.

—Lo sé —susurra—. Me estoy acordando de él en pijama, cuando era un niño sabelotodo —dice, sonriendo con tristeza—. Voy a dar un paseo.

—Se acerca una tormenta —comento, señalando la ventana con la cabeza.

—Seré rápido, esposa mía. —Sonrío al oírle llamarme así y él me da un beso en los labios antes de salir de la habitación, dejando tras de sí un rastro de tristeza. Con el corazón encogido, lo observo mientras baja las escaleras, antes de volver a centrarme en la caja cuando la curiosidad le gana la batalla a la necesidad de recuperar la paz que sentía hace unos momentos.

Abro la cartulina doblada que está más a mano y veo que es un dibujo. En la parte inferior de la página hay una etiqueta escrita a mano por un profesor —«Título: "Mi familia". Dominic King, seis años»—. En la parte superior derecha de la hoja hay un sol amarillo limón que corona un cielo azul oscuro. Dentro de una de las esponjosas nubes, en el centro, hay dos monigotes en los que pone «Mamá» y «Papá». Abajo están Tobias y Dominic, en medio de unas montañas de color marrón claro. Tobias es muchísimo más grande. Parece un gigante, comparado con Dominic.

Están cogidos de la mano y se ve claramente la dinámica de la relación: confianza, amor y adoración a raudales. Dominic dedicó más tiempo a los detalles de Tobias que a cualquier otro aspecto del dibujo. Y lo hizo porque lo amaba, porque lo idolatraba, porque Tobias era su mundo, su hermano, su maestro, su mentor y, básicamente, su padre. Con lágrimas en los ojos, contemplo el vivo retrato de la devoción de un hermano por otro.

Por mucho que creyera conocer a esos hombres, por mucho que los amara y entendiera su forma de ser cuando entré en sus vidas, Tobias tenía razón: hubo una evolución que tuvo lugar mucho antes de que yo llegara, ajena a mí y que no tenía absolutamente nada que ver conmigo. Y esos son los momentos que Tobias más echa de menos, esa relación que yo solo pude llegar a atisbar antes de que sobreviniera la tragedia. El final de una historia que nunca conocí. Aunque Tobias me había contado algunas cosas, hasta este momento no había entendido completamente el significado de todas las acciones y de todos los detalles, porque tengo el plano original en mis manos.

Esta historia de amor no es solo mía. Nunca lo ha sido.

Doblo el dibujo con cuidado, lo vuelvo a guardar en la caja y me acerco a la ventana. Veo a Tobias llegando a la playa.

Bajo esa armadura confeccionada con esmero, se esconde el corazón triste de un niño huérfano que se vio obligado a crecer demasiado pronto. Un corazón que sufrió años de abandono y de rechazo, incluso por parte de su propio dueño. Tobias lo mantuvo a buen recaudo para protegerse a sí mismo y a los que lo rodeaban, hasta que yo lo recuperé. Y él me dejó que lo descubriera, a sabiendas de que se convertiría en la versión más vulnerable de sí mismo.

Una vez me dijo que me admiraba tanto porque siempre hablaba claro acerca de mis sentimientos, mientras que él los ocultaba cuidadosamente para proteger a sus seres queridos. Pero aquí, conmigo, por fin se ha liberado de la obligación de ser tan desinteresado. Aquí, conmigo, se ha liberado para amar como es debido. Poso la palma de la mano sobre la ventana.

—Nunca volverás a estar solo. Nunca más lo estarás. Te lo prometo. Mi corazón nunca ha sido mío, Tobias. Siempre ha sido tuyo.

Tobias

Venga, Dominic, coge la mochila. Tenemos que irnos. —Dominic no se mueve. En lugar de ello, se arrodilla sobre la moqueta para empujar el coche por una pista que ha hecho con cinta aislante sobre la alfombra raída—. ¿No me has oído? Venga, vamos a llegar tarde.

—¿Y qué?

—Que te voy a poner el culo como un tomate como sigas contestándome así.

—¿Por qué tenemos que ir al cole cinco días?

—Porque son las reglas —digo bruscamente, extendiendo la mano para que me dé el coche.

—¿Quién hace las reglas?

—Gente.

—¿Qué gente?

—Dom —suspiro, mientras él pone el coche fuera de mi alcance—. No tenemos tiempo para gilipolleces.

—Entonces dime quién hace las reglas.

—Ya te lo he dicho: gente.

—¿Y por qué tenemos que hacerle caso a la gente?

—Porque ellos han hecho las reglas.

—Podemos hacer nuestras propias reglas. Lo decía papá. —Me quedo callado. Últimamente no habla mucho de nuestros padres, ni evoca ningún recuerdo de ellos, pero siempre intento participar cuando lo hace para que no los olvide—. Papá decía que teníamos que hacer nuestras propias reglas, para que no ganaran los malos.

—¿Decía eso?

—Sí. Dos días de cole.

—No funciona así, Dominic.

—¿Por qué?

—Dom —murmuro entre dientes, quitándole el coche. Le tiemblan los labios de rabia mientras me mira.

—Somos gente. Podemos hacer reglas para que no ganen los malos.

Me mira con tal convicción que, durante unos instantes, creo en él. Creeré cualquier cosa que me diga.

—Entonces puede que algún día las cambiemos.

—¿Me lo prometes?

—Te lo prometo.

***

Se me eriza el vello de la nuca mientras las nubes de tormenta ocultan el sol en el horizonte. A sus pies, el mar se enfurece mientras las olas malvadas ruedan sobre la arena sedosa a mis pies, como una metáfora categórica que refleja a la perfección la forma en la que se desarrollaron los hechos. Esa noche, estuve casi todo el tiempo en el claro, dándole vueltas a las palabras de Dominic, a su simplicidad y a su brillantez. Una conclusión rotunda para dar solución a los problemas.

Cambia las reglas.

Sus palabras desencadenaron un efecto mariposa y dieron lugar a algunas de las primeras notas y a las primeras imágenes para crear un borrador, convirtiéndose en la ignición que puso en marcha los engranajes.

No he vuelto a hablar con él desde que falleció, ni siquiera cuando visitaba su tumba, porque nunca encontraba las palabras adecuadas y porque sentía que le había fallado.

Pero son otras las palabras que me han mantenido en silencio estos años. Las palabras que Dominic pronunció la noche que murió son las que más me atormentan. Eran un reflejo de su forma de pensar, de lo que sé que creía sobre sí mismo, sobre su destino. Incluso aquellos que no entendían su actitud —que no eran muchos— sabían que tenía algo especial.

Todavía no sé qué creer sobre el más allá. Espero, sobre todo por mis seres queridos, que haya un lugar en el que nunca quede nada por decir. Que haya un lugar en el que confesar todo lo que nos duele no haberles dicho a aquellos que hemos perdido, porque yo tengo mucho que decir.

Me paso las manos por el pelo, ignorando la punzada que siento en el pecho.

—Lamento informarte de que sigue habiendo cinco días de clase. —Niego con la cabeza y sonrío, aclarándome la garganta—. Me obligaste a llevarme todo el mérito por ser el que manejaba los hilos, pero no fue así como empezó todo, ¿verdad, Dom? Nadie creería que la propuesta de un niño de cinco años que veía el mundo tal y como era lo pusiera todo en marcha. —Con un nudo en la garganta por las innumerables instantáneas de él que revolotean por mi mente, cierro los ojos mientras sostengo el coche en la palma de la mano—. Te hice una promesa, Dom, pero te perdí para cumplirla. Y, echando la vista atrás, no creo que mereciera la pena. Por muy egoísta que sea, renunciaría a todo lo que hemos hecho solo por recuperarte.

«Hermanos para siempre». Le oigo pronunciar esas palabras con tal claridad que caigo de rodillas sobre la arena. Es como si me las hubiera susurrado al oído. Cierro los ojos con la esperanza de que se quede conmigo un poco más mientras se me eriza todo el vello del cuerpo.

—Tenías una intuición increíble, pero... ¿de verdad lo sabías? —Trago saliva y dejo que la pena caliente me surque la cara—. Joder, cuánto te echo de menos. Todos los días. Todos los putos días. Y si estoy destinado a vivir una larga vida sin ti, supongo que lo mínimo que puedo hacer es darte las gracias. Gracias, Dominic. Gracias. Joder. —Abro los ojos y levanto la vista hacia el cielo, que se está oscureciendo rápidamente—. Si puedes..., si puedes oírme, resérvame el asiento del copiloto. —Pienso en mis padres y en que parece que hace toda una vida que existieron, una vida diferente—. Espero que estés con ellos. Espero que estés...

Permito que la pena se apodere de mí, al tiempo que el viento empieza a levantarse. Abro la mano y observo cómo el cochecito rueda de un lado a otro sobre la palma, mientras las olas de espuma blanca alcanzan su punto más alto y rompen en la orilla. La brisa arrecia, como si me instara a ponerme en pie. Me sacudo la arena de los pantalones, me acerco al rompeolas y dejo su paloma encima.

—Estoy cansado, Dom, así que ayúdame a cuidarnos, ¿vale?

Empiezo a subir por el acantilado con la lluvia azontándome la cara, mientras un trueno retumba a mis espaldas. Una nueva ráfaga de viento me obliga a acelerar el paso para ir al encuentro de mi futuro, pero todavía puedo sentirlo, así que añado una frase más.

—Lo hemos conseguido, hermano.

No quiero vivir en un país de espíritu frágil,
quiero vivir entre soldados.

Dave Chappelle

Sean

Dos años después

Mi teléfono vuelve a sonar sobre la mesilla, lo silencio y me levanto para sentarme estirando el cuello.

—Joder —se queja Tessa, hundiéndose más en la almohada—. ¿El hijoputa del Francés no ha oído hablar de la diferencia horaria?

—Se la sopla.

—Pues pienso llamar a su mujer para despacharme a gusto.

—Puede que no te convenga si sigues queriendo volver allí de vacaciones este verano. —Acaricio las alas descoloridas de su espalda y le doy la vuelta. Ella gime mientras le aparto el pelo rubio champán de la cara y entorna sus ojos azules con un rencor manifiesto—. Volverán pronto. Y las cosas se calmarán.

—Como si eso fuera a afectar a tu horario laboral.

Me acerco para besarla y ella tira de mí mientras acaricio su cuerpo, apreciando la diferencia entre el presente y cuando nos conocimos. Me ha dado tres hijos y quince de los mejores años de mi vida. Sigue soportando mis mierdas y siempre me recibe con los brazos abiertos cuando llego a casa, sin pedirme ninguna explicación. Me besa de forma más apasionada y mi polla cobra vida dentro de los calzoncillos.

—Cariño, no empieces nada que no pueda acabar.

—Pues acábalo —me provoca, atrayéndome hacia ella. Me dejo llevar por un instante y pongo fin al beso a regañadientes.

—Luego seguimos —le susurro antes de acercarme a sus labios una vez más. Cuando me alejo, veo esa cara de preocupación tan familiar que le he hecho poner demasiadas veces como para contarlas.

—¿Es una buena noche o una mala noche?

—No lo sé.

—Vuelve conmigo.

—Lo haré. —Intento tranquilizarla, pero no puedo prometerle nada. Ella sabe cómo son las cosas, así que tampoco me pide que lo haga.

—Algún día te harás viejo, ¿y luego qué?

Saco un cigarrillo de la mochila y enciendo el Zippo.

—Haremos movidas de viejos.

—He dicho tú, no yo. Y como se te ocurra encender eso en esta casa, yo seré la primera en pegarte un tiro.

Apago el mechero, dejo el cigarrillo y me levanto para ponerme los vaqueros. Tessa se estira, apartando el edredón para que la vea completamente desnuda, sabiendo qué efecto causa eso en mí.

—Qué cruel eres, cariño.

Ella se encoge de hombros, con una sonrisa soñolienta en la cara.

—Te quiero.

—Lo sé.

Me pongo una camiseta y me calzo las botas antes de dirigirme a la caja fuerte del armario. Cojo la Glock y voy sigilosamente hacia la cocina, donde compruebo el cargador usando la luz del porche. La lámpara de la cocina se enciende, me giro y veo a mi hijo mirándome atentamente.

Agacho la cabeza.

—Mierda.

—Tengo catorce años, papá. Hace tiempo que sé que no eres un simple mecánico. — Camina hacia mí y señala la pistola con la cabeza.

—Jesús era un simple carpintero y un mensajero que iba por ahí lavándole los pies a la gente y mira lo que le hicieron. Todo el mundo necesita protección. Vuelve a la cama, Dominic.

Él levanta la barbilla en un gesto tan familiar que me da que pensar y me parece oír a su predecesor riéndose de mí, dondequiera que esté. Aunque esta versión de Dom se parece muchísimo a mí, con el pelo rubio enmarañado, los ojos como los míos y, en los días malos, mi misma actitud.

—Sabes que no debes cuestionarme.

—Papá, por favor, ya soy mayor.

—Vete a la cama.

Dicho lo cual, salgo al porche, enciendo el cigarrillo y suspiro al oír el chirrido de la mosquitera detrás de mí.

—Estoy acojonado, ¿vale? No sé qué haces cuando te vas por las noches, ni si volverás.

—Esa lengua.

—Mamá no está aquí. Y tú juras como un puto carretero.

—Lo que hace la persona no tiene por qué repetirlo la mona. —Inhalo el humo profundamente, jurando que este paquete será el último.

—Se levanta en cuanto te vas y se pone a dar vueltas hasta que te ve volver a subir. Entonces se hace la dormida.

Lo sé perfectamente y la culpa me atenaza mientras exhalo.

Se sienta conmigo en los escalones. A su lado, casi parezco un enano. Hago crujir el cuello. Sabía que este día llegaría, pero no creí que sería tan pronto.

Lo miro, sin poder creer cuánto se parece a mí, mientras mis propios ojos me suplican.

Le froto la cabeza con los nudillos, pero él me aparta.

—Te estás pasando de listo. No quiero esto para ti.

—Si es lo suficientemente bueno para ti, lo es para mí. Papá, por favor, dime de qué va todo esto. —Saco el móvil del bolsillo y me pongo a escribir un mensaje—. A la mierda —refunfuña él, antes de levantarse y girarse hacia la puerta.

—Coge los zapatos —le ordeno cuando leo la respuesta: La familia es lo primero.

—¿Sí?

—Y la próxima vez que me mandes a la mierda será la última.

Él me sonríe.

—¿A dónde vamos?

—A dar una vuelta.

Vuelve en menos de un minuto y sale corriendo por la puerta con los zapatos desatados. Ya estamos en el coche cuando Tessa aparece en el porche con los brazos cruzados. La miro fijamente por un instante desde la puerta del conductor, con una pregunta en los ojos, y ella duda antes de asentir lentamente a modo de respuesta.

Confianza y aprobación.

Mi amor por ella aumenta todavía más y me juro a mí mismo en ese preciso instante que haré lo que haga falta para demostrarle lo mucho que la necesito, para seguir evitando que le salga caro haberme elegido a mí y la vida que llevamos. Aunque todo es una cuestión de decisiones.

Pero, por ahora, sigo teniendo un papel que desempeñar.

Salgo a la carretera desierta y enciendo la radio, con Dom emocionadísimo a mi lado. Conduzco durante un montón de kilómetros, hasta que él empieza a clavar los ojos en el lateral de mi cabeza.

—Papá, podemos dar una vuelta en coche en cualquier otro momento —me recuerda mientras intento reprimir una sonrisa.

—Es una decisión.

—¿Cuál?

—La de conducir en este momento. ¿No estás de acuerdo?

Lo veo fruncir el ceño por el rabillo del ojo.

—Supongo.

—Pues eso.

—Eso no tiene ningún sentido.

—Tiene todo el sentido.

—Joder —dice, suspirando, antes de despatarrarse en el asiento—. ¿Vas por ahí conduciendo con una pistola cargada por las noches? ¿Ese es el gran secreto? Pues menuda decepción.

—Yo tenía tu edad cuando todo empezó.

—No empieces con tus batallitas, papá.

—¿Puedes cerrar esa bocaza? —le digo, dedicándole una mirada que reservo para muy poca gente.

Cuando lleva callado varios minutos, me detengo en el arcén y apago el motor. Nos quedamos parados a un lado de la carretera, contemplando la silueta negra de las montañas sobre el cielo nocturno. Me giro hacia él en el asiento.

—En realidad, lo que te estoy preguntando es si sabes guardar un secreto.

LA FIN
(FIN)

Agradecimientos

En primer lugar, quiero dar las gracias a mis lectores. Sin vosotros, no hay historia que valga la pena contar. Me hacéis muy feliz y os estoy muy agradecida.

Gracias también a Maïwenn, a quien está dedicado este libro, por hacer un hueco en su apretada agenda para revisar minuciosamente hasta la última palabra de la traducción al francés y hacer que quedara lo mejor posible. Nuestra amistad es, sin duda, el mayor de los regalos, pero sé que te has entregado en cuerpo y alma a este proyecto y nunca podré agradecértelo lo suficiente. Hay pocos tesoros tan valiosos como tú, *cherie*.

A Donna-Has, por haber estado ahí desde el primer día en tantos de estos proyectos y porque siga estándolo en el siguiente. Doy gracias a Dios por poder contar contigo. Eres una bellísima persona y me siento afortunada por tenerte en mi vida. Gracias por la gran cantidad de horas que has dedicado a estos libros. Nunca olvidaré tus sacrificios y las horas que has pasado sin dormir. Hemos vuelto a lograrlo, *mon bébé*.

Gracias a Grey, por la inspiración y por rellenar mi pozo cuando está a punto de vaciarse. Fuiste bendecida tanto con el don del amor como con el de las palabras y agradezco muchísimo que me hayas ayudado tanto con las mías. Te adoro.

Autumn: nuestras conversaciones y nuestras charlas lo son todo para mí, sobre todo por tu sentido del humor. Nuestra amistad sigue siendo uno de mis bienes más preciados. Esa es otra de las cosas por la que debo sentirme agradecida a diario. Tus llamadas telefónicas y tus «Estoy orgullosísima de ti» significan mucho para mí. Me resultaría imposible avanzar sin ti.

Gracias también a mis queridas lectoras beta —Christy, Maïwenn, Maria, Marissa, Kathy, Malene y Rhonda—, por habar estado ahí una vez más, por vuestras críticas y por vuestros ánimos. Os quiero, chicas.

Gracias a mi querida asistente personal, Bex-a-million-Kettner, por soportarme una vez más con mis exigencias y mi verborrea exasperante mientras dirigía el cotarro. Eres única, amiga mía.

Gracias también a mi apreciada asistente personal, Christy, por haberme marcado tanto como para coprotagonizar esta saga. Gracias por tu apoyo incondicional en la vida real. No hay nadie como tú, mi amor, y me siento afortunada por conocerte. ¡Vigésimo cuarto libro, nena!

Marissa: muchísimas gracias por las llamadas telefónicas que compartimos antes y después, así como por aliviar mi dolor de cabeza y suavizar mis líneas de expresión al ayudarme a estructurar esta trama. Te quiero, bonita. Ninguno de mis personajes podrá hacerte justicia jamás.

Quiero dar las gracias también a mis revisoras, Bethany y Joy, por arreglar mis «kateísmos», pulir mis palabras y dejarme con la boca abierta. Os adoro. Mis libros no serían lo que son sin vosotras. Besos y abrazos.

MUCHÍSIMAS GRACIAS y todo mi reconocimiento a mi hermana, Angela, por la llamada telefónica que lo solucionó TODO y por las mil anteriores. No solo eres mi hermana, sino también mi mejor amiga y mi mayor apoyo. Te quiero.

Otro agradecimiento ENORME a mi otro pilar, mi osita Krissy, por hacerme reír, ayudarme a organizarme y, en ocasiones, regañarme. Eres la alegría personificada, pura luz. Soy afortunada por tenerte como hermana y te quiero con locura.

Gracias también a mis increíbles ASSKICKERS, por seguir sorprendiéndome a diario con vuestro ánimo y apoyo. Mi agradecimiento a los que estáis en la Sala de Reanimación, que publicáis vuestro amor por estos personajes a diario y hacéis que todo el trabajo merezca la pena con creces. Me habéis proporcionado mucha alegría entre tanta locura.

Gracias también a mi familia por ser siempre tan comprensiva, por ponerme los pies en la tierra, por apoyarme y por hacerme reír. Os quiero.

Finalmente, quiero dar las gracias a mi fiel marido, Nick, que esta vez ha tenido que aguantar demasiadas tonterías y no ha dejado de quererme en ningún momento. Eres un hombre y un marido increíble.